中国古代小说戏剧研究

（第二十辑）

2024

兰州城市学院中国古代小说戏剧研究所　主办

学苑出版社

图书在版编目（CIP）数据

中国古代小说戏剧研究. 第二十辑 / 兰州城市学院中国古代小说戏剧研究所主办. -- 北京：学苑出版社，2024. 12. -- ISBN 978-7-5077-6016-3

Ⅰ . I206.2

中国国家版本馆CIP数据核字第2024E0B860号

出 版 人：洪文雄
策　　划：潘占伟
责任编辑：王见霞
出版发行：学苑出版社
社　　址：北京市丰台区南方庄2号院1号楼
邮政编码：100079
网　　址：www.book001.com
电子邮箱：xueyuanpress@163.com
联系电话：010-67601101（营销部）、010-67603091（总编室）
印 刷 厂：北京建宏印刷有限公司
开本尺寸：787 mm×1092 mm　1/16
印　　张：23.75
字　　数：474千字
版　　次：2024年12月第1版
印　　次：2024年12月第1次印刷
定　　价：120.00元

中国人文社会科学集刊 AMI 入库集刊
中国知网（中国学术期刊光盘版）全文收录集刊
《国家哲学社会科学学术期刊数据库》和《国家哲学社会科学文献中心》收录集刊

顾　　问：（按姓氏汉语拼音音序排列）

　　　　黄　霖　黄　强　江巨荣　康保成　麻国钧
　　　　宁希元　吴新雷　张文轩　赵逵夫　赵山林

主　　编：包建强

编　　委：（按姓氏汉语拼音音序排列）

　　　　曹　洁　范建刚　伏俊琏　韩高年　李剑国
　　　　李占鹏　苗怀明　莫　超　庆振轩　王　萍
　　　　王志鹏　俞为民　张　兵　张同胜　赵建新

编辑部电话：0931-5170315
编辑部邮箱：gdxsxj2010@126.com

甘肃临夏永靖傩戏（二）

（一）祭祀过程

▲请神

▲设坛

▲献牲

▲献盘　　　　　　　　　　▲会首舞

（二）剧目表演

▲ 斩貂蝉

▲ 五将　　　　　　　　　　　▲ 庄稼佬

▲ 三英战吕布　　　　　　　　▲ 二郎降猴

▲ 二郎抓鬼　　　　　　　　　▲ 存孝打虎

照片由侯奇志摄。侯奇志：临夏州摄影家协会副主席、永靖县摄影家协会主席、永靖县融媒体中心记者、中国民俗摄影学会会员。

目 录

【小说研究】

雷神与子路的形神合体
　　——李逵原型人物考论 …………………………………… 王以兴　朱仰东（003）
瘟神的寓言
　　——从《水浒传》开篇写瘟疫谈起 ……………………………………… 宋金民（017）
在"似"与"不似"之间
　　——论《水浒传》中的王进 …………………………………………… 顾瑞雪（030）
慕寿祺《中国小说考》载佚失小说《平妖传》史实人物考 ………… 张彦丽　周　琪（044）
论《镜花缘》对《品花宝鉴》的影响
　　——兼论两部小说的现代接受问题 ……………………………………… 谢璐阳（052）
关于《行孝子到底不简尸》本事的再探讨 ………………………………………… 李　颖（062）

【红楼梦研究】

《曹雪芹与〈红楼梦〉》题序 ……………………………………………………… 吴新雷（075）
未及品尝的甜蜜爱意
　　——《红楼梦》恋情描写"不成熟"探幽 ……………………………… 张劲松（079）
论《红楼梦》的"不言语"现象 ………………………………………………… 倪金艳（089）
"霁日""霁月"与晴雯形象的问题 ……………………………………………… 龚　逵（100）

【戏曲研究】

清宫寿戏《祥芝应瑞》考述
　　——兼论清宫寿戏文本渊源 …………………………………………… 刘　铁（109）
神灵重塑与戏剧表现
　　——晚清戏曲《孝义节》本事与形态考述 …………………… 张红波　郭桢炜（123）
后南戏时期的南戏剧目特征 ………………………………………… 包建强　李毅苗（134）
元刊杂剧《赵氏孤儿》写定于金代 ……………………………………… 张玉荣（144）

【戏剧研究】

"无过虫"
　　——宋代戏剧艺人的精神呈现与刚性品格 ………………………… 贾喜鹏（161）

【交叉研究】

论晚清士绅对小说戏曲禁毁活动的推动和阻碍 ………………………… 张天星（175）
雍正朝禁毁淫词小说考述 …………………………………… 彭秋溪　卢柯同（186）
论辞赋与戏曲的文体互渗 …………………………………………… 程　维（201）
台湾藏《乐府考略》抄本考述 ……………………………………… 王文君（212）
"楚三王"相关传说考论 …………………………………… 孙董霞　赵小戈（222）
宋代武术发展对英雄传奇的影响 ……………………………………… 黎昇鑫（231）
"士为知己者死"
　　——《史记·聂政传》与《田七郎》文本关系考论 ………………… 岳　玫（242）
明刊文言小说《一见赏心编》插图考论 ……………………………… 郑子成（251）

【小说戏曲论著评介】

玉垒花灯戏的语言及历史文化特征
　　——兼评《玉垒花灯戏研究》丛书 …………………… 张淑萍　胡　慧（265）
方法、视野与功底
　　——评《传播学视域下的南戏走向》 ……………………………… 姜子石（273）

【小说戏剧史档案】

中国传统戏剧大事年表 ………………………………………………… 刘文峰（283）
《金瓶梅》在北欧地区的译介与传播
　　——访哥本哈根大学易德波教授 ………………………………… 潘佳宁（332）
江南戏曲碑刻补遗 ……………………………………………………… 李秀伟（338）

【清代陇影戏书抄本考】

陇东环县文化馆整理口传清代剧目叙考（续）………………………… 赵建新（351）

投稿须知 ……………………………………………………………………………（367）

Contents

The Combination of God of Thunder's Form and Zilu's Spirit —— Research on Li
  Kui's Prototype .... Wang Yixing, Zhu Yangdong(003)
The Fable of the Plague God —— Starting From the Beginning of the *Shui Hu Zhuan*
  .... Song Jinmin(017)
Between "Likeness" and "Unlikeness": On Wang Jin in *Shui Hu Zhuan*
  .... Gu Ruixue(030)
Mu Shouqi's *Zhong Guo Xiao Shuo Kao* Contains Historical Facts of the Unknown Novel *Ping
  Yao Zhuan* .... Zhang Yanli, Zhou Qi(044)
The Influence of *Jing Hua Yuan* on *Pin Hua Bao Jian* —— With an Examination of Their
  Modern Reception .... Xie Luyang(052)
Re-Examination of the Original Form of *Xing Xiao Zi Dao Di Bu Jian Shi* .... Li Ying(062)
Preface to *Cao Xueqin and the Hong Lou Meng* .... Wu Xinlei(075)
The Sweetness of Love Not Yet Tasted: The "Immaturity" of *Hong Lou Meng*'s Depiction of
  Romance .... Zhang Jinsong(079)
On the "Unspoken" Phenomenon of *Hong Long Meng*................................ Ni Jinyan(089)
On the "Clear Sun" "Clear Moon" and the Image of Qing Wen .... Gong Kui(100)
Review on the Qing Palace Birthday Play *Xiang Zhi Ying Rui* —— An Introduction to the
  Origin of the Qing Palace Birthday Play Scripts..Liu Tie(109)
The Reconstruction of Gods and the Expression of Drama —— A Study on the Original Story
  and Form of *Xiao Yi Jie* in the Late Qing Dynasty ....Zhang Hongbo, Guo Zhenwei(123)
Characteristics of Southern Drama Programs in the Post-Southern Drama Period
  .... Bao Jianqiang, Li Yimiao(134)
The Yuan Drama *Zhao Shi Gu Er* was Written in the Jin Dynasty
  .... Zhang Yurong(144)

"A Man Without Fault" —— the Spiritual Presentation and Rigid Character of Song Dynasty Drama
　　Performers ………………………………………………………………… Jia Xipeng（161）
On the Promotion and Obstruction of Novel and Opera Prohibition by the Gentrymen in
　　the Late Qing Dynasty…………………………………………… Zhang Tianxing（175）
An Examination of the Prohibition of Lascivious Words and Novels in the Yongzheng
　　Reign ……………………………………………………… Peng Qiuxi, Lu Ketong（186）
On the Stylistic Interpenetration of Chinese Poems and Opera ………………… Cheng Wei（201）
Study on the Manuscript of *Yue Fu Kao Lue* Collected in Taiwan Province
　　………………………………………………………………………… Wang Wenjun（212）
On the Legends Related to "The Three Kings of Chu" ………… Sun Dongxia, Zhao Xiaoge（222）
The Influence of the Development of Martial Arts on Heroic Legends in the Song Dynasty
　　……………………………………………………………………………… Li Shengxin（231）
"A Scholar Dies for a Friend" —— An Examination of the Textual Relationship Between the
　　Historical Records of Nie Zheng and *Tian Qilang* …………………………… Yue Mei（242）
Study on the Illustrations in Classical Chinese Novel *Yi Jian Shang Xin Bian* Published in the
　　Ming Dynasty ……………………………………………………… Zheng Zicheng（251）
Introduction to the Linguistic and Cultural Characteristics of Yu Lei Hua Lantern Opera
　　—— With a Review of *Yu Lei Hua Lantern Opera Research Series*
　　…………………………………………………………… Zhang Shuping, Hu Hui（265）
Method, Vision and Merit —— A Review of Towards a Southern Theatre in the *Perspective of*
　　Communication Studies …………………………………………………… Jiang Zishi（273）
Chronology of Events in Traditional Chinese Theatre ……………………… Liu Wenfeng（283）
Translation and Dissemination of *Jin Ping Mei* in the Nordic Region —— Interview with Prof.
　　Vibeke Børdahl, University of Copenhagen …………………………… Pan Jianing（332）
Supplementary Inscriptions on Opera Tablets in Jiangnan……………………… Li Xiuwei（338）
Longdong Huanxian Cultural Centre Collates Orally Transmitted Qing Dynasty Repertoire Narrative
　　Examination (continued)……………………………………………… Zhao Jianxin（351）
Instruction to Authors ……………………………………………………………………（367）

小说研究

雷神与子路的形神合体
——李逵原型人物考论

王以兴　朱仰东

摘要：水浒好汉李逵之名或取自北宋末年抗金失败而降敌的密州节级李逵，但其人物之实则是雷神之形与子路之神的完美结合。南宋说话艺人从民间信仰中得到启发，将雷神作为李逵形象的人物原型，并根据雷暴来临时的昏黑天色和时人对雷神的普遍认知，为李逵取诨名为黑旋风；在此基础上，元水浒戏和《水浒传》的人物定位与相关描述更加明确清晰。而儒家圣贤子路则可视为李逵形象的本事原型，其形象特征在元水浒戏中已开始得到关注和借鉴，《水浒传》则进一步将其典型性格和著名事迹转嫁、移植到李逵身上，从而塑造出一个与戏曲中既重叠相似又迥然有别的莽汉加孝子形象。通过对李逵原型的考察，为我们重新认识和思考《水浒传》研究中的模糊性甚至争议性等问题提供了积极的思路启发和事实依据。

关键词：李逵；原型；雷神；子路

关于水浒人物的原型，学界习惯采用史学视角进行文献爬梳和事实辨析。具体到李逵形象，虽考证出历史上有同名人物，即北宋建炎三年（1129）军败降金的密州节级李逵[1]。但由于小说所写与历史不符，故至于此李逵是否为小说、戏曲中李逵之原型，学界则歧义纷纭。否定者认为"最初之36人，除宋江之外，难于一一坐实"[2]，而两个李逵"大概只是名字偶然相同罢了"[3]；肯定者如王齐洲曾明确指出："正因为李逵有过抗金的行动，所以广大民众没有忘记他。"[4]在笔者看来，两种观点和思路是可以调和的。既然说话艺人最初选择的是于史有征却详情无多的宋江起义为故事题材，那么同样也可以找寻一些相关历史人物，如伐辽、抗金的将领杨志、关胜和义士张横等，作为小说人物的原型；这样既有利于表达民众对两宋朝纲不振、小人当道之昏暗政治的愤懑，又便于寄托他们抗敌御侮、保家卫国的集体诉求。所以，彼时说话艺人只是借用其名，至于人物的形象特征和具体事迹则需充分发挥他们的艺术想象力，或从《太平广记》《夷坚志》中寻觅素材和灵感，学界对此已有充分考察。李逵形象的设计和刻画亦当如此，即当人物命名确定之后，对其形象和性格如何定位就成为构思的关键；此时民间信仰中的雷神和儒家圣贤子路进入了水浒故事的创作视野。

一、李逵形象之雷神原型的纵向考察

李逵形象有一个从宋元话本、戏曲到小说的发展演变过程，因此，探究其原型亦需采取纵向考察的策略。

（一）从龚开赞语看李逵与雷神的本质联系

李逵外号黑旋风，《大宋宣和遗事》只有其名，并无形象描画和性格雕琢；宋末元初龚开《宋江三十六赞》中"黑旋风李逵"赞语是对其凶顽性格的最早交代："风有大小，不辨雌雄。山谷之中，遇尔亦凶。"[5]

对于"黑旋风"之诨号，多以为这是对李逵鲁莽狂躁之性格的形容和比拟，如汪远平所云："李逵富有造反精神，又暴躁、性急，干起事、杀起人，更象一阵风似的，以旋风形容李逵是很合适的。"[6]亦有学人结合唐宋的民间信仰，从元稹"争唾小旋风"诗句得出柴进之小旋风或为小鬼之意，而黑旋风则是黑煞神一类的邪神恶鬼的结论[7]。由于大家只是从"黑旋风"的字面意思进行解读，而于赞语内容并未加以切实的疏解和辨析，也就无法准确地说明"黑"之于"旋风"的意义，即不能解释该绰号真正的由来。其实，该绰号的起用与李逵的人物原型紧密相关。

首先，风有"雌雄"来自相传宋玉所作《风赋》。赋中宋玉向楚襄王解释风因地域的不同而有清浊、善恶、利弊之别，指出深宫庭院中"清清泠泠，愈病析酲，发明耳目，宁体便人。此所谓大王之雄风也"[8]；穷街陋巷中令人"中心惨怛，生病造热。中唇为胗，得目为篾。啖齰嗽获，死生不卒。此所谓庶人之雌风也"[9]。那么，赞语前两句就是说风一般看来虽有雌雄大小之别，但此黑旋风已弥漫天地分不出是巍峨宫殿还是穷街陋巷了。

其次，"山谷之中，遇尔亦凶"两句从叙述语气看，与前两句显然是一种条件假设的转折关系，是说即使在山谷之中遇到黑旋风同样凶险异常。这句话本身隐藏了一个显见的生活常识，即普通的旋风主要在平地上具有破坏力和危害性，如《夜航船》云："宋熙宁间，武城有旋风如羊角，拔木，官舍卷入云中，人民坠地死。"[10]而在山谷之中却往往无能为力，如《左传》所云崤之"北陵"，相传文王曾在此躲避风雨。故该句是针对人们日常生活经验而发，借着与一般旋风的比较以凸显和反衬出黑旋风的狂飙险恶。

由于"黑旋风"是一种裹挟着雷电、速度极快、威力巨大的狂风，能令天色昏黑如夜，所以人们在山谷之中虽可躲避一般情形的风雨，却无法避免狂风雷电的暴击，此所谓"遇尔亦凶"。可以说，狂飙巨风往往带来昏黑天色，乃是雷震发动的前驱和预兆，正如《三国志通俗演义》叙司马懿父子遭诸葛亮火攻命悬一线时被天降大雨所救之情景："正哭之间，忽然狂风大作，黑气漫空，一声霹雳响处，骤雨盆倾，满谷之火尽皆浇灭；地雷不震，火器无功。"[11]《夷坚志》所载诸多雷震故事也多是狂风黑云先行，如《丙志·舒州刻工》写雷击不良刻工事："至午，黑云倏起西边。罩覆楼上。迅风暴雨随之。"① 其他如《甲志》中《盐官孝妇》《江心寺震》《大庾震吏》，《丁志》中《蒋济马》《昭惠斋》《吴二孝感》等。古人以"同声相应"解释风雷的这种密切关系，三国吴虞翻又进一步解释此"谓震巽也。庖牺观变而放八卦，雷风相薄，故'相应'也"[12]。故从黑色狂风与雷震的表里呼应看，"黑旋风"既然为李逵之诨名，则意味着雷神才是他的实质与本原！

另外，据字面意思即可知"黑旋风"有形容李逵肤色黝黑之意；现考证出其人物原型就是雷神，那么这种直观认识则更加明确。或许正是由于雷暴来临时的旋风多能带来昏黑天色，所以古人想象中的雷神自然也是黝黑如漆的肤色，《太平广记》和《夷坚志》所载雷鬼、雷神均为青黑色，几乎无一例外，前者如《录异记·徐谰》中雷鬼"身二丈余，黑色，面如猪首"②，后者如《夷坚丙志》卷七《扬州雷鬼》所载扬州雷鬼"面及肉色皆青"。既然以雷神（含雷鬼）为原型，则李逵肤色黝黑乃题中之意。

可见，"黑旋风"之"黑"本意是指巨大旋风所造成的昏暗天色，用以形容李逵的黝黑肤色；此黑旋风之所以在山谷之中依然能给人们造成伤害，正在于其与雷电同生共存的特性。这都指向李逵诨名"黑旋风"背后的人物原型就是民间最为活跃的神灵之一雷神。

当然，如此判断还有如下事实依据和佐证。其一，随着道教雷法的盛行，宋元雷神形象成为民间最具活力的神灵之一[13]。说书艺人以雷神为李逵形象之原型进行再创造，非常符合市井听众们的接受心理和审美习惯。

其二，作为宋元说话艺人资料武库的《太平广记》和《夷坚志》即载有相当数量的雷神故事。鲁迅、孙楷第、侯会、项裕荣等陆续从《夷坚志》中发掘出诸多《水浒传》的本事素材[14]。而作为《水浒传》前身的宋元水浒故事，在构思李逵形象时，同时受到当时道教和小说中雷神形象、故事的启发和影响，亦为顺理成章之事。

其三，水浒好汉与雷霆或雷神关系密切。如秦明的诨号"霹雳火"；又如龚开在"双尾蝎解宝"的赞语中明确提到了雷神："反其常性，雷公汝嫌。"那么，彼时说话艺人以雷神为原型，且根据日常生活经验及文艺作品对雷神出场时风雨大作、天色昏暝的描写，从而将其命名为"黑旋风"同样大有可能。

---

① 所引《夷坚志》原文，均出自（宋）洪迈：《夷坚志》，中华书局，2006年版，以下引文不另出注。
② 所引《太平广记》原文，均出自（宋）李昉：《太平广记》，中华书局，2013年版，以下引文不另出注。

至此发现，将"黑旋风"释为凶神恶鬼与笔者观点或有相通之处。赵氏的立论依据是古人关于旋风中有鬼神凭依的观念，南宋马纯《陶朱新录》亦云："旋风中必有鬼神，盖有是理。"[15]如此看来，宋元说话艺人或许直接将依旋风而行的凶神恶鬼视为雷神！因为，在雷神来临之前必先有黑云狂风大作。如《太平广记》卷三九四所收《传奇·陈鸾凤》写雷公暴击时景象："果怪云生，恶风起，迅雷急雨震之。"更直接的证据是讲史话本《武王伐纣平话》对雷震子的描述，他降生在一个"浓云密布，狂风微起，遍满长空，东西雾长，南北云生。须臾雷震电闪，雨下不止……"[16]的正午，云中子为其取名雷震子，并预见"是破纣之凶神也"[17]。显然，"恶风""狂风"未必是旋风；反之，黑旋风却是"恶风""狂风"，故黑旋风中的"凶神"自然就是雷神无疑！

要之，宋元水浒故事中李逵形象即为雷神的人间翻版。遥想当年，勾栏瓦舍中说话艺人用一种高亢夸张的语气和神情介绍李逵：肤色黝黑、武力高强，一副凶神恶煞的模样，俨然天上雷神下凡，且脾气暴躁，行凶发威起来，就像雷霆来临前的黑色风暴，裹挟着电闪雷鸣令人无处可逃——故名"黑旋风"！

至于李逵的身形是否魁梧高大，手中兵器是否为板斧，因直接材料的缺乏而不好判断。但若结合宋元时期的雷神信仰及广大民众普遍的审美期待和接受心理看，答案应该是肯定的。因《夷坚志》对于说话艺人的重要意义，故以该书中的雷神形象为例则更有说服力。书中除了"长仅三尺许"的扬州雷鬼（《丙志》卷七《扬州雷鬼》）外，其他雷神都是或"长七八尺"（《丙志》卷十九《婺州雷》），或"身绝长大可畏"（《甲志》卷四《江心寺震》），或"青面长人"（《丁志》卷十四《雷震犬》），或"皆丈余"（《甲志》卷十二《雷震石保义》）的高大形象。那么，以雷神形象为原型的绿林好汉李逵也必定是如金刚一般的雄伟粗犷。

古代雷神所持兵器虽然多样，有锤、钻、杻等，但持斧的雷神却更为常见，除上引《雷震石保义》外，还有《丙志》卷十四《郑道士》、《甲志》卷五《闽丞厅柱》、卷八《闭籴震死》、卷二十《盐官孝妇》等，故可推知此时李逵所使用的正是为人所熟知的板斧。

（二）元代水浒戏中李逵形象的雷神印记

较南宋话本小说年代略晚的水浒戏对李逵似乎情有独钟。据统计现存元代水浒戏约20余种，涉及李逵形象的起码有14种，留存下来的却只有4种：《黑旋风双献功》《黑旋风负荆》《大妇小妻还牢末》和《花和尚喜赏黄花峪》，占现存元代六部水浒戏的三分之二。这4部杂剧尤其前两种为我们考察雷神之于李逵的原型意义提供了直观材料和可靠依据。

杂剧中的李逵形象与雷神多有重合。比如，凶恶狞厉的相貌，《双献功》第一折写孙孔目被李逵凶神恶煞之貌所惊：

（孙孔目惊科云）是鬼也那是人？①

此细节亦见于《黄花峪》第一折刘庆甫初见李逵之时。关于雷神的丑陋相貌屡见于文献所述。或"似猕猴"（《搜神记·杨道和》），或"类熊猪"（《传奇·陈鸾凤》），总之汉代以来雷神基本都是"蹙眉怒目、作大吼状，袒露胸腹、肌肉虬张"的"力士"形象[18]，有着令人惊惧胆战的"极异"（《宣室志·萧氏子》）之恶相。上述雷震子亦是如恶鬼一般模样。

再如，杂剧中李逵黝黑皮肤、高大身材和手持锋利板斧的莽汉形象确定下来：

人见我生得黑，起个绰号叫俺做黑旋风。（《黑旋风负荆》第一折）

抖擞着黑精神，扎煞开黄髭须。（同上，第二折【正宫·端正好】）

哥也，他见我这威凛凛的身似碑亭，他也可听惯我这莽壮声？（《黑旋风双献功》第一折【正宫·滚绣球】）

（外旦云）那人身材长大，面皮黑色，一部胡髯。（《大妇小妻还牢末》第一折）

《黑旋风负荆》《双献功》和《黄花峪》中则明确提到了李逵所用兵器为板斧！而这三种形象特征同样为雷神所有，不赘。

水浒戏中另有两处细节可为李逵形象与雷神原型对应关系的佐证。一是《争报恩》楔子中宋江所云："聚义的三十六个英雄汉，那一个不应天上恶魔星。"二是高文秀《双献功》第一折中宋江调侃李逵"恰便似那烟熏的子路，墨染的金刚"云云，又见于《黄花峪》第二折【南吕·牧羊关】。据一般情理推论，雷神自然也是"天上恶魔星"和"金刚"之属！

至于戏曲家为何选择雷神作为李逵形象的原型，一个重要原因就是雷神在很大程度上代表天帝的权威和旨意，象征着公平正义和惩戒规训[19]。我们知道，元代民族压迫、阶级剥削的黑暗现实催生出了以惩恶扬善、救弱扶困为主要内容和精神旨趣的水浒戏；因此，以雷神为原型塑造出来的李逵形象自然受到格外追捧，成为广大民众反抗欺压、渴望公正之心理诉求的典型载体和集中寄托。

（三）《水浒传》以雷神为人物原型的叙事自觉

相较于宋元话本小说和水浒戏，《水浒传》以雷神为人物原型进行李逵形象构思的主体意识愈加自觉和强烈，在角色定位、相貌特征及细节设置等方面有着清晰的体现。

---

① 本文所引水浒戏原文，均出自傅惜华等编：《水浒戏曲集》，上海古籍出版社，1985年版。以下引文不另出注。

首先，杂剧中宋江关于三十六好汉乃魔星下凡的身份自诩，直接刺激了小说作者进一步为一百零八个好汉设计出一个对应的天上星宿，而李逵则是天杀星转世。"杀"为动词，指杀戮残害，非通"煞"，否则与天勇星、天速星、天巧星等星宿的命名逻辑不符。天杀星之名源自古人的雷霆信仰。他们认为雷霆是上天对世人诸多乖错的震怒和惩罚："世俗以为'击折树木，坏败室屋'者，天取龙；其'犯杀人'也，谓之[有]阴过。饮食人以不洁净，天怒，击而杀之。"[20] 故雷霆击人致死，称为天杀，所谓"天之杀用夏"[21]，"用夏"即"谓夏雷杀人"[22]。又如《太平广记》卷三九三引《原化记·华亭堰典》云："人则有过，天杀可也。"《夷坚志》亦载录了许多雷击逆子、恶人的志怪故事[23]。日常生活中人们则常用"天杀的"指代那些行恶作孽该遭雷劈天谴的罪人。可见，李逵既为天杀星下凡，自然就是雷神的化身。

其次，第三十八回李逵首次出场时有韵文介绍道：

> 黑熊般一身粗肉，铁牛似遍体顽皮。交加一字赤黄眉，双眼赤丝乱系。怒发浑如铁刷，狰狞好似狻猊。天蓬恶杀下云梯。李逵真勇悍，人号铁牛儿。①

从文字描述看，李逵俨然就是凶神恶鬼投胎，一身牛熊一般的粗肉顽皮，赤黄眉毛长且乱，头发上竖硬如铁刷，面相极为狰狞可畏。对此，读者当然可以视为极尽夸张、渲染之能事而罔顾实际的修辞艺术。

但若于古代神鬼形象谱系中加以比照则会发现，符合其描写的似只有雷神、雷鬼形象。如《夷坚丙志》卷十九《婺州雷》中雷鬼："面丑黑。短发血赤色。蓬首不巾。"《封神演义》中雷神邓天君与雷震子都是"面如蓝靛，发似朱砂"，獠牙生于上下的恶鬼相。再求证于古代绘画、造型艺术中的雷神、雷公形象，如敦煌莫高窟第329窟龛顶上的雷公壁画和日本京都三十三堂中制于镰仓时代（约中国宋元时期）的雷神造型，及山西忻州九原岗北朝墓葬壁画中的雷公图像，则更可加强此种论断的说服力。② 山西博物院渠传福研究员认为此雷公形象"其形则不似猕猴，一如其他畏兽"，且对畏兽解释道：

> 所谓"畏兽"，特指一种半人半兽的神怪，其形狮头巨目獠牙利爪，裸上身而红短裤，肩生翼或火焰，腿有飞羽，常作奔腾疾走之状，也偶有凌空飞翔者。[24]

---

① 本文所引《水浒传》原文均出自施耐庵、罗贯中：《水浒传》，人民文学出版社，1985年版。以下引文不另出注。

② 具体图像见《古代绘画中的雷神》，http://www.360doc.com/content/20/0204/17/28090228_889677872.shtml。孙博：《"畏兽"四题》，《艺术收藏与鉴赏》2020年第4期。

小说中李逵似狻猊一般狰狞可畏。狻猊，相传为龙生九子之一，亦如狮形。据此可证明李逵与雷神之间的紧密关系。

更为直接的证据则是作者明确指出李逵为"天蓬"下凡。北宋道教神霄派尊天蓬元帅为司雷神灵，地位尊贵，职能关键，《道法会元》卷一五六云："凡行雷法，无天蓬不可以役雷神；独行雷法，无天蓬不可以显验。"韵文中"恶杀"当通"恶煞"，是说李逵有如天蓬一般凶神恶煞的模样，恰与南宋时期天蓬元帅的造像一致："其形象皆狰狞恐怖，令人生畏，一反汉唐以来道教神真面慈颜和的传统风格，让人耳目一新。"[25]

虽然，小说中"天蓬"出现多次，且常与"黑煞神"连用。如，第十二回回前诗"东京已降天蓬帅，北地生成黑煞神"说的是林冲和杨志；第三十四回形容厮杀中的花荣和秦明"一个是扶持社稷天蓬将；一个是整顿江山黑煞神"；第十三回则与"李天王"联袂出现，用以摹写杨志与索超的校场比武："这个是扶持社稷，毗沙门托塔李天王；那个是整顿江山，掌金阙天蓬大元帅。"但这几处"天蓬"仅被用作夸赞梁山好汉之忠义和武力的参照对象，二者之间是一种最常见的比拟关系。与这种空泛、笼统的表达不同，作者在李逵出场时隆重介绍和细腻描画其丑恶貌相及凶悍秉性；从文字的叙述逻辑看，"天蓬恶杀下云梯"一句乃是对前面肖像描写的总结和升华，之所以借用"天蓬"而非其他神将，看重的自然是二者在相貌及"勇悍"性格上的一致性。

最后，李逵在军事作战中的表现有着明显的道教化痕迹。第八十九回写公孙胜借法术助宋江破辽，只见：

> 公孙胜在阵中仗剑作法，踏罡布斗，敕起五雷。是夜南风大作，吹的树梢垂地，走石飞沙，雷公闪电。一齐点起二十四部雷车，李逵、樊瑞、鲍旭、项充、李衮，将引五百牌手，悍勇军兵，护送雷车，推入大辽军阵。

公孙胜所学正是宋元道教流行的五雷正法，亦称五雷天心正法，习此可役使雷神、致雷电风雨及除害免灾，《夷坚丙志》中《河北道士》《郑道士》《林灵素》三篇即为此灵验异事。那么，此处押送雷车的樊瑞等四人为道教徒，自是当然。但为何安排李逵为首呢？这无疑说明了李逵本是雷部天将即雷神下凡。也正因为作者的如此构思，该处以李逵为首的情节设计，自然而然地就与上述道教所谓"独行雷法，无天蓬不可以显验"云云遥相呼应。

总之，在宋元说话艺术和水浒戏的基础上，《水浒传》通过对古代雷神之形象特征、文化含义进行的全面借用和巧妙转化，从而完成了李逵形象集大成式的艺术重塑。

二、李逵形象之子路原型考

除雷神外，李逵形象的成功塑造还得益于对"孔门十哲"之一子路形象的集中借鉴和广泛吸纳。对此，可从两个角度予以阐述。

（一）李逵与子路关系的文化——文学渊源

如上述，高文秀《双献功》视李逵为子路的黑色复制品，本身就透露出当时人们已敏锐察觉到二人在粗鲁勇猛之个性方面具有极强的吻合度和可比性；而《水浒传》则明确将子路作为李逵形象的原型之一进行艺术再创造。杜贵晨在论述李逵杀四虎情节实乃借鉴和模仿子路打虎传说时曾断言："高文秀是元初东平人，可以说李逵而拟于子路，是元初东平文学中就有了的。从而'东原罗贯中'比较其他作家更为熟悉，运用也更加得心应手。"[26] 毋庸置疑，子路对于高文秀与《水浒传》作者而言，必当如常识一般熟悉。

小说曾三次借子路的孔武勇悍以为修饰手段。第四十三回猎户为李逵一人杀四虎的神威所惊叹："不信你一个人如何杀得四个虎？便是李存孝和子路，也只打得一个。"而第五十五回和第七十七回则借以夸赞呼延灼所率军士与解珍、解宝所领梁山好汉。这就提醒我们，李逵与子路之间应存在着某种必然联系。

其实，这种必然联系的构建，关键在于一个客观存在的文化渊源和历史契机，即子路被视为雷神转世。《风俗通义》有云："子路感雷精而生，尚刚好勇，死，卫人醢之，孔子覆醢，每闻雷，心恻怛耳。"[27] 据王利器先生考察发现，此传说又见于《北堂书钞》《太平御览》《开元占经》《事类赋》《天中记》等文献，可见其传播广泛。既然同为雷神在人间的形象代言，那么人们在构思和塑造李逵形象时，将子路的某些性格特征和史实传说加以复刻、移植和转化，自是水到渠成之事。

（二）李逵形象与子路原型的历史重叠

将李逵与子路加以对照后发现，二人之间在性情禀赋、为人处世等方面具有诸多雷同和重叠表现。

从个性特征看，在武艺高强之外，二人都是粗野莽汉与至诚孝子的完美结合。子路出身寒微，鲁国卞人（今山东泗水人），"性鄙，好勇力，志伉直"（《史记·仲尼弟子列传》）。而李逵"祖贯是沂州沂水县百丈村人氏"（第三十八回），家里只有老娘和一个做长工的哥哥；一出场就是一副未经教训不受约束的蛮野之态。

李逵的孝子形象与子路完全一致。除"孝义黑三郎"宋江之外，李逵是作者予以格外强调和重点刻画的孝子形象。有感于宋江的下山接父和公孙胜回乡探母，李逵纯朴自然的思亲之念蓬勃而出，这才有了后面背母上梁山和怒杀四虎的经典情节，明清文人纷纷赞叹，如"容评"："李大哥是个天性孝子……只是要娘快乐，再无第二个念头。"[28] 周知，子路是中国古代著名的孝子之一，百里负米和发达后眷恋不忘是其孝心表现，故事前后见于刘向《说苑·建本》和《敦煌变文集·孝友篇》，元末《二十四孝》则进一步扩大了他的后世影响力。比较发现，李逵与子路在具体的尽孝行为、顾念双亲的情景和最终留有遗憾方面都有着极大的重合度。如为了尽孝，二人均需要经过长时间、远距离的辛苦跋涉，并都采用了背负的形式；又如二人牵挂双亲皆是在生活富足之时，但父母最终都未享受到儿子的富贵之养。

值得注意的是，鲁迅、孙楷第等学者陆续考证出李逵杀虎与唐小说《勤自励》，尤其宋洪迈《夷坚甲志》卷十四《舒民杀四虎》一条的密切关系。杜贵晨则指出李逵杀虎的诸多细节实由子路捉虎尾打虎的传说脱化而来[29]。那么，若从杀虎的缘由（报仇）、方式（自尾部砍杀）和数量（四虎）及老虎倒身入洞的生性来看，李逵杀虎的故事架构源自《舒民杀四虎》；而游山、取水的细节描写和调侃意味则是子路打虎传说的巧妙转化。需要进一步追问的是，《水浒传》作者为何要嫁接与整合如许打虎传奇，其思维过程又是如何的？在笔者看来，原因正在于作者选择子路作为李逵形象的原型。为了完整地延续子路勇猛鲁莽和至诚纯孝的两种形象特征，需要将子路百里负米与《殷芸小说》所载子路打虎传说融为一体，而《舒民杀四虎》《勤自励》等轶闻小说又恰好提供了现成的故事模式。于是，在作者的巧妙构思下，负米改为背娘、替先生取水变成为娘亲取水、杀虎报妻仇换作杀虎报母仇，其他细节则全盘继承，只是以戏谑之笔将子路的"揽尾"、舒民的"持尾"断足改成了等而下之的以刀刺"母大虫尾底下"之"粪门"！

从人物关系及其本质看，宋江与李逵的兄弟关系可视为孔子与子路师徒关系的等量转换。有学者从子路与孔子二人性格的对立、子路向孔子的诚服过程、彼此之间既满怀欣赏又敢于批评的微妙关系及德与力的象征等角度阐述了孔子和子路这一著名师徒关系在后世小说中的重复与翻新，其中宋江和李逵的兄弟关系就是较早之例[30]。在此视角下，我们还可补充以下佐证：其一，对宋江而言，李逵的追随时间之久和忠诚度之高在众兄弟中无出其右者，一如子路之于孔子。自江州相识至最后被药酒毒死，李逵后半生都是在宋江身边度过的，对宋江的忠贞可谓之死靡它。而子路跟随孔子长达四十年，是孔子众多弟子中时间最长者和忠诚度最高者，孔子对此曾自信地感叹："道不行，乘桴浮于海。从我者其由与？"（《论语·公冶长》）

其二，宋江夜访李师师一节与孔子见南子一事在主人公身份、事件的前因后果，及李逵和子路的反应方面如出一辙。李逵虽然性情粗野，但为人率直，对于他衷心爱戴的大哥宋江容不下半点瑕疵。他曾三次因女色之事误会宋江而大动肝火，三位分别是扈三娘、李师师和刘太公之女。后二人所涉情节分别为七十二回李逵元宵大闹东京和七十三回李逵负荆请罪，后者即为杂剧《黑旋风负荆》所叙，而前者则可能就是杂剧《黑旋风大闹牡丹园》（存目）的内容。元初童瓮天（一说南宋邵桂子）《瓮天脞语》虽有"山东巨寇宋江，将图归顺，潜入东京访李师师"，并醉书《念奴娇》词的记载[31]。但即使推测为真，李逵大闹的起因是否为宋江夜会李师师也只能做"大胆假设"，无法遽下定断。因此，且置水浒戏的影响不论，而从更深广的历史文化背景上追溯，则发现宋江夜访李师师实源自孔子见南子之典。《论语·雍也》云："子见南子，子路不说。夫子矢之曰：'予所否者，天厌之！天厌之！'"据《史记》可知，此前孔子在卫国曾受到卫灵公的优待和赏识，之后又返回卫国，卫灵公宠妃南子慕名约见，"孔子辞谢，不得已而见之"（《孔子世家》）。可见，二者不仅性质相同，都是率真耿直的主人公因误会自己真心钦佩的前辈、兄长访美而不悦；且具体细节也大同小异，如所访对象均为君王天子所宠爱的美女，也都有不得已的动机等。

其三，李逵与子路二人的慷慨赴死之间具有内在的本质关联。鲁哀公十五年（前480），卫国发展内乱，时为大夫孔悝之邑宰的子路不顾安危，出于"食其食者不避其难"的责任感和担当意识以身犯险，死于乱中。子路的赴难其实是在孔子的谆谆教诲和人格感召下，由匹夫莽汉到忠勇之君的升华与蜕变；他面对死亡时所表现出的"君子死而冠不免"的从容和坚定，乃孔子"君子义以为上"和"杀身成仁"之信念的自觉践行，正如颜师古对班固《幽通赋》中"固行行其必凶兮，免盗乱为赖道"一句的评注："《赋》言子路禀行行之性，其凶必也，所以免为于乱盗者，赖闻道于孔子也。"（《汉书·叙传上》）该评价同样适用于宋江对李逵的改造和救赎。由于非常清楚李逵的鲁莽冲动必会将梁山好汉们惨淡经营换来的"一世清名忠义之事坏了"（第一百一十回），宋江不得已才哄骗其喝下药酒，并坦诚相告其中缘由与苦心；李逵对此虽也表示出无奈的痛苦，却毫无怨言！如此看来，李逵同样"禀行行之性，其凶必也"，而其"所以免为于乱盗者"，亦有"赖闻道于"宋江也！二者仅有主动与被动之区别而已。

综上，《水浒传》中李逵形象的原型有二，其外在特征主要取自雷神，内在性格和行为事迹则源于子路；二者之所以能够完美融合则在于古人视子路为雷神转世的传统认知。若根据对于形象塑造的意义进行划分，雷神即为李逵的原型人物，而子路则是本事人物。①

三、李逵原型考察的文本解读价值

通过以上对李逵形象的原型考察，不仅可见出小说创作的文化渊源和作者的知识素养，而且为我们重新认识和深度把握作品的创作过程、文本内涵及作者的政治立场等相关问题提供了积极的思路启迪。

---

① 关于本事研究与原型研究的区别，请参刘勇强：《古代小说创作中的本事及其研究》，《北京大学学报》2015年第4期。叶楚炎在此基础上，提出"原型人物"和"本事人物"的概念，见《〈儒林外史〉原型人物研究的方法、路径及其意义》，《文学遗产》2021年第6期。

（一）李逵形象的生成与演变及其内在动因可得到更加全面的梳理和总结

由于宋代水浒题材话本小说的资料缺失，学界对李逵形象历史演变的研究，只能依据元水浒戏和《水浒传》。现在我们通过对龚开所作赞语的细致考察进而论证出南宋说话艺人口中的李逵形象即以雷神为原型，那么总结此时李逵形象的基本特征就有了相对可靠的事实依据和文献支撑。如从话本、戏曲到章回小说，李逵形象在身形魁梧、皮肤黝黑、肌肉虬张、性情暴躁、武艺高强等方面保持了相对的稳定性，根本原因就在于雷神原型选用的一惯性；再如从雷神的象征意义角度更深入地解释了元水浒戏尤其李逵戏盛行一时的文化动因。

（二）《水浒传》的暴力血腥描写能得到更客观权威的原因阐释

小说描写和渲染了诸多食人、虐杀和滥杀等血淋淋的暴力情节，对此陆续有学者从历史写实和审美表达等角度进行客观剖析和合理释读[32]。如杜贵晨曾指出李逵、武松的"滥杀""虐杀"其实是好汉们"替天行道"的应有之义，并结合李逵乃天杀星下凡进而总结道："李逵的'滥杀'其实是'替天行道'，而'下土众生'的无辜被杀，其实是由于莫名其妙的'作业太重'！江州法场上的'看客'和朱仝所看顾的小衙内即属此类。"[33]现已知李逵形象的原型之一就是民间信仰中的雷神，根据上引所谓人有"阴过"则"天杀可也"的记载，可为杜文提供更为明确可靠的证据。梁山好汉作为一个魔星下凡的整体，他们的暴力杀戮行为亦应作如是观。

（三）雷神信仰的背后是儒家"畏天命"的修身观念，折射出小说作者通达、开明的君臣观念和政治立场

民间的雷神崇拜本质上寄托了人们惩恶扬善的美好意愿和心理诉求，古人通过一系列雷神暴击恶人的神怪故事表达了推动社会和谐发展的规训和惩罚主题[34]。这种民间信仰是传统儒家雷震观念世俗化和普及化的结果。作为"畏天命"的具体表现，儒家强调耳闻雷震必心怀惊惧以自省的修身理念，所谓"迅雷风烈，必变"（《论语·乡党》）。当然，淬炼人格、涵养德性更是天子、诸侯、大夫等居高位的君子们所应达成的道德标准，否则同样会受到雷击惩罚。如《左传·僖公十五年》所载天雷震坏鲁国大夫夷伯庙宇之怪事："震夷伯之庙，罪之也。于是展氏有隐慝焉。"罪恶虽可避人耳目却不知天理昭昭，"故天加诛于其祖夷伯之庙以谴告之也"（《汉书·五行志》）。

可见，梁山好汉的暴力反抗虽有"对天子失道的讥刺"的命意在[35]。但从雷神的原型角度看，李逵才是该命意的真正践行者和承担者。作为梁山好汉中唯一一个敢针对朝廷和天子动辄叫嚣造反的叛逆形象，及死后神魂不灭仍持板斧寻天子复仇等情节，显然寄托了作者希望天子能够责躬省过、亲贤远佞的政治愿景，体现出一种较为通达、开明、辩证的君臣观念。

四、结　语

综上，据龚开赞语可推断出自水浒故事在南宋兴起开始，黑旋风李逵就与雷神绑定在一起；元朝严重的民族压迫和阶级对立，则促成了以雷神为原型的李逵形象和李逵故事在水浒戏中的一家独大。同时，儒家圣贤子路也开始逐渐被水浒戏所吸纳和借鉴，直到《水浒传》作者才进一步将子路的性格细节转嫁和移植到李逵身上，从而重新塑造出一个与水浒戏中既重叠相似又迥然有别的莽汉兼孝子形象。此外，通过对李逵人物原型的考察，为我们重新认识和深入辨析相关研究中的模糊性甚至争议性问题提供了新的角度和依据。

参考文献

[1] 余嘉锡：《余嘉锡文史论集·宋江三十六人考实》，岳麓书社，1997年版，第354—357页。

[2] 袁世硕：《读余嘉锡〈宋江三十六人考实〉札记二则》，《济宁师专学报》1999年第4期。

[3] 何心：《〈水浒传〉人物与历史人物》，《水浒研究》，上海古籍出版社，1985年版，第149页。

[4] 王齐洲：《论中国古典小说的阶级意识——从〈水浒传〉取材谈起》，《天津社会科学》1993年第2期。

[5] 朱一玄、刘毓忱编：《水浒传资料汇编》，南开大学出版社，2012年版，第21页。

[6] 汪远平：《论〈水浒传〉的人物绰号》，《江汉论坛》1985年第6期。

[7] 赵羽：《略释〈水浒传〉中李逵的绰号"黑旋风"》，《文化学刊》2020年第2期。

[8][9]（梁）萧统编，（唐）李善注：《文选》，上海古籍出版社，1986年版，第583页、第584页。

[10]（明）李岱撰，李小龙译：《夜航船》，中华书局，2015年版，第34页。

[11]（明）罗贯中：《三国志通俗演义》，上海古籍出版社，1981年版，第1000页。

[12]（清）李道平：《周易集解纂疏》，《丛书集成初编》，中华书局，1985年版，第17页。

[13] 张作舟、李定远：《道教雷神崇拜与雷神图像研究》，《老子学刊》2020年第2期。

[14] 鲁迅：《华盖集续编·马上支日记》，人民文学出版社，2006年版；孙楷第：《沧州后集·水浒传人物考·附一》，中华书局，1985年版；侯会：《〈夷坚志〉中的〈水浒传〉素材》，《明清小说研究》1996年第2期；项裕荣：《试论李逵形象的南北融合》，《学术论坛》2007年第1期；项裕荣：《再论〈夷坚志〉与〈水浒传〉》，《明清小说研究》2009年第1期。

[15] 上海师范大学古籍整理研究所：《全宋笔记》（第五卷·十），大象出版社，2012年版，第168页。

[16][17] 钟兆华：《元刊全相平话五种校注》，巴蜀书社，1990年版，第7—8页、第8页。

[18] 吴肖丹：《信仰、叙事、图像中的叙事：从〈三国演义〉版画说起》，"新文科视野下的俗文学学术研讨会暨中国俗文学学会2020年年会"，第255页。

[19] 李志鸿：《神圣的帷幕：民众思想世界中的雷神崇拜》，《福建师范大学学报》2005年第1期。

[20][21][22] 黄晖：《论衡校释》，商务印书馆，1935年版，第286页、第294页、第294页。

[23] 张静：《从〈夷坚志〉中雷电灾害看宋代民间雷神崇拜》，《江西师范大学学报》2012年第4期。

[24] 渠传福：《九原岗壁画中的神怪形象》，《太原日报》2019年12月23日。

[25] 李远国、王家佑：《天蓬元帅考辨》，《四川文物》1997年第3期。

[26][29] 杜贵晨：《试论中国古代小说"雅"观通俗的读法》，《东岳论丛》2012年第3期。

[27]（汉）应劭撰，王利器校注《风俗通义校注》，中华书局，1981年版，第563页。

[28] 陈曦忠、侯忠义、鲁玉川：《水浒传会评本》，北京大学出版社，1981年版，第787页。

[30] 褚燕：《论"宋江—李逵"人物模式的最早原型》，《湖北大学成人教育学院学报》2003年第3期。

[31]（明）杨慎撰，王大厚笺证：《升庵词品·拾遗》，中华书局，2018年版，第481—483页。

[32] 齐煜焜：《对〈水浒传〉血腥、暴力问题的思考》，《明清小说研究》2011年第2期；曲家源：《论〈水浒传〉血腥气》，《山西师大学报》1990年第4期；朱仰东：《梁山英雄的魔性、神性与九天玄女》，《聊城大学学报》2018年第4期。

[33] 杜贵晨：《〈水浒传〉中的"血性描写"及其文化阐释》，《河北学刊》2016年第1期。

[34] 李志鸿、林国平：《规训与惩罚——雷神崇拜与中国传统社会》，道教思想与中国社会发展进步研讨会第二次会议，2003年11月1日。

[35] 杜贵晨：《〈水浒传〉的替天行道考》，《菏泽学院学报》2008年第6期。

作者

王以兴，文学博士，潍坊学院文史学院副教授，主要研究方向：中国古代小说。

朱仰东，文学博士，新疆大学中国语言文学学院副教授，主要研究方向：古代小说和戏曲。

瘟神的寓言
——从《水浒传》开篇写瘟疫谈起
宋金民

摘要：《水浒传》中，天罡地煞"星神"因为"魔心未断，道行未完"被镇压在"伏魔之殿"，称为"魔君"；"魔君""托化生身"为梁山好汉，成为凡人；梁山好汉死后被"封为梁山泊都土地"，又成为土地神。梁山好汉在前世是"星神"，来世是土地神，在现世是凡人，也是瘟神。星神、瘟神、土地神，只是梁山好汉在前世、现世、来世三种位格中神格的不同体现，本身却是三位一体的。借助三次罗天大醮，瘟神完成了散发、历练、回归的自我救赎历程，神性发生了由魔至神的转变，为梁山好汉的命运张纲举目，进而结构全书；借助瘟神惩恶扬善、替天行道的神职寄寓作者维护社会公平公正、拯时救世的创作主旨。人物形象、结构布局、创作主旨都是围绕瘟神展开，《水浒传》是一部瘟神的寓言。

关键词：瘟神；寓言；水浒传

在《水浒传》的"引首"及第一回，作者铺张扬厉地叙写一场瘟疫："谁想道乐极悲生：嘉祐三年上春间，天下瘟疫盛行。"[1]瘟疫来势凶猛，并愈演愈烈。紧接着第一回宋仁宗下令，命洪太尉去请张天师"修设三千六百分罗天大醮"，祈禳瘟疫，进而引出天罡地煞下临凡世以及以后的梁山诸事。小说正文部分，瘟疫或隐或显，也一直伴随水浒故事的始终。有的故事情节写到瘟疫，武松在柴进的庄上因患"疟疾"结识宋江，宋江出资安葬因"时疫"死去的阎公；在话语层面，白胜、武松都曾被称害过"热病"；在描写人物形象时，阮小五被称为"行瘟使者"；在写到梁山好汉的结局时，张横、穆弘、朱贵等六人因"瘟疫"病死于杭州等。除此之外，在水浒故事发展的关键点上一共举行了三次罗天大醮，而罗天大醮又是道教驱逐瘟疫的仪式。因此，《水浒传》与瘟疫的关系不可谓不紧密。对于《水浒传》叙写瘟疫的用意，以往虽有浦安迪、杨义、大冢秀高等中外学者高屋建瓴概而论之，但总体而言，学界迄今对其探讨的深度仍待加强，进而在一定程度上影响到对小说的人物、结构、主旨的认识。笔者不揣浅陋，对《水浒传》与瘟疫的关系试为论之，敬请方家指正。

一、梁山好汉与瘟神的身份

《水浒传》开篇写道,因为瘟疫盛行,宋仁宗命洪太尉去请张天师"修设三千六百分罗天大醮",祈禳瘟疫,结果洪太尉误打误撞放出了一百零八位妖魔,妖魔"托化生身"为梁山好汉。梁山好汉因瘟疫来到世上,又给世上带来了瘟疫。所谓"千古幽扃一旦开,天罡地煞出泉台。自来无事多生事,本为禳灾却惹灾。社稷从今云扰扰,兵戈到处闹垓垓"。洪太尉释放洪水猛兽到人间,社会鸡犬不宁、兵荒马乱,不啻于人世间的又一场瘟疫。自此,梁山好汉便与瘟疫相生相伴、如影随形。

梁山首领宋江与瘟疫的关系非常直观。《水浒传》第十八回对宋江介绍如下:

> 那押司姓宋名江,表字公明,排行第三,祖居郓城县宋家村人氏。为他面黑身矮,人都唤他做黑宋江;又且于家大孝,为人仗义疏财,人皆称他做孝义黑三郎。

在宋江的出场介绍中,作者不厌其烦,连续三次突出其"黑"——"面黑身矮""黑宋江""孝义黑三郎",随即又提及其另外两个绰号:"呼保义"和"及时雨"。"呼保义"体现宋江"忠义"的特征,"及时雨"可以理解为宋江"仗义疏财"犹如及时雨的特点,两者在《水浒传》中释之甚详,概无疑义。而对宋江字"公明",以及"面黑"的解释则必须与瘟疫、瘟神联系起来。

司瘟疫之神被称为瘟神,历代各地所奉瘟神并不统一,如云南信奉大黑天神,福建地区信奉池王爷、五帝,浙江信奉忠靖王,山东信奉瘟元帅等。但各地所奉瘟神具有一定程度的相似性,有相当一部分瘟神是为了当地的百姓免于瘟疫,自愿吞食瘟药或饮用了含有瘟药的井水,以致中毒脸色变黑,死后被封为瘟神的。例如山东的瘟元帅:

> 旧时各地有不少瘟元帅庙,有的叫瘟将军庙,也有的叫广灵庙,皆由泰山神"温元帅"的信仰发展而来,主驱赶疫疠。其神像塑得浑身发黑。传说,他成神前是一个卖豆腐的,叫雷琼。有一次他住的村子惹恼了玉帝,玉帝令土地爷把毒药投入井中,要瘟死全村人。全村只有雷琼是个善人,玉帝有"特赦令",让土地爷告诉他,不要再用井里的水。他想:不如用我一死,救了全村。便用井里全部带毒药的水做了一盘豆腐,自己一气吃下,当即瘟死在地,浑身变黑。玉帝见了大为感动,特封他为上天瘟元帅,专管驱瘟逐疠,使瘟疠不再发生。[2]

浙江的忠靖王：

> 在丽水山城的东南隅，囤山的顶端。旧时香火之盛，甲于一郡。传说唐时平阳县有一口水井，方圆数里的乡民都饮用。一天，瘟神施毒药于此井，这事被温琼知道，天未亮就守候在井口，不让乡邻饮用。挑水的人接踵而至，争先恐后地要汲水。温琼苦苦哀劝而无济于事，于是纵身跳入井中，当乡邻把温琼打捞上来后，温琼已全身发黑，中毒身亡了。事闻朝廷，追封温琼为忠靖王。在清乾隆时立庙祀神，每年三月初三举行盛大庙会。[3]

梁山好汉恰恰因为瘟疫来到世间，"面黑"的首领宋江"替天行道""护国、安民"，最终饮用毒酒中毒身亡，死后被封"梁山泊都土地"，成为土地神，得以封神建庙，"年年享祭，岁岁朝参"。在起因、外貌、行为、结局等外在方面，宋江与传说中的瘟神多有相似之处。

更加巧合的是，民间还有一位叫赵公明的瘟神。隋唐时期的《正一殟司辟毒神灯仪》载：

> 臣众等志心归命西方行瘟赵使者：伏以洪炉造物，覆焘所以无私；疏网临人，善恶因而有报……五方使者，除凶去暴；正直聪明，褒忠佑孝。[4]（"西方行瘟赵使者"即赵公明）

宋代不著撰人《三教源流搜神大全》卷三称：

> 赵元帅，姓赵，讳公明，钟南山人也。……面色黑，而胡须者，北炁也……除瘟、剪疟、保病、禳灾，元帅之功莫大焉。至如讼冤伸抑，公能使之解释公平；买卖求财，公能使之宜利和合。但有公平之事，可以对神祷，无不如意……[5]

除了"面黑""公明"等这些外显之处与宋江不谋而合外，宋江与瘟神赵公明的神性也多有类似之处：

首先，瘟神赵公明"正直聪明"，《水浒传》中的宋江"自幼曾攻经史，长成亦有权谋""仁义礼智信皆备"，在能力、禀赋上与瘟神赵公明"正直聪明"的神性相似。

其次，瘟神赵公明"褒忠佑孝"，《水浒传》中的宋江"忠孝双全"，又与瘟神赵公明相符。先看宋江之忠：宋江忠于朝廷，一直希望依附于朝廷实现自己的理想，杀阎婆惜后，想到的还是到柴进、孔太公、花荣三处躲避，并没有想到上梁山；在发配途中，宋江为了拒绝上梁山的邀请甚至以死相逼；即使上了梁山，也是"暂居水泊，专待朝廷招安，尽忠竭力报国"，满脑子想的也是招安；在招安的过程中，因为宋江素怀归顺之心，与朝廷作战只是点到为止，"不肯尽情追杀"；等到招安成功，宋江便积极地投入"平虏保民安国"的斗争中；最终，"宁肯朝廷负我，我忠心不负朝廷"，饮了毒酒后，还担心李逵重新造反，坏了"忠义"之名，忍痛把李逵药死。宋江的确是"为人一世，只主张忠义二字"，"呼保义"之号名副其实。

所谓忠臣必出于孝子之门，再看宋江之孝：只因当时"做吏最难"，宋江"恐连累父母，教爹娘告了忤逆，出了籍册，各户另居，官给执凭公文存照，不相来往"；大闹清风寨后，尽管是宋江首先想到并带领大家上梁山，但是一封父亲病故的家书，又让他"哭得昏迷，半晌方才苏醒"，"老父身亡，不能尽人子之道，畜生何异"，舍弃众兄弟奔家而去；在去江州服刑的路上，认为梁山好汉入伙的邀请："这个不是你们弟兄抬举宋江，倒要陷我于不忠不孝之地，万劫沉埋。""因此父亲明明训教宋江，小可不争随顺了哥哥，便是上逆天理，下违父教，做了不忠不孝的人在世，虽生何益。"宋江"孝义黑三郎"的外号名声在外。正如梁归智所言："宋江的'义气'绝对不能突破'忠'和'孝'的底线，这是他的根本立场。"[6] 宋江"忠孝双全"与瘟神赵公明"襃忠佑孝"的神性相符。

最后，瘟神赵公明"除凶去暴""除瘟剪虐，保病禳灾"，《水浒传》中的宋江惩恶扬善，"替天行道"，维护社会公平公正。宋江上梁山后，选择了与强盗身份不符的行为方式，"不劫来往客商，不伤害人性命"，而是与瘟神一样惩恶扬善，维护社会的公平公正。面对高俅、杨戬、童贯、蔡京等贪官污吏"为官贪滥，作事骄奢""非理害民"的社会现状，宋江是"酷吏赃官都杀尽，忠心报答赵官家"，专门打击豪强、消灭奸邪，帮助朝廷清理官僚队伍，遏制腐败，赢得社会的公平。辽军入侵，国家主权受到威胁，人民遭受战火之灾；方腊造反，"掳掠淫杀，惨毒不忍言说""累被方腊残害，无处逃躲。此间百姓，俱被方腊残害，无一个不怨恨他"。招安成功后作为臣的宋江积极地"护国""安民"，攘外、安内，结果辽国被打得俯首称臣，方腊则被完全消灭。梁山好汉成为除暴安良、维系社会公平公正的中流砥柱，以致在梁山好汉多遭毒害后，作者不免感慨："无穷冤抑当阶诉，身后何人报不平。"

除此之外，瘟神赵公明"公平买卖求财，公能使之宜利和合"，《水浒传》中的宋江"端的是挥霍，视金如土……以此山东、河北闻名，都称他做及时雨"，宋江"及时雨"的外号，与其"赒人之急，扶人之困"的钱财象征意义之所以勾连起来，也未尝不是受瘟神"钱财"意象的影响，从而使其具有了应有之义，并在小说中得到体现。

另据《夷坚志·支景志》卷六《孝义坊土地》载：

庆元元年正月，平江市人周翁疟疾不止。尝闻人说疟有鬼，可以出他处闪避，乃以昏时潜入城隍庙中，伏卧神座下，祝史皆莫知也。夜且半，见灯烛陈列，兵卫拱侍，城隍王临轩坐，黄衣卒从外领七八人至廷下，衣冠拱侍。王问曰："吾被上帝敕令此邦行疫，尔辈各为一方土地神，那得稽缓。"皆顿首听命。其中一神独前白曰："某所主孝义坊，诚见本坊居民家家良善无过恶，恐难用病苦以困之。"王怒曰："此是天旨，汝小小职掌，只合奉行。"神复白曰："既不可免，欲以小儿充数如何？"王沉思良久曰："若此亦得。"遂各声喏而退。周翁明旦还舍，具以告人，皆哂以为狂谵，无一信者。至二月，城中疫病大作，唯孝义一坊但童稚抱疾，始验周语不诬。追病者安痊，坊众相率敛钱建大庙，以报土地之德。[7]

土地神因为不忍居民流行疫病，借故拖延天旨，救了一城的百姓，当地的老百姓为了感谢土地神，"相率敛钱建大庙"。大冢秀高认为："可能是反映瘟神还不完全善神化时期的物语。"[8] 因祈禳瘟疫来到世间的梁山好汉，最终被封"梁山泊都土地，到乡中为神，佑护百姓"，梁山好汉之所以成为土地神，可能还是对瘟神神性的有意识比附。

宋江虽史有其人，但《水浒传》中因瘟疫来到世间的宋江，无论是"公明"之字、"面黑"之貌、"呼保义""及时雨"之号，还是"忠孝双全""替天行道"之性，与民间信仰的瘟神，尤其是瘟神赵公明具有诸多相似之处，作为艺术创造的《水浒传》中的宋江应该是比附着瘟神来塑造的。宋江前世是"星神"，来世是土地神，在现世则是人神一体，是凡人又是瘟神。自然，同为"星神"的"托化生身"，在宋江带领下，共同实现着人生蜕变的其他梁山好汉同样也是瘟神，梁山好汉与瘟神，两者乃是一而二、二而一的关系。

二、《水浒传》的结构与瘟神的神性

在星辰信仰中，道教持有神煞并存的观点，认为星辰既有吉祥的性质，也蕴含着凶煞的特征，《水浒传》中瘟神的神性就经历了一个由魔至神的变化过程。《水浒传》中，"星神"因为"魔心未断"，所以称之为"魔君"，被镇压在"伏魔之殿"，等到"功成果满"的那一天，也就是魔性已消，神性完全之时，完成命运历程的一个轮回，最终"重登紫府"，从魔到神，重回星曜。《水浒传》的作者借助三次罗天大醮这一驱逐瘟疫的仪式，来标志瘟神命运历程的轮回，神性的蜕变，进而支撑起《水浒传》的框架，使小说的结构浑然一体，圆融完满。

(一)入世为魔

在老百姓看来,"瘟疫流行,系瘟神、疫鬼作祟,由来已久"[9],瘟疫是由瘟神、疫鬼引起。《太上洞渊神咒经》载:"刘元达、张元伯、赵公明、李公仲、史文业、钟仕季、少都符,各将五伤鬼精二十五万人,行瘟疫病。"[10]《水浒传》"引首"写到的这场发生在仁宗之时的瘟疫也应该是由瘟神、疫鬼引起,不过因为有张天师,有罗天大醮,"天师在东京禁院做了七昼夜好事,普施符箓,禳救灾病,瘟疫尽消,军民安泰",这场瘟疫并没有酿成大祸。

本来是要修设驱逐瘟疫的"罗天大醮",结果却开启了潘多拉魔盒之门,洪太尉推倒了镇压妖魔的石碑,放出了一百零八位妖魔。"那一声响亮过处,只见一道黑气,从穴里滚将起来,掀塌了半个殿角。那道黑气,直冲到半天里,空中散作百十道金光,往四面八方去了。"黑气而散作金光,"不言而喻,'黑气'乃'魔君'之像,'金光'乃'星君'之像""凡此是说明殿中所锁镇之魔王,乃亦魔亦神,外魔而内神,似魔而实神者也"[11],表明即将来到世间的梁山好汉,既有魔性又有神性,体现出瘟神善恶的两重性。

"星神"本应在天上,但因为"魔心未断"被镇压在"伏魔之殿",究竟是谁镇锁住这些妖魔,小说中的描述并不统一,正因为有天师的镇锁,妖魔并没有机会来到世间作恶。但是,依据谪凡神话思维来说,等到"星神""托化生身"的梁山好汉也就是瘟神来到人间则具有了罪罚的新意,瘟神的魔性终究会散发。

于是,梁山好汉给社会带来了战乱,社会从此动荡不安,梁山好汉不乏食人、虐杀、滥杀的行为,表现得血腥、残忍。比如写李逵为救宋江,"不问军官百姓,杀得尸横遍野,血流成渠。推倒撷翻,不计其数";行者武松大闹飞云浦,血溅鸳鸯楼,直"杀得血溅画楼、尸横灯影"。梁山好汉个人凶残可怖,梁山军队同样嗜血嗜杀,大名府一战,梁山军队疯狂屠城,"蔡福道:'大官人可救一城百姓,休教残害。'柴进见说,便去寻军师吴用。比及柴进寻着吴用,急传下号令去,休教杀害良民时,城中将及伤损一半"。梁山好汉"必恼下方生灵……他日必为后患",而这一切皆因瘟疫、罗天大醮而起。因此,第一次罗天大醮的修设,委婉点明了梁山好汉瘟神的身份,指出了其魔性的一面。从结构上讲,这是瘟神散发的标志。

(二)历劫灭魔

瘟神降罚行灾,给人间带来瘟疫,但也能以此惩罚恶人,具有善与恶的两重性。在较早记载瘟神赵公明的干宝的《搜神记》中,上帝命赵公明、钟士季各督数鬼到凡间取人性命,而赵公明的参佐被王祐之廉洁及孝心所感,不仅没取"疾困"中的王祐性命,反而为其疗病,并留下"避恶灾"的"赤笔"[12]十余枝。赵公明的下属即体现出善恶的两重性,瘟神赵公明亦当如此。

根据道教传说及典籍的记载，祖天师张道陵于蜀地修道时，曾与瘟神刘元达、张元伯、赵公明、钟士季、史文业等战于青城山。天心派路时中《无上玄元三天玉堂大法》载：

> 师曰：神鬼之说，盖始以祖师收六天鬼王、五部鬼帅，乃吹妖散毒之邪，人非阴魄之鬼也。今祖师以收其五部而归正，故总摄瘟司也。但五部之鬼，自受祖师誓约之后，归心正道之久，故张元伯以忠信位雷府直符，赵公明以威直充玄坛大将。余皆为酆都丑狱之酋长，皆不复为妖也。[13]

赵公明等瘟神被天师收服后，魔性才发生改变，归心正道，"总摄瘟司"，不再作恶，撒播瘟疫疾病。

作为一体两面的梁山好汉，从第二回降临人间，魔性便开始散发。"哄动宋国乾坤，闹遍赵家社稷"，大开杀戒，以武力、杀戮对抗整个社会。但在"朝廷不明，纵容奸臣当道"的背景下，"戒刀杀尽不平人""酷吏赃官都杀尽"，使用暴力未尝不是对无道社会的修正，而他们自身也在暴力中完成凡间的修行。李丰楙认为："道教界习常解说星辰下坠世间为人，既是道教中人所使用的教化手段，也是世人普遍接受的传统信仰，只有在这样的宗教气氛中，才能改造宋江等一干好汉为天罡院的星君，其降临北宋末劫之世就可视为罪谪者的修行历程。"[14] 杀戮即是修行。元代陶宗仪《南村辍耕录》卷二十七"扶箕诗"："天遣魔军杀不平，不平人杀不平人。不平杀人杀不平者，杀尽不平方太平。"[15] 对他们自身而言，这是"去邪归正"，由魔至神的必然过程，而暴力只是他们别无选择的修行方式，这正是小说作者从赞赏的角度写暴力的原因所在。"当梁山英雄嗜杀的同时，神性的一面也在促使着他们或者消解他们因魔性所带来的各种杀戮以及由此造成的不良后果，使其并未一味沉沦下去，成了十恶不赦的恶魔，归入后世小说写黄巢、李自成而仅止于魔性一途。"[16] 随着暴力的持续，梁山好汉的魔性越来越弱，神性越来越强，标志性的事件就是第七十一回举行的罗天大醮：

> 今者，一百八人皆在面前聚会，端的古往今来，实为罕有！如今兵刃到处，杀害生灵，无可禳谢大罪。我心中欲建一罗天大醮，报答天地神明眷佑之恩。一则祈保众兄弟身心安乐；二则惟愿朝廷早降恩光，赦免逆天大罪，众当竭力捐躯，尽忠报国，死而后已……

这既是对过去的反思与总结，又是对将来的规划与指引。第一次罗天大醮后，"魔君"脱离石碣的控制，"托化生身"为梁山好汉来到世间，以暴力的形式修行、度劫。等到修行到一定程度，随着魔性趋弱，他们开始反思总结，有了悔意，意识到"无可禳谢大罪"，应该"竭力捐躯，尽忠报国，死而后已"。"宋江要求上天报应"，于是天降石碣，梁山好汉重归石碣，意味着他们的魔性趋弱，标志着自我修行、救赎之路步入了一个新的高度，追求相应地从"戒刀杀尽不平人"变成了"替天行道，保境安民""忠义双全"。当然，修行远未结束，他们仍然在路上！

修行的历程就是神性与魔性抗衡的过程，第二次罗天大醮的修设，就成为梁山好汉的神性由魔至神的转变标志。从结构上讲，这部分内容构成了梁山故事的主体部分。

（三）功成归神

按照道教的观点，星神与凡人具有转生的关系。"世人积善属阳，阳气上浮；积恶属阴，阴气下坠。今天上星宿即世人阳气也。然三界有善有恶，虽为天星，苟一念不正即属阴，阴气自然复坠为人；星殒为石者，所坠之阴滓也。"[17]凡人在世间通过德行上的积善祛恶，可以重返天界诸星的果位。梁山好汉完成由魔至神的修行后，本来就是"星神"的他们，必然"去邪归正""重登紫府"，重回星曜，回归神位，返本还元。

第九十九回，作者再次安排宋江修设了一场罗天大醮。"想起诸将劳苦，今日太平，当以超度"，于是"超度九幽拔罪好事，做三百六十分罗天大醮，追荐前亡后化列位偏正将佐"。用这场罗天大醮超度阵亡殇魂，以解除死者生前所造罪孽，令死者在九幽地府得以安乐，而在阳间的生人也能不受勾连，对逝者是一个交代，对生者是一个安慰，标志着瘟神历练里程中最后一个阶段的完成，从此，他们开始步入回归之旅。正如吴真所说："罗天大醮在结尾处的出现，既是超度，又是'收煞'——传统小说戏曲结构意义上的收煞收场，更是宗教意义上的收煞送瘟。"[18]瘟神的魔性渐行渐远，"天罡归天界、地煞地中藏"，意味着修行至此，"魔心未断"之误走以及来到世间之暴戾之气的消除殆尽，随着第三次罗天大醮的举行而即将画上圆满的句号，死后封神的结局则正式标志着修行之终结。

宋江因饮用了御赐的毒酒身亡，死后"敕封宋江为忠烈义济灵应侯"，"于梁山泊起盖庙宇，大建祠堂，妆塑宋江等殁于王事诸多将佐神像。敕赐殿宇牌额，御笔亲书'靖忠之庙'"，"年年享祭，岁岁朝参"，至此，梁山好汉、瘟神最终合二为一，并在来世成了土地神。第三次罗天大醮的修设，标志着瘟神之神性的达成。从结构上讲，这又是梁山好汉结局的一个预演。

三、《水浒传》的主旨与瘟神的神职

在道教看来，瘟疫虽由瘟神、瘟鬼所引起，而责任却在人自身。约成书于隋唐时期的《正一瘟司辟毒神灯仪》言："凡人道遇瘟疫，皆因其作恶自召。"[19]因为人在世间作恶，瘟鬼或瘟神才奉天意旨降临人间，散发瘟疫，对作恶之人进行惩罚。如福建地区的池王爷："当地百姓大逆不道，一时龙颜大怒，命我俩即刻携毒药下凡到漳州播撒瘟疫，涂炭满城生灵，以儆效尤，以彰天道。"[20] 瘟神行病杀人，是奉上帝之旨意诛除凶恶。瘟神降临人间，代行天罚，替天行道，这是他们的职责所在。

《水浒传》的内容以"忠义堂石碣受天文，梁山泊英雄排座次"为界，一部书可以分作两部分。第一部分内容最大的特点就是"乱"，在当权者统治下，社会奸佞横行、民不聊生、人心思乱，而社会的公平合理只能寄希望于瘟神。瘟疫当前，洪太尉去请张天师，当从住持真人那里得知天师"难得见"时，便流露出"似此怎生奈何"的困惑。真人回答："天子要救万民，只除是太尉办一点志诚心……"金圣叹批语："此语不独指祈禳瘟疫也。夫天子则岂有不要救万民者？天子要救万民，则岂有不倚托太尉者？太尉若无诚心，则岂能救得万民者？太尉救不得万民，则岂能仰答天子者？语虽不多，而其指甚远，其斯以为真人也乎？"[21] 在瘟疫面前，天子自然要救万民，但把重任交给了缺乏"志诚心"的洪太尉。洪太尉求见天师，不仅缺乏志诚心，还不识真人面目，遇而不见，反说天师样貌"猥獕"。这意味着朝廷蔽塞，不能识英雄于草莽，"宋室不竞，冠屦倒施，大贤处下，不肖处上"[22] 盖即此理也。社会的不公致使"官逼民反"，朝廷难辞其咎。

朝廷的无道在高俅身上又一次得到验证。高俅"若论仁义礼智，信行忠良，却是不会。只在东京城里城外帮闲"。一个被自己的父亲、开封府尹、东京城里人民、董将士、小苏学士不容的人，就因踢得一脚好球，被小王都太尉、端王容留，等到端王成为皇帝，"没半年之间，直抬举高俅做到殿帅府太尉职事"。这样的人一旦掌权，便为报私仇逼走王进，为助螟蛉之子高衙内霸占林冲妻子逼反林冲。多数梁山好汉本来想"指望把一身本事，边庭上一枪一刀，博个封妻荫子，也与祖宗争口气"，因此，即使粗鲁如鲁智深，"洒家不管菜园，杀也要做都寺、监寺"，也不乏上进之心；朝廷将领秦明"生是大宋人，死为大宋鬼！朝廷教我做到兵马总管，兼受统制使官职，又不曾亏了秦明，我如何肯做强人，背反朝廷？你们众位要杀时，便杀了我"，更是不惜拿生命与造反的道路选择相抗衡；杨志"指望把一身的本事，边庭上一刀一枪，博个封妻荫子"；武松也想着"久后青史上留的一个好名"。但是，"朝廷奸臣当道，谗佞专权，非亲不用，非财不取"，英雄无用武之地，"天下大力大贤而尽纳之水浒"[23]，他们不想反上梁山，但梁山却是他们最后的归宿。"天子不明"，重用奸臣，以致"奸党弄权，谗佞侥幸，嫉贤妒能，赏罚不明，以致天下大乱"。整个朝廷之上，君、臣均非贤人。所以，恰恰是在宋徽宗当了皇帝，重用高俅之时，罡煞星幻化的梁山好汉才由散到聚，来到人间，"哄动宋国乾坤，闹遍赵家社稷"，其责任不恰恰在朝廷自身。

天理昭彰，报应不爽。朝廷无道，张天师灭了汴京的瘟疫，洪太尉却播下了下一场瘟疫的种子。对于无道的社会来讲，瘟神成为社会公平合理的希望所在。《水浒传》第五十二回罗真人论李逵："贫道已知这人是上界天杀星之数，为是下土众生，作业太重，故罚他下来杀戮。"因此，孙二娘孟州道开店杀人作"人肉的馒头"；武松杀张都监全家，"又入来寻着两三个妇女，也都搠死了在房里"，丫头、养娘与怀抱中婴儿都不能幸免；李逵江州劫法场，"百姓撞着的，都被他翻筋斗，都砍下江里去"，"李逵正杀得手顺，直抢入扈家庄里，把扈太公一门老幼尽数杀了，不留一个"，为逼朱仝上梁山，李逵对"方年四岁"小衙内也毫无"不忍人之心"。瘟神在人世间的杀戮实因"下土众生，作业太重"，"朝廷不明，纵容奸臣当道"，瘟神来到世间，大开杀戒，给社会带来动荡不安，如此种种表面的恶虽出于梁山好汉之手，却非梁山好汉之罪，实奉九天玄女所传"玉帝"钧旨"替天行道"。

《水浒传》中，作者从不同角度，用不同的方式，表明梁山好汉是受命于天，降临凡世，"替天行道"。如第二十一回"虔婆醉打唐牛儿"，称宋江：

替天行道呼保义，上应玉府天魁星。

第四十二回"还道村受三卷天书"，以九天玄女代天宣示：

娘娘法旨道："宋星主！传汝三卷天书，汝可替天行道：为主全忠仗义，为臣辅国安民，去邪归正。他日功成果满，作为上卿。吾有四句天言，汝当记取，终身佩受，勿忘于心，勿泄于世。"

第七十一回"忠义堂石碣受天文"，天人感应，天降石碣：

宋江听了大喜。连忙捧过石碣，教何道士看了。良久，说道："此石都是义士大名，镌在上面。侧首一边是'替天行道'四字，一边是'忠义双全'四字。……"

第八十五回"宋公明夜度益津关"写道：

罗真人乃曰："将军上应星魁天象，威镇中原，外合列曜，一同替天行道。今则归顺宋朝，此清名千秋不朽矣。"

第九十回"五台山宋江参禅"写道：

智真长老道："常有高僧到此，亦曾闲论世事循环。久闻将军替天行道，忠义根心，深知众将义气为重。吾弟子智深跟着将军，岂有差错。"宋江称谢不已。

如此等等，意在表明，梁山好汉作为星宿的托化生身，降临世间，实乃受命于天，转世为人，为的就是"替天行道"。第一回中有作者的感叹："岂不是天数！"宋江等人的"替天行道"是天理、天意。

更何况作者一方面写梁山好汉"杀尽不平人"和"酷吏赃官都杀尽"，另一方面，又始终强调他们"以忠义为主，全施恩德于民"。在人世间聚的过程中，他们打抱不平，除暴安良，鲁智深拳打镇关西，武松醉打蒋门神……路见不平一声吼，该出手时就出手。随着梁山好汉的聚齐，队伍越来越壮大，在替天行道的道路上越走越远。第七十一回，天罡、地煞重新回到石碣，"人间善恶皆招报，天眼何时不大开"，这既是对回归必然性的肯定，又是对斩断"魔心""去邪归正"、由恶至善转变的赞许。随着梁山英雄按照石碣的指示，"天罡地煞星辰，都已分定次序，众头领各守其位"，聚义厅换成忠义堂，"替天行道"的杏黄大旗被竖起。这"不仅是梁山好汉企图依靠自己的力量来自我解救的一种表现，也流露出他们改变大宋帝国不合理现实、匡时救世的强烈愿望"[24]。替天行道之路步入新的阶段，随后就有了消除外患、平定内乱的内容。梁山军队所到之处，"乡村百姓，扶老挈幼，烧香罗拜迎接"，"百姓香花灯烛，络绎道路，拜谢宋江等剪除贼寇"。宋江众人用实际行动，切实履行着瘟神"替天行道"的职责。最终，死后封神建庙，神性达到了至神至圣的高度。

《水浒传》的内容既有一定的历史根据，也多受到民间说话和以市民为受众主体的元杂剧的影响，这是不容否定的事实。但作为一部小说的《水浒传》毕竟由文人写定，最终出自文人之手，寄托了文人的思想感情。从创作主旨的角度讲，作者不正是借宋江、借梁山、借《水浒传》这部小说，为作者自己，也为天下的士人编织了一个虚无缥缈的幻梦。一个下层士人，在这样一个黑暗不见天日的社会，基本上等于脱离了封建王权的正统道路，在报国无门、救世无路的情况下，如何选择自己的人生道路，满足一个读书人"治国平天下"，替天行道，维护社会公平公正的痴情。因此，从创作主旨上讲，这同样是瘟神替天行道神职意蕴的表达。

总而言之，梁山一百零八位好汉就是因瘟疫引起，并借洪太尉之手散发的瘟神。星神、瘟神、土地神，只是梁山好汉在前世、现世、来世三种位格中神格的不同体现，本身却是三位一体的。小说作者借助三次罗天大醮标志瘟神神性转变的历程，借助其替天行道的神职寄寓作品的主旨。陈忱称《水浒传》"假宋江之纵横，而成此书，盖多寓言也"[25]。如果《水浒传》是一部寓言的话，那么无论是从小说的人物形象、结构布局看，还是从小说的创作意图看，它都是一部关于瘟神的寓言。

参考文献

[1] 施耐庵、罗贯中:《水浒传》,人民文学出版社,1975年版,第3页。无特殊说明,本文引用《水浒传》原文均出自此版。

[2] 李万鹏、山曼主编:《中国民俗起源传说辞典》,明天出版社,1992年版,第436—437页。

[3] 浙江民俗学会编:《浙江风俗简志》,浙江人民出版社,1986年版,第578页。

[4] 《道藏》(第3册),文物出版社,1988年版,第583页。

[5] (明)佚名编撰,王孺童点校:《三教源流搜神大全》,中华书局,2019年版,第120页。

[6] 梁归智:《〈水浒传〉中"王"与"龙"的隐喻》,《名作欣赏》2016年第16期,第33页。

[7] (宋)洪迈撰,何卓点校:《夷坚志》,中华书局,1981年版,第927—928页。

[8] [日]大冢秀高:《瘟神的物语——宋江的字为什么是公明》,《南京师范大学文学院学报》2003年第1期,第75页。

[9] 刘枝万编:《台湾民间信仰论集》,联经出版社,1983年版,第236页。

[10] 朱越利:《道藏分类解题》,华夏出版社,1996年版,第47页。

[11] 张锦池:《〈水浒传〉考论》,人民出版社,2014年版,第214页。

[12] (东晋)干宝撰,汪绍楹注:《搜神记》,中华书局,1979年版,第63—64页。

[13] 张继禹:《中华道藏》,华夏出版社,2004年版,第89页。

[14] 李丰楙:《暴力修行:道教谪凡神话与水浒的忠义敘述》,《人文中国学报》2013年第19期,第164页。

[15] (明)陶宗仪:《南村辍耕录》,中华书局,1959年版,第343页。

[16] 朱仰东:《梁山英雄的魔性、神性与九天玄女——再论〈水浒传〉"血腥"情节的文化意蕴及其结构问题》,《聊城大学学报》2018年第4期,第23—24页。

[17] (元)黄元吉撰,许蔚点校:《明忠孝全书》,中华书局,2018年版,第213页。

[18] 吴真:《罗天大醮与水浒英雄排座次》,《读书》2009年第7期,第159页。

[19] 张宇初:《正统道藏》,艺文印书馆,1977年版,第34页。

[20] 厦门市翔安区志编纂委员会编:《厦门市翔安区志》(下册),方志出版社,2011年版,第946页。

许友金等编:《同安营城文史》,香港华达出版社,2012年版,第19页。

[21] 施耐庵著,刘一舟校点:《水浒传》,齐鲁书社,1991年版,第35页。

[22][23][25] 朱一玄、刘毓忱:《水浒传资料汇编》,南开大学出版社,2002年版,第

171 页、第 172 页、第 488 页。

[24] 王振星:《〈水浒传〉神话解读》,《大庆高等专科学校学报》1998 年第 3 期,第 51 页。

作者

宋金民,博士,山东航空学院黄河三角洲文化研究院讲师,主要研究方向:中国古代小说、戏曲。

在"似"与"不似"之间
——论《水浒传》中的王进

顾瑞雪

摘要： 王进是《水浒传》第一位出场的英雄。他与百回简本《水浒传》中王庆的故事类型有交叉，然而王进却绝非王庆的翻版；王进与林冲在诸多方面存在着相似性，然而"神龙见首不见尾"式的出走边庭，却又使王进与终于被逼上梁山为盗的林冲有着天壤之别。王进故事可以视为《水浒传》"楔子"双重叙事的一种尝试，从结构与情节上实现了叠加，王进的形象塑造与《红楼梦》中甄士隐的形象塑造有着更大的相近性。

关键词：《水浒传》；王进；王庆；林冲；双重叙事

　　王进是《水浒传》的一个"另类"。他不属于水浒一百零八位好汉将领之列，却又与他们似乎有着斩不断的关系——他是梁山好汉天微星九纹龙史进的师父，也是天雄星豹子头林冲的同事；他引出了史进的故事版块，却又神龙见首不见尾，毫无预兆地消失在读者的视线之中，给读者形成了不小的期待空洞——那么，小说为什么要设置这样一个人物？作者的创作初衷何在？

　　最早关注这一问题的是明代出版家袁无涯。袁氏评点王进路经史家庄，"恰似天使他成就一个好徒弟"[1]，指出王进对于史进的重要意义。金圣叹进一步就王进的名姓、品性与志向进行了全方位评点，由此引出重要的"乱自上作"的小说主题。20世纪20年代，胡适从版本学的角度对王进的身份进行了"大胆假设"，认为他即是《水浒传》百回简本中的"王庆"。马幼垣则依据更为翔实丰富的版本资源，推断有可能是万历年间坊贾为增添情节以应市场之需，因而将"王进"改为"王庆"；事实上王庆故事较之王进的故事长得多，复杂得多[2]。此后的相关研究有从史料文献切入的，如黄季鸿《〈水浒传〉中的教头》[3]通过《宋史·兵志》《续资治通鉴长编》等史料文献，爬梳了宋代"教头"的真实的社会身份地位。但更多成果则着眼于小说对王进这一人物的思想与主旨的阐释，樊庆彦、司若兰认为王进与史进体现了"王道倾颓、庶人议史"的社会现实[4]，汪吾金直接将王进定义为

《水浒传》中的"隐者"[5]。

众多阐释见仁见智,对读者理解王进这一形象起到了不同程度的帮助。——然而,我们该如何比较全面地把握小说对王进形象的书写及其故事情节的安排呢?

一、人物原型:王进与王庆的"似"与"不似"

《水浒传》正式写王进之前,首先写东京开封府汴梁宣武军的浮浪破落户子弟高俅的发迹史。因踢得一脚好球,高俅被端王赵佶一眼看中留在身边成为亲随。待端王即位成为徽宗皇帝,高俅"随驾迁转",不到半年时间就被抬举到殿帅府太尉的高职。新官伊始,高俅发现王进请病假未至,他勃然大怒说王进乃系装病,并立即派人到王进家中将王进拘至。见到王进后,高俅首先对王进实施言语侮辱,骂其父是"街市上使花棒卖药的",又骂王进"省的甚么武艺",说王进当上教头也是前官没长眼;之后即滥施淫威,准备对王进处以军棍。当王进认出此"高太尉"乃是以前的泼皮圆社高二时,回家告知母亲。母子二人当机立断,次日便悄悄潜逃了。行至陕西华阴县史家庄,母亲因劳顿过甚心疼病发,只得借住庄中调养病息。不意王进又成为史太公之子史进的师父,点拨史进武艺。待史进武艺精熟后,王进便辞别史家父子,投奔延安府老种经略相公去了。

然而自此之后,王进便杳无踪影,从此不见其下落,这在后文中可以推见。第三回史进推辞少华山强人朱武等人的盛情邀请时说起王进:"我的师父王教头,在关西经略府勾当,我要先去寻他。"[6]史进到了渭州,邂逅小种经略相公府提辖官鲁达,打听起王进,鲁达亦知王进"在东京恶了高太尉",且明确知道王进"在延安府老种经略府相公处勾当"[7]。数月之后(此后小说重点转叙鲁智深故事单元,时间显得比较漫长),鲁智深至东京途中,在瓦罐寺近旁的赤松林恰逢剪径的史进。二人再叙前情,方将史进寻师未果一节补充完整。金圣叹在"直到延安,又寻不着"处夹批道:"此八字结煞王进,永远已毕。""自此八字以后,'王进'二字更不见于此书也。"[8]因此可以说,王进自从离开了史家庄,"便成了江湖上的一个传说"。

金圣叹盛赞王进的品性道德和人生选择,说他是忠臣孝子:"王进者,何人也?不坠父业,善养母志,盖孝子也。吾又闻古有'求忠臣必于孝子之门'之语,然则王进亦忠臣也。"[9]直言史进枪棒武艺"有破绽",主动提出并诚心加以点拨,金圣叹以"高眼慈心"来形容王进身上的这种"儒者气象"。李贽亦称赞王进品质纯正,说他是"诚于中,形于外"[10]。对于王进私走延安府,金圣叹也是赞不绝口:"不见其首者,示人乱世不应出头也;不见其尾者,示人乱世决无收场也。"[11]又热情洋溢地称赞王进"庶几为圣人之民",认为水浒一百零八人全比不上他:

不坠父业，善养母志，犹其可见者也。更有其不可见者，如点名不到，不见其首也；

一去延安，不见其尾也。无首无尾者，其犹神龙欤？诚使彼一百八人者，尽出于此，吾以知其免耳，而终不之及也。一百八人，终不之及，夫而后知王进之难能也。[12]

在解释《水浒传》为何以并未入水浒的英雄王进开场时，金圣叹明确提出不妨将《水浒传》视为一部"寓言"，水浒群雄的称号也贯穿了"以小见大"的"隐喻"思路：

王进去后，更有史进。史者史也，寓言稗史亦史也。

史进之为言进于史，固也。王进之为言何也？曰：必如此人，庶几圣人在上，可教而进之于王道也。必如王进，然后可教而进之于王道；然则彼一百八人也者，固王道之所必诛也。[13]

金圣叹将王进的"王"字解释为"王道"，"进"则解释为"圣人在上，可教而进之于王道"之意。杜贵晨进一步阐释《水浒传》开头王进这段故事单元的寓意设置："显然作者决非忘掉了这一人物，而是有意以其出走的结局凸显孔子所说'笃信好学，守死善道。危邦不入，乱邦不居。天下有道则见，无道则隐。邦有道，贫且贱焉，耻也；邦无道，富且贵焉，耻也'（《论语·泰伯》）的观念。"这段话明确了金圣叹批语的内涵，使金氏"《春秋》大义"风格的评语翔实具体化了[14]。此类事例极多，不一一列举。这些阐释虽有穿凿附会之嫌，但细细想来，却也不无道理。当我们的思维不再拘限于故事中的一人一事一地时，再去读关于王进史进鲁智深等人的故事，也就有了更加余裕的阐释空间。

胡适在《〈水浒传〉考证》中，首先承认金圣叹的解读方法有其合理性，指出《水浒传》"自然有点用意，正如楔子一回中说的：'且住！若真个太平无事，今日开书演义，又说著些甚么？'他开篇先写一个人人厌恶不肯收留的高俅，从高俅写到王进，再写到史进，再写到一百八人，他著书的意思自然很明白。金圣叹说他要写'乱自上生'，大概是很不错的。"又称赞金圣叹"从来庶人之议皆史也"的观点也很能代表明末清议的精神。但对于金圣叹总是着眼于"史"的态度表示异议，他说：

但是金圣叹水浒评的大毛病也正在这个"史"字上。中国人心里的"史"总脱不了春秋笔法"寓褒贬，别善恶"的流毒。金圣叹把春秋的"微言大义"用到了水浒上去，故有许多极迂腐的议论。他以为水浒传对于宋江，处处用春秋笔法责备他。[15]

不可否认，金圣叹在阐释"王进""史进"的姓名含义时，采取的正是国人所习知的"微言大义"的思维方式。然而以"科学精神"进行古典文学研究的胡适，却走入了另一个死胡同。比如，他比对了《水浒传》的几个版本之后，便认定"王进"即是"简本"中的"王庆"，"王进即是王庆的化身"[16]。他列举了《水浒传》原本王庆故事大纲，说王庆的故事有四点和王进故事相像：

（1）两个故事同说高俅贫贱时流落淮西；
（2）高俅恩人柳世雄，在王进故事里作柳世权，明明是一个人；
（3）王庆、王进同是八十万禁军教头，明明是一个人的化身；
（4）王庆、王进同因点名不到，得罪高俅。[17]

根据这些情节设置的相像之处，胡适进行了一个大胆的推测："因为这些太相象之点，这两个故事不能同时存在，故百回本索性把王庆故事删了，故百二十回本决定把这个故事完全改作。"[18] 具体操作即是：

今本水浒第一回写高俅被开封府尹逐出东京之后，来淮西临淮州投奔柳世权；后来大赦之后，柳世权写信把高俅荐给东京开生药铺的董将士。这个临淮州的柳世权即是原本的灵璧县的柳世雄。临淮旧治即在明朝灵璧县，大概原本作灵璧县，"施耐庵"嫌他不古，故改为临淮州。"施耐庵"把王庆提前八十回，改为王进；又把灵璧县的柳世雄也提前八十回，改为临淮州的柳世权。王庆的事本无历史根据，六国比武的话更鄙陋无据，故被全删了。[19]

此段文字不仅涉及高俅发迹经历的改变（地点以及恩公都变成了"今本《水浒传》的样子"），且叙述次序也大大调整，"把王庆提前八十回，改为王进；又把灵璧县的柳世雄也提前八十回，改为临淮州的柳世权。"因此胡适断定："这分明是百回本水浒传的改造者（施耐庵）把王庆的故事提出来，改成了水浒传的开篇，剩下的糟粕便完全抛弃了。"[20] 胡适又认为"但郭本的改作者却看中了王庆被高俅陷害一小段，所以他把这一段提出来，把王庆改作了王进，柳世雄改作了柳世权，把称王割据的王庆改作了一个神龙见首不见尾的孝子，把一段无意识的故事改作了一段最悲哀动人又最深刻的水浒开篇"[21]。

需要注意胡适进行这一推断的逻辑前提是：《水浒传》"新百回本"即是《水浒传》

百二十回本的底本。因此,百二十回本成书时,作者以"百川汇海"的方式对其中的人物和故事情节进行了删改。然而对于《水浒传》各种版本的流传情况,至今也未能形成统一意见,胡适的这一推断也只能代表他的一家之言。马幼垣对《水浒传》的版本问题做了大量翔实的探索,提出了三点不同的意见:一、王进、王庆故事在被利用为编写《水浒传》的素材前大有可能是与水浒故事传统无关、独立流传的故事。即使并入《水浒》以后,它们仍保持着很高的独立性[22]。二、王进未遇史进前,与任何准梁山人物毫无瓜葛,跟他有接触而与梁山有关之人也仅有边缘人物高俅;王庆的故事则截然不同,自被判充军至落草为寇,是一个曲折感人、高潮迭出的故事,甚至可以称为"林冲故事的凄惨加烈版"。三、虽然"王进与王庆故事虽有相近之处,但自王进路过史家庄和王庆一家得应付即将充军,'两个故事就分道扬镳了'[23]。马幼垣对胡适的推测提出了异议,同时提供了一种更为合理的可能。林嵩《〈水浒传〉田虎王庆故事研究述要——兼评马幼垣先生〈水浒论衡〉有关问题》[24]对所有版本学角度的观点进行了归总,又提出了自己的思考:王庆与王进是由同一故事派生出的大同小异或有同有异的故事,它们是同源关系,而非重合关系;王庆故事应该是以《水浒传》书首的王进故事作为情节主线,同时又糅合了林冲、武松甚至包括王则等其他一些英雄好汉或起义军头领的形象特征。

诸多考辨中,笔者比较倾向于林嵩的说法。邓雷《简本〈水浒传〉王庆人物形象分析》[25]一文通过详细比较指出,简本《水浒传》中王庆鲁莽无脑、不分轻重、做事不计后果,报复心理又特别强;顺境时恃强逞气,逆境时又容易认怂服低,与今通行百回本《水浒传》王进谨慎低调而又富有机略的形象差别太大,因而胡适的论断并不太符合逻辑,他这一"大胆假设"的结论也就不能令人十分信服。

起于"似",而终于"不似",王进与王庆各有其故事统系,不能因为两者有某种相类似的经历便简单粗暴地将二人等同。而王庆则由于人物性格的前后脱榫,且与水浒主体故事过于游离,而终使百回通行本将其剥离,这也体现了世代累积型小说在成书过程中的优化原则。

二、安身立命:王进与林冲的"似"与"不似"

《水浒传》中,与王进遭遇最为相似的,莫过于林冲。二人同时任职八十万禁军枪棒教头,又都为高俅欺压迫害,然而他们的人生选择却大相径庭。王进携母潜逃,远离权奸的势力范围;林冲则在无知无觉中一步步被权奸逼至绝境。相似的境遇却成就了不同的人生,如何"安身立命"成为他们迥异人生选择的分水岭。

王进与林冲都武艺高强,身怀绝技。小说采用了"比武"的方式来表现二人的这一特点。突出王进的武艺主要体现在与史进比试一节。王进在史太公庄上偶见一后生耍棒，因失声说了句"这棒也使得好了，只是有破绽，赢不得好汉"，被史进立逼着一定要和他"扠一扠"。当王进得知这年轻后生是史太公之子时，便诚心提出愿意教授史进武艺："既然是宅内小官人，若爱学时，小人点拨他端正如何？"然而史进却自负不浅，定要王进赢得他才行，然后就舞棒咄咄逼近。小说对此次比试描写十分精细：

> （王进）去枪架上拿了一条棒在手里，来到空地上，使个旗鼓。那后生看了一看，拿条棒滚将入来，径奔王进。王进托地拖了棒便走，那后生抢着棒又赶入来。王进回身，把棒望空地里劈将下来。那后生见棒劈来，用棒来隔。王进却不打下来，将棒一掣，却望后生怀里直搠将来，只一缴，那后生的棒丢在一边，扑地望后倒了。[26]

尚未经一回合，史进便被搠倒在地，于是心服口服，纳头便拜王进为师。仅此一招，王进高强的武艺就得到了充分验证。

林冲初次展示武艺是与洪教头比试。《水浒传》第九回先铺开了写洪教头傲慢无礼，对林冲语多冒犯，还对柴进说："大官人只因好习枪棒上头，往往流配军人都来倚草附木，皆道我是枪棒教师，来投庄上，诱些酒食钱米。大官人如何忒认真！"小说一方面极力凸显洪教头的狂妄自负目空无人，一方面凸显了林冲谨小慎微隐忍不发。比武阶段也是一波三折：柴进介绍洪教头以打消林冲踌躇之意——买通解差打开林冲木枷——以一锭大银作利物——比武。比武前的种种铺垫只为揭示人物性格，而真正的比武过程却简单之至：

> 洪教头……把棒来尽心使个旗鼓，吐个门户，唤做把火烧天势。林冲……也横着棒，使个门户，吐个势，唤做拨草寻蛇势。洪教头喝一声："来，来，来！"便使棒盖将入来。林冲望后一退，洪教头赶入一步，提起棒又复一棒下来。林冲看他步已乱了，被林冲把棒从地下一跳，洪教头措手不及，就那一跳里和身一转，那棒直扫着洪教头臁儿骨上，撇了棒，扑地倒了。[27]

从招式上来说，林冲也是一招制服洪教头，且其招式与王进打倒史进的招式非常相近。这也体现了科班出身的王进与林冲不仅武艺精熟，而且应变得当，在为人处世方面谦逊低调，体现了身怀绝技的武师风采。

王进受高俅欺侮，原因是其父王升曾一棒打得当日高俅三四月不能将息；林冲受高俅陷害，原因则出于高衙内要图谋林冲的妻子。如果说王进被欺压是高俅怀挟私仇的话，那么林冲的被罪则全是飞来横祸怀璧有罪。王进对高俅完全不报幻想，携母私逃避祸，将主动权抓在自己手里；林冲则时时隐忍苟活，对人性的阴暗面认识不清，被高俅阴谋陷害处处被动，直至被赶尽杀绝时才决意杀人雪恨。

  从这些对比中可以见出，王进知恩图报，理智清醒，做事干脆利落不拖泥带水，目标性强，富有机谋，因此能够成功地游离于权奸管辖范围之外，做到了全身退场，这也算是正直之士在奸邪当道的社会中难能可贵的"知机"能力。张恨水高度赞美王进，将他视为《水浒传》中第一人："求全材于水浒，舍王进莫属矣。以言其勇，八十万禁军教头也；以言其知，见机而退，卒不为仇家所陷也；以言其孝，能以计全，能以色养，真不累其亲者也；以言其忠，则虽不得争名于朝，犹复往延安府求依老种经略相公，效力于边疆也。"并且表示愿斋戒沐浴，"八拜而师事之"[28]。

  相较之下，林冲身上体现最为明显的，是他的"隐忍"的个性。妻子第一次被高衙内调戏，他忍了；第二次被设谋调戏，他又被迫忍了；奸人设计赚他入白虎节堂，他因此而无端被罪充军发配，他认栽了；当解差奉命在野猪林准备结果他的性命，林冲又只能认命闭眼受死，这些都体现了林冲逆来顺受的隐忍性格。在沧州，他又安守本分看守天王堂，准备安住于草料场。倘若没有发现定要他死的奸毒之计，林冲也决不会杀心暴起手刃奸凶。林冲最终走上梁山，是一步步被逼迫的结果，当然也是他柔懦的性格在现实中易招致奸人欺侮的结果。然而他的怒火一旦被引发，则爆发出强大的破坏力量，山神庙连弑三凶、梁山泊火并王伦，都体现了林冲性格中"狠""辣"的一面。金圣叹说得好："林冲自然是上上人物，写得只是太狠。看他算得到，熬得住，把得牢，做得彻，都使人怕。这般人在世上，定做得事业来，然琢削元气也不少。"[29]

  无论是潜逃的王进还是被逼上梁山的林冲，他们一直都很在意如何"安身立命"。"安身立命"是《水浒传》的一个大关目，英雄好汉们的追求差不多就是围绕"安身立命"而展开的。通览整部小说，可以发现"安身立命"其实是小说的一个"高频词"：王进选择延安府老种经略相公处作为自己的逃亡去处，所想到的是："老种经略相公镇守边庭……那里是用人去处，足可安身立命。"（第一回）金圣叹在"王教头依旧自挑了担儿，跟着马，子母二人，自取关西路里去了"一句旁批道："安身立命去也。"[30]史进拒绝少华山强人的入伙邀请，打算去寻找师父王进："也要那里讨个出身，求半世快乐。"（第三回）鲁智深两次大闹五台山后被逐，问智真长老："师父教弟子去那里安身立命？"（第四回）杨志命途多舛，"只为洒家清白姓字，不肯将父母遗体来点污了。指望把一身本事，边庭上一枪一刀，博个封妻荫子，也与祖宗争口气。"（第十二回）当梁中书愿意抬举他做个军中副牌，"月支一分请受"时，杨志感恩不尽，视梁中书为再生爷娘，愿为之肝脑涂地去押送生辰纲。张都监对武松说想要纳他做个亲随梯己之人，武松当即跪下称谢："小人是个牢城营内囚徒。若蒙恩相抬举,小人当以执鞭坠镫,伏侍恩相。"(第三十回)孔家庄上武松、宋江邂逅重逢,宋江对武松满含希冀与期待:"兄弟,你只顾自己前程万里……如得朝廷招安,你便可撺掇鲁智深、杨志投降了,日后但是去边上,一枪一刀,博得个封妻荫子,久后青史上留得一个好名,也不枉了为人一世。……兄弟,你如此英雄,决定得做大官。"(第三十二回)而宋江的"安身立命"之志则集中体现在他在浔阳楼所题的诗词当中。

　　这些有"安身立命"志向的英雄好汉有一个共通之处,那就是他们都曾经在主流社会中拥有一定的地位和声望,因而对如何"安身"、如何"立命"有着比较执着的追求。这与以"三阮"为代表的下层草根往往将人生的追求停留在生存层面形成了鲜明对照(石碣村"三阮"的人生追求是"大秤分金银,大碗吃酒肉",所追求的是生存或安全的较低层面,对于建功立业的"立命"并没有多大兴致)。这里,"安身立命"至少包含两层含义:第一,较低层面的"安身"——即生存的需要和安全的需要;第二,较高层面的"立命"——得到尊重的需要和自我价值实现的需要。然而现实的情形却是英雄们被逼迫得穷途末路,有家难回,有国难奔,"安身"尚且不成,遑论"立命"?对此,金圣叹在第二回回评中不无激愤地说道:

> 一百八人,为头先是史进一个出名领众,作者却于少华山上,特地为之表白一遍云:"我要讨个出身,求半世快活,如何肯把父母遗体便点污了。"嗟乎!此岂独史进一人之初心,实惟一百八人之初心也。盖自一副才调,无处摆划;一块气力,无处出脱,而桀骜之性既不肯以伏死田塍,而又有其狡猾之尤者起而乘势呼聚之,而于是讨个出身既不可望,点污清白遂所不惜,而一百八人乃尽入于水泊矣。嗟乎!才调皆朝廷之才调也,气力皆疆场之气力也,必不得已而尽入于水泊,是谁之过也?[31]

　　金氏矛头所指,是倒行逆施、奸邪当道的社会现实,而这却是英雄们无法"安身""立命"的主要社会原因。

　　虽然在史家庄上住了半年有余,王进还是决意要去延安府老种经略相公处去图个"安身立命"。有研究者对王进的决策极其激赏,认为这是"王进母子经过深思熟虑的",且为王进憧憬了看似美好的蓝图:一是地理位置上,距京师较远,不易被追踪到;二是老种经略相公镇守边庭,正是用人之际,且手下有许多军官仰慕他的武艺,去延安府能凭武艺快速立足;三是即使有变故,该处西可入西夏,北可走辽国,东可越长城至金,总有他的活命之处。"由此可以看出他思维缜密,做事周全妥当,对时局把握到位。"[32]然而,从最后王进杳无音信不知所踪来看,这些设想也许仅仅是我们后人一厢情愿的猜测,王进到边庭去寻找"安身立命"的志愿也许并非如他所愿，须知"边庭"也并非化外之地，仍笼罩着无所不在的权利之网，王进能够避开东京殿帅府的高俅，却不一定能避开其他如高俅一般的奸恶之人。"边庭"能否给他提供安身之所，又能否让他在"盗贼猖獗"之际一展身手、显身扬名，这都是一个并不让人乐观的未知数，"王进能否在那里安身立命，不是由其主观愿望及其他人的常识所能完全决定的"[33]。

林冲在山神庙前血刃三凶、走投无路之际才想到"安身立命"的问题。彼时林冲必须面对的首要问题即是：到哪里能够去活命，去"安身"。他躲在柴进庄上，担心自己会连累了柴进："既蒙大官人仗义疏财，求借林冲些小盘缠，投奔他处栖身。异日不死，当以犬马之报。"当柴进说可以写书荐他至梁山泊避身，林冲感激不尽，对柴进千恩万谢："若得大官人如此周济，教小人安身立命……若蒙周全，死而不忘。""若得如此顾盼最好，深谢主盟。""若蒙周全，死而不忘。"林冲带着柴进的荐书来到梁山，见到王伦时，也是剖心投诚："三位头领容复：小人千里投名，万里投主，凭托柴大官人面皮，径投大寨入伙。林冲虽然不才，望赐收录，当以一死向前，并无谄佞，实为平生之幸。"此时林冲的境遇是：但凡能够有容身之处让他活着，一切条件他都可以接受。因此王伦挤兑他要求他纳一个"投名状"，他也老老实实去山下守候。接连两天一无所获后，第三天林冲干脆先将包裹打拴好了，对小喽啰说："我今日若还取不得投名状时，只得去别处安身立命。"至日中仍不见人来，林冲又说："眼见得又不济事了，不如趁早，天色未晚，取了行李，只得往别处去寻个所在。"（第十一回）"寻个所在""有个去处"[34]，也就是"安身"，乃是林冲在踏入江湖之后的首要切迫所需，林冲的"安身立命"，此时仅萎缩为"安身"，而并无"立命"的成分。至于此后林冲被重用为五虎将之一所向披靡，尤其是在梁山泊好汉全伙招安后，北征辽、南征方腊，林冲屡立战功，显示了他卓越的武艺军事才能，这才真正涉及了"立命"的层面。

王进武艺高强，知恩图报，具有好义的品质和英雄好汉的特质，然而被高俅挟仇迫害的王进终于没有投身梁山。被压抑的英雄好汉除了上梁山外，是否还有另一种仍可葆有自我道德底线的"安身立命"之所？这是王进给我们留下的疑问，也是《水浒传》一开头便引发的关于如何"安身立命"的思考与追索。①

---

① 林榕杰在《未上梁山的好汉王进——"避往边庭"与"不知所踪"》（《菏泽学院学报》，2020年第3期）一文中认为："就好汉个人而言，上边庭之路走不通，上梁山为不得已但又具现实性的选择；就好汉群体而言，其聚义不能在边庭军营中，而只能在梁山山寨中——这些其实都在暗示上梁山的必然性与正义性，而以往论者未充分注意到这一点。从《水浒传》看，想报效朝廷，只能走先落草后受招安的路，其后方可上边庭。"此种阐释亦可备一说。

三、双重叙事：结构与情节的叠加

《水浒传》的"楔子"是由"引首"和第一回组成。事实上，第二回中"王教头私走延安府"一节也可以视为"楔子"的一部分。这样，小说便形成了"双拽头"式的楔子结构，这使《水浒传》在思想情蕴和情节叙事两个方面既新奇，又自然。

在思想情蕴方面，王进起着"引进"作用，袁无涯就曾将王进比作"引药"①。石松认为王进是《水浒传》作者在高太尉与梁山泊之间所确定的一条"引线"，王进身兼高太尉手下的教头和九纹龙史进的师父的双重身份，"正好完成了梁山故事本身及其背景之间的连接"；王进"不仅衬托了史进，衬托了林冲，从某种意义上，他还衬托了一百零八将"[35]。金圣叹则不厌其烦地提醒读者小说安排王进这一形象的重大意蕴："王进去而一百八人来矣。""诚使彼一百八人者尽出于此，吾以知其免耳；而终不之及也，一百八人终不之及，夫而后知王进之难能也。"牙将们向高俅为王进求情免除罚棒，金圣叹旁批："只此一笔便令王进为无瑕之璧，不似后文众人身犯刑法。"[36]指出王进乃是作为水浒英雄对立面写照的"开书第一筹人物"。事实上，王进形象显然是为后文刻画诸如林冲、杨志等英雄人物作为张本，"王进的职业、性格特征，甚至遭受高俅迫害难以在京都立足这一点都完全与林冲一模一样"[37]。浦安迪认同袁无涯的观点，甚至说《水浒传》第十回"竟可作《水浒》第一回"，因此将前十回林冲的故事单元作为整部小说的"引子"：

> 这个引子部分起到了介绍一些重要人物出场的作用，对他们的初步烘托出了几种在作品主体部分将处理的个性典范和核心思想问题，这儿的首要焦点似乎在"知人"和"求主"等主题上。这些主题至少提供了一条有力的线索，把王进、史进、鲁达和林冲等人的种种惊险曲折的经历贯串了起来，而且也为后来对林冲和杨志大体相称的描写铺开了道路。[38]

此间，"撞球式"的结构（又称为"版块式结构"）起到了重要作用：叙述焦点随故事重心发生变动，诸如王进引出史进，史进引出鲁智深，智深又引出林冲，"这种不连贯的情节进展，有时看来也许显得杂乱无章，但事实上它隐含有一种非常重要的叙述功能，因为它为主宰小说本义的形象再现模式奠定了基础"[39]。金圣叹在《水浒传·楔子》回评中，对这种结构章法给予了细致剖析：

---

①《水浒传》第一回"高殿帅一一点过，于内只欠一名八十万禁军教头王进"句，袁无涯眉批道："高俅是忌药，王进是引药，却从此两人说起。此用逆法，用离法，文字来龙最为灵妙。"见陈曦钟、侯忠义、鲁玉川辑校《水浒传会评本》，北京大学出版社，1981年版，第60页。

此一回，古本题曰楔子。楔子者，以物出物之谓也。以瘟疫为楔，楔出祈禳，以祈禳为楔，楔出天师；以天师为楔，楔出洪信；以洪信为楔，楔出游山；以游山为楔，楔出开碣；以开碣为楔，楔出三十六天罡，七十二地煞：此所谓正楔也。中间又康节、希夷二先生，楔出劫运定数；以武德皇帝、包拯、狄青，楔出星辰名字；以山中一虎一蛇，楔出陈达、杨春；以洪信骄情傲色，楔出高俅、蔡京；以道童猥獧难认，直楔出第七十回皇甫相马作结尾：此所谓奇楔也。[40]

此段点评实则与浦安迪所言完全一致。金圣叹形象地将"楔子"喻为"以物出物者"，因此"楔子"既可近指，如瘟疫引出祈禳，祈禳引出天师；天师引出洪信，洪信引出游山、开碣，放出三十六天罡七十二地煞，这其实论及到楔子的功能——以小喻大，以近寓远，形成"后浪推前浪"的叙事与结构。这恰恰也体现出《水浒传》叙事的特点：王进为史进之"楔"，史进为鲁智深之"楔"，智深为林冲之"楔"……这种自然天成、浑化无痕的"接笋"方式，成为《水浒传》最为突出的叙事特征，"先到者""引进"并成为"后来者"的"楔子"，以此蝉联绵延不绝，构成整体故事框架。马幼垣将王进的叙事功能归纳为："带出史进，因而启动《水浒》人带人连锁引导出场的机制。"[41]同样点出王进对于《水浒传》整部小说的叙事意义。

金圣叹"以物出物"的"楔子"论，启发了后世研究者对于《水浒传》"楔子"人物的思考。杜贵晨即由此进一步引申王进带出史进，不仅是"以人出人"手法的运用，从情节上则更深层次地象征了《水浒传》之作可比于"王者之迹熄……然后《春秋》作"的因果："《水浒传》因正传开篇有'王进'这一人物形象的设置，而使'史进'之姓名，一面可以释为'进于史'；另一面可能更重要的意义是说，由于'王道'之不彰之故，才有了《水浒传》这一大稗史之作。"[42]浦安迪充分注意到《水浒传》叙事中的这种"引进"的功能："小说修订本既然让这两个角色都以'进'命名，而且使他俩处于把一系列事变开始引进小说的地位，这就给人以一个非常强烈的暗示：作者完全意识到他俩在正文中是起着'引进'作用的。"由此，浦氏联系到《儒林外史》中以周进与范进作为故事开端的意义："《儒林外史》也是开始写两个名叫'进'的人物与那位起同样作用的角色连在一起——这个角色的名字与一位序幕角色适成对比，干脆取名王冕（冕读若"免"）——这件事可能是示意人们那是有意对这位小说家开玩笑式的模仿。"[43]浦氏重在阐释"反讽"意蕴在中国传统小说中的体现，因而对于王进和王冕的形象解读，他也更加侧重于其"反讽"的效果和功能。

王进形象与《儒林外史》在"楔子"中所刻画的王冕形象具有异曲同工之妙。二人都是最早进入读者视野的正面人物，王进和王冕代表了作者的理想人格与人生追求，用《儒林外史》的回目诗来说,即是"说楔子敷陈大义,借名流隐括全文"。如果说王冕的道德人格与淡泊生活是儒林群丑的照妖镜,那么王进的潜逃江湖、独善其身则与水浒群雄栖身绿林占山为"寇"的人生追求形成了鲜明对比。在朝廷忠奸倒置、奸佞当道的情形下,王进与王冕都选择了远离官僚权力中心,王进携母逃离京师,而王冕则隐居于会稽山中。"天下有道则见,无道则隐。"(《论语·泰伯》)二人的选择不约而同地反映了天下"无道"的事实。

然而,王进与王冕又有所不同,王进引出史进故事单元后,虽自此之后不复重现,但他却对史进故事的发展起到了重要的推动作用——史进起初拒绝入伙少华山而亡走江湖,目的即是寻找师父王进,由此而引出鲁智深故事单元;而王冕则在完成了"敷陈大义""隐括全文"的作用后,即完全隐去,与小说中人物不再有任何关涉,成为一个特立独行的个性存在。《儒林外史》首回末尾用了一段非常明确的文字给王冕故事做了一个最终交代:"王冕隐居在会稽山中,并不自言姓名。后来得病去世,山邻敛些钱财,葬于会稽山下。……可笑近来文人学士,说着王冕,都称他做王参军。究竟王冕何曾做过一日官?所以表白一番。这不过是个楔子,下面还有正文。"[44]这段话不仅结束了对王冕的叙述,也明确告知读者,说王冕的故事不过是一个"楔子",正文还在后头呢。因此,从结构上来说,王进与整体故事的联系更加紧密。

相较之下,《水浒传》开篇即叙王进,与《红楼梦》开篇即述甄士隐故事有着更强烈的相近性。王进的故事类型与人物形象,都或多或少与正文中水浒英雄发生着类似或相对照的联系,如王进与史进的师生关系,王进与林冲的类而不同,甚至王进与杨志的对照,皆让我们想起故事开篇时的这个神龙见首不见尾的人物。王进与林冲性格相近,遭遇也极为相似,这"强化了被逼上梁山非单个的孤立事件,而是当时社会经常反复发生的,高俅这样的贪官污吏反复做着类似的坏事。王进故事也许有可能光照全书、缩影整部小说"[45]。《红楼梦》以姑苏城阊门外十里街仁清巷的小乡宦甄士隐的故事拉开序幕,叙甄家的岁月静好,交游欢宴,天伦之乐;又叙刹那间灾祸降临,家破人亡,对"正剧"贵族世家贾家的鼎盛衰败形成了一种暗喻式的"预叙";因甄士隐而被带出的贾雨村这一人物不仅成为小说引首"假欲存"的主旨寓托,还在贾府故事中扮演了"草蛇灰线"式的世俗存在;而甄士隐之女英莲日后竟在"红楼"故事中历尽曲折,这同样代表了甄士隐对于主体故事的深度参与。可以说,正是这种"深度参与"的形式,使《红楼梦》中的甄士隐和《水浒传》中的王进区别于《儒林外史》中的王冕,形成了结构与情节的叠加,体现出更加开阔而富于延展性的叙事意义。

"王教头私走延安府"成为水浒故事的开端,而史进寻王教头到底寻不见,神龙无尾的情节令金圣叹"读之胸前弥月不快"[46],但仍然称赞这一情节设计堪称"绝妙"。袁无涯在《〈忠义水浒传全书〉发凡》一文中特别点出"王进开章而不复收缴",认为这一写法大异于其他诸小说,体现了作者的深思熟虑,"有《春秋》之遗意焉",因此《水浒传》可以被称为"小说之圣"[47]。《水浒传》突破了传统的"闭合式"叙事,采用了"开放式"的情节构思,体现在王进的故事单元中,即是大大延展了人物形象的思想意蕴与情感空间,给了读者以更多层面的丰富思考。

四、小 结

古今中外学者寻根探源、上下求索,让我们一步步接近通行百回本中王进人物形象的塑造与结构上的意义。不过话又说回来,读《水浒传》,一定要揪住王进的下落不放吗?马幼垣给了王进一个颇为恰当的描述——"最武艺高强却最欠交代之人"[48],却又同时指出王进注定不会上梁山(例如,他不像梁山所有英雄那样都拥有绰号),在完成了他的叙事功能后隐然消逝,既给读者留下了想象空间,又不至因他的复出而扰乱了《水浒》主体故事的发展。此种"神龙见首不见尾"的描写一石两鸟,既在简短的篇幅中塑造了王进"其犹龙乎"的人格形象,同时又不留痕迹地引出了水浒第一位出场的英雄史进,拉开了梁山泊群雄故事的序幕。这种高超的人物与情节设置使《水浒传》在一开头就先声夺人,成就了其叙事艺术的卓荦不凡。陈文新先生在《从传统的致思途径看〈儒林外史〉结构的完整性》一文中说:"作者显然没有把楔子处理成整个情节链条上的一个普通环节,而是在楔子中展现了全书的大致格局。"[49]将这一结论用之于评价《水浒传》中王进故事的意义,也同样精当合宜。

参考文献

[1][8][9][10][11][12][13][31][34][36][46][47] 陈曦钟、侯忠义、鲁玉川辑校:《〈水浒传〉汇评本》,北京大学出版社,1981年版,第80页、第150页、第54页、第66页、第55页、第54—55页、第228页、第81页、第221页、第61页、第229页、第31页。

[2][22][23][41] 马幼垣:《水浒二论》,生活·读书·新知三联书店,2007年版,第359页、第365页、第360页、第359页。

[3] 黄季鸿:《〈水浒传〉中的教头》,《明清小说研究》2010年第1期,第108—118页。

[4] 樊庆彦、司若兰:《"乱自上作"与"儒自下毁"——〈水浒传〉与〈儒林外史〉中的"四进"开篇及其文化意蕴》,《齐鲁学刊》2021年第2期,第132—138页。

[5][45] 汪吾金:《略论〈水浒传〉人物之隐逸》,《菏泽学院学报》2017年第1期,第24—30页。

[6][7][26][27]（元）施耐庵、罗贯中：《水浒传》，人民文学出版社，1975年版，第42页、第44页、第27页、第129页。

[14][42] 杜贵晨：《周进形象考论》，《南都学刊》2015年第5期，第34—40页。

[15][16][17][18][19][20][21] 胡适：《中国章回小说考证》，安徽教育出版社，2006年版，第7页、第31页、第92—93页、第94页、第54页、第92页、第84页。

[24] 林嵩：《〈水浒传〉田虎王庆故事研究述要——兼评马幼垣先生〈水浒论衡〉有关问题》，《中国典籍与文化》2012年第1期，第145—153页。

[25] 邓雷：《简本〈水浒传〉王庆人物形象分析》，《荆楚学刊》2019年第6期，第39—44页。

[28] 张恨水：《水浒人物论赞》，中国青年出版社，2018年版，第73页。

[29][30][40] 朱一玄、刘毓忱编：《〈水浒传〉资料汇编》，南开大学出版社，2002年版，第221页、第69页、第227页。

[32] 李雪冰：《〈水浒传〉中禁军教头形象略说》，《菏泽学院学报》，2019年第4期，第94—96页。

[33] 林榕杰：《未上梁山的好汉王进——"避往边庭"与"不知所踪"》，《菏泽学院学报》2020年第3期，第121—125页。

[35] 石松：《〈水浒传〉中的王进和〈亚瑟王之死〉中魔灵叙事作用的比较》，《水浒争鸣》2009年第11辑，第209—216页。

[37][38][39][43]［美］浦安迪：《明代小说四大奇书》，生活·读书·新知三联书店，2006年版，第322页、第289—290页、第290页、第348页。

[44]（清）吴敬梓：《儒林外史》，人民文学出版社，1958年版，第12页。

[48] 马幼垣：《水浒人物之最》，生活·读书·新知三联书店，2006年版，第1—7页。

[49] 陈文新：《从传统的致思途径看〈儒林外史〉结构的完整性》，《江汉论坛》1987年第6期，第59—61页。

作者

顾瑞雪，文学博士，三峡大学文学与传媒学院讲师，主要研究方向：元明清文学、科举与文学。

慕寿祺《中国小说考》载佚失小说《平妖传》史实人物考

张彦丽　周　琪

摘要： 清代佚失通俗小说《平妖传》，仅见于慕寿祺《中国小说考》记载，是罕见的历史现实主题题材小说。本文通过对有关地方志和历史文献的梳理，对这一历史小说的本事来源、涉及主要人物加以详考，以求厘清《平妖传》这部小说内容的基本情况和历史面貌。

关键词： 平妖传；佚失小说；《中国小说考》；史实人物考

在已知的中国通俗小说中，有两部以《平妖传》命名的小说。一部是明代罗贯中、冯梦龙根据民间传说以及市井流传的话本以宋代"王则贝州起义"为依托整理编成的长篇神魔小说。最初元明之际题作"东原罗贯中编次"的只有二十回，流传了二三百年后，经过晚明通俗文学家冯梦龙增补改编，成为自明末以来通行的四十回本。它继承了宋元以来说话人的叙事技巧，行文活泼，具有浓郁的市井气息，在一定程度上反映了当时的社会现实、政治风云和民间风俗，具有一定的历史和文学价值。其中的人物和事件虽然带有神话色彩，但也反映了当时的社会现实和生活图景。

另一部即是这部清代佚失通俗小说《平妖传》。在数量庞大的中国古代通俗小说中，《平妖传》这部佚失清代通俗小说，仅见于甘肃民国学者慕寿祺所著《中国小说考》。《中国通俗小说总目提要》的条目全文移录慕氏关于这种小说的记述[1]，以示存真。《中国古代小说总目》的条目则是据慕氏之说转述[2]。除此以外，再也没有见到关于任何这部小说的研究。如果慕寿祺在《中国小说考》中对《平妖传》进行了考证，可能会涉及小说中人物与历史人物的关系，以及小说反映的社会背景等方面的内容。

《中国通俗小说总目提要》由江苏省社会科学院明清小说研究中心、江苏省社会科学院文学研究所编，中国文联出版公司于1990年2月1日出版。这本书共收小说1160部，以唐代至清末的白话小说为主，不收传奇体、笔记体文言小说以及译作和小说论著，入选书目还包括蒙、藏作家的作品。《中国通俗小说总目提要》凝聚了中国 20 世纪 80 年代关于通俗小说研究的成果，相当广泛地收录了全国各地一些图书馆的藏书，同时发现了许多过去未见著录的珍本、孤本，是目前较为完备而精当、具有较高学术价值的大型参考书。它为研究中国通俗小说提供了丰富的资料，有助于读者了解中国通俗小说的发展脉络、主要作品及其内容梗概等，对中国古代小说的研究、教学和相关领域的探索具有重要的参考价值。

《中国小说考》是一部兼具资料汇编性质的小说研究著作，由慕寿祺编撰。据卷首署名"镇原慕寿祺少堂遗著"及作者写于民国二十八年（1939）六月的自序等情况来看，《中国小说考》编撰于 1939 年之前。作者"就家中所存新旧小说 200 余种，择其雅驯者，得半数焉，加以说明，俾知内容"。全书分上下卷，按说部、笔记、弹词、野语、理想、劝惩、忠孝、节烈、豪侠、革命、扰乱、战事、才女、仙佛、高僧、妖怪、旧小说、鸿博、札记、总论、杂录等类别编排。尽管分类标准不够统一，也不尽合理，但由此可见其涉猎之广泛，内容之丰富。

据相关研究，慕寿祺的《中国小说考》论及自汉初至民国年间的小说戏曲作品 110 余种。全书涉及 100 多部书籍，除古代小说作品外，还包含少量戏曲、历史著作及外国小说。对所收作品，作者皆详述其作者、版本、内容、本事等，并引证资料进行评述，间有精彩之论。该书所涉及的一些小说作品，如《陇防纪略》《王谦平妖传》《雪山修行记》等如今已经失传。后来编撰的《中国通俗小说总目提要》一书，就曾依据该书著录一些失传小说，由此可见该书具有重要的文献价值。

然而，该书因印数过少（只有一百余部），且出版时间特殊（1949 年春），长期以来不为学界所知晓，其学术价值未能得到充分体现。

《中国小说考》的作者慕寿祺（1871—1947），字子介，号少堂，甘肃省镇原县人。他出生于书香门第，自幼熟读诸书，光绪癸卯（1903）举人，初以盐大使签分四川，后由劳绩保知县，分发山西，他在教育领域颇有贡献，曾被甘肃文高等学堂提调杨增新聘为该学堂历史主任教员兼经学分教。1907 年，他受省当局委派赴北京、天津、汉口等地考察学务，条陈调查录八卷，供教育界办学参考。后加入同盟会，中华民国元年（1912）出任甘肃临时议会副议长，民国二年（1913）改任甘肃省长公署秘书长。民国十八年（1929），充任甘肃省通志局副总纂，尔后出任甘肃省政府顾问。民国二十三年（1934）任"国立甘肃学院"（现为兰州大学）文史系教授。慕氏学识渊博，著述丰富，计有《读经笔记》《经学概论》《中国小说考》《甘宁青史略》《甘宁青方言录》《敦煌艺文志》《重修镇原县志》《十三经要略》《求是斋集句诗抄》《求是斋丛稿》《西北道路志》《歌谣汇选》《陇上同名录》等 29 部之多。其家中藏书甚多，1952年其家属向甘肃省人民政府捐赠各种图书数万册。慕寿祺一生热衷教育，关心时政，志存改革。他不仅在教育界发挥了重要作用，还关心国家命运，为推动社会进步做出了努力。

《中国小说考》是一部对中国古代小说进行深入研究的作品，其中涉及对新旧各种小说及元明清之戏剧等的穷究源委，纠正错误，转移世道人心。《中国小说考》虽然成书较晚，但无论是研究方法，还是研究视角、撰述模式均属于传统范畴。本文拟对《平妖传》的本事史实在慕氏研究的基础上更进一步考证，以求厘清这部小说的真实面貌。

慕氏《中国小说考》卷下（妖怪类）关于《平妖传》这部小说的考证见下：

> 此书为城步令王谦平苗而作。城步故连县西延峒苗杨应龙，演符咒甚验，啸聚千余人，誓以七月初七日侵城步，谦以计平之。城步人作《平妖传》及传奇纪事。
>
> 案：王谦，北直永年人，由丁未进士任城步令。闻杨应龙不利于城步，阴募乡勇数百人，授秘计。届期先发制人，率精锐出城，直捣其巢。应龙演符咒皆不验，擒而戮之，余党奔溃。不二里，伏兵四起，生擒数百人。询贼曷不奔窜，尽云空中有赤面长髯大将乘赤兔马指挥神兵八面旋绕，不得脱。问之乡勇，所言无异。盖关帝呵护也。城邑人以神助平苗，每岁七月七日祀关帝。[3]

《平妖传》是一部以真人真事为原型的纪实小说，约写于清康熙中叶。关于小说主人公王谦，（光绪）《重修广平府志》卷五十一《列传六》[4]和（光绪）《永年县志》卷二十八《循吏》均载有传，文字基本相同。现摘录《永年县志》如下：

> 王谦，字六吉。康熙六年进士，任湖广城步令。苗寇攻城，谦率士民登陴拒守。出奇兵破之，城赖以全。擢刑部主事，寻迁户部员外郎，升郎中。庚午，典试两浙。辛未提学江西。事竣为陕西邠山道，改淮阳道参议[5]。
>
> 王谦，清北直隶广平府永年（今河北邯郸市永年县）人，字六吉。顺治十一年（1654）甲午科举人。[6]
>
> 康熙六年（1667）丁未科进士。[7]

《宝庆府志》又载，王谦于康熙十九年（1680）庚申出任湖北宝庆府城步县知县[8]。在任期间，他"有干略，为政以练达、勇敢称"[9]。康熙二十二年（1683）七月平定苗民之乱。后升任刑部主事，户部员外郎、郎中[10]。康熙二十九年（1690）六月乙亥，出任浙江乡试副主考[11]。康熙二十九年（1690）十二月戊午，出任江西学政[12]。康熙三十九年（1700），任陕西分巡邸山道参议。同年，受兵部尚书兼都察院右都御史、总督河道提督军务臣张鹏翮荐举，出任淮扬道参议；张鹏翮认为："见任陕西甘山道王谦，才守超卓，堪任河务，请将王谦授淮扬道。则其守可以清理钱粮，其才可以赞理河务。"[13]同年庚辰，王谦任江苏淮扬道（《永年县志》"淮阳道参议"应为"淮扬道参议"）[14]。康熙四十四年（1705），罢职归里。

王谦一生做出过两件最为重要的政绩，人生也随着起起伏伏。早年镇压苗民令其官声鹊起，官运亨通；晚年因治理河道疏失，令康熙帝震怒，罢职丢官。小说《平妖传》所写的历史事件在（道光）《宝庆府志》卷六《大政纪六》是这样记载的：

> （康熙二十二年）七月，广西西延峒苗杨应龙倡乱，攻城步，知县王谦歼之。杨应龙，故马宝部下裨将，啸聚苗猺一千七百助之。妖者黄羊道士周大圣也，妄称天师，将以七月七日率妖党攻城步。知县王谦预调乡勇伏四山。寇至城下，正试妖法，伏起，尽歼其众，乡勇未损一人，峒蛮惊服。（康熙）《宝庆府志》王谦自记《平妖记》。[15]

《平妖传》小说虽然佚失，但笔者在地方志中检索出王谦自撰的《平妖记自序》可以为我们了解《平妖传》小说的内容提供全面的材料，在（道光）《宝庆府志》中也有节选。这篇自序亦被收入清初张潮编辑的《虞初新志》卷十四，篇名作《平苗神异记》，文字偶有不同。现据（同治）《城步县志》卷十《艺文》全文录出：

《平妖记》自序

王　谦

> 城步，非邑也，故属湖广宝庆之武冈州，设官城步巡检司。苗民杂处，民不什一。数岁辄窃发，守土将吏，不能胜，恒被害。明弘治甲子，峒苗李再万倡乱，巡抚阎公讨平之。流请建县治，用资弹压。爰割武冈之绥宁二里半隶焉。城于巫水之上，凡五峒十八寨环其外。为宰者闻父老谈旧事，目瞪股慄，若不终日。城雉不盈百，东、西、南列三门。北门故有汉前将军关公庙，岿然踞城上。邑人敬事之，祷求必应。余以康熙庚申谒选，得事邑，亲故饯别者为（谓）余危。余笑而谢之。初莅任，苗不敢猖獗。迨癸亥七月朔，粤西全州西延峒苗杨应龙啸聚苗猺一千七百余党，将侵城步。杀人祭旗，将以七夕决胜，谓：'孤城无备，可谈笑取'。先是余逆揣变作，阴慕敢死士三百人练习之。及侦得实，单骑

相地势，秘授计。间七日，贼直薄城下，望见旌旗严整，相顾错愕。如出神算，不复有斗志。余属典史徐士奇、把总王明守北面，练总杨应和守南城，抚苗陈天武守西城，余独当东面，扼其冲。已率精锐出城，乘贼暮气，深入其阻。应龙仓猝失措。有左道用符咒演法，无一效，皆手戮之。余党胆落奔溃。不二里，伏兵四起，落贼无数，生擒五百余人。及讯贼，曷不奔窜，而屈首受擒，佥曰："方将遁，恍惚有赤面长髯大将乘白马，自天而下，指挥神兵，八面旋绕，不得脱。"余始惊异，旋问我军所见，无异样。日既晡，振旅归。亟登城谒公，仰见神面汗浃如雨，如甫释甲状。益加悚惕，叩首谢。自惟谅德，何敢辱神力，或者正可胜邪，诚可回天。今兹平苗斩妖，不请一兵，不伤一民者，真神助，非人力也。余何人斯，敢据天功哉？爰是新庙貌，肃几筵，远近奔走日盛。邑人作《平妖传》及诗歌传奇纪事，谓百年来所未有。苗患遂不复作，今又二十年矣。每岁七夕，余必斋肃谒祀，无忘厥功。独怪神乘马，故赤色，此独白。或疑马援，尝伏五溪蛮，得毋伏波将军来耶？余谓不然。神像既汗浃，示灵爽矣。非余疑乘马者，非公疑公之马，何以白色也，姑阙疑，以俟考。或曰明初有某勋戚家畜一白马，肥且健。一夕汉前将军示梦云："某省寇乱，欲假而助兵。"旦起视厩中，马僵卧不起，改摄其神往矣。迨奏凯，某勋益敬服，京师人异之，因建白马庙奉神。自是神现身显灵，捍倭破敌，辄骑白马以为常。则城步平苗神异，信哉？为帝无疑也。特旧传帝赤兔马一日千里，岂一蹶不复振也耶。抑久用而瘅，用人间马协力耶。附识以资博闻之采云。[16]

《虞初新志》是清代张潮编辑的一部文言短篇小说集。该书最早的版本可能刊刻于康熙二十二年（1683），初刻本为八卷，后又补刻四卷，至康熙四十三年（1704）全部二十卷编刊完成。不过现在学界所能看到的所谓康熙本，其内容可能有此后修补抽换的部分。《虞初新志》是一部文言短篇小说集，收录了明末清初人类似传奇的短篇文言小说，所收篇章大抵都是真人真事，真实记录了明末清初的社会风貌，其中包含了众多作者的作品。它搜奇记逸，内容广泛，涉及各种人物和事件，具有较高的文学价值和社会意义。《虞初新志》这部明末清初的文言短篇小说集中的《平苗神异记》是一篇具体的文章。该文主要记叙了永平王谦在城步任县令时，平定苗民叛乱的神异事迹。文中提到苗民叛乱，王谦预先招募敢死士并训练，在战斗中苗军的左道咒法失效，王谦率领军队取得胜利。苗军称在逃跑时恍惚看到有赤面长髯大将乘白马从天而降指挥神兵，致使他们无法逃脱，而王谦发现关帝像面汗浃如雨。后来当地人士创作了《平妖传》以及诗歌传奇纪事。

《虞初新志》中的《平苗神异记》与《平妖记》是不是同一作品呢？通过对比，我们可知两者是同一题材的两种小说作品，原因有二。一是小说体裁不同。被清初人张潮收入小说集《虞初新志》的《平苗神异记》是文言短篇小说，已经佚失的《平妖记》则可能是白话通俗小说。二是作者不同。《平苗神异记》被收入《虞初新志》康熙三十九年（1700）初刻本时，位于卷十四首篇，署名作者为"永年王谦执斋"。王谦在《自序》和《平苗神异记》均称"邑人作《平妖传》及诗歌传奇纪事，谓百年来所未有"，可知《平妖记》的作者名不详，为城步县人。《平妖传》所写故事情节基本如上所述，无非是当时城步县的文人为王谦所做的歌功颂德的作品。虽然文学上无足可取，但对于研究清初湖北苗民起义还是很有借鉴意义的。

康熙本的《平苗神异记》一文后，附录钱塘人吴陈琰（字宝崖）撰写的《纪香木作像》，可以作为《平妖记》和《平苗神异记》的补充参考资料。其文见下：

> 观察永年王公，初仕城步，平峒苗之乱，感关帝神兵之助，将特立帝像以祀。一日巫水暴涨，浮一香木于张家冲殊胜庵前。僧法彻见而异之，谓若有神运，当留镇山门。士民请于公，作像奉之，公为碑文以纪。愚按先辈黄贞父云：江南文德桥，有香楠木一株，长五丈许，浮秦淮而下。诸生徐嘉宾梦神告曰：是乃聚宝门外关庙物也。于是收而斫之，作三义像。二事何后先合符也？大抵神物不世出，有主则灵。巫水之木，安知非感王公正气，为弹压溪蛮百世不复萌乱之兆耶？江南之木感于梦，则一介不可妄取，天下事类然矣！刬倚恃权要，窃据神物，如周宣王鼎为严嵩祟者，可胜道哉？
>
> 张山来曰：今壬午岁，苗民投诚剃发，慴伏于圣天子之威灵，直当与虞帝之舞干羽而格有苗者辉映后先。读此记而益信。[17]

《平妖记》虽然没有存世，但《平苗神异记》却保留至今。王谦的这篇白话小说，按照张潮"任诞矜奇，率皆事实"（《虞初新志》凡例）的入选原则，也达到了"其事多近代页，其文多时贤也，事奇而核，文隽而工，写照传神，彷摹毕肖"（《虞初新志》自序）的收录标准。

通过对佚失小说《平妖记》及其人物的考辨，除了厘清这部小说的内容外，更重要的是考订了作为小说家王谦的一生。

《平妖传》这部通俗小说虽然至今没有发现流传，但其故事内容及其来源基本得到了准确的辨析。尽管中国古代通俗文艺作品中的历史纪实作品数量不多，但涵盖了通俗小说、古典戏曲，曲艺等诸多艺术门类。关于这一类型作品的研究至今没有得到学术界的关注，因此其学术价值尚有待于进一步开发。

参考文献

[1] 江苏省社会科学院明清小说研究中心文学研究所:《中国通俗小说总目提要》,中国文联出版社,1990年版,第710—711页。

[2] 石昌渝:《中国古代小说总目》上册,山西教育出版社,2004年版,第220—258页。

[3] 慕寿祺:《中国小说考》卷下,民国三十八年慕文云兰州石印本,甘肃省图书馆藏。

[4]（清）吴中彦修、胡景桂纂:《重修广平府志》卷五十一,上海书店影印清光绪二十三年刻本,《中国地方志集成·河北府县志辑》第56册,2006年版,第257页。

[5][6][7][10]（清）夏诒钰:《永年县志》,上海书店影印清光绪三年刻本,《中国地方志集成·河北府县志辑》第61册,2006年版,第169页、第112页、第112页、第169页。

[8]（清）黄宅中等修,邓显鹤等纂:《宝庆府志》卷二十《职官表》,台北:成文出版社影印民国二十三年重印本,《中国方志丛书》华中地方第302号,1975年版,第350页。

[9]（清）黄宅中等修,邓显鹤等纂:《宝庆府志》卷一〇九《政绩录五》,台北:成文出版社影印民国二十三年重印本,《中国方志丛书》华中地方第302号,1975年版,第1633页。

[11] 中华书局:《清实录》第五册《圣祖仁皇帝实录》(二),中华书局,1986年影印,第610页。载"以翰林院编修张希良、为浙江乡试正考官。户部郎中王谦、为副考官"。另见（清）法式善:《清秘述闻》卷三"乡试考官类三",张伟点校,中华书局,1985年版,第70页。

[12] 中华书局:《清实录》第五册《圣祖仁皇帝实录》(二),中华书局,1986年影印,第654页。卷一四九载"户部郎中王谦为江西按察使司佥事、提调学政"。（清）法式善:《清秘述闻》卷九误为"康熙三十一年"。(光绪)《永年县志》卷二十八误为"辛未（康熙三十年）"。

[13]（清）张鹏翮:《治河全书》卷十七,《续修四库全书》第438册影印清抄本,上海古籍出版社,2002年版,第731页。

[14]（清）孙云锦等修,吴昆田等纂:《淮安府志》卷十二《职官》,《中国方志丛书》华中地方第398号影印清光绪十年刻本,台北:成文出版社,1983年版,第669页。

[15]（清）黄宅中等修,邓显鹤等纂:《宝庆府志》卷六《大政纪六》,台北:成文出版社影印民国二十三年重印本,《中国方志丛书》华中地方第302号,1975年版,第185—186页。

[16]（清）盛镒源等修,戴联璧等纂:(同治)《城步县志》卷十《艺文》,《中国方志丛书》华中地方第115号,成文出版社有限公司影印清同治七年（1868）刊民国十九年重刊本,台北:成文出版社有限公司,1930年,第944—948页。

[17]（清）吴陈琰:《纪香木作像》,张潮:《虞初新志》卷十四,北京出版社1997年影印清康熙三十九年刻本,《四库禁毁书丛刊》子部第38册,北京出版社,1997年版,第590页。

作者：

张彦丽，兰州城市学院副教授，主要研究方向：比较文学、影视戏剧文学。

周琪，甘肃省文化艺术研究所研究员，主要研究方向：戏曲史。

论《镜花缘》对《品花宝鉴》的影响
——兼论两部小说的现代接受问题

谢璐阳

摘要：《品花宝鉴》创作于道光五年至道光十五年（1825—1835），在许多方面直接受到了当时颇为风靡的《镜花缘》影响。结构上，《品花宝鉴》遵照以"榜"的结构贯穿始终的小说传统，渲染了"榜"的超现实色彩，同时以"榜"隐含功名寄寓，对候榜情节加以渲染，尽管书中独出心裁地引入了流行的梨园花谱作为"榜"的载体，但最终仍然回归了《镜花缘》"天榜"的超越性内涵。内容上，《品花宝鉴》在逞才炫学方面模仿并有意超越《镜花缘》，将《镜花缘》中酒令规则与行令环节的设计思路发挥到了极致。这些相关性之所以尚未得到充分的揭示，与两部小说在20世纪以来小说研究中的接受方式有关。

关键词：《镜花缘》；《品花宝鉴》；杨掌生；《中国小说史略》

陈森《品花宝鉴》创作于道光五年至道光十五年（1825—1835）[1]。李汝珍创作的《镜花缘》，最早有嘉庆二十三年（1818）刻本，道光初年又多次翻刻[2]，在《品花宝鉴》创作的时期，是正受欢迎的作品。两部小说在结构与内容上存在诸多联系。杨掌生在道光二十二年（1842）成书的《梦华琐簿》中记载几年前曾读到《品花宝鉴》前三十回，便将之与《镜花缘》并提比较。然而，在古代小说研究中，这两部作品之间的继承关系却一直未得揭示，本文将就此稍作分析探讨。

一、"榜"的结构传统与具体呈现

中国古代长篇小说常常在开头或结尾等具有结构意义的位置，归类罗列小说中登场的所有重要人物，孙逊、宋丽华将这种独特的形态称为"'榜'的结构形式"，对其在结构与主题上的意义进行了较为全面的论述。文章指出，一些较为成功的作品，利用"榜"的形式构成了前后关合、回环兜锁的结构效果[3]，如《红楼梦》，前有太虚幻境，批点又透露出末回有警幻情榜，中间以灯谜、花签等影射众人命运，前后呼应，结构浑成。

《镜花缘》也是这样的作品。小说分别在第四十八回小蓬莱泣红亭的白玉碑"天榜"和第六十七回的题名榜中，两次罗列百位女子的姓名，又在第八十九回至第九十回的千言长句中备述百位才女的经历，预言诸位才女死于非命的悲惨结局。"榜"是贯串从访得天榜到众才女中第、宴饮、分别的近五十回内容始终的结构标志。

《品花宝鉴》同样继承了"榜"的文学传统。小说第一回，史南湘新刻《曲台花选》（一名《曲台花谱》），谱中品题八位名旦。第四十五回，王胡子扶乩请仙，二仙所作绝句与长诗，暗示杜琴言前世生平，又橐栝了在场所有名士与名旦的生平经历结尾。第六十回，众名士与众名旦互相品题。花谱、乩诗、传赞，虽不以"榜"称，实与小说中"榜"总括登场人物、对人物做分类品评、深化小说主题的功能别无二致。

《品花宝鉴》对"榜"的结构形式的运用，除了继承自《红楼梦》等说部经典之外，更直接受到了《镜花缘》的影响，以下试析而论之。

（一）"榜"的超现实色彩

在明清长篇小说中，"榜"的结构形式通常具有神秘性或权威性的超现实背景，往往为故事增添上天意命定的色彩。《镜花缘》尤其与众不同，为小说中百名才女的身份设置了"花仙"与"魁星"双重神秘来历。小说故事背景为百名司花仙子被贬下凡，分而复合，其间又两次描写"女魁星"现身的异兆，隐喻才女登科。第四十八回，小蓬莱泣红亭白玉碑之"天榜"，著录百位女子之名，既揭露了女子们前身"司某花仙子"的身份，又预注着她们"第某名才女"的科第，将花仙、文星两重背景绾合一处，在"榜"的结构形式中独具一格。

《品花宝鉴》的题材取材于陈森"品题梨园，雌黄人物"[4]的真实经历，讲述京城诸色人物与小旦交游的故事。故事结束于九香园这一桃花源式的空间，为名旦、名士塑造了超越于现实中菊坛与科场的新身份，众名士以名旦配十二花神，为花神作"花史"，众名旦又为诸名士设文星禄位，拟定仙品，构成"花史"与"文星"两榜，正是《镜花缘》花仙与文星双重背景的延续。

两部小说并举花神、文星的旨趣一脉相通。《镜花缘》第一百回篇末云"镜光能照真才子，花样全翻旧稗官"，意在彰扬闺阁女子的真才，同时自逞游戏文字以求翻新。《品花宝鉴》旨趣与此相似，篇末题诗首句称"亲逢天女散花时，手授生花笔一枝"，将寓目的名旦比作天女，同时又自喻为有梦授五色笔之才的江淹，寄寓了怜才与自怜双重情感的创作动机。

两部小说还在相同的结构位置上运用了相似的形式实现"榜"的功能。《镜花缘》八十九回至第九十回，长指山人化身道姑，向众才女口诵曾在海外所见长句，其中暗含着一百人的来历与命运，也可以视作一种具有神秘来历而囊括登场人物的"榜"。这首长诗，既指涉了已经发生的故事细节，又预言了后续情节的走向，处于承接上文才女登第、开启后续讨伐武周的关捩点上,构思十分独特。《品花宝鉴》第四十五回王胡子扶乩,以长诗骰括所有名士与名旦的事迹,无疑受到了《镜花缘》千言长诗的影响。扶乩的情节,更具现实民俗依据,而本质上则仍然意在强调其来历的神圣性。该回恰好居于全书四分之三位置,推动开启了后十五回琴仙拜屈道生为义父,脱离伶界、跻身士林的新段落,在结构功能上也与《镜花缘》的长指山人诵诗如出一辙。

(二)"榜"的现实指向及其情节渲染

《镜花缘》中的"天榜",有着特别的现实指向。小说第四十八回唐闺臣在泣红亭见玉碑名录时,心中想道:"我闻古人有'梦观天榜'之说,莫非此碑就是天榜?"[5]所谓"梦观天榜",是志怪故事中常见的情节模式,通常写文人在梦中预先得见载有姓名科第的题名榜,后来科举发榜果然得以应验,唐人小说中即有《前定录》之"陈彦博"、《续定命录》之"樊阳源"等。清人乐钧《耳食录》成书于乾隆末年,其中记载金溪诸生周斯盛在梦中成为城隍,更是明确使用了"天榜"一词:"忽传天榜发,急往视之,白纸墨书,宛如人间乡榜。"[6]其后乡试揭榜,果然如梦中所录。梦中天榜与乡榜在内容和形式上都完全一致。可以说,在"梦观天榜"的故事模式中,"天榜"实际上即是科举考试结果的预示性存在,也是文人科举情结的具象化体现。

在《镜花缘》构建的现实世界中,"天榜"中百位才女的姓名的名次再次出现在放榜日多九公抄录的题名册中,得到应验。有学者认为,前后两次罗列名单,连篇累牍,缺乏情节性,显得累赘。实际上,《镜花缘》第六十七回在揭出现实世界的题名榜时,并非只是机械重复名单,围绕发榜的情节,李汝珍特别设计了同寓的四十五名女子候报与多九公买题名册的情节,细腻地渲染出考试结果揭晓前紧张的氛围,见小说第六十七回。这一回从放榜前写起,才女们预先盼咐家人:"如有报子到门,不必进来送信。每中一名,即放一炮,里面听得炮声若干,自然晓得中的名数。等报子报完,把二门开了,再将报单传进。"自五鼓起,果然陆续有炮声响起,小说详细地描写了"响了一声大炮""忽又大炮响了两声""接连又是三炮""这四声来得快",一共三十七声炮响的过程,此后许久未添一声,众人以为将有八人落第,不免有人"面面相觑""暗暗落泪",乃至"浑身抖战筛糠",直到巳交卯正,多九公匆忙抄榜而回,才知四十五人皆在榜内,原来是因为武则天临时改换名次,重新填榜,导致前二十名反而报在众人之后,"话未说完,只听外面接连放了八声大炮"[7]。至此,所有悬念告一段落,与"天榜"相呼应的题名册在经过了层层铺垫与最终的转折后正式展开。

《品花宝鉴》也透露出文人的科举情结,士人的功名事业是小说中除士伶交往之外的另一重要线索,他们或为缙绅子弟,或因游学聚集京城,在一年之内,亲身参与或目睹了秋试、春试与博学宏词科三场考试。然而,被作者归为"上等人物"的名士们大多未能登第，反而是"下等人物"中的归自荣与潘三女婿请人代考获得功名。众名士中，仅田春航、梅子玉两位充满理想化色彩的主人公，分别考中会试第二名与博学宏词科。在叙述田春航等候发榜报喜的段落中，《品花宝鉴》也采用了设置悬念、情节反转的模式，展现候报期间"凡下场的个个意马心猿，到了这几天寝食俱废"[8]的士人心态。小说第三十二回从出榜前两天晚上田春航与高品失眠谈心开始写起，继而叙述出榜前一日苏蕙芳遣人打听，至午初"已经报过四十名了"、申初"已报一百多名"，上灯过后，苏蕙芳与众名士皆齐聚田春航处一齐等报，等到二更以后有人报田春航高中南元，田春航心下仍有疑惑，直至五更看榜人携《题名录》归来，才确认田春航为第二名。这段情节按时间顺序逐次展开，层层铺垫，至最后一刻才揭开结局，其间以人物的对话与活动巧妙地安排节奏，渲染紧张气氛，与《镜花缘》众才女候报的情节设置方式几乎完全一样。《品花宝鉴》更加突出了铺垫的递进，在逐次展开的过程中依次报告归自荣、潘三女婿中第的讯息，带出高品坦白代考之事，揭露了科举考试中"那一科没有些混帐人在内"的深刻现实[9]，较《镜花缘》又有所发展。

（三）《品花宝鉴》中"榜"的当下载体及其主题升华

《品花宝鉴》卷首以清代乾嘉以来流行的梨园花谱充当"榜"的载体，呈现出前所未有的当下感，在历来以"榜"结构的长篇小说中亦属罕见。这一点，引起了《品花宝鉴》在接受史上的误读。

当时的读者注意到《品花宝鉴》采用了这种流行的著作形式，自然而然地将《曲台花选》与实际的花谱著作相提并论。如邱炜萱《菽园赘谈》云："花榜体裁，随人意拟，大约如《品花宝鉴》所载者是，此后词人游戏之作，有所谓《金台残泪记》《燕兰小谱》。"[10]将《品花宝鉴》与清代梨园花谱肇始之作《燕兰小谱》与道光八年（1828）成书的《金台残泪记》并提。更有读者将《品花宝鉴》当作记录当时剧坛真实情况的小说体花谱看待，试图为小说中的梨园人物寻找现实原型，因此，又有京城名伶桐仙自称为杜琴言原型，借助《品花宝鉴》中的另类品题来自我标榜[11]。

实际上，这种评价方式误解了陈森的创作意图。陈森将伶人作为小说题材，在小说中杜撰《曲台花选》，并非真正意在撰写花谱，评骘菊坛，而是借用这种适宜于梨园题材的著作形式，承载长篇白话小说中"榜"的结构传统。陈森反倒是对当时流行的花谱撰著风气稍有非议，故在第六十回借苏蕙芳之口说出："你看那些花谱花评，虽将那些人赞得色艺俱佳，究不免梨园习气。"[12]因此，小说写到结尾的第六十回，仍然回归了继承自《镜花缘》的"天榜"式的小说史传统。相比之下，较之第一回《曲台花选》略去序文、但录其人，陈森在第六十回——撰写的"花史"与"文星"传赞，显得格外用力，不但各人皆有赞语，十一文星之外，又有名旦们合撰的祝文一篇，十二花神外，又另绘有题有"品花宝鉴"的云龙执镜图及赞语。小说中众名士为"花史"们所作赞语，有意虚其事实，使他们得以超脱伶人身份而受到揄扬，这在名旦们看来远胜于庸俗的花谱。具有总结意味的云龙图赞与祝文中"孀其孀，而妍其妍"[13]以及"鉴彼造化，作为文章，群分以物，类聚以方"等表述[14]，与第一回引子部分将上等人物中缙绅子弟与名旦分为十种，又将下等人物分为八种遥遥呼应，显示出陈森本人的创作意图，实可作全书序、跋观之。小说以第六十回花史画像中的"品花宝鉴"命名，而未取首回之"曲台花选"，可见陈森褒贬取舍之意。

因此，不同于此前小说大多由首尾两"榜"形成前后关合、回环兜锁的效果，《品花宝鉴》从第一回的《曲台花选》，到第四十五回的扶乩诗与第六十回的花史、文星传赞，还包含着后者超越前者，摆脱对象化、世俗性的观看品评，进入精神性的共鸣的内涵。至于后来模仿《品花宝鉴》而创作的《花月痕》，写名士韩荷生在鄙薄之徒编订的花案之外另外编写《重订并门芳谱》，则放弃了非现实色彩的"榜"，完全由花谱这一通行著作形式，来承载小说中"榜"的超越性色彩，是"榜"的又一变体。

二、逞才炫学的极致与末路

迄今为止，为数不多关注到《镜花缘》与《品花宝鉴》一脉相承之处的，主要是关于二者都存在"獭祭填写"问题的批评。赵景深《〈品花宝鉴〉考证》分析杨掌生《梦华琐簿》在评价《品花宝鉴》时特意批评《镜花缘》："作者自命为博物君子，不惜獭祭填写，是何不径作类书而必为小说耶？即如放榜谒师之日，百人群饮，行令纠酒，乃至累三四卷不能毕其一日之事，阅者昏昏欲睡矣。作者犹津津有味，何其不惮烦也。"言外之意是《品花宝鉴》也有类似的问题，只是没有明说。赵景深指出，《品花宝鉴》中也有大量"行令纠酒"内容，"足以阻止故事的进行，写来松散而不紧张，使人只觉得气闷"[15]。赵景深先生所言不谬。仔细考察两部小说中的相关内容，《品花宝鉴》在逞才炫学方面，尤其是"行令纠酒"的段落中效仿《镜花缘》，甚至与之竞争，痕迹十分明显。

长篇白话小说中的酒令书写，在《金瓶梅》《红楼梦》中已经发展成熟，具备了以酒令预言人物命运、展示人物形象的叙事功能，形成了庄谐相生的人物设置基本模式。《镜花缘》与《品花宝鉴》在继承《金瓶梅》《红楼梦》将酒令融入整体叙事的书写传统基础上，又对酒令书写有所拓展，拓展的方向则转向了对酒令形式的极致化追求和对行令环节的精巧设计。

《镜花缘》的酒令情节，集中于自第八十二回至第九十三回，即杨掌生所谓"放榜谒师之日，百人群饮，行令纠酒，乃至累三四卷不能毕其一日之事"之处。《镜花缘》的作者力图增加行令的人数与难度，既要"百人全能够行到"[16]，又要"前人从未行过"[17]，自创双声叠韵令。令由两部分构成，先要说一个双声叠韵词，然后要说一句经史子集中的文句,双声叠韵词要符合所掣牙签上写的门类和要求,所引文句又需包含前举词中任意一字。随后追加三条规则:所引文句中也要有双声或者叠韵之字;下家与上家所举双声叠韵词之间也要构成双声或叠韵的关系;百人所引文句出处不得重复。席间又随时对行令人附加新的要求,难度极高。《镜花缘》又在双声叠韵令中,穿插了若干讲笑话、说大书、唱小曲、行小令的活动,所行小令,既有记诵典籍文句的秦字令,也有在文字字形上做文章的抽梁换柱小令、翻筋斗令和象形令,较双声叠韵令容易许多,也充满了趣味,起到了调节行令节奏、扩大酒令规模的作用。

《品花宝鉴》吸纳了《镜花缘》扩大规模和翻新出奇的追求,全书三次写到人数众多的大令。第一次是前十五回中作者极为得意的"群鸦噪凤令"。该令是袁夫人效仿时新酒令翻新而成——这个时新酒令实际上就是《红楼梦》第六十二回史湘云所行的集古文、唐诗、骨牌、曲牌、时宪书酒令,她认为史湘云令"没有韵""略欠自然",且过于"容易"[18],于是将规则改为第一句用骨牌名,第二句用五言唐诗,第三句用《西厢》曲文,第四句用曲牌名,第五句用《毛诗》,句句押韵。不仅难度有所增加,行令规模也远胜《红楼梦》,参与人数有华夫人、袁夫人、苏小姐与婢女十二红、十珠凡二十五人之多,共成十六首,后来徐子云、萧次贤又与小旦袁宝珠、金漱芳再拟群鸦噪凤令六首,甚至计划将来凑成百首,这很像是对《镜花缘》百人行令的效仿。书中还写徐子云将三夫人与众婢所作十六个令分为上下二等,作序刊行,传为美谈,也与《镜花缘》第九十二回收令后孟玉芝拟"将此令按着次序写一小本,买些梨枣好板,雇几个刻工把他刻了,流传于世"出自同一机杼。第二次是第三十五回袁宝珠生日行令,名士七人行较难的"百美捧觞"令,名旦五人行较易的集曲文令,这也是一次人数众多、大令穿插小令的宴会,其中,名士所行百美捧觞令,要用所掣美女名字上下二字分别集唐诗二句,所掣花名上下二字分别集《诗经》二句,在形式上也有掣签、飞觞的要素,与《镜花缘》双声叠韵令有相似之处。第三次是第五十七回徐子云与袁夫人新编的"六国伐秦令",该令的特点是"行起来颇为热闹,不论多少人都放得进去"[19],这一回众女眷聚会,七位夫人与二十四位婢女均参与其中。酒令的规则是,秦国分别与六国交战,每国出将三人,依次与秦将两两对战,每一次对战都有不同的内容,因此,"六国伐秦令"实际上包含了十八种酒令,涉及拇战、猜枚、交线、筹戏、掷色、投壶、骨牌、下棋、打擂、顶针续麻等多种游戏形式,本质是一个由若干小令组成的大令,是《镜花缘》大令套小令的构思方式发挥到极致的表现。

《镜花缘》中一些简易小令的内容,也直接在《品花宝鉴》中被挪用翻新。比如,第十四回"奚十一令",要列举《四书》中"奚"字分别位于第一至第十一个字位置的句子,与《镜花缘》"秦字令"列举《战国策》中带"秦"的一至十字句相似,且二者都是拈书中人物姓氏偶然而成之令。又如,第三十七回"一字化为三字令"、第五十回"四字令",与

《镜花缘》中的偷梁换柱、翻筋斗令同为在字形上作文章的小令难度更大,要从一个字变化出两三个字,还不惜篇幅将几乎所有满足条件的字都穷举出来,隐隐可见作者向《镜花缘》挑战的意图。

在扩大酒令规模、增加酒令难度的同时,《镜花缘》也丰富了行令场面构思过程与人物互动的设计。比如,写孟玉芝接令时之心绪如麻:"我自从掣了题目,见上面注着双声叠韵,是头一件心事;所报各名,又要记着上文,是第二件心事;飞觞之句,要将所报各名飞出一字,是第三件心事;所飞句内,又要凑成双声叠韵,是第四件心事;所用之书,又不准重复,是第五件心事。此刻记了这个,忘了那个,及至想起那个,又忘了这个。"[20]她仓促掣签,忘了要先讲笑话,想着笑话,却忘了掣得的题目,一口气说了一百个双声叠韵词才撞对题目。这段描写生动地表现出行令的紧张感与趣味性,这一点,在《品花宝鉴》中也得到了进一步的发挥。小说第七回刘文泽小宴众名士,行"一字对"令,该令的规则是,出令人把一句诗拆开,打乱次序,逐字出与众人对,最后各人将所对之字按原句次序凑成一句,检验是否通顺。每人轮流出令,共行六轮,要逐一叙出每人每字的对答过程,不免拖沓冗长。陈森在这一回展现出了极为纯熟的场面描写与节奏控制能力。六轮之中,仅在刘文泽、史南湘二人出对时逐字叙出,详细呈现各人思考时既要揣摩出令者原句和语序,又要构思如何让对句通顺的心理活动;而梅子玉、颜仲清、王恂三人之令则省略了出对的流程,如写梅子玉"一个个出四字,是费、影、收、肠",仅在关键的最后几个字上详细叙写,加快了叙事速度;至最后高品行令,却写他先一连出三个字,又一连出四个字,既体现高品与众不同的才学,又使行文节奏更加明快。每一轮行令,高品的对句或是粗俗欠通,却总能找到语典曲为解说,或是将出令人的名姓行藏暗藏句中,刻薄调笑,因此,最后到了高品出令,众人也都在对句中牵名道姓讽刺他,以此收令,极具谐谑效果。

要之,《镜花缘》和《品花宝鉴》对酒令的内容都有着高于寻常的审美要求,对酒令场面书写的叙事节奏也颇为讲究,无疑在创作时进行了精心的设计。李汝珍三次修改《镜花缘》文稿,历时三十年,曾在书信中向人剖露:"日前虽已完稿,因所飞之句,皆眼前之书,不足动人;今拟所飞之句,一百人要一百部书,不准雷同,庶与才女二字,方觉名实相称,方能壮观。第此间书不应手,颇为费事。"[21]可见李汝珍为了使双声叠韵令更加"动人",调整了行令的规则,又查阅了大量书籍完成酒令部分的创作,不吝精力和笔墨。《品花宝鉴》中的酒令创作大抵也经过了缜密的构思。该书前十五回成于道光六年(1826)陈森乡试落第以后,第十五至三十回作于道光十四至十五年(1834—1835)随幕主穆扬阿自粤回京的舟行七十日途中,后三十回成于道光十六年(1836)乡试再次落第之后[22],考察酒令书写在全书中的分布情况,有趣的是,作于舟行回京途中"白昼人声喧杂,不能构思,夜阑人静,秉烛疾书"[23]环境下的第十六至三十回部分,仅出现了第二十回"闷酒令"和

第二十四回一笔带过的"贴翠令","闷酒令"只是简单的角色扮演类筹戏,"贴翠令"也是寻常熟令,可见于《酒令丛钞》。其余十多处酒令书写则全部集中在剩下的四分之三之内,多为篇幅较长、具有原创性的文字游戏类酒令,可以想见,陈森在创作这些酒令的时候不乏精雕细琢的构思。

这两部小说在酒令书写上倾注的心力,在内容与叙事上的探索成果,已经远远超过《金瓶梅》与《红楼梦》。然而,两部小说的"行令纠酒",却并没有得到与作者心血相应的评价,往往被目以冗长,赵景深甚至坦诚地透露"每遇这些地方,就跳过不看"[24]。究其原因,《金瓶梅》《红楼梦》已经发展出了成熟的将酒令书写与整体叙事结合起来的模式,《镜花缘》《品花宝鉴》一味把酒令书写向着精致化的方向发展,终究只能使酒令书写成为与整体故事情节脱节的独立单元,纵然在同类的书写中显得更为成熟精彩,却难以融入整体叙事之中,获得更好的艺术效果。此后类似题材的小说作品没有沿着《镜花缘》《品花宝鉴》的方向继续发展下去,由这两部小说发挥到极致的逞才炫学,实际上已经走上了末路。

三、余 论

上文从"榜"的形式结构和逞才炫学的内容两个方面论述了《镜花缘》对《品花宝鉴》的影响。这些文本上的相似性与关联处,其实并不隐晦,之所以久未受到注意,究其原因,与小说史书写中对两部小说尤其是《品花宝鉴》的认识有关。

同时代的杨掌生最早将《品花宝鉴》置于小说演义体的发展脉络中进行评价,称赞其绍续《红楼梦》,"师其意而变其体,为诸伶人写照",又委婉地指出其中也有《镜花缘》"獭祭填写"的弊病[25],然而,这样的评价此后竟乏嗣响。19世纪末至20世纪初,关于《品花宝鉴》的评论基本集中在本事考证与人物索隐方面,又因其题材独特,或将其视作独树一帜、"别开生面"[26]的作品进行欣赏。

直到鲁迅作《中国小说史略》,《品花宝鉴》才重新被纳入小说史的序列,他的判断塑造了目下小说史研究对《品花宝鉴》的认识。鲁迅将清代小说大致按题材分为"拟晋唐小说及其支流""讽刺小说""人情小说""以小说见才学者""狭邪小说""侠义小说及公案""谴责小说"七类,《品花宝鉴》位列"清之狭邪小说"之首,被视作由《红楼梦》等世情小说演变为清代中后期狭邪小说的转捩点,又是狭邪题材由"溢美"一变为"近恶",再变为"存真"的演变起点[27]。这种认识在前人"师其意而变其体"与"别开生面"的看法之上,更赋予了《品花宝鉴》作为狭邪小说开山之作的独特小说史地位,成为后来研究者把握《品花宝鉴》的基础。

与此同时,《镜花缘》在《中国小说史略》中被归入"清之以小说见才学者"之末。

从篇目排列顺序来看，鲁迅大致是按照时间先后顺序，将这类小说置于"人情小说"与"狭邪小说"之间，又按照时间顺序，介绍了从康熙年间的长篇白话小说《野叟曝言》到嘉庆年间的长篇古文小说《蟫史》、骈文小说《燕山外史》与白话小说《镜花缘》四种。然而，四种小说体式与内容错杂，难以勾连前后脉络，实为鲁迅视作"零碎小派"者，这样的分类终究在客观上切割了《品花宝鉴》与《镜花缘》之间的联系。道光年间杨掌生将《品花宝鉴》与《镜花缘》相提并论的看法，此后仅在赵景深《〈品花宝鉴〉考证》中以批评逞才炫学倾向的方式得到了回应。

应当指出，鲁迅对清代小说的分类方式，隐含着观照当下的意识。故在1924年暑期以《中国小说史略》为基础讲授《中国小说的历史的变迁》时，鲁迅将清代小说及其末流大略分为拟古派、讽刺派、人情派、侠义派四派，分别对应《中国小说史略》中之"拟晋唐小说及其支流"、"讽刺小说"、"人情小说"与"狭邪小说"、"侠义小说及公案"与"谴责小说"六篇。章节末尾有说明云："上边所讲的四派小说，到现在还很通行。此外零碎小派的作品也还有，只好都略去了它们。"[28]可见鲁迅在为清代小说划分派别时，胸中横亘着他所在的时代流行的小说题材，含有为当下文坛追根溯源的意识，如1931年在社会科学研究会讲所作的《上海文艺之一瞥》讲座，鲁迅将"人情派"小说的溢美、近真、溢恶三阶段论，延伸到"新的才子＋佳人的书"——鸳鸯蝴蝶派小说、"新才子派"——创造社文学，乃至革命文学[29]。而《中国小说的历史的变迁》略去的"零碎小派"，无疑指的就是在现代小说中缺乏后继，《中国小说史略》归为"以小说见才学者"的四种作品。

尽管《镜花缘》缺乏在20世纪的同类创作，这部小说在20世纪的接受，却颇具有现代性的色彩。如清末小说家吴趼人在《新小说》杂志中称"中国无科学小说，惟《镜花缘》一书足以当之"[30]，以西方小说的题材类型定义《镜花缘》，又如胡适在《〈镜花缘〉的引论》中将《镜花缘》比拟为《海外轩渠录》(《格列佛游记》)，定位作"一部讨论妇女问题的书"[31]，自此，如何把握《镜花缘》中的内容及其反映出的社会问题，尤其是其中具有现代性的表现方式与思想内涵，成为认识这部小说的重要途径。

如果说《品花宝鉴》的小说史新定位，颇赖于现代文坛尤其是鸳鸯蝴蝶派小说创作带来的后见之明，那么，《镜花缘》在20世纪的探讨，则深受西学东渐之风的影响。如此，两部成书时代前后相属的作品，回到当时的语境，后者本是前者创作期间具有重要影响力的前文本，然而，在20世纪的文学创作与文化思潮影响下，却分别成为两条不同经纬线上的节点，其间的丝缕关联遂隐而不显。

已有学者指出，嘉庆、道光以降的章回小说，具有小说题材内容拓新，不同小说类型杂糅的特点[32]。较长时段的小说史论述，不得不选择一种适宜串联起较多作品的叙述脉络，却往往不足以全面揭示这一时期的小说在内容、结构、主题、表现方式等不同方面所调动的丰富资源。本文梳理《镜花缘》对《品花宝鉴》的影响，既是对这两部小说已有研究的补缺，也是试图钩稽小说史叙述缝隙下被遗漏的一些细节。

参考文献

[1][22] 许俊超：《〈品花宝鉴〉成书时间新证》，《文献》2016 年第 2 期，第 175—178 页。

[2][21] 孙佳讯：《〈镜花缘〉公案辨疑》，齐鲁书社，1984 年版，第 132—139 页、第 18 页。

[3] 孙逊、宋莉华：《"榜"与中国古代小说结构》，《学术月刊》1999 年第 11 期，第 58—63 页。

[4][8][9][12][13][14][18][19][23]（清）陈森：《品花宝鉴》，《古本小说集成》第四辑第 28—31 册，上海古籍出版社，2017 年版，辑补第 3 页、第 1265 页、第 1282 页、第 2526 页、第 2525 页、第 2555 页、第 439 页、第 2362 页、辑补第 7 页。

[5][7][16][17][20]（清）李汝珍：《镜花缘》，复旦大学图书馆藏道光十二年刊本，《古本小说集成》第二辑第 121—122 册，上海古籍出版社，2017 年版，第 855—856 页、第 1197—1208 页、第 1472 页、第 1475 页、第 1507 页。

[6]（清）乐钧著，陈戍国点校：《耳食录》，岳麓书社，1986 年版，第 72 页。

[10][26]（清）邱炜萲：《菽园赘谈》，厦门大学图书馆藏光绪二十七年铅印本，卷七第三十三叶下，厦门大学出版社，2018 年版，第 469 页、第 468 页。

[11][25]（清）蕊珠旧史：《梦华琐簿》，见张次溪编纂《清代燕都梨园史料》（正续编）上册，中国戏剧出版社，1988 年版，第 372—373 页。

[15][24] 赵景深：《中国小说丛考》，齐鲁书社，1980 年版，第 454—456 页。

[27][28]《鲁迅全集》第九卷，人民文学出版社，2005 年版，第 349 页、第 350 页。

[29]《鲁迅全集》第四卷，人民文学出版社，2005 年版，第 298—304 页。

[30] 朱一玄编，朱天吉校：《明清小说资料选编》上册，南开大学出版社，2012 年版，第 525 页。

[31] 胡适：《〈镜花缘〉的引论》，见季羡林主编：《胡适全集》第 2 卷，安徽教育出版社，2003 年版，第 711—712 页。

[32] 郭豫适、刘富伟：《拓新·杂糅·渗透——关于嘉、道时期章回小说类型问题的思考》，《华东师范大学学报》（哲学社会科学版），2006 年第 2 期，第 56—64 页。

作者

谢璐阳，北京大学中文系博士研究生，主要研究方向：古代小说戏曲。

关于《行孝子到底不简尸》本事的再探讨

李 颖

摘要：本文择取晚明先后刊行的两个文人笔记即《戒庵老人漫笔》和《见闻杂记》，分析其对同时空人员及其事迹的书写之同与不同，如武义王姓孝子事迹，认为：话本小说编撰家凌濛初既有文心又具史心，厘清了两个笔记中孝子原型的同与异，编撰小说《行孝子到底不简尸》时对"两个"武义孝子本事不仅有选择性沿用，也有综合利用，重塑与扩写是其常用手法；并探索凌濛初编撰最重要的突破，如孝子投案自首的情节及主要关涉人物、孝子所获表彰等级等，这与其不囿于《戒庵老人漫笔》所记，有效撷取《见闻杂记》的孝子本事密切相关。

关键词：《戒庵老人漫笔》；《见闻杂记》；王孝子；凌濛初；《行孝子到底不简尸》

对父母行孝是历代国民正常都会有的意识和行动，晚明笔记《戒庵老人漫笔》和《见闻杂记》中便存有若干实录。凌濛初受两个笔记中武义孝子事迹的启发，有效利用其本事，编撰了话本小说《行孝子到底不简尸》。冯保善曾结合元明笔记史料，对该小说之本事进行了补证[1]，但只提到了《戒庵老人漫笔·王孝子》对凌濛初编撰的影响角度，并未分析其具体影响。细读李栩、李乐二人对武义王姓男子为父死孝事迹的不同记写，便会发现影响凌濛初编撰小说《行孝子到底不简尸》的本事不只源于《戒庵老人漫笔》，还有《见闻杂记》。

孙奇逢有言："臣于君，子于父，妻于夫，分定于天，情根于性，其死也理之所不容萦，而义之所不容逃者也。"[2] 本文试从两个有关武义王姓男子死孝的笔记文本出发，分析孝子原型的同与异，探讨凌濛初编撰《行孝子到底不简尸》时对笔记内容的取舍与创新性改编，既补冯保善本事补证之缺，亦期借一个话本小说初步认识凌濛初对晚明行孝现象的书写。

一、孝子原型：王世名与王世民

明人李栩（1505—1593）晚年"每于批阅所得，目前所传，感怆所至，无论篇章繁简，随笔简端"[3]，终成《戒庵老人漫笔》。该书卷七《王孝子》一则，正是李栩稍约其时金华知县汪可守之辞而留下的史笔。

李栩由其"目前所传"[4]的金华知县所写之文得知，王世名为不残父尸而"强颜与仇同室"[5]五年，"封买和之资不遗锱铢"[6]，直到其子年满一岁得以延续父祠即手刃仇人，完成"血亲复仇"，并为不毁父尸而在投案自首后要求以死抵命，是武义令陈君和金华令汪君一致确认的孝子。李栩因"感怆所至"[7]而"随笔简端"[8]，在《戒庵老人漫笔》中为王世名的孝行留下了实录，并"按本末之为体也，因事命篇"[9]，记之为《王孝子》。

无独有偶，与李栩同时代的李乐（1532—1618）在其《见闻杂记》中，也记写了一位为父复仇的武义孝子。由《见闻杂记小引》可知，李乐合《古今粹言》《今言》并为一帙，并"特据所见所闻漘书之"[10]，以"僭附二先生之没"[11]，著成《见闻杂记》九卷、续二卷，而该书第三卷第165则正是李乐根据见闻为孝子王世民写下的。

《戒庵老人漫笔》初刻于万历二十五年（1597），《见闻杂记》第一次付梓在万历二十九年（1601），即两个笔记问世时间相邻。此外，两个由同时代文人撰写的笔记在内容方面也存在一定的关联性，如《戒庵老人笔记》第八卷最后一条为《郑端简公训子语》，而《见闻杂记》所录《今言》正是郑端简公之作。由"两位"王孝子的共同点亦能略见一二：他们同是武义人，在父亡前均致力于求取科举功名，皆为不简尸而不得不接受与仇人私和，娶妻生子后伺机复仇，在仇人醉酒时完成，其后主动前往官府自首，提交自首状、上缴所封买和之资，并为不简尸而试图自尽，最终不食而死。但两相对比，便会发现作为孝子原型，王世名和王世民不仅名有一字之异，在很多方面也存在着诸多不同：

其一，孝子父亲与凶手关系、亡故原因和时间。王世名之父是被以王俊为首的族仇共16人群殴致死，其时他游学在外，收到讣告归家时父尸已殓数日，王世民之父则是被族子所伤致死，而王世民当场听到了其父临终遗言。

其二，孝子家庭成员的构成。王世名原有祖母与父母，父亡后娶妻生子；王世民原有父母和弟弟，父亡、补博士弟子后娶妻生子。

其三，不简尸的提出与执行。王世名是在祖母与母亲的提醒下，为不简尸而接受仇人提出的私和；王世民则因其父临终强调不简尸、其母从实际出发的分析，而接受宗人提议的私和。

其四，私和后孝子的作为。王世名娶妻在先，服丧期满后决定放弃举业，改为书诵忠孝格言，集忠孝诗、作别母属妻词。而王世民则昼夜读书，入试补博士弟子后娶妻生子，并教导弱弟。

其五,孝子对复仇工具的准备与选择时机的标准。王世名私和后便悄"购一刀,自勒报仇刀三字于上"[12],待其子满一岁,认定"吾已有后,死无憾"[13],便决定行动。王世民是根据每岁旦的占卜结果做决定,不吉则等,"至辛巳卜,得吉乃走冶工所,铸钢斧"[14],并伺机手刃仇人。

其六,孝子自首后,其家庭成员的反应。王世名为辞母而恳乞放归,还家后其母与妻持之号①;王世民之母与弟则一同赶赴县衙,争相认罪伏法。

其七,孝子对家人的嘱托。王世名嘱咐其妻"善事若姑,善抚若子"[15],王世民则依次对其母与弟提出了不同嘱咐,即代之抚子、养母。

绾结而言,李栩、李乐二人各自记写的武义王姓孝子事迹,在关涉人物的社会关系原点、核心人物的原生家庭构成及其应对至亲死亡的举措,与复仇过程和责任担当等方面,存在的区别是显而易见且不容忽视的。

二、由笔记到话本:简尸引发的行孝

如前所述,万历二十五年(1597)《戒庵老人漫笔》初刻、万历二十九年(1601)《见闻杂记》初刻,而《二刻拍案惊奇》刊行于崇祯五年(1632)。也就是说,话本小说编撰家凌濛初有条件综合李栩、李乐二人各自记写的武义王姓孝子事迹,在正话中说"一个情愿自死,不肯简父尸的孝子"[16]故事。比较三者的文字、细节,可以确定《行孝子到底不简尸》部分沿袭了二李笔记的内容。譬如在时空背景上,略微继承李栩所记,将故事发生时间笼统地说成"国朝万历年间"[17];故事发生地则采用李栩和李乐二人的一致记写,即"浙江金华府武义县"[18]。

更为重要的是,在核心人物及其社会关系与作为的起始状态和发展变化方面,凌濛初对二李笔记不仅有选择性沿用,还有重塑与扩写。首先,沿袭李栩所记,将孝子命名为"王世名"[19]。但把王世名的原生家庭重塑为三口之家,仅有父、母与子,不同于二李各自记写的四口之家;细致地交代了王世名父亲的名、身份、谋生之道,即"武义县有一个人,姓王名良,是个儒家出身"[20],每年都可收获"束脩",这些皆为二李笔记所无,属于凌濛初的创新性重塑和扩写。可以想见,凌濛初在编撰过程中,圆融地处理了笔记的沿用、重塑与扩写问题。

---

① 按:王世名祖母在李栩的记写中只被提过一次,此后皆无,见(明)李栩撰,魏连科点校:《戒庵老人漫笔》,中华书局,2014年版,第281页。

其次，就王父丧亡原因，凌濛初也是将二李笔记的相关内容勾连起来进行重塑和扩写。在李栩笔记中，王父是被族仇王俊等十六人群殴致死，而李乐虽记下了王父是被族子殴伤致死，却不曾提及族子名及其出手原因。凌濛初将之综合，改编为王良与族侄王俊在家族会席间为财而争论在先，自恃尊辈的王良对满是财主气的王俊有不平气，便出言挑衅，王俊即趁着酒性将其"打得七损八伤"[21]。

再次，在二李笔记中为不简尸而率先发声的人物不同，有至亲与本人之别，凌濛初则从中汲取精华，展开重塑。在李栩笔记中，王世名到家前其父早已入殓，其后他虽状于官，终因祖母与母亲提出简尸会对其父尸骨造成伤残而接受与族仇私和；在李乐记写中，当"父为族子所伤且死"[22]时，王世民在场亲耳听到了临终遗言："直之官必检，检则骨析我，是重戮我也。汝孱，有汝母且忍之。"[22]经凌濛初改编，王良即使伤重最终也回到了家中，次日于弥留之际还吩咐王世名："我为族子王俊殴死，此仇不可忘。"[23]不言自明，凌濛初选择了沿用李乐杂记的关键内容，即孝子父亲是被族子殴伤致死，且孝子听到了其父临终遗言。但又与李乐所记的王良在外当场身亡不同，是凌濛初对李乐所记事件发生时空的颠覆性改写；且无一字涉及简尸，这是与二李笔记的相关内容迥然有别的。

以上是凌濛初在编撰小说过程中，对二李笔记中王父辞世前的种种重要情况所进行的改编，这在王父亡故后的情节里亦有体现。一方面，凌濛初会择二李笔记之一仿效，并对之展开重塑与扩写。例如，在私和问题上，李栩写的是"仇者以田书券付生"[24]，李乐则记为"父死而诸宗人议和，捐田五十亩"[25]，凌濛初编撰主要仿效后者，并将之改编成为利而劝王世名罢讼得逞后，"族长大喜，去对王俊说了。主张将王俊膏腴田三十亩，与王世名为殡葬父亲、养赡老母之费"[26]。不难发现，凌濛初用被王世名"告做见人"[27]的族长替换了"诸宗人"[28]这个群体，而族子所给的私和之资亦不同于李乐所记，但仍显示出凌濛初对《见闻杂记》第三卷第165则的有效利用。需要强调的是，小说中王世名在听族长劝言后，第一次自想："若是执命，无有不简尸之理……伤残父骨，我心何忍？"[29]也就是说，凌濛初将两个笔记中至亲为不简尸而发出的劝阻言论或临终遗言，改编为王世名在族长提及简尸之惨后的自觉，其重塑的创新性由此可见一斑。

又如，《戒庵老人漫笔》中王世名认为"即死虑绝父祀"[30]，其后"生子甫数月，每抚之曰：'吾已有后，死无憾'"[31]，凌濛初则对这份内心思虑进行改写，将之敷衍为小说中王世名在复仇前对其妻俞氏的倾诉，而这也与其对小说《殉节妇留待双出柩》的布局谋篇紧密关联。再如，就孝子复仇情节，凌濛初选择借鉴李乐笔记中族子"之隔山饮"[32]这一活动进行改编。在小说叙述中，演变为王俊"新相处得一个妇人在乡间"，"独往相处"[33]，而"世名打听在肚里，晓得在蝴蝶山下经过，先伏在那边僻处了。"[34]其后孝子手刃仇人时，"劈头一刹""枭下首级，脱件衣服下来，包裹停当，带回家中""解出首级，到父灵位前"[35]等一系列行为，亦是凌濛初对《见闻杂记》相关本事的利用与重塑。

另一方面，凌濛初也会综合利用二李笔记，小说对私和后孝子作为的书写便是显例。《戒庵老人漫笔》记孝子王世名接受私和伊始，即"绘父像，且自绘悬剑侍，托言古人出必带剑奉像，朝夕泣拜，誓必报。购一刃，自勒报仇刀三字于上"[36]，凌濛初就势取材，将之敷衍为"世名日夜提心吊胆，时刻不忘。悄地铸一利剑，镂下两个篆字，名曰'报仇'，出入必佩。请一个传真的，绘画父像，挂在斋中，就把自己之形，也图在上面，写他持剑侍立父侧"[37]。同时巧设问答，将李栩笔记中王世名"托言古人出必带剑奉像"[38]之举自然植入小说，其具体书写是有人问"为何画作此形？"[39]，而王孝子以"古人出必佩剑，故慕其风。别无他意"[40]作答。《见闻杂记》云："世民自是口不及父时事"[41]，"于族子以兄礼礼之，每召宴亦往，饮食谈笑如恒时"[42]，这也是凌濛初编撰所用本事之一。关键是用之前，凌濛初已为之扩写出"王俊怀着鬼胎，倒时常以礼来问候叔母"[43]，巧妙地建构了亲戚之间泯恩仇的假象，使小说中王世名与王俊"照常往来。有时撞着杯酒相会，笑语酬酢，略无介意"[44]这一叙述顺理成章。

需要提及的是，凌濛初编撰并不是完全随笔记而走，其书写自有独立性。如李栩笔下的孝子王世名"购一刃，自勒报仇刀三字于上，母与妻不知也"[45]，王世名妻第一次在《戒庵老人漫笔》中出现，而王世名自"服阕游邑庠"起便决定"不为举业"[46]；李乐记写的孝子王世民则"昼夜读书，入试补博士弟子，以至婚娶举一孺子"[47]。凌濛初编撰小说时与李栩一样，并未将科举功名与娶妻生子直接关联起来。因此，在《行孝子到底不简尸》中，"王世名日间对人嘻笑如常，每到归家，夜深人静，便抚心号恸"[48]时，"世名妻俞氏"[49]便现于小说叙述，其后才有"五载之内，世名已得游泮，做了秀才"[50]。由此亦可看出，孝子所获科举功名在三种书写中是有层次差异的，而这也是凌濛初在两种笔记之外另辟蹊径的书写。

最后，王孝子投案自首的情节、主要关涉人物则基本如冯保善所言，凌濛初采录了《戒庵老人漫笔》的相关信息。但确有重塑，且对小说情节发展意义更大。经改编，小说中王世名乞求"大人放归别母"[51]的交换条件是"即来就死"[52]，而非李栩笔记中的"负剑柩前"[53]，此为变化一。变化二是劝王世名接受简父尸以脱罪的人，不再是金华县汪令，而"是金华、武义两学中秀才，与王世名曾往来相好的"[54]。这也体现了小说中王世名"已得游泮，做了秀才"[55]，与李栩笔记里"不为举业"[56]的王世名在社会身份上的不同。变化三是王世名的死因和地点。李栩记写了王世名先后以头触地、触阶石，终不食而死于"别馆"[57]，小说中王世名则是以头撞县堂台阶，因"颅骨撞碎，脑浆迸出而死"[58]。其间的地域流动进一步说明在明代孝道与法律并不矛盾，而对孝道的坚持是明代整个社会大力提倡和捧扬的，这也是凌濛初编撰小说《行孝子到底不见尸》的初心之所在。

总体来看，笔记以客观叙述为主，话本小说则带有更多的主观色彩，但孝子为保全父尸而不顾一切由笔记到话本是贯通的。所以，凌濛初将小说命名为《行孝子到底不简尸》，在入话和头回中阐明简尸不可取的观点，也在篇尾诗中直言"父死不忍简，自是人子心"[59]，有效宣传了晚明行孝文化。

三、凌濛初编撰的得与失

可以看到，《戒庵老人漫笔》的内容并没有左右凌濛初对行孝现象的书写，《见闻杂记》的本事也影响不小。关键是凌濛初编撰小说用史料而不为史料所拘，不仅实现了延中有变，也坚持变中有创。

就叙述内容而言，二李笔记的不同点除前文所述外，在案件办理官员及其作为上亦有体现。王世名投案自首后，述及的官员依次为武义令、当道、金华守和金华令；王世民投案自首后，先后过问的官员有武义令、监司和御史。面对孝子坚持为不简父尸而以死抵命的悲情结局，在李栩笔记中，金华和武义两县令皆为之作文哀悼，但金华守和当道却不问津；李乐笔记里的最终结果是，御史对王世民的孝行闻而叹赏，指示武义令为孝子建祠。细读二李笔记，会发现它们有三个重要的"不同"：

第一，提出为孝子建祠者不同。《王孝子》中提议为王世名建祠的是县民，而不是任何官员，在《见闻杂记》里为王世民建祠则是御史对武义令发出的指令。

第二，反馈不同。《王孝子》中的武义令认为孝子王世名不具备享有祠堂的资格，因此直接否定了建祠提议，而《见闻杂记》里御史回绝的只是武义令以王世民所归田金为之建祠的请示。

第三，指导意见不同。《王孝子》中的武义令只是笼统地回复"当别议"[60]，《见闻杂记》里的御史则提出了颇具现实性的建议："议发他赎锾成之"[61]，即用其他赎罪银钱为王世民建祠，以周全其孝子名声。

二李笔记中的武义王姓男子因行孝而深受称许，这也是凌濛初编撰小说时始终坚持的重要主题。小说里推进情节的方法主要有二：一为对话；一为叙述。自王世名投案自首起，直至篇尾，凌濛初编撰小说常用这两种手段。

通过小说叙述，我们知道审理此案的官员主要有武义县陈大尹、金华县汪大尹，而调用汪大尹会同审决则是陈大尹申详上司的结果，这是对笔记《王孝子》的沿袭。需要注意的是，陈大尹撰写申文前对王世名并"不拘禁"[62]，不同于李栩笔记中的"置之别馆"[63]，可见凌濛初重塑之精细。

通过叙述细节，我们还知道陈大尹在"申文之外，又加上禀揭"[64]，说王世名"孝义可敬，宜从轻典"[65]，而"上司见了，也多叹羡"[66]，自然带出了上一级官员。两位官员的理案表现也是二李笔记中见所未见的，不仅体现了法理和人情的复杂关系，也再次彰显出小说与笔记的区别。在王世名到县衙以死抵罪后，小说叙述了"两大尹随各捐俸金十两"[67]，并"召王家亲人来将尸首领回，从厚治丧"[68]，这又与李栩笔记中两县令在孝子殒命后的做法判然不同。

综上，可以说凌濛初编撰小说《行孝子到底不简尸》时，重塑了二李笔记中相关办案官员的具体行为，其编撰于变中有创，提高了笔记的意义与价值。

孝子辞世后，小说继续利用对话和叙述推动情节发展，其中两学生员发挥了重要的沟通作用。第一次沟通是自下而上的。生员对两大尹具陈王世名家人亟须解决的难题，"今其家惟老母寡妻幼子，身后之事，两位父母主张从厚，以维风化"[69]，得到了两县令的直接回应："前日王生曾将当时处和之产，封识花息，当官交明……以此项给其母、妻，为终老之资"[70]，完成了第一次上下对话。由对话内容，我们再一次见证了凌濛初对二李笔记内容的择取与重塑。

如前所述，《戒庵老人漫笔》中武义令从源头上断绝了一切为王世名用买和之资的可能，而《见闻杂记》里武义令则是提议用王世民生前所归田金为其建祠的官员。很明显凌濛初受后者启发，编撰出小说中两县令主动为孝子家人用其自首时所缴银钱的情节。当然，这也与此时两县令的上司不过问不知晓而他们有决定权不无关系，这正是编撰者凌濛初统筹全篇的又一例证。

此后，诸生在王世名家人与陈大尹之间发挥沟通作用，代表两县令和生员群体，向王世名母与妻"面送赙仪"[71]。在对话交流中提出"宜趁此资物，出丧殡殓"的建议，这与李栩笔记中"陈君以礼殓"[72]的实录迥然不同，可见凌濛初编撰小说用笔记而不为笔记所拘，有变有创。

另外，李乐记写的内容，即王世民为父行孝事迹"御史闻而嗟赏"[73]，也启示凌濛初编撰小说时，在表彰孝节人物的官员层级上有所突破。朱元璋自建国起就实行以孝治天下，并且特别重视女性节烈。明朝旌表节烈的奖励也颇具规模，《明史》记录道："明兴，著为规条，巡方督学岁上其事。大者赐祠祀，次亦树坊表。"[74]因此，凌濛初编撰时统筹兼顾，在叙述中预留伏笔，即陈大尹"候抚按具题旌表"[75]。最终"候"字得到了高端回应："巡按马御史奏闻于朝，下诏旌表其门曰'孝烈'，建坊褒荣。"[76]至此，凌濛初的编撰也提升了小说中孝节人物所获表彰的等级。简言之，凌濛初既挖掘了前人笔记的现实价值，也总结了明代尤其晚明时期的孝节情境，融史心入文心。因此，其编撰合于史，也强化了孝节现象的精神意义与社会影响。

遗憾的是，凌濛初虽抓住了李栩笔记中孝子对其妻的嘱托，但在具体编撰时仍以行孝主题为核心，对节烈主题的书写明显不足。

从笔记到小说，王世名对其妻的郑重嘱托一致。李栩笔记中，王世名自首后，获准回乡别母，最终嘱咐妻子："善事若姑，善抚若子。"[77]这在凌濛初的书写中发展为王世名对其妻俞氏的两次重托。第一次是王世名在仗剑复仇前所说的，"上有老母，下有婴儿，此汝之责。"[78]第二次是王世名在被放归别母期间的重复言说，"你与我事母养子，才是本等"[79]。其后，小说也叙述了在赴县就死前，王世名拜别俞氏时再次"托以老母幼子"[80]。此外，俞氏早已立志为夫殉节，也接受了王世名的请求，决定为养子而守节三年。概言之，俞氏守节三年应达成的目标是养母抚子。

顾炎武的祠母与王世名的妻子同为晚明时期的节烈女性，但她们在守节期间的日常作为却判若云泥。通过《先妣王硕人行状》，我们看见了顾炎武的祠母王贞孝在未婚丧夫后的守节行动。在侍奉翁姑方面，王贞孝不遗余力。最典型的是其姑病且悴时，王贞孝日夜服侍，不仅在精神上"多为好语慰藉"[81]，甚至为之早愈而"断一小指，和药煮之"[82]。但却竭力隐瞒，并制止婢子们口耳相传，而其姑"病起，亦绝不言贞孝断指事"[83]。在教育祠子方面，王贞孝循序渐进，并坚持理论与实践相结合。在顾炎武年幼阶段，便"授以《小学》，读至王蠋忠臣烈女之言，未尝不三复也"[84]，为其形成忠于国家的观念打下基础。此外，王贞孝因明朝灭亡而不食殉国的行动，与其最后留下的遗言："汝无为异国臣子，无负世世国恩，无忘先祖遗训"[85]，都进一步增强了顾炎武的爱国意识。

细读《先妣王硕人行状》，可以确定守节尽孝是王贞孝主动选择的，并非其未婚夫顾同吉的临终嘱托，而其翁姑、祠子与诸婢子则共同见证了王贞孝数十年如一日的坚守。可以说，对王贞孝而言，守节与孝母抚子都是不为名利所牵引的精神追求。

反观凌濛初对节烈现象的书写，虽充分发挥了小说次要人物，包括王世名母、宗族亲戚，还有武义县令及学中诸生的作用，但对王世名妻守节殉节行为的实际描写属实过少，主要依靠王母在俞氏绝食殉节后的笼统追述来维护其守节殉节形象。质言之，根据他者叙述，我们有理由从不充分的前提中去推断，俞氏守节期间在养母抚子方面的执行力不强。也就是说，俞氏基本违背了王世名最后的嘱托和要求，三年对她而言可能只是守节的物理时间。

"故事是小说的基本面，没有故事就没有小说。这是所有小说都具有的最高因素。"[86]在凌濛初编撰的小说里，俞氏守节却缺乏故事性。归根结底，还是因为凌濛初接下来的书写仍以行孝子到底不简父尸的最后过程及其影响为主；加之为宣传孝节主题，篇尾以王世名夫妇所获民间赞叹及官方旌表为叙述重点，导致小说中俞氏故事的比例随之降低。由此可见，凌濛初虽将李栩笔记中王世名"善事若姑，善抚若子"[87]一语奉为圭臬，却始终以行孝为核心主题而在殉节故事中留下了书写缺憾。

四、结　语

综合以上可知，自明代建国起孝道思想便深入人心，发展至晚明行孝氛围依然浓郁，因此行孝现象是同期笔记中较为常见的实录内容，也是话本小说的重要素材来源。万历年间文人笔记《戒庵老人漫笔》和《见闻杂记》先后刊行，虽均属客观记写，在两个笔记中，同时空人员及其事迹也可能有同而不同的面相，如武义王姓孝子事迹。

话本小说编撰家凌濛初既有文心又具史心，先厘清了两个笔记中孝子原型的同与异，在编撰小说核心人物及其社会关系与作为的起始状态和发展变化时，对两个武义孝子本事不仅有选择性沿用，也有综合利用，重塑与扩写是其常用手法。概言之，凌濛初书写晚明行孝现象，对笔记内容延中有变。另外，凌濛初用史料而不为史料所拘，最典型的是重塑二李笔记中相关办案官员的具体行为，其编撰于变中有创，提高了笔记史料的价值。

凌濛初编撰最重要的突破与其不囿于《戒庵老人漫笔》所记，有效撷取《见闻杂记》的孝子本事，及布局谋篇能力密切相关，如《行孝子到底不简尸》中孝子投案自首的情节及主要关涉人物、孝节人物所获表彰等级等。此外，凌濛初机敏地抓住了李栩笔记中孝子对其妻的嘱托，美中不足的是在具体编撰中始终以行孝主题为叙述核心，结果即使完成了对晚明行孝现象的文学书写，终因对节烈现象的书写明显不足，而导致篇尾孝节人物共同收获的表彰犹如空中楼阁。

参考文献

[1] 冯保善:《凌濛初小说〈韩秀才乘乱聘娇妻〉与〈行孝子到底不简尸〉本事补证》，《文献》1989年第2期，第281—282页。

[2] 孙奇逢:《夏峰先生集》丛书集成新编版，1985年版，第559页。

[3][4][7][8]（明）李栩撰，魏连科点校:《戒庵老人漫笔》，中华书局，2014年版，李如一序1、李如一序1、李如一序1、李如一序1。

[5][6][12][13][15][24][31][36][38][45][46][53][56][57][60][63][72][77][87]（明）李栩撰，魏连科点校:《戒庵老人漫笔》，中华书局，2014年版，第282页、第282页、第282页、第282页、第283页、第281页、第282页、第281—282页、第282页、第282页、第282页、第282页、第282页、第282页、第284页、第282页、第283页、第283页、第283页。

[9] 章学诚撰，叶瑛校注:《文史通义校注》（上册），中华书局，2014年版，第61页。

[10][11][14][22][25][28][30][32][41][42][47][61][73]（明）李乐撰:《见闻杂记》（上），伟文图书出版社有限公司，1977年版，第11页、第11页、第11页、第278页、第278页、第278页、第282页、第279页、第278页、第279页、第278页、第281页、第280页。

[16][17][18][19][20][21][23][26][27][29][33][34][35][37][39][40][43][44][48][49][50][51][52][54][55][58][59][62][64][65][66][67][68][69][70][71][75][76][78][79][80]（明）凌濛初著：《二刻拍案惊奇》，浙江古籍出版社，2010年版，第329页、第329页、329页、第329页、第329页、第329页、第329页、第330页、第330页、第330页、第331页、第331页、第331页、第330页、第330页、第330页、第330页、第330页、第330页、第330页、第331页、第332页、第332页、第332页、第331页、第333页、第334页、第332页、第332页、第332页、第332页、第333页、第333页、第333页、第333页、第334页、第334页、第334页、第331页、第332页、第333页。

[74]（清）张廷玉等撰：《明史》：中华书局，1974年版，第7689页。

[81][82][83][84][85]（清）顾炎武著，唐敬杲选注，司马朝军校订：《顾炎武文》，崇文书局，2014年版，第48页、第48页、第48页、第46页、第49页。

[86]［英］E.M.福斯特著，苏炳文译：《小说面面观》，花城出版社，1984年版，第23页。

作者

李颖，武汉大学文学院博士研究生，主要研究方向：明清小说。

红楼梦研究

《曹雪芹与〈红楼梦〉》题序

吴新雷

摘要：这是我研究曹雪芹家世生平和评论《红楼梦》作品的有关篇章的选集，意图体现我注重文史考证和艺文品鉴相结合的著述特点。书中既有学术性的史料钩沉和实地考察的发现心得，也有通俗性的红楼小说之赏析导读；既有实证性的《曹雪芹评传》，也有以传记文学笔法描写的《曹雪芹别传》；既有议论"揭秘红楼"的演讲，也有评价《白先勇细说红楼梦》的访谈；甚至还选入了改订昆曲折子戏《黛玉葬花》的演出本，以及五万字的《红楼梦》简要读本。林林总总，均为我投身教研工作以来辛劳耕耘的结果。

关键词：曹雪芹；《红楼梦》；南京视点；实地考察

回顾我与《红楼梦》结缘的历程，总的说来是迈开了三大步，第一步是爱好阅读《红楼梦》这部文学名著，第二步是从事《红楼梦》的教学工作，第三步才跨进了红学研究的领域。我从小学到中学时喜欢看小说，那时候是以一种好奇的眼光来对待《红楼梦》的，看起来似懂非懂，渐渐地才逐步读通。后来我在南京大学中文系担任"宋元明清文学史"的教职，明清文学以小说戏曲为授课的主流，《红楼梦》是非讲不可的重点，这促使我开始钻研红学。

我走上大学讲坛是在20世纪60年代初，在文学史中讲《红楼梦》只是做一些综述性的评介，谈不上有什么个人的独到见解。但为了把课讲好，不得不投入相当的时间和精力涉猎红学方面的参考书，随时关心红学动态。这期间，又碰上了一件意想不到的稀奇事，那是1974年春，南京军区政治部派人来南京大学革命委员会跟军宣队联系，要找一位熟习《红楼梦》的人，把一百二十回的长篇小说《红楼梦》压缩成五万字光景的简要读本，中文系的军代表竟把这个难题硬压到我的头上，我勉为其难地进行缩微交了卷。当时上司关照要保密，没有说明为什么要做这样的简略本，事后，军代表才神秘地透露说是准备给许司令看的。以此为契机，在高校复课后，系领导便安排我开讲"红楼梦研究"的专题课。

在南京讲《红楼梦》有着得天独厚的优势，因为《红楼梦》与南京的关系十分密切，作者曹雪芹就是在南京长大的。自从康熙二年（1663）曹雪芹的曾祖父曹玺到南京督理江宁织造以后，祖父曹寅、父亲曹颙、叔父曹𫖯世袭此职，直到雍正五年（1727）十二月曹𫖯被查办为止，曹家祖孙三代连任江宁织造长达58年之久（曹家在江南苏州、扬州、南京生活的历史则共计61年）。雪芹在南京是经历过"秦淮风月忆繁华"的盛世生活的，虽然被抄家后他流落到北京才创作《红楼梦》，但他的生活基础是在南京。雪芹的祖父曹寅，深得康熙皇帝的宠信，在南京接驾四次，声势煊赫，极一时之盛。雪芹在小说中描绘的社会生活，确曾概括了曹家在南京时期的某些影子，书中再三点出南京、江宁、应天府、石头城、金陵原籍等名目。小说第二回借贾雨村之口说道："去岁我到金陵地界，因欲游览六朝遗迹，那日进了石头城，从他老宅门前经过，街东是宁国府，街西是荣国府。"这点明了《红楼梦》中荣国府老宅是在俗称石头城的南京，所以《红楼梦》原名《石头记》，又名《金陵十二钗》。因此，研究曹家在南京的历史，探究曹雪芹的生平及其家世，必将有助于深入理解《红楼梦》的艺术创造。我认为，《红楼梦》所反映的自然风貌、时代特征和文化精神是属于南方的，当然也有一些北方的习尚，但主流是江南文化。这是我在课堂教学和研究工作中所持的基本观点。

自"五四"新文化运动以来，有影响力的红学家都集中在北京，红学的热门话题也多源于京中。然而，曹雪芹是从南京移家到北京的，南京的视点是不能被忽略的。为此，我觉得可以发挥自己熟识南京地理的有利条件，发掘曹家在江南生活的史料。首先，我遍阅胡适、俞平伯、周汝昌、冯其庸等诸多前辈学者的红学著作，查证他们引用的各种文献材料，然后运用人文地理学的理论和方法，实地考察了与曹家有关的江宁织造府、江宁织造局、明孝陵"治隆唐宋"碑、随园、石头城、夫子庙秦淮河、香林寺、古林寺、鸡鸣寺和丹凤街等历史遗迹，访问了当地的父老，获得了感性认识。有关曹氏家世的文献记载，从20世纪20年代胡适的《红楼梦考证》到50年代周汝昌的《红楼梦新证》，几乎是网罗殆尽。但他们不了解南京地区历史变革的实况，有关南京方面的史料，前辈学者只查了《江南通志》《江宁府志》和《江宁县志》，却不知曹雪芹家不在江宁县，而是在上元县。我因为熟悉南京的历史沿革和人文地理，知晓清代的江宁府下辖七个县，首县不是江宁县而是上元县。两县都在南京城里，同城分治，城南属江宁，城北属上元。我对曹家所住江宁织造府进行实地考察的结果，得知两江总督署和江宁织造署的地理位置都在上元县。明确了地理概念以后，我便去查《上元县志》，真是"踏破铁鞋无觅处，得来全不费工夫"。果然在南京大学图书馆所藏《乾隆上元县志》中发现了雪芹曾祖父曹玺的传记（当时南大、南图只有乾隆本没有康熙本），这是过去从未发现的新史料，它纠正了曹雪芹家世研究中的一些错误论断，澄清了不少问题。我把这一发现在1975年第3期《南京大学学报》拙作《谈〈红楼梦〉研究中的两个问题》中报道出来，引起了南北红学界的极大关注。根据这个线索，冯其庸先生和我同时在北京和上海查到了《康熙上元县志·曹玺传》（乾隆志的内容与此全同)。冯先生又发现了康熙二十三年(1684)未刊稿《江宁府志·曹玺传》,便根据两传写了《曹雪芹家世史料的新发现》,发表在 1976 年第 1 期《文艺研究》和第 3 期《文物》上。我受到冯先生的启发,也写了《关于曹雪芹家世的新资料——〈康熙上元县志·曹玺传〉的发现及探究》,载于 1976 年第 2 期《南京大学学报》。我的认识与冯先生的观点基本相同,只是论文的写作方式不一样,作为学术交流,讨论的结果是殊途同归的。

我的体会是查阅文献资料最好能与实地考察相结合,"读万卷书,行万里路",耳闻不如目见。本来,南京人大多不知大行宫和明孝陵"治隆唐宋"碑的来历,我查证了《嘉庆江宁府志》卷十二《建置》:"江宁行宫,在江宁府治利济巷大街,向为织造廨署,圣祖南巡时,即驻跸于此。"《同治上江两县志》卷五《城厢》:"大行宫,向为织造廨,圣祖南巡时,驻跸于此。"再考康熙皇帝六次南巡,后四次是住在江宁织造府曹家,所以织造府的地点就被称为"大行宫"了。现在,利济巷和大行宫的地名至今尚存,我多次跑到利济巷和大行宫察访,考定织造府西花园和康熙行宫的遗址在原大行宫小学周边区域,从而为筹建江宁织造博物馆提供了地理位置的史迹实证。我又跑到明孝陵,仔细察看碑殿西侧的卧碑,见到碑阴有"管理江宁织造内务府三品郎中加五级臣曹寅"的署衔,正面碑文中又有"御书'治隆唐宋'四大字交与织造曹寅,制匾悬置殿上,并行勒石"的记事,考订了御碑与曹家的关系。我把在南京多处考察的结果写成了《南京曹家史迹考察记》《随园与大观园的关系》和《江宁织造府西园遗址的新发现》,今均选入本书中。

从康熙四十二年(1703)起,雪芹的祖父曹寅曾兼任两淮巡盐监察御史。巡盐御史公署设在扬州府江都县,后来江都已东移到仙女庙,学者未予注意。我根据沿革地理考察,确知清代的江都是扬州府的首县(在今扬州市内),我便查了康熙五十六年(1717)刻本和乾隆八年(1743)刻本两部《江都县志》,又发现了两篇内容不同的《曹寅传》,这都是过去的学者没有查到的,再次为曹雪芹家世研究提供了新材料。

此外,我还到苏州带城桥考察了曹寅在康熙二十九年(1690)任职的苏州织造府遗址,研究了苏州织造掌管戏班与《红楼梦》描写梨香院昆班的关系。又到安徽省来安县舜过山考察了曹寅题写的《尊胜院碑记》,碑文署衔为"钦命内兵部督理江宁等处工部事织造府曹寅撰",这说明曹寅的职权范围很广,并不限于织部和盐务,还管理工部事务。在去舜过山以前,我先查阅了《道光来安县志》,访问了来安县文化馆的同志,然后把考察的结果写成《〈香林寺庙产碑〉和曹寅的〈尊胜院碑记〉》。后续,我又写了《曹雪芹家庙万寿庵遗址的新发现》《考释〈如我谈〉有关江宁织造曹家的新资料》和《曹寅〈重修二郎神庙碑〉小考》《记"曹砆"》等篇章(均收入本书内)。

我主讲的红学课是给南大中文系本科四年级和本专业研究生开设的,从 20 世纪 80 年代到 21 世纪初,前前后后陆续讲了 18 次之多。我编发了教学大纲,教案共分四章。第一章《红学的历史发展》，专讲红学史上各种不同的观点和主要论争的来龙去脉。第二章《红楼梦》作者曹雪芹的家世生平，专讲曹氏家族的盛衰和曹雪芹本人从南京到北京的史实。第三章《〈红楼梦〉的成书过程和版本》，专讲脂砚斋评阅的八十回抄本和程伟元高鹗联序的一百二十回印本问题。第四章《〈红楼梦〉的思想内容和艺术成就》，专讲小说文本，或解读或评鉴或赏析。

红学研究不能停留在文献资料的考证上，而必须回归到《红楼梦》作品本身，强调文本读评的重要性。我在红学课程的教学活动中，再三要求学生加强文艺理论的修养，提高理论分析的能力，以理论驾驭材料，做到材料、文本、理论、观点的结合和统一，也就是使考证与评论相结合。为了示范，我在课堂上讲了《红楼梦》的时代背景和思想内涵，讲了那时先进的文艺思潮与反封建的思想意识的表现。然后把重心放在艺术性的评鉴方面，内容包括男女主人公贾宝玉和林黛玉恋爱悲剧的美学意蕴，金陵十二钗和红楼二尤等女性人物形象的塑造，大观园典型环境的描绘，诗词曲赋对情节处理的作用等。学术研究不能急功近利，一定要严谨踏实。我的有些见解自觉不太成熟，就不轻易成文去发表。对于比较成熟的见解，也要细心琢磨后才拿出来。经过再三推敲，我发表的红评文章有《试论柳湘莲的艺术形象》《论林黛玉形象的美学境界及其文学渊源》《论〈红楼梦〉中的骈体文》《红楼梦影宝黛情》和《红楼一梦费思量》等十多篇。又先后出版了《曹雪芹》《曹雪芹江南家世丛考》（与黄进德合作）和《红楼梦导读》（与丁波合作）三部专书。

选入本书的篇章，为免堆垒杂呈，特分辑为十二卷，以清眉目。各篇均曾发表于报刊媒体上，唯有5万字的《红楼梦》简要读本是首发。这个简要本在1974年原是秘档不宣的，到了21世纪初，时过境迁，秘闻开放，消息也就渐渐地传开了。由于年深月久，数十年前的底稿不知放到哪里去了，曾有热心人士前来探问，却无以为报。这次适逢此书选编结集，我花大力气翻箱倒柜，搜索遗存，终于在故纸堆里找到了。于是便写了《五万字简本〈红楼梦〉的来历》，说明事情的原委和缩微的办法，连同简本一起收入本书卷十二中，从此公之于世，以便与同好相互切磋（出版社为方便读者起见，又抽出此简本另行单印）。

因为我的本职工作是教师，课务甚重，还要开讲文学史、戏曲史、昆剧史等多门课程，所以《红楼梦》的研究只是我治学的一个方面，用力有所未逮，书中容有不当之处，诚请读者批评指正。

2023年春，九十翁吴新雷题于南京大学文学院

作者

吴新雷，南京大学文学院教授，博士生导师，主要研究方向：中国古代文学史、小说戏曲、昆剧学。

未及品尝的甜蜜爱意
——《红楼梦》恋情描写"不成熟"探幽

张劲松

摘要:《红楼梦》的爱恋景观是"不成熟"的,它一直停留在痛苦相思或情感的初萌阶段。男女爱情未得到充分的发展,并没有炽热恋爱后的满足,来不及品尝甜蜜爱意的饱满滋味,便匆匆逝去。造成此种恋情特质的主要原因是小说所持守的独特爱恋观所致,即永葆爱情的渴望感,未满足的爱才会长久。所以,偷情密约被视为"皮肤滥淫"的原罪。作者对礼教规范的内心遵从,加重了小说恋情描述的温婉纯净,爱恋必然以悲情故事呈现世间。

关键词:《红楼梦》;不成熟;恋情;甜蜜爱意

《红楼梦》开篇自言是一部"大旨谈情"的小说,可是它的"情"发展得并不充分,甚至可以说是"不成熟"的。夏志清将《红楼梦》的爱情故事对照《源氏物语》《追忆逝水年华》感叹道:"在这两部外国小说中,爱情得到充分发展,从最初的迷恋到最终的满足或厌恶;源氏、斯万和马塞尔都经过热烈而长久的恋爱,最后无可奈何地认识到激情的虚幻。《红楼梦》的痴情男女都没有达到这种成熟的境界。"宝玉和大观园里聪俊灵秀的女儿们都还处在"痛苦相思的少年时期"[1]。《红楼梦》此种"不成熟"的爱恋是如何影响整部小说的情事叙述的呢?

一、"遥遥盼望"——浪漫而徒劳的相思

大观园中少男少女们的种种情事,因为礼教的规训,均是呈现地下状态,表现为扭曲的抑制,最后都是不欢而散或者是悲情的结局。书中痴男怨女都走上一条浪漫而徒劳的相思之旅。这是《红楼梦》爱情叙述"不成熟"的一个重要的表现。

《红楼梦》最重要的恋情自然是宝黛的"奇缘"。在明清时代,姑表结亲是很普遍的现象,但诚如《源式物语》所言"然而姑表姐弟成亲,这因缘太平凡了"[2]。故是书以浪漫

的"木石前盟"作为前缘的设定，这样就使宝黛情事不同凡响。细观宝黛恋情，从头至尾，都没有幽会的欢愉，也没有相互直接的倾诉，只有花下"遥遥盼望"（第六十二回）[3]。第三十二回宝玉吐露心声，但黛玉却逃避了。宝玉的"我为了你，也弄了一身的病，又不敢告诉人……睡里梦里也忘不了你"！[4]只能算是一种无奈的独白。第三回宝黛初见，黛玉大惊，"倒像在那里见过"，宝玉也觉得"面善"，心里"倒像是远别重逢一般"[5]，可谓"神交已久"。两人"两小无猜"渐渐长大，都有了"痴病"，但都不说破。两人都暗暗怀春，却不能袒露于众，更不敢让家长知晓。甚至对身边的丫鬟，也无法直言相告。宝玉为黛玉弄了一身的病。而黛玉"病如西子胜三分"，其实就是相思病，所谓"还泪"早就预示了悲情的恋情，一场徒劳的相思而已。她的眼泪越少，相思越深，直至泪枯人尽。第二十四回写她的心事，灵透而伤情。

> 再听时，恰唱到："只为你如花美眷，似水流年。"黛玉听了这两句，不觉心动神摇。又听道"你在幽闺自怜"等句，越发如醉如痴，站立不住，便一蹲身坐在一块山子石上，细嚼"如花美眷，似水流年"八个字的滋味。忽又想起前日见古人诗中，有"水流花谢两无情"之句；再词中又有"流水落花春去也，天上人间"之句；又兼方才所见《西厢记》中"花落水流红，闲愁万种"之句，都一时想起来，凑聚在一处。仔细忖度，不觉心痛神驰，眼中落泪。[6]

此段写黛玉心事"最细腻"[7]。不着痕迹写出颦颦之心。宝玉挨打后，黛玉得宝玉的两块旧绢子，算是定情之物了。然黛玉的《题帕三绝》，皆是相思泪痕。第二十八回宝玉唱了《红豆曲》，也是缠绵思念之情。《红楼梦》的爱恋故事最生动的都是这种让人婉约不尽的，青春少年的纯真而执着的片片相思。或许是为了映照黛玉的痛苦煎熬的长相思，小说特意安排了十二优伶之一的龄官画"蔷"字的故事。奇特的是龄官的容貌，居然貌似黛玉，第二十二回听曲文宝玉悟禅机，凤姐就笑道："这个孩子，扮上了活像一个人。"湘云接口说"像林姐姐的摸样儿"[8]。为什么把龄官的样貌与黛玉联系起来呢？窃以为作者是为了烘托黛玉内心世界里翻涌的隐秘。曹雪芹从不正面写黛玉的相思之情。至多是吟诵一两句《西厢记》的台词，她甚至对姊妹般情深的紫鹃都不愿透露真实感情。所以，第三十回着意描绘了龄官画"蔷"字的痴心。

> 宝玉悄悄的隔着药栏一看，只见一个女孩子蹲在花下，手里拿着根别头的簪子在地下抠土，一面悄悄的流泪。……再留神细看，见这女孩子眉蹙春山，眼颦秋水，面薄腰纤，袅袅婷婷，大有黛玉之态。宝玉早又不忍弃他而去，只管

痴看。[9]

第二十一回只是简单地说龄官似黛玉，但这里通过宝玉的眼睛来看，仿佛透过潇湘馆翠竹，映现出黛玉每日的苦苦相思。"眉蹙春山，眼颦秋水"的龄官，代替了痴情的黛玉。"蹙"和"颦"不正是颦儿的自我呈现吗？涂瀛道："龄官忧思焦劳，抑郁愤懑，直于林黛玉脱其影形，所少者眼泪一幅耳。"[10]可见，宝玉与龄官的相互"痴看"，正是宝黛"遥遥盼望"的恋爱象征。那女孩子还在那里"画来画去，还是个'蔷'字；再看，还是个'蔷'字。里面的原是早已痴了，画完一个'蔷'又画一个'蔷'，已经画了有几十个。外面的不觉也看痴了，两个眼睛珠儿只管随着簪子动"。宝玉心里想："这女孩子一定有什么说不出的心事，才这么个样儿。外面他既是这个样儿，心里还不知怎么熬煎呢！看他的模样儿这么单薄，心里那里还搁的住熬煎呢？——可恨我不能替你分些过来。"[11]黛玉刻骨的相思，通过画"蔷"字表现了出来，文中两次出现日日夜夜的"熬煎"。正好与《葬花词》所唱的"一年三百六十日，风刀霜剑严相逼"相合[12]。为了映衬宝黛"煎熬"般的相思，除了龄官和贾蔷恋情对照，贾芸和小红也是一对很感人的情侣。两人可谓一见钟情，第二十四回小红初见贾芸，知道本家的爷们，"下死眼把贾芸盯了两眼"。贾芸和丫头说完话，走的时候，眼睛瞧着小红还站在那儿。此回末尾，小红梦见贾芸捡到自己的手绢来还他。小红的梦表明小红已是心属贾芸了。不久贾芸让坠儿将手绢还给小红，又讨了小红的自己的手绢，双方算是定情了。然而之后，两人只能是遥遥相思了，真是"未见君子，忧如调饥"。

大观园的青春爱恋都似一种"苦恋"。司棋和潘又安，也是一对悲剧性的恋人。表兄妹两人从小儿"一处顽笑"，都订下"将来不嫁不娶"。彼此大了之后，都出落得"品貌风流"，二人"眉来眼去，旧情不断"[13]。此种青春相思，与宝黛极相似。潘又安因此大胆私下送司棋锦袜和一双缎鞋为定情之物，不想被抄检出来，还有情书。其信中倾诉"姑娘未出阁，尚不能完你我心愿。若得在园内一见，倒比来家来好说话。千万！千万！再所赐香珠二串，今已查收。外特寄香袋一个，略表我心。千万收好！"[14]"千万"的反复叮嘱，足显缠绵悱恻之心，真是"恋爱说起话来，自有它的更善的知识"[15]。潘又安亦属痴情人。妙玉对宝玉也有某种意义上的"相思"，也有黛玉式的永不可告人的情愫。第八十七回宝玉撞见妙玉和惜春弈棋，妙玉微妙的三次"脸红"，透露了心灵的波动。她随后"走火入魔"，乃是相思成"魔"的必然。智能儿和秦钟也是"两小无猜"，长大后彼此有情，但相思多于相会。红楼有情人多是浮沉于相思苦海中，如尤三姐只因一面之缘就对柳湘莲恋恋不忘，将爱恋深埋在心底。尤二姐转述其决心："这人一年不来，他等一年；十年不来，等十年。若这人死了，再不来了，他情愿剃了头当姑子去，吃常斋，念佛，再不嫁人。"[16]她一旦动真情，就是逝水般的刻骨铭心。而且一旦遭拒，就是自刎，"揉碎桃花红满地，玉山倾倒再难扶"[17]。三姐之坚贞恐怕只有黛玉可比,《红楼梦》这类突出相思的描写,对后世影响很大。难怪清人赞赏曰:"《红楼》以前无情书,《红楼》以后无情书……《红楼》之言情,至矣尽矣。"[18]

然而《红楼梦》的爱情,与日本的贵族小说《源氏物语》相比,爱恋表现的差别较为明显。后者既重情感的细流,但也有很多炽热之爱中男女幽会的刻画,将爱恋的相思,偷情,幽会,激情乃至爱欲后的幻灭等过程细腻呈现。从恋情叙述来说,《红楼梦》是内敛的、压抑甚至苦涩的,《源氏物语》则是奔放、满足的、甜蜜梦幻的,所谓"相思到死有何益,生前欢会胜黄金"[19]。源氏公子是品尝了爱情的全部滋味的,特别是他与紫姬实现了灵与肉的和谐美满。《红楼梦》呈现的相思情感最令人感动,但对于是否实现灵与肉的结合,是彷徨的、犹豫的,而乃至于最终放弃,皈依于儒家"温柔敦厚"的礼教规训。

《红楼梦》的恋情叙述几乎都归于失败,包括贾环和彩霞、彩云。总的来说,曹雪芹少男少女的怀人思春的叙述更符合那种广义的相思定义,即"总是对美的东西的一个不断的沉思与渴慕"[20]。可是爱恋还没有来得绽放芳香的花朵,还未及品尝到那甜蜜的滋味就消失了。

二、未及品尝的甜蜜爱意——禁忌的偷情

《西厢记》是曹雪芹小说的偶像,但莺莺与张生的幽期密约炽热而自在,而《红楼梦》却显得窘迫且慌乱,耻感十足。小说中情侣真正有感情的有三对,智能儿和秦钟,茗烟与万儿,司棋和表哥。这三对鸳鸯之偷情有一个共同特质,即越是偷偷幽欢,越是害怕失去对方。夏志清之言最有意味:"或未及品尝彼此往还确认的甜蜜爱意便云雨幽欢,小说主人公最终获得悲剧性认识,与肉体的欲望几乎毫不相干。"[21]

《红楼梦》几对恋人品尝禁果,却都有被惊散之事,宝玉自己就撞散了两对。鸳鸯撞散了司琪和表哥,这是一种颇有性原罪意味的体现。秦钟和智能儿有点像从《西厢记》走出来的。莺莺住普救寺,智能儿在馒头庵,张生这个绝世情种则换成了秦钟。书中叙述智能儿自幼在荣府走动,无人不识,常与秦钟、宝玉顽耍,她是早看上了秦钟的,二人虽未上手,却已"情投意合"。第十五回秦钟与智能儿馒头庵偷情一节,好似张生和莺莺普救寺的幽会,只是一个"浑身通泰"[22],一个惊魂不安。

> 这里刚才入港,说时迟,那时快,猛然间一个人从身后冒冒失失的按住,也不出声。二人唬的魂飞魄散。只听"嗤"的一笑,这才知是宝玉。秦钟连忙起来抱怨道:"这算什么!"宝玉道:"你倒不依,咱们就嚷出来。"羞的智能儿趁暗中

跑了。"[23]

或许是宝玉内心有些妒忌，早认定秦、智今晚会干伤风败俗之事，故而安心要破坏他俩的好事。宝玉这一冲撞，把智能儿吓跑了，秦钟恋恋不舍，又央求多住了一日，两人终于成就美事，分别时又"设下了多少幽期密约"。可是秦钟回去就"咳嗽伤风，饮食懒进，大有不胜之态"[24]，不久夭逝了，这实际上是秦钟与智能儿尼庵偷情受到的惩罚。

宝玉的小厮茗烟与小丫鬟卍儿的幽会也是宝玉撞散的。第十九回东府贾珍请宝玉过去看戏喝酒，突然想起挂着美人图的一个小书房，便去"望慰"那"美人"一回。没想到刚到窗前，却听见"喘息"之声，宝玉忙舔破窗纸，向内看去，大吃一惊，却是茗烟按着个女孩子，正干那警幻所训之事。"宝玉禁不住大叫'了不得'一脚踹进门去。将两个唬的抖衣而颤。茗烟见是宝玉，忙跪下哀求。"见撞坏了二人好事，宝玉又有点后悔，忙追问女孩年龄。茗烟只道："不过十六七了。"宝玉不禁感叹："连他的岁数也不问问，就作这个事，可见他白认得你了。可怜，可怜！"[25]司棋和潘又安的幽会则是被鸳鸯误打误撞冲散的，所以第七十一回叫"鸳鸯女无意遇鸳鸯"。贾母大寿，鸳鸯夜晚回去，因想小解，不觉走到一块湘山石后，大桂树底下。听见一阵衣衫声，惊散两人往树丛石后躲藏。鸳鸯眼尖，看见是"高大丰壮身材"的司棋。鸳鸯开玩笑喊道："司棋！你不快出来，吓着我，我就喊起来，当贼拿了。这么大丫头，也没个黑家白日，只是顽不够！"[26]没想到司棋心虚，以为鸳鸯看到了她和表哥。忙跑过来，双膝跪下，要鸳鸯别嚷。又让表哥过来，给鸳鸯跪下。鸳鸯才明白两人在幽会。原来司棋和他表兄从小在一处顽笑长大，日久生情。二人买通院内老婆子们，从外面进来，初次入港，虽未成双，却也山盟海誓，私传表记了。没想到被鸳鸯这一撞，表兄害怕逃跑了，司棋又急又伤心，怏怏成疾。以上所述这几对鸳鸯，结局最惨的就是司棋这一对了，被逐出大观园后，双双殉情。俄国心理学家谢切诺夫把人类的爱情分为三个阶段，第一个阶段是相思，即"创造一个抽象的理想"，相互盼望自己的情人。第二个阶段是激情和热恋阶段，"男人从此开始占有理想的情人"[27]。《红楼梦》的爱恋基本上停留在第一阶段，第二阶段的"偷情"幽会几乎都失败了。像《源氏物语》源氏公子与情人"夜夜偷渡，几无虚夕"[28]。这在《红楼梦》中，却几乎是被禁忌的游戏。小说中除了偷亲幽会皆是悲剧收场外，最感人的贾芸和小红；贾蔷和龄官这两对恋人也都是无果而终。第五十八回龄官被遣送回家，贾芸和小红最后也没有结果。

"绣春囊事件"象征自由恋爱和偷情对礼教规范的冲击，所以家长们非常慌乱。司棋和表哥最终双双殉情，王雪香说两人"一死于多情，一死于绝情，其实两人皆是深于情者"[29]。白先勇赞赏司棋和潘又安是"《红楼梦》里的罗密欧与朱丽叶，两个人为情而死"[30]。《红楼梦》的偷情几乎都是悲剧性的结局，倘若算上贾珍和秦氏的暧昧，甚至与贾琏私通或偷娶的妇人，鲍二家的和尤二姐也都是自杀而亡，都是悲剧性的。这种悲情叙事不是偶然的，它是作者特有的爱情观念，持守的礼教意识所决定的。

三、止于渴望的爱——重情与循礼的自觉

《红楼梦》十二支曲之序曲就是一个天问式的诘问："开辟鸿蒙，谁为情种？"[31]这是小说崇尚情义的象征，全书最喜欢描写纯粹的痛苦徒劳的相思之情，并且把此种"痛苦"作为一种纯净生命的享受，黛玉的"还泪"是一个总体象征符号。小说描写男女爱恋极力避免任何幽欢的描写，原因盖有两点：一是对纯情的崇尚，因此炽热之爱止于渴望与思念，它既是尊崇女性，同时也满足对"情种"的赞赏；二是在明清礼教规训下，作者的审美心灵深处依旧皈依于"乐而不淫"的道德自我。

首先，《红楼梦》崇尚有情，因此才将宝黛"奇缘"写得动人心魄。小说第一回空空道人检阅全书一遍，见上面"大旨不过谈情"，已将小说宗旨和盘托出。第二回贾雨村对冷子兴的话，又再次强调小说对"情种"的推崇。"其聪俊灵秀之气，则在于万人之上；其乖僻邪谬不近人情之态，又在千万人之下。若生于公侯富贵之家，则为情痴情种"[32]。书中秦可卿弟弟叫秦钟，谐音"情种"。小说处处彰显"情种"意识。清人颇能得其神韵，汪大可曰："《红楼》以前无情书，《红楼》以后无情书，况观古今，《红楼》其矫矫独立矣……《红楼》之言情，至矣，尽矣。"[33]周春云："盖此书专言情。"[34]宝玉梦游太虚，警幻断其为"古今第一淫人"，实赞其为旷世情种，在闺阁中可为良友[35]。清代批书者谓"'意淫'二字是宝玉一生定评，却是红楼全书正旨意"[36]。潘光旦认为"凡直接由内心的想象所唤起而不由外缘的刺激所激发的性恋现象，叫作'意淫'"[37]。江晓原认为"意淫"除了没有"肉体上的性行为"，包含了眉目传情、语言调笑、乃至素手想写，深夜晤谈等。只要"行动者自己内心对这些行动赋予性意味即可"[38]。按此标准，曹雪芹小说描写的诸如宝黛花下读《西厢》、吃丫鬟嘴里胭脂，替平儿理妆、与香菱换裙、挑逗晴雯撕扇、闻鸳鸯脖项香气等似都可以归入意淫了。小说既推崇"意淫"式的"情种"，则全书自然欣赏柏拉图式恋爱，故黛玉要的绝不仅是宝玉的肉体，而是他的那颗心。第二十回黛玉啐道："我难道叫你远他？我成了什么人了呢？我为的是我的心！"宝玉道："我也为的是我的心。你难道就知道你的心，不知道我的心不成？"黛玉听了，低头不语，若有似悟。此即"愿得一人心，白首不相离"。这是《红楼梦》恋情远离肌肤之亲的隐秘所在。曹雪芹描绘这种"心"——即"痴情"的追求，也就是对美，特别是女性美的崇尚。"意淫"，"即是爱一切美的事物，并以为审美的心态来看待美的消亡"[39]。这一点与《源氏物语》的源氏公子倒相似，对富贵荣华不感兴趣，"惟有风月情怀，始终难以抑制"[40]。然而宝玉更纯粹，只有"情怀"却

无"风月"。难怪清代佚名氏《读红楼梦随笔》云:"《红楼》一书最尊重闺阁,凡暧昧事皆不明写。"他指出"有明写者,率皆下等人物,如贾琏之于多姑娘、鲍二家的,秦钟之于智能,焙茗之于万儿,余皆运实于虚,未忍昭然表出。而独于袭人,则大书特书,以暴作者之意"[41]。宝玉对女孩都是"情圣"似符号自我的呈现,唯独第六回描述了他与袭人偷试"云雨",若袭人是下等人物,似玷污了宝玉。其实主子与侍婢发生关系,倒很符合儒家子嗣传承的伦理,如李绿园《歧路灯》,谭绍闻与丫鬟冰梅生了孩子,正妻孔慧娘却很高兴。反观被冲散的几对鸳鸯,茗烟和万儿、司棋和表兄,都是奴仆丫鬟。秦钟虽是贾府亲戚,但毕竟贫寒,智能儿本是尼姑,更为有罪了。

因此,曹雪芹的小说描述宝黛恋情旨在精神性的,干净的。绝不涉及"滥淫",故凡偷情者,皆不能有好下场。此种写法比之元稹《莺莺传》写莺莺和张生"登床报绮丛……眉黛羞频聚,唇朱暖更融"[42];王实甫《西厢记》"软玉温香抱满怀"的艳情文字更为婉约,雅致了,所谓"不着一字,尽得风流,固是《红楼》常惯之笔"[43]。二知道人评警幻"意淫"说云:"盖色授魂与,竟体生春,非温柔乡之深处而何?若必待肌肤之亲,始入佳境,正嫌其俗道耳。"[44]可见,避免"滥淫"必然抛弃才子佳人小说惯用之"风月"笔墨。此种纯净的表现使小说的恋情叙事得以升华,成为"一种可以提高生命价值的很华贵的东西"[45]。宝黛爱情与源氏公子追求欲望的满足最大不同点,在于他俩均将"爱"看成一种期待,或者说是一种"渴望",渴望让客体理想化,很像普鲁斯特《追忆逝水年华》的信念:"爱就是渴望,为满足的爱才会持续存在,你只有学会了品尝痛苦才能有效防止满足带来的迟钝和厌倦。"[46]就此而言,《红楼梦》恋情叙述超越了《源氏物语》的一次次欲望后的幻灭。通观宝黛二人,都有一种生命的孤独感,这正是一种渴望爱的形象,而"渴望比满足更诱人"[47]。因为肉体的满足是短暂的,它将很快消失,而心灵的融合却是不朽的。清人概括此种"渴望"内涵最妙:"宝玉之痴情于黛玉,刻刻求黛玉知其痴情,是其痴到极处,是其情到极处。"[48]不过,止于渴望的爱,终究还是源于对礼教的自觉。

其次,过往论《红楼梦》者,多抬高其对礼教的叛逆性,然细读原著,此书爱情观念上却甚是保守,它自觉遵从于儒家礼教。著名历史学家余英时断定此书"必出于八旗世家子弟之手",是很有眼光的[49]。而"八旗世家之遵守礼法实远在同时代的汉族高门之上"[50]。中国自宋代儒学便已"内转",外在的礼教仪式遵守已转变为个体"内在心灵对道德的自觉"[51]。明清两代,礼教之规训与自觉实已深入骨髓。如袁枚的三妹,坚守"贞妇",嫁高家"禽兽",酿成悲剧[52]。黛玉孤傲,真性情。可是一旦接触到爱情,黛玉仍然是无可奈何,第三十二回黛玉听到宝玉以她为知己的话,甚为感动,但却感到悲哀,"所悲者,父母早逝,虽有铭心刻骨之言,无人为我主张"[53]。第三十五回黛玉望见花花簇簇一群人去怡红院看宝玉,想起有父母的好处,早又"泪珠满面"。黛玉为何不断地悲伤没有父母兄弟呢？因为没有人为她的婚事做主。早在《诗经·齐风·南山》就有"取妻如之何，匪媒不得"的规训[54]，故男女之间是"无媒不交"[55]。对于熟读《四书》的黛玉来说，礼教的规训，早已成为内心的遵守。第三十二回宝玉有点表白之意，她就赶忙回避了。她也不把心事告诉情同姐妹的紫鹃，第五十七回紫鹃劝黛玉早"做定了大事"，黛玉却说她"嚼什么蛆"[56]。将黛玉的爱恋心态剖析得最透彻的，还是清代的文人，西园主人分析黛玉的独特心灵："终身以礼自守，卒未闻半语私及同心，其爱之也愈深，其拒之也愈厉，虽有知心娟婢，非特不敢做寄简红娘，且有面斥其疯……盖以为儿女之私，此情只堪自知，不可以告人，并不可告爱我之人，凭天付予，合则生，不合则死也。"[57]所以她才"不听紫鹃之言，拘谨自守"[58]，"秉礼执气，百折不回"[59]。这是黛玉爱恋悲剧的重要原因，也是严守礼教的必然结局。

整部小说像《西厢记》张生对莺莺那种强烈的风流渴望，最终偷欢幽会的激情和勇敢是绝对没有的。由此亦可见元代文人的自由不羁和浪漫了。其实"性行为可以带来幸福，肯定爱情，巩固男女间的精神联系"[60]。但《红楼梦》深恐陷入"皮肤滥淫"，故文字皆以雅洁为要。曹雪芹欣赏王实甫的浪漫，却坚决摒弃了《西厢记》较为激情的爱恋方式（特别是男女欢会）。"宝黛爱情其实依然是才子佳人的格局，但爱恋特质和叙述却大变，它是循礼而丝毫不敢有所越轨、悖理的，它无比温柔敦厚。"[61]黛玉对自己的心事，只能是自悼自伤，而宝玉每遇决断之时，都是迷失本性，陷入痴呆，如第九十四回白海棠花妖失灵性，被凤姐调包计所惑。这些均是小说循礼的自我反噬。福柯认为中国古代文化文献证明了一种对性爱活动"担忧"："对无法抑制的、代价高昂的性行为的恐惧，对它有害于身体与健康后果的担心。"[62]所以大观园"只写情而不写淫的，而且他把外面的世界淫秽渲染的特别淋漓尽致"[63]。第七十一回鸳鸯撞散了司棋和表哥的偷欢，刘履芬眉批云："只有人家惊散鸳鸯，而乃鸳鸯惊散人家，事甚新鲜。"[64]这恰是嘲弄偷情者的文字游戏。《红楼梦》有意地避开男欢女爱之事，恰是清代社会对性的道德恐惧的间接证明。在对待女性方面，宝玉自己其实谨慎而胆小。虽然幼儿时抓周，抓的是脂粉钗环，贾政觉得他将来是"酒色之徒"，可实际上他绝无《西厢记》张生那样的疯魔浪漫。宝玉平日与女孩子们厮混，不过是作为痴情博爱的体现，并非肉体的欲望。太愚说他是"一种逸出常轨超脱现实的畸形姿态"，倒非常贴切[65]。西哲有云："恋爱是最峻急的德操，而德操就是爱。"[66]宝黛之恋高洁神秘，但也是遵守礼治的完美体现。而遵循礼教的婚姻，也多悲剧，如迎春、湘云等。宝玉看似叛逆，但他的性情柔弱，女性化太多，既没有张生幽会莺莺的勇气，亦无将心事告知父母的胆量，最终只能当一个"负心"之人。就价值取向而言，曹雪芹小说继承了《西厢记》浪漫恋情，如第三十二回宝玉向黛玉表白的"睡里梦里也忘不了你"的"睡里梦里"之语就来自王实甫的戏曲[67]。但坚决摒弃了崔张二人幽会的"贼情"案。《西厢记》以

"草桥店梦"婉述崔张幽会,《红楼梦》舍弃了为礼教所不容的"私定终身"。因此只能把女儿们"关"进大观园,筑一个纯净的理想世界。不仅是让女儿们避开肮脏的外尘,更是让她们远离男欢女爱。"恋爱这个现象,若当作性关系的精神的方面看,实际上等于生命,就是生命,至少是生命的姿态"[68]。

宝黛恋爱的"循礼"的姿态,显示了清代爱恋生命力的衰弱,亦即本文所论之爱恋叙述的"不成熟"状态。相比较而言,还是清代文人的评点更为合乎实际。江顺怡说得精辟:"《红楼》植金闺硕彦,皆出乎情而守乎礼,即荡检逾闲如司棋等,亦矢志不移。"[69]最后,兹以清人周春的总结《红楼梦》之语结束全文:"此书发乎情,止乎礼义,颇得风人之旨。"[70]

参考文献

[1][21][66]〔美〕夏志清:《中国文学经典》,上海人民出版社,2019年版,第344页、第244页、第454页。

[2][19][40]〔日〕紫式部:《源氏物语》,丰子恺译,人民文学出版社,1980年版,第442页、第279页、第251、第412页。

[3][4][5][6][8][9][11][12][13][14][16][17][23][24][25][26][31][32][35][38][53][56](清)曹雪芹著,曲沐、欧阳健校注:《红楼梦》,贵州人民出版社,2010年版,第596页、第300页、第29页、第199页、第284页、第284页、第252页、第687页、第713页、第635页、第639页、第132页、第134页、第169页、第686页、第47页、第17页、第53页、第185页、第299页、第549页、

[7]张宗子:《书当快意》,生活·读书·新知三联书店,2022年版,第308页。

[10](清)涂瀛:《红楼梦论赞》,《红楼梦资料汇编》卷三,中华书局,1964年版,138页。

[15][20][37][45][68]〔英〕蔼理士著,潘光旦译:《性心理学》,商务印书馆,1994年版,第479页、第279页、第183页、第455页、第472页。

[18][33](清)汪大可:《泪珠缘书后》,《红楼梦资料汇编》卷二,中华书局,1964年版,第63页、第63页。

[22][67](元)王实甫:《西厢记》,上海古籍出版社,1978年版,第138页、第137页。

[27][60]〔保〕瓦西列夫:《情爱论》,赵永穆等译,生活·读书·新知三联书店,1997年版,第186页、第237页。

[29](清)王雪香:《石头记分评》,《红楼梦考评六种》,人民中国出版社,1992年版,第441页。

[30]白先勇:《白先勇细说红楼梦》,广西师范大学出版社,2017年版,第789页。

[34][70](清)周春:《阅红楼梦笔记》,《红楼梦资料汇编》卷三,中华书局,1964年版,第70页、第76页。

[36][41][43][58][59](清)佚名氏:《读红楼梦随笔》,巴蜀书社,1984年版,第72页、第75页、第606页、第599页、第524页。

[38]江晓原:《性张力下的中国人》,上海人民出版社,1995年版,第150页。

[39]文一茗:《红楼梦叙述中的符号自我》,苏州大学出版社,2011年版,第125页。

[42]汪辟疆:《唐人小说》,古典文学出版社,1955年版,第139页。

[44][48](清)二知道人:《红楼梦说梦》,《二知道人集》,人民文学出版社,2016年版,第567页、第568页。

[46][47][美]理查兹:《女性的力量》,刘文婷等译,世界图书出版公司,2017年版,第268页、第273页。

[49][50][63]余英时:《红楼梦的两个世界》,上海社会科学院出版社,2006年版出版社,第186页、第182页、第45页。

[51]章培恒、骆玉明:《中国文学史》,复旦大学出版社,1996年版,第296页。

[52](清)袁枚:《小仓山房诗文集》卷七,上海古籍出版社,1988年版,第1317页。

[54]沈泽宜:《诗经新解》,学林出版社,2000年版,第148页。

[55](清)孙希旦:《礼记集释》卷五十,中华书局,1989年版,第1294页。

[57](清)西园主人:《红楼梦论辨》,《红楼梦资料汇编》卷三,中华书局,1964年版,第198—199页。

[61]张劲松:《溪弹红楼》,贵州大学出版社,2021年版,第163页。

[62][法]福柯:《性经验史》,佘碧平译,上海人民出版社,2002年版,第181页。

[64]王卫民辑:《红楼梦刘履芬批语辑录》,书目文献出版社,1987年版,第61页。

[65]太愚:《红楼梦人物论》,太孚书局,1995年版,第236页。

[69](清)江顺怡:《读红楼梦杂记》,《红楼梦资料汇编》卷三,中华书局,1964年版,第209页。

作者

张劲松,文学博士,贵州大学阳明学院副教授,贵州省红楼梦研究学会副会长,贵州省新型智库专家,主要研究方向:明清小说。

论《红楼梦》的"不言语"现象

倪金艳

摘要:《红楼梦》人物对话中,常出现"不言语"的情景。通过"不言语""不语""不说话""一言不发"等表示不回答。"不言语"作为语言留白艺术的一种,其意义指向多维,有的表示默许赞同,有的代表愤怒无奈,也有的表达沉思伤感。"不言语"辅助于人物形象塑造,反映出人物关系的亲疏,暗示了个人及家族的命运,表现了封建伦理道德要求,也表明作者对人性和社会的理性认知。"不言语"现象是《红楼梦》语言留白艺术的一种,但《红楼梦》的"不言语"比例失衡,后四十回多于前八十回,这一现象值得深思。

关键词:《红楼梦》;"不言语";叙事;留白

《红楼梦》被称为中国古典章回小说的巅峰之作,其多维度的题旨、鲜明的人物形象、丰富多彩的语言艺术历来让人们赞不绝口。就小说的语言而论,研究者讨论颇多[1],譬如人物的对话艺术、小说的语言暴力、充斥的谎言、人物的"半截话"等。在众多的语言现象中,还有一种被人们忽略的"不言语"。"不言语"现象既可指描述对话一方用"不言语"表达沉默,又可指借用"不作一声""不语""不说话""没言语""一言不发""不应""不答"等表示相同意义。《红楼梦》出现"不言语"的现象颇多,本文以文本细读的方式挖掘"不言语"现象的意蕴及艺术功能,并由此兼论《红楼梦》的语言留白艺术。

---

* 【基金】本文为河北省教育厅科学研究资助项目"民国时事剧创演研究"(项目号:BJS2024057),2022 年度河北省高等教育教学改革与实践项目"以研学共同体为中心的中国古代文学'双课堂'教学模式探究"(项目号:2022GJJG138)的阶段性成果。

[1] 主要论著论文有:孙爱玲《语用与意图:〈红楼梦〉对话研究》,北京大学出版社 2011 年版;王慧《论〈红楼梦〉人物会话中的沉默》,《红楼梦学刊》2016 年第 4 期;张璇《论〈红楼梦〉人物语言之"半截话"修辞现象》,《红楼梦学刊》2010 年第 4 期;张明明《假作真时真亦假——〈红楼梦〉中的谎言艺术探微》,《红楼梦学刊》2018 年第 5 期;赵维国、刘源《〈红楼梦〉中语言暴力的阐释——伦理道德视域下的话语权探讨》,《上海师范大学学报》(哲学社会科学版)2020 年第 1 期;许之所,沈璞《策略性沉默运用研究——以〈红楼梦〉中的策略性沉默为例》,《武汉理工大学学报》(社会科学版)2006 年第 4 期。论著论文较多,不再枚举。

一、"不言语"现象蕴含的意蕴

人物对话中,曹雪芹时常以"不写之写"的笔法让对话的一方沉默不语,但平静的表象下暗含着典型环境中人物的独特心境。他们或有隐情或因忌讳不能辩解,不便明说,不忍出口,于是在对话中沉默无声。然而,"不言语"现象并非《红楼梦》所独创。纵观中国古代小说,"不言语"常常出现,是小说家常用的叙事手法。就小说情节发展而言,不言语是一种叙事策略,特定情境中,将人物不愿、不能、不便说出的话,以沉默处之;不言语也是一种礼貌的表现,同时代表着一种肯定或否定的态度,从而辅助塑造人物形象;不言语还是权势关系下,人物的一种自我保护机制;抑或是权威的压迫下,无可奈何的表现。人物的不言语也能缓和冲突,预防矛盾爆发。但相较于其他古典小说,《红楼梦》中的不言语出现频率高,运用的更为灵活多样、具有典型性,其具体意蕴如下:

(一)表达羞涩愧疚之情

第二十五回,王熙凤用黛玉和宝玉的姻缘开玩笑:

> 你既吃了我们家的茶,怎么还不给我们家作媳妇儿?"众人听了,一齐都笑起来。林黛玉红了脸,一声儿不言语,便回过头去了。[1]

这一婚姻玩笑使黛玉害羞不语,不过,不言语中也包含了黛玉甜蜜的期许。

第五十二回,宝琴说没有带来真真国女孩作的诗,黛玉笑道:"他们虽信,我是不信的。"[2]宝琴便红了脸,低了头,微笑不语。"红了脸""低了头""微笑不语"表明宝琴默许了黛玉的猜测,也包含着羞涩惭愧。

第十七、十八回,林黛玉见宝玉把荷包戴在里面这般珍重,"因此又自悔莽撞,未见皂白,就剪了香袋,因此又愧又气,低头一言不发。"[3]黛玉既为自己的鲁莽羞愧,也为宝玉这般珍惜自己赠送的礼物、重视这份情谊而百感交集。

(二)表示紧张害怕的情绪

贾琏偷娶尤二姐事情败露后,王熙凤审讯小厮兴儿。王熙凤问兴儿:"'谁服侍呢?自然是你了。'兴儿赶着碰头不言语。"[4]兴儿是贾琏的贴身奴仆,一向惧怕王熙凤,此刻触犯了王熙凤最忌讳的事情,他紧张害怕又不敢撒谎,故而连连磕头谢罪。待王熙凤听了兴儿的报告后,与平儿说:

> "你都听见了?这才好呢。"平儿也不敢答言,只好陪笑儿。凤姐越想越气,歪在枕上只是出神。[5]

平儿透露贾琏偷娶之事，她害怕盛怒中的王熙凤，也为自己的告密行为忐忑不安，不敢答言。王熙凤歪在枕上出神表明她一时还没有想到整治尤二姐的主意。

第二十七回，小红和坠儿谈论男女私相授受，忽听到宝钗的话语，信以为真，

便拉坠儿道："了不得了！林姑娘蹲在这里，一定听了话去了！"坠儿听说，也半日不言语。[6]

坠儿为异性传递私物违反了贾府的规矩，她担心泄露后被惩罚而惊恐不安，待听到小红焦虑的话语，更不知所措，只能不言语。小红和坠儿的忧虑也反映了黛玉在仆人心中是一个刻薄、不易相处的形象。

第七十七回，王夫人排查怡红院的丫头，问道"'谁是和宝玉一日的生日？'本人不敢答应。"[7]四儿触怒了王夫人，惧于主子的淫威，不敢承认。

（三）表达默许赞赏之意

第七十二回，贾琏本想成全来旺儿子与彩霞的婚事，听到林之孝说他是吃酒赌钱的混混便要惩处，林之孝劝道"'那是错也等他再生事，我们自然回爷处治。如今且恕他。'贾琏不语。"[8]表明贾琏默许了林之孝的提议。

第二十回，宝玉道：'我也为的是我的心。难道你就知你的心，不知我的心不成？'林黛玉听了，低头一语不发。"[9]宝玉情急之下吐露真情，黛玉了解宝玉的情感，她以不发一语来回应宝玉，显示了对这份情感的默许。

第三回，黛玉进贾府后，王夫人让管家婆凤姐拿出料子做衣服，熙凤道：

"这倒是我先料着了，知道妹妹不过这两日到的，我已预备下了，等太太回去过了目好送来。"王夫人一笑，点头不语。[10]

表示王夫人对凤姐思虑周全、办事稳妥的赏识。

（四）表示尴尬愠怒之意

第七回，周瑞家将宫花送到黛玉处，黛玉只就宝玉手中看了一看，便问道：

"还是单送我一个人的，还是别的姑娘们都有呢？"周瑞家的道："各位都有了，这两枝是姑娘的了。"黛玉冷笑道："我就知道，别人不挑剩下的也不给我。"周瑞家的听了，一声儿不言语。[11]

林黛玉的问话由侧重先送谁、后送谁的次序来确定自己是被平等对待还是被冷落，而周瑞家的答话侧重点是有无宫花的问题，以为黛玉有谦让之意。当黛玉说"别人不挑剩下的也不给我"时，出乎她的意料，难免尴尬，故"一声儿不言语"。过后，周瑞家的或许为此而认为黛玉多心、目下无尘、难以相处。

第六十回，赵姨娘因为芳官用茉莉粉充当蔷薇硝给贾环，于是找她撒泼。芳官见赵姨娘来了，忙起身笑让"'姨奶奶吃饭。有什么事这等忙？'赵姨娘也不答话"[12]。赵姨娘不理会芳官代表了她此时满腔怒火，酝酿着一场闹剧。

（五）表达伤感绝望之情

第六十七回，宝钗送黛玉江南的小物件，黛玉睹物思乡，宝玉为她排遣，"黛玉也不答言"。黛玉父母亡故，家人多已不在，有乡无处回，倍觉凄苦。她不回答宝玉的安慰之语，表明黛玉仍旧沉浸在思乡思亲、叹息身世孤零的伤感之中。

第九十七回，紫鹃道："'姑娘的身上不大好，起来又要抖搂着了'。黛玉听了，闭上眼不言语了。"[13] 黛玉不言语既是源于身体的虚弱，也是对宝玉的失望，使她生无可恋。

在一些章节中，小说中的人物虽不言语，但他们的情绪可以转化成"泪水"，通过"泪水"这一无声的情感语言得到延展。第四十三回"宝玉陪笑道：'你猜我往那里去了？'玉钏儿不答，只管擦泪。"[14] 宝玉对金钏的死含有愧疚之情，一方面，诚心诚意在郊外祭奠亡灵来救赎，另一方面讨好金钏之妹玉钏来弥补对姐姐的罪责。此时玉钏不能原谅宝玉，故不理会他的搭讪，而"只管擦泪"则说明对姐姐的死痛心不已。

第九十七回，贾、薛两家订下婚事，薛姨妈将这边的话细细的告诉了宝钗，还说："'我已经应承了。'宝钗始则低头不语，后来便自垂泪。"[15] 薛姨妈答应了贾府的求娶并告知了女儿，宝钗的反映是"低头不语"，表现了女儿家听到自己婚事时的害羞之态，而接下来的"便自垂泪"则意味深长。既有出嫁的不舍，还有对未来的担忧。宝玉此时疯傻痴呆，不复以往的聪慧，嫁给一个神志不清的人，日后能否恢复灵性，婚姻是否幸福，皆是未知，对未来的忧虑使宝钗黯然垂泪。宝钗进京本是待选秀女，理想的夫婿是一朝天子，最终却嫁给"不学无术"且已痴癫的宝玉，由不得不哭。对于母亲的决定，宝钗虽不言，但忍不住的泪珠将绵延的情绪显现于读者面前。

"不言语"包含的意蕴不是截然分开的，往往是几种情愫混杂交融。如惜春要赶走入画与尤氏冲突，惜春道"'若果然不来，倒也省了口舌是非，大家倒还清净'。尤氏也不答话，一径往前边去了。"[16] 原是惜春的丫鬟入画被搜检出哥哥的东西，但她反怪尤氏与贾珍做出荒唐事，玷污了自己的名节，要与哥嫂划清界限。尤氏被惜春的无理取闹搅扰的哭笑不得，也被她的乖僻性格激怒，同时，亦为她的冷心狠意而寒心，所以径直走了。此外，"不言语"可表示积极的回应，也可以是消极应对。诸如王夫人劝惜春"'好孩子，阿弥陀佛，这个念头是起不得的！'惜春听了，也不言语。"[17]惜春以不言语冷对王夫人的劝解。

二、"不言语"的叙事功能

《红楼梦》中的"不言语"往往发生在人物有所顾忌不便言明时，欲言又止，虽未明确表达观点，但不著一字，尽得风流，体现出作者的匠心独运。"不言语"作为一种叙事方式，能辅助于塑造人物形象，揭示人物关系的疏密，暗示个人及家族命运，反映等级观念和伦理价值，传递出作者对人性和社会的深刻认识。

（一）助力于小说角色塑造

第一，有助于人物形象塑造

"不言语"是人物形象塑造的方法之一，如第七十三回迎春的奶妈聚众赌钱，押当了她的金凤迟迟没有赎回，丫鬟绣桔去理论，迎春反而不言语。

绣桔道："姑娘怎这样软弱。都要省起事来，将来连姑娘还骗了去呢。我竟去的是。"说着便走。迎春便不言语，只好由他。[18]

迎春既不能管束奶妈使其安守本分，又不能教训奶嫂平息事端，还不能说服丫鬟以息事宁人，只好不言语，塑造出懦弱无能的二小姐形象。

当邢夫人责备时，"迎春不语，只低头弄衣带。"[19]邢夫人是迎春名义上的母亲，有管束教育子女的权利，且邢夫人所教育的内容都合乎道理，迎春不敢辩解。邢夫人厉声厉色地训斥迎春是封建伦理制度赋予家长管束儿女的权利，子女只得听从。所以面对责骂，迎春不语，这也体现了封建制度下的孝文化。

第七十四回，抄检大观园，司琪与潘又安的私情被发现，"凤姐见司棋低头不语，也并无畏惧惭愧之意，倒觉可异。"[20]司琪与潘又安私定终身的事被众人揭穿，面对灭顶之灾，她没有哭哭啼啼地辩解或求饶，而是镇定不语，显示出她的勇敢坦荡、刚烈无畏的个性。司琪大胆追求爱情，并无惭愧之意，表现出痴情的一面。

第五十五回，吴新登家的来向探春汇报日常事务道："'赵姨娘的兄弟赵国基昨儿死了。昨儿回过太太，太太说知道了，叫回姑娘奶奶来。'说毕，便垂手旁侍，再不言语。"[21]吴新登媳妇"藐视李纨老实，探春是年轻的姑娘"，回话时故意只交代事情，隐藏处理惯例，让探春为难。她不动声色地为探春和李纨设计陷阱，激化探春与赵姨娘之间的矛盾，使主子出丑，奴才看笑话。由此可见吴新登媳妇是个心术不正、欺软怕硬、见风使舵的刁奴。

第二，揭示典型环境下人物的亲疏关系

语言是心理的外在表现,"不仅能表现出人物的心理变化,还能揭示出言者和听者之间复杂微妙的人情关系"[22]。像黛玉屡次嘲讽奚落宝玉:

> 黛玉忙又叫住问道:"你怎么不去辞辞你宝姐姐呢?"宝玉笑而不答,一径同秦钟上学去了。[23](第九回)
> 黛玉在旁盥手,冷笑道:"也不知是真丢了,也不知是给了人镶什么戴去了!"宝玉不答。[24](第二十一回)
> 林黛玉忙笑道:"咱们雪下吟诗?依我说,还不如弄一捆柴火,雪下抽柴,还更有趣儿呢。"说着,宝钗等都笑了。宝玉瞅了他一眼,也不答话。[25](第三十九回)

黛玉总能捕捉到宝玉的心理,在恰当的时机揶揄一番,发泄不满。材料一,黛玉奚落宝玉,借此吐露对宝钗的醋意,以显现她在宝玉心中与众不同;材料二,黛玉猜测少了的珠子是宝玉当作信物送于他人,宝玉无言以对;材料三,黛玉讽刺宝玉惦记故事里的女孩,宝玉心思被说中羞涩不语。黛玉的奚落流露出感情的排他性,宝玉领会林妹妹的心意,显示两人情感的相通。相反,对袭人的嘲讽多有不满。第八十九回,宝玉将晴雯补过的雀金裘叠起来,袭人笑说"'二爷怎么今日这样勤谨起来了?'宝玉也不答言。"[26]宝玉曾疑心晴雯被赶出大观园与袭人有关,因此对袭人生出不满。第四十八回,宝钗以香菱学诗来劝宝玉勤学"'你能够像他这苦心就好了,学什么有个不成的。'宝玉不答。"[27]宝玉不回答宝钗带有揶揄口吻的话语,表达了对宝钗劝诫走经济仕途之路的不满。同样是不答,宝玉对黛玉的嘲讽多一些会心一笑,是情人间的羞赧默契;对袭人和宝钗的揶揄则带有不满。可见宝玉在精神和情感层面亲黛玉远袭人和宝钗。

第三,隐喻个人命运。第三十七回,秋爽斋结社,探春为黛玉取别号为"潇湘妃子"。

> "如今他住的是潇湘馆,他又爱哭,将来他想林姐夫,那些竹子也是要变成斑竹的。以后都叫他作'潇湘妃子'就完了。"大家听说,都拍手叫妙。林黛玉低了头方不言语。[28]

黛玉低头不语,接受了"潇湘妃子"的雅号。以潇湘妃子洒泪成斑的典故影射黛玉还泪之说,娥皇女英为情而亡是对黛玉痴情的写照。"潇湘妃子"触及了黛玉的心事,成了她的生命谶语,预示了她将泪尽而亡的结局。

第一一九回,王夫人伤心地叮嘱叔侄二人作完文章早早回家,"只见宝玉一声不哼"。

王夫人隐约感受到儿子会有变故，大有生离死别的悲戚；而宝玉不回应母亲的叮嘱，暗示了自己或将弃家为僧一去不返，不能如母亲所愿。

（二）推动情节发展

第一，预示家族未来走向。第二十九回，贾府女眷到清虚观打醮时，所点的三出戏具有深远的预示意义：

贾珍一时来回："神前拈了戏，头一本《白蛇记》。"贾母问"《白蛇记》是什么故事？"贾珍道："是汉高祖斩蛇方起首的故事。第二本是《满床笏》。"贾母笑道："这倒是第二本上？也罢了。神佛要这样，也只得罢了。"又问第三本，贾珍道："第三本是《南柯梦》。"贾母听了便不言语。[29]

《白蛇记》《满床笏》《南柯梦》展现了一个家族从军功起家到繁荣昌盛再到衰亡颓败的过程，这是贾府家族兴衰的写照。贾母听后若有所思，不祥之感袭来：既然前两出戏讲家族兴起和繁荣与贾府的运势相契合，那么《南柯梦》是否是衰亡预言，预示贾府也将"树倒猢狲散"，最终化为南柯一梦？

对家族命运的预示在七十七回中进一步强化，王夫人为生病的凤姐找人参，周瑞家的说：

"但这一包人参固然是上好的，如今就连三十换也不能得这样的了，但年代太陈了。这东西比别的不同，凭是怎样好的，只过一百年后，便自己就成了灰了。如今这个虽未成灰，然已成了朽糟烂木，也无性力的了……"王夫人听了，低头不语……[30]

这一段以人参比喻家族的生命力，百年的人参是百年贾家的象征，钟鸣鼎食的贾府像朽糟烂木的人参，虽然还没有完全垮掉，但往日的辉煌不再，而且会日益不堪。王夫人从周瑞家的话中领悟到家族的衰落已成定局，人力无法挽回，悲从中来，故低头不语。

第二，调节叙事节奏。不言语现象也有的代表叙事完成，起过渡作用。小说借助"不言语"，以极俭省的笔墨过渡到下一个情节单元，加快叙事节奏，完成对情节的处理。第六十七回，袭人想去看凤姐，便告诉晴雯屋里要有人，晴雯道："'嗳哟！这屋里单你一个人记挂着他，我们都是白闲着混饭吃的。'袭人笑着，也不答言，就走了。"[31]袭人对晴雯的嗔怪不答言笑着走了，下一段便开始写袭人到沁芳桥和凤姐院里的事。"不答言"既收束了怡红院的故事，又开启了凤姐审讯兴儿的事，起到了承上启下的过渡作用。

第三，转移叙事焦点。不言语转移人物之间的矛盾，避免了直接的冲突。第三十二回，史湘云劝他讲些仕途经济学问、会会为官做宰的人，宝玉听后大怒，"姑娘请别的妹妹屋里坐坐，我这里仔细污了你知经济学问的。"[32]宝玉下逐客令是直接的冲突，相对第四十八回宝钗劝说，宝玉用"不答"表示不满，则避免了直接的对峙。不言语还使一些情节走向不确定性。《红楼梦》诸多的未说明的话语，为作品增添了一种不确定性和空灵之感。如第一百二十回，贾政忙问"'可是宝玉么'？那人只不言语，似喜似悲。"[33]用"那人"而不是"宝玉"本身也含有不确定性，即便那人是宝玉，但此宝玉已非彼宝玉。他遁入空门，不回答尘世间父亲的问答，以沉默不语来告别世间羁绊。宝玉此刻的复杂心情是"喜"是"悲"还是"无喜""无悲"，这些不确定性引导读者思索。

（三）不言语呈现的文化功能

一方面，反映封建社会伦理观念。语言往往与权力相连，"在话语的实践中潜藏着权力的运作"[34]，"话语即权力"，没有权力，人们也就没有话语，就会趋于无声。《红楼梦》中的"不言语"也与权力相连，折射出封建社会主仆有别、富贵贫贱、父母权威的伦理观念。

第三十回，王夫人掴掌金钏，骂她勾引主子、挑唆爷们，"金钏儿半边脸火热，一声不敢言语。"表面来看金钏说错了话不敢辩解，深层原因则是身为奴才，理应忍受主子的责打，体现了主尊奴卑、奴才要无条件服从主子的等级制度。相似的情形也出现在邢夫人劝说鸳鸯嫁给大老爷时，"鸳鸯只管低了头，仍是不语""鸳鸯仍不言语"；而当嫂子劝她时，鸳鸯却能破口大骂，在同为奴仆的嫂子身上发泄不满。鸳鸯的低头不语与厉言怒骂形成鲜明的对比，前者出于奴才不得顶撞主子的伦理要求和坚决不嫁的决心，后者表达了对贾赦淫荡品性的憎恨和嫂子攀附权贵的愤怒。

第一百一十五回，惜春要出家，尼姑不敢应允，惜春冷笑道："'打谅天下就是你们一个地藏庵么！'那姑子也不敢答言去了。"[35]尼姑们仰仗贾府的供养，不敢得罪主子，这反映了富贵贫贱的伦理价值观。

除了彰显主仆等级、富贵有别的伦理观念外，也体现了服从父母的孝文化要求。在封建社会，有"一个不可渡让和不可侵犯的父亲意象，这个父亲意象辐射出一股权威主义的气氛。"[36]《红楼梦》里父亲有绝对权威管束儿子，譬如第二十九回，贾珍不满儿子躲在钟楼里乘凉，让小厮啐他并问贾蓉道："'爷还不怕热，哥儿怎么先乘凉去了？'贾蓉垂着手，一声不敢说。"[37]贾蓉被当众羞辱，不敢有丝毫怨言，只能规规矩矩的听训，体现了父亲的威严。相应的贾政责骂鞭打宝玉、贾赦批评贾琏，儿子们都不敢轻易违逆，否则要承受更大的责罚。

另一方面，"不言语"渗透了作者对人性和社会的理性认知

"小说中的对话，是小说全部经验的中心，在对话中作者的声音仍然起主导作用。"诸多的"不言语"还传达了作者对人性和社会的理解。

> 贾琏便推门进去，笑说："大爷在这里，兄弟来请安。"贾珍羞的无话，只得起身让坐。[38]（第六十五回）

贾珍违反伦理调戏妻妹，被贾琏撞见羞愧无语。此时不仅是贾珍无语，也是作者对贾珍贪淫乱伦的无语，对不肖子孙泯灭人伦，造成家族乱象的无言以对。

第一〇六回，宁国府被查抄，贾政等抢步迎接，但赵堂官"并不说什么"，后面跟着认识的或不认识的司官们也"总不答话"[39]。贾府面临灭顶之灾，以往结交的一些官员不肯为贾府留情，说明作者对炎凉世态有着透彻的认识。赵堂官献计荣宁二府没有分家要一起查抄，"西平王听了，也不言语"，西平王与赵堂官的不同态度，反映了朝廷内部不同派别之间政治斗争的复杂性。

三、前八十回与后四十回"不言语"现象的不均衡

我们通观百二十回的《红楼梦》，其"不言语"分布并不平衡。据初步统计后四十回存在的"不言语"现象总量是85次，多于前八十回的61次，《红楼梦》后四十回中的不言语数量增加，一方面，按照《红楼梦》伏线，贾府大厦终将倾覆，家族日渐衰颓，人力无法改变，故而不言语；另一方面，后四十回为续书，艺术性不同于前八十回，它笔下人物的语言能力和魅力降低，多频频不语。像处理家族内部搜检的情节，大家都说"'现在人多手乱，鱼龙混杂，倒是这么一来你们也洗洗清。'探春独不言语。"[40]探春独不言语，与抄检大观园时刚直护奴、给凤姐下马威、教训王善保家情景截然不同。

在后四十回中"不言语"频率明显高于前八十回的人物是王熙凤。

> 凤姐道："虽是雏，倒飞了好些了。"众人瞅了他一眼，凤姐便不言语。[41]（第一〇八回）
>
> 贾琏啐道："我的性命还不保，我还管他么！"凤姐听见，睁眼一瞧，虽不言语，那眼泪流个不尽。[42]（第一〇六回）
>
> 王夫人晚上叫了凤姐过来说："我瞧着那些人都照应不到，想是你没有吩咐。还得你替我们操点心儿才好。"……凤姐也不敢辨，只好不言语。[43]（第一一〇回）
>
> 丰儿道："不是奶奶叫去请刘姥姥去了么。"凤姐定了一会神，也不言语。[44]

（一一三回）

　　王熙凤强颜欢笑，要么因冒失在宝钗生日宴上说了不吉利话招致众人白眼而不言语，要么被贾琏怒怼精神气馁不言语，要么被王夫人责怪委曲求全不敢言语，要么是自己神思恍惚不言语，与前八十回巧舌如簧、应对自如、泼辣机智的形象迥然不同。在后四十回中王熙凤的形象魅力逊于前八十回，她力绌失人心，言语不合时宜，没有了生命活力，不能巧妙地运用语言技巧维持威严。

　　《红楼梦》人物的不言语，是古典小说语言留白艺术的一种方式。留白本是书画创作的技法，曹雪芹"自觉引进绘画技法"[45]来创作《红楼梦》，并有意省略部分或全部对话内容，使其产生留白效果。《红楼梦》常用的语言留白方式有省略关键词式的"半截话"、用语气词替代和"不言语"现象。除此之外，不写也是留白的一种。如第四十回刘姥姥在大观园中引逗众人发笑，重要人物中唯独没写宝钗的反应。即使场面热闹、众人情绪近乎失控，但宝钗也应是平淡处之，既凸显出她端庄持重的性格特点，深层次上或也暗含了宝钗丧父后协助母亲打理家庭事务阅历丰富，她了解底层百姓的辛苦，故而产生的怜悯之情，不忍嘲弄。

　　语言留白是作者有意追求的小说美学，它突出了读者的价值，形成召唤结构。《红楼梦》的语言留白省略了某些话语，需要读者来完成，使读者得以摆脱既定话语的束缚，在相对自由的空间中进行填补，完成审美体验。而且恰是读者的自觉补充，让语言留白成为连接作者意图和读者体验的纽带。语言留白提供审美想象空间的同时，也为作者的认知提供了栖身之所。作者通过语言留白，含蓄地留下隐秘多元的主旨，与人物未出口的话互为表里，引导读者借已知情节推测未知情节，以"不写之写"使读者品味出言外韵味。

　　《红楼梦》的"不言语"传达着人物喜怒哀乐、默许赞赏、忧思惊恐、伤怀绝望等情愫，能起到塑造人物形象，传递关系亲疏，预示个人及家族命运，揭示封建社会伦理，表达作者对人性和社会的认知的艺术功能。虽然小说人物不言，但由于前后铺垫，读者能挖掘小说隐藏的信息，揣度出不言明的意蕴，形成"无声胜有声"的效果。曹雪芹将"不言语"一笔当作十笔，"空故纳万境"，蕴不尽之意于无声，营造出文本的含蓄之美。作为语言留白艺术的"不言语"，填充了未写情节，延续了已有情节，使小说在有限的篇幅内引申出更丰富的含义。《红楼梦》借助了省略关键词、使用语气词、"不言语"现象的语言留白技巧，构建了言有尽而意无穷的境界。至于《红楼梦》前两种的语言留白手法及中国古代小说语言留白艺术的探讨，留待另一篇文章来论述。

参考文献

[1][2][3][4][5][6][7][8][9][10][11][12][13][14][15][16][17][18][19][20][21][23][24][25][26][27][28][29][30][31][32][33][35][37][38][39][40][41][42][43][44]（清）曹雪芹著，（清）无名氏续，中国艺术研究院红楼梦研究所校注：《红楼梦》，人民文学出版社，2008年第3版，第342—343页、第707页、第233页、第937页、第938页、第365页、第1079页、第1003页、第276—277页、第41页、第108页、第822页、第1337页、第584页、第1334页、第1037页、第1546页、第1013—1014页、第1012页、第1034页、第750页、第132页、第280页、第526页、第1243页、第650页、第488页、第398页、第1075页、第932—993页、第432页、第1591页、第1530页、第394页、第907页、第1420页、第1304页、第1455页、第1433页、第1480页、第1511页。

[22] 梁扬、解仁敏：《〈红楼梦〉语言艺术研究》，人民文学出版社，2006年版，第378页。

[34]［法］福柯：《性史》，张廷琛、林莉等译，上海科学技术文献出版社，1989年版，第98页。

[36] 殷海光：《中国文化的展望》，上海三联书店，2002年版，第102页。

[45] 金敏：《试论〈红楼梦〉的"画家笔意"》，《红楼梦学刊》，1988年第4期，第77页。

作者

倪金艳，文学博士，河北师范大学文学院讲师，主要研究方向：明清文学、戏剧戏曲学。

"霁日""霁月"与晴雯形象的问题

龚 逴

摘要：在《红楼梦》存世的诸多抄本中，晴雯判词首句多作"霁月难逢"，独甲戌本作"霁日难逢"，后世的整理本因此都采用了"霁月"一词。事实上，直接表示晴天的"霁日"与册子上的图画更加契合，更加符合判词原意。"霁月"因为周敦颐的典故而成为形容有道者胸襟气度的习惯用语，刚烈而狂傲的晴雯与"阔大宽宏"的湘云并不相同，"霁月"似乎并不适宜于用来比拟晴雯的性格特征。

关键词：霁日；霁月；晴雯

一、绝无仅有的"霁日难逢"

《红楼梦》第五回宝玉神游太虚幻境，翻看众女子的判词，最先看到的是又副钗之冠的晴雯：

> 宝玉便伸手先将又副册厨门开了，拿出一本册来，揭开一看，只见这首页上画着一副画，又非人物，亦非山水，不过水墨滃染的满纸乌云浊雾而矣。后有几行字迹，写道是："霁日难逢，彩云易散。心比天高，身为下贱。风流灵巧招人怨，寿夭多因诽谤生，多情公子空牵念。"【双行小字夹批：恰极之至，病补雀金裘回中与此合看。】[1]

这段文字选自《红楼梦》甲戌本。一般读者多半会对文中的"霁日难逢"感到困惑，因为在目前的《红楼梦》传播中，我们百目所见、千口传诵的都是"霁月难逢"。

这当然是有原因的。《红楼梦》传世的众多抄本里，只有甲戌本为"霁日难逢"。彼本与郑藏本无有此回，其他抄本一例作"霁月难逢"。晴雯的判词在各本中的具体情况如下：

霁月难逢　彩云易散　心比天高　身为下贱　风流灵巧招人怨　寿夭多因诽谤生　多情公子空牵念（己卯本、甲辰本、卞藏本）[2]

　　霁月难逢　彩云易散　心比天高　身为下贱　风流灵巧揽人怨　寿夭多因毁谤生　多情公子空牵念（庚辰本）[3]

　　霁月难逢　彩云易散　心比天高　身为下贱　风流灵巧揽人怨　寿夭多因毁谤生　多情公子空牵念（舒序本）[4]

　　霁月难逢　彩云易散　心比天高　身为下贱　风流灵巧揽人怨　寿夭多因毁谤生　多情公子空牵念（蒙府本）[5]

　　霁月难逢　彩云易散　心比天高　身为下贱　风流灵巧揽人怨　寿夭多因毁谤生　多情公子空牵念（戚沪本）[6]

　　霁月难逢　彩云易散　心比天高　身为下贱　风流灵巧揽人怨　寿夭多因毁谤生　多情公子空牵念（梦稿本）[7]

　　后世研究者显然也更钟情于霁月一词。流传最广的红研所校注本《红楼梦》前后两版都采用了霁月，并对霁月的意思做了一些解释[8]。其他一些广为人知的名家点校本，如俞平伯先生的《红楼梦八十回校本》[9]，周汝昌先生的《石头记会真》[10]，冯其庸先生的《瓜饭楼重校评批红楼梦》[11]，刘世德先生的《红楼梦》（新校注本）[12] 等莫不如此。邓遂夫先生在点校甲戌本时，甚至因此将甲戌本原文的霁日改成了霁月[13]。

　　从版本现象来说，霁日相对霁月是一对多，毫无优势可言。从研究者的认可角度来讲，它则更是一败涂地。如果说，前面几位先生的选择还主要在于版本依据上的少数服从于多数，邓遂夫先生则已经是认为霁日不通了。否则，点校甲戌本应该保留其文字的独特之处，这是版本整理中的基本原则。那么，"霁日"一词真的如此一无可取吗？

二、霁日与霁月

　　霁日和霁月从构词来看非常接近。《说文》曰："霁，雨止也。"段玉裁注曰："释天，雨霁谓之霁。霁，古多训止者。如'厉风济则众窍为虚'是也。许云雨止者，以诂训字易其本字也。凡止曰济，雨止则有霁字。洪范曰：'雨曰济，今古文皆如是。'是《尚书》用济为霁也。"[14] 霁主要用来形容天气，指云雨天气的结束。因此，简单地说，霁日指雨后的太阳，霁月指雨后的月亮。不过在具体使用中，这两个词也有各自比较特殊的用法。

　　"霁日"这一词乍看似乎有些陌生，实则出现甚早，唐代诗人的作品中已经习见，例如：

霁日园林好，清明烟火新。(祖咏《清明宴刘司勋刘郎中别业》)[15]

长空悠悠霁日悬，六翮不动凝风烟。(刘禹锡《飞鸢操》)[16]

霁日满江寒浪静，春风绕郭白蘋生。(姚合《送刘禹锡郎中赴苏州》)[17]

曲岸风雷罢，东亭霁日凉。(李商隐《崇让宅东亭醉后沔然有作》)[18]

其中祖咏的"霁日园林好，清明烟火新"还是非常有名的，殷璠在《河岳英灵集》中说："咏诗剪刻省静，用思尤苦，气虽不高，调颇凌俗。至如'霁日园林好，清明烟火新'，亦可称为才子也。"[19] 在殷璠看来，这两句诗是可以为祖咏博一个才子之名的代表作。

一般而言，霁日出现在诗歌中多是指实在景物，即如祖咏这句诗，解释为"霁日照耀下的园林"在意象上自然更为完满。但是，霁日与清明对举，则也有一点点表达为在雨过天晴后的某一个晴天的意味。由"雨过天晴的太阳"引申出不必特指景物，抽象的"晴天"这个意思，是霁日相比于霁月的一个比较独特的用法。因为日、月在表示时间时，分别表示一天、一个月，云雨天气的结束只能发生在一个具体时间上，可以粗略地说是某一天，却绝对不能说是某一个月。换句话说，霁日可以用来指阴雨转晴的某一天，霁月却绝不能说是转晴的某一月。因此，霁日很自然引申出晴天的意思，这是霁月所没有的。例如《三水小牍·黑水将军灵异》："秋七月出京，时方霖霪，东道泥泞，历崤函，度东周，由许蔡，略无霁日。"[20] 又如陆游《杂兴》："三吴气候异，开岁固多雨。今年已莫春，霁日仅可数。"[21] 再如《万历起居注》载大学士沈一贯上疏："又非但如此而已也，遂有霪霪连绵两月不休，自京师达于辅郡，大者漂城，小者荡村，树艺无存，储积亦腐……然而尚有愁云四布，霁日难期，谓非天怒未鲜之征可乎？"[22] 很明显，这里的"略无霁日""霁日仅可数""霁日难期"，是绝对不能将"霁日"替换成"霁月"的。

"霁月"一词则因为一个广为人知的典故而生出特别的意义。黄庭坚在《濂溪诗序》中盛赞周敦颐曰："舂陵周茂叔，人品甚高，胸中洒落，如光风霁月。好读书，雅意林壑。初不为人窘束世故。权舆仕籍，不卑小官，职思其忧。论法常欲与民，决讼得情而不喜。"[23] 史季温注曰："'光风'，和也，如颜子之春；'霁月'，清也，如孟子之秋。合清和于一体，则夫子之元气可识矣。李延平愿中尝诵此语，以为善形容有道气象。"黄庭坚对于周敦颐的评价影响颇大，后人因此建有光风霁月亭来纪念周敦颐(见朱熹《书濂溪光风霁月亭》)[24]。元人修《宋史》亦引用黄庭坚的评语，以此成为周敦颐的盖棺定论[25]。在此之后，人们便多用光风霁月来形容"道学气象"，或者说高洁的人格品质。至迟在元代，人们在称誉人的胸襟气度时，有时候也会将光风霁月直接简省为"霁月"。如：

襟怀开霁月，谈笑接清尘。(朱希晦)[26]

玉树春晖暖，冰壶霁月明。（华幼武）[27]
放浪形骸期汗漫，霁月一襟春万宇。（于石）[28]
富贵浮云天地醒，胸襟霁月圣贤心。（李孝光）[29]
襟怀期霁月，胸次要全山。（安熙）[30]

当霁月被用来形容胸襟时，甚至还与"冰壶"一词形成了一种比较常见的对举关系，上举华幼武"玉树春晖暖，冰壶霁月明"即是一例。再如明人王贵德《呈蔡太守》有"胸悬霁月三秋映，品濯冰壶四座清"[31]，木下贞干《与朱舜水书十首》其十有"虽则如毁，冰壶霁月，超然埃壒之外"之语[32]。冰壶也是用来比喻一个人心地纯洁、品格高尚的常见意象，在这一点上，与霁月正好互相发明。

三、判词中的"霁日""霁月"

以上我们对霁日、霁月的意义做了简要的讨论，我们重新回到晴雯的判词。

脂批认为《红楼梦》第五回的金陵十二钗册子是模仿《推背图》，"此回悉借其法，为儿女子数运之机"[33]，基本可信。小说写在册女孩子的信息，都是先介绍图画，然后给出判词，判词实际上是对图的题咏与解释。注意到这层关系，对我们判断判词原文很有帮助。册子上晴雯的图画是"又非人物，亦非山水，不过水墨滃染的满纸乌云浊雾而矣。"这样一幅简单的画，如何能够预示晴雯的命运呢？与其他诸钗一样，重点在于名字的关联，因为有"霁日""霁月"两种异文，自然有两种不同的理解，我们分别予以分析：

（一）**"霁日难逢，彩云易散"**

在晴雯这个名字中，晴指晴天，雯是成花纹的云。《康熙字典》曰："雯……音文。《广韵》：'云文。'《集韵》：'云成章曰雯。'"[34]。所以，晴雯名字的含义可以理解为晴天的彩云。这样，晴雯与判词的照应关系便非常直白，"霁日"指"晴"，"彩云"指"雯"。册子上"满纸乌云浊雾"的图画，形容的是连绵不断的阴雨天气，结合判词恰是"愁云四布、霁日难期"的意思。阴雨连绵，晴天本来已经难得；好不容易有了晴天，彩云又是一吹而散、不能长久。两句判词正是一同暗示着晴雯生机有限、短命夭折的结局。从这个角度来看，甲戌本的"霁日难逢，彩云易散"是非常妥当的，它清楚明白地阐释了图画的含义，一起预示着晴雯的不幸命运。

（二）**"霁月难逢，彩云易散"**

在"霁月难逢"这个句子中，"霁月"可以视作"晴"的诗意化表现，虽然晴雯的判词非诗非词，但终究是韵语，这种含蓄的表达是可以接受的，所以应该承认使用"霁月"

时，晴雯名字与判词的照应并没有丢失。不过，如果作者选择了"霁月"而不是"霁日"，那么这里它的主要含意就不会是一般意义上的"晴天"，而应该是对晴雯高洁品质的一个比拟。例如《红楼梦大辞典》对这一句的解释是"喻象（像）晴雯这样人品高洁、胸怀磊落的人十分难得"[35]，红研所校注本《红楼梦》也认为是"喻晴雯人品高尚"。这样一来，它与册子上图画的关联性是会大大受到削弱的。

另一方面，晴雯形象是否符合"光风霁月"是有疑问的。在黄庭坚的评价中，周敦颐"不卑小官"，"决讼得情而不喜"，体现了一个有道者的恬淡与仁爱。同为宋人的刘克庄特别喜欢使用"光风霁月"这个词，如《代谢西山启》"立身如严霜烈日之凛，接物则光风霁月之和"，又如《回林侍郎启》"诛奸之勇，烈日严霜；接物之和，光风霁月"[36]，在这里我们可以看到"光风霁月"在表达人品的高尚时，似乎更加突出有道者涵养温润的一面。

曹雪芹对"光风霁月"并不陌生，在小说同一回湘云的曲子里他就使用了这一词："幸生来英豪阔大宽宏量，从未将儿女私情略萦心上，好一似霁月光风耀玉堂。"[37]曹雪芹正是在"阔大宽宏量"的基础上肯定湘云"好一似霁月光风耀玉堂"，这种理解与黄庭坚、刘克庄都是比较接近的。那么，晴雯的性格是否恰恰与湘云相近，可以共享"霁月光风"这一评价呢？答案恐怕是否定的。晴雯聪慧灵巧，任劳任怨，但是要说到"阔大宽宏量"则似乎有些不称。湘云"从未将儿女私情略萦心上"，晴雯却是众丫鬟中争宠的主力，连宝玉也打趣她"满屋里就只是他磨牙"。袭人服侍宝玉最为用心，宝玉因此待她与众不同，一众丫头都觉得理所当然，黛玉也戏称袭人为"好嫂子"，晴雯却出于醋意常常对袭人冷嘲热讽，甚至在袭人遭到宝玉误踢后出言讥刺，显得有些刻薄。同时，晴雯的气性很大，因不满于宝钗经常来访影响到自己休息，不管三七二十一误将黛玉关在了门外，造成了全书中宝、黛之间最大的一场误会。怡红院中大丫鬟对小丫头多有防范之心，而晴雯对小丫头尤其严厉，小红受到凤姐赏识而被委派任务，晴雯在撞见她时劈头就是一顿教训，在小红解释之后大家都没了言语，她仍然不依不饶狠狠挖苦了小红一番。曹雪芹说晴雯"心比天高"，确实晴雯有非常高的自我期许，自尊自爱，有着不为自己出身所局限的人格自信，这是极为可贵的。但是，她在这种自信中也明明白白透露出一份狂傲之气，兼之一系列嫉上妒下的行为，显得刚烈而张扬，所以平儿说"晴雯那蹄子是块爆炭"。晴雯从来不是以胸襟气度取胜的，相比于"接物之和"的"光风霁月"，反倒有几分像赵盾那样的"夏日之日"让人敬畏。可惜她实在过于弱小，不能真正成为一轮冲破阴霾的红日，最后只换来了香消玉殒的悲剧结局。

总之，从判词与册子图画的照应以及晴雯本身的性格特点来说，我觉得"霁日"要优于"霁月"。当然，从版本依据来讲"霁日"可以说是以一对十，多多少少显得有些众寡不敌。不过，甲戌本的可贵之处正在于它保存了不少他本所无的独一无二的文字，这也是研究者所熟知的。例如第一回茫茫大士、渺渺真人和石头的对话独甲戌本完整,而其他抄本都因为脱去四百多字而上下文不连贯;又如有关黛玉眼睛的描写,甲戌本清清楚楚打上了方框表明阙文待补,其他抄本则或补或改,失去了本来面貌。我认为甲戌本独有的"霁日难逢"更有可能是判词原文,日、月二字形近,而"霁月"一词又较霁日更为常见,不排除其他版本有在传抄过程中被抄手抄错的可能。

参考文献

[1][33][37](清)曹雪芹:《脂砚斋重评石头记》(甲戌本),人民文学出版社,2010年版,第137页、第139页、第150页。

[2](清)曹雪芹:《脂砚斋重评石头记》(己卯本),上海古籍出版社,1981年版,第91页;(清)曹雪芹:《甲辰本红楼梦》,书目文献出版社,1989年版,第171页;(清)曹雪芹:《卞藏脂本红楼梦》,北京图书馆出版社,2006年版,第133页。

[3](清)曹雪芹:《脂砚斋重评石头记庚辰本》,人民文学出版社,2010年版,第106页。

[4](清)曹雪芹:《舒元炜序本红楼梦》,沈阳出版社,2008年版,第157页。

[5](清)曹雪芹:《蒙古王府本石头记》,书目文献出版社,1986年版,第177页。

[6](清)曹雪芹:《张开模藏戚蓼生序本石头记》,国家图书馆出版社,2014年版,第215页。

[7](清)曹雪芹:《乾隆抄本百廿回红楼梦稿》,人民文学出版社,2010年版,第63页。

[8](清)曹雪芹、(清)高鹗著,中国艺术研究院红楼梦研究所校注:《红楼梦》,人民文学出版社,1982年版,第76页;人民文学出版社,1996年版,第75页。

[9](清)曹雪芹著,俞平伯校订:《红楼梦八十回校本》,人民文学出版社,1958年版,第49页。

[10](清)曹雪芹著,周祜昌、周汝昌、周伦玲校订:《石头记会真》,海燕出版社,2004年版,第564页。

[11](清)曹雪芹著,冯其庸重校评批:《瓜饭楼重校评批红楼梦》,辽宁人民出版社,2005年版,第77页。

[12](清)曹雪芹著,刘世德校注:《红楼梦(新校注本)》,江苏古籍出版社,1994年版,第62页。

[13](清)曹雪芹著,脂砚斋评,邓遂夫校订:《脂砚斋重评石头记甲戌本》(修订新版),作家出版社,2005年3版,第154页。

[14](清)段玉裁:《说文解字注》,上海古籍出版社,1981年版,第573页。

[15][16][17][18](清)彭定求等编:《全唐诗》,中华书局,1960年版,第1336页、第

4001页、第5616页、第6190页。

[19] 王克让：《河岳英灵集注》，巴蜀书社，2006年版，第362页。

[20] 李时人编校，何满子审定：《全唐五代小说》第5册，陕西人民出版社，1998年版，第3337页。

[21] 钱仲联校注：《剑南诗稿校注》，上海古籍出版社，1985年版，第3719页。

[22] 南炳文、吴彦玲辑校：《辑校万历起居注·万历三十二年·七月》，天津古籍出版社，2010年版，第2136页。

[23]（宋）黄庭坚撰，（宋）任渊、（宋）史容、（宋）史季温注：《黄庭坚诗集注》，中华书局，2003年版，第1411页。

[24]（宋）朱熹撰，朱杰人、严佐之、刘永翔主编：《朱子全书》第五册卷八十四，第3984页。

[25]（元）脱脱等撰：《宋史·列传第一百八十六道学一·周敦颐》，中华书局，1985年版，第12711页。

[26][27][28][29][30] 杨镰主编：《全元诗》，中华书局，2013年版，第46页、第55页、第308页、第321页、第340页。

[31]（明）王贵德撰：《青箱集剩校注·前编卷上端州古今体诗·呈蔡太守》，巴蜀书社，2014年版，第23页。

[32]（明）朱舜水：《朱舜水集·附录三有关信札·与朱舜水书十首》，中华书局，1981年版，第777页。

[34]（清）张玉书等编，中华书局编辑部整理：《康熙字典》，中华书局，2010年版，第1371页。

[35] 冯其庸、李希凡主编：《红楼梦大辞典》，文化艺术出版社，1990年版，第493页。

[36] 曾枣庄、刘琳主编：《全宋文》（第328册），上海辞书出版社，2006年版，第61页、第192页；

作者

龚逵，文学博士，江苏开放大学外国语学院讲师，主要研究方向：元明清小说戏曲。

戏曲研究

清宫寿戏《祥芝应瑞》考述
——兼论清宫寿戏文本渊源*

刘 铁

摘要：明代宫廷寿戏与江南迎銮剧作共同影响了清宫寿戏的内容特质与艺术特色，前者可以视为远因，后者则是为近源。《祥芝应瑞》至迟在乾隆三十五年（1770）即已出现，并改名为《祥芝迎寿》，两剧名异而实同。演出过程中，在对个别内容进行删改后，剧本主体内容保持稳定，更多时仅在承应时，针对演出对象的不同，对颂词、演出时地等略作修改，以更好契合现场氛围。目前见有已刊剧本十五部，主要用于皇帝、皇太后万寿承应。乾隆六旬万寿时，曾在热河山庄清音阁大戏台演出《祥芝应瑞》。从现存曲谱、题纲推断，嘉庆年间也曾演出。道光、咸丰两朝未见演出记载。相隔近半个世纪后，于同治十三年（1874）慈禧四旬万寿时再度上演。光绪一朝达到演出高峰，光绪五年（1879）至三十年（1904）间，共演出三十六次。

关键词：《祥芝应瑞》；寿戏；迎銮剧；清代

人类一直为"人生寄一世，奄忽若飙尘"的寿夭问题所困扰。能够直面现实者，以"万岁更相迭，圣贤莫能度"的态度客观看待这一事实。内心敏感悲观者，以"人生能几何，毕竟归无形"的悲惋长叹暗自扼腕伤神。在这种心理驱使下，产生了祝寿活动，而"自古君王好长生"[1]，宫廷中更为重视祝寿活动，发展至清代达到登峰造极境地，皇帝及皇太后的生辰"万寿节"与元旦、冬至并称清廷"三大节"。宫廷还专门创编了用于皇帝、皇太后万寿庆典的众多寿戏，《祥芝应瑞》即为其中之一。

---

* 【基金】本文为 2020 年国家社科基金重大项目"清代宫廷戏剧史料汇编与文献文物研究"（项目号：20 & ZD270）阶段性成果。

因《祥芝迎寿》由《祥芝应瑞》改名而来，且剧本中以《祥芝应瑞》名之者居多，所以用《祥芝应瑞》作为统称。

一、《祥芝应瑞》的存世剧本与编制时间

《祥芝应瑞》为清宫搬演的昆弋腔寿戏之一。在此前相当长的一段时间内，研究者认为包括清宫寿戏在内的清宫承应戏粉饰太平、歌功颂德，内容千篇一律、空洞乏味，多对其持否定和批判态度。如江巨荣认为，"毫无疑问，内廷最重视月令节庆，寿诞典礼一类歌舞升平、歌功颂德、万寿无疆的祝愿戏、吉庆戏，它们成为宫廷戏最明显的表征和弊病"[2]。胡忌甚至认为，清宫大戏"演出规模空前宏大，剧本结构往往离奇怪诞。这类剧本，不论用昆（腔）、用弋（腔），自是创作末路。"[3] 此处文中虽然所用为"清宫大戏"，但通览全文可以发现，其所指并非通常认为的连台本戏，后文在提及赵翼《檐曝杂记》对清宫演剧的记载时，反而对此类作品略带称赏口吻："皇帝和皇亲国戚，仅仅只看那见人（扮演神仙鬼怪的也是人）、见景的'戏'，人和物最多，排场最大。如没有紧凑的情节和较高的表演艺术水平，终究对'戏'也不会感到兴趣。事实上，清宫大戏中编排的连台本戏，如搬演目连救母故事的《劝善金科》，搬演西游故事的《升平宝筏》，三国故事的《鼎峙春秋》，梁山英雄和宋、金交兵的《忠义璇图》等等，早已注意到这一点。而正因有了这类清宫大戏……所以我们不可将其一笔抹杀。"[4] 在其眼中真正一无是处的是"月令承应""法宫雅奏""九九大庆"这类纯粹的宫廷庆贺剧作，"与其说是'戏'不如说是某种仪式礼节的装饰性排场"[5]，接近周贻白先生"均为颂祝而设，词句既备极华瞻，名目皆义取吉祥，与其谓为戏剧，毋宁视作仪式"[6]之语。正因如此，此前对于清宫寿戏整体关注者无多，更遑论《祥芝应瑞》寿戏个案了。

对于《祥芝应瑞》的最早著录见于清宫戏目，同治六年（1867）至光绪十九年（1893）间内学承应戏目，以及光绪十九年（1893）至光绪三十四年（1908）间承应剧目总集，均将其归入"寿轴子"，两处均记"《祥芝应瑞》（四出），五刻。"[7]。在研究著述中，对于《祥芝应瑞》著录最为完整全面的，当属傅惜华《清代杂剧全目》（以下简称《全目》），该书卷十"庆典承应戏"中记载："《祥芝应瑞》。无名氏撰。《开团场、节令等总目录》著录。注云：'寿轴子。五刻。'"[8] 同时，简要著录了当时所见《祥芝应瑞》七种版本的梗概情况。另外，卷十中还列有《祥芝迎寿》一目："无名氏撰。《节令、宴戏、大戏、轴子目录》著录，注云：'轴子。四出。五刻。'按此剧亦系'皇帝圣寿'承应戏。"[9] 并著录《祥芝迎寿》四种版本的梗概情况。通过系统梳理所见剧本可知，二者名异实同，《祥芝迎寿》实系《祥芝应瑞》改名而来。类似的同剧异名情况，诸如《洞仙庆贺》和《洞仙拱祝》、《寿益京垓》和《灵仙祝寿》等，在《全目》中皆同时著录，每个剧目单独成一条，其下分别著录所见剧本情况。之所以作如此处理，不知是未曾细勘剧本所致，抑或是为编排体例方便，并如《全目》例言论及"月令承应"时所说"限于篇幅"，所以未曾"详析演变，有

待异日专门论述"。从《傅惜华戏曲论丛》所收文章来看，傅惜华后来确实对《天香庆节》等专门撰文，但于寿戏则未见触及[10]。由此推测，对《祥芝迎寿》等寿戏虽作著录，但并未深入探究。《清宫寿戏》对61部单折寿戏、23部多出寿戏进行整理，其中就有《祥芝迎寿》，但该书重在剧本点校整理，不知是否曾关注到这一问题。

《祥芝应瑞》编制于何时呢？郑振铎《清代宫廷戏的发展情形怎样》一文中曾言，"在乾隆之前，宫廷戏都是应用着民间流行的戏本的，未闻有自编脚本之举。乾隆初，张照始有大规模的制作。往往是取之于元、明旧戏而加以扩大和整理的。"[11] 其所据应为昭梿《啸亭续录》有关张照奉旨编制院本的记载，"乾隆初，纯皇帝以海内升平，命张文敏制诸院本进呈，以备乐部演习"[12]。问题在于，《啸亭续录》仅梗概提及，对于属于寿戏的"九九大庆"只说，"万寿令节前后，奏演群仙神道添筹锡禧，以及黄童白叟含哺鼓腹者，谓之'九九大庆'"[13]，具体当时都编制了哪些寿戏，并未详细列举名目。且经过咸丰庚申、光绪庚子两次变乱，乾隆以前清宫内廷的戏曲档案资料见之寥寥，目前尚未看到《祥芝应瑞》在这一时期的演出记录。想要探究这个问题的答案，只得别寻他法。笔者在翻看清宫剧本过程中，先后见到《祥芝应瑞》剧本十五部。其中，题名《祥芝应瑞》者十一部，包括总本一部，曲谱二部，题纲二部，鼓板一部，串头一部，串头排场二部，虹蝠、白鹿仙分用角本各一部；题名《祥芝迎寿》者四部，包括总本三部，题纲一部。通过对比，从中寻找到了蛛丝马迹，借此虽然不能判断出确切的编制时间，但至少能推算出大体时间断限。

所谓的蛛丝马迹，出自其中一部总本《祥芝应瑞》（四出），封面题字"鼓沈立成，排四刻十分"，末尾题字"灵芝寿，光绪五年四月廿六日谱板全完"[14]。沈立成即沈大，于光绪五年（1879）挑进，与末尾题字相吻合。此本在内容上有多处改动，如《三星会集》一出中，寿星道白原作"圣主仁德同天"，后用贴条将"圣主"改为"圣母"，剧中人物道白里凡是提到"恭逢圣母万寿圣诞"处的"圣母"二字，也均系用贴条修改。《仙鹿守芝》等三出中，有三次道白提到"恭逢皇太后五旬大庆万寿圣诞"，这几处也用贴条修改，且"五"原作"四"，而原来剧本此处道白作"恭逢圣主六旬大庆"。众仙子一句道白作"当此仲秋天气"。《古射呈芝》有五处道白中的"山庄"，全部用贴条改为"神州"。综合上述信息来看，此本原为皇帝六旬万寿承应用本，演出时地在仲秋时节的热河山庄。从《仙鹿守芝》《古射呈芝》中出现的天井、寿台、仙楼来看，此剧应是在多层戏台上演出。清代在位时超过六十岁的皇帝有康熙、乾隆、嘉庆、道光四位，分别于康熙五十二年（1713）、乾隆三十五年（1770）、嘉庆二十四年（1819）、道光二十一年（1841）六旬大庆，"仲秋"是为农历八月，乾隆生辰为八月十三日，道光生辰为八月初十日，与此吻合。康熙生辰为三月十八日，嘉庆生辰为十月初六日，与之不符。又据《大清高宗纯皇帝实录》卷八六七记载，乾隆三十五年八月乙未日弘历驻跸热河避暑山庄。道光二十一年《差事档》显示，道光于其六旬生辰之日在圆明园的同乐园看戏。而且,从下文整理出的演出记录来看,不止在当年未曾演出过《祥芝应瑞》,终道光一朝都不曾演过本剧。因此最初的剧本,应为乾隆六旬万寿在热河避暑山庄同乐园清音阁三层大戏台演出所用。由此可知,至少在乾隆六旬万寿时,《祥芝应瑞》已经存在了。这样算来,其编制时间只会更早,至少不会晚于乾隆三十五年。

二、《祥芝应瑞》的文本渊源和题名变更

通常而言,戏曲作品的形成途径无外乎两条:一是依傍旧作翻改,二是自制新篇创新,而且创新往往立足于旧作基础之上。包括《祥芝应瑞》在内的清宫寿戏,是专门为内廷演出而编制的剧目,其演出场所确定——限定在宫廷之内,其演出目的明确——"祥为一人寿"(《太平王会》第十二出【天下乐】),"基本上不见于民间戏曲舞台,这与内府本中传奇、杂剧剧目多来自民间,且一直盛演于民间舞台上是有明显区别的。"[15]张照奉命编制院本,这么短的时间内完成大量剧本的编制,如果说完全自行组织人员编制,一切从零开始,显然不太现实,戴云即认为"所谓'张文敏制诸院本进呈',指的可能是张照在这些戏原有的旧本上进行改编润色,之后才'以备乐部演习'。"[16]而且从研究情况来看,诸如连台本戏多采撷前代旧篇,以《鼎峙春秋》为例,从中可以找到《连环计》《续琵琶》《古城记》《草庐记》《赤壁记》《西川图》《四郡记》《三国志·刀会》《狂鼓吏渔阳三弄》等旧有剧作的内容[17]。那么具体到寿戏身上,情况是否也是如此呢?如果是的话,其据以改编的剧本又是从何而来的呢?

李真瑜对明清两代宫廷戏剧进行比较时指出,"清朝不仅仅是接手了明代的紫禁城,而且也或多或少地在有意无意之间延续了明代宫廷戏剧文化的程序与内容",这种文化DNA当中包括"明代专门为宫廷的特殊需要而创作剧目的传统,只不过清代宫廷御用词人为宫廷编撰的剧目更多也更系统"[18]。清代内廷演剧制度承袭自前朝,明代宫廷之中也有寿戏上演,在演出的剧目上,清宫寿戏是否会沿袭自明代宫廷所演的相关剧目呢?《脉望馆钞校本古今杂剧》收录有"明朝教坊编演"的剧目十八种,从剧目可以看出,其主要内容集中在祝寿和贺节两个方面。如果再加以区分,其中《宝光殿天真祝万寿》等八种为皇帝万寿供奉之剧,《降丹墀三圣庆长生》等三种为太后万寿供奉之剧,"闹钟馗为贺正旦之剧、贺元宵为庆祝元宵之剧、八仙过海为春日宴赏之剧、太平宴为冬日宴赏之剧,而贺节宴赏之剧亦必归结于祝寿。只有黄眉翁系伶工为武臣之母称寿之剧。"[19]从总体面貌来看,这些包含祝寿内容的教坊编演剧目,"种种吉庆传奇,皆系供奉御前,呼嵩献寿"[20],与清宫寿戏极其类似,在部分剧目上也能发现沿袭的痕迹,如《争玉板八仙过海杂剧》与清宫

寿戏《洞仙庆贺》从剧本内容到结构各方面都颇为相近。因此明代宫廷寿戏，可视为清宫寿戏的来源之一。

除此之外，有研究者对乾隆"南巡"中的文人迎銮剧与同期宫廷寿戏进行对比分析，认为二者创作时间前后衔接、题材功能比较相近、内涵功能较为接近，"迎銮剧的创作与乾隆朝宫廷寿戏的变革，很可能有着千丝万缕的联系，是乾隆朝宫廷戏曲新风格形成和塑造的来源之一。"[21]何谓迎銮剧？这种戏"是皇帝出巡时，当地演艺水平较高的班子会向皇帝献艺"，"顾名思义是歌舞升平以取悦帝王的。"[22]特别是若恰逢皇帝万寿，剧作更为呈现出非常鲜明的祝寿主题。清帝南巡始于康熙，康熙、乾隆祖孙二人先后十二次南巡，每次必经苏州。苏州是当时的昆剧大本营，戏曲创作和演出活动十分活跃。二帝横跨一整个世纪的南巡，"对苏州，对苏州剧坛的戏剧演出、观剧风气以及职业戏班活跃都起到了重大作用"[23]。如康熙南巡时，据《圣祖五巡江南恭录》记载，"沿途俱有黄篷张灯结彩，台台演戏"[24]，及至乾隆南巡迎銮规模更是一次比一次盛大，据《大清皇帝南巡始末闻书》所记，乾隆第三次南巡时，"大凡数百里内迎驾之时，舞台数千座，无一相同者"[25]。而乾隆本人曾在首次南巡后，写下《驻跸姑苏》[26]一诗，其中"艳舞新歌翻觉闹"一句，反映出乾隆作为观者的切身感受。首次尚且如此，以后每次踵事增华，场面可想而知。南巡所带来的影响广泛而深远，迎銮剧作的编撰、顶级表演班底的组建、演剧风气的改编等都在其影响当中。

李黎媛苦于"乾隆朝的内府戏本已遭损失，无法在文本上对乾隆朝清宫寿戏和江南文人迎銮剧进行直接比较"[27]。实则如乾隆时期的寿戏尚见有存世，因为多数清宫寿戏剧目在不同时期都有演出，根据演出需要对剧本的篇幅、曲目、道白、颂词等进行调整时，首先是在前朝原有剧本上直接进行修改，然后再视情况对修改后的剧本进行誊抄。因此在清宫寿戏剧本上，经常能看到诸如"另有一本新的"等字样，比如《祥芝应瑞》串头排场，封面题字"同治十三年八月准，仍有新的"[28]，即属此类。这也是清宫寿戏剧本的一个显著特征，通过这些直接修改的剧本，我们发现其所依据的原始底本有不少为乾嘉时期的演出用本。除了本文提到的《祥芝应瑞》之外，笔者还发现了一些乾隆时期的寿戏，比如《九如歌颂乐奏大罗天》《庆寿万年》总本，只是前者为单折短剧，并非多出寿戏。另外，南巡对戏曲发展变化的影响，不独在乾隆时期，而是肇始于康熙之时。

虽然目前存世的以乾隆时期的迎銮剧居多，少见康熙时期的迎銮剧作，但在追溯包括《祥芝应瑞》在内清宫寿戏形成渊源时，从康熙时期开始梳理认识应该会更全面些。如康熙五十一年，浙江慈溪县裘琏受高巽亭请托"填词一本，分出十二"[29]，即为康熙六十万寿所作的《万寿无疆升平乐府》[30]，"作成后，高舆两次专折进呈，康熙阅之大喜"[31]。就剧本内容而言，全剧在开场有楔子，以首出《诸天赞祝》如来嘱咐无量寿佛率领诸天菩萨、忉利天王预备庆祝事宜，届时同往庆寿锡祉为始，以末出《群真汇祝》无量佛、妙吉祥、大辩才、观世音、帝释天等齐下九天，向太和殿上祝赞而终；剧中点明主旨，如忉利天王白"天子六十万寿，诸神竞趋拜祝"，文昌大帝白"目今康熙五十二年，皇帝六旬万寿"；对皇帝功德极力赞颂，"圣主垂裳，海甸升平，竟乐万年……数甲论千，圣德神功登三咸五，接统唐尧重午"（【沁园春】）；众多的出场人物，以及繁复精美的砌末，如开场：场上周围先结五采锦绣作云霞状，设三高座介，二杂扮童子戴宝鬘金额，彩衣绣裳，赤脚，上下臂膊各戴金镯，艳妆上；杂扮韦陀，持降魔杵；四人扮金刚；二杂扮金童，一持宝瓶插珊瑚玉树各宝华，一持金盘承焚香金炉；旦八人宫装、舞衣，四人执乐器；四人执五色彩幡等，这些特征在目前所见清宫寿戏中都有鲜明体现。

及至乾隆南巡时期，相关迎銮剧作有蒋士铨《西江祝嘏》杂剧集、朱夰《迎銮新曲》、厉鹗、吴城《迎銮新曲》、扬州戏班太平班《太平班杂剧》、周埩《广陵胜迹传奇八种》、王文治《浙江迎銮乐府》等。在剧本内容方面，乾隆南巡时期的这些迎銮剧作，"以颂圣、祝寿、歌咏太平为目的，利用仙佛献瑞颂祝，反映民俗信仰；利用市井风情，展现淳朴民风；利用地方风物传说，突出地域特色，有着很浓的民俗特色。"[32] 在艺术特色方面，"乾隆南巡，江南迎銮戏演出场面宏大，注重视觉效果。戏台上大量运用机关布景，场景亦真亦幻；演员服饰艳丽华贵，个性特色明显；音乐上各地声腔云集，新声悦耳动听。"[33] 翻看这些作品来看，情况确实如此。清宫寿戏的特征也非常明显，罗燕以"普天同庆，神人共贺"[34] 概括，具体表现为带有各地民俗风情的表演、为数众多的出场人物、热闹的排场和打斗场面、歌舞滑稽表演的穿插、新奇的砌末使用等方面。两相对照，可以发现清宫寿戏与迎銮剧从内容到艺术特色上，都有着极高的相似度。

再回到《祥芝应瑞》这个具体个案，通览全剧自可明了。首出《三星会集》，演恭逢万寿圣诞，按照年年常例，福禄二星派青鸟童子去请寿星，同往神州拜贺。寿星恐人多拥挤，准备骑白鹤前往，结果发现白鹤失踪。寿星算知古射山产出九叶灵芝，白鹤前往盗取，期间免不了争斗。于是，会同福禄二星同往。途中遇到钟馗，知其瓶中蝙蝠也往古射山生事，遂结伴同行。二出《仙鹿守芝》，演麻姑座下白鹿与众仙子，看守九叶灵芝，防备野仙窃取。虹蝠前来盗取灵芝不成，被白鹿等打败逃走。三出《灵禽抱藿》，演虹蝠被白鹿等追赶，逃跑途中撞上白鹤，请其相助。虹蝠和白鹤再去盗取仙芝，白鹤谎称奉寿星之命，前来取此灵芝。白鹿见其与虹蝠同来，识破其诓骗意图。双方动手，守芝仙子见不敌，忙去禀报麻姑。末出《古射呈芝》，演麻姑、王方平闻讯回府，福禄寿三星和钟馗也来至古射山，收了白鹤和虹蝠，众仙带九叶灵芝同去神州庆贺。围绕祝寿这个主题，首尾两出圆融闭合，形成一个完整的故事构架，清宫多出寿戏均是如此。人物话语间充满对圣主的赞颂之辞，中间穿插的为进献宝物引发的各类巧取蒙骗、打斗情节，则是清宫寿戏在迎銮剧基础上的创新,为的是增加剧本的故事性、可看性和趣味性。这里探讨二者之间的承袭关系,更多是指剧目整体内容和类的特征上的承袭,并非局限具体到某一剧目个体之上。从这个意义上讲,李黎媛当时虽然没发现乾隆朝清宫寿戏的个案文本,但其迎銮剧"对乾隆朝清宫寿戏带来潜移默化的影响,促进了宫廷戏曲的新发展"的结论[35],已经从类的范畴上一定程度地揭示出二者的内在关系。

《祥芝应瑞》何时改名为《祥芝迎寿》的呢?从剧本来看,上文推断总本《祥芝应瑞》(四出)最早为乾隆六旬万寿用本。此本封面题目能看到明显改动痕迹,题中"应瑞"二字被圈上,"瑞"字旁边能看到一个"寿"字。而后,剧本又先后经历过两次改动:第一次改动时,用贴条将"圣主"改为"圣母",《仙鹿守芝》《灵禽抱蕚》《古射呈芝》中的三处道白改作"恭逢皇太后四旬大庆万寿圣诞",第三出【朝元乐】曲辞"恁不是护花仙,又不是惜花仙,况深秋不是养花天",众仙子一句道白原作"当此仲秋天气",后改为"当此孟冬天气",改动幅度较大。第二次改动时,仅用贴条将"四"改为"五",改动幅度较小[36]。孟冬是为十月,慈禧生辰为十月初十,与此修改相契合。从演出记录来看,同治十三年(1874)十月初十日曾演此剧,时长"四刻十分",与此本封面所记吻合,此后记录中全本演出时长均为"五刻",仅此一次记为"四刻十分",这一年正值慈禧四旬万寿。综合各方面信息来看,第一次改动发生在慈禧四旬万寿时,第二次改动发生在慈禧五旬万寿时。那么《祥芝应瑞》改名《祥芝迎寿》到底发生在何时?从《祥芝迎寿》题纲来看,肯定不在同治、光绪年间。这部题纲所记演员中,刘玉于嘉庆九年(1804)出生,赵吉祥卒于道光十四年(1834)十二月。从下文演出记录可知,道光一朝未曾演出过《祥芝应瑞》,则此本应为嘉庆朝演出用本[37]。由此可见,至少在嘉庆时期《祥芝应瑞》已改名为《祥芝迎寿》,再佐以《祥芝应瑞》(四出)来看,改名之举至少不晚于乾隆三十五年(1770)。之所以做如此改动,想来是为了更好地凸显祝寿的主题。只不过从下文清宫演出档案记载来看,同治十三年(1874)《差事档》中仍记剧名为《祥芝应瑞》,之后的记录中也是两种名目交错杂出,其中记作《祥芝应瑞》者二十次,《祥芝迎寿》十六次,并不统一且以《祥芝应瑞》占据多数。

三、《祥芝应瑞》的演出记录和舞台搬演

从剧本类型来看,《祥芝应瑞》属于清宫寿戏中常见的群仙"庆寿—夺宝—献宝"故事戏,出场人物不算多但也不少,且多数都是带有长寿寓意的物象,加之场面热闹,所以在乾隆六旬万寿时得以上演。嘉庆朝未见《祥芝应瑞》具体演出记录,但见有此时的题纲传世,可见曾有演出。《祥芝应瑞》曲谱[38]、《祥芝应瑞》四出曲谱[39]为康熙后皇帝万寿演

出用本,如果【朝元乐】中"况深秋不是养花天"之"深秋"是确指皇帝生辰,咸丰、同治、光绪、溥仪生辰皆在八月之前,乾隆、道光生辰在八月,只有嘉庆生辰为十月初六,与"深秋"时点相契合,则这两本即应为嘉庆万寿所用曲谱。道光之后百余年间的档案保存相对完整,但道光、咸丰两朝未见演出记录,时隔四十年后,于同治十三年(1874)重返舞台,此后在光绪一朝连续上演。翻阅《中国国家图书馆藏清宫昇平署档案集成》,现将《祥芝应瑞》演出情况梳理如下(表1)。

表1 同治、光绪两朝《祥芝应瑞》清宫演出情况

演出年代	日期	地点	剧目	时间	页码
同治十三年(1874)	十月初十日	宁寿宫	《祥芝应瑞》(四出)	四刻十分	13384
光绪五年(1879)	七月十一日	漱芳斋	本《祥芝应瑞》(四出)	五刻	14341
光绪六年(1880)	七月十二日	漱芳斋	本《祥芝应瑞》(四出)	五刻	14699
光绪九年(1883)	十月初十日	长春宫	府《祥芝应瑞》(四出)	五刻	15260
光绪十年(1884)	六月二十七日	漱芳斋	府《祥芝迎寿》(四出)	五刻	15896
	十月十一日	宁寿宫	府《祥芝应瑞》(四出)	五刻	15944
光绪十一年(1885)	六月二十六日	宁寿宫	《祥芝应瑞》(四出)	五刻	16640
	十月初八日	长春宫	府《祥芝应瑞》(四出)	五刻	16661
	十月十四日	长春宫	府《祥芝应瑞》	五刻	16671
光绪十二年(1886)	正月初二日	长春宫	府《祥芝迎寿》(四出)	五刻	17189
	十月十四日	长春宫	府《祥芝应瑞》(四出)	五刻	17278
光绪十三年(1887)	正月初四日	长春宫	府《祥芝应瑞》(四出)	五刻	17786
光绪十四年(1888)	正月初一日	长春宫	府《祥芝应瑞》(四出)	五刻	18089
光绪十五年(1889)	正月初六日	长春宫	府《祥芝应瑞》(四出)	五刻	18669
	十月十五日	纯一斋	府《祥芝应瑞》(四出)	五刻	18765
光绪十六年(1890)	正月初四日	长春宫	府《祥芝应瑞》(四出)	五刻	19309
	六月二十七日	纯一斋	府《祥芝迎寿》(四出)	五刻	19367
	十月十二日	颐年殿	府《祥芝应瑞》(四出)	五刻	19408
光绪十八年(1892)	六月二十五日	长春宫	府《祥芝应瑞》(一出)	一刻五分	19980
光绪二十二年(1896)	十月十二日	颐年殿	府《祥芝应瑞》(四出)	五刻	21828

（续表）

演出年代	日期	地点	剧目	时间	页码
光绪二十三年（1897）	正月十三日	颐年殿	府《祥芝应瑞》（四出）	五刻	22124
	十月十五日	颐乐殿	府《祥芝迎寿》（四出）	五刻	22194
光绪二十四年（1898）	正月初二日	颐年殿	府《祥芝迎寿》（四出）	五刻	22417
	十月十二日	颐年殿	府《祥芝迎寿》（四出）	五刻	22493
光绪二十五年（1899）	六月二十五日	纯一斋	府《祥芝应瑞》（四出）	五刻	23164
	十月初九日	颐年殿	府《祥芝迎寿》（四出）	五刻	23176
	十二月二十四日	颐年殿	府《祥芝迎寿》（四出）	五刻	23186
光绪二十六年（1900）	正月十三日	颐年殿	府《祥芝迎寿》（四出）	五刻	23369
光绪二十七年（1901）	十二月二十九日	宁寿宫	府《祥芝应瑞》（四出）	五刻	23394
光绪二十八年（1902）	正月十六日	宁寿宫	府《祥芝应瑞》（四出）	五刻	23901
	六月二十七日	宁寿宫	府《祥芝迎寿》（四出）	五刻	23923
光绪二十九年（1903）	正月初一日	宁寿宫	府《祥芝迎寿》（四出）	五刻	24402
	七月初二日	颐乐殿	府《祥芝迎寿》（四出）	五刻	24438
	十月初三日	颐乐殿	府《祥芝迎寿》（四出）	五刻	24452
光绪三十年（1904）	正月十二日	宁寿宫	《祥芝迎寿》		24612
	十月初五日	宁寿宫	《祥芝迎寿》（四出）		247690

结合存世剧本和演出记录可知，同治十三年（1874）十月初十日适逢慈禧四旬大庆，这也是《祥芝应瑞》在同治朝所见唯一的一次演出。除了上面提到的《祥芝应瑞》（四出），还见有这次演出所用其他剧本：一是《祥芝应瑞》一二三四出鼓板[40]，剧中颂词作"恭逢皇太后四旬大庆"，封面题字"兆"。因为此本为鼓板，按照清宫剧本标注的通常惯例，封面标注的当为鼓手姓名，而鼓手名字中带有"兆"字的，只有刘兆奎，他于同治十三年递补，卒于光绪三十一年（1905）十一月十二日。综合其活动时间断限和颂词内容来看，此即为慈禧四旬万寿所用鼓板。二是《祥芝应瑞》串头排场[41]，封面题字"同治十三年八月准，仍有新的"。其后所附寿字图形中记录了赵永全等二十四演员姓名。此外，串头中还记录有李福贵等四人。据封面题字和演出记录，此即为慈禧四旬万寿所用串头排场，但未见封面所说新的串头排场。

因为同治帝服期以及后事料理之故，从同治十三年（1874）十二月初五日直至光绪五年（1879）六月二十五日前，清宫在这五年多时间内一直处于禁戏状态。禁戏期间，虽然不许动锣鼓进行演出，但是为了防止搁置时间过久承应人员技艺生疏，对于相关剧目的演出筹备和低调排练并未因此而间断。据光绪五年《散角档》记载，二月十四日散《祥芝应瑞》剧中各角，着王盛得、张盛立、陈得瑞、刘振喜扮演云使，狄盛宝、王进喜、曾禄吉、王得庆分别扮演福星、钟馗、白鹤形、白鹿形，陈得瑞、王盛得扮演四出仙童，刘振喜扮演云童，边瑞保、唐进喜去充当帮字童儿。七月初四日，散《祥芝应瑞》白鹿仙、四出仙童，分别由马得安、张盛立扮演[42]。光绪五年至三十年（1879—1904）间，共计演出《祥芝应瑞》三十六次，达到演出高峰。其中，多数时候一年演出一次；光绪十年、十二年、十五年、二十三年、二十四年、二十八年、三十年等七个年份，一年内演出两次；光绪十一年、十六年、二十五年、二十九年等四个年份，一年内演出竟然达到三次之多。光绪的生辰为六月二十六日，慈禧的生辰为十月初十日，六月和十月的演出显然分别为光绪、慈禧两人的万寿承应。另外，在年初的正月、年中的七月、年末的十二月也见有演出。在演出形式上，除了光绪十八年（1892）只挑演一出，其余每次均全本承应，演出时长相对稳定，基本上保持在五刻。光绪十九年（1893）以后，"昇平署与外边戏班及本家轮流承应，居然呈鼎足而三之势。有时某班承应又加入昇平署内外学及本家，则于戏名上加注府字、外字、本字以区别之。府字即指内学，外字即指外学，本字即指本家。"[43]据此，《祥芝应瑞》总体上是由内学太监与本家班承应。

《祥芝应瑞》共计四出，虽然总体篇幅也不算长，但是较之于那些单折寿戏，借着篇幅略为宽裕的相对优势，在祝寿这一大的背景和主题之下，文场与武场交织进行，期间还偶尔穿插调笑科诨作为调剂。比如，《三星会集》中，青鸟童子奉命前去邀请寿星，随即画面一转，且看寿星在这厢作何营生？及至青鸟童子一句"呀，原来星君在此学圃"，道破寿星的行止，长寿的南极翁竟有意效仿陶渊明，这份闲情雅致倒也了得。只是他挑得种花的季节不太对头，怪不得仙童心中充满疑惑，有此一问。而在云里种花这种事，充满了浪漫的想象，但是不切实际的举动，想必观者看了要忍不住发笑。再如，虹蝠初次盗取灵芝，被白鹿和众仙子等打败，逃跑途中撞到白鹤，"（白鹤白）咄，那里来的毛仙，这等慌张，敢是贼么？（虹蝠白）唔，他那里晓得，我是来做贼的"，白鹤也是来盗取灵芝的，这一幕是活生生的贼喊捉贼。正因如此，听虹蝠讲述事情经过后，"（虹蝠白）怎么说，你也是个我。（白鹤白）你就是我，我就是你。（虹蝠白）如此你我该称盗友了。（白鹤白）嘎，不差，是盗友。（对叫科，笑介）。"于是他们两个一拍即合，火速组团去再盗灵芝，听了"盗友"这个谐音梗，观众想克制不笑怕是也难。

在演出的过程中，《祥芝应瑞》剧本仅发生过个别改动，如《祥芝迎寿》总本[44]、《祥芝迎寿》四出总本[45]均删去《仙鹿守芝》中白鹿提到灵芝时的一句道白"五色披离……故有此异种祥征"。从唱腔上来看，《祥芝应瑞》为曲牌体，属于昆弋腔体系。清人赵翼《檐曝杂记》曾道："内府戏班子弟最多，袍笏甲胄及诸装具，皆世所未有"[46]，通过《祥芝应瑞》题纲所用砌末道具可见一斑[47]。注重随同情节变化移物换景，呈现出表演与空间紧密结合的特点。另外，《祥芝应瑞》虹蝠角本中[48]，我们发现道白中提到"恭逢圣主、皇太后万寿寿诞"，"我等只为圣主、皇太后万寿大庆"，"皇太后"和"圣主"左右并排书写。这样的情况，在《福寿延年》安期生、日驭童子角本中[49]，颂词"恭遇当今圣母、圣主万寿圣诞""赖圣母、圣主万寿良辰"，且"圣母""圣主"也作如此书写。从其形制来看，此种应为演员排演所用的一个通用角本模板，具体是看承应对象是谁，演出时就选择对应的颂词，以更好契合实际演出需要。同时，这也从一个侧面反映出清宫寿戏演出的模式化特点。

《祥芝应瑞》是清宫寿戏中少量留有串头排场的剧目，排场串头本记载了全剧各出剧中人物的上下场、动作次序、场面变化、舞台走位等情况，这是当时没有留影设备条件下，对演出情况难能可贵与不可多得的记录，由此可以大体还原出当时舞台演出的情况。现存排场串头标注共有三出，但是第三出实际包含有第三、四两出的内容。《祥芝应瑞》最后一出《古射呈芝》，在首尾中间穿插的打闹故事结束后，场上画面一转回到正题，其中【天香引】①更起到阐明全剧主旨的画龙点睛作用，在此曲演唱过程中，仙童、仙女们手执灵芝载歌载舞，其中还摆有"寿"字形（见图1）。演剧中摆字形，是清宫寿戏中较常见的做法。《祥芝应瑞》只摆一个寿字，有的剧中则有更多变化，摆诸如"福禄寿""天长地久""日升月恒"等。此种摆字样图形的做法也见于迎銮戏中，如《浙江迎銮

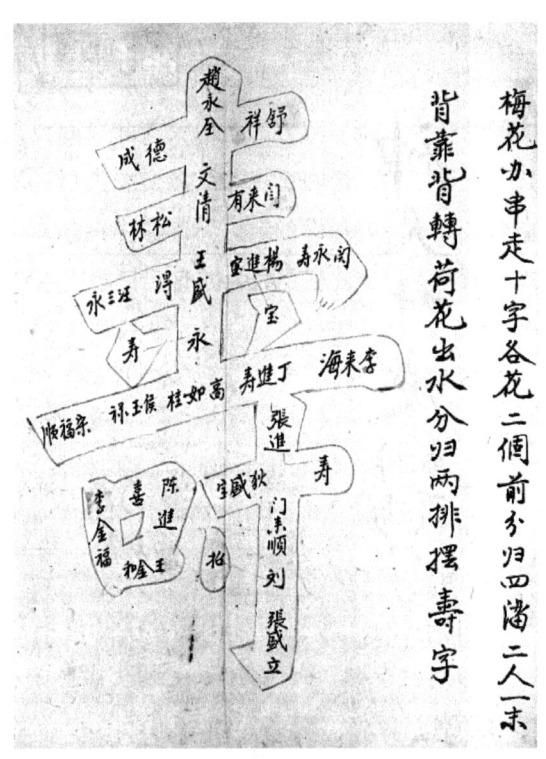

图1 《祥芝应瑞》中所摆"寿"字

---

①【天香引】全曲作："万年芝愿金瓯玉烛调匀，龙凤芝四海同仁，威喜芝辟兵戈万年归顺，五色芝献清时王者祥征，月精芝延寿仙品，青云芝瑞色氤氲，夜光芝朗照乾坤，苍芝的光辉，紫芝的芬芳，七明芝莲理，九光芝同本山芝的通神，寿星芝愿圣寿无疆，天地与同春。"

乐府》之《灯燃法界》里就有众仙佛持灯舞出"寿"字来庆寿。从这一细节当中，也可看出清宫寿戏与迎銮戏二者之间的影响。

综上所述，明代宫廷寿戏与江南迎銮剧作共同影响了清宫寿戏的内容特质与艺术特色，前者可以视为远因，后者则是为近源。在继承二者文化基因的基础上，再加入宫廷词客的进一步改编创造，才形成了如我们看到的清宫寿戏的模样。具体到《祥芝应瑞》个案，剧本至迟在乾隆三十五年（1770）即已出现，并由《祥芝应瑞》改名《祥芝迎寿》，两剧名异而实同。在演出过程中，除了剧本名字改动之外，在对个别内容进行删改后，剧本的主体内容保持稳定，更多的时候仅在承应演出时，针对演出对象的不同，对颂词、演出时地等处略作修改用以承应，以更好契合演出的现场气氛。以唱腔而言，《祥芝应瑞》是为昆弋本戏。就演出场合而论，作为寿轴子，主要用于皇帝和皇太后万寿圣诞承应。在其他时点也有演出。因为乾隆之前的清宫档册散佚、嘉庆的大部分档案散佚之故，此前的演出记录不详。但从现存的曲谱、题纲推测，嘉庆年间曾有演出。道光、咸丰两朝未见演出记载。时隔四十多年，于同治十三年（1874）慈禧四旬大庆时再度演出。光绪一朝达到演出高峰，光绪五年至三十年间，共计演出三十六次。该剧在清宫寿戏常见的群仙"庆寿—夺宝—献宝"故事框架内，运用多层戏台天井、地井设备装置，呈现鹤、蝠、鹿三形与人物之间的转换，剧里双方为盗取灵芝和夺回灵芝打斗过程中，白鹤、虹蝠各有变出四化身的舞台设计，使演出在文场与武场交织进行过程中，场面调度又颇为富于变化，期间还穿插白鹤、虹蝠和寿星等的调笑科诨作为调剂，于有限的四出篇幅里，为全剧增添了一抹诙谐幽默的色彩。也许正是因为如此，它才能在光绪一朝得到如此青睐而频繁上演。

参考文献

[1] 薛晓金、丁汝芹主编：《清宫寿戏·前言》，新华出版社，2017年版，第1页。

[2] 江巨荣：《剧史考论》，复旦大学出版社，2008年版，第162页。

[3][4][5] 胡忌、刘致中：《昆剧发展史》，中国戏剧出版社，1989年版，第403—404页、第419页、第417页。

[6] 周贻白：《中国戏剧史长编》，上海书店出版社，2004年版，第536页。

[7] 傅谨主编：《京剧历史文献汇编（清代卷续编）·清宫文献（上）》，凤凰出版社，2013年版，第392页、第401页。

[8][9] 傅惜华：《清代杂剧全目》，人民文学出版社，1981年版，第585页、第587—588页。

[10] 傅惜华：《傅惜华戏曲论丛》，文化艺术出版社，2007年版。

[11] 郑振铎：《郑振铎全集》（第6卷），花山文艺出版社，1998年版，第582页。

[12][13]（清）昭梿：《啸亭续录》，中华书局，1980年版，第377页。

[14][36][44] 故宫博物院编：《故宫博物院藏清宫南府昇平署戏本》（第8册），故宫出版社，2016年版，第109—160页，第113、127、128页，第161—235页。

[15] 熊静：《清代内府曲本研究》，上海人民出版社，2018年版，第178页。

[16] 戴云：《张照艺术成就述略》，《艺术百家》2003年第4期，第54页。

[17] 李小红：《〈鼎峙春秋〉研究》，北京出版社，2016年版，第75—146页。

[18] 李真瑜：《明代宫廷戏剧史》，紫禁城出版社，2010年版，第291—295页。

[19] 曾永义：《明杂剧概论》，学海出版社，1999年版，第193—194页。

[20]（明）沈德符：《万历野获编》，中华书局，1997年版，第648—649页。

[21][27][35] 李黎媛：《乾隆"南巡"中的文人迎銮剧与同朝宫廷寿戏影响关系研究》，《戏剧》2023年第3期，第158页、第157页。

[22] 刘淑丽：《〈牡丹亭〉接受史研究》，齐鲁书社，2013年版，第213页。

[23] 裴雪莱：《清代前中期苏州剧坛研究》，北京：中国社会科学出版社，2020年版，第170页。

[24] 转引自刘潞：《民间话语中的康熙南巡：读〈圣祖五巡江南恭录〉》，《故宫学刊》2014年第1期，第351页。

[25] 转引自杨飞：《乾隆南巡与扬州的戏曲供奉》，《中华戏曲》2010年第2期，第187页。

[26] 转引自向斯《乾隆南巡的故事》，故宫出版社，2016年版，第234页。

[28][41] 故宫博物院编：《故宫博物院藏清宫南府昇平署戏本》（第207册），故宫出版社，2016年版，第78页、第78—85页。

[29] 绿依：《秋叶随笔（三）》，《剧学月刊》1933年第12期，第56页。

[30] 吴书荫：《绥中吴氏藏抄本稿本戏曲丛刊》（第1册），学苑出版社，2004年版，第156—254页。

[31] 毋丹：《裘琏生平著述考略》，《戏曲研究》2013年第2期，第189页。

[32] 王之、刘奇玉：《乾隆朝江南文人迎銮戏民俗文化探析》，《浙江艺术职业学院学报》2017年第4期，第69页。

[33] 王之：《新奇炫目，精彩纷呈——试析乾隆南巡迎銮戏舞台艺术》，《衡阳师范学院学报》2020年第1期，第111页。

[34] 罗燕：《清代宫廷承应戏及其形态研究》，广东高等教育出版社，2014年版，第275页。

[37][47] 故宫博物院编：《故宫博物院藏清宫南府昇平署戏本》（第170册），故宫出版

社,2016年版,第394—401页、第402—406页。

[38][39]故宫博物院编:《故宫博物院藏清宫南府昇平署戏本》(第145册),故宫出版社,2016年版,第448—478页、第479—518页。

[40]吴书荫:《绥中吴氏抄本稿本戏曲丛刊》(第26册),学苑出版社,2004年版,第203—241页。

[42]中国国家图书馆编:《中国国家图书馆藏清宫昇平署档案集成》(第28册),中华书局2011年版,第14544—14545页、第14559页。

[43]周明泰:《清昇平署存档事例漫抄》,学苑出版社,2009年版,第8页。

[45]黄仕忠、[日]大木康主编:《日本东京大学东洋文化研究所双红堂文库藏稀见中国钞本曲本汇刊》(第3册),广西师范大学,2013年版,第468—547页。

[46]上海古籍出版社编:《清代笔记小说大观》,上海古籍出版社,2007年版,第3493页。

[48]故宫博物院编:《故宫博物院藏清宫南府昇平署戏本》(第98册),故宫出版社,2016年版,第314—321页。

[49]俗文学丛刊编辑小组编:《俗文学丛刊》(第94册),台北:新文丰出版股份有限公司,2001年版,第515—530页。

作者

刘铁,文学博士,辽宁大学文学院教授,主要研究方向:元明清小说戏曲。

神灵重塑与戏剧表现

——晚清戏曲《孝义节》本事与形态考述

张红波　郭桢炜

摘要：晚清京剧戏本《孝义节》本事来源于芜湖螺矶孙夫人传说，与前代传说相比其更强调孙尚香伦理结构中节孝关系的刻画。而其中的"孝"是较晚参与戏剧人格建构的，"孝"的介入使得孙尚香枭姬形象在文本层面得以重塑，这是"孝"文化影响社会观念从而进一步影响剧本生成的结果。在孝文化的强势影响下，该戏诸本出现部分异文，"节""孝"之间的伦理冲突也使其叙事结构呈现出先对立后调和的形态，且舞台形态也随之发生变化，并进一步影响到其演出与流传。

关键词：《孝义节》；孙尚香；民间信仰；孝文化；戏剧形态

京剧《孝义节》是晚清民国时一出频繁上演的青衣、老旦戏，又名《索庙》，最早见录于《清车王府藏曲本》与《故宫珍本丛刊》，民国时《戏考》亦有收录。剧作紧接以孙尚香哭祭刘备为主要内容的《祭江》，写孙夫人因尽节而死，上帝感念敕封其为枭姬娘娘。因无庙宇，孙尚香给母亲托梦，言其尸首逆流至芜湖关，望母亲为其修建庙宇。可见其情节铺展以孙尚香死后封神为前提，表现神灵在无祠的处境之下"索庙"的行为逻辑，并重视神灵形象的伦理叙事，围绕孙尚香投江行为与其母女关系，充分塑造其以"节""孝"为核心的伦理形象，且二者在文本中又产生冲突，使其叙事呈现出"先对立后调和"的特殊叙事形态。我们通过对其本事源流的梳理可发现，剧中独特叙事形态的出现很大程度上应归因于"孝"这一新的伦理因素的出现，这使孙夫人神灵形象在文本中得以重塑。此重塑的出现及其文本与舞台形态的构成，均符合社会观念对神灵形象重新塑造的普遍规律。本文着眼于该剧形成与戏剧形态的相关问题，注重阐发戏剧形态背后的文化现象，以期对戏曲生成的塑造力量进行细致而深刻的探讨。

一、孙尚香枭姬传说的生成与接受

《孝义节》一剧中,孙尚香被封为枭姬娘娘这一说法,同样见于清初毛评本《三国演义》。欲知《孝义节》一剧的情节意蕴与生成原因,考述其本事源流极其重要,这有助于我们认识孙尚香形象发展的民间维度以及这一人物形象丰富、变形的全过程,同时,梳理这一本事的生成与接受过程,是发现《孝义节》一剧思想与表现层面上富于新变的必要前提。笔者以为,安徽芜湖蟂矶夫人之传说是这一形象及相关情节的本事来源,只是学者针对这一线索的考述历来较少。

史料中最早对芜湖蟂矶神灵敕封的记载见于《宋会要辑稿》:"蟂矶夫人祠在太平州芜湖县。神宗元丰元年十一月赐额灵泽,仍封灵泽夫人。"但此时蟂矶与孙夫人并无关联。根据学者考述,早期的蟂矶夫人实际上是因地势险峻与恶蛟伤人而出现的地方龙神[1]。

元末明初时一些有关蟂矶的题咏诗作开始出现,但仍与孙夫人无涉,如陶安的《陶学士集》中即有《蟂矶》一诗:

御风疑是上瀛洲,灵浚生峰倚斗牛。海底龙宫随浪出,域中鳌极在空浮。川妃据险神南国,造物钟奇抗上流。天堑倘如平定日,画船箫鼓接琼楼。[2]

虽然其中"川妃"应指女性水神,但却未明确指出是孙夫人,而在当时其他题咏蟂矶的诗歌中,孙夫人也很少出现,如《乾隆太平府志》中收解缙诗:

万顷波光镜面开,穹窿鳌背负楼台。水连天色无边阔,风递潮声不断来。春雨又随龙化去,夕阳常送鸟飞回。麻姑几见成清浅,何必昆明问劫灰。[3]

综合来看,明初时芜湖蟂矶一带的孙夫人传说还未成型,更没有出现相关信仰的迹象。

蟂矶孙夫人传说的初步成熟应在明成化年前后,明丘濬《清风楼记》中写道:"清风楼,在芜湖县治之北,俯瞰大江,乃前御史黄公用逊所居也,其地旧名蟂矶,宋人常建驿置于此,成化初元邑令陈侯源始于此立蟂矶刘夫人行祠,祀三国吴大帝妃。"[4]此处刘夫人是否即为刘备夫人孙尚香尚不能完全确定,但查《三国志·吴书·妃嫔传第五》,孙权有徐、步、王、潘等姓夫人,并无刘氏夫人,但刘夫人一称可理解为刘氏夫人,与孙尚香刘备夫人之身份相符,在称谓与身份似与不似之间,我们可以认为蟂矶夫人与孙尚香已经产生了某种若即若离的联系,这应是传说形成初期故事形态仍不稳定所导致的。主要生活在弘治、正德年间的王阳明所作《登蟂矶次草泉心刘石门韵二首》中写道:"徒闻吴女埋香玉,惟见沙鸥乱雪风。往事凄微何足问,永安宫阙草莱中。"[5]诗中所涉"吴女""埋香玉""永安宫",指向性都非常明确,孙夫人亡于此地至此完全可以确定,且在王阳明的笔下产生相关诗歌情感意象。

到了明中后期,有关蟂矶孙夫人的传说与信仰则有了更为长足的发展,嘉靖时郭子章所作《望蜀台记》中言:"芜江有矶,矶不甚雄……矶上祠为昭烈孙夫人庙,矶即夫人死所也,夫人省母过江不得归,闻先主崩蜀,恸哭自沉此处。"[6]该文将孙夫人传说明确为听说刘备死讯投江而亡,并且明确提出矶上庙宇是专为其所建,不仅将人物关联完全固定,且将其故事形态具象化,可见其传说的成熟度已大大提升。

及至清代,成书于清康熙年间的毛评本《三国演义》中记叙孙尚香投江事:

> 时孙夫人在吴闻猇亭兵败,讹传先主死于军中,遂趋车至江边,望西遥哭,投江而死。后人立庙江滨,号曰枭姬祠。[7]

据此可见,此时芜湖孙夫人传说已经相当成熟,并超越了芜湖蟂矶本地的范围,在社会上广泛流传。值得注意的是,此时孙夫人庙宇不是前代常见的"灵泽夫人庙""蟂矶夫人庙",而是被冠以"枭姬"一名,毛本三国的巨大影响力,使这一名词广泛传播,尤其在清嘉庆朝后,"枭姬"开始逐渐代替"蟂矶娘娘""灵泽夫人"在社会上发生作用。

与社会范围内的广泛接受伴随而来的是对"灵泽夫人"的官方承认,清嘉庆二年(1797)时任地方官朱珪上表,朝廷"加封蟂矶灵泽夫人为崇节惠利夫人。从安徽巡抚朱珪请也"。而在此时,孙夫人传说仍在继续丰富发展,充分体现出蟂矶孙夫人传说的社会生命力。本文所涉清代《孝义节》一剧中演孙尚香祭江后自沉身亡,尸身倒流至芜湖关,被封为"枭姬娘娘"。这一情节前代传说均无,而在成书于清末的《荬楚斋随笔》同样记载了这一说法:

> 孙皇后投江后,尸身逆流行三日,至芜湖北大江中蟂矶而没,是死后仍不忘蜀,其志亦可哀矣。蟂矶在今芜湖对岸,上有孙皇后庙,颇宏敞。[8]

据上述,蟂矶孙夫人传说是民间神灵崇拜与历史感怀情绪相融汇,在比附心理的作用下,导致的地域水神信仰与孙夫人自沉故事的结合。这一传说于明代中期开始逐渐固定,并随之开始产生相关的神灵信仰,从而产生广泛的社会影响,完成了从地域化走向社会化的全过程。

而在孙尚香神灵身份生成历史中,关于其形象与品质的解读,接受群体主要关注三个层面,也即水神形象、怀古咏史与其贞节品质。

如前述,"蛾矶夫人"也即"灵泽夫人",在宋代本就是地域性水神,从明代尤其是明中期开始,孙夫人比附于蛾矶夫人,被人推崇纪念后,二者自然也就结合起来,孙夫人自然承担了蛾矶夫人本来的神灵身份,尤其是在民众认知上,孙夫人成为有独特功能的水神。如在《乾隆太平府志》所收录倪从《蛾矶灵泽夫人庙记》中载:"芜湖县治,一望而近,兀然卷石,江之心而庙据其境。凡雨旸愆期,必于是祷焉。其感未尝不应,舟之往来,卒遇风险。莫不叫呼,委命于神,其幸而济者曰,神之休也。"[9]降雨、平定风浪均是中国水神的普遍性固有职能,这充分说明在民众的心中和日常习俗中,孙夫人是作为一个典型的地域水神而存在的。

另外,在历代文人题咏中,孙夫人作为一个咏古的对象而存在,不可避免地带有咏古诗的固定表达,也即对历史的感喟、对逝去的伤感、对个人命运的无奈。如清代王士禛所作《蛾矶灵泽夫人祠》二首:

白帝江声尚入吴,灵祠片石倚江孤。魂归若遇刘郎浦,还记明珠步障无。
霸气江东久寂寥,永安宫殿莽萧萧。都将家国无穷恨,分付钱塘上下潮。[10]

在这类作品中,孙夫人是一个饱尝家国纠葛之苦而最终消散在历史中的人,这时她的形象是悲哀的、伤感的。除此之外,令人感佩的"贞烈"则是体现在文人记叙题咏中孙夫人形象的另一重点。如明人王宗圣文中说:"使孙果为刘而死,则其轰轰然贞心妇节可垂于后世。"[11]可见文人眼中,贞烈是孙夫人投江一事的品质核心。《乾隆太平府志》收录的陶升《蛾矶赋》一文中言:"有夫人兮灵泽,奋贞烈兮殂终。铿玉骨兮英灵赫赫。"[12]在其歌颂中,"殂终"与"贞烈"紧密相连,作者激赏不已,并无比感佩地说"英灵赫赫",可见贞烈品质在孙夫人形象中的重要位置。

即使到了清末,孙夫人的贞烈节妇形象仍然是其核心,如《苌楚斋随笔》载:"我朝编入祀典,敕封崇节惠利灵泽夫人。事阅千余年,异代犹尊崇如此,孙皇后之节烈,诚卓越千古矣。"[13]可见当时官方认为孙夫人之所以能被如此尊崇,正是因为她"卓越千古"的节烈。

综上可知,在孙尚香之枭姬形象的生成过程中,神灵化、历史性与节烈意味被尤为强调,而在伦理品质中,"节"最为突出,晚清剧本《孝义节》便充分继承了这一点。剧中孙尚香首先自白道出了其被封为神的理由:"奴在东吴,投江尽节一死。蒙上帝怜悯,敕封为神。"[14]可见,"节"是其形象中重要的伦理因素,是其被封为神的原因,在之后的剧情中,节也是时刻被点出的品质,如吴国太在听到孙尚香为刘备投江自尽后唱道:"儿为夫尽节死鱼肠埋葬,(三叫头)尚香!我儿!哎儿吓!(西皮摇板)比前朝汉昭君不舍刘王。"[15] 这里更加突出了孙尚香自沉行为的"节"之内涵。然而除此以外,"孝"亦突然作为另一伦理因素在剧中占据重要位置。如在剧作伊始,孙尚香即唱道"大孝能格天,节义须周全"[16],可见"孝"之地位基本与"节"相当。而在车王府本中,母女二人哭诉其情后,吴国太感叹道:"孝义心格天地,上帝旌奖"[17],可见剧作以"孝"为孙尚香之品质定性,使其投江行为不仅符合"节",同时契合"孝",这表明剧作中"孝"这一新的伦理因素开始介入到孙尚香枭姬的塑造中,与"节"共同诠释孙尚香的神灵形象,使其神灵形象在文本中完成重塑。

纵观孙尚香枭姬形象的生成史,我们可发现此次重塑几乎是突然发生的,虽然在孙尚香故事中,其回东吴是由于思念母亲,这也使得其确实具备某种有关"孝"的叙事潜力,但长期以来,"孝"之意味始终没有明确出现并成为其形象核心,这便引出了一个亟待明确的问题,也即晚清戏曲《孝义节》中的形象新变以及"孝"因素的突然介入之历史动因。

二、从水神到孝女:社会观念影响下的神灵重塑

推崇"孝"伦理的社会观念与强烈风向,应是使剧作中神灵重塑发生的一个重要动因。实际上,无论是由于官方话语的广泛宣传,还是由于民众的朴素认知,"孝"早就成为社会层面被大众认可的价值观,也逐渐成为民众认知与塑造神灵形象时的重要维度。在古代女性神灵的形象建构中,"孝"之参与是较为普遍的,尤其在清代此种观念趋势更为明显的氛围下,孙尚香枭姬形象向"孝"靠拢,并非孤例。

随着封建伦理道德的自身发展以及政治环境的改变,及至清代,官方对于孝之重视可谓有过之而无不及。孝文化浓厚的社会观念下,话语宣传形成的强势影响力开始塑造社会的各个方面,民间神灵的塑造便不可避免向其话语靠拢,完成转向或者变形。众多神灵中最为典型的即是在沿海地区最受尊崇的海神"妈祖",在某种程度上,妈祖在清代的遭际,是孙尚香受孝文化重塑的有力佐证。与孙尚香略有不同的是,妈祖也即林默娘在元明就已经留下了有关"孝"的痕迹,据学者考述[18],明代出现的妈祖海上救亲的故事,即妈祖父亲或父兄出海遇险,妈祖元神赶赴救之,其中确实有了一些"孝"的意味,然而明代却并不特别强调妈祖"孝"之品格。及至清代,妈祖救亲故事已经演变出因救亲而亡的因素,愈显其孝之感人。而即使没有提到妈祖救亲,许多方志记略对于妈祖"孝"之品质也极为强调,称其"至孝""甚孝",如嘉庆《三水县志》:"天后庙,按莆田林氏女,至孝,能知人祸福,没而祀之,航海者祷辄应。"[19] 更有甚者将妈祖成神也归因于孝,可见与前代相

比,"孝"之品质在妈祖形象中有了更加显著而稳固的地位。及至清末道光年间,莆田士绅陈池撰写了《林孝女事实》,将妈祖直接冠以孝女之命,并大力渲染其孝行。

据此可见,在孝文化的影响下,妈祖"孝"之形象在清代骤然增强,甚至具备了一定的话语优势,而在同样的社会环境下,同为水神的枭姬孙尚香,自然也极有可能会受到自上而下倡孝风气的影响,完成重塑。

戏曲剧本作为载体对孙尚香形象的展示,是其神灵形象发生转化的最后一环,这一形象在民众的认知中被重塑,但却通过戏曲显露出来。清代花部戏曲的兴起,是刺激这一转变的重要一环。诸多花部戏曲诸如梆子戏、汉调、徽调、皮黄戏等,乡村与市井中的民间班社是其赖以生存的土壤,能够最为深刻地与民众进行沟通,因此其必定反映着被普遍认可的价值观。而如上文所述,孝文化已经成为社会主流文化,创作者自然乐于以之为剧作主题,或是加入与"孝"相关的段落作为叙事策略。这一点在老旦戏中体现得尤为明显,由于当时京剧老旦行当多扮演母亲角色,故老旦戏多以增添母子对话为策略充实剧情,其中往往体现孝情孝道。例如与《孝义节》类似的剧目《孝感天》中,在本是讲述"郑伯克段于鄢"以及"掘地见母"故事的戏文里,却增添了一场瘠生与其妻卫氏自刎后灵魂进宫劝解母亲的戏码,其中充满母子亲情与生离死别的哀痛,无论是情节还是情感基调,其与《孝义节》都极为相似,只是相比之下后者包含着更多有关"孝"的阐释讨论,此亦足以说明《孝义节》中"孝"因素的出现是社会观念下某种戏曲编创策略的产物。

综上,无论从伦理观念风向还是从戏曲本体特点来看,以"孝"为核心的社会观念之强势影响,足以使京剧《孝义节》中出现有关"孝"的段落,从而完成戏剧文本层面民间女性神灵的最终重塑。

三、神灵重塑下的文本表达与叙事形态

据上述,《孝义节》一剧正是在社会观念与相应的叙事策略之作用下形成的,其文本中的具体形态必然也是神灵重塑这一历史现象影响的产物,本节旨在探讨"孝"之介入所导致的神灵重塑对于剧目之文本形态的具体影响。

如上文提到,《孝义节》一剧现存三种版本,即车王府本、戏考本、故宫本,现将三种版本概述如下:

车王府本:《清车王府藏曲本》收录《孝义节总讲》抄本一种[20],本文所用应为首都图书馆藏过录本,正文三页,讹字较多。《清车王府藏曲本》所收抄本多保留民间剧本面貌,因此该本应比较符合民间演剧形态。

戏考本:1918年上海中华图书馆出版京剧本集《戏考》第六册中收录《孝义节》印本

一种[21]，其情节、文字与车王府本大略相同，亦有部分讹字。《戏考》往往根据舞台流行情况收录剧本，因此该本应也符合民间演剧形态，实可将其与车王府本视为同一"民间本"系统。

故宫本：《故宫珍本丛刊》收《孝义节总本》钞本两种[22]，两本相连，两者除个别异文外几无差别，第一本有个别错讹、漏字修改，第二本则无修改涂抹痕迹，应为修改后重抄本。两本共四页，字迹美观工整，讹字较少。其内容上相较于车王府本与戏考本更为简洁、集中。因清统治者观演剧目时根据个人需求、艺术标准对剧本进行改动的情况较为常见，故此本应为宫廷根据民间演出版本修改而成的删节本。

上述三个版本中虽然情节大体相同，但仍然存在某些文字差异，且民间本中伦理叙事呈现出独特结构，均可见社会层面的"孝"观念对文本形态的塑造。

文字方面，晚清京剧抄本异文颇多，这是由于艺人以及抄写者文化水平不高，因此口耳相传的过程中极易出现讹误，但《孝义节》诸本的一处异文却能体现出某种社会观念的影响。在车王府本和故宫本中，孙尚香死后被封为"枭姬"，而在民国时代刊行的戏考本中，这一称号已经变为以孝为核心的"孝姬"。清代抄本中的"枭姬"与清初毛评本《三国演义》是一致的，"蜺矶夫人"变为"枭姬"的演变原因已不易考，但在文本中可以看到，对于已经形成的"枭姬"称号，时人似乎略有疑惑，因为"枭"为不孝之鸟，而在剧中，"枭姬"之称呼与孙尚香孝女形象相悖，以至于剧中出现了为孙尚香辩白的唱词"儿不是枭鸟心长大食娘"[23]，这句话应当是对"枭"与"孝"之间矛盾的处理，可见时人已经开始深受"孝"观念之影响，对孙尚香称呼中的不孝因素进行辩解。但文本造成的矛盾是难以通过解释彻底消解的，直到民国戏考本中，孙尚香之称号便变为彻底符合"孝"观念的"孝姬"，先前的矛盾也就解决了。

除去异文，"孝"之介入对文本形态的影响还体现在剧作的伦理叙事形态中。本剧出现的主要伦理因素为"孝"和"节"，在民间本系统的车王府本与戏考本中，基于这两者的叙事均呈现出先对立后调和的形态，此处以车王府本为例进行分析。其对立的一面主要表现在作为母亲的吴国太对孙尚香之尽节行为并不赞赏，而是深表心痛："为娘若知你有此尽节之心，我也不要你江边祭奠去了吓！要尽节也应该对娘直讲，祭奠投江死魂灵渺茫。天保佑儿命在免娘痴想。"[24]可见，吴国对尽节之事并不认可，认为如果早知你要尽节，就不该让你去江边祭奠。这实际上已经引出了"节"之品质在伦理结构中的不和谐性，而后文吴国太所唱，更是直接点出了"节""孝"之冲突：

老旦白　　　儿吓
唱元板　　　听儿言似空中霹雳下降，

> 娘好似燕衔泥枉费心肠。
> 为荆州献儿计恨你兄长,
> 甘露寺娘面相儿招夫郎。
> 今尽节不尽孝娘谁供养? [25]

在吴国太的哭诉中,"节"与"孝"的矛盾则彻底显露,暴露出孙尚香尽节自沉行为对"孝"的损害,因为这使母亲一生的劳碌"好似燕衔泥枉费心肠",于是吴国太直接指责其"尽节不尽孝",使文本中"节""孝"之对立关系达到了一个顶点,导致对"孝"有所损伤。据此可见,文本进行到大半甚至将近结尾时,"节""孝"仍处于一种对立关系,并且有关"孝"的叙述也均为负面,并未体现出孙尚香如何"大孝能感天",文本内部出现了冲突。这充分体现出封建伦理结构内部的不和谐,为夫投江一死之行为固然是符合"节"的,但这也无视了不能赡养母亲并令其痛心的情况,对"孝"有所损伤。

然而接下来的对话,这种冲突似乎又被快速化解了,文本叙事进入"调和"状态。

尚香接唱	儿不是枭鸟心长大食娘。
	尽节烈以图个后人尊仰,
	老母后缺甘旨还有兄王。
老旦接唱交更介	女生时古今来命是外相,
	但你尸无葬埋漂流何方?
	今见娘就应该直言诉讲,
	寻着儿血尸首好去捧丧。
尚哭	儿的娘吓
旦接唱元板	儿的尸向西方逆水漂上,
……	
老旦接唱	孝义心格天地上帝旌奖…… [26]

在面对母亲对自己不孝的指责时,孙尚香给出了自己的解释,我虽尽节,还有兄王孙权奉养娘亲,这一点实际是在解释自己并非不孝,并点出自己"尽节烈"是为"图个后人敬仰",为自己的"不孝"辩白,也即并不如枭鸟一样长大后要伤害母亲。随后这个话题便结束,作为神灵的孙尚香嘱托母亲为自己修建庙宇,在这一部分结束之后,吴国太突然唱到,"孝义心格天地……"[27],这也意味着"孝"在剧中的建构已经结束了,即使非常短暂,甚至突兀,我们还是捕捉到了这一建构过程,也即对"节""孝"之间的冲突进行调节,以

解释孙尚香何以为"孝"的过程,其正是在"尽节死以图个后人敬仰"这一句中。

《孝经》中首篇即提到:"立身行道,扬名于后世,以显父母,孝之终也。夫孝,始于事亲,中于事君,终于立身。"[28]实际上在对于孝的定义当中,本就有显亲扬名之孝,且处于"孝"的最高层面,剧作正是以此为依据来使孙尚香之"孝"立足的。

如上述,剧作先呈现出"节""孝"的对立关系,构成一个类似于"设问"的结构,也即提出一个问题——尽节行为是否合乎孝道,又通过"显亲扬名"之逻辑,对该问题进行回答,从而使矛盾调和,实际上是构建了一个伦理困境而后进行破解,最终得出结论——尽节行为符合"孝"伦理的最高标准。

而此种形态亦与"孝"的较晚介入有关,长期以来孙尚香故事的伦理层面以"节"为主,与"孝"无关,然而创作群体出于表现"孝"的创作目的,自然要对"节"进行重新诠释,使其尽节行为具有"孝"之意味。但封建伦理结构内部存在不和谐的部分,"节""孝"之间的矛盾导致文本内部出现"裂痕",所谓显亲扬名之孝也就自然成为其底层逻辑,使矛盾调和以修复"裂痕",最终完成对女神完美形象的塑造。这实际上是民间创作群体面对新主题时会有的思维细节,这种思维过程被用以构建剧本结构时,就会出现文本中先对立而后调和的叙事形态。①

四、余论:"孝"之介入与《孝义节》舞台形态及其流传

实际上,"孝"观念引导的新思维与新内容不仅会影响文本形态的建构,更能再深一步影响戏剧表演、唱腔、组织形式、搬演状态等舞台形态,甚至以一种微妙的方式影响其舞台流传的命运。由于该剧的"孝"为重要表现内容,母女哭诉为主要表演形式,全剧呈现出浓郁的悲剧气氛,而这正适合用二黄与反二黄等相关板式进行表现,因此剧中多用绵长繁复的反二黄慢板,而这出唱腔繁重的戏也逐渐成为磨炼与考验伶人功力的唱功戏。在

---

① 需要说明的是,故宫本中并未出现此种"节"与"孝"之冲突,但该剧题名仍为"孝义节",且剧中仍有"大孝能格天"句,可见该本中"孝"亦出现,只是未能与"节"产生抗衡,应该是修剪后的结果,又如前文所述,清宫统治者素喜改剧以适应宫廷要求,故此本为修改本不假。其中重点修改处词句如下:"(旦唱)人命大关系重岂能茫荡(反二簧)尽节死阴魂魂丕飘荡,为报答哺乳恩难舍亲娘。(老旦唱)听儿言不由人泪如雨降,儿尽节尸漂流现在何方",剧中原本有些争论意味的段落消失,反而流露出些许温情。如细究其改动原因,或能发现更多历史细节,如此剧在清宫演出并不多,但在光绪二十四年(1898)丁未,也即万寿节前一天,光绪帝点演了此剧,刘强在《〈天雷报〉与〈孝义节〉之间——戊戌政变后两宫看戏对话与关系处理》(收录于《2021年故宫学年会:明清物质文明与国家治理》第四册)一文中认为此戏的点演体现了"光绪帝想要在死后正式封典的诉求",作者着重强调清宫戏曲演出与政治之关系,尤其强调光绪对慈禧的政治诉求,但对于"节""孝"之伦理关系并未特别提及。实际上,现今故宫本中的删改与两宫关系及"孝"之话语或许亦有联系,因光绪帝在考虑政治诉求时,必然也不能激化其与慈禧的矛盾,强调剧中"不孝"的部分,故其将文本中有裂痕的部分予以弱化,代之以和谐表达,亦较为合理。

此趋势之下，伶工们尤其注意对唱腔的打磨与提升。及至民国初期，该剧亦时常贴演，且多家伶人如陈德霖、荀慧生、蒋君稼均曾录制此段唱片①，而剧中吴国太的唱段随着老旦行当的演进，其唱腔亦被打磨成熟，成为老旦行的经典唱段，李多奎曾录有唱片②。

但唱功戏性质的不断增强与唱腔的愈加繁重，也使得该剧组织形式受到影响，据翁偶虹记述，该剧实际原本与《别宫》《祭江》等剧连演，并称为《大孝义节》[29]。然而从晚清到民国，却鲜有此种形态，《祭江》也是一出反二黄唱功戏，两出很少连演。一来两出唱功戏板式相同，连演则冗长单调，当时京剧市场体量巨大，出目驳杂，剧场排戏往往考虑其丰富性和可看性；二来《祭江》一剧无论孙尚香还是宫女均穿白孝，《孝义节》一剧则均穿神灵装束，排场更换不便。长期以来《孝义节》与《祭江》往往分别演出，哪怕是黄桂秋常贴全本《孙夫人》或者与麒麟童等合演《吞吴恨》也仅至《祭江》为止。除非有时演员特露唱功时才偶尔贴出，据目前所见戏单，只有黄桂秋于1937年、1938年分别贴过一次《别宫》《祭江》带《孝义节》，尚小云于1938年演过一次，其余时间该剧均以折子戏形态出现在舞台上。但随着京剧剧目的快速发展与旦角艺术的革故换新，以唱功为主的老派青衣戏逐渐被丰富活泼的花衫戏、刀马戏、花旦戏所排挤，这出《孝义节》从20世纪30年代开始便少见于氍毹了。

参考文献

[1] 张莉:《旧志所见中国古代地方传说的流变——以安徽芜湖灵泽夫人庙为例》，《上海地方志》2018年第2期。

[2] (明)陶安:《陶学士集》，《景印文渊阁四库全书》第一一二五卷，台北：台湾商务印书馆，1986年版，第656页。

[3][9][11][12] (清)朱肇基修，(清)陆纶纂，《乾隆太平府志》，收于《中国地方志集成·安徽府县志辑》第37册，江苏古籍出版社，1998年版，第727页、第545页、第622页、第672页。

[4] (明)丘濬:《琼台集》，《景印文渊阁四库全书》第一二四八卷，台北：台湾商务印书馆，1986年版，第368页。

[5] 吴光、钱明、董平、姚延服:《王阳明全集》，上海古籍出版社，2015年版，第630页。

[6] (清)顾浩修，(清)吴元庆等撰:《嘉庆无为州志》，收于《中国地方志集成·安徽

---

① 1925年，陈德霖于高亭公司录《孝义节》两面，荀慧生于高亭公司录《孝义节》一面。1926年蒋君稼于高亭公司录《孝义节》一面。

② 1928年李多奎于胜利公司录《孝义节》两面。

府县志辑》第 8 册，江苏古籍出版社，1998 年版，第 336 页。

[7]（明）罗贯中：《三国演义》，人民文学出版社，2019 年版，第 692 页。

[8][13]（清）刘声木：《苌楚斋随笔 续笔 三笔 四笔 五笔》上册，《清代史料笔记丛刊》，中华书局，1998 年版，第 110 页。

[10]（清）王士禛：《王士禛全集》，齐鲁书社，2007 年版，第 287 页。

[14][15][16][17][20][23][24][25][26][27] 首都图书馆编辑：《清车王府藏曲本》第三册，学苑出版社，2003 年版，第 107—110 页。

[18] 陈金亮：《妈祖孝女形象的塑造与演变》，《闽台缘》文史集刊 2021 年第 4 期。

[19]（清）李友榕修、（清）邓云龙纂：《广东省三水县志》，台北：成文出版社，1966 年版，第 57 页。

[21] 王大诺主编：《戏考》第六册，中华图书馆，1918 年版，第 122—125 页。

[22] 故宫博物院编辑：《故宫珍本丛刊》第四册，海南出版社，2000 年版，第 133—137 页。

[28]（清）皮锡瑞撰、吴仰湘点校：《孝经郑注疏》，中华书局，2016 年版，第 13 页。

[29] 翁偶虹：《翁偶虹文集》剧本集，百花文艺出版社，2013 年版，第 153 页。

作者

张红波，文学博士，井冈山大学人文学院副教授，主要研究方向：中国古代小说、戏曲。

郭桢炜，四川外国语大学中文学院硕士研究生，主要研究方向：明清小说戏曲。

后南戏时期的南戏剧目特征

包建强　李毅苗

摘要：依据南戏的形态演变，将其历史分为前南戏时期、南戏时期和后南戏时期三个阶段。需从三重维度着手考察南戏的传播环境，始能认清南戏剧目的传播特征。虽经过明清文人大力雅化，但南戏剧目的民间本色仍未被掩去。在传播中南戏剧目出现剧情增减现象，引发剧目杂糅和剧中主人公转换。南戏剧目传播状况依赖声腔，在承南戏声腔发展而来的古老声腔剧种中流传最多，在非南戏声腔古老声剧种中次之，在后起新兴剧种中又次之。南戏与生俱来的商品性质决定了南戏剧目的传播对发达的经济文化具有较高的依附性。

关键词：后南戏时期；南戏剧目；特征

南戏自北宋末年正式形成，在传播过程中不断演变，到了后南戏时期，逐渐演变为各种地方戏。随着南戏地方戏化，南戏剧目也不断变化而具备了新的特征。南戏剧目的新特征并非一时突现的，而是在漫长的传播过程中，为匹配南戏的地方戏化和适应所到地区的民俗，在原有形态基础上逐渐形成的。

在前南戏时期，巫傩祭祀、百戏、陆参军、唐戏弄、汴京杂剧等戏剧形态相沿革新，推进中国戏剧逐渐走向成熟。南戏形成之后向外流传，每到一处地区便形成一种声腔。历经元、明、清三代传播，南戏产生出许多种声腔。清中叶以后，在受众观念中，声腔具有了区分剧种的作用，结合各地区的民俗、使用各种方言演唱的南戏成为各地方戏。南戏的形成、发展是在传播中发生的现象，南戏诸声腔的形成与衍变亦是在传播过程中发生的文化现象，南戏剧目的呈现形式与特征的变化更是在传播过程中发生的。考察南戏剧目的流传特征，需从三个维度着手：一是南戏剧目在某地的历时性变化，二是南戏剧目在同一时间维度下的地理性变化，三是南戏剧目在时空综合体下的演进。由于时空存在复合性与消逝性，考察南戏剧目的流传特征不可能从三个维度分别进行，而是应综合三个维度做总体把握。

一、文人雅化不掉的民间本色

南戏最初诞生于温州民间,称"永嘉杂剧""鹘伶声嗽"[1]。南戏传出温州向四处传播,主要途径也是民间。即使在北曲杂剧非常繁荣的元代,南戏在民间仍很盛行,不仅有专攻南戏的艺人如龙楼景、丹墀秀之辈,亦有兼擅南戏与北剧的艺人如芙蓉秀之属[2]。钱南扬认为,南戏"自南宋初至元末,始终在民间流行不衰"[3]。"一般来说,宋元两朝戏文都出于书会才人之手",书会才人"是风流跌宕而不得志于时的接近市民阶层的文人"[4]。恐怕书会才人创作戏文,也是以民间舞台表演为基础进行加工整理。俞为民认为:"戏曲形成于民间,在形成以后的流传过程中,也主要是在民间。其观众主要是下层老百姓。"[5] 至明代中期,以昆山腔演唱的一支南戏进入士大夫的视野,在音乐和曲词两方面被雅化,成为雅文化盛行于上层社会。但是,以其它声腔演唱的南戏仍在民间广泛流行。明末清初,以李玉为首的苏州派戏剧家力图恢复水磨调的民间本色,从两个方面做了努力:一是向民间传说取材创作剧本,二是丑角说白完全使用苏州方言。但是,苏州派戏剧家们的努力仅仅给水磨调新增了区域性特征,未能从总体上改变明代文人传奇的文人气本色。清中叶,民间传播的南戏发生分化,"一路继续以原有的形式在民间流传,如至今尚在福建省境内流传的梨园戏与莆仙戏,就是民间南戏的裔派","民间南戏的另一路,则衍变或融入了花部诸腔戏中"[6]。南戏生于民间,长于民间,传播圈子始终是农村和市井,与中国民间乡土风俗密切结合,浸染着浓烈的民间气息,具有开放性、兼容并蓄性、质朴性而获得了极强的生命力,深得历代广大民众的喜好,与文人作品形成鲜明的对照。

首先,南戏宣扬下层民众的思想和审美情趣。南戏多取材于民间,有取材于民间故事的,如《祝英台》《赵贞女蔡二郎》《孟姜女》《董永》;有取材于民间说唱的,如《王魁负桂英》《李亚仙》《朱文太平钱》《王月英月下留鞋记》;有取材于历史故事的,如《木棉庵记》《赵氏孤儿报冤记》《牧羊记》《东窗记》。主题不外乎三从四德、忠孝节义、仁爱孝悌、善恶报应等,以现代眼光看,虽带着极大的时代局限性,但均是与下层民众在心理上发生共鸣的日常伦理道德规范,与士大夫抒发的个人抱负和家国情怀俨然不同。《赵贞女蔡二郎》中,蔡二郎忘恩负义、"弃亲背妇",于是民众幻想出"暴雷震死"的手段来惩罚他。《王魁负桂英》中,王魁亦忘恩负义、背叛糟糠,民众便幻想出"被桂英鬼魂捉去"的惩治方法。蔡二郎、王魁是中国古代文艺作品中那些做出伤天害理之事的负心汉形象的代表,最后不是被"天打雷劈",就是被"鬼敲门""捉命而去",成为中国古代下层民众所普遍持有的"善恶报应"伦理道德观在文艺作品中呈现的故事模式。历经一千多年,"做尽坏事,遭天打雷劈""不做亏心事,不怕鬼敲门"作为一种伦理道德判断,至今仍在民间广传。另外,谴责面目丑恶行径卑劣的奸贼、歌颂光明磊落爱国忠贞之士也是下层民众对"忠孝节义、仁爱孝悌"观的表达方式。如《牧羊记》歌颂保持操守、宁死不降的忠贞之士苏武，《东窗记》《木棉庵记》缅怀保家卫国的忠臣岳飞、谴责败坏国家事业的秦桧、贾似道之流。钱南扬总结道，南戏反映着市民阶层的思想意识，爱憎分明，对英雄、爱国者加以歌颂，对反抗者、弱者寄予同情，对奸邪凶恶的反面人物加以无情的批判，甚至严厉的惩罚[7]。

其次，与所表达的朴素思想情感相一致，南戏关目质朴，甚至情节漏洞百出、前后抵牾。如《张协状元》，王贫女自从做了枢密使的义女之后，形象性格与前边形成巨大反差，很难和谐统一到一起；张协拒绝枢密使招赘的关目设置，与他自私自利、一心向上爬的性格形象极不相符[8]。再如《白兔记》有许多情节在情理上不通：刘智远邠州投军，入赘岳府，十七年中将糟糠之妻李三娘忘得一干二净，故事临近末尾时却表现出对三娘用情至深、独自去磨坊迎接三娘；三娘让窦公送咬脐郎至刘智远处，自己却不逃离，似甘愿承受哥嫂的虐待；十六年后，咬脐郎在邠州出猎，却与远在徐州沛县沙坨村的母亲在井台邂逅。再如，《宦门子弟错立身》既赞扬市民阶层追求忠贞爱情和自由结合的婚姻观，又否定完颜寿马放弃宦门显贵身份甘当演员的做法；女主角王金榜的故事发展前后不太明确，钱南扬认为是"删节过多"致使[9]。又如《小孙屠》，开封府令朱邦杰同姘头李琼梅私通，为扫除障碍决心杀死孙必达，剧情却忽而转为捕杀老二孙必贵，捕拿孙必贵使用了什么诡计亦不明朗。周国雄将之视为"尚未成熟的公案戏"[10]。如果我们将南戏置于民间艺术的位置上考量，这些问题很容易理解，因为这些纰漏是民间文艺固有的特征。民间艺术出自普通民众之手，与士大夫之作相比存在着一定的差距。

最后，南戏熔融诸民俗文化而成地域性特征。俞为民说："戏曲艺人为了迎合各地观众不同的审美情趣，在表演形式及表演内容上，总是要将当地的语言习惯、地方小调、民情风俗等融入其中，因此，无论是其产生，还是在流传过程中，都带有浓厚的地域色彩。"[11]温州南戏带有温州地域特色，在传播中又融汇所到地区民俗形成新的地域特色。陈淳《上傅寺丞论淫戏》曰：

> 某窃以此邦陋俗，常秋收之后，优人互凑诸乡保作淫戏，号"乞冬"，群不逞少年遂结集浮浪无赖数十辈共相唱率，好曰"戏头"，逐家裒敛钱物，辇优人作戏，或弄傀儡，筑棚于居民丛萃之地、四通八达之郊，以广会观者；至市鄽近地、四门之外，亦争为之不顾忌。今秋自七八月以来，乡下诸村正当其时。[12]

陈淳上书傅伯成主张禁戏是在南宋宁宗庆元三年（1197），彼时南戏盛行，报赛优戏必为南戏。材料记载了当年福建漳州龙溪县秋收后的"乞冬"民俗：优人与乡保共同发起演戏活动；表演费用由全村人共同承担，属于商业行为；"不逞少年""浮浪无赖"亦结集客串

"戏头";演出场所选在人口密集区或四通八达之地。南戏表演活动成为地方民俗,同时,表演内容也反映民俗文化。《赵贞女蔡二郎》中,天帝感于赵五娘孝行,派山神差拨阴兵助赵五娘铸造公婆坟台,并托梦嘱赵五娘去帝京寻夫。《小孙屠》中,孙必贵遭盆吊而死,被东岳神救活,然后帮梅香鬼魂到开封府状告朱邦杰。《张协状元》中,判官、小鬼直接成为剧中脚色进行表演。《王魁负桂英》的结局是王魁被桂英鬼魂捉去。《白兔记》中,刘智远与李三娘拜堂成亲拜死了李员外夫妇,李三娘于井台边揎晕了咬脐郎。这些情节内容表现了民间信仰、民间禁忌。如果说,某地风俗因广传各地而成为共同性民俗,致使南戏表现的地域性文化丧失其地域性特征而成为民族文化的话,那么南戏使用的方言俗语和地方民歌小调则具有相对的稳定性,二者的持久性保持了南戏的地域性特征。

南戏在流传过程中形成的每一种声腔是乐音和语音交互作用成的地方性唱法。乐音涉及曲谱、旋律,语音涉及方言、俗语。南戏每传播到一处地方,人们因听不懂语音部分的传出地方言俗语而更换为当地方言俗语,乐音部分也融合当地民歌小调,新的南戏声腔便产生。南戏发展史,实质上是南戏在传播过程中声腔不断地方化的历史。叶德均说:"宋代产生的南戏最初只是流行于温州的地方戏,它最初当是用温州地方的腔调来演唱的"[13]。叶长海也说:"南戏在温州一带产生后,很快被传播到浙江各地及邻近的江苏、福建许多地区。这些地方对南戏的发展都各自做出了新的努力,使早期南戏带上了各处的地方色彩,并且出现了以这些地方为名的各种声腔,如杭州腔、弋阳腔等。"[14] 元代,南戏继续在民间衍生新声腔是肯定的,只是未摄入文人法眼史载不明罢了。明代,南戏在传承原有声腔的同时,亦衍生新声腔。明代声腔见载者甚众,影响较大者有弋阳、昆山、余姚及海盐四腔。无论是从横向上统计,还是从纵向上考察,只要有方言区域存在,我们就能追踪到与该方言区相适应的地方声腔。徐渭论南戏曲调:

其曲,则宋人词益以里巷歌谣,不叶官调,故士大夫罕有留意者。永嘉杂剧兴,则又即村坊小曲而为之,本无官调,亦罕节奏,徒取其畸农市女顺口可歌而已。谚所谓'随心令'者,即其技欤?间有一二叶音律,终不可以例其余,乌有所谓九宫?[15]

徐渭指出,永嘉杂剧继承了南曲的传统,将宋人词调融合里巷歌谣,又吸收当时的村坊小曲,本无文人界定的宫调与韵律,只求取畸农市女顺口可歌而已。周德清说:

南朝吴、晋、宋、齐、梁、陈,建都金陵;齐史沈约,字休文,吴兴人,将平、上、去、入制韵,仕齐为太子中令。梁武时为尚书仆射,详约制韵之意,宁忍弱其本朝,而以敌国中原之音为正耶?不取所都之内通言,却以所生吴兴之音,盖其地邻东南海角,闽、浙之音无疑。……自隋至宋,国有中原,才爵如约者何限?惜无有以辨约之韵乃闽浙之音而制中原之韵者。呜呼!年年依样画葫芦耳!宋都杭,吴兴与切邻,故其戏文如《乐昌分镜》等类,唱念呼吸,皆如约韵。[16]

周德清是元代音韵学家,他发现被两宋词人奉为圭臬的约韵其实是沈约以其家乡吴兴方言为语料制定的,而吴兴方言属闽浙之音。这大概也是两宋文人词调能叶韵里巷歌谣的原因所在。隶属闽浙之音的宋人词调、里巷歌谣、村坊小曲在语音和乐音两个方面成就了永嘉杂剧的地域性特征。

南戏的民间特征是它生存和发展的民间环境所赋予的。考察南戏的传播历史,即是考察南戏在民间环境中生存发展的轨迹及其生存状况。南戏在传播过程中,昆山腔一支在明代中叶被文人雅化,其民间性特征被精英文化特征所取代。但旧昆山腔和其它声腔仍在民间广传,清代中叶之后成为各地方戏,流传南戏的民间性特征更为显著。首先,泥土味浓厚的乡间草台是南戏传播、生存的地方,农闲季节的娱乐、春种秋收后的迎神报赛、大户人家的红白喜事一般都有戏曲演出。许多南戏剧目在一遍又一遍的演出、一代又一代的承传中被保留下来,带着浓厚的乡土味。其次,许多南戏剧目存活于民间艺人的口头,艺人的口传身授成了剧目存活的条件和形式。许多民间演出小组织几乎没有什么剧本,只有世代相传的衣箱,领班师傅就是集大成的活剧本,各种剧目就存活在他的口头。第三,如果说,文人创作本比较规范,可以付梓形成定本。那么,南戏剧目流传的剧本丰富多样,散布于民间艺人手中,以各种形式的手抄本存在,无法刊行定本。这些手抄本或者是舞台演出的记录本,或者是弟子抄录的角色任务本,俱多方言俗语,地方性极强,且带有口头传唱特征。如南戏《林招得》,桂剧流传有《法场祭奠》一折,女主角王金爱,男主角变为林绍德;南戏《琵琶记》,莆仙戏流传有《李正》,主角变为李正,实为南戏中的配角里正,莆仙戏将官职名当做人名;南戏《祝英台》,梨园戏流传有《事久弄》《四九弄》,在白字戏中流传有《四九弄》;南戏《崔君瑞江天暮雪》,流传在四平戏中成为《虎扑岭》,实为《琥珀岭》;梨园戏(上路)传统剧目中有《刘文良》一剧,实为宋元南戏《刘文龙》的流传,闽南方言中"良"与"龙"谐音;南戏《韩朋十义记》流传在婺剧侯阳高腔及西安高腔中成为《拾义记》。这些剧目的称呼形式各式各样,但都显示出地域方言特征。可见,民间一直是南戏生存的土壤和传播的主要渠道,民间性仍是流传南戏显著的特性。

二、剧情增减连动剧目杂糅

南戏剧目在民间经过长期流传,到地方戏阶段,呈现出出数与剧情递减的趋势。如

《商辂三元记》流传到婺剧西安高腔中,易名为《三元坊》,仅为7出;流传到调腔中,名为《雪梅教子》,仅有一出。南戏《织锦记》流传到岳西高腔中,剧名虽未变,但出数大减,仅《鹊桥》《槐荫会》《上工织绢》《行路》《分别归天》《相遇》六出组成。南戏《董秀才遇仙记》流传到楚剧中,名为《董永与七仙女》,原为本戏,现仅剩《董永分别》(《百日缘》)一出,是楚剧的保留剧目;流传到琼剧中名为《槐荫记》,早期用"官话"演唱,乾隆时候始改用海南方言演唱,今剧目全佚。南戏《刘知远白兔记》在湖北清戏、东路花鼓戏、汉剧中均有流传,名为《白兔记》,现无全本,都剩几个单出。南戏《商辂三元记》流传到白字戏中,名为《秦雪梅》,是白字戏传统剧目"八大连台本戏"之一,属大锣戏,清中叶以来一直盛行,1949年停演,现仅《教子》一出在农村业余剧团中间有演出,其余皆佚。南戏流传到地方戏中剧情缩减的例子颇多,兹不赘举。

南戏剧目的剧情缩减是南戏在民间传播过程中民间艺人遗忘所致,艺人的口头传播毕竟比不了文人的写定本传播。一种南戏剧目流传在多种地方戏中,流传的出数多寡不一,在这种地方戏中流传的出数较多,在那种地方戏中流传的较少;在此地方戏中流传这几出,在彼地方戏中流传另外几出,呈现出不平衡的流传状况。如果将各地方戏中流传的出目连缀到一起,剔其重复,即能够复原古本南戏的全部剧情。这种方法给我们稽考南戏佚失剧目提供了一个新的方法。如南戏《忠孝蔡伯喈琵琶记》流传在川剧高腔中的《孝琵琶》在各地均有流传,1955年四川省川剧剧目鉴定委员会重庆办公室搜集多种口述、抄本的整理出23出本,基本保存了南戏的主要关目。可以说,南戏剧情缩减现象也是南戏民间性的体现。

南戏在流传中发生剧情缩减,表演起来未免内容单薄、为时过短。为充实剧情,民间艺人往往使用糅合其它剧目剧情的方法扩充内容。概括起来,其方法有二:其一,将两个南戏剧目的情节糅合一体。如秦腔传统剧目《闵子骞接鹿奶》,演列国时候,闵士公病故,后妻李氏欲加害前妻之子闵子骞,以霸家产。一日伪装心疾,逼闵子骞进山寻鹿奶作药引,借以加害。闵子骞得猎人相助,获一鹿皮,披皮入山寻鹿奶。时宣阳关守将柳展雄路经深山,误捉子骞,得悉实情,甚怒,擒李氏斩之。此剧是糅合了古南戏《闵子骞单衣记》和《老莱子》的情节而成,披鹿皮觅鹿乳是《老莱子》中的情节,闵子骞受后娘虐待是《闵子骞单衣记》的情节,二者宣扬的主题都是"孝道"。很明显,是孝的共同主题给二者提供了糅合的契机。在流传中,南戏剧目一边是因各种原因情节在缩减,一边为了充实演出的内容,有共同主题的剧目很容易融合到一体。其二,在单出中新增情节,使剧情更加丰富。如宋元南戏《王祥行孝》流传到秦腔中,成为秦腔传统剧目《王祥卧冰》,演晋代王祥,继母康氏为己出子王贤霸占家产,屡次加害继子王祥夫妇。一次康氏命王祥外出办货,路过香山,为司马羁掳上山,此时王贤赶至,说明原委,司马羁赠金送走。辽王叛乱,晋惠帝召回司马羁往剿。康氏病重，欲食鲜鱼，时值隆冬，王祥卧冰，冰破而得鲜鱼，并得落红珠一颗。康氏食鱼后病愈，大为感悔。后落红珠为兵部侍郎刘瑛所得，助司马羁破辽王大刀，大胜回朝。有李祥者，宠妻虐母，其妻亦欲食鲜鱼，李祥卧冰，土地责其不孝，使其坠入冰河。秦腔《王祥卧冰》为强调孝的主题，新增入李祥之情节。

　　剧目杂糅、剧情缩减引起连锁反应，地方戏中传演的南戏剧目发生主角转移的特征。在古南戏中，每种剧目都有主角，整出戏都围绕主角来演。流传到地方戏中，南戏剧目由于出数递减、剧情片断化，致使古南戏的体制解体，剧情重心转移，原主角丧失中心位置，而配角上升为主角。如河南梆子、同州梆子、京剧、莆仙戏、松阳高腔、辰河高腔中流传的《霸王别姬》，所演故事仅是南戏《淮阴记》中一个插曲，到了这些地方戏中，成为一个单独的剧目，韩信失去了主角地位，项羽上升为主角。整出戏只为演项羽而设，不是为演韩信而设置。古南戏《琵琶记》为表现赵五娘的善良孝顺与持家不易，设置了一个贪赃枉法的基层村官里正。流传莆仙戏中，易名为《李正》，将古南戏中的"里正"易名为"李正"，并将之从配角上升为主角，成为由三出戏组成的剧目。古南戏《金印记》中，丑角唐二出场表演的情节，是他挑担送苏秦进京赶考，为主角苏秦服务。流传到岳西高腔与傩戏中，易名为《唐二别妻》，唐二由配角变为主角，表演他为他人挑脚挣钱、养家糊口的艰难生活。古南戏《孙武子》演孙武的故事，公冶长是个次要角色。流传到莆仙戏中，易名为《公冶长》，成了专门表现公冶长的戏，公冶长成为主角。

　　从总体看，南戏在传播过程中呈现出两种递减方式：一为整本戏递减为数出戏，一为原本中的单出戏被长期独立出来表演，并适当扩充内容，转换角色，逐渐形成独立的流传剧目。如果说北曲杂剧和明清传奇的发展主要以文人为主导，那么南戏的发展则以书会才人和民间艺人为主导。文人写定的北曲杂剧剧本和明清传奇除供案头阅读，虽然还供给艺人舞台表演，但由于文人的写本聚积的是文人的才情与思想，突出的是剧作家的主体地位，艺人依据文人写本表演时，也处于从属地位，为表现剧作家的一切而动作。南戏则以艺人为主体地位，以娱人为艺术目的。围绕舞台演出，艺人根据观众所需，对剧情关目随时进行改动，尽量满足观众的娱乐要求，完全是舞台活动支配着编剧行为。在地方戏中流传的南戏剧目，在保持古本南戏娱人特性的基础上，增加净、丑的情节内容，以大量的科诨增强剧情的娱人特性。古南戏剧目在传播过程中的传与失、剧情的守与变、情节的增与减，完全在于艺人，艺人决定着一种南戏剧目的命运。

三、声腔亲疏与经济状况决定地理分别

　　南戏剧目传播，表面上似乎是不择剧种、不择地域传播，但深入考察可看出，南戏剧

目的流布还是呈现出对地域的选择性。南戏剧目传播的数量、传承内容的多寡与南戏声腔、地区经济文化存在着极为密切的关系。

南戏剧目传播，声腔在中间起着关键作用。从南戏的始祖声腔温州腔开始，到各地方戏声腔结终，南戏声腔演变的历史形成了一组一源多流的根系状缘亲谱系。每一条声腔链上又派生出新的根系，代表了特定历史时期内新生声腔，根系长短代表了它存在的历史时长。无论其存在时间长短，都起到了承前启后的作用。子辈声腔皆是继承父辈声腔的基因又有所革新而来，并不是完全推倒父辈声腔的重新创立。声腔传播是靠一定量的剧目搬演实现的，随着声腔根系谱的形成，一组南戏剧目传播链亦同步形成。

南戏剧目的传播呈现出在承南戏声腔发展来的古老声腔剧种中最多，在非南戏声腔古老声剧种中次之，在后起新兴剧种中又次之的局势。南戏传播是具体剧目的传播，剧目传播又凭借声腔承载。南戏各声腔承载着一定量的南戏剧目辗转流传，演变为古老的声腔剧种，其所承载的剧目为该剧种的形成起到了定鼎作用，便成为该声腔剧种的传统剧目。理论上，南戏有多少剧目，承南戏声腔而来的古老声腔剧种就继承了多少南戏剧目。非南戏声腔古老声腔剧种，其声腔形成的过程是与表演故事同步进行的，伴随声腔形成所表演的故事成为本剧的传统剧目。由于该剧种形成的时间较早，时逢南戏繁盛的时代，它便有选择地搬演南戏剧目来扩充自己的剧目体系，形成该剧的一批新剧目。这种选择性搬演南戏剧目的行为实际上是对南戏剧目的选择性传播。后起的新兴剧种是受南戏间接影响而形成的，它的形成与若干剧目的表演分不开，这些剧目便成为该剧的传统剧目。传统剧目有些是移植于古老剧种的南戏剧目，有些是移植于其他艺术节目。后起新兴剧种兴起的时间已是后南戏时代，它又从各剧种中移植南戏剧目。移植基础上的再移植造成南戏剧目剧情的较大变化，甚至有些剧目变得与南戏剧目没有多少关系。如陕西阿宫腔剧目《王魁负义》，是依据川剧剧目移植而来，山西中路梆子《打神告庙》，又是于20世纪初根据陕西省铜川阿宫腔剧团《王魁负义》再移植而来；闽剧剧目《卖胭脂》，仅有一折，依据京剧剧目移植而来；越剧剧目《彩楼记》，移植于川剧与梨园戏；四平调传统剧目有《吕蒙正赶斋》，移植于豫东花鼓戏；京剧剧目《柳荫记》，移植于川剧剧目。南戏剧目传播的基本轨迹是，南戏剧目随着古老剧种的形成首先成为各古老剧种的传统剧目，各古老剧种又相互影响、相互移植各自传统剧目中的南戏剧目成为本剧种的新剧目。这也是南戏传播的基本规律。

从外因看，南戏的成形、繁荣与商品经济有密切关系。没有一定的商品经济作为基础，专门从事商业化演出的南戏艺人便不会出现，作为受众主体的庞大市民阶层便不会形成，南戏也不会繁荣起来。南戏作为一种商品，促进了自身的繁荣，还以丰富的文化和传统熏陶了商业圈和市民的精神面貌、活跃了商业经济。南戏与生俱来的商品性质决定了南戏剧目在流播过程中对经济文化发达地区具有较高的选择性。

表面上看，南戏剧目流传呈现出极强的生命力，带有不择地而生的特征，在中国大多数地区都可以找到南戏剧目传演的踪迹，流传范围较广。但总体观察、细加分辨，南戏剧目流传对经济发达地区的选择还是很明显的。具体呈现为：向北传到山西、河北、山东一线，未传至关外，东北与蒙古地区的南戏剧目流传极少；向西北传播，止于甘肃、宁夏，新疆、青海未传及；西南方向流传至四川，云、贵、西藏流传很少；向东南流传到台湾及东南亚地区。形成以苏、浙、赣、闽、粤、川、湘等地区为主的南戏文化圈，并在甘、宁、陕、晋、冀、鲁形成一道缓冲带。这种南戏剧目流布格局的形成，原因是多方面的。首先，是中国经济重心南移所致。宋代以后，中国经济重心南移，曾经以黄河流域为主导的经济带转移，长江流域变成中国经济的大动脉。不断庞大的市民阶层在行旅商贸之余，精神上需要文化消费；农村春秋之季的报赛需要娱神表演。这给南戏剧目的传演提供了无限空间。长江干线支流成为南戏剧目流播的重要通道，沿线的大都市、农村庙会成为南戏流传的重要场所。其次，是南戏的商品性质所致。据有限的资料反映出，南戏自温州诞生，决定了它先天就是一种商品。南戏艺人寄身或辗转于大都市，靠卖艺为生，推动了南戏剧目的传播。最后，与民族聚居相关。我国大多数少数民族拥有本民族的语音，各少数民族语言与汉语各方言不是一个系统，语言不通阻隔了南戏剧目向民族聚居地区的传演。各少数民族又存在着不同的信仰和文化差别，严重影响到各族民众对南戏的接受心理。还有，各少数民族地区的生存方式大多以放牧渔猎为主，这种流动性生产方式满足不了南戏生存所需求的稳定的经济模式和封闭的生存环境。

四、结　语

我国戏曲源远流长，早在原始社会时期已出现仪式古剧。原始先民为猎获更多猎物、采集到更多植物果实，企图操控灵魂，事先往往要举行具有巫术性质的仪式，各地岩画保存了许多这方面的材料。从原始的拟兽拟物、巫傩祭祀，到秦汉百戏，再经唐代陆参军、宋代汴京杂剧过渡，至北宋末年温州杂剧诞生，标志着我国戏剧走向成熟。南戏形成后并未驻足不前，而是在广传中繁荣丰富，其标志是多种声腔产生。清中叶以后，声腔成为人们区分剧种的一个标准，南戏演变为各地方戏。南戏的形成、发展始终是在传播过程中发生的，南戏诸声腔的形成与衍变属于传播学现象，南戏剧目的传播也是传播学现象。南戏剧目的传播存在于三个维度：一是某地区的历时性存在，二是同一时间维度下的地理空间中的存在，三是在时空综合演进中的存在。时空是复合性与消逝性并存的，南戏剧目亦是时空复合性与消逝性并存的，考证南戏剧目需综合三个维度总体上着手。综合南戏形态，按时间流程将其历史分为前南戏时期、南戏时期和后南戏时期三个阶段。明清文人从声腔、与剧本两个方面极力改造南戏,将其推向精英文化圈,只是开辟了南戏传播的圈子,新增雅文化传播圈,全局上并未改变南戏剧目的民间本色。南戏在传播过程中经艺人处置,剧情发生增减,引发剧目杂糅和剧中主人公转换的情况。南戏剧目传播多寡、变化程度依赖声腔,在承南戏声腔发展而来的古老声腔剧种中流传最多变化最小,在非南戏声腔古老声剧种中次之,在后起新兴剧种中又次之。南戏与生俱来的商品性质决定了南戏剧目的传播对发达的经济文化具有较高的依附性。

参考文献

[1][15](明)徐渭:《南词叙录》,《中国古典戏曲论著集成》(三),中国戏剧出版社,1959年版,第239页、第239页。

[2](元)夏庭芝著,孙崇涛、徐宏图笺注:《青楼记笺注》,中国戏剧出版社,1990年版,第181页。

[3][4][7][8][9]钱南扬:《戏文概论》,上海古籍出版社,1981年版,第37页,第217页,第124—125页,第130页,第134页。

[5][11]俞为民:《南戏研究与"温州学"》,温州文史研究馆,https://mp.weixin.qq.com/s/_Iozovih4D2fUBMmWXnwWQ.

[6]康保成主编:《海内外中国戏剧史家自选集·俞为民卷》,大象出版社,2017年版,第25—27页。

[10]李修生、赵义山主编:《中国分体文学史·戏曲卷》,上海古籍出版社,2001版,第172页。

[12]陈淳:《北溪大全集》卷四十七,《景印文渊阁四库全书》(第一一六八册),台北:台湾商务印书馆,1986年版,第875—876页。

[13]叶德均:《明代南戏五大腔调及其支流》,《戏曲小说丛考》(上册),中华书局,1979年版,第6页。

[14]叶长海:《愚园私语》,上海远东出版社,2018年版,第168页。

[16](元)周德清:《中原音韵·正语作词起例》,《中国古典戏曲论著集成》第一册,中国戏剧出版社,1959年版,第219页。

作者

包建强,文学博士,兰州城市学院副教授,主要研究方向:戏曲史与地方文化。

李毅苗,英国利兹大学应用戏剧专业研究生,主要研究方向:戏剧戏曲表演美学。

元刊杂剧《赵氏孤儿》写定于金代[*]

张玉荣

摘要:《赵氏孤儿》作为中国古典悲剧中备受关注的经典剧目,剧作中承载着推翻异族统治的特殊文化意蕴,故在厘定创作时间时普遍会认定为元代之作。因作者纪君祥生平事迹有限,需从元刊本《赵氏孤儿》文本出发,回归文献本身,整合作品与历史的出入,并从收养风俗、血亲观念、世代累积型作品三个方面的问题进行梳理,以资商榷。

关键词:收养风俗;血亲观念;世代累积型作品;纪君祥

王国维将《赵氏孤儿》与《窦娥冤》并举,称其"列之于世界大悲剧中,亦无愧色也"[1]。作为中国古典悲剧中的杰作,其改编本至今仍活跃在舞台上。作品中"存赵孤"的行为,以及剧中公孙杵臼的唱词"凭着赵家枝叶千年勇,扶立晋室山河百二雄",相关戏曲史著作中将作品主题诠释为反抗元代压迫、反抗黑暗统治,相关文章汗牛充栋。

但是作品果真反映的是当时的社会现实吗?在《中国戏曲曲艺词典》"赵氏孤儿"条记载:"全名《冤报冤赵氏孤儿》。一作《赵氏孤儿大报仇》,杂剧剧本。元纪君祥。……全名《赵氏孤儿报冤记》,南戏剧本,宋元人作,姓名不详……"[2]此条记载将最早的剧目定为宋元人作。而最早提及到该戏文的是《永乐大典戏文三种》之一《宦门子弟错立身》第五出:

【排歌】柳耆卿,《栾城驿》;张珙《西厢记》;《杀狗劝夫婿》;《京娘四不知》;张协斩贫女;《乐昌公主》;墙头马上掷青梅,锦香亭上赋新诗,契合皆因手帕儿;洪和尚,错下书;吕蒙正《风雪破窑记》;杨寔遇,韩琼儿;冤冤相报《赵氏孤儿》。[3]

---

[*]【基金】本文为国家社科基金重大招标课题"明清小说戏曲图像学研究"子项目(项目号:19ZDA256)阶段性成果。

其中提及戏文《赵氏孤儿》，钱南扬指出：四曲中包含戏文二十九本。这些作品，时代较早，因为《错立身》当是宋末的作品，它所征引的，自然最迟也应出宋末人之手……盖作于金亡之后，宋亡之前这段时间之内[4]。同样在《南词叙录》中，徐渭也称《赵氏孤儿》为"宋元旧篇"，共计65种，其中《赵氏孤儿》亦在其中[5]。洛地《赵氏孤儿》，也论说只能产生于南宋，是南宋时的戏文，决然无疑。也就是，这本戏必产生于南宋，系南宋时的戏文，而后为"北曲"所据改，绝不能是相反[6]。吴敢在谈及《赵氏孤儿》杂剧主题时，指出倘若一定要说纪君祥在杂剧中另有寓意，也只能说是对金王朝的黍离之思[7]。前辈们提出了不同看法，关于这一作品的写定期仍然有商讨之余地。

一、收养的风俗考

《赵氏孤儿》剧中所展现的收养敌国孤儿习俗，以及对个人复仇情节的认同，这两点其实并不符合汉文化固有的道德伦理和价值观念，而这些现象恰恰可能存在于落后的草原民族。

收养他人子女是一种古老的制度，恩格斯在《家庭、私有制和国家的起源》一书中指出："氏族的职能之一就是收养异族和未杀死的俘虏为养子。""某些因特殊情形而人丁不旺的氏族，常常由于大批收养别一氏族的人而重新兴旺起来。"[8]原始社会的氏族部落，为了扩大本族的势力，以战胜其他对手，通过收养的方式将部落战争中的俘虏变为本部族的成员。

收养行为在我国起源很早，在原始社会伴随着氏族社会的产生就已存在。早在先秦典籍中有记载，《诗·小雅·小宛》有"螟蛉有子，蜾蠃负之"。西周时期，汉民族就确立了以家长制为核心、依靠血缘关系为纽带的宗法制，发展到汉朝已经相当成熟，虽然一些无嗣家庭出于延续家族的目的，不得不采用养子继承的方式。在封建礼教思想的束缚下，在收养关系方面一直遵循着"异姓不养"的原则，该原则在历代王朝的立法实践中被普遍采用，成为收养制度的一项基本准则[9]。

收养在汉代已经有规定，《后汉书·顺帝纪》云："四年春二月丙子，初听中宫得以养子为后，世袭封爵。"[10]但收养对象多限于同宗子弟。因有悖于传统的伦理道德，一直受到排挤与抨击，"异姓收养"现象并不普遍存在。西晋时，《晋史·贾充传》记载："槐辄以外孙韩谧为黎民子，奉充后"[11]，此事遭到大臣们极力地反对，虽得到了晋武帝司马炎恩准，但武帝也下诏，其他人不得以此做参照。由此可见汉民族对异姓养子的普遍态度是排斥的。

东汉末年，权臣董卓与吕布的关系"誓为父子"。（《三国志·吕布传》）；南北朝时期，

《魏书·萧衍传》中记载"景乃从数百骑见衍，歔欷流涕，因请香火为作义儿，还以衍为主"。董卓，陇西临洮人，"尝游羌中"，曾任西域戊己校尉。吕布，五原九原人，"以弓马骁武给并州"。侯景，朔方或雁门人，"骁勇有膂力，善骑射，以选为北镇戍兵"，曾为尔朱荣之部属[12]。他们或生长于西北边陲，或出身于鲜卑贵族，其思想和作为受到游牧文化的影响应属情理之中。这种义父子关系，并不符合汉文化固有的道德伦理和价值观念，因而不是汉文化本身逻辑发展的必然产物。

至唐代，收养第一次载入法典中，《唐律疏议》卷十二《户婚》"养子舍去"条：

> 既养异姓男者，徒一年。与者笞五十。其遗弃小儿年三岁以下，虽异性，听收养，即从其姓。……[13]

到唐朝末年，藩镇割据现象导致养子之风盛行，并愈演愈烈。五代时后唐、后晋、后汉三朝，皆是由沙陀军人建立的政权，至唐末五代时仍然保留氏族部落的血族亲兵制。沙陀族作为北方游牧民族的一支，虽长时间接受汉文化的熏陶，但在其入主中原之后，体现血族亲兵制的义儿之风仍被保留，其中后唐太祖武皇帝李克用所豢养的义儿最多。北宋大家欧阳修独具慧眼，敏锐地捕捉到这一历史现象，在其所撰的《新五代史》中单设《义儿传》，针对五代盛行豢养义儿之风的社会现象，书中道："世道衰，人伦坏，而亲疏之理反其常，干戈起于骨肉，异类合为父子。开平、显德五十年间，天下五代而实八姓，其三出于丐养。盖其大者取天下，其次立功名、位将相，岂非因时之隙，以利合而相资邪！""太祖养子多矣，其纪者九人，其一是明宗（李嗣源），其次曰嗣昭、嗣本、嗣恩、存信、存孝、存进、存璋、存贤"[14]。后唐王朝建立时，与中华民族融合不断加强，义儿之风趋于极盛并向汉文化圈渗透。在唐代、特别是五代，由于民族间地融合，汉人也接受了这种观念，养子成为一种社会风气。从上述义儿身份可见其多为敌方幼子，他们成为独特的政治群体，深深融入唐五代的历史进程中。所以在《旧五代史》和《辽史》记载石敬瑭时，并不怎么看重其做"儿皇帝"这件事，只是一笔带过。

宋初，社会思想混乱，伦理道德濒于崩溃，宗法关系被严重破坏。为防止五代之乱，在思想上加强了汉文化正统的道德伦理宣传。统治者不得不重整宗法伦理秩序，颁布收养法令，《宋刑统》沿用唐律规定："无子者，听养同宗于昭穆相当者。"收养异姓养子，按法律规定须是被遗弃的三岁以下幼儿。

因为各民族社会发展进程不一致，北方游牧民族并未受中原地区封建家长制的影响，血亲观念淡薄，义儿现象在少数民族仍长盛不衰。如果是给部落贵族、特别是给可汗当"儿"，那是极为荣耀的事，与亲子享有同等权利，甚至可继位称帝。宋德金在《中国风俗通史》辽代卷，设置家庭结构一节中，讨论了契丹及五代北方流行收继养子的习俗。契丹家庭的主要成员由具有血缘关系的两代乃至三代、四代组成。除了主要成员之外，契丹及五代北方流行收继养子的习俗[15]。从《金史·世纪》记载有关其始祖函普初从高丽来，后被接受并成为完颜部氏族成员，推举为酋长来看，"氏族可以收养外人入族，并用这个办法吸收他们为整个部落的成员""从而获得了氏族和部落的一切权力。"[16]

在《辽史》《金史》中就有大量关于收养外族为义子的记录，兹列举关于收养的记录（同宗收养不再引录）具体如下：

1. 神册六年，奉表送款，举室来降，太祖以为养子。……后喜曰：汉人中，惟王郎最忠孝。以太祖尝与李克用结为兄弟也。[17]

2. 六月辛巳，至榆岭，以辖赖县人扫古非法残民，磔之……庚子，次阿敦泺，以养子涅里思附诸弟叛，以鬼箭射杀之。[18]

3. 直鲁古，吐谷浑人。初，太祖破吐谷浑，一骑士弃橐，反射不中而去。及追兵开橐视之，中得一婴儿，即直鲁古也。因所俘者问其故，乃知射橐者，婴之父也。[19]

4. 涤鲁，字遵宁，幼养宫中，受小将军。……圣宗子视之，兴宗待以兄礼，虽贵愈谦。[20]

5. 萧乐音奴，字婆丹，奚六部敞稳突吕不六世孙。父拔剌，三岁居父母丧，毁瘠过甚，养于家奴奚列阿不。[21]

6. 檀奴，为归德军节度使。阿里白，定远大将军、和鲁忽土猛安忽邻河谋克。海陵弑徒单氏，以充尝为徒单养子，因并杀檀奴及阿里白。元奴、耶补儿逃归于世宗。[22]

7. 大㚖，本名挞不野，其先辽阳人，世仕辽有显者……宁江破，㚖越城而逃，为军士所获，太祖问其家世，因收养之。[23]

8. 张用直，林潢人。少以学行称……其养子始七岁，特授武义将军。[24]

少数民族养子之风盛行，以上所引材料收养文字为辽、金两朝史籍所载收养情况为主。历史上民间养子和各级官吏的养子情况未被完全载入史籍，义儿的数量是非常庞大的。材料1中，辽太祖耶律阿保机曾收王郁为养子，"养子""王郎"这样的称呼，不单单是给予的待遇，更是将其视为家人，这也是契丹族一种独特的社会关系。除材料2中太祖养子涅里思叛变，后来受到惩罚。材料中养父子关系融洽，这一点与《赵氏孤儿》中屠岸贾与赵氏孤儿的关系相似。在元刊本第四折中，赵氏孤儿帮义父夺江山、社稷，"反故主晋灵公","助新君屠岸古",为父慈子孝居然舍弃了"忠",要推翻故主来扶助父亲做君王。

【醉春风】俺待反故主晋灵公,助新君屠岸古。交平天冠、碧玉带、衮龙服,别换个主,主。问甚君圣臣贤,既然父慈子孝,管甚主忧臣辱。[25]

文献中养子年龄较小,且知其底细,而纪君祥在剧本中故意安排了屠岸古不知赵氏孤儿真实身份的情况下,误以为孤儿是程婴之子,这才有了收养环节。材料1中王郁、材料4直鲁古、材料7大臭,养育均为敌方幼子,而赵氏孤儿的真实身份恰恰更加符合。

文学作品中的内容虽有夸张的成分,但有一点可以肯定:收养异姓且为敌方孤儿的事情可以发生在元代,也可能发生在金代,因此从收养习俗上来看并没有明显的元代特征。进入元朝,蒙古族部落养子为奴的习俗,以及社会战乱和天灾人祸,收养习俗出现了混乱和无序,政府开始出台了收养制度对收养行为进行了限制,在继承金朝法律制度的基础上,禁止养异姓为子。《元典章》卷一七《户部》的"禁乞养异姓子"条可作为例证:

南方士民为无孕嗣,多养他子以为义男,目即螟蛉。姓氏异同,昭穆当否,一切不论。人专私意,事不经久,及以致其间迷礼乱伦,失亲伤化,无所不至。……切照旧例,诸人无子,听养同宗昭穆相当者为子……养异姓子者有罪……[26]

众所周知,元代的统治手段过于粗暴,尤其对宋廷充满仇恨,宋人地位最低,属于第四等人。至元十五年(1278)元江南释教总统发生了杨琏真迦发掘六代皇帝的陵墓,弃骨草莽,此事震惊朝野。"自从他们从故乡的沙漠里出来之后,专以掳掠、屠杀、烧夷、灭国为事。史称蒙古人无恶不作,其中最大的罪恶就是破坏许多王室,不肯留最后的一脉。"[27]像《赵氏孤儿》这样的戏,能否产生于元代?是值得进一步商榷的。

二、个人复仇的认同

《赵氏孤儿》在《元曲选》中,与《元刊杂剧三十种》最大的区别是增加了第五折,明刊本明显重新树立了君主的权威,由神灵和国王的力量来解决血亲复仇,而作为元刊本中孤儿凭借自己的力量去报仇,最大程度上认同了个人复仇的行为。元刊本是迄今所能看到的元人杂剧的刊本,它保存了元杂剧剧本的原始风貌,是研究元人杂剧的第一手资料,而且作为民间流传的唱本,更能反映出当时社会真实面貌,因此具有极珍贵的文献价值,解读作品更应该依赖《元刊杂剧三十种》。

以血缘关系为基础，血亲复仇存在具有其合理性，成为了一种常见的社会习俗。随着社会发展，其弊端越来越大。在中国古代以农业立国的地区，逐渐被"杀人者死，伤人者刑"的观念取代。早在战国时代的《荀子·正论》中即有"杀人者死，伤人者刑，是百王之所同也。"[28] 西汉时发生的谋杀大臣案，廷尉上奏："杀人者死，伤人者刑，古今之通道，三代所不易也"[29] 的记载。由此可见，此观念在我国秦汉时期业已形成，血亲复仇也变成了国家法律设置的刑法来代替。而游牧民族聚族而居，部落与部落之间经常发生战争，血亲复仇甚至改变了王朝的命运。

元刊本《赵氏孤儿》中晋灵公是一个被忽略的人物，而在《元曲选》中，增添了第五折，晋灵公却被赋予了最高国家权力，由国家发布命令处死，屠岸贾之死在元刊本中是由成年后的孤儿付诸行动的，在第四折中：

【幺篇】既那厮背着一人，便合交灭了九族。划地将天下军储，满国黎庶，交那厮区处。原来你做主，你佑护，教他将诸侯欺负，原来你教他弑君杀父！[30]

【三煞】不将仇恨雪，难将冤恨除。想俺横亡爷囚死的生身母，我若不报泉下双亲恨，羞见桑间一饿夫。休疑虑，索甚辨别好弱，审察实虚。[31]

【二煞】把那厮剜了眼睛，豁开肚皮，摘了心肝，卸了手足，乞支支抛折那厮腰截骨。常言"恨消非君子，无毒不丈夫。"难遮护，我不怕前遮侍从，左右军卒。[32]

细究其词，赵孤的唱词充满了血腥，可见元刊本中对于个人复仇情节的认同。程婴牺牲自己儿子的性命保全了"赵氏孤儿"，替换婴儿之举看似不合理，却是用"未经满月"的生命换来对血亲复仇的支持。《周礼·地官司徒·调人》云："父之仇，辟诸海外；兄弟之仇，辟诸千里之外；从父兄弟之仇，不同国；君之仇视父，师长之仇视兄弟，主友之仇视从兄弟。"[33] 在中国的伦理观念中，替父报仇才能体现"孝"。赵武是复仇行为的执行者，程婴宁可等待赵氏孤儿成人后，由其血刃仇人。"赵氏孤儿"故事大体上处于礼教的范围内，而其中依靠个人力量复仇的行为，利用暴力解决恰恰是草原民族的文化特征。

综上所述，作为历史题材的作品，纪君祥并没有如实地反映历史事实，对于作品中细节的改变，应该说与当时的社会环境有一定的关系，在剧中有两个既不合史实而且甚为奇怪的情节：

第一，《史记》中，程婴与孤儿藏匿于深山，戏文"赵孤"竟认其仇人屠岸贾为父，这与历史史实不符。

第二，赵氏孤儿决定自己复仇，历史故事一般是由君主或他人来为屈者雪冤平反，史实亦是如此，由韩厥和晋君为赵氏复国报仇，韩厥在《史记》是整个故事的核心人物，可是在元刊本中第一折中就自杀身亡。

中国古典戏曲融合了杂耍、歌舞、说唱、小曲子等民间艺术，其撂地为场的演出形式，充分表明戏曲具有鲜明的地方文化色彩。结合当时的历史史实，1127年，北宋徽、钦二帝被俘，随后金朝和南宋以大散关至淮河一线为界，形成了南北对峙的局面，金朝统治北方长达一百多年。女真传统文化与汉文化为主体的中原文化之间不断碰撞和融合，"人物文章之盛，独能颉颃宋元之间。"[34]依《录鬼簿》材料，王国维将元代的戏曲、散曲作家分为三个时期，在第一个时期蒙古时代的杂剧作家共计56人。① 他们活动地区大都在北方，这些地方经历了从农业文明到游牧文明的转化，在两种文明的不断融合过程中也改变了艺术的表现方式，那么纪君祥作品中对于个人复仇的认同也可看做是此现象的一种真实反映。

三、世代累积型作品

关于赵氏孤儿的故事，由经而史，文献史料自《春秋》始，经《左传》《国语》《公羊传》《谷梁传》《吕氏春秋》作品的记载，至汉代司马迁的《史记·赵世家》中赵氏孤儿的故事业已成型。刘向的《说苑·复恩》《新序·节士》也有记载，而这段有关赵氏孤儿故事强烈的戏剧性，与正史有冲突。"赵氏孤儿"本事在成功改编为戏曲之前，散见于历代笔记、史书、诗词等作品中。汉代王充的《论衡·吉验》，扬雄《扬子法言》《扬子云集》《法言集注》；晋代陈寿的《三国志》、杜预《春秋左传正义》；南北朝时期共计五种，范晔《后汉书》、魏收《魏书》、陶弘景《真诰》、徐陵《徐孝穆集》、庾信《庾子山集》。

唐代的诗歌、笔记、史学专著类作品中有所体现。如白居易《白氏六帖事类集》《白孔六帖》，李白《李太白集》，李德裕《李文饶集》，柳宗元《柳宗元集》《河东先生集》，杜佑《通典》，房玄龄《晋书》，李吉甫《元和郡县志》，李延寿《北史》，刘知几《史通·外篇》《史通训故》《史通训故补》《史通评释》《史通削繁》《史通通释》，罗隐《两同书》《太

---

① 其中元大都人共计17人：关汉卿、庾吉甫、马致远、王实甫、王仲文、杨显之、纪天祥、费唐臣、张国宾、梁进之、孙仲章、赵明道、李中子、石子章、李时中、费君翔、李宽甫；涿州（1人）：王伯成；真定（7人）：白仁甫、李文蔚、尚仲贤、戴善府、侯正卿、史九散人、江泽民；保定（2人）：李好古、彭伯威；大名（2人）：李进取、陈宁甫；平阳（5人）：石君宝、于伯渊、赵公辅、狄君厚、孔文卿；太原（2人）：李寿卿、刘唐卿；西京（1人）：吴昌龄；绛州（1人）：李行甫；京兆（1人）：红字李二；东平（4人）：高文秀、张时起、顾仲清、张寿卿；济南（2人）：武汉臣、岳伯川；棣州（1人）：康进之；益都（1人）：王廷秀；彰德（2人）：郑廷玉、赵文殷；汴梁（2人）：赵天锡、陆显之；洛阳（1人）：姚守中；女真（1人）：李直夫；亳州（1人）：孟汉卿；赵子祥、李郎二人未详。详见杨荫浏：《中国古代音乐史稿》，人民音乐出版社，1981年版，第504—507页。

平两同书》及许嵩《建康实录》等；

至两宋时期，朝廷对故事中主要人物程婴、公孙杵臼、韩厥等人一再加封，不断地进行嘉奖。赵氏孤儿的故事备受两宋文人关注，据粗略统计古典文献材料共90条，具体如表1：

表1 两宋时期援引《赵氏孤儿》故事文献

序号	作者	著作	卷名	备注
1	黄震	《黄氏日钞》	卷十一·读春秋、卷四十六·读史、卷四十二·读本朝诸儒书、卷四十九·读史、卷五十一·读杂史、卷五十六·读诸子	
2	洪迈	《史记法语》	卷第二	
3	洪迈	《容斋随笔》	卷第十	
4	江少虞	《新雕皇朝类苑》	卷第十八	
5	陆九渊	《陆九渊集》	卷二十	
6	欧阳修	《新唐书》	卷九十一列传第十六	
7	李昉	《太平御览》	卷第四百二十·人事部六十一	
8	刘恕	《通鉴外纪》	卷第六	
9	潘自牧	《记纂渊海》	卷二十一、卷二十三、卷七十三	
10	裴良甫	《十二先生诗宗集韵》	卷之三、十四	
11	钱讽	《回溪先生史韵》	卷第五	
12	杨亿等	《册府元龟》	卷六百八十五牧守部；卷七百六十四总录部；卷七百六十九总录部；卷八百一总录部；卷八百二总录部；卷八百三总录部；卷八百十五总录部；卷八百六十五总录部；卷九百三总录部；卷九百五十五总录部	
13	吴处厚	《青箱杂记》	卷九	
14	谢维新	《事类备要》	前集卷三十二嗣续门；后集卷二君道门；续集卷七类姓门；续集卷五十六报应门；别集卷二十三花门	
15	谢维新	《古今合璧事类备要》	古今合璧事类备要前集卷三十二；古今合璧事类备要后集卷二；古今合璧事类备要续集卷七、卷五十六、古今合璧事类备要别集卷二十三	

(续表)

序号	作者	著作	卷名	备注
16	曾慥	《类说》	卷四	
17	祝穆	《事文类聚》	后集卷五人伦部；别集卷三十二人事部	
18	祝穆	《古今事文类聚前集后集续集别集》	卷五	
19	陈鉴	《东汉文鉴》	卷二光武朝、卷六章帝朝	
20	陈均	《宋九朝编年备要》	皇朝编年备要卷第二十一、九朝编年备要卷第三十	
21	陈仁子	《文选补遗》	卷二十五、卷三十八	
22	黄震	《古今纪要》	卷一、卷九	
23	李昉、徐铉等	《文苑英华》	卷三百十二、卷六百七十七、卷七百四十、卷九百四、卷九百四十七	
24	李复	《潏水集》	卷三	
25	李弥逊	《筠溪集》	卷二十一	
26	李心传	《建炎以来朝野杂记》	甲集卷二	
27	李心传	《建炎以来系年要录》	卷四、卷六十、卷一百五十五、卷一百六十三	
28	李昭玘	《太学新增合璧联珠声律万卷菁华》	卷之三十六	
29	林骃	《新笺决科古今源流至论》	卷一、卷七	
30	林骃	《源流至论》	卷之一（后集）	
31	林栗	《周易经传集解》	卷十八	
32	林希逸	《鬳斋续集》	卷二十九	
33	佚名	《皇宋中兴两朝圣政》	卷一	
34	刘子翚	《屏山集》	卷十五诗	
35	彭百川	《太平治迹统类》	卷十二	
36	阮阅	《诗话总龟》	卷之十五	
37	邵雍	《皇极经世书》	卷五下	

(续表)

序号	作者	著作	卷名	备注
38	祝穆	《方舆胜览》	卷六十四	
39	沈与求	《龟溪集》	卷三	
40	司马光	《资治通鉴》	卷第五十八汉纪五十	
41	苏轼	《东坡志林》	卷四	
42	苏辙	《古史》	古史二十	
43	唐士耻	《灵岩集》	卷五	
44	汪藻	《浮溪集》	卷三	
45	王象之	《舆地纪胜》	卷第一、卷第一百三十四、卷第一百六十	
46	王应麟	《困学纪闻》	卷十一	
47	王应麟	《姓氏急就篇》	卷上	
48	魏庆之	《诗人玉屑》	卷七	
49	魏泰	《东轩笔录》	卷十二	
50	吴自牧	《梦粱录》	卷十四	
51	徐梦莘	《三朝北盟会编》	卷二百十二	
52	徐自明	《宋宰辅编年录》	卷十六	
53	杨囦道	《云庄四六余话》		
54	叶寘	《爱日斋丛抄》	卷五	
55	叶适	《习学记言》	卷十、卷十九	
56	叶廷珪	《海录碎事》	卷八上圣贤人事部中	
57	周南	《山房集》	卷二	
58	欧阳守道	《巽斋文集》	卷二十七赞箴	
59	童宗说	《注释音辩柳集》	外集注卷上赋文志	
60	俞德邻	《佩韦斋集》	卷六律诗	
61	宇文懋昭	《大金国志》	卷五纪年	
62	李焘	《续资治通鉴长编》	卷三百十二	
63	家铉翁	《春秋详说》	卷十七	
64	陈鹄	《耆旧续闻》	卷第六	
65	蔡正孙	《诗林广记》	后集卷五	

（续表）

序号	作者	著作	卷名	备注
66	陈景沂	《全芳备祖》	前集卷五花部、后集卷十六	
67	李埴	《皇宋十朝纲要》	卷二十四	
68	刘时举	《续宋编年资治通鉴》	卷六	
69	魏了翁	《春秋左传要义》	卷二十七	
70	魏齐贤、叶棻同编	《五百家播芳大全文粹》	卷三十二	
71	袁枢	《通鉴纪事本末》	卷第八	
72	乐史	《太平寰宇记》	卷四十七河东道八、卷五十六河北道五、卷五十八河北道七	
73	郑樵	《通志》	卷二十六氏族略第二；卷七十七下周同姓世家第一下；卷八十七周异姓世家第二；卷一百七下列传第二十下；卷一百十列传第二十三；卷一百十一上列传第二十四上；卷一百二十六列传第三十九；卷一百六十六忠义传第一	
74	郑樵	《夹漈遗稿》	卷下	
75	朱熹	《晦庵集》	卷第七十一	
76	朱熹	《通鉴纲目》	卷十二下	
77	谢枋得	《叠山集》	卷二、三、四、五、十六	
78	刘克庄	《后村集》	卷一百三	
79	刘辰翁	《须溪集》	卷七	
80	陆九渊	《象山集》	卷之二十	
81	潜说友	《咸淳临安志》	卷十三行在所录	
82	罗泌	《路史》	卷十六后纪七、卷三十一国名纪八	
83	陆秀夫	《宋左丞相陆公全书》	卷六	
84	文天祥	《文山集》	卷之十三别集	
85	金履祥	《通鉴前编》	卷十三、卷十四	
86	佚名	《古今类事》	卷十九为善而增门	
87	佚名	《锦绣万花谷》	锦绣万花谷卷七、锦绣万花谷续集卷十三潼川路	

(续表)

序号	作者	著作	卷名	备注
88	佚名	《历代名贤确论》	卷十八、四十七	
89	佚名	《重广会史》	第六十六	
90	佚名	《重添校正蜀本书林事类韵会》	卷第八 卷第九十九上	

金代王若虚《王若虚集》《滹南遗老集》中亦有记载。可见"赵氏孤儿"本事贯穿于诗词、散文、史学著作中，已然成为一个重要的文化典故，能够成为戏曲史上一部经典的剧作，显然与其不断地被整理、转录以及再创作有关，当然也一定程度上依赖于艺人们舞台上地反复搬演。

宋代以来伴随着印刷技术不断地进步，特别是活字印刷技术的出现，为历代史书、文人笔记、诗歌总集等的传播提供了有利条件。当然，古代典籍中《赵氏孤儿》引用数据的骤增，足以说明统治者出于维护政权的需要，赵氏孤儿曲折的情节、感人的故事恰恰符合官方的需求。作品中有关赵氏孤儿故事的记载，为民间艺术提供了丰富的题材。

总的来说，《赵氏孤儿》经过史书记载、民间艺人长期流传，后经纪君祥成功改编，在国内外产生了巨大的影响。中国古典戏曲早期的传世之作属于世代累积型集体创作已为学者们认同，宋（金）元时代，杂剧、南戏和话本的传世之作几乎都是书会才人、说唱艺人和无名作家在世代流传以后才加以编著写定"，是"世代累积型集体创作。"[35] 在中国戏曲史上没有金代院本的成熟，也就不可能出现元杂剧的繁荣。中国的戏曲起源于何时，学术界仍争论不休，但不可否认，元杂剧的繁荣绝不是凭空出现的，以歌舞演故事的戏曲在宋金元时期是一个重大转折点。

余 论

关于作者纪君祥，如同多数杂剧作家一样，现存资料极少，仅《录鬼簿》有记载，将其列于"前辈已死名公才人有所编传奇行于世者""大都人，李寿卿、郑廷玉同时。"[36] 其活动情况的材料流传极少，生卒年不详，即使有记载也很零散，对纪君祥以及作品的研究造成了困难。据《录鬼簿序》可知，书初稿完成于至顺元年（1330），可推测最迟1330年纪君祥已去世。参考孙楷第《元曲家考略》对李寿卿曾做考证，然不能确指，知其在至元年间任官职，当为中年，可推知其活动时间至少跨越了至元年间（1264—1294）[37]。李寿卿与他们年岁相仿，这可能也就是纪君祥的大致生年。如果这个推断合理，那么在元杂剧的分期上无论是三期说还是两期说,纪君祥为金代遗民的可能性是有的,他是蒙古铁骑横扫中原之后的金"遗民",是由金入元的杂剧作家。吴敢在《曲海说山录》中《〈赵氏孤儿〉杂剧主题商榷》一节,提出纪君祥是由金入元的杂剧作家,他的列祖列宗做了一百多年金朝臣民,他的正统观念,即使不以蒙元为体,也是以完颜为宗的观点[38]。

综上所述,《赵氏孤儿》这部作品被公认为元代的杰出剧作,因纪君祥生卒年不详,对于理解作品的主题就很难把握,本文通过结合剧本中收养敌方孤儿的史实和对血亲复仇的认同两条与史实相冲突的现象出发,提出《赵氏孤儿》并不能反映元代的时代特征,或为元之前统治北方的少数民族金代所有。同时结合作品整体而言,经过世代累积,实则是吸收了许多演出活动以及剧本改编的基础上完成的。因文献的缺失,结合纪君祥同时代人考证,我们无法精确的比较,但不能否认元杂剧的繁荣是建立在宋金时期戏曲成熟的基础上。将纪君祥的作品《赵氏孤儿》的年代提前至金代,作品的写定期还有部分细节还待于进一步考证。

参考文献

[1] 王国维:《宋元戏曲史》,上海古籍出版社,2019年版,第128页。

[2] 上海艺术研究所、中国戏剧家协会上海分会编:《中国戏曲曲艺词典》,上海辞书出版社,1981年版,第440页。

[3][4] 钱南扬校注:《永乐大典戏文三种校注》,中华书局,1979年版,第231—232页、第1页。

[5]（明）徐渭著,李复波、熊澄宇注释:《南词叙录注释》,中国戏剧出版社,1989年版,第132页。

[6] 洛地:《剧作的时代特征——从〈琵琶记〉〈赵氏孤儿〉为南宋时戏文说开去》,《戏文》1997年第6期。

[7] 吴敢:《〈赵氏孤儿〉杂剧主题的商榷》,《艺术百家》1987年第3期。

[8][16] 马克思、恩格斯:《马克思恩格斯选集》（第四卷）,人民出版社,1972年版,第84页、第83页。

[9] 刘晓:《元代收养制度研究》,《中国史研究》2000年第3期。

[10]（宋）范晔著,（唐）李贤等注,《后汉书》,中华书局,1965年版,第264页。

[11]（唐）房玄龄等撰:《晋书》,中华书局,1974年版,第1171页。

[12]（唐）姚思廉等撰:《梁书》,中华书局,1973年版,第833页。

[13]（唐）长孙无忌等撰:《唐律疏议》,商务印书馆,1939年版,第278页。

[14]（宋）欧阳修撰:《新五代史》,中华书局,1974年版,第385页。

[15] 宋德金:《中国风俗通史·辽金西夏卷》,上海文艺出版社,2001年版,第230页。

[17][18][19][20][21][22][23][24]（元）脱脱等:《辽史》,中华书局,1974年版,第1241—1242页、第8页、第1475页、第1291—1292页、第1401页、第1744页、第1807页、第2314页。

[25][30][31][32] 古本戏曲丛刊编辑委员会:《古本戏曲丛刊四集》,商务印书馆影印本,1958年版。

[26] 陈高华等点校:《元典章》,天津古籍出版社,2011年版,第602—603页。

[27] 范希衡:《赵氏孤儿与中国孤儿》,上海古籍出版社,2010年版,第15页。

[28]（清）王先谦:《荀子集解》,中华书局,1988年版,第328页。

[29]（汉）班固:《汉书》,中华书局,1962年版,第3395页。

[33]（汉）郑玄注,（唐）贾公彦疏:《周礼》,上海古籍出版社,1990年版,第213页。

[34] 张岱年:《中国文化概论》,北京师范大学出版社,1995年版,第105页。

[35] 徐朔方:《徐朔方集·自序》,《徐朔方集》,浙江古籍出版社,1993年版,第1—2页。

[36] 中国艺术研究院编:《中国古典戏曲论著集成》第2册,中国戏剧出版社,1959年版,第104、112页。

[37] 孙楷第:《元曲家考略》,上海杂志出版社,1953年版,第26—28页。

[38] 吴敢:《曲海说山录》,文化艺术出版社,1996年版,第18页。

作者

张玉荣,西北大学文学院博士研究生,主要研究方向:中国古代文学,戏剧史。

戏剧研究

"无过虫"

——宋代戏剧艺人的精神呈现与刚性品格*

贾喜鹏

摘要： 宋代耐得翁在《都城纪胜》中把当时的戏剧艺人称为"无过虫"，其内涵的核心虽指向艺人的讽谏功能，但这无疑是艺人们最集中的精神呈现，也是其刚性品格的彰显。这种精神与品格既恰逢时代的适宜土壤，又肇源于历史的继承。对于认识演员的历史，以及今天演艺人员品性的重塑，都有着很强的鉴借意义。

关键词： 宋代；优伶；无过虫；精神；品性

"这是一个独特的群体，这一群体现代人称其为'演员'，而在中国古代则称叫作'优伶'""在中国古典艺术中，最富有色彩、最为多样化，且渗透到了社会民俗的各个阶层和领域的，无疑是优伶艺术。""然而他们在中国古代所遭受的苦难和摧残却与他们所创造的艺术文化是极不相称的"，整个封建文化从法律、族规家训乃至社会舆论、教育，甚至服饰等级的规定都在"侮辱他们、作践他们"，"优、倡、隶、卒"，"王八戏子吹鼓手"的说法，说明着中国古代优伶地位在历史上总体的低下。这深深影响着世人对于优伶的认识观念，也深深反映到了优伶自己的心理意识之中[1]。然而在数千年漫长而充满悲怆的优伶历史发展过程中，却在整个有宋一代，对于优伶的称呼令人讶然而又诧异，竟成为这一片黑漆黯然历史中的一抹亮色，那就是"无过虫"。张本一先生在《"无过虫"刍议》一文中校正《汉语大辞典》"无过虫"条，认为这一称呼代指"古代优伶"，即整个古代艺人是不确切的，它仅能代指当时的宋杂剧艺人，说的是有道理的，但是当时"散乐，传学教坊十三部，唯以杂剧为正色"[2]，则杂剧艺人正可作为当时优伶的代表，故而此处可以"无过虫"作为整体优伶之称呼。张先生说"虫"包含着贬义色彩，但其中善意的戏谑成分可能多于

---

*【基金】本文为山西省社科联 2022 至 2023 年度重点课题"社会主义核心价值观视角下的中国古典戏曲剧目分类研究"（项目号：SSKLZDKT2022142）、2023 年山西省高等学校教学改革创新立项目"中国古代文学课程思政元素挖掘与教学研究"（项目号：J20231260）的阶段性成果。

贬斥，何况"无过"才应该是"无过虫"一词的重心，也是优伶自豪且乐于接受并骄傲的地方[3]。

一

"无过虫"一词首次出现在成书于南宋端平乙未年（公元1235年）灌园耐得翁《都城纪胜》"瓦舍众伎"条，在述说了散乐从京师（北宋）到绍兴（南宋）的状况后，曰："杂剧……大抵全以故事世务为滑稽，本是鉴戒，或隐为谏诤也，故从便跣露，谓之无过虫。"[4] 同样的说法还见于宋吴自牧《梦粱录》，此书卷三"宰执亲王南班百官入内上寿赐宴"条记御宴第五盏酒后的杂剧表演，"是时教乐所杂剧色何雁喜、王见喜、金宝、赵道明、王吉等，俱御前人员，谓之'无过虫'"[5]。卷二十"妓乐"条载："杂剧……大抵全以故事，务在滑稽……此本为鉴戒，隐为谏诤，故从便跣露，谓之无过虫耳。若欲驾前承应，亦无责罚。一时取圣颜笑。凡有谏诤，或谏官陈事，上不从，则此辈妆作故事，隐其情而谏之，于圣颜亦无怒也。"[6] 可见"无过虫"的说法贯穿北宋和南宋，但也仅见于赵宋一朝。《左传·宣公二年》言："人谁无过？过而能改，善莫大焉。"何况"虫"乎？"虫"而"无过"，该做出了什么样的功德，才能获此殊荣呢？

吴自牧与耐得翁的叙述略有差池，是否有所借鉴已不得而知。详绎两者区别，不仅为文字的详略而已，其中的内涵、方式与主动性都不同。耐得翁言杂剧的故事内容源于"故事世务"，比吴说仅言"故事"，多了"世务"二字，但也因此就多了对于优伶关涉现实世界职能的投注，认识意义完全不同。因为负有的此种职能，在"鉴戒"与"谏诤"时，优人就不是仅仅追随在谏官的身后，于"上不从"后再"妆作故事"了。他们会有自己的选择"从便跣露"，即不是事先的排演，没有预设的剧本。当谏官士大夫们面对"世务"时势，瞻前顾后而"寝结其舌"时，"不能有所服帖者，独一教坊使丁仙现耳"，"作为嘲诨，肆其消难"，"一时谚语，有'台官不如伶官'。"方式上自然也比较激烈，不然也不会惹得王安石"不堪，……因遂发怒，必欲斩之"了[7]。

任二北先生在其编撰的著作《优语集》言："'史诗'之意，于诗为贵。若'谏史'之说，于优语则不奇。缘每一优谏，皆根于当时现实，皆有的之矢，依时而次之，即史也。"[8] 由于任先生首重优谏精神，所以对于集中收集的北宋优语资料并不满意："赵宋诸语，士林传习最熟。唯北宋初期所有，都闲话而已，无关大体。"但同时感慨曰："优语附历史现实以进展，步调不乱如此。"[9] 此叹源于其中有优人先后对于王安石、徽宗、蔡京、童贯等的嘲诨。

宋洪迈《夷坚志》支乙卷第四"优伶箴戏"条载：

> 蔡京作相，弟卞为元枢，卞乃王安石婿，尊崇妇翁，当孔庙释奠时，跻于配享而封舒王。优人设孔子正坐，颜、孟与安石侍侧。孔子命之坐，安石揖孟子居上，孟辞曰："天下达尊，爵居其一。轲仅蒙公爵，相公贵为真王，何必谦光如此。"遂揖颜子，颜曰："回也陋巷匹夫，平生无分毫事业，公为名世真儒，位号有间，辞之过矣。"安石遂处其上。夫子不能安席，亦避位，安石惶惧拱手云不敢，往复未决。子路在外，愤愤不能堪，径趋从祀堂挽公冶长臂而出，公冶长为窘迫之状谢曰："长何罪？"乃责数之曰："汝全不救护丈人，看取别人家女婿。"其意以讥卞也。时方议欲升安石于孟子之右，为此而止。[10]

黄素言："讥的是蔡卞，受影响的却是王安石。而且王安石已经死了，但他在时政上却还是活鲜鲜的。"又言："此处乃'一般受无量苦'之百姓面对'活鲜鲜'之死王爷并太师、元枢等抗争，是非了了，古优既露其骨矣，吾人不必再埋骨。"[11]

关于王安石的历史功过，不必苛求优伶的评判，要旨在于优伶把活着的、死去的，"脱白挂绿"已经"为卿相"的"生"，只知道为自己争"配享"的行为，与"百姓一般受无量苦"的现实，比并起来进行呈现的热忱与胆量。（"生"与"百姓"事详见后面所引）任二北先生虽说丁仙现对于王安石的诮难属于"但矜百姓苦，却不看远处。"[12]但于此亦言："殆发于百姓身受无量苦者，公愤由中，雍郁不散，岂附党争始然哉！"[13]

王安石属于已死的"王爷"，且看一条优人对于"活鲜鲜"太师的诮难。

宋周煇《清波杂志》卷六有记载：

> 蔡京罢政，赐邻地以为西园，毁民屋数百间。一日，京在园中，顾焦德曰："西园与东园景致如何？"德曰："太师公相，东园嘉木繁阴，望之如云，西园人民起离，泪下如雨。可谓'东园如云，西园如雨'也。"语闻，抵罪。或云：一伶人何敢面诋公相之非？特同辈以飞语嫁其祸云。[14]

优人焦德的记载还有同书的"皆芭蕉也"条与张知甫《可书》"犹自似戬"的故事。前谏徽宗任用朱勔行花石纲事，后讥内侍杨戬。故而任二北先生为"西园如雨"条下按语曰："'面诋公相'何足奇！古优勇锐，且面诋皇帝。万乘可犯，何言千乘！诚如'或云'，焦德无胆矣！"焦德的胆，不是杀人放火，不是凌虐荼毒，而是对于"人民"的悲悯，是对于本应当秉持"民为本"的信条却违背了初心，成为害民贼的儒士的讥诮发难。

再观《夷坚志》支乙卷第四"优伶箴戏"条载：

又尝设三辈为儒、道、释，各称诵其教。儒曰："吾之所学，仁义礼智信，曰五常。"遂演畅其旨，皆采引经书，不涉谍语。次至道士，曰："吾之所学，金木水火土，曰五行。"亦说大意。末至僧，僧抵掌曰："二子腐生常谈，不足听。吾之所学，生老病死苦，曰五化。藏经渊奥，非汝等所得闻，当以现世佛菩萨法理之妙为汝陈之。盍以次问我。"曰："敢问生。"曰："内自太学辟雍，外至下州偏县，凡秀才读书，尽为三舍生。华屋美馔，月书季考，三岁大比，脱白挂绿，上可以为卿相。国家之于生也如此。"曰："敢问老。"曰："老而孤独贫困，必沦沟壑。今所在立孤老院，养之终身。国家之于老也如此。"曰："敢问病。"曰："不幸而有病，家贫不能拯疗，于是有安济坊，使之存处，差医付药，责以十全之效。其于病也如此。"曰："敢问死。"曰："死者人所不免，唯穷民无所归，则择空隙地为漏泽园。无以殓，则与之棺，使得葬埋。春秋享祀，恩及泉壤。其于死也如此。"曰："敢问苦。"其人瞑目不应，阳若恻悚然。促之再三，方蹙额答曰："只是百姓一般受无量苦。"徽宗为恻然长思，弗以为罪。[15]

此条材料冗长，任二北先生评曰："文内于'老''病''死'，皆实说，于'生'独虚说，想当时脚本即如此。前后有伦有理，并化及凶顽，著明效果，深合理想，乃宋优语中典型之作。北宋优语有此事为殿，尤感力量。"[16]"有伦有理"是指优人脚本设置的得当，也即"生"的"虚"，与"老""病""死"的"实"的安排。其实"生"并不"虚"，只是不是佛家的"实"，而是国家对待"儒生"的"实"。然而"儒生"的"实"，叠加上"老""病""死"的"实"，结的果实却是"百姓一般受无量苦"。这就是"著明效果"，而优人的戏剧"理想"，就是寻找结出这种果实的根源——"化及凶顽"。国家的高层制度设计是如此完美，儒士的待遇是如此的优渥，但结果何以如此不堪？

然而，这已经不是简单的谏诤与讥讽，也不再是单纯的胆略问题，这涉及"思想"层面，"人无远虑，必有近忧"，儒士作为古代的知识分子，其存在的价值跟意义所在即是"思"与"想"，但此时的儒士，只是享受着"脱白挂绿，上可以为卿相"带来的荣耀与尊崇，而把"思想"的权力下放给了优人，恐怕徽宗的"恻然长思"，不仅仅在思考现实方面的问题，已有哲学层面的考量存在了。①

任二北于《优语集·弁言》云："优语入南宋，奔腾与湛密，兼而有之：'奔'言其远，'腾'言其高，'湛'言其深，'密'言其精美。已传者量虽不多，却少平衍琐屑。从其所

---

① 北宋中前期，思想学术界的繁荣，即是当时的知识分子共同"思想"的结果，促使赵宋一朝走向了中古文化的巅峰，但党争的兴起带来的元祐党禁，致使学术生态渐趋萎缩，儒士的个人道德水准也集体下滑。

谴责之反面人物数之，对刘豫、秦桧、张循、韩侂胄、史弥远、丁大全、董宋臣，旁及郭倪、郭杲、郭倬、吴知古、史岩之等，一一掊击，都未放过。从其所呼吁之军民疾苦数之，则有边患沉重，将帅非人，官贼不分，刑法枉滥，经界苛细，考举糊涂等等。总之：此时不肖者每作一事，则于民加一害，贤者空言匡济，而儒术无灵，令人绝望，——正南宋一百五十年间，蠕蠕蠢蠢，宛转就亡之中一大症结也。"[17]

吴自牧《梦梁录》卷二十"妓乐"条载："绍兴年间，废教坊职名，如遇大朝会，圣节，御前排当及驾前导引奏乐，并拨临安府衙前乐人。""今士庶多以从省，筵会或社会，皆用融和坊、新街及下瓦子等处散乐家，女童装末，加以弦索赚曲，祗应而已。"[18]"衙前乐人"与"散乐家"比起北宋的"教坊大使"更加的接地气，与民众的联系更紧密，也就更能感受大众的疾苦和民间的风评，更难能的是优人一脉相传的骨鲠之气还在。

此处谨例举直刺南宋权相秦桧的两则记载，略示"厥歼渠首"之意，以彰优人之胆略与关涉。

岳珂《桯史》卷七"优伶诙语"载：

> 秦桧以绍兴十五年四月丙子朔，赐第望仙桥。丁丑，赐银绢万疋两，钱千万，彩千缣，有诏就第赐燕，假以教坊优伶，宰执咸与。中席，优长诵致语，退，有参军者前，褒桧功德。一伶以荷叶交椅从之，诙语杂至，宾欢既洽。参军方拱揖谢，将就倚，忽坠其幞头，乃总发为髻，如行伍之巾，后有大巾环，为双叠胜。伶指而问曰："此何环？"曰："二胜环。"遽以朴击其首曰："尔但坐太师交倚，请取银绢例物，此环掉脑后可也。"一坐失色，桧怒，明日下伶于狱，有死者。于是语禁始益繁。[19]

《夷坚志》支乙卷第四"优伶箴戏"条载：

> 壬戌省试，秦桧之子熺、侄昌时、昌龄皆奏名。公议籍籍而无敢辄语。至乙丑春首，优者即戏场设为士子赴南宫，相与推论知举官为谁，或指侍从某尚书某侍郎当主文柄。优长曰："非之，今年必差彭越。"问者曰："朝廷之上，不闻有此官员。"曰："汉梁王也。"曰："彼是古人，死已千年，如何来得？"曰："前举是楚王韩信。信、越一等人，所以知今为彭王。"问者嗤其妄，且扣厥指，笑曰："若不是韩信，如何取得他三秦？"四座不敢领略，一哄而出。秦亦不敢明行谴罚云。[20]

前条讥当时气势熏天的秦桧之不恤国事,胆略震撼百代,带来"于是语禁益繁"的后果,而伶"有死者";后者讥秦桧之溷乱科场,"四座不敢领略",然而优人的正气震慑嚚顽,致令秦桧亦"不敢明行谴罚"。

任二北先生以"奔腾而湛密"来评价南宋的"优语",诚不虚言。在这个"贤者空言匡济,而儒术无灵,令人绝望"的时代,优人们身处社会的最底层,"目怵'百姓受无量苦',虽为'小人',却具冷眼,……兼具热肠,有呼号,有抗争,然后始最不可欺。譬如婴儿,虽'视精''心正'只能啼己之饥而已,不能啼人之饥。故优人之鸣,乃最'不可欺'者。封建时代其他之鸣,多婴儿鸣耳,去优人之鸣远甚!""然后台官乃不如伶官,官场复不如戏场。"[21]伶官为这个"蠕蠕蠢蠢,宛转就亡"窘况中的社会,解了多少压,消了几多愁,泄了几多恨,又增添了几多刚毅果敢,勇于担当的色彩!

"先现衰老,无补朝廷也!"[22]丁仙现的慨叹,实是一代伶人崇高品性的外溢,不仅在鄙视着一些麻木无耻的儒士,亦是自道本意,是对于"受无量苦"的芸芸百姓的无限挂怀与悲悯。或许处于政权与话语权的边缘,优人的弥缝大都掀不起大的风浪,仅能引来一"哂",然而他们的努力与暗攒的功德,不但无愧于"无过虫"的称号,甚而应为其正名曰"有功人"。

二

"无过虫"其实是整个优伶史上的萤火虫,只是转瞬即逝的一抹亮光,但却耗尽了近两千年积攒的能量。随后的历史进程中,优人的讽谏精神虽薪火相传,不绝如缕,然而更为黑暗的现实,让他们的生存更加艰辛。为秉持优谏品行而付出的代价也更为沉重。两宋时代无疑是后来者的向往。"无过虫"在宋时的出现,既有历史的积淀,又有时代因子渗透的原由。

(一)历史因素的积淀

宋代洪迈《夷坚志》支乙卷第四"优伶箴戏"条曰:"俳优侏儒,固伎之最下且贱者,然亦能因戏语而箴讽时政,有合于古蒙诵工谏之义,世目为杂剧者是已。"[23]把俳优与侏儒并列固属污蔑,说其"最下且贱"亦是腐见,皆应当摒弃。是否肇源于"古蒙诵工谏"也值得商榷,只是其中的"古"与"谏"倒是真的。《国语·晋语》中即有优施"言无邮"故事的记载,司马迁《史记》专列《滑稽列传》。司马迁一代杰人,撰述《滑稽列传》自然有其瞩目,曰:"天道恢恢,岂不大哉!谈言微中,亦可以解纷"[24]。

元杨维桢《〈优谏录〉序》云:"太史公为滑稽者作传,取其谈言微中,则感世道者深矣……予闻仲尼论谏之意有五:始曰'谲谏',终曰'讽谏';且曰'吾从者讽乎?'盖一讽之效，从容一言之中，而龙逢比干不获称良臣者之所不及也。观优之寓於讽者，如'漆城''瓦衣''雨税'之类，皆一言之微，有回天倒日之力……则优戏之伎虽在诛绝，而优谏之功岂可少乎？他如安金藏之刳肠，申渐高之饮鸩，敬新磨之免戮疲令，杨花飞之易乱主于治。君子之论，且有谓'台官不如伶官'。……则忧世君子，不能不嚘喑于此矣。"[25] 杨维桢于优人"侮圣人之言为剧"不满，但解释了司马公的"谈言微中"。儒家讲究"谏"，但主张"讽谏"，这得有技巧，这方面龙逢比干都不行，得优人。肯定了"优谏"的"回天倒日之力"。这是"世道者深"的一个方面。然而有些问题既非"讽谏"可办，亦非优人的"急智"可办，文人儒士秉持"明哲保身"的理念，不作龙逢比干，"道不行，乘桴浮于海。"可是问题怎么办？于是金藏、申渐高之类的烈士出现了。于此，"台官不如伶官"，于此，杨维桢"不能不嚘喑"。这应该是"世道者深"的又一个方面。

"漆城"事见《史记·滑稽列传》：

  二世立，又欲漆其城。优旃曰："善。主上虽无言，臣固将请之。漆城虽于百姓愁费，然佳哉！漆城荡荡，寇来不能上。即欲就之，易为漆耳，顾难为荫室。"于是二世笑之，以其故止。[26]

条中优旃即已明言，"漆城"事，"百姓愁费"，二世即是当时的"天""日"，能够因优旃言而停止这一荒唐主意，确实够得上"回天倒日"。

"雨税"事见宋马令《南唐书》卷二十五《谈谐》第二十一：

  申渐高，不知何许人也，在吴为乐工。吴多内难，伶人不得志。渐高常吹三孔笛，卖药于广陵市。昇元初，案籍编括，渐高以善音律为部长。时关司敛率尤繁，商人苦之。属近甸亢旱，一日，宴于北苑。烈祖谓侍臣曰："畿甸雨，都城不雨，何也？得非狱市之间违天意欤？"渐高乘谈谐进曰："雨惧抽税，不敢入京。"烈祖大笑。即下令除一切额外税。信宿之间，膏泽告足。当时以谓"优旃漆城，优孟葬马"，无以过也。[27]

此条所言，备足详细。申渐高并"不得志"。而"得志"者，"敛率尤繁"，更无谓谏而阻止了。因申渐高而"信宿之间，膏泽告足"，"当时"即有"漆城"、"葬马"，"无以过也"的风评。明洪月城《秋水镜》赞此事曰："心乎为国者，随事献忠；意在阿君者，百计贡谀：忠佞之分途如此。"[28] 更是从潜意识的层面，高度评价了申渐高的所谓"乘谈谐进"的行为。

申渐高"饮鸩"事载在"雨税"事后。曰:

> 烈祖受禅,吴朝老将唯周本为元勋。烈祖患其难制,因其劝进至金陵,曲宴便殿,引鸩赐本。本疑之,旁取一卮,均酒之半,跪进曰:"臣与陛下千载一遇,陛下不饮此酒,殆非君臣同德也!"烈祖变色,左右莫知所从。渐高舞袖升殿,并饮之。内金盏于怀趋出。烈祖密使亲信诣渐高第,赐药解之,不及,是夕渐高脑溃而卒。[29]

陆游《南唐书》二五并载此事,言辞略有不同。宋张端义《贵耳集》下读陆书所载评曰:"一时仓卒,遂解君臣之疑。虽曰小人,以一死存国体可谓知几之士矣。"[30] 马令"廓人主之褊心"也当是就此条所言。张端义之论,在当时已然在抬高优人了,然而今天咀嚼,诚然不爽:"小人"命贱,"一死存国体"固然划算,谓其"知几之士",已是褒赏。可是更应该"知几"的"左右",当此之时,何以却"莫之所从"?

安金藏"刳肠"事并见于《旧唐书》与《新唐书》,文字略有出入,任二北先生录入《优语集》时采用《新唐书》卷一九一,加条目曰:"剖心以明"。曰:

> 安金藏,京兆长安人,在太常工籍。睿宗为皇嗣……惟工优、给使得进。俄有诬皇嗣异谋者,武后诏来俊臣问状,左右畏惨楚,欲引服。金藏大呼曰:"公不信我言,请剖心,以明皇嗣不反也!"引佩刀,自刲腹中,肠出被地,眩而仆。……朝廷士大夫翕然称其谊,自以为弗及也。[31]

"优谏"往往是伴随着生命危险的,但安金藏直接把生命祭献了出去,难怪"朝廷士大夫翕然称其谊,自以为弗及也"。而效应当然是巨大的,《旧唐书》记曰:"即令俊臣停推,睿宗由是免难。"玄宗即位,"追思金藏忠节,下制褒美。……乃令史官编次其事。"开元二十年(732),又封安金藏为代国公,"于东岳等诸碑镌勒其名。"南唐徐铉《安金藏画像赞》云:"心腹肾肠,所以为人。安公感激,舍此求仁。……咨耳百世,仰之愈新。"清洪亮吉《安金藏》诗云:"中兴唐祚说五王,论功不及安金藏。"[32]——优人而获如此的功名、纪念,是杨维桢发出"忧世君子,不能不嚘嗞于此矣"感慨的因由了。

六百年后,经见了更多优行,对优人有了更深了解的吴梅先生在其《中国近世戏剧史》序中对司马迁《史记·滑稽列传》的设置与总纲评价云:"司马迁滑稽一传,主以达民情之隐,而'谈言微中,亦足解纷'一言,更足征史家之卓识,……一时士大夫所不敢言者,乃出诸伶家爨弄之口。按诸史公之言,若合符节,可不谓贤耶?"[33]

优人"谈言微中",其源有自,其尚由来久矣,而其流渡越千载。"优语有谏、诙之分",有些文士出于自身的优越感,混淆谏、诙之分,抹杀"优谏"的社会功绩,贬低优人的人格。任二北为之辩白:"或曰:'优经常以说俏皮话进行讽刺,其目的总归是滑稽调戏。'曰:不然。优孟'持廉'之歌,成辅端'践田园'之咏种种,沉痛庄严!去'俏皮话'远甚;其目的为国为民,不为滑稽调笑,博欢领赏。"并言:"古优谏正古刺诗之流变。""优人以优谏匡正昏暴,乃聪明正直、舍生取义,轰轰烈烈人。非休休儒儒,柔媚无骨之人。"[34]

(二)宋代特殊的社会文化环境

宋代是文人的黄金时期,源于文人与天子共治天下的政治格局的形成,而这种格局之所以能够形成,一方面源于赵氏一族对于历史,特别是唐五代历史的经验总结。要结束武将跋扈、藩镇割据的局面,治国要用文臣,于是对于文臣的优渥无以复加,其中最为重要的不仅是给予了仕途上的出路,而且在军国大事上,真正具有发言权。①宋真宗《劝学诗》云:"富家不用买良田,书中自有千钟粟。安居不用架高堂,书中自有黄金屋。出门莫恨无人随,书中车马多如簇。娶妻莫恨无良媒,书中自有颜如玉。男儿欲遂平生志,五经勤向窗前读。"其中的期望就是:好好读书吧!读书能够获取人生中的一切。宋真宗颇具文学才能,这首《劝学诗》,很具白话诗的味道,通俗易懂,很能激发人的功名欲望。科考制度,尤其是糊名制的施行,使入仕之途更加公平。宋人曾说:"唯有糊名公道在,孤寒宜向此中求。"在这种氛围下,北宋前中期崛起于政治舞台的士人,就有很多像范仲淹和欧阳修这样起于清寒者。读书是改变命运最可行、最便捷、最划算的途径,大量的平民阶层中的精英人物进入朝廷,走上政治舞台,也因此带来清新的平民风气,包括对于阶层身份的模糊。

任二北《优语集》"弁言"中对于收集的宋代优语资料评说:"北宋初期所有,都闲话而已,无关大体。"任先生收集优语的着重点在"申义理",在其"优谏精神",对于除此而外的"闲话""常语"虽无鄙弃之意,但具轻视之心。但任先生指出了这些闲话所能反映出的另外信息——"生活形态、社会关系",是优人的"行",用来分析优人所处的时代状况却很是有用。比如其收录宋范公偁《过庭录》"赶逐不上"条云:

> 丁石,举人也,与刘莘老同里。发贡,莘老第一,丁第四,丁亦才子也。后失途在教坊中,莘老拜相,与丁线见同贺莘老。莘老以故不欲廷辱之,乃引见于书室中,再三慰劳丁石。丁石曰:"某忆昔与相公同贡,今贵贱相去如此,本无面

---

① 范仲淹说:"寇莱公当国,真宗有澶渊之幸,而能左右天子,如山不动,却戎狄,保宗社,天下谓之大忠。"邓小南认为,为了国家社稷,而能"左右天子",这种作为在士人心目中被认为是"大忠",这一精神脉络,到了北宋中期的仁宗朝更为显著。

见相公。又朝廷故事,不敢废,诚负惭汗。"线见因自启相公曰:"石被相公南巷口头掷下,至今赶逐不上。"刘为大笑。[35]

任先生按曰:"宋优人出身,有与宰相同贡者,其入优流,殆陆羽'捲卷衣人入优党'一类软?"其实,在宋代士农工商皆本业的观念,与官学对于学生身份背景的极度淡化叠加下,"贱不必不贵,贫不必不富",社会各阶层的流动极其迅捷,身份的转化也是瞬息之事。所以任先生不必惊讶"优人出身,有与宰相同贡者"。所谓"贵贱相去如此"可能只是丁石的惯性卑微心态引起的担心,在刘莘老的意识中是"不欲廷辱之"的,于是才有"引见于书室中,再三慰劳"的举动。而线见自启相公:"石被相公南巷口头掷下,至今赶逐不上"的笑话,是以通俗口语的方式道得实情,看似打趣丁石,实则消解其忐忑尴尬之情,而刘莘老也认可这种行为,因而"大笑"。在这样的故事表述中可以看到,优人与达官之间的关系并没有前世或后世那样的紧张,似乎拘谨中其实透露着平等自然的心理。

又收李廌《师友谈记》"头上子瞻"条:

东坡先生近令门人作《人不易物赋》,或戏作一联曰:"伏其几而袭其裳,岂为孔子;学其书而戴其帽,未是苏公。"廌因言之公,笑曰:"近扈从宴醴泉观,优人以相与自夸文章为戏者,一优丁仙现曰:'吾之文章,汝辈不可及也。'众优曰:'何也?'曰:'汝不见吾头上子瞻乎?'上为解颐。"[36]

宋杨万里《诚斋集》一四零,诗话"不笑者所以深笑"条:

东坡尝宴客,俳优者作技万方,坡终不笑。一优突出,用棒痛打作技者曰:"内翰不笑,汝犹称良优乎!"对曰:"非不笑也,不笑者所以深笑之也。"坡遂大笑。盖优人用坡"王者不用夷狄论"云:"非不治也,不治者所以深治之也。"[37]

这两条涉及的是大文豪苏轼苏东坡,"头上子瞻"条作优的仍是丁仙现,但"解颐"的人物变成了"上"。"不笑者所以深笑"条让人惊讶的是优人对于东坡文章的熟悉,这里显露的是有宋一朝文化如雨露一般的沾溉。南宋高文虎《蓼花洲闲录》录刘壮舆《沧浪野录》记载曰:"苏子瞻泛爱天下士,无贤不肖,欢如也。尝自言:'上可以陪玉皇大帝,下可以陪卑田院乞儿。'"又载曰:"子瞻曰:'吾眼前见天下无一个不好人。'"[38] 或许是宋朝一代士人大多于出身贫寒底层,本身对于因为出身而形成的身份对立就有泯灭期待,而他们对于儒释道三家思想的萃取融合,也使对于芸芸众生的态度走向一视同仁。优人,不论是在教坊供奉,还是"打野呵"觅食,在见识以及知识水平上当都高于一般的平民百姓,所以有宋一朝优人的才智、胆量、技艺才会展露无遗,丁仙现才会"非为优戏,则容貌俨然如士大夫",以此自期的背景当有赖于有宋一朝特殊的社会文化环境。

结　语

作为一个具有几千年沿承的群体,优人的职业身份是固化的,但其职业功能却变动不居。最早的巫觋尸祝通过宗教祭祀仪式,以歌舞来表现与神灵的交感、祖宗的崇拜、氏族的图腾,或许还有些社会地位。但在后来漫长的奴隶与封建社会,优人虽不废"娱神"的职业功能,但重心已经逐渐倾向了"娱人",不事生产的职业性能,使他们的生活完全依附于宫廷和贵族豪门,或者靠声色技艺取悦于人来获取生活资料,处在了社会的最底层,受尽了人世的酸辛与疾苦。直到中华人民共和国的建立,优人才变化了称呼,成为文艺工作者,享受全体公民同等的待遇。漫长的黑暗和无尽的凌辱,并没有泯灭掉所有优人的良知与责任,没有垮掉所有人的脊梁。他们虽在夹缝中生存,却顽强地在气候适宜时铺蔓开传承的讽谏精神,发出来自民间的呼号,展示自己的内心,告诉世人,优人自有风骨,有不怕"敲棒"的"天灵盖"。今天,优人的屈辱的历史已经远去,但是优人优良的精神与品性不能丢,应该自觉地担当起人民的文艺工作者的职责,为社会主义新文化建设而澡雪精神,淬砺风骨。

参考文献

[1] 谭帆:《优伶史》,上海文艺出版社,1995年版,第1—149页。

[2][4](宋)灌园耐得翁:《都城纪胜》,中国商业出版社,1982年版,第8—9页,第9页。

[3] 张本一:《"无过虫"刍议》,《四川戏剧》2011年第2期。

[5][6][18](宋)吴自牧:《梦粱录》,浙江人民出版社,1984年版,第19页,第191—192页,第191—192页。

[7](宋)蔡絛:《铁围山丛谈》卷三,任二北:《优语集》附录,上海文艺出版社,1981年版,第310页。

[8][9][17][21][34] 任二北:《优语集》"弁言",上海文艺出版社,1981年版,第4页、第7页、第7页、第13页、第12页。

[10][15][20][23](宋)洪迈撰,何卓点校:《夷坚志》,中华书局,1981年版,第822—823页、第823页、第824页、第822页。

[11][12][13][16][35][36][37] 任二北:《优语集》卷四"北宋",上海文艺出版社,1981年版,第104页、第98页、第102页、第119—120页、第106页、第99页、第104页。

[14]（宋）周煇撰,刘永翔校注:《清波杂志》,中华书局,1994年版,第278—279页。

[19]（宋）岳珂撰,吴企明点校:《桯史》,中华书局,1981年版,第81页。

[22]（宋）朱彧撰,李伟国点校:《萍洲可谈》,中华书局,2007年版,第165页。

[24][26]（汉）司马迁:《史记》,中华书局,1999年版,第2423页、第2427页。

[25][33] 任二北:《优语集》"总说",上海文艺出版社,1981年版,第9—10页、第13页。

[27][29]（宋）马令、（宋）陆游撰:《南唐书（两种）》,南京出版社,2010年版,第170页、第170页。

[28] 任二北:《优语集》卷三"五代",上海文艺出版社,1981年版,第74页。

[30]（宋）庄绰、（宋）张端义撰,李保民校点:《鸡肋编 贵耳集》,上海古籍出版社,2012年版,第136页。

[31][32] 任二北:《优语集》卷二"唐",上海文艺出版社,1981年版,第38页、第31—32页。

[38]（宋）高文虎:《蓼花洲闲录》,（宋）庄绰、（宋）高文虎撰:《鸡肋编及其他一种》,商务印书馆,民国二十五年版,第11页。

作者

贾喜鹏,长治学院中文系副教授,主要研究方向:宋元明清戏曲与文化。

交叉研究

论晚清士绅对小说戏曲禁毁活动的推动和阻碍*

张天星

摘要：晚清士绅主要通过直接查禁、禀官查禁、制定规约、组织团体、制造舆论等方式参与禁毁小说戏曲活动。晚清士绅既是小说戏曲观念性和制度性禁毁的主要推动者，也是维持常态化禁毁的关键力量，晚清禁毁小说戏曲活动频繁、禁毁名目的涟漪效应等现象都与士绅的参与密切相关。士绅分布不均、对禁毁参与不一，禁毁活动开展也不均衡，士绅还会为私利或代表地方利益而带头违禁。晚清士绅参与禁毁是考察和理解晚清禁毁小说戏曲原因、特点以及与社会转型之间关系不可或缺的内容。

关键词：晚清士绅；禁毁；小说戏曲；助推；阻碍

士绅亦称绅士、乡绅，指以科举功名之士为主体的在野社会集团，同时也包括通过其他渠道如捐纳、保举等而获得身份和职衔者[1]。清代前期，统治者对绅权采取抑制策略。中叶以后，特别是太平天国战争开始，官方扶持绅权，造成绅权大张之势，士绅阶层在承担基层社会教化、治安、赋税、公益等职能的过程中，相比清代前中期，更加活跃地参与禁毁小说戏曲活动。目前，研究晚清士绅的成果十分丰富，对于士绅参与教化的研究集中在慈善、教育、乡约、修志等方面，而于士绅参与禁毁小说戏曲的专题研究尚付诸阙如，本文拟探讨晚清士绅参与禁毁小说戏曲的方式、作用和认识价值。

一、士绅参与禁毁活动的主要方式

在劝善运动、匡扶传统、救亡图存等时代思潮的激荡中，晚清士绅较全面地参与禁毁活动，其方式主要有六：

---

*【基金】本文为浙江省哲社规划项目"中国近代小说戏曲管理编年与研究"（项目号：23NDJC311YB）、国家社科基金项目"晚清小说戏曲禁毁问题研究"（项目号：16BZW103）的阶段性成果。

(一)直接查禁

从查禁缘起上看,可分为日常化的随见随禁和官方颁布禁令后的配合查禁两种形式。1. 日常化的随见随禁。清代中后期,劝善运动形成潮流,士绅阶层多视所谓的淫书淫戏为教化之大敌,他们一般把社会教化和行善积德结合起来自觉参与禁毁:(1)刊本板片,随见随毁。1901年7月,某甲从沪上收买"淫书"多种,运至南京销售,被某绅见到,特备资将某甲的所有"淫书"悉数购回焚毁,并函请有司出示严禁[2]。(2)违禁戏曲,随见随禁。在禁毁责任心较强士绅的住地周围,如果出现有害风化或治安的戏曲观演,他们会予以禁止。1897年初,有档子班在汉口楚班公所搬演夜戏,邻绅许元圃闻之,恐酿事端,前往禁止,将班主押至官厅,请官饬令具结开释[3]。士绅随见随禁的禁毁方式是维持地方社会常态化禁毁活动的基本力量。2. 官方颁布禁令后的配合官禁。即士绅根据官方禁令,要求违禁者上缴小说戏曲刊本板片或停止戏曲观演。在同治七年(1868)江苏巡抚丁日昌禁毁淫词小说运动中,上海绅董参与执行,挨查藏板之店,将《红楼梦》等开单小说"逐一吊出",予以焚毁[4]。士绅直接查禁有一大软肋,即他们没有法定的执法力量,所以官方倾向于士绅劝禁,即以劝说开导的方式制止,"谕饬各都绅董妥为劝禁。"[5]在地方熟人社会,劝禁可以通过血缘、宗法、邻里关系形成"交相劝改"[6]的局面,起到防范于未然的作用。

(二)禀官查禁

绅权大张之后,士绅阶层被赋予"上可以济国家法令之所不及,下可以辅官长思虑之所未周"[7]的期待,官方禁令中也常常申明准许绅耆等指名禀究[8]。禀官查禁既是士绅参与禁毁最常用的方式,也是士绅对晚清禁毁活动影响最著的方式。

从士绅禀官查禁的起因上,可以分为维持常态化禁止的禀请和禁止无果之后的禀请。前者是指士绅发觉禁令有所松弛或违禁活动有所抬头时,立即禀官严禁,此类禀禁居多数。青浦士绅陈渊泰,"居乡力持名义,凡里中设赌厂演花鼓戏,辄白有司严禁之。"[9]后者指士绅在购毁书板或劝禁活动中遭到拒绝配合或反抗,则禀官查究。1899年,高水水在福州白鹭棋收买《金瓶梅》《肉蒲团》等小说,出租渔利,士绅们将书给价购毁,高得钱之后,并不缴毁。士绅遂禀请保甲局将其拘获惩办[10]。从禀请的人数上,可分为个人禀请和联名禀请,而以后者居多,且影响亦著。士绅联名禀禁是晚清一些大规模查禁活动的"导火索",如吴县士绅陈龙甲等禀请与1838年苏州设局收缴淫书运动、仁和士绅张鉴等禀请与1844年浙江设局收毁淫书运动、余治等禀请与1868年丁日昌查禁淫词小说运动、天津士绅徐士鉴等禀请与1905年天津查禁男女合演等。士绅或以善行在社会上享有名望,或以功名家势在地方社会举足轻重,他们的禀禁,尤其是联名禀禁,地方官不敢漠然置之,士绅禀禁是晚清禁毁活动频繁发生的要因之一。

（三）制定规约

清代士绅阶层制定了大量禁毁类民间规约，主要包括族规家训、校规学则、善会善堂规约、改良章程等。家训族规类如汪辉祖《双节堂庸训》、蒋伊《蒋氏家训》、贺瑞麟《妇女一说晓》等，或劝诫不要收藏和阅读淫词小说，或禁止妇女观灯看戏，或禁止子弟择业优伶。校规学则类如《南康县旭升书院学规》、云间李生所辑《训学良规》等，以及新式学堂章程如《天津武备学堂章程》《江宁学堂章程》等都坚持小说戏曲有害无益的观念，禁止学生阅读、私藏小说或观剧唱戏。善堂善会的主导力量主要是士绅，不少士绅参与制定的善堂规约明确开列有禁止"淫书"或"淫戏"的规条，如《翼化堂条约》《同仁辅元堂惜字条约》《挚善社章程》等①。清末新政以后，士绅纷纷成立社会改良团体，制定了各种章程，不少章程如《新曲会章程》《鄞县自治会章程》《江夏县公益会章程》等涉及禁止戏曲，此时禁止的目标指向主要有三：一是包含神仙鬼怪的小说戏曲，二是内容或表演淫亵的淫戏，三是停止赛会演戏以省糜费。民间规约是一种约定性规范，虽不同于法律的强制性，但对家族、行业、团体等成员具有一定的约束性，对内部违禁者一般有惩责之权。江苏宜兴任氏族规规定，妇女出村看戏者，罚银一两，坐父兄夫男，或看戏责十板[11]。光绪定兴《鹿氏二续谱》规定对从业倡优、乐艺者，不再登记入谱[12]。民间规约在禁毁活动中起过一定的警示、约束作用。

（四）组织团体

即组织包括禁毁职能的善堂善会、自治会等。善堂善会是晚清参与禁毁的主要力量之一，上海翼化堂、上海同仁辅元堂、扬州崇善堂、杭州协德善堂等综合性善堂，都把禁毁作为善堂职责之一。其中，1900年12月沈宗畴等组建的同善社是今见唯一一个专门禁毁淫书的晚清善堂。善堂善会主要通过禀官查禁、给价收买刊本板片并组织焚化等方式参与查禁[13]。清末不少自治会把禁毁淫书淫戏、整顿风化作为职能，如鄞县自治会、江夏县公益会、天津县议事会、上海县自治公所等，这些自治团体中的士绅都曾禀请或发起过查禁活动。

（五）捐助经费

收毁刊本及板片需要经费，士绅是该经费的主要捐助者，主要表现为向官方和善堂善会主持的禁毁运动捐资。在1838年苏州设局、1844年杭州仙林寺设局、1868年丁日昌设局等收毁淫词小说运动中，官方有时虽"略筹经费"[14]，但主要还是靠士绅捐献。1838年苏州吴县惜字局收缴淫书，是陈龙甲等士绅"议有章程，集资办理。"[15] 1844年杭州仙林寺设局收毁淫词小说是由张鉴等士绅"捐资设局，收买销毁。"[16] 从晚清善会善堂刊刻的

---

① 参见张天星：《晚清善会善堂的小说戏曲禁毁活动述略——以江浙地区为例》，《历史档案》2019年第4期。

销毁淫书征信录上也可以看出，向善会善堂捐助销毁淫书专款的也大多是士绅[17]。

（六）制造舆论

禁毁舆论是指禁止、诋毁小说戏曲的评价性看法和倾向态度。士绅制造禁毁舆论可分为编撰和传播两个步骤。

1. 编撰禁毁舆论。从体式上看，晚清禁毁舆论主要包括论说、笔记、广告、歌曲等。从媒介上看，禁毁舆论的载体有纸质的报刊、书籍、广告单，还有碑刻以及口头宣讲。从书籍内容上看，包含禁毁舆论的书籍主要有善书、文集、方志、族谱、家训、笔记等。在士绅制造的禁毁舆论中，士绅编制的禁毁单目影响较大。士绅编制禁毁单目的方式有两种：

（1）编制供自我禁毁或呼吁禁毁的单目。清代中后期禁毁标准模糊、宽泛，许多小说戏曲被冠以诲盗诲淫的帽子遭到禁毁，而禁毁具体名目则有赖于士绅的认定和编制。情形之一是士绅在撰写禁毁舆论时，有时会提出或开列具体应禁名目。这种传统明末清初即已出现，刘廷玑（1653—？）《在园杂志》提出应禁小说和应禁小说戏曲的续作近30种[18]；情形之二是士绅在组织善会善堂、行会、塾学时，编制包括禁毁名目的规约章程或教材。善堂规约如《翼化堂条约》中《永禁淫戏目单》，开列应禁戏曲80余出。塾学教材如《光绪涪州小学乡土地理志》开列《金瓶梅》等应禁小说戏曲15种。士绅编制供自我禁毁单目最常见的方式是载入善书、善堂善会或行会章程，在民间禁毁系统中起作用，作为善堂、善会、行会或个人开展查禁和吁请查禁的依据。

（2）编制供禀官查禁的单目，作为官禁参考。清代中后期官方开列单目发起大规模禁毁运动，其单目多由士绅编制。道光十八年（1838）苏州设局收毁淫书，开列禁毁淫书目116种以上，这些名目基本出自吴县士绅陈龙甲、潘遵祁等人之手，然后禀官查禁，此次编制的禁毁单目奠定了晚清多次大规模开单禁毁之基础。道光二十四年（1844），仁和士绅张鉴等禀请浙江学政吴仲骏查禁淫词小说，所开应禁书目约120种，绝大多数源自道光十八年苏州设局收毁淫书书目。同治七年（1868），丁日昌响应士绅余治等人之请，开列应禁单目269种，也参考了道光二十四年浙省禁书单目。

晚清中央没有公布通行全国的禁毁单目，而地方上禁毁名目的范围则不断扩大，形成涟漪效应。士绅在该效应的形成中起着重要作用。一方面，士绅编制的禁毁单目，通过禀官查禁、善书和报刊传播等方式进入官禁系统，成为官禁参考；另一方面，民间善会善堂和士绅又根据官方开单禁令开展查禁。如《翼化堂条约》之《永禁淫戏目单》所开应禁戏曲80余种，有半数出现在丁日昌《小说淫词唱片目》中[19]。

2. 传播禁毁舆论。士绅传播禁毁舆论的媒介主要有善书、著作、报刊、方志和宣讲等。

（1）善书传播。禁毁舆论是清代善书的重要篇目内容之一，如《远色编》《太微仙君吕纯阳祖师功过格》,黄正元《欲海慈航》,《劝毁淫书征信录》,吴兆元《劝孝戒淫录》,《汇纂功过格》《得一录》《格言联璧》等,皆或多或少载录禁毁舆论。士绅阶层既是善书的主要编纂者,也是主要的刊刻者和传播者。此一是因为士绅把编纂、刊刻和传播善书作为实施教化的重要途径,二是因为编纂、传播善书还可以行善积德,"顾善之途不一,莫善于流通善书。"[20]

（2）著作传播。著作指创造性的文章,此处主要指别集和笔记。①别集传播。别集是个人诗文集,从文体上看,清代别集中的禁毁舆论主要为批判小说戏曲的文章和查禁小说戏曲的告示,特别是一些曾积极开展禁毁的官员如汤斌、陈宏谋、丁日昌、涂宗瀛、刘坤一等人的别集,对禁毁舆论都有篇目不等的收录。②笔记传播。清代是笔记集大成的时代,由于士绅一般坚持卫道立场,在笔记中记了许多批判或否定小说戏曲的言论。又由于清代中后期民间劝善运动如火如荼,士绅基本皆信仰果报,笔记中有关批判或否定小说戏曲的记载又多侈谈果报,如钱泳《履园丛话》、昭梿《啸亭杂录》、毛庆臻《一亭杂记》、梁辰恭《劝诫录》、俞樾《耳邮》等,皆包含有小说戏曲禁毁舆论,尤其是果报类禁毁舆论。

（3）报刊传播。近代中文报刊是西学东渐的产物,晚清中国报刊发展历程大致以1895年为界分为前后两个时期,1895年以前为外人办报主宰期,言论自由风气未开,报刊对现实关注重点之一是对道德风俗的训导:"寓劝惩以动人心,分良莠以厚风俗,是则本馆之所厚望,当亦阅者之所共期也。"[21]所谓的淫书淫戏大为风俗人心之害,自然成为报刊舆论纠弹的对象,像《申报》《新闻报》等报刊上的小说戏曲禁毁舆论和新闻几乎触目可见。1895年以后为国人办报兴盛期,创办报刊、宣传变法、传播新知、开启民智蔚成风气,传统小说戏曲因包含神怪迷信、淫亵低俗等内容,窒碍民智民德,成为报刊舆论鞭挞的对象。晚清许多士绅或为治生养家、或为宣传革新,投身报业。报刊成为士绅传播禁毁舆论的主要媒介。

（4）方志传播。纂修地方志是士绅的社会职责之一,方志具有资治、存史、教育三大功能,制造和传播禁毁舆论在方志的这三大功能上皆有所体现。方志中的禁毁舆论主要置于风俗卷和人物卷。风俗卷中禁毁舆论的内容主要包括对花鼓戏、采茶戏、演戏聚赌、演戏靡费、居丧演戏、淫词小说等所谓陋俗的记载和批判。光绪《青浦县志》认为该县风俗最坏者为花鼓淫词和村台淫戏,引诱子弟,游荡废业[22];方志之所以把淫戏、淫词小说等习俗记录在案,目的就是资治和存史,冀望地方官和道德之士接力查禁,使地方风淳俗美。人物卷记录了不少实力参与禁毁的官吏、乡贤和坚持不看戏观灯的妇女。如牟房知浙江会稽、安吉等县期间,严禁夜戏、焚小说,卓有政声[23]。应宗伦妻杨氏,年二十而夫亡,矢志守节,未尝烧香看戏,卒年七十[24]。总体看来,方志人物卷对积极查禁的官吏、乡贤和坚持不看戏观灯的妇女的记录和褒扬,核心目的是树立榜样,教化后人,铭记效仿。

（5）宣讲传播。在通信技术不发达的时代，宣讲是禁毁舆论传播的重要方式，根据宣讲主体之不同，可分为三种形式：①官方组织的宣讲。顺治十六年（1659）成立乡约，规定每月朔望宣讲六谕，经康熙、雍正的继承与完善，清代每半月一次、以圣谕广训为主要内容的宣讲成为一代之制度，宣讲一般"选举诚实堪信，素无过犯之绅士"[25]主持。禁毁小说戏曲成为乡约的职权和宣讲内容，这是因为乡约导人为善，而所谓的淫书淫戏导人为恶，与乡约冰火不容。咸丰四年（1854），无锡士绅顾凤仞等拟定的宣讲乡约规章云："乃有导人为恶者，尤宜先行禁止。如淫书小说淫戏之丧心病狂，已为导恶之源。而滩簧花鼓戏之类，诲淫诲盗，更为兴赌酗宴之毒媒。"[26]从此类乡约规章可见，晚清不少地区把宣讲乡约和禁止淫书淫戏同步进行，禁毁舆论自然成为宣讲劝导的内容。有的禁毁舆论还被收入宣讲教材，成为拟定的宣讲内容，吴旭仲《圣谕广训集证》就要求宣讲查禁淫书淫戏淫画、以厚风俗[27]。②善会善堂等民间组织安排的宣讲。善会善堂要求善士在行善之时应借机劝导被施善者参与禁毁，《施药局规条》要求对请药者予以劝导："有家藏淫书唱本及私情山歌抄本"，"劝其一并送局焚化，亦属功德。"[28]③个人自发的宣讲。晚清流传颇广的《焚毁淫书十法》就呼吁无力购毁刊本板片，又无暇抄写烧毁淫书果报者，"尽可逢人劝戒，以口代书，随缘指点，功亦不小。"[29]戒淫是清代劝善运动的两大主题之一，查禁淫书淫戏是戒淫的重要内容，清代中后期涌现了许多以教化为己任、自发宣讲戒淫的士绅，劝禁淫书淫戏是他们自发宣讲的内容，像余治"毅然以放淫辞自任。"[30]宣讲更是到了"舌敝唇焦，不以为苦"[31]的地步。

二、士绅对禁毁活动的助推与阻碍

晚清士绅阶层尽管较全面地参与了禁毁活动，但受士绅阶层政治权力的局限、个体和地区差异、士绅阶层分化重组趋势等因素的影响，士绅参与禁毁活动对禁毁政策兼具助推和阻碍的双重功能。

（一）士绅对制度性和观念性禁毁的推动

1.士绅阶层是制度性和观念性禁毁的主要推动者。制度性禁毁可分为官方制度性禁毁和民间制度性禁毁。官方制度性禁毁是依靠国家权力，统治阶级制定颁布禁毁法令，动用国家机器查禁、销毁、处罚小说戏曲违禁行为。民间制度性禁毁是依据宗族、行会、善会善堂、自治团体等民间组织制定约章开展的查禁活动，约章主要表现为族规家训、乡规民约、学则章程等。官方制度性禁毁和民间制度性禁毁相互支持、相互转化，一些族规家训、乡规民约甚至禀请官方颁布，兼具官方和民间性质。晚清小说戏曲禁毁活动基本为地方官发动，但每次禁毁活动的幕前幕后，几乎都能看到士绅的身影。士绅禀官请究，形成了一波又一波的禁毁运动，士绅编制禁毁单目，形成涟漪效应，士绅是晚清官方制度性禁毁频繁开展的主要推手之一。观念性禁毁是从思想认识上展开的查禁活动，即从思想上认为小说戏曲有害无益，应予以禁止编撰、收藏、传播和观看，刊本亦应销毁。制度性禁毁一般行诸文字，具有规制和规范作用；观念性禁毁可以行诸文字，也可以不行诸文字，行诸文字的禁毁观念以善书、报刊等媒介传播，成为禁毁舆论，具有宣传、监督禁毁等功能。今见晚清观念性禁毁舆论数量之多远超以往任何一个历史时期，这固然与晚清文献遗存丰富、报刊媒介兴起有关，但士绅阶层的积极参与、大量编撰和传播才是关键原因。

2.士绅是维持常态化禁毁活动的关键性力量。晚清士绅参与禁毁的主要目的，一是社会教化，二是行善积德，三是社会教化和行善积德兼而有之，其中以后者表现最为突出。在这些目的的共同作用下，禁毁成为不少士绅日常自觉自发行为。其一，作为个体，士绅把禁毁当作日常义务，在士绅住地周围形成较严厉的禁毁区域。咸丰年间澎湖瓦硐港士绅方景云，家贫，性耿介，素以维持风化为任。尝集父老，制定禁淫戏、禁赌等约章。截至光绪年间修《澎湖厅志稿》时，"至今犹遵其约"[32]。换言之，在较长时间里，"淫戏"难以在澎湖瓦硐港周围搬演。兴国州安乐里士绅佘天合，性嫉恶，严禁花鼓等三十余年，里俗丕变[33]。某地有一二如佘天合、方景云之类热心禁毁的士绅，至少在终其一世，该地一般会保持较严格的禁止态势。其二，作为群体，士绅们前赴后继地参与禁毁，在士绅们所在地区形成较深厚的禁毁传统。清代部分地区禁毁传统深厚、禁毁活动频仍，实有赖于当地一批批有志于禁毁活动的士绅接力参与。清代吴中地区禁毁活动之频繁居于全国前列，吴中地区士绅倡导禁毁者，如彭定求、石韫玉、汪景祺、潘遵祁、潘曾绶、余治、谢元庆、顾本敬等，前赴后继，影响所及，造成有清一代江苏禁毁活动在次数上独占全国鳌头。士绅个体参与禁毁常态化的层积叠加，维持了士绅群体禁毁传统的常态化，由此形成了士绅参与禁毁有别于官方运动式禁毁的特点，即士绅参与禁毁维持着禁毁制度的常态化。

（二）士绅对禁毁的淡漠、保身和违反

表现为士绅对禁毁的参与度不一和带头违禁两个方面。

1.士绅对禁毁活动的参与度不一。主要体现在三个方面：

（1）士绅是靠自觉性参与禁毁，但淡于公事的士绅大量存在。晚清士绅参与禁毁的高峰集中在19世纪，在清末"新政"之前，传统士绅是靠文化权威和社会威信参与社会公共事务，而非行政制度化支持。清末"新政"虽给予了传统绅权制度化和合法化的基础，但清末倏忽数年，士绅阶层急速分化，无暇提出管理小说戏曲的长远之策。可以说，晚清士绅基本是依靠个人信仰和意愿参与禁毁，而非法定制度的保障。并且，淡于公共事务的士绅大量存在。1897年12月，南昌知府孟庆云和南昌知县文聚奎颁布包括严禁采茶戏的保甲告示中云："惟是府属公正绅耆向不肯出头问事。"[34]说明晚清士绅虽然人数众多，但其中许多人对禁毁等地方公益事务并不关心。

（2）各地士绅数量分布不均，禁毁活动开展也不平衡。以禁戏为例，晚清禁戏活动多发生在人口较集中的城镇或村庄，这与这些地区士绅居住相对集中颇有关系，士绅地区分布本不均衡，并且晚清士绅阶层迁居城镇的趋势加快。官方告示屡屡指责穷乡僻壤弁髦禁令，"而乡村僻处仍复阴违。"[35]穷乡僻壤难以禁止，除了官方势力不易到达外，还与这些地方士绅较少颇有关系。士绅参与禁毁虽然加剧了禁毁活动的频率，但因士绅地区分布不均，他们对禁毁活动的参与度参差不一，或因士绅参与者少或根本没有士绅参与，从而形成禁止氛围的"稀薄"或"真空"地带。

（3）士绅因担忧查禁引发冲突或暴动，遂不置问。此乃常见现象，特别是在禁戏活动中体现得最明显。群众性演戏往往裹挟着组织者和观演者娱乐、酬神、敛钱、聚赌、商业等多种利益诉求，直接禁止就会与这些利益诉求相冲突、遭到忌恨。如果有狡黠胆大者从中鼓噪、挑唆，组织者和观演者会群起与士绅为难，当场殴打辱骂，尚属其次[36]，甚至冲击士绅的宅第、捣毁财物[37]。更甚者，借赛会演戏渔利的棍徒因遭官禁，"并与绅衿无涉者"，但他们也怪罪士绅，"棍徒等辄敢聚拥至绅衿家中，小则打伤什物，大则拆毁房屋，甚有白昼于城市之中连拆十数家者。"[38]如果愤怒的民众人多势众，士绅不但禁阻无果，反而要以赔礼道歉收场[39]。从士绅本欲禁止反而赔罪的事件可以看出，士绅对直接与社里乡邻为敌一般有所忌惮，这种心理也会影响士绅对违禁采取明哲保身的态度，官方和舆论常批评士绅对待查禁不闻不问，"有地方绅董之责者，何竟一无闻见耶？"[40]士绅禁阻除了遭遇民众可能的寻衅之外，还会遭受邻里或家人的嘲笑和批评，这也会打消士绅查禁的主动性[41]。到了人心思变、朝廷威信大降、民变迭起的清末，士绅参与查禁的效果亦随之大减，士绅参与查禁在一些地方甚至成为"绅民冲突"的导火索。1909年2月，嵊县因阖县士绅会议将演戏费用移购路股，禁止演戏，导致"已禁各处地方乡民与绅士大起冲突。"最后"到处开演。"[42]当士绅阶层不愿参与查禁、查禁无效乃至引爆"绅民冲突"时，一定程度上说明基层社会权力秩序发生了变革，"民之信官，不若信士"[43]的传统绅民关系正在塌陷。

2. 士绅带头违禁，成为禁毁政策的破坏者。士绅作为儒家道统的维护者、卫道者，他们在政治、经济、文化上与政府利益保持高度一致。但士绅的历史、经济、血缘又牢牢地扎根于地方社会，他们又是地方意愿、主张和利益诉求的代言人。特别是在绅权伸张的晚清，士绅站在官方对立面的现象也愈发突出。以禁戏为例，士绅阶层从维护风化人心出发，在禁止淫戏、妇女观剧、演戏聚赌等方面一般能与官方保持一致，但对官方长时间段的禁戏、禁止演戏酬神等往往并不赞成。因为这与村社族群的娱乐、酬神、商业等利益诉求相左，村社族群的怨声载道会有损代表地方利益士绅的声望，有胆量有能力打破官方禁令的往往也是士绅。1909 年,奉化知县魏桐禁止神庙演戏,以省靡费。到了 1910 年,邬某运动鄞县诸绅宴请魏桐,席间请弛戏禁,并认捐费一千五百元,魏桐准如所请,发照开演[44]。如果地方权绅公然违禁,官员往往也无可奈何,只有听之任之[45]。即便士绅违禁被逮,由于其特殊的身份地位,官员往往会对其网开一面、从轻发落[46]。官吏一般不敢公然得罪士绅,也在一定程度上助长了士绅漠视禁令的气焰。

士绅除了代表地方或团体的利益带头违禁之外,他们还会从个人娱乐和私利出发,走在违禁前列。就个人娱乐言,士绅往往查禁愚蒙而不禁于自身,因拥有文化特权,士绅阶层是小说戏曲当仁不让的主要读者乃至编撰者,他们还是晚清违禁戏曲的主要点演者,体现了传统文艺管理专制制度"特权优先"的特点。就私利言,太平天国战争开始,因捐输等"异途"而成为士绅的人数骤增,而举人、进士名额并未增加,绝大多数士绅晋身无门,士习日下,许多士绅凭借其特殊身份横行乡里、违法牟利,许多士绅不但不参与查禁,反而通过违禁谋取钱财,其显著表现在违反禁戏政策方面,即通过组织违禁演戏,士绅可以从中攫取私利。1907 年,江西瑞州高安县一二三都地方,自一月起连续数月,借搬演采茶戏,大开赌场,士绅与县差营役得规包庇,"城内禁赌告示煌煌,而城外哄赌如故。"[47] 可见许多士绅从个人私利及其代表的地方利益出发,都会破坏官方禁毁政策。

清末社会剧变进一步加速,从 19 世纪末开始,士绅阶层急剧变化、重组,随着士绅阶层的分化和重组,他们对禁毁制度提供的支持也逐渐减弱。有志于闲居自适的士绅继续淡于地方公共事务;有志于救亡图存的士绅则投身于时代激流,转变为近代知识分子,他们中的许多还成为改良小说戏曲的倡导者和实践者;而致力于地方公务的士绅则凭借清末"新政"的东风,攫取公共权力,这些掌控地方权力的士绅发展为权绅,权绅主持着地方教育、警务、财务等权力机构,他们也会参与禁毁活动,但因其掌握着公共权力,往往集地权、政权、绅权、族权于一身,在参与禁毁的性质上开始呈现行政化的特点,也不同于传统士绅靠身份和名望自发自觉禁毁的特征。并且,科举废除,斩断了晋身为传统士绅的阶梯。同时,在西学东渐的浪潮中,以小说戏曲管理为主要内容的近代文艺管理制度开始萌芽,警察制度的创建,违警律等法规开始用于小说戏曲管理,警察开始成为小说戏曲管理的主要执法力量,依靠士绅这种传统身份地位和名望参与管理小说戏曲的历史现象逐渐淡化于历史舞台。回顾晚清士绅参与禁毁活动这段历史,有助于认识晚清基层权力的变迁、社会文化转型中"旧"和"新"的交锋与融合、禁毁小说戏曲活动频繁及衰落的原因、禁毁政策执行的过程和效果、传统文艺管理制度的弊端和颓势等问题。就此而言,晚清绅士参与禁毁活动是考察和理解晚清小说戏曲禁毁问题与社会转型之间关系不可或缺的内容。

参考文献

[1] 马敏:《官商之间:社会剧变中的近代绅商》,天津人民出版社,1995年版,第21页。

[2][3][4][5][6][10][29][34][35][36][37][39][40][41][42][44][45][46][47] 张天星编著:《晚清报载小说戏曲禁毁史料汇编》,北京大学出版社,2015年版,第311—312页、第262—263页、第247页、第82页、第25页、第221页、第827页、第63页、第179页、第718页、第209页、第204—205页、第268—269页、第703页、第797页、第456页、第694—695页、第174页、第788页。

[7]《绅衿论》,《申报》1872年6月6日,第1版。

[8] 中国戏曲志编辑委员会:《中国戏曲志·江苏卷》,中国ISBN中心,2000年版,第808页。

[9]（清）博润修,姚光发等纂:《（光绪）松江府续志》,光绪九年刊本,卷二十四,第四十六页上。

[11][12] 冯尔康主编:《清代宗族史料选辑》,天津古籍出版社,2014年版,第1730页、第1392页。

[13] 张天星:《晚清善会善堂的小说戏曲禁毁活动述略——以江浙地区为例》,《历史档案》2019年第4期。

[14][15][16][18] 王利器辑录:《元明清三代禁毁小说戏曲史料（增订本）》,上海古籍出版社,1981年版,第142页、第132页、第121页、第229—232页。

[17]《杭州协德堂庚子年禀禁收毁淫书收支征信录呈众览》,《申报》1901年3月12日,第4版。

[19] 丁淑梅:《丁日昌设局禁书禁戏论》,《陕西师范大学学报》(哲学社会科学版)2011年第1期。

[20] 游子安:《劝化金箴:清代善书研究》,天津人民出版社,1999年版,第146页。

[21]《本馆自叙》,《申报》1872年9月9日,第1版。

[22]（清）汪祖绶修,熊其英等纂:《（光绪）青浦县志》,光绪四年刊本,卷二,第十七页下。

[23]（清）黄丽中修,于如川续纂:《（光绪）栖霞县续志》,光绪五年刻本,卷六,第十二页下。

[24]（清）王寿颐修,王菜纂:《（光绪）仙居志》,光绪二十年木活字印本,卷十六,第三十五页下。

[25] 张希清、王秀梅:《中国历代从政名著全译官典》(第二册),吉林人民出版社,

1998 年版，第 811 页。

[26] 牛铭实编著:《中国历代乡规民约》，中国社会出版社，2014 年版，第 306 页

[27]《丛书集成续编》(第 56 册)，台北：新文丰出版公司，1988 年版，第 20 页。

[28] (清) 余治:《得一录》，台北：华文书局，1969 年影印版，第 305 页。

[30] (清) 俞樾:《余莲村劝善杂剧序》，陈多、叶长海选注:《中国历代剧论选注》，湖南文艺出版社，1987 年版，第 380 页。

[31] (清) 陈其元:《庸闲斋笔记》，中华书局，1989 年版，第 310 页。

[32] 连横:《台湾通史》，九州出版社，2008 年版，第 608 页。

[33] (清) 贺祖蔚修，刘凤纶纂:《(光绪) 续补兴国州志》，光绪三十年刻本，卷一，第三十页上。

[38] (清) 王苏:《请整饬亲民之官疏》，《皇清奏议》(续奏二)，民国影印本，第 1205 页。

[43] (清) 汪辉祖著，孙之卓编注:《佐治学治解读》，哈尔滨工业大学出版社，2015 年版，第 99 页。

作者

张天星，博士，台州学院人文学院教授，硕士生导师，主要研究方向：明清近代文学。

雍正朝禁毁淫词小说考述*

彭秋溪　卢柯同

摘要： 因立储问题、康熙朝遗留问题，清世宗登基面临多重政治斗争、吏治民生难题，因而急于求言、求才，并要求相应官员密集上奏，淫词小说、戏曲、春宫画等妨害"风俗"的事物，也由此被奏禁。但世宗认为淫词小说等风俗问题，并非治要所在，属于"法不能胜"之事，此议题因而始终未进入内阁讨论。而迫于世宗的政治理念、帝王对言官权力的钳制，言官系统选择奏禁淫词小说戏曲等"风俗问题"，实际上已经成为言官规避政治风险的行为，体现的是君臣之间的政治不信任，以及言官履职受到钳制后的功能性反应。

关键词： 雍正朝；禁毁；淫词小说；政治风险；规避

清代自顺治朝至康熙朝，经过近八十年的经营，国家逐渐安定，社会生产也日益发达，人口规模迅速扩大。如何进一步治理与传统国家管理理念相悖的思想、舆论，也在清帝的考虑之中。对淫词小说的禁毁，入清后不久即被官方提出，康熙一朝也曾两次对江南地区、京师地区贩卖淫词小说等，作出禁令[1]。而有关雍正一朝的相关禁令，学界则少有提及者，或与当时所见史料有限有关。其实新见的清代内府档案显示，面对淫词小说、戏曲、春宫画等"非圣"书籍物，雍正帝采取过不同于康熙、乾隆朝的治理措施，实际态度也不相同。

一、禁毁淫词小说议题的提出

如学界所知，清世宗登基之初颇为立储、党争问题所困扰。就此而言，雍正朝是清代较为特殊的一朝。因此，雍正帝甫继大位，就立即表明其"敷政之道"。康熙六十一年（1722）十一月二十九日，雍正谕大学士等："朕惟敷政之道，用人为先。……内而大臣以及闲曹，外而督抚以及州县，或品行端方，或操守清廉，或才具敏练者，尔等各据真知灼

---

* 【基金】本文为国家社科基金青年项目"稀见清代饬禁戏曲小说史料汇编与研究"（项目号：18CZW030）阶段性成果。

见，从公具折密奏。""朕之谆切询问者，一则急欲得人，以资治理；二则欲知朕行事之当否；三则观尔等所举之人及所奏之事，便可知尔等之居心制行矣。"[2]

面对这个局面，雍正帝"求言为急"，除前面所谓"内而大臣以及闲曹，外而督抚以及州县，或品行端方，或操守清廉，或才具敏练者"之外，还特别谕令"科道诸臣"上陈所见"时务"，鼓励秘密进言。雍正元年（1723）二月，谕曰：

> 谕科道等官：皇考临御六十余年，至圣至明，无日不以国计民生为念。凡所以咨访吏治，通达民情之意，至为殷切。……朕仰承大统，一切遵守成宪，尤以求言为急。在京满汉大臣，外省督抚提镇，仍令折奏外，尔等科道诸臣，原为朝廷耳目之官，凡有所见，自应竭诚入告，绝去避嫌顾忌之私，乃为忠荩。若此时不能尽言，即后日官至大僚，岂能期尔建立谋猷乎？今着各科道，每日一人上一密折，轮流具奏。一折祗言一事，无论大小时务，皆许据实敷陈。即或无事可言，折内亦必声明无可言之故。在外候旨，或召进面见，或令且退。其所言果是，朕即施行。即或未甚切当，朕亦留中不发，不令人知。倘有徇私挟仇等情，巧为渎奏，亦不能惑朕之耳目也。折内之言，不许与人参酌，如有漏泄，或同僚知而言之，则同僚即可据以密闻……[3]

很显然，在雍正帝看来，"科道大臣"属于帝王之"耳目"，以至"着各科道，每日一人上一密折，轮流具奏。一折祗言一事，无论大小时务，皆许据实敷陈。即或无事可言，折内亦必声明无可言之故。"

对雍正帝这种急于求言的态势，基于雍正帝继位所带来的党争问题，多数大臣"观望不前"，或者专以"政事"之外的问题敷衍塞责。从现存雍正初年的相关档案看，内外大臣响应雍正帝"求言"的诏令时，多数选择了与"风俗"相关的议题。如雍正元年八月十二日，福建巡抚黄国材奏请管束八旗风俗，对此，雍正朱批道：

> 此奏甚是。都中条奏此事者甚多，朕亦夙知此事。但若行通，必立法严切，犯者不恕，方可奉行之久。当从容缓缓设法。尔内外大臣，且劝化引诱数年看，若仍不能改革，方可绳之一法。此非朕初政当举行事也。徐徐为之，朕自有道理。尔奏甚是。[4]

从黄国材的奏报看，八旗风俗问题已然严峻，但在御极之初的雍正帝看来，并非其"初政"当举之事，也即并非亟须整顿者。即使涉及服饰僭越的社会问题，世宗也认为并非当务之急：

> 福建巡抚黄国材折奏，服色僭越，请行分别严禁，违者以僭妄治罪。奉上谕：奢僭之弊，朕亦稔知。但陋习因循，一旦遽然禁止，若非立法严峻、有犯无宥，不能使之永远遵奉。揆之于理，移风易俗，宜渐不宜骤，究以从容不迫为贵。尔等姑且徐徐劝导，诱掖维持。倘仍不改革，然后严为定制，以法绳之耳。[5]
> （雍正元年八月十二日）

"移风易俗，宜渐不宜骤，究以从容不迫为贵"，显然说明这些政治、国事之外的问题，在世宗看来都非当务，尤其是风俗问题，不宜操之过急。但是，类似于社会风俗这种不涉党争的问题，俨然成为诸多大臣搪塞世宗要求密集进言的不二"法宝"。

所谓的"淫词小说""春宫画"等问题，也被作为条奏的议题，出现在各级人员的奏报中。雍正元年（1723）十一月，翰林院侍讲学士王传奏请查禁"淫词小说"：

> 翰林院侍讲学士臣王传谨奏。为请严淫书之禁，以正人心事：窃惟风俗之臧否，由于人心之邪正。圣贤之书教人以礼仪，则人心日趋于正；淫荡之书引人于匪僻，则人心渐入于邪。此自然之理也。自唐宋以来，文士编集小说，不过传奇志怪，以新耳目；后人沿习，遂恣为桑间濮上之言，传写采兰赠芍之事，累牍连篇，种种不一。在识者见之，以为浮言，而无知者见之，以为猥亵之事称述于册，越礼之行或见于名流，尤而效之，其又何伤？由是启其邪窦，渐至逾乎大闲。小说之毒，中于人心、风俗者不浅也。且圣贤之书奥义难知，小说之词浅俚易晓，遂使童幼无知，亦皆遍观默记，浸浸蔓延，廉耻日丧，其为害可胜道哉？往年亦曾禁止，而岁月已久，官长不复留意，民间以为适意之书，彼此观玩，不可遏抑。伏请敕谕，严行禁止。凡属淫邪小说，书坊不许买卖。如有不遵者，照私藏禁书律治罪。在内，则责之五城以及坊司；在外，则责之督抚董率州县，文到之后，限三个月内将小说板片追出，尽行烧毁。如敢任其存留，照失察盗贼例处分。如此，则淫书之根株既拔，人心亦可以渐归于正矣。谨奏。[6]

这是目前笔者所见雍正朝最早奏请严禁淫词小说的专折。但是，此奏折雍正帝未作任何批示。不过，据《钦定台规》所记，雍正二年（1724）曾"奏准"查禁淫词小说：

> 雍正二年又奏准，凡坊肆市卖一应淫词小说，在内交与都察院等衙门，转

行所属官弁严禁，务搜版书，尽行销毁；有仍行造作刻印者，系官革职，军民杖一百，流三千里；市卖者杖一百，徒三年。买看者杖一百；该管官弁，不行查出，按次数分别议处，仍不许借端出首讹诈。[7]

此令，实际上是对康熙五十三年（1714）谕令的重申、援引，相较之下，只增加"仍不许借端出首讹诈"一条。不过，《台规》所谓"雍正二年奏准"，今世宗《起居注》《实录》均未见相关载记，应属口谕。

其后，仍旧有御史系统的官员奏禁淫词小说。如雍正二年九月十二日，鸿胪寺卿、监察御史张垣麟亦奏请严禁京师地面的淫词小说、春宫画等：

> 鸿胪寺卿、总查仓场、监察御史、降二级留任臣张垣麟谨奏。为奏陈维风励俗之禁，以广化事：窃惟教化者，人心风俗之所系也。……臣伏见淫词小说之类，其感人为易入，而惑人为最深。圣祖仁皇帝屡行严禁，民风翕然丕变，盖廉耻之心，人人之所同具，耳不闻非礼之言，目不睹非礼之色，自不致知诱物化、见异思迁耳。迩年以来，未经申饬，事久生玩，射利之徒或且刊之成帙，或且绘之为图，或制为合欢之药，或造为宣淫之具，大书粘贴，亵秽难言，列肆招摇，炫惑无忌。在矫矫自好之人，以礼义自闲，断断不为所染，彼纨绔之子弟、逸乐之淫朋，即峻为之防，犹恐效鲁秋胡之行者，而不可防微杜渐，以消其嗜欲之萌。况京师为百郡之观瞻，士大夫之所萃聚，天下人心、风俗之机咸于此乎视效焉？是虑之不可以不周，而禁之不可以不严也。……臣请敕下都察院衙门转饬五城、大宛官员，凡淫词小说，以及亵慢之图绘、恣情之药物，严禁出售。其通街曲巷，遍壁招贴，概行刷洗，并行令各直省一体遵行。敢有再行招卖者，该地方官查拿治罪……雍正二年九月二十日。[8]

同样的，此折雍正帝也未作任何批示。

雍正三年（1725）间，国子监司业王兰生（1679—？）奏请查禁淫词戏曲、小说：

> 钦惟我皇上仁义兼尽、教养咸周……凡所以肃吏治而善民风者……乃犹令诸臣各陈所见，按日进折，……窃有陈请者，在销毁淫辞，播扬善行，以杜人之邪念，而发其本心也。……伏见淫辞小说之类，久行禁止，究未悉停。臣愚以为，司牧之官宜晓示铺户，凡戏文、小说，开单呈送，为之区别，有忠孝节义、劝善惩恶者，准其市卖，更申文存案，便于稽查，以防假托。其诲盗诲淫、害俗伤教

者，限以时日，悉令焚毁，亦勿苛求。如过期不毁、违令出卖者，重治其罪。①

"乃犹令诸臣各陈所见，按日进折"，故作为国子监司业的王兰生，即以正风化作为条奏之事。此折雍正仍未作任何批示。

此外，雍正间翰林院侍读学士陈邦彦（1678—1752）也奏请查禁"淫辞小说"：

> 翰林院侍读学士臣陈邦彦谨奏，为请申严淫辞小说之禁、专责成以澄化源事……乃有一种淫鄙不堪之词，亦自号为小说，市井小人争相购买，射利之徒乘此巧撰，以簧鼓天下之耳目，媟亵淫秽之言，殆居其半，其害人心而伤风俗，莫此为甚。康熙五十三年，曾奉圣祖仁皇帝勅谕九卿会议查禁止，在内交与八旗都统、都察院、顺天府，在外交与督抚等转行动所属文武官弁，将板与书尽营销毁，其造作刻印之人，及卖书、买书、看书之人，分别治罪，着为定例，遵行在案。迄今十余年，而书肆中仍有鬻卖者，固属奉行之不力，亦由无专责之官，遂致日久禁弛之故也。……而坊肆之间，尚鬻淫辞小说，实为正学之累。臣窃思地方官职守殷烦，其力量岂能偏及？惟教职官员事简身闲，可令专任其责，且以文墨之司纠文墨之事，不为越分。仰请皇上宣谕督抚，专责各府州县教官，令其不时察访，凡有刻印及私卖、私买者，一经查出，即申详上司，照前例治罪。如销毁至三部，并追出刻板一副者，交部从优议叙，则教官必将尽心搜访，不至始勤终怠。至京师地方广阔，旗、民杂处，非教官所能独任，应令巡城御史派司坊官一二员，专行查访；内城则令都统派章京几员专司其事。其有查出申报毁书并板者，亦得照例议叙，则事有专责，庶可销毁无遗矣。[9]

此折雍正帝也未作批示。

京师之外，外省官员也奏请查毁"淫词小说"，如雍正八年（1730）三月二十六日，湖北荆州府彝陵州城总兵官杜森奏禁淫词小说书、板（见下文），则存有世宗少见的批示。

二、世宗对查禁淫词小说的真实态度

据前文所述，对于言官奏禁淫词小说等的请求，世宗并未作批示。这已然说明雍正帝

---

① 故宫博物院编：《宫中档雍正朝奏折》第二十六辑，台北：台北故宫博物院，1979年版，第160—161页。按，《宫中档》以此折归入"无年月"册。据载，王兰生于雍正元年散馆，授编修；三年，署国子监司业；四年，授浙江学政。故，此折当在雍正三年间。

之于淫词小说问题的态度。如果我们联系世宗之于官员看戏、民间演戏的真实态度[①]，就更能清晰地得知世宗在整饬淫词小说、春宫画方面的实际考虑。

雍正二年（1724）十二月兵部尚书李维钧，参奏通永道高钅广蓄养戏子问题，明确指出："永道高钅广养戏壹班，古北口提臣何祥书亦养有戏子。夫终日看戏，必致废弛公务，况养戏子，则糜费无底，渐至亏空钱粮，势所必然。今臣已严檄申饬高钅广立时驱逐；提臣何祥书归臣节制，亦作书严词激劝矣。倘仍不改，臣当即为指参，断不敢少为徇隐也。"[10] 但雍正帝于此折"已严檄申饬高钅广立时驱逐"处夹批："如近都省城犹可，然亦不必。"于"臣当即为指参"处则批云"甚是"。所谓"如近都省城犹可，然亦不必"，则雍正帝对于官员私养戏子的现象，并非一定要"立时"驱逐尽净——尽管稍后雍正二年十二月十八日谕令，明确禁止外官蓄养优伶，"直省府道以上，至督抚提镇，若家中养有戏子者，着该督抚查明某官家中养有戏子之处，指明密奏。养一二人，亦断不可徇隐。"[②] 但是，雍正三年（1725）正月二十四日，世宗在处理大同总兵马觐伯涉嫌蓄养戏子的问题上，又同样表现出宽容的态度："原有相传家生仆人七八名，各习乐器，以便春秋祭祀之用，并未出台演戏。今虽于奉命之日即今分散各司别事，不敢再用，不得不据实奏闻，以免隐匿之愆。"[11] 于此，世宗批道："业已不用，有何隐匿，知道了。养戏事，小过也，尔等内外文武大臣惟戒钻营权要第一要紧，莫行此有害无益的事。"[12] 由此可见，雍正帝仍旧认为蓄养戏子，较之官员的贪贿、钻营恶习，实属"小过"。

相应的，对于过度禁止民间演戏的声音，世宗做了统一的批示，明确表示不可逾度。雍正六年（1728）三月二十三日，谕曰："至于有力之家，祀神酬愿、欢庆之会，歌咏太平，在民间有必不容己之情，在国法无一概禁止之理。今但称违例演戏，而未分晰其缘由，则是凡属演戏者，皆为犯法。国家无此科条也。……岂有将民间不能禁止而国法所不曾禁止者，一概入于禁约之例？恐问之督抚大吏，亦无以自解也。"[13] 很显然，对于"过度"禁限民间演戏的作法，世宗不但不予支持，甚至严厉斥责，其于民间演戏的实际态度也由此可见。

世宗之于官员、民间演戏的真实态度，并非出于对政事的"简单"的轻重判断，而是基于法令与现实之间的矛盾。如雍正三年八月，世宗谕令八旗都统曰："法令者必其能禁而后禁之，明知法不能胜，而禁止之，则法必不行。从前屡禁而不能，岂可复禁乎？"[14] 又如前文所引，雍正帝甚至愿意与地方大臣共商计策，以便禁约措施取得实际成效："况朕屡

[①] 关于清代历朝对于官员演戏、民间演戏的真实态度，参见彭秋溪：《清代整饬吏治军纪与禁戏》（《中华戏曲》待刊）、《"围"与"突"：清代京师整饬风俗与禁戏》（《学术研究》2024年第6期）二文。

[②] 雍正三年六月初九日广西巡抚李绂覆奏世宗折。见台北故宫博物院编：《宫中档雍正朝奏折》第三辑，第490页。

谕各省督抚，若有禁约难行之处，即当据实奏闻，以弛其禁。若阳奉阴违，无其实而有其名，何以示信？"在世宗看来，各种风俗问题呈现出的是"法不能禁"。"法不能禁"有两层含义。其一，演戏本身合理合法，自然不能禁限。其二，已有的执法体系、理念、执行力，并不能起到实际的禁限效果。

雍正帝这些看法，与其查禁淫词小说的态度若合符节。雍正八年（1730）三月二十六日，湖北荆州府彝陵州城总兵官杜森奏禁淫词小说，提议"将一切淫词小说不正之板书，查追严禁，尽营销毁"，并且建议按照严禁赌博的条例，将买看淫词小说之人以及售卖淫词小说的书铺、藏板之家，分别治罪[15]。于此，雍正朱批曰："此一小节，言者多也。在汝要镇武夫，当悉心与和□兵民、整理营伍，绥安地方为务，何暇念及此也。朕甚不取。"很显然，在雍正帝看来，查禁淫词小说并不是地方武将的职分，杜氏此论实属无聊之举。世宗甚至认为杜氏有"塞责"之嫌：如杜森还奏请严禁兵丁穿绸缎，雍正硃批："此奏尚是，朕岂不知，但绿旗穷兵衣用丰裕者能几人？况兵丁之奢靡不干此一节也，汝等不知训诫，奏朕何益？朕未有不许汝等禁约也。此奏亦甚觉无味，似无可言奏，搜商来塞责光荣。"[16]

事实上，世宗之于饬禁风俗的实际态度，与其深谙吏治、禁令、成效之间的内理紧密相关。如雍正五年（1727）九月二十三日，谕各省督、抚、藩、臬等曰：

> 朕宵旰勤劳，时以教养万民为念，所颁谕旨，皆正德厚生之要务，实切于民生日用者。乃闻向来谕旨颁至各省，不过省会之地一出告示，州县并未遍传，至于乡村庄堡偏僻之区，则更无从知之矣。如禁止黄铜、赌博、宰牛等事，朕为百姓筹划者委曲周详，而地方官员有司不行禁约，上司置若罔闻，无怪乎百姓之迷而不悟也。京师乃五方杂处之地，凡禁约之事，较他省为难。今京城内外，市卖铜器及群聚赌博者，俱已禁止，岂外省转不能行乎？他如清查保甲、积贮社仓之类，行之必以其渐，地方始无纷扰。若骤然举行而迫之以官法，奸胥猾吏将藉端为非，转为小民之累。今观地方大吏，于应当从容办理之事，则急切为之，而于一时可以禁止之事，实有益而无害者，则漫不经心，岂非缓急失宜、先后不得其序耶？[17]

"乃闻向来谕旨颁至各省，不过省会之地一出告示，州县并未遍传，至于乡村庄堡偏僻之区，则更无从知之"，表明皇权宣达基本上止于省会、部分州县。因此面对赌博等例禁之事，"地方官员有司不行禁约，上司置若罔闻"，"可以禁止之事""漫不经心"，甚至"若骤然举行而迫之以官法，奸胥猾吏将藉端为非，转为小民之累"，最终"本欲息事，而转致多事"。州县以下地方权力系统为谋取利益，往往选择巧避帝王权力，敲诈勒索，徒增吏治败坏。这与"正德厚生""切于民生日用"的立政初衷无疑是背道而驰的。世宗之所以否定外省过度禁限演戏的根本原因也在此。

淫词小说问题，显然与赌博等问题一样，甚至更难禁毁，因为小说文本流播相对隐秘。如前所引，世宗认为淫词小说的问题"言者多也"，而世宗始终没有"迫之以官法"，即在于世宗并不视"淫词"小说为切实关乎民生的大端，也非治国要务。更何况，在世宗看来，治理风俗，宜缓不宜疾，若强行干预，反而滋生新的吏弊，这无疑与治理风俗的初衷背道而驰。换言之，世宗显然明白：已有的禁令并不能起到令出弊息的效果。因此，即使言官多次呼吁禁毁淫词小说，世宗仍坚持不作"无谓"的批示——这或许也是世宗在雍正二年（1724）选择重申康熙间禁毁淫词小说令条时，而没有颁示新的禁限谕令的原因——但凡有根治之策，世宗莫不允行，如雍正元年豁除山陕乐户户籍、八年五月削除苏州常熟一带丐户贱籍，即如此。

三、奏禁淫词小说与言官的政治风险规避

虽然早在顺治、康熙朝，朝廷就明文禁止京师、外省刊印售卖淫词小说，但往往"死灰复燃"，暗中流通。如康熙二十六年（1687）二月十六日刑科给事中刘楷奏请禁止淫词小说[18]，康熙四十八年（1709）六月初一日江南道监察御史张莲疏请外省地方严禁出卖淫词小说，及各种秘药[19]，康熙五十三年（1714）四月初四日谕礼部查禁坊间淫词小说，并首次立法[20]。很显然，查禁淫词小说是一个重要的风俗议题。而世宗继位之初，也多次强调要整齐风俗。如雍正元年（1723）正月初一，世宗谕令各省知府要廉洁奉公，"劝农课桑，以厚风俗"[21]。又如雍正元年八月初二日，世宗专谕各省盐政官员，要约束商人，去奢崇俭，以维风振俗[22]。事实上，为淳化风俗，世宗甚至在雍正四年（1726）十月设立"观风整俗使"，派令前往浙江巡查、整顿风俗，不可谓不重视"风俗"问题：

> 朕闻浙省风俗浇漓，甚于他省，若不力为整顿挽回，及其陷于重罪，加之以刑，实有不忍。朕意专遣一官，前往浙江省问风俗、稽查奸伪，应劝导者劝导之，应惩治者惩治之，务使绅衿士庶，有所儆戒，尽除浮薄嚚凌之习，归于谨厚，以昭一道同风之治。其如何设立衙门、铸给关防之处，着详议具奏。寻议，查唐贞观中，置观风俗使，巡省天下，观风俗之得失。今遣官前往浙江，省问风俗，稽查奸伪，应授为浙江等处观风整俗使，铸给关防，以重职守。从之。[23]（雍正四年十月初六日）

此后雍正七年（1729）二月设立福建、湖南观风整俗使；同年十二月设立广东观风整俗使。① 不过在世宗看来，淫词小说、蓄养优伶，相较于吏治、国计民生，尚属"小节"。对于言官而言，既然帝王向来重视并且强调"风俗"即人心、关系重大，自当向君上奏报。

在这"矛盾"的君臣互动背后，却是言官的微妙处境。对于帝王而言，言官职司耳目，奏报国计、民生、吏治问题时，必须言之有据，否则极易被视为"虚诬"。如弹劾官吏一事：

> 国家设立言官、职司耳目。凡发奸剔弊、须据实指陈、乃可澄肃官方、振扬法纪。嗣后指陈利弊、必切实可行。纠弹官吏、必确有证据。如参款虚诬，必不宽贷。尔部院即通行严饬。[24]（顺治十八年正月二十日）

而帝王若不如此钳制言官，则容易导致诬告、攻讦成风，章法紊乱。如早在康熙中叶，圣祖即直接道出其中的原委："汉官中，有请令言官以风闻言事者……若不肖之徒，借端生事，假公济私，人主不察，必至倾害善良、扰乱国政，为害甚巨。"② 弹劾、纠参，要求言官有凭有据，而古代社会交通不便，搜集证据不易，即便能搜集相关证据，也很容易堕入"党争报复"的嫌疑——这正是自顺治朝以来，清代帝王所严厉饬禁的：

> 朕惟言官耳目之司，每期直言无讳，欲闻天下之邪正贪廉、大利大害，以便发政施令，立致太平。故从前屡下明旨，启示开导属望，于言官可谓至切。孰意重违朕心、纳交结党，或有身被人言，倩人报复者，或有徇护同党，代为报复者。以故多有明知其恶，畏其同党而不敢言。每阅奏章，实心为国者少，附党行私者多。[25]（顺治十一年二月初五日）

为此，顺治朝、康熙朝甚至罢免了若干言官："国家设立科员，职司耳目……近见陈奏事情，直言为国者少，行私自便者多，或纷更制度，或将无益琐事塞责，此岂朝廷责望言官之意？前世祖章皇帝时，科员曾经裁减，今似应将各科员裁减，每科祗设满汉给事中，各一员。"③ 裁减给事中的根本原因，乃是因为吏科给事中所奏之事多出于私利。一方面，言官虽然可以通过密奏的形式，奏报吏治、切实的民生问题；另一方面，言官又囿于自身有限的所见所闻，以及取证困难，自然无法全面"据实"奏报，这类密奏也就容易被帝王判为党争行为：

---

① 参见本年清世宗《实录》。
② 康熙十一年十二月十七日谕令。《清实录·圣祖实录》卷四十，第四册，第543页。
③ 康熙四年正月十二日谕令。《清实录·圣祖实录》卷十四，第四册，第209页。

（一）谕都察院六科十四道：尔等为朕耳目之官，凡官邪民蠹，皆得廉实纠发，所以通壅蔽，锄党恶也。近如李应试、潘文学等，通盗害民……尔等职居言路，何以默无一言？果属不知，已为溺职；若恶迹既著，惮于举发，养奸长恶之罪，尔等何辞？[26]（顺治九年十二月二十五日）

（二）谕都察院科道等官：陈名夏奸恶事情，尔等明知，向来惧怯不言，已属溺职。及至面诘勒令回奏，皆云虽有风闻，未得实据。朕在深宫，尚且洞悉，尔等职司耳目，何得懵无见闻？明系知而不言，相率欺蔽。……若仍前畏忌缄默苟容，颠倒黑白，徇私报怨，明知奸恶，庇护党类，不肯纠参，而诬陷良善，驱除异己，蔽塞主聪，混淆国是，复蹈明末陋习，误国负君，惟尔等之咎，定行重治，必不再宽。[27]（顺治十一年三月十八日）

于言官而言，不报则是溺职，证据不确则属诬告，这是显然的"政治风险"。言官在政治系统中的这种困境，我们不妨称之为"言官之困"。这种困境进入康熙一朝仍未得到彻底的改善：

都察院左都御史艾元征疏言：世祖章皇帝时，于出位妄言，及风闻失实者，皆立加惩处。以风闻言事，伐异党同、挟诈报复故也。嗣后果有确见，关系政治，及大奸隐弊，仍无论有无言责，悉听其指实陈奏外，余并不许以风闻浮词，擅行入告。下部议行。[28]（康熙十年五月二十日。）

所谓顺治时对风闻失实者"立加惩处"云云，即前引顺治十一年（1654）三月十八日，清世祖因陈名夏事件训诫都察院科道等官。经左都御史艾元征奏请禁止风闻条奏，言官系统变得更加"谨言慎行"：

吏科给事中姚缔虞疏言：科道乃朝廷耳目之官，原期知无不言，有闻则告。已故宪臣艾元征，有请禁风闻条奏，从此言官气靡，中外无顾忌矣。试观世祖章皇帝时，诸臣奏议，何如鲠直，即未禁风闻以前诸臣奏议，亦犹有可观。伏乞敕下在廷诸臣会议，嗣后如有矢志忠诚，指斥奸佞者，即少差谬，亦赐矜全。如或快己恩雠，受人指使者，纵弹劾得实，亦难免于徇私之罪。如此，则言官有所顾忌而不敢妄言，中外诸臣有所顾忌而不敢妄为矣。得旨：九卿詹事科道，会同确议具奏。[29]（康熙十八年八月二十四日）

从"从此言官气靡,中外无顾忌矣"看,因为言官履职受到限制,京师外省各种吏治问题的当事者已经无所顾忌。言官所处的"顾忌"境地,即使稍后在康熙帝的主持下试图改良,也最终失败:

> 上问曰:科臣姚缔虞所奏风闻言事疏,尔等如何定议。吏部尚书郝惟讷、户部尚书梁清标等奏:言官奏事,原不禁其风闻。但风闻参奏,审问全虚者,定有处分之例。今若不加处分,恐有借称风闻挟私报怨者,亦未可定,仍应照定例行。兵部尚书郭四海、左都御史魏象枢、户部侍郎田六善等奏:见行例,科道奏事全虚者处分一款,得实者即免议,人人原可尽言。但要虚公体访,不宜又开风闻之例。上顾科道诸臣问曰:风闻言事,尔等以为可行否?如有欲言,可悉陈奏。吏科掌印给事中李宗孔、礼科掌印给事中余国柱等奏:言官风闻言事,皇上原未禁止,但径开风闻之例,恐有未便。上曰:此系明末陋习,若此例一开,恐有不肖言官,借端挟制,罔上行私,颠倒是非,诬害良善等弊。上问姚缔虞曰:尔云言官风闻言事,尔意如何。姚缔虞奏:皇上从不曾处分言官,但有处分条例在,言官皆生畏惧。上曰:……言官奏事,宜将国家重大事务,确加敷陈。今尔等所言,多举细事,无关治要。嗣后慎勿草率塞责,如有大奸大贪,参劾得实,朕法在必行,决不姑贷。……[30](康熙十八年八月二十九)

面临这种困境,甚至有因困境而身陷囹圄的案例出现,如何走出困境,自然成为言官系统所要自我解决的。于是,如前所述,言官的职务功能悄然发生变化,此即所谓"今尔等所言,多举细事,无关治要",其根本原因在于"有处分条例在,言官皆生畏惧",本质上已经是君臣之间的政治不信任。

即便此后有"密折"制度为言官提供一定的庇护,但为了避免朋党攻讦之嫌,言官自然倾向于选择"细事"奏报。雍正七年(1729)五月二十七日,世宗就此问题作了专门的阐述:

> 尝观前明季世,一二新进后生,窃居言路,遂朋比固结,挟制大臣,把持朝政,以至国是日非而不可挽。此其炯鉴也。……朕即位以来,以公听并观为务,以纳忠广益为先。既命满汉文武大臣,指陈政务,又命科道等于露章之外,准具密折奏事。盖以国家事务殷繁,人情弊端种种,诸臣有陈奏之心,或有不便显言之处,故令密封进呈,所以免其瞻顾,去其嫌疑,俾得各抒所见,尽言无隐,庶国计民生,均有攸赖。……凡此皆须出于至公至当,方有裨益于风俗人心,非使

不肖言官借密奏，以自便其私也。乃营私植党之徒，竟欲以此逞其奸黠，甚或密行告讦，诋毁大臣，挠乱国政。此风断不可长。朕是以降旨，停止科道官之密奏①，止令各用露章。……乃复有公然紊乱黑白、颠倒是非，辄欲轻变旧章，擅作威福者。其余，则撮拾陈言，苟且塞责，又或相率而为依违缄默之计，竟未见一人一事，实有所建白，裨益于国计民生者。……乃向来科道官密奏之弊如此，近来露章之习又如此。此中外所共知共见者，朕不得不再行训饬。[31]（雍正七年五月二十七日）

世宗认为科道官员的密奏又出现了"营私植党之徒，竟欲以此逞其奸黠"的现象，因此不得不停止科道官员的密奏，转为通过题本的形式接受相关奏报，但是很快"露章之习又如此"，"撮拾陈言，苟且塞责，又或相率而为依违缄默之计，竟未见一人一事，实有所建白，裨益于国计民生者。"这自然是言官的实际境地所导致的。

在这种情况下，既属职能范围之内，又不至于堕入党争嫌疑的议题，所剩无多，"风俗"无疑是言官的最佳选择之一。这正是清帝痛批的现象，如康熙七年（1668）十一月二十一日谕吏部："都察院科道等官，职司建白纠弹，内外大小各官，有衰庸及贪酷溺职者，理应据实指参。近见言官章奏，或条陈无可采取之琐事，或止将微员塞责，不过以职任言官，曾言某事，徒沽虚名而已。"[32]类似的情况，在顺治、康熙、雍正、乾隆等朝《实录》中比比皆是。其原因即在于尽管"风俗"问题不直接关乎政治、吏治，更非当务之急，属于"细故"，即使存在被帝王批评的风险，但较之堕入党争问题所带来的各种羁绊（甚至生命），风俗议题自然是最理想的言事选择。因为，御史等所奏禁的淫词小说、风俗问题，在帝王看来虽然属于"毛举细故"，但是能巧妙地避开因参奏朝野具体个人或小群体所带来的系列麻烦，也因此很难被视为党争之言：

朝廷设立言官，原为矢忠进谏纠弹不法。近来言官未见有建白切当，及纠参显要者，皆因惧被论之人反唇仇讦，遂尔缄口。自今以后，凡被论者，如有辩处，止许就所参事款，据实剖白，不许反唇仇讦，有乖法纪。[33]（顺治十年十二月初二日）

言官缄默的原因，正是"皆因惧被论之人反唇仇讦"。这是明显的"政治风险"规避行为。在这种双重压迫或两难之下，言官选择那些众人所见、众人皆知的"议题"（如"风

---

① 按，此事在雍正四年。参见《清实录·世宗实录》卷五一，雍正四年十二月初七日谕令。

俗"）奏报，自然是最为"妥当"的履职。毫无疑问，其本质上已经是言官履职受钳制后的功能性反应。

余 论

很显然，雍正朝言官等奏请查禁淫词小说，已然成为一种规避政治风险的履职行为。这种风气在乾隆初年依然如此：

> 又条奏民间斗斛之制宜划一，禁演扮淫戏以厚风俗，等语。得旨：王者之道，同律度量衡，盖以此民间日用最切之事，而风俗人心之所关也。宜令划一之奏，是。但不可有欲速之心，致民间有所不便，则得矣。先王因人情而制礼，未有拂人情以发令者。忠孝节义，固足以兴发人之善心，而媟亵之词，亦足以动人心之公愤，此郑卫之风，夫子所以存而不删也。若能不行抑勒，而令人皆喜忠孝节义之戏，而不观淫秽之出，此亦移风易俗之一端也。汝试姑行之。①（乾隆元年五月三十日）

这是清高宗就江西巡抚俞兆岳的条奏所颁的谕旨。"媟亵之词，亦足以动人心之公愤，此郑卫之风，夫子所以存而不删也"，可谓是对"郑卫之音"的肯定之辞，这几乎是对"淫戏"的放纵。清高宗对于淫词小说的态度，较之世宗可谓"有过之而无不及"。这与其说是帝王个人的眼界，不如说是帝王即位之初，对于国计民生问题所作出的政治性选择，也就是雍正帝所谓的"宽猛相济""轻重缓急之别"——这恰是言官选择"淫戏""淫词小说"作为履职议题的绝佳理由。类似的奏请，还有乾隆三年（1738）四月广东广韶学政王丕烈奏禁淫词小说[34]，高宗亦未做批示。很显然奏请禁毁淫词、春宫画等风俗问题，成为言官系统虚与委蛇的例行公事，它已然沦为君臣之间"默契"的政治互动。

不过有意思的是，笔者前引雍正朝言官奏禁淫词小说、戏曲、春宫画等文字，均为奏折，即臣工以密折的形式上奏，而世宗均不作批示，其于奏报者而言又有何影响，可以从世宗所作的谕令得到相关的信息：

> ……故近年来，条奏之事，圣心裁择其可行者，见之施行，其不可行者，概置勿用。……故临御以来，谆谆告诫，期其各矢公忠，直陈无隐。……朕原有

---

① 江西巡抚俞兆岳奏折。参见《清实录·高宗实录》卷一九，第九册，第485页。

旨，即密奏中朕不行者，若有真知灼见，力恳施行，仍准其露章陈奏，非必止于密奏也。……其中言有可采，而易于招怨者，朕将折内职名、裁去发出，或令诸臣会议，或即见诸施行，而外间不知何人所奏。其所以如此者，无非欲人人尽其所言，无所瞻顾回避。而朕得收听言之实效，于治理大有裨益也。乃有诈伪之人，因所奏既行，而夸耀于人者。亦有因裁去衔名，无可稽考，竟将他人陈奏之事据为己有者，亦有谓出之自朕，托言诸臣，而实非诸臣之条奏者：种种浮言，深可痛恨。又常见人文集中，有拟稿未上之奏疏。夫既有此疏，何以未上，既云未上，何故存稿？此乃欺罔之徒，内怀诈伪，外托忠诚，遇事不敢直言，故饰虚词，传播人口，以欺世盗名也。且更有以特恩施行之事，而冒为己功者。如蠲免苏松浮粮一事，系户部所奏，恩自朕出，并无一人条陈，近闻有人自称为彼之密奏者。[35]（雍正三年六月初一日）

世宗严厉批评那些条奏者在建议被采纳后，宣扬自己的政绩、名声，甚至"将他人陈奏之事，据为己有"，"故饰虚词，传播人口，以欺世盗名"。由此，反向求之，若言官奏请禁毁淫词小说的条陈，迟迟未得到清帝的批示，即被视为"概置勿用"。如此，在京师舆论中，是否会存在这样的声音：朝廷干预淫词小说的查禁是消极的，这继而是否影响京师及外省淫词小说的刊行、流布，也是我们想要继续探索的议题。

参考文献

[1] 刘秀兰等：《清代严禁淫书论》，《西南民族学院学报》1998年第S5期，第60—62页。

[2]《清实录·世宗实录》（第七册）卷二，中华书局，1985年版，第43—44页。

[3]《清实录·世宗实录》（第七册）卷四，中华书局，1985年版，第102—103页。

[4] 台北故宫博物院编：《宫中档雍正朝奏折》第一辑，台北故宫博物院，1977年版，第612页。

[5]《清实录·世宗实录》（第七册）卷十，中华书局，1985年版，第185页。

[6] 台北故宫博物院编：《宫中档雍正朝奏折》第二辑，台北故宫博物院，1977年版，第98—99页。

[7] 王利器：《元明清三代禁毁小说戏曲史料》，上海古籍出版社，1981年版，第32页。

[8][10][11][12] 台北故宫博物院编：《宫中档雍正朝奏折》第三辑，台北故宫博物院，1978年版，第217—218页、第661页、第750页、第750页。

[9] 台北故宫博物院编：《宫中档雍正朝奏折》第二十七辑，台北故宫博物院，1980年版，第133—135页。

[13]《清实录·世宗实录》（第一册）卷六七，中华书局，1985年版，第1025—1026页。

[14]《清实录·世宗实录》（第七册）卷三五，中华书局，1985年版，第534页。

[15][16]台北故宫博物院编：《宫中档雍正朝奏折》第十六辑，台北故宫博物院，1979年版，第23页、第24页。

[17]《清实录·世宗实录》（第七册）卷六一，中华书局，1985年版，第939页。

[18]《清实录·圣祖实录》（第五册）卷一二九，中华书局，1985年版，第385页。

[19]《清实录·圣祖实录》（第六册）卷二三八，中华书局，1985年版，第376页。

[20]《清实录·圣祖实录》（第六册）卷二五八，中华书局，1985年版，第552页。

[21]《清实录·世宗实录》（第七册）卷三，中华书局，1985年版，第78页。

[22]《清实录·世宗实录》（第七册）卷十，中华书局，1985年版，第180—181页。

[23]《清实录·世宗实录》（第七册）卷四九，中华书局，1985年版，第737页。

[24]《清实录·圣祖实录》（第四册）卷一，中华书局，1985年版，第44页。

[25]《清实录·世祖实录》（第三册）卷八一，中华书局，1985年版，第634—635页。

[26]《清实录·世祖实录》（第三册）卷七十，中华书局，1985年版，第557页。

[27]《清实录·世祖实录》（第三册）卷八二，中华书局，1985年版，第645页。

[28]《清实录·圣祖实录》（第四册）卷三六，中华书局，1985年版，第483页。

[29][30]《清实录·圣祖实录》（第四册）卷八三，中华书局，1985年版，第1061页、第1064—1066页。

[31]《清实录·世宗实录》（第八册）卷八一，中华书局，1985年版，第77—78页。

[32]《清实录·圣祖实录》（第四册）卷二七，中华书局，1985年版，第379页。

[33]《清实录·世祖实录》（第三册）卷七九，中华书局，1985年版，第625页。

[34]中国第一历史档案馆藏，档案号：02-01-005-022701—0001。

[35]《清实录·世宗实录》（第七册）卷三三，中华书局，1985年版，第496—498页。

作者

彭秋溪，文学博士，杭州师范大学人文学院副教授，主要研究方向：中国古代戏曲文献。

卢柯同，杭州师范大学人文学院在读本科生。

论辞赋与戏曲的文体互渗*

程 维

摘要：早期的艺术形态中，赋与戏是相通的。它们都源自巫祝，不过一重文辞、一重表演而已。二者也都经历了从"娱神"到"娱人"的过程。因而在汉代，赋家常与俳优并称。成熟形态的赋与戏，也因着这遗存的关联性，实现了文体上的互渗和体制上的互文。赋吸收了戏的仪式性与表演性，因而易于改编为戏。戏文也呈现赋体化的特征，表现为藻丽化、典雅化与用赋性。

关键词：辞赋；戏文；互渗

赋与戏，作为雅文化与俗文化的典型性艺术形式，它们之间的关系，是非常复杂而醒目的。然而大概由于在古代有雅俗之别，在现代学术分科中，它们又分属于文学、艺术两类而互不相通，因而古今学者对此问题关注得不多。其实在文艺的早期形态中，赋与戏之间并无多大的鸿沟；成熟期的赋与戏，在文体与形制上也颇有能互通之处。本文试就这一问题展开讨论。

一、巫祝、俳优与赋家

《说文》曰："巫，祝也。女能事无形以舞降神者也。象人两袖舞形。"祝，《说文》段注曰："以人口交神也。""祝"又同"咒"，《后汉书·贾逵传》："乡人有所计争，辄令祝少宾"，注曰："祝，诅也。"《礼记·郊特牲》云："诏祝于室"，疏曰："祝，咒也。"日人白川静认为"兄"即古"祝"字，上部之"口"是表示祝词，而"咒"是两口并列，表示激烈的祈祷之语，后来转为诅咒之意。清人黄承吉《字义起于右旁之声说》云："古者事物未若后世之繁，且于各物未尝一一制字，要以凡字皆起于声，任举一字，闻其声即已通知其义。

---

*【基金】本文为国家社科基金重大项目"辞赋艺术文献整理与研究"（项目号：17ZDA249）、国家社科后期资助项目"赋学范畴研究"（项目号：21FZWB101）的阶段性成果。

是以古书凡同声之字，但举其右旁之纲之声，不必拘于左旁之目之迹，而皆可通用。"[1]黄氏认为古时声为字之纲，同声之字义皆相近。巫与舞音同义通，是舞蹈和表演的源头；祝与咒音近而义通，是语言艺术的滥觞。

王国维的《宋元戏曲史》开篇便说："歌舞之兴，其始于古之巫乎？巫之兴也，盖在上古之世。"又说："是则灵之为职，或偃蹇以象神，或婆娑以乐神，盖后世戏剧之萌芽，已有存焉者。"[2]日本当代戏剧理论家河竹登志夫的《戏剧概论》写道："戏剧以及一切艺术的诞生，都同巫术或原始信仰与宗教活动密切相关，这一点东西方都无一例外。"[3]此类论述实已甚多，不烦举证①。可见戏剧源自巫术，是学界的共识。

赋与戏一样，也经历了从"娱神"到"娱人"的过程。关于巫术祭祀与赋之关系，当代学者韩高年有过较详细的论述。他认为赋的最基本的文体要素"铺陈物类"和"不歌而诵"都起源于远古祭神仪式上巫祝铺陈祭品的言语活动，"西周及春秋时代，随着巫祝官守演为世卿大夫政治，'登高能赋''赋诗专对''不歌而诵'也成为卿大夫的文化人格和行为艺术。战国之'士'，以道自任，因为'言之无文，行而不远'，故士以口诵述其道，以铺张扬厉论其术，最终形成文体的赋。"[4]赋最早指为祭神而"格物"。而"格物"最终是要佑神，所以巫祝祭神时要将祭品排列好，并向神说明，口中念念有词，以铺陈物类之美。而"不歌而诵"是巫师在祭祀仪式上用以通神的主要手段之一，后为祝宗卜史之官的特长，祝宗卜史又是文学家的前身。这种说法虽然有牵强之处，但大体上能说明赋与巫祀礼仪之关系。当然，祭祀与赋之关系，未必如韩高年先生所说全为直接的影响关系，比如"不歌而诵"与行人之官的关系似乎更为密切，然而赋身上是有着不少巫祀礼仪的直接或间接的遗传，却是不可否认的。而当赋辞用于君臣之际时，才开始由"娱神"转向"娱人"。

可见赋与戏都有一个很重要的功能，便是"娱戏"。"娱戏"不同于西方的文学"游戏"范畴。西方的"游戏"范畴是指文学艺术中脱离了功能性与现实性的部分，正如康德的《判断力批判》中所说："艺术还有别于手工艺，艺术是自由的，手工艺也可以叫做挣报酬的艺术。人们把艺术看作仿佛是一种游戏，这是本身就愉快的一种事情，达到了这一点，就算是符合目的；手工艺却是一种劳动，这是本身就不愉快的（痛苦的）一种事情。只有通过它的效果（例如报酬），它才有些吸引力。"[5]席勒《审美教育书简》也说："……动物如果以缺乏（需要）为它的活动的主要推动力，它就是在工作（劳动）；如果以精神的充沛为它的主要推动力，如果是绰有余裕的生命力在刺激它活动，它就是在游戏。"[6]可见，游戏是自我的，无关他者的；是无功利的，无关效果的；是超越的，无关现实。

---

① 如张庚等主编《中国戏曲通史》说："中国戏曲的起源可以上溯到原始时代的歌舞"（张庚等主编《中国戏曲通史》，中国戏剧出版社1980年版，第3页）；俞为民《中国古代戏曲简史》论古代戏曲的起源也是"原始社会的歌舞"（俞为民：《中国古代戏曲简史》，江苏文艺出版社，1991年版，第5—12页）。

而娱戏论则恰恰相反。娱戏论是建立在身份基础上的工具性功能。这也是赋、戏两种艺术形式之所以一雅一俗的区分所在。从汉代开始，戏者身份就多是优侏儒獿杂子女，其娱戏的对象是普通贵族和一般民众。而赋家的身份多为郎官，司马相如为武骑常侍，扬雄给事黄门，东方朔为常侍郎，张衡为侍中等，为君主侍从。《汉书·枚皋传》载：

> 皋不通经术，诙笑类俳倡，为赋颂，好嫚戏，以故得嫕黩贵幸。……又言为赋乃俳，见视如倡，自悔类倡也。[7]

不少学者据此将汉代赋家的身份与俳优联系起来，例如冯沅君撰有《汉赋与古优》、王运熙《为汉赋家见视如倡进一解》等①。然而"类倡"不表示"为倡"，枚皋的身份还是郎官，为武帝之近侍。班固称东方朔"以其诙达多端，不名一行，应谐似优，不穷似智，正谏似直，秽德似隐……其滑稽之雄乎"[8]，而其职位更尊于枚皋。赋家因内廷的文学侍从身份，其娱戏的对象往往是天子。其创作辞赋，常是"上有所感，辄使赋之"，"上方郊祠甘泉泰畤、汾阴后土，以求继嗣，召雄待诏承明之庭。正月，从上甘泉，还奏《甘泉赋》以风"[9]，多是"待诏"之作。有些作品所待之"诏"在于"娱"，如枚皋应诏之赋。有些赋家与东方朔、枚皋个性完全不同，也未必有娱君之目的，但是却在效果上达到了娱戏性。《汉书·扬雄传》载：

> 雄以为赋者，将以风也，必推类而言，极丽靡之辞，闳侈钜衍，竞于使人不能加也，既乃归之于正，然览者已过矣。往时武帝好神仙，相如上《大人赋》，欲以风，帝反缥缥有陵云之志。由是言之，赋劝而不止，明矣。又颇似俳优淳于髡、优孟之徒，非法度所存，贤人君子诗赋之正也，于是辍不复为。[10]

司马相如和扬雄所作之赋，其功能与目的本在讽谏，而效果却颇类俳优。可见"笑类俳倡""好嫚戏""诙达多端""应谐似优"这类赋家素质，并非辞赋娱戏性的必要条件。《汉书·王褒传》载：

> 上令褒与张子侨等并待诏，数从褒等放猎，所幸宫馆，辄为歌颂，第其高下，以差赐帛。议者多以为淫靡不急，上曰："'不有博弈者乎，为之犹贤乎已！'

---

① 冯沅君《汉赋与古优》，原载于《中原月刊》第1卷第2期，1943年9月，见《陆侃如冯沅君合集》（第四卷），安徽教育出版社，2011年版，第289—304页。王运熙《为汉赋家见视如倡进一解》，见《文史哲》1991年第5期。

辞赋大者与古诗同义，小者辩丽可喜。辟如女工有绮縠，音乐有郑、卫，今世俗犹皆以此虞说耳目，辞赋比之，尚有仁义风谕、鸟兽草木多闻之观，贤于倡优博弈远矣。"[11]

辞赋是与古诗同义，或是与博弈相类，是仁义风谕，或是娱悦耳目，完全取决于读者对于赋家身份与辞赋文本的认知。在这个意义上讲，辞赋的娱戏功能其实与讽谏功能是一体之两面，其基座都是赋家的身份特性与赋体功能性的存留。缘此，汉代辞赋的"娱戏"是与"讽谏"说辅车相依的。《文心雕龙·谐隐》云："优旃之讽漆城，优孟之谏葬马，并谲辞饰说，抑止昏暴。是以子长编史，列传滑稽，以其辞虽倾回，意归义正也。但本体不雅，其流易弊。于是东方枚皋，哺糟啜醨，无所匡正，而祗嫚亵弄，故其自称为赋，乃亦俳也；见视如倡，亦有悔矣。"[12]

二、赋文的戏剧性

赋与戏的同源性，使赋体在发展过程中，对于戏剧因素的渗入保持了开放性的态度。巫祀礼仪，在贵族阶层（雅文化）中一变而为礼乐，再变而为文辞。《周礼》《礼记》中所记载之"大司乐""师""大宗伯"等礼乐制度的代表都是巫。《周礼·春官宗伯·大司乐》载："以六律、六同、五声、八音、六舞大合乐，以致鬼神示。"[13]《春官宗伯·小祝》云："小祝掌小祭祀将事侯禳祷祠之祝号，以祈福祥，顺丰年，逆时雨，宁风旱，弥灾兵，远罪疾。"[14] 王国维也认为礼出于祭祀行为中的献礼。礼仪实际上是祭祀礼仪的人间化。礼的出现使祭祀礼仪在形式上流转在人们的揖让之间，使人神之间的沟通下凡到人间。然而祭礼仍然被认为是最重要的礼仪。等到帝制出现后，皇帝成为神灵在人间的代表，皇帝的祭天行为成为天下最重要的礼制。汉赋家们向皇帝的献赋，正如同巫师们向神灵献辞。这种行为本身就成为一种仪式，一种敬奉帝王为唯一的神灵的仪式。汉代司马相如的献赋到唐代杜甫的献三大礼赋，都是具有这样的象征意义。而早期古代的巫祝文明，在民间则流为各种形式的戏。赋在贵族则是文辞形式之一，在民间文化中则表现为俗赋。

俗赋与戏是近亲。如《九歌》是屈原改编自民间俗辞赋，同时亦有大量戏的元素。王逸曰："昔楚国南郢之邑，沅、湘之间，其俗信鬼而好祠。其祠必作歌乐鼓舞以乐诸神。屈原放逐，窜伏其域，怀忧苦毒，愁思沸郁。出见俗人祭祀之礼，歌舞之乐，其词鄙陋，因为作《九歌》之曲。"[15] 古今学者大都袭承王逸之说，如姜亮夫《屈原赋校注》曰："盖新《九歌》者，实楚民间歌舞乐神之喜剧，其词句、乐调、舞容及所崇祀之神灵，扮演之巫觋，皆确然为楚人民之故俗。"[16] 九歌即九场故事，祭坛即剧场。

唐人徐坚等所撰《初学记》引录俗赋《庞郎赋》："坐上诸君子，各各明君耳。听我作文章，说此河南事。"说明俗赋是一种只说不唱的说唱形式，与汉赋之"不歌而诵"异曲同工。《汉书》载有东方朔滑稽之事，《后汉书》记载蔡邕讥讽诸生说俗间小事的辞赋连偶俗语、有类俳优之事，可见汉代以俗赋说故事并不稀见。胡士莹先生说："这种讲说和唱诵结合的艺术形式，在秦汉时代可能就叫做赋，也就是今天成为民间赋的作品。"[17]20世纪50年代后，四川汉墓出土了一系列说唱俑，向我们更明确地展示了说唱者的外貌、动作表情以及辅助表演的打击乐器。

汉代俗赋往往会采俗语入赋。如《僮约》在临近结尾写道："奴不得有奸私，事事当关白。奴不听教，当笞一百！"《神乌赋》中的雌乌追呼盗乌说；"咄！盗还来！"这与后世说唱的戏剧形式如快书等的语言非常接近。另外，现存汉代俗赋都是故事性的。如扬雄《逐贫赋》便是记述主人与贫之间一波三折的故事，引人入胜。汉代俗赋中还大量存在丰富的人物动作和表情。如《逐贫赋》中的"色厉目张"，《神乌赋》中雌乌的"发忿""追而呼之""反愤作色""责然怒曰""怫然大怒，张目阳眉，奋翼伸颈"等。有不少学者认为敦煌文书中存在戏剧脚本，某些俗赋具备剧本的性质。

雅赋以礼为本质，与俗赋差别颇大。礼仪制度和大一统的帝制是大赋的温床，却是戏剧的盐碱地。等到元代少数民族势力的进驻中原，礼制遭到短暂的破坏，知识分子与帝国之间的关系也变得疏远，戏剧才出现较大的空间。元代正是大赋凋零的时间，可见辞赋与戏剧，正是中华文明中相反的部位所刺激而生的产物。然而，但礼乐文化是以礼仪、表演为外相的，从这一点说来，以"礼"为内核的雅赋与戏亦有同源性。雅赋文本之戏剧性，也主要体现在仪式性与表演性两方面。

其一，仪式性。弗兰西斯·爱德华说："任何戏剧史的著作必先涉及仪式，因为这种或那种形成了所有流行剧场娱乐的基础，和戏剧艺术本身赖以生存的根源。"[18]"赋"同"诵"，又同"颂"，学者多有说明。而《诗经》中的颂本为祭祀之文学，是以其成功告于神明者。如《诗序》说《昊天有成命》是郊祀天地之诗，《噫嘻》是春夏祈谷于上帝之诗。而祭祀本是充满仪式的活动，《荀子·礼论》载，祭祀要卜筮视日、斋戒、修涂、几筵、馈荐、告祝。赋源自祭祀之歌，这是赋颂仪式感的基础。

日本学者次田润在考察了《延喜式》中保存的各种祝词之后，归纳出其常用的修辞模式：一曰列举法，二曰反复法，三曰对句法。此三种修辞方法正是日本古代祝词仪式感的体现。而汉赋正能与此对应。郑玄注《周礼·春官宗伯·大师》曰"赋之言铺，直铺陈今之政教善恶"[19]。所谓铺锦列绣，正是赋体的一大特征。如何"铺"，陈绎曾《文筌》之《汉赋格》说"汉赋之法，以事物为实，以理辅之。先将题目中合说事物一一依次铺陈，时默在心，便立间架，构意绪，收材料，措文辞，布置得所"[20]，便是列举法。枚乘《七发》

中太子五次答曰"仆病，未能也"。东方朔《答客难》两次喟然长叹，这是反复法。对句法在赋中则更常见，刘勰《文心雕龙·丽辞》篇曰：

> 长卿《上林赋》云"修容乎礼园，翱翔乎书圃"，此言对之类也；宋玉《神女赋》云"毛嫱鄣袂，不足程式；西施掩面，比之无色"，此事对之类也；仲宣《登楼》云"钟仪幽而楚奏，庄舄显而越吟"，此反对之类也；孟阳《七哀》云"汉祖想枌榆，光武思白水"，此正对之类也。[21]

《梁王菟园赋》有"夹池水，旋菟园，并池道，临广衍"，司马相如《子虚赋》"缘以大江，限以巫山"，张衡《归田赋》"尔乃龙吟方泽，虎啸山林。仰飞纤缴，俯钓长流"，都是对句法。

韦昭注《国语·周语》曰"文，礼法也"[22]，清袁栋《诗赋仿六经》称"赋体恭俭庄敬似礼"[23]。赋体的经纬万端，本就源自礼仪。而辞赋的文本书写，更是钟情于各类祭祀仪式。如班固《东都赋》写朝觐之礼曰："尔乃盛礼兴乐，供帐置乎云龙之庭，陈百寮而赞群后，究皇仪而展帝容。于是庭实千品，旨酒万钟，列金罍，班玉觞，嘉珍御，太牢飨。尔乃食举雍彻，太师奏乐，陈金石，布丝竹，钟鼓铿鍧，管弦烨煜。抗五声，极六律，歌九功，舞八佾，《韶》《武》备，泰古毕。"何义门称其有冠裳佩玉，清庙明堂气象。又如张衡《东京赋》历数大典，气肃度舒，其写郊祀之礼云："及将祀天郊，报地功，祈福乎上玄，思所以为虔。肃肃之仪尽，穆穆之礼殚。然后以献精诚，奉禋祀，曰允矣天子者也。乃整法服，正冕带，珩纨絋綖，玉笋綦会，火龙黼黻，藻率鞶厉。结飞云之袷辂，树翠羽之高盖……顺时服而设副，咸龙旗而繁缨。"将仪式描绘如画。

其二，表演性。班固引《毛传》曰"不歌而诵谓之赋"，"不歌"非谓"不可歌"，谓"不被管弦"耳。赋虽然没有配乐，却仍旧遗传歌诗的一些特征。班固认为"赋者，古诗之流也"，所以赋对于古诗在音乐和表演上不能不有所遗传。郑玄注《周礼·春官宗伯·大司乐》曰："倍文曰讽，以声节之曰诵"[24]，所谓"节"即是"击节""拊节"，《尔雅·释乐》曰："和乐谓之节"[25]，击节是为了把握节奏。

司马相如曰："合綦组以成文，列锦绣而为质。一经一纬，一宫一商，此赋之迹也。"[26]元儒吴莱云："古之赋学，专尚音律，必欲宫商相宣，徵羽迭变。"[27]是则汉赋之音声亦有可观也。清王筠《菉友蛾术编》云：

> 郑司农注《考工记》引《上林赋》"纷容掣参"，《汉书》作"纷溶箾蓡"，《文选》作"纷溶箾蓡"。司农又引"倚移从风"，《文选》作"猗狔从风"，偏旁

务令齐同。不知形容之词，在声不在义也。[28]

"赋者，铺也，铺采摛文，体物写志也"，赋之重铺排，重形容，无疑也。王筠谓形容之词在声不在义，则赋真大乎一种声音之艺术了。字形皆可变，而声音不能改，可见赋之声情之重反在文字之上了。而司马相如所谓之"一宫一商"的声音效果，应是赋作者和欣赏者所共同追求与享受的重要部位。《汉书·东方朔传》载有东方朔与郭舍人相互嘲谐之事，王运熙分析说"郭舍人、东方朔，一个是倡，一个是文人，两人在武帝面前互相嘲戏，使用的都是比较整齐的韵语，这说明东方朔在某些场合的确与倡优非常接近。倡人平时唱乐歌，赋家作赋，习惯于韵文，所以日常的嘲戏语言，都运用韵语（古代隐语也经常使用韵文体）。"[29]《汉书·王褒传》载宣帝时召见九江被公诵读楚辞。楚辞文字俱在，大可以自己欣赏；又或者可以随便寻一口齿伶俐、声调抑扬者为之朗诵。而宣帝必求专门之人为之，可见辞赋的诵读在汉代是一门重要的艺术，并非只是附加在文辞之外的可有可无的装饰品。《汉书·王褒传》又载，"太子体不安，苦忽忽不乐。诏使褒等皆之太子宫虞侍太子，朝夕诵读奇文及自所造作。疾平复，乃归。"[30] 太子所重，非但是王褒之文章，并重其诵读也。

汉赋极常用问答体。如宋玉《登徒子好色赋》，其中所写人物有楚王、宋玉、登徒子、章华大夫；叙事铺陈中有悬念、冲突、对比等戏剧要素。日本学者清水茂《辞赋与戏剧》称"我猜想朗诵这篇的时候，可能有复数优人上演。"[31] 枚乘《七发》中楚太子有病，吴客前去问候。他极力描述声色和猎奇之乐，最终用智慧之言治好了太子的心病。在司马相如的《天子游猎赋》中，虚构了三个人物，即子虚、乌有和无是公。《美人赋》则是司马相如与梁王的对话。祝尧说，"赋之问答体，其原自《卜居》《渔父》篇来，厥后宋玉辈述之，至汉此体遂盛，此两赋及《两都》《二京》《三都》等作皆然。"[32] 这也是其戏剧性的表现。

汉赋中还有对人物表情和动作的描写，如《七发》中太子"阳气见于眉宇之间，侵淫而上，几满大宅""有悦色""据几而起"，《上林赋》中亡是公"听然而笑"，子虚、乌有先生"怃然改容，超若自失""逡巡避席"。《东都赋》主人"喟然而叹"，西都宾"瞿然改容，逡巡降阶，慄然意下，捧手欲辞"。《东京赋》安处先生"似不能言，怃然有闲，乃莞尔而笑"。

正因为赋体有这样的戏剧性要素，赋就易于转变为戏。如苏轼《赤壁赋》，便被改编为《苏子瞻醉写赤壁赋》《苏子瞻瞻泛月游赤壁》《狮吼记》《眉山秀》《赤壁记》《游赤壁》《前赤壁赋后赤壁赋》等戏剧作品。

三、戏文的赋体化

辞赋"铺采摛文"、设辞问答的文体特色对于文学发展是有推进作用的。儒家经世致用的正统思想确立之后,汉赋虚妄靡丽的特点遭受了批评。如东汉政论家王符就说:"今赋颂之徒,苟为饶辩屈塞之辞,竞陈诬罔无然之事,以索见怪于世,愚夫戆士,从而奇之,此悖孩童之思,而长不诚之言者也。"[33]这种"事皆不谬,言必近真"的文学观念,实际并不利于小说、戏曲等虚构文学的发展。明徐复祚称"要之传奇皆是寓言,未有无所为者,正不必求其人与事以实之也。即今《琵琶》之传,其传其事与人哉?传其辞耳。"[34]李渔也说"传奇无实,大半皆寓言耳。"又说:"凡阅传奇而必考其事从何来,人居何地者,皆说梦之痴人,可以不答者也。"[35]

戏曲对于赋体之借鉴,一是表现为存在不少演绎赋家故事的文本。例如屈原戏,仅明、清两代就有《汨罗记》《双栖记》及《神女》《汨罗》《化人游》《汨罗江》《读离骚》《正则成仙》《渔家言乐》《怀沙记》《采兰纫佩》《离骚影》《吊湘》《纫兰佩》《汨罗沙》《演骚》《楚辞谱》《秋兰佩》等。再如相如文君戏,宋、金、元时期有《相如文君》《升仙桥相如题柱》《鹔鹴裘》,明、清有《琴心记》《题桥记》《凌云记》《当垆记》《长门赋》《凤求凰》《凤凰琴》等。

二是表现为从体式和行文吸收了大量赋作的营养,可分三点论述:其一,藻丽化。辞赋属于语言艺术。戏曲属于综合艺术,即使抛却"粉墨登场"的舞台表现性不谈,戏曲往往也能综合诗词、散文、辞赋等寓言艺术于体裁之中。臧晋叔在《元曲选·序》中说:"诗变而词,词变而曲,其源本于一。"[36]清代刘熙载《艺概·词曲概》说"曲如赋",又说:"曲止小令、杂剧、套数三种,小令、套数不用代字诀,杂剧全是代字诀。……此亦如'诗言志''赋体物'之别也。"[37]

赋吸引千百万文人之处正在其辞藻和声情。而中国的不少戏曲,情节简陋雷同,但仍广为传播,很大程度上是因为戏曲中的韵语,包括诗赋赞语等。如车江英《蓝关雪·衡山》一折中山神的一段独白:"上据朱陵,下窥云梦,崔嵬万丈之高,绵延八百之广。七十二峰,峰峰矗起;百有余涧,涧涧澄源。翠岩碧洞,簌空玲珑,白石红泉,飞流激瀑。鲸钟鳌鼓,殷殷万点雷声;鹤唳猿啼,隐隐半天风吼……。"其中"崔嵬""绵延""玲珑""殷殷"等连绵词是汉赋语言的重要特征。而"据""窥""耸""唳""啼"等书面动词,文雅而有刺激感。又如吴伟业《临春阁》"混江龙":"则看那雌霓旌展,莲花宝锷护婵娟。赤紧的阏氏捧辔,征贰擎鞭。夫人城,金汤十二,娘子军,铁骑三千。得雄王,得雌霸,军为吕氏;驴非驴,马非马,妹似孙权。不求雷尚书、陆侍中,斜封墨敕比得过潘将军、娄御史,宝马银鞯。筛几声诸葛鼓,不怕他人贻巾帼。画一幅伏波像,谁说道女累凌烟。俺这里房帷谯国非容易,眼看他粉黛彭城实可怜。不信是几人冠盖,刚剩这一道山川。"唱词中包含了"驴非驴、马非马""妹似孙权""诸葛""伏波""凌烟"等诸多典故。一方面为读者的想象拓展了空间;但同时也因其深奥难懂而不宜演出,丧失了舞台性。

汤显祖的一些戏曲也因为过重辞章而坏曲律,因而遭到批评。王骥德《曲律》言:"临川汤奉常之曲,当置法字无论,尽是案头异书。所作五《传》,《紫箫》《紫钗》,第修藻艳,语多琐屑,不成篇章……"[38]李渔说:"曲文之词采,与诗文之词采非但不同,且要判然相反。何也?诗文之词采贵典雅而贱粗俗,宜蕴藉而忌分明;词曲不然,话则本之街谈巷议,事则取其直说明言,凡读传奇而有令人费解,或初阅读不见其佳,深思而后得其意之所在者,便非绝妙好词,不问而知为今曲,非元曲也",因此他认为《牡丹亭》中"惊梦"等篇,"字字俱费经营,字字皆欠明爽。此等妙语,止可做文字观,不得作传奇观"[39]。

其二,典雅化。汉赋出现时,即使是庙堂之上的文人赋,也大多自由活泼,句式灵活,起落不拘。到了东汉,汉赋渐渐文人化,字句渐渐工整,形式渐趋固定。戏剧与赋一样,到了明清时期,戏剧出现雅化的现象。首先是意境的深化。汉赋多是铺采摛文,骚体赋也多是直抒胸臆,不加掩饰。而到了魏晋之后,赋体出现了诗话,开始注重意境的提炼,意象的铺陈。而戏剧也有这样的现象。如《桃花人面》第三出《驻马听》:"落日晴川,一帘芳草平芜乱剪,乱云飞岸,半溪烟雨带痕牵。缁车不到杜陵边,霎时春老桃花怨。心自迷,步更远,行来何处,是自家庭院。"其次是语言的诗化。汉赋在魏晋之后,转为抒情小赋,不再以究天人之际,穷古今之变为美,气象不再追求宏大壮阔,而是以个人的情调,诗化的语言作为追尚的方向。另外,汉赋多用口语,并且很多词语都是依声造字,有极多的联绵词。而到了魏晋,口语渐渐被书面语言所代替,典故增多,语言更整饬。戏剧也经历了相同的境遇。元杂剧语言向日常语言回归,散文化、口语化,如《望江亭》"金蕉叶":"相公,你若是报一声着人远接,怕不得船儿上有五十座笙歌摆设。你为公事来到这些,不知你真生做兀地关节?"明清杂剧辞多雅丽,如诗如画。尤侗《读离骚》"粉蝶儿":"俺登这百尺高台,拥宸毓霓旌翠盖。望朝云霭霭纷纷来,送飘风、迎冻雨、徘徊光怪。五色初裁,想瑶姬,仿佛倚后庭花外。"明清杂剧语言的诗化,使其缺少了动作性和戏剧性,但描景画情的功能增强,有利于意境的创造。

其三,戏之用赋。戏有直接用他人成赋者。以元曲为例,相关作品中直接所用的赋就有《梦醒赋》《劝君赋》《月明赋》《庐山赋》《明月赋》《凤求凰赋》《赤壁赋》《美人赋》《科考赋》等等。另一种状况是,戏曲作品往往在叙述人物出场、描绘场景、叙述情节等情况下,会用赋体的行文进行铺叙。传奇第一出一般为"副末开场",青木正儿《中国近世戏曲史》说:"按此第一出之用途及演法,与宋代队舞,杂剧开场时所念致语口号相似,疑即为其遗风所变形者。"[40]而所谓"致语口号"者,宋陈旸《乐书》卷一八七"俳优"条云:

"唐时谓优人辞捷者为斫拨,今谓之杂剧也。有所敷叙曰作语,有诵辞篇曰口号,皆巧为言笑,合人主和悦。"[41]这显然是赋的形式。

元明清的戏曲中大量用赋。有的赋作的描写,极其生动,超过了前代的作品。如沈鲸《双珠记》:

> 老身唤做赛观音,粗疏鬖发乱松棚。面皮蟆焦千层饼,牙齿妆点七倒金。京墨浓搽一锭,石灰淡抹半升。十指浑如打未完的铁搭,两眼好似摇不响的铜铃。唇厚三寸,说话便要出唾。脚长尺二,缝鞋又要加砧。肩耸堪挑區担,嘴尖可挂油瓶。身上彬斑,谁不道胎生玳瑁?鼻中点滴,我自知土产水晶。

此类丑妇赋源远流长。如宋玉《登徒子好色赋》、潘岳《丑妇赋》、刘思真的《丑妇赋》等。然而都没有此赋写的"壮观",也无此赋有趣。

参考文献

[1](清)黄承吉:《梦陔堂文集》卷二,道光二十三年刻本。

[2]王国维:《宋元戏曲史》,中华书局,2010年版,第1页。

[3][日]河竹登志夫:《戏剧概论》,陈秋峰等译,中国戏剧出版社,1983年版,第162页。

[4]韩高年:《先秦仪式展演与赋体的生成——对赋体形成过程的发生学考察》,《求是学刊》2005年第5期。

[5][6]朱光潜:《西方美学史》,人民文学出版社,1981年版,第383页、第454页。

[7][8][9][10][11][30](汉)班固《汉书》,中华书局,1962年版,第2366—2367页、第2873—2874页、第3522页、第3575页、第2829页、第2829页。

[12][21]范文澜:《文心雕龙注》,人民文学出版社,1958年版,第270页、第588—589页。

[13][14][19][24](清)孙诒让《周礼正义》,中华书局,1987年版,第1731页、第2032页、第1842页、第1724页。

[15](宋)洪兴祖:《楚辞补注》,中华书局,1983年版,第55页。

[16]姜亮夫:《重订屈原赋校注》,《姜亮夫全集》(六),云南人民出版社,2002年版,第116页。

[17]胡士莹:《话本小说概论》,中华书局,1980年版,第9页。

[18]郑传寅:《中国戏曲文化概论》,武汉大学出版社,2003年版,第24页。

[20] 王冠：《赋话广聚》第一册，北京图书馆出版社，2006 年版，第 364—365 页。

[22] 徐元诰：《国语集解》卷九，中华书局，2022 年版，第 2 页。

[23]（清）袁栋：《书隐丛说》卷十一，清乾隆刻本。

[25]（晋）郭璞注，（宋）邢昺疏：《尔雅注疏》，北京大学出版社，1999 年版，第 160 页。

[26]（晋）葛洪：《西京杂记》卷二，中华书局，1985 年版，第 12 页。

[27]（明）茅元仪：《暇老斋杂记》卷三十二，清光绪李文田家钞本。

[28]（清）王筠：《菉友蛾术编》卷上，清咸丰十年宋官疃刻本。

[29] 王运熙：《为汉赋家见视如倡进一解》，《文史哲》1991 年第 5 期。

[31]［日］清水茂：《清水茂汉学论集》，蔡毅译，中华书局，2003 年版，第 251 页。

[32]（元）祝尧：《古赋辨体》，清《文渊阁四库全书》本第 1366 册，台北：台湾商务印书馆，1986 年版，第 749 页。

[33]（汉）王符：《潜夫论》，中华书局，1985 年，第 19 页。

[34]（明）徐复祚：《曲论》，《中国古典戏曲论著集成》第 4 册，中国戏剧出版社，1959 年版，第 234 页。

[35][39]（清）李渔：《闲情偶寄》，《中国古典戏曲论著集成》第 7 册，中国戏剧出版社，1959 年版，第 20 页、第 2 页。

[36]（明）臧懋循：《元曲选》卷首，中华书局，1958 年版，第 4 页。

[37]（清）刘熙载：《艺概》，上海古籍出版社，1978 年版，第 124 页、第 128 页。

[38] 毛效同：《汤显祖研究资料汇编》，上海古籍出版社，2016 年版，第 650 页。

[40]［日］青木正儿：《中国近世戏曲史》，王古鲁译，中华书局，2010 年版，第 40 页。

[41]（宋）陈旸：《乐书》卷 187，清《文渊阁四库全书》本第 211 册，台北：台湾商务印书馆 1986 年版，第 842 页。

作者

程维，博士，安徽师范大学文学院副教授，硕士生导师，主要研究方向：先秦两汉魏晋文学。

台湾藏《乐府考略》抄本考述*

王文君

摘要:《曲海总目提要》的底本为清抄本《乐府考略》,现存的42册分藏于南京图书馆和上海图书馆。台湾藏《乐府考略》抄本收录剧目提要55种,该本曾经吴昌绶校读,内有多处校语。虽然其行款、版式均与南京图书馆藏本和上海图书馆藏本相似,但是其中的34种剧目已见于上海图书馆藏本,且重复剧目的提要内容也有差异,并不属于同一版本系统。台湾藏抄本实与南京图书馆藏丁氏八千卷楼本《传奇汇考》有密切的关系,应是古今书室石印本《传奇汇考》的过录本。

关键词:《曲海总目提要》;《乐府考略》;《传奇汇考》;吴昌绶

提要式戏曲目录《乐府考略》残卷经董康主持整理,1928年由大东书局更名为《曲海总目提要》排印出版,署为董康、王国维、吴梅、孟森、陈乃乾等共同校订。因为大东书局借《四库全书总目提要》出版的成功为《曲海总目提要》造势,所以该书出版后就广为人知,日后更是多次翻印①。虽然该书已成为中国戏曲者案头必备的工具书,但是目前对其底本的研究显然不够,多种工具书的介绍也有讹误②。为《曲海总目提要》补遗的底本《传奇汇考》因被著录于王国维的《曲录》中,且流传到海外的版本众多,所以受到了较多关注③。目前对《传奇汇考》的关注和研究并不能替代《乐府考略》,"要想弄清楚《曲海总目提要》的来龙去脉,必须回到内府抄本《乐府考略》上来"[1]。台北"国家图书馆"(以下

---

* 【基金】本文为国家社会科学基金项目"'三国'说唱文献整理与研究"(项目号:24CZW072)阶段性成果。
① 《曲海总目提要》1928年由大东书局排印初版,天津古籍书店于1992年影印出版时增入陆宗枢所作《影印曲海总目提要·序》。大东书局1930年再版《曲海总目提要》时增入吴梅序。人民文学出版社1959年重排本册去胡适序,补入吴梅序,该本区分类别,凡剧注明传奇和杂剧,对原书的疏讹也作了考订,是目前最为流行的版本,2014年与《曲海总目提要补编》合为《曲海总目提要(附补编)》再版。此外还有台北新兴书店1985年版等多种版本。
② 例如《中国戏曲曲艺辞典》"《乐府考略》"条称:"原书卷数今已不知,现存二十一册。"
③ 江巨荣、浦部依子、邓长风等都对《传奇汇考》的存世情况进行过梳理,认为包括王国维所用"旧抄残本"、宝瑞臣本、黄陂陈士可都护藏本、古今书室石印本、日本狩野直喜本、京都大学本、东京大学本等十余种。《传奇汇考》的日本抄本更是受到董康、傅芸子、傅惜华、李庆、蒋寅、赤松纪彦、黄仕忠、王瑜瑜等学者的关注。

简称"台图")所藏《乐府考略》抄本的发现，不仅可探究《乐府考略》的版本系统，更可为促进《曲海总目提要》的相关研究提供其他视角。

一、台图本《乐府考略》的基本情况

董康在《曲海总目提要》序言中称："嗣于厂肆获《乐府考略》四函，乃自清内府佚出者""近岁避嚣南来，得读盛氏愚斋藏书，亦有《考略》三十二册，装潢与厂肆所得内府书同，乃一书而失群者，借归迻录经年，合之前帙，凡得曲六百九十种"[2]。就目前所知，32册的上图本即盛宣怀藏本，与10册的南图本同为《曲海总目提要》的底本。这两种抄本的版式均为：正文每半叶6行，每行14字，小字双行，每行28字；左右双栏，上下竹节栏；版心白口，单黑鱼尾；文间钤有朱圈。

据《中国古籍总目·史部》著录的"《乐府考略》不分卷，清黄文旸撰，钞本(台图)"[3]，可知在上图本和南图本外，台北还有一种《乐府考略》抄本。《"国立中央图书馆"善本书目（增订本）》"史部"著录为"《乐府考略》不分卷，存四册，清黄文旸撰，精钞本"[4]，索书号为"21405008"。虽然该抄本早在1967年就已被著录在目，但极少受到关注。经笔者目验，该本共存4册，书中钤"国立中央图书馆收藏"朱文长方印。书衣无题，无目录，正文每半叶6行，每行14字，小字双行，每行28字；左右双栏，上下竹节栏，版心白口，单黑鱼尾；板框高16.7厘米，宽11.3厘米。该抄本版式与上图本和南图本相似，区别在于没有目录，没有钤朱圈。虽然该本抄写较为精良，但是其中多种剧目提要正文有明显的漏字现象，避讳也不严格，如《秋风三叠》中"铁氏女"部分多次出现"铁铉"，其中第3处"铉"没有缺笔，而"宁"则有"寍""甯"或"宻"等多种写法。

该本共收录剧目提要55种，顺序如下：

第一册10种依次为《领头书》《南桃花扇》《遗爱集》《冯骧市义》《昇平乐》《万花楼》《一品爵》《万花亭》《情不断》《广陵仙》。

第二册12种依次为《醒世魔》《摘缨记》《撮盒圆》《天有眼》《孝顺歌》《莲囊记》《络冰丝》《修文记》《梅花楼》《双龙佩》《沉香亭》《玉璩缘》。

第三册14种依次为《锦江沙》《百子图》《九锡记》《彩霞䆲》《想世情》《双小凤》《三殿元》《筌筱记》《彩燕诗》《远尘园》《浣花舟》《绾春园》《锦上花》《菉园记》。

第四册19种依次为《名花谱》《纲常记》《练忠贞》《挑灯剧》《碧纱笼》《秋风三叠》《女红纱》《四婵娟》《回文锦》《清平调》《雪里梅》《白玉楼》《四异记》《娇红记》《蕉鹿梦》《义乳记》《崔护渴浆》《双报恩》《马上郎》。

书中的多处校语可分为两类：一类是写在原书上的，主要是在《领头书》一剧提要正文中的两处，分别是：

十一叶，中有缺叶似可取《剪灯新话》补之。
丁巳二月昌绶校读。

其中第二处钤有"伯宛"朱文方印。

另一种是写在纸笺上的 5 条校语，分属于《领头书》《南桃花扇》《冯驩市义》《广陵仙》和《双龙佩》，依次是：

戏之曰："同岁者当为夫妇，二人亦私自许。"金生赠翠诗曰："十二阑干七宝台，春风。"（《提要》廿三之一）。
二十叶，尚俟详考，不能即定。
大东排印本"剧以《史记》……"一段，小字双行，以此抄本验之似误排。
《太平广记》下之杜子春传，大东排印本均作大字。
大东排印本多引《英宗实录》等数段。

校语中的"十一叶"是指《领头书》的提要正文用了 11 叶纸，"二十叶"是指《南桃花扇》所用纸张的数量，"中有缺叶似可取《剪灯新话》补之"一句可见校读者意识到该剧提要正文中有缺失的内容，"尚俟详考，不能即定"则是对提要正文中具体的考证内容提出的疑问。另外 4 条校语提到的《提要》和大东排印本，即根据《乐府考略》整理的《曲海总目提要》。校语指出该《乐府考略》抄本与排印本有诸多不同：例如《冯驩市义》一剧，台图本"剧以《史记》……"一段是大字，《曲海总目提要》是双行小字，校读者据此判断排印本"似误排"；《双龙佩》一剧，《曲海总目提要》较台图本多引了《英宗实录》《景帝实录》以及徐有贞、于谦等人的传记材料共计约 6700 字。可见校读者曾认为台图本是《曲海总目提要》的底本。

由"丁巳二月昌绶校读"和"伯宛"朱文方印可证"此本曾经吴昌绶校读，有校点并题记，并附印记"[5]，时间当在 1917 年 2 月。也印证了《中国古代的藏书印》在谈及吴昌绶时提到的"精钞本《乐府考略》皆有吴氏手跋"[6]。吴昌绶，字印臣，又字伯宛，号甘遁，晚号松邻，浙江仁和人，光绪二十三年（1897）举人，曾官内阁中书，担任过北洋政府司法部秘书，以藏书、刻书著称，并精目录金石之学，工于诗词笺奏，有"仁和吴昌绶伯宛父印""双照楼校写本"等藏书印。

但根据排印本《曲海总目提要》来进行校读的显然不是吴昌绶。第一，排印本初版于

1928年6月，吴昌绶不可能在1917年见到《曲海总目提要》。第二，虽然学界目前对吴昌绶的生卒年还没有统一的说法①，但是可以确定其在1928年已经去世，台图本中依据《曲海总目提要》所做的校读当出于他人之手。因此，该抄本的校读至少有两次：一次是吴昌绶于1917年所作，另一次则在1928年6月之后。

根据《"国立中央图书馆"善本书目》"凡例"对台图所藏古籍的介绍②，该《乐府考略》应为"本馆所藏"之本，即自南京运往台北的旧藏。虽然第二次的校读者尚未可知，但据这些校语可以发现该抄本与《曲海总目提要》之间存在不少差异。目前已知上图本和南图本是《曲海总目提要》的底本，二者共收剧目411种，这比《曲海总目提要》已收的剧目尚少273种。台图本是否与上图本、南图本同为《曲海总目提要》的底本，则需进一步探讨。

二、台图本不是《曲海总目提要》的底本

经比对，台图本所收剧目均已收入《曲海总目提要》中，与上图本重复的剧目达34种之多，分别是《领头书》《南桃花扇》《遗爱集》《冯骥市义》《昇平乐》《万花楼》《一品爵》《万花亭》《情不断》《广陵仙》《撮盒圆》《天有眼》《孝顺歌》《莲囊记》《络冰丝》《锦上花》《菉园记》《名花谱》《远尘园》《浣花舟》《三殿元》《彩燕诗》《百子图》《九锡记》《彩霞旛》《想世情》《玉瑔缘》《锦江沙》《梅花楼》《双龙佩》《沉香亭》《纲常记》《女红纱》和《双报恩》。台图本中的校语已指出该抄本与《曲海总目提要》有差异，然而笔者经过详细比较，发现二者的差异远非上述校语可以涵括。仅以台图本和上图本重复的剧目来看，其差异便可分为三种类型：

首先，版式不同。除了上述的《冯骥市义》和《广陵仙》外，尚有多种。如《昇平乐》一剧，台图本"鼎湖当日弃人间，破敌收京下玉关……按冲冠一怒为红颜，抉出三桂心事……未言三桂在云南也，其刻诗亦尚在三桂未反前……本朝顺治年间官至学士祭酒，其所刻诗文稿曰《梅村集》"约900字为双行小字；上图本则仅有其中"按冲冠一怒为红颜，抉出三桂心事……未言三桂在云南也，其刻诗亦尚在三桂未反前"约150字为双行小字，

---

① 关于吴昌绶的生卒年，现有多种说法，如杨传庆编的《词学书札萃编》中称"吴昌绶（1856—1924）"（第95页）；吴芹芳、谢泉著《中国古代的藏书印》称"吴昌绶（约1867—？）"（第202页）；周斌编著《中国近现代书法家辞典》称"吴昌绶（1868—1924）"（第284页）；赵一生、王翼奇编《香书轩秘藏名人书翰》称"吴昌绶（？—1918年前后）"（第487页）。

② 该馆古籍主要包括本馆自南京运台旧藏之本、近年在台新购之本、以及教育部委托保管国立北平图书馆与东北大学旧藏之本。凡代管之书而为上列二机构旧藏者，于书目下分别注明"北平""东大"字样，以明其来历；未注明者，则皆本馆所藏。

其余均为大字。且台图本该剧正文涉及"天兵""恩反""天威""庙略""本朝"时仅空格，上图本则多提行空格。与其相似的还有《遗爱集》，台图本正文涉及到"本朝""圣主""知遇""君心"等内容时仅空格，上图本也是空格提行。

此外还有《孝顺歌》一剧，台图本"按，二十四孝详载《日记》故事中，未知起于何时……则二十四孝故事，亦是宋元人所编也"约100字为大字，上图本为双行小字。《锦上花》一剧，台图本"其所谓慕容公主，则既称洞獠，又称倭寇，捏撰无疑……遣使者诣匡庐踪迹之，则杳然矣"约700字为双行小字，上图本为大字。《纲常记》一剧，台图本"《情史》：至元十三年冬，元师渡江至天台……卒娶之，生数子"约600字为双行小字，上图本为大字。《女红纱》一剧，台图本"中间仙女说白云……曲尽举子情状"约80字为大字，上图本为双行小字。

其次，正文内容详略不同。差异较大的主要有三种，除《双龙佩》外尚有《孝顺歌》和《远尘园》。《孝顺歌》一剧，台图本较上图本缺"二十四孝故实：其一大舜耕田……未尝一刻不供子职"等二十四孝的具体内容约1900字。《远尘园》一剧，台图本较上图本缺文末"又按明代谥文成者，惟刘基、王守仁二人，守仁谥在成祖庙号之后"一句。

详略上的细微差异还有很多，仅从作者一项来看：《天有眼》一剧，上图本于作者一项称"明末人寒山作，不详姓氏"，台图本则只有"明末人寒山作"；《远尘园》一剧，上图本称"刊本标护春楼主人作，未知其姓名，大约是明中叶后手笔"，台图本称"刊本标护春楼主人作，殆明中叶后手笔"；《浣花舟》一剧，上图本称"吴兴石樵山人撰，不著姓名，不知谁笔"，台图本则只有"吴兴石樵山人撰"。《想世情》一剧，上图本作"近时人作，未知谁笔"，台图本只有"近时人作"。《沉香亭》一剧，上图本作"明初人作，不知谁笔"，台图本则只有"明初人作"。《双龙佩》一剧，上图本作"明时人所作，不知姓字"，台图本作"明时人作"。《名花谱》一剧，上图本称"刊本曰：种花侬撰，不著姓名，而作序者杭州白恭已，大意指作者尝为钱塘县令"，台图本称"刊本种花侬撰，杭州白恭已序，言作者尝为钱塘县令"。虽然二者的不同主要集中在"不知谁笔""不知姓字"等对文意并无影响的文字上，但就版本而言却有差异。

最后，正文表述差异。这方面也有很多，如《广陵仙》一剧，上图本的"《扬州梦记》"在台图本中则是"《扬州梦》关目"。比较特殊的是《蒙园记》，台图本与上图本部分内容顺序不同。其中台图本为：

> 谓梅逢春为大将，子仪、光弼、禄山、延光等皆为其部将。参至监军，甫为运粮官，思明为南诏之将，被觑乃降。逢春欲杀禄山，思明言其后必为患。皆故意作荒唐语，以供嗢噱耳。

但梅逢春以早朝诗擢状元,而贾至、岑参之诗取第二第三,又谓李白荐逢春为大将乎。

上图本为:

谓梅逢春以早朝诗擢状元,而贾至、岑参之诗取第二第三。又谓李白荐逢春为大将,子仪、光弼、禄山、延光等皆为其部将。参至监军,甫为运粮官,思明为南诏之将,被慇乃降。逢春欲杀禄山,思明言其后必为患。皆故意作荒唐语,以供喑嚎耳。

从文意来看,上图本的文字顺序是正确的,台图本则有明显的错乱。抄写者应是注意到了这一点,所以在抄写时采用了提行的方式来处理,如图1所示:

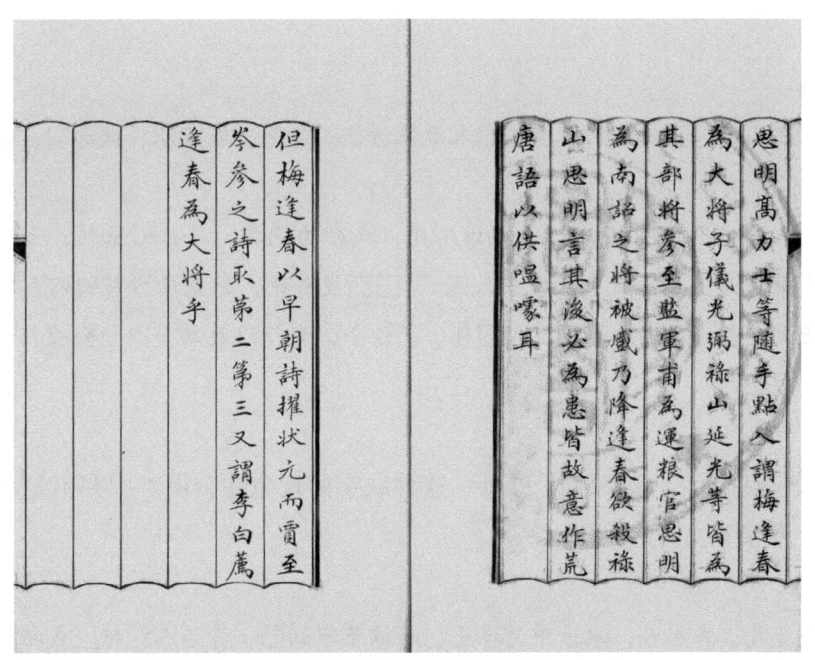

图1　台图本《乐府考略》

综上所述,虽然台图本所用纸张、行款与上图本、南图本相似,但正文与上图本并不完全相同。并且从大量重复的剧目来看,台图本与上图本、南图本明显不属于"一书而失群者"。上文所述台图本中的校语可以证明该本与排印本差异较大,应当不是《曲海总目提要》的底本。

三、台图本的底本是《传奇汇考》

众所周知,虽然董康等人在编《曲海总目提要》时使用的底本是《乐府考略》,但是学界在讨论《曲海总目提要》的相关版本问题时,往往会使用古今书室1914年石印出版的《传奇汇考》①(以下简称"石印本")。虽然石印本有"任意删节,已非完书"[7]"有脱误"[8]等问题,却是流传最广的《传奇汇考》。在实际比较中,笔者发现台图本与石印本有一些特有的共同点。

首先,台图本所收的55种剧目均见于石印本,只是剧目顺序略有不同。台图本第一册对应第5卷,所收的10种剧目依次对应第2、3、4、7、10、11、12、13、14、15种;第2册对应第2卷,剧目依次对应第2、3、4、5、6、7、10、17、18、19、20、23种;第3册对应第3卷,剧目依次对应第3、4、5、12、13、21、10、27、11、29、33、30、31、34种;第4册则分散对应第3、4、6卷。

其次,台图本缺字的现象也与石印本基本一致。例如第4册《纲常记》的部分内容如下:

> 未几,醉□□病死。其妻告□人于采访使。逮问,皆不承,欲加刑,则争相认。□□能决,□范氏。
> 景氏啮血题诗井栏曰:"世人谁不死,我死为纲常。一片心虽朽,千秋骨尚香。建康府太平县伍大夫侧室景氏题。"□□投井死,时克汗方与回回作难,欲得才兼文武者为参谋,□□投入□部。□伦全,克汗以兵劫全归。全峻拒,克汗复使打牛说之。

这两段仅百余字,缺字就达12处。这种缺字的现象在台图本中并不是个例,又如《练忠贞》的提要正文的这一段:

> 钱习礼,吉水人,永乐中为学士,与练子宁姻□,尝为人□持。成祖曰:练子宁若在,朕犹当用之。习礼乃获安□,因此增□□。习礼非泰州人,剧云习礼寄任忠于泰州灶户□□,亦未的。

---

① 如邓长风《〈传奇汇考〉探微》,江巨荣、浦部依子《〈传奇汇考〉及其相关戏曲考释书目———从〈传奇汇考〉到〈曲海总目提要〉及〈曲海总目提要补编〉》,李庆《两种日本现存〈传奇汇考〉抄本考》等文。

不足百字的内容中缺字达 7 处之多。这两种剧目提要正文缺字处与石印本完全重合。以台图本抄写的精细程度来看，当是底本如此的缘故。

石印本的底本是南京图书馆藏丁氏八千卷楼本[9]（以下简称"八千卷楼本"），其所收剧目均见于八千卷楼本，缺字处又与八千卷楼本因为纸张漫漶、粘连等原因导致的缺字处一致①。而校读者吴昌绶曾与丁丙有诸多来往，有寓目并据丁氏八千卷楼本为该《乐府考略》抄本校读的条件。王国维《词录序例》就曾称："海内藏书家收藏词曲者昔不多观，近惟钱塘丁氏、归安陆氏藏词最富……所幸丁氏藏词除元三数家外，仁和吴氏（吴昌绶）皆有副本；陆氏藏词之与丁氏别出者亦不多，吴氏亦间录之。"[10] 可见吴昌绶有大量丁氏所藏词曲抄本的副本，由此似可判定台图本抄录自八千卷楼本《传奇汇考》。

但这个判断并非毫无问题。台图本《练忠贞》提要中有一处特殊的文字：

金川变后，执至京师，抗辩不□，初磔死。剧中大略相仿，□官侍读，误。（以下原本阙文）稗将□□平锋□□，大战白沟河，斩馘甚众。

其中非常突兀的"以下原本阙文"说明该台图本是个过录本。经比较，阙文处对应的是八千卷楼本中的整整 5 叶文字，自"齐泰，溧水人，洪武十八年进士，建文时为兵部尚书"起至"瞿能，合肥人，官副总兵。燕师起，从李景陇为"约 1100 字，是据史传对齐泰、尹昌隆、陈迪、徐辉祖、铁铉、张昺、谢贵、葛诚、瞿能等人的事迹加以考证。此外，在笔者已经眼的《传奇汇考》抄本中，大阪大学本、京都大学本和国家图书馆本也收录了该剧提要，文字与八千卷楼本一致。只有石印本此处有"以下原本阙文"字样，说明台图本与石印本的关系更为密切。

此外，也有其他地方证明台图本与石印本的特殊关系。如《领头书》一剧，虽然台图本的校语称根据《曲海总目提要》第 23 卷增补了"戏之曰……春风"等句，但是石印本和八千卷楼本都不缺这一部分。结合石印本和八千卷楼的版式会发现：台图本中漏抄的这一句，若抄自石印本则是很明显的错简，若直接抄自八千卷楼本当不会出现这样的缺漏，如图 2 所示。

综上所述，台图本与八千卷楼本关系密切，它所体现出的相对整洁性也正体现了其过录本的特性。但其不是直接抄自八千卷楼本，而是根据石印本抄录。因为抄录者使用了与《乐府考略》相似的纸张和行款，所以该抄本虽未题书名，却被工具书等和网站判定为《乐

---

① 上述台图本"以下原本阙文"处，在八千卷楼本中则是"齐泰，溧水人，洪武十八年进士，建文时为兵部尚书……瞿能，合肥人，官副总兵。燕师起，从李景陇为"约 1100 字。

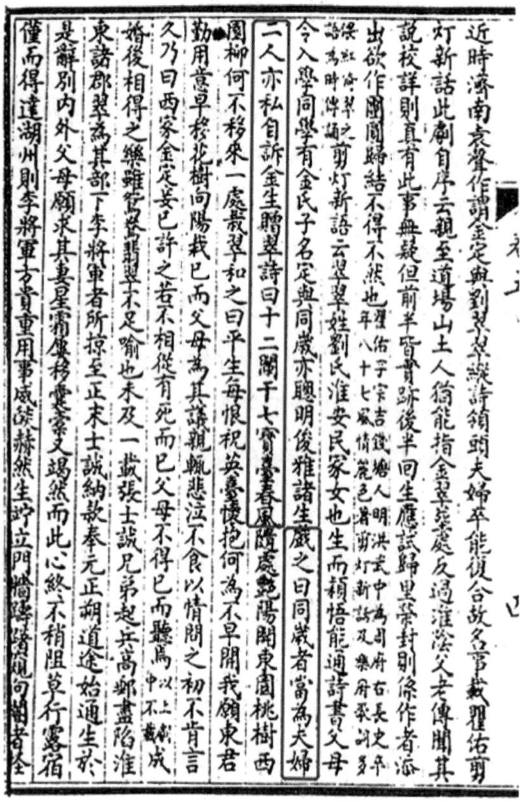

府考略》。

从文献价值上来看，相较于其他《传奇汇考》《乐府考略》抄本，台图本并无特别之处，但该抄本命名的特点、抄录者的用心也可见当时学界对《传奇汇考》和《乐府考略》二书的认知。以台图本为中心亦可证上图本、南图本《乐府考略》版本系统的唯一性，广泛搜集版本的目的也在于让相关研究重新回到《乐府考略》上来，以探讨其本身作为戏曲目录的体例特征、著录特色、编纂者的戏曲观以及戏曲理论。由此也更提醒我们，在考证《传奇汇考》和《乐府考略》的关系时，应更谨慎地选择《传奇汇考》版本。

台图本的发现还值得我们期待的是新文献的发现，《曲海总目提要》出版前和出版后在《申报》上刊登的广告中都称"《曲海总目提要》六十卷"[11]，应指底本《乐府考略》为60册，除去盛宣怀所藏的32册，董康的4函应该是28册，这说明《曲海总目提要》的底本还有18册共273种提要未见。上海鸿海商品拍卖有限公司曾于"2011年迎春艺术品拍卖会"上拍出了6册《乐府考略》抄本，其展示的书影《邯郸梦记》在行款、版式、朱圈均与上图本和南图本极为相似。虽然《曲海总目提要》有《邯郸记》提要，但是现存《传奇汇考》和《乐府考略》的抄本均未收入该提要，该本或许是"一书而失群者"。随着时间的发展也许会有更多的抄本重现于世，那么《乐府考略》和《传奇汇考》的成书、孰前孰后等问题也就可以迎刃而解了。

图2 石印本《传奇汇考》

参考文献

[1] 郑志良：《清内府抄本〈乐府考略〉探微》，朱万曙等主编：《清代戏曲与宫廷文化》，南京大学出版社，2018年版，第60页。该文介绍了上海图书馆藏本（以下简称上图本）和南京图书馆藏本（以下简称南图本）的基本情况。

[2][7] 董康：《曲海总目提要·序》，天津古籍书店，1992年版，第14页。

[3] 中国古籍总目编纂委员会编：《中国古籍总目·史部》（第8册），上海古籍出版社，

2009 年版，第 4992 页。

[4]"国立中央图书馆"特藏组编:《"国立中央图书馆"善本书目》(增订版)，第 1 册，"国立中央图书馆"，1967 年版，第 387 页。

[5]"国家图书馆特藏组"编:《"国家图书馆"善本书志初稿·史部》，第 2 册，"国家图书馆"，1997 年版，第 351 页。

[6] 吴芹芳、谢泉:《中国古代的藏书印》，武汉大学出版社，2015 年版，第 203 页。

[8][日]长泽规矩也编著，梅宪华、郭宝林译:《中国版本目录学书籍解题》，书目文献出版社，1990 年版，第 195 页。

[9] 王文君:《南京图书馆藏丁氏八千卷楼抄本〈传奇汇考〉考论》，《文献》2016 年第 6 期。

[10] 王国维撰，徐德明整理:《词录》，学苑出版社，2003 年版，第 1 页。

[11]《申报》，1926 年 10 月 1 日、1928 年 10 月 29 日、1929 年 1 月 16 日等。

作者

王文君，文学博士，江苏师范大学文学院副教授，硕士生导师，主要研究方向：中国古代通俗文学。

"楚三王"相关传说考论*

孙董霞　赵小戈

摘要： 先秦时期有指称某三位先王贤君为"三王"的传统，在楚地和楚文献中也有用"三"数概括楚先公先王及与之相关的文化现象的传统，如指称楚国历史上的某三位先公为"三楚先"、某三位先王为"三王"等。"三户""三天子都"等文化现象和文化遗存也与"楚三王"传说有某种关联。干将莫邪铸剑故事中均有"三头合葬"及"三王冢"或"三王墓"的情节，其中也可见"楚三王"传说的影子，其文化源头应为"楚三王"传说。

关键词： "楚三王"；"三户"；三天子都；三王冢（墓）

"三王"之说由来已久，早在先秦时期指称三位先王贤君即有用"三王"的传统。如《孟子·离娄下》："周公思兼三王。"[1]《礼记·文王世子》："凡三王教世子必以礼乐。"[2] 此"三王"均是指夏商周三代君主。又如《孟子·告子下》："五霸者，三王之罪人也。"赵岐注："三王，夏禹、商汤、周文王是也。"[3] 近代以来出土的战国竹书上博简《子羔》篇中第九简也有"三王"合称的记录，原文如下：

> 子羔昏（问）於孔（孔子）曰："厽（叁）王者之乍也，膚（皆）人子也，而亓（其）父㦗（贱）而不足偁（偁）也與（歟）？殹亦城（成）天子也與（歟）？"孔（孔子）曰："善，而（爾）昏（问）之也舊矣。亓（其）莫。"[4]

此处"叁王"指禹、契、后稷，即夏、商、周三代的始祖，在第十四简有"厽（叁）天子事之"，其中的"叁天子"也是指此三王。

古称"三王"的传统在先秦时期称本族始祖时已有，后世文献及楚人也继承了此传统，

---

*【基金】本文为中央高校基本科研业务费项目"出土文献视域下的先秦德性思想研究"（项目号：DUT23RC(3)021）的阶段性成果及大连理工大学教育教学改革基金项目，基于《中国古代文学》课程教学"两性一度"的"研究性图表"教学法探索与研究（项目号：YB2023079）的阶段性成果。

在指称楚先祖、楚王及与楚三王相关的文化现象时都有用"三"的传统。早期称"楚三王"也并不专指,《左传》中就有把楚文王、楚成王、楚穆王或者楚成王、楚穆王、楚庄王并称为"三王"的记载。《左传·宣公四年》:"遂处烝野……王以三王之子为质焉。"杜注:"烝野,楚邑。三王:文、成、穆。"[5]《左传·成公十三年》:"昭告昊天上帝、秦三公、楚三王。"杜注:"(秦)三公,穆、康、共。(楚)三王,成、穆、庄。"[6]由此可见"楚三王"在先秦文献里所指不一。而至熊渠分封三子之后,随着楚势力和影响力的扩大,楚称"三王"的传统及影响力进一步得到强化。对楚国国君以"三王"称之,可能是一个自先秦以来就有的传统。

一、"楚三王"与"三楚先"

"楚三王"之称谓应该受楚人早期的"三楚先"传说之影响。楚人尚卜隆祀,在先秦楚地祭祀神谱的人鬼系统中,"三楚先"即楚人先祖,是楚人祭祀的重要对象。在望山楚简、包山楚简中均将老童、祝融、鬻熊三位先祖放在一起祭祷并称其为"楚先":

1.□〔楚〕先老禮(童)、祝〔融〕、媸(鬻)酓(熊)各一牂□(《望山》一·120+《望山》一·121)

2.……举祷楚先老僮(童)、祝䰩(融)、媸(鬻)酓(熊)各一牂……(《包山》2·217)

而在之后1994年出土的新蔡葛陵楚简中首次出现了"三楚先"之称:

3.□荐三楚先各□(《新蔡》甲三:105)

同时葛陵简中也有关于"楚先"的记载:

4.……举祷楚先老童、祝䰩(融)、媸(鬻)酓(熊)各两牂……(《新蔡》甲三:188、197)[7]

葛陵简中既有"楚先",又有"三楚先"。而据"楚先"后一般都有具体的先祖名——老童、祝融、鬻熊的现象,贾连敏指出:"从葛陵简看,凡称'三楚先'者,其后不再缀具体先祖名,因此'三楚先'就是老童、祝䰩(融)和媸酓(熊)。"[8]另外也有将老童、祝融、穴熊并举的祷祠,不过这样的组合仅见于葛陵简。但因穴熊在楚国先祖世系传说中同样具有非常重要的地位,因此他属于"三楚先"的可能并不能完全被排除[9]。但不论"三楚先"是指老童、祝融、鬻熊还是老童、祝融、穴熊,都是楚人对先祖尊崇的表现,因而称之为"三楚先"或"楚先"。

关于楚人先祖之合称,还有"三后"一说。有学者认为屈原《离骚》中"昔三后之纯粹兮,固众芳之所在"的"三后"也是指楚人先祖。宋华强提出《离骚》的"三后"就是新蔡简的"三楚先",即"老童、祝融、鬻熊","三后"是指三位贤明的先王,并举了《诗·大雅·下武》的"三后在天"、《诗·大雅·昊天有成命》的"二后受之"来说明"三后"应该是指楚人的先祖[10]。但有学者指出《离骚》的"三后"应是对应下文"忽奔走以先后兮,及前王之踵武"的"前王"。姜亮夫在《屈原赋校注》中认为"三后犹言三君,指楚之先君言",但他认为下文的"前王"是"上文之三后与尧舜"[11]。王夫之认为"三后,旧说以为三王。或鬻熊、熊绎、庄王也。"[12]戴震则认为《离骚》"在楚言楚,其熊绎、若敖、蚡冒乎"[13]?闻一多先生认为:"案《楚世家》'熊渠……立其长子康为句亶王,中子红为鄂王,少子执疵为越章王'是为楚称王之始。楚三王或即指此。三后不知即三王否。"[14]闻一多先生在这里将"三后"与楚始封三子为"三王"相联系。以上各说大都认为《离骚》"三后"所指为楚之先王。其实"后"是对先君的泛称,是指在历史上有重要作为的先王。"楚三后"的称谓类似于"楚三王"。可见,自先秦始,楚人以三数合称帝系中的重要人物已经成为一种文化传统,因此也影响到了后世的文学创作。

楚人重祭祀,先秦时期楚地祭祀的对象包括天神、地祇和人鬼。其中人鬼系统中极为重视对先祖的祭祀,"三楚先"在楚国历史上接受着历代子孙的隆重祭祀,出土的楚简文献中有多处记载楚人对"三楚先"的祭祷活动。楚国历经迁徙、建都的艰辛,至熊渠开疆拓土,势力开始壮大。《左传·昭公十二年》记子革答楚灵王问:"昔我先王熊绎,辟在荆山,筚路蓝缕以处草莽,跋涉水林以事天子,唯是桃弧、棘矢以御王事。"[15]可见楚建国之初艰苦辛劳、国力贫弱的情状。熊渠在周王室衰微、中原动乱之际拓展疆域,相继攻打并占领庸、扬越、鄂三地,并分封三子为王,此举也奠定了楚国之后数百年蓬勃发展的基础。及周厉王继位,熊渠担心其暴虐伐楚,才自去王号。楚封三王也许有效仿先祖"三楚先"功绩和声名的成分,但不管是否如此,熊渠开拓"江上楚蛮之地"在楚国的历史上也是里程碑式的大事件。楚国的势力和影响力随着疆域而扩展,楚封三王在后世形成影响深远的楚三王传说,周边地区受其统治影响,自然也在不同程度上吸收发展了楚三王传说。

二、"楚三王"与三户

春秋楚之三户也当与楚三王有关。关于三户之名存在多种解释,在《史记》"楚虽三户，亡秦必楚也"条下，裴骃《集解》注曰："瓒曰：'楚人怨秦，虽三户犹足以亡秦也。'"司马贞《索隐》："韦昭以为三户，楚三大姓昭、屈、景也。"杜预注："'今丹水县北三户亭'，则是地名不疑。"韦昭认为三户是楚三大姓昭、屈、景，钱穆先生在《楚虽三户亡秦必楚解》中也持三户为"三姓"说[16]。而杜预结合《左传》解为地名，司马贞也认为三户是丹水县的一处地名。张守节《正义》注曰："服虔'三户，漳水津也。'孟康云'津峡名也，在邺西三十里'。《括地志》云：'浊漳水又东经葛公亭北，经三户峡，为三户津。'"[17]裴骃早于张守节，但并未记服虔和孟康地名说，故此处三户"漳水说"未必可信。

以三户为地名的还有"丹水说"。据《水经注》卷二十："丹水又迳丹水县故城西南。县有密阳乡，古商密之地，昔楚申息之师所戍也，春秋之三户矣。"[18]三户是楚国精锐军队"申息之师"戍守的地方，可能是当时楚国的一处军事重地。《左传·哀公四年》记晋士蔑执蛮子与其五大夫，"以畀楚师于三户"。注曰："三户城在今河南淅川县西南丹江之南。"[19]据《左传》和《水经注》记载三户和丹水相对的地理位置并不一致，但是三户临近丹水是可以得到推证的。《史记·越王勾践世家》张守节《正义》引《吴越春秋》："（文种）为宛令，之三户之里，范蠡从犬窦蹲而吠之。"[20]又引《会稽典录》言范蠡"本楚宛三户人……文种为宛令"[21]。三户即宛之邑名，在丹水以北的古商密，其地正当古之丹阳。丹阳当为丹水之阳之通称，并不是一个具体的地点。传世文献与现代考古发现可互相参证，丹阳即指河南丹水、淅水之会。《楚世家》中记载熊绎被周公分封到丹阳，楚人早期的政治生活即是在丹阳一带。名为三户，是因为那里有熊渠和句亶、鄂、越章的庙堂。钱穆《先秦诸子系年》："三户之为地名，本由楚起丹阳，以其三族而名发迹之地。"[22]三王为三族之祖，故名其地为三户。可见三户为三大姓或为地名的由来都可以上溯到三王，此两种说法都是在三王统治影响下产生的。

另外，还有"三户为三户人家"之说，饶宗颐释三户为："'三户'自对楚人民言，非指公族，察其文意可见，三者虚数，不必限以三，亦不必其果为三。此文但谓少数之家，亦有恢复之心耳。"[23]是执臣瓒、苏林"三是虚设"之说。我们认为，"楚虽三户，亡秦必楚"这里的三户实际上是用了楚人熟知的一个现成词，表示了双关的意思，是说楚虽只有三族，但亡秦的必然是楚人。三户表面上是言其少，实际上是指由这最早的三族发展而来的全部楚王族，言其势力强大，不可轻视。

此外还有以三户为"三户亭"说。《水经注》卷二十记载："丹水又迳丹水县故城西南……《春秋》之三户矣。杜预曰：'县北有三户亭'。《竹书纪年》曰：'壬寅，孙何侵楚，入三户郭者是也。'"[24]三户郭即三户亭，也就是三户。三户郭在三王城以东，二地相距不远，应该是城址迁徙，新城旧城之关系，两者名称上有关联，又有区分。三户郭、三户、三户亭与三王城大概是旧城与新城的关系，它们都与楚三王城有关，而三户之名应该也是由于楚三王而产生。综上可见，三户诸说大多都与楚三王有联系，三户之称也应是在楚三王的政治活动下产生的。

三、"楚三王"传说与三天子都（鄣）

《水经》卷三十九记载："庐江水出三天子都，北过彭泽县西，北入于江。"《注》曰："《山海经》，三天子都，一曰三天子鄣。"[25] 庐江水，古水道名。据《山海经》和《汉书·地理志》，此水出于三天子都北麓，流经陵阳县，北至彭泽县境入江。查考《山海经》，三天子都又称天子鄣。此山似在江西九江，彭泽附近。但据学者考证，《水经》庐江水其实是一条并不存在的河流。郦道元对于庐江水的注文"绝对不谈此水的发源、流程和如何入江的情况，连《经》文所引'北过彭泽县西'的话也不做任何解释"，"至少他对这条河流是一无所知"[26]。除了庐江水，《水经》又谓渐江水（浙江水）亦出三天子都[27]。但根据《汉志·丹阳郡》云："渐江水出南蛮夷中，东入海。"[28] 班固在这里没有用"三天子都"这个地名，说明他可能对这个地名的真实性持怀疑态度。

陈桥驿《水经注校证》中认为《水经》的庐江水和浙江水均引自《山海经》。《海内东经》说："渐江水出三天子都……在闽西北，入江馀暨南。庐江水出三天子都，入江彭泽西，一曰天子鄣。"但《海内南经》则说："三天子鄣山，在闽西海北，一曰在海中。"晋郭璞注："今在新安歙县东，今谓之三王山，浙江出其边也。"[29] 就三天子都而言，在《山海经》中的《海内东经》和《海内南经》中的记载就彼此径庭，这也许跟《山海经》产生于战国时期，出于天下一统前夜的地理想象有直接的联系，许多地名是虚中有实，实中有虚，带有浪漫和想象的成分。而且"所有这些早期的地理书的作者都是北方人，他们对于南方的山川地理，所知实在很少"。郦道元在《水经注》卷二十九《沔水》"又东至会稽余姚县，东入于海"[30] 注中，承认自己对江南河流的无知。南方的山泽大量进入古代文献记录是在魏晋南北朝时期，在郦道元时对江南河川的认知尚且如此，更何况之前的《山海经》和《汉书·地理志》。

历代学者对"三天子都"的地名考证付出了许多努力，但值得注意的是，记载于文献的历史地名也可能是虚构的。例如《水经注》《汉书·地理志》中的许多地名就融入了民间传说和神话故事。因此《山海经》中的"三天子都"，可能也是根据历史传说而附益的。根据上面提到的《海内东经》和《海内南经》记载，彭泽在今安徽和江西交界处，福建西北即与江西临近处，可见在当时人的认知下这两条河流所出的"三天子都"是在古荆楚之地或其临近地区，可能也是受当地流行的"楚三王"传说影响所致。《吴越春秋·勾践阴谋外传》记载："琴氏传之楚三族，所谓句亶、鄂、章，人号麇侯、翼侯、魏侯也。"[31] 赵逵夫先生认为汉水入江处的鲁山，又名翼际山，或许与翼侯之名有关系[32]。这也是当地山川名受"楚三王"传说影响的一个反映。不论虚实，传说地名化也显示出"楚三王"的影响之深远。

四、"楚三王"与"三王冢（墓）"的故事传说

"楚三王"传说也影响并融入民间故事中。著名的干将莫邪铸剑故事中就有"楚三王"传说的影子。干将莫邪铸剑故事可见于《列士传》《吴越春秋》《越绝书》《列异传》《搜神记》《太平御览》等典籍。其中基本都有因"三头合葬"而建造"三王冢"或"三王墓"的情节。这一情节最早可见于《太平御览》引《列士传》：

> 干将莫邪为晋君作剑，三年而成。剑有雄雌，天下名器也。乃以雌剑献君，留其雄者。谓其妻曰："吾藏剑在南山之阴。此山之阳，松生石上，剑在其中矣。君若觉杀我，尔生男，以告之。"及至君觉，杀干将。妻后生男，名赤鼻，具以告之。赤鼻斫南山之松，不得剑。思于屋柱中得之。晋君梦，欲为之报，乃刻首，将以奉晋君。客令镬煮之头三日，三日跳，不烂。君往观之，客以雄剑倚拟君。君头堕镬中，客又自刎。三头悉烂，不可分别。分葬之，名曰"三王冢"。[33]

相同的故事在不同古籍的记载中有所差异是故事传说在流传中的一种普遍现象，不同文献中有关铸剑的记载稍有不同，但大概故事情节基本相同。《太平御览》引《吴越春秋》曰："即以镬煮其头，七日七夜不烂。客曰：'此头不烂者，王亲临之。'……七日后一时俱烂，乃分葬汝南宜春县，并三冢。"[34] 首次记载了三头合葬的具体地点为"汝南宜春县"。至晋代干宝《搜神记》记叙更为细致，所载"三头合葬"的地点仍为汝南北宜春县界，并且出现了"三王墓"之称。从西汉至晋代，干将莫邪铸剑故事"三头合葬"的故事情节得到了进一步的丰富。

干将莫邪铸剑和"三王墓"的故事题材在后世文学创作中被广泛引用和改编。如李白《独漉篇》中的"雄剑挂壁，时时龙鸣"即是对该故事的化用，明代《五朝小说大观》中收有《楚王铸剑记》，另有《东周列国志》第七十四回的干将莫邪铸剑故事与吴王阖闾相关联，而《说岳全传》第十一回中将原故事进行改写，虽然故事人名发生更改，但其中仍然出现"三头合葬"和"三头墓"等情节，依然可见干将莫邪铸剑传说的基本轮廓。在日本古代文化典籍《太平记》《曾我物语》《今昔物语集》《宝物集》《太平传记》中也能见到干将莫邪铸剑或"三王墓"故事的日本化改编本。鲁迅先生的《故事新编》中有《铸剑》篇，同样以《列士传》及《吴越春秋》"三王冢"等故事情节为底本，又吸收了《搜神记》中

有关客与眉间尺对话的相关情节，同时融入了鲁迅"舍弃懦弱的旧我，创造勇于反抗的新我""破除民族劣根性"，从而完成"自我蜕变、自我革命"的新思想。这是三王墓的"故事新编""古典新义"，是推陈出新的再创造。

在历代不同版本的铸剑故事中，"王"的所指不一，主要有"吴王说""晋君说""楚王说""韩王说"和"魏惠王说"，而在诸王说中最主流的说法是"楚王说"。《铸剑》小说中的仇人虽以"王"代称，但情节跟楚王有更多的暗合之处："王妃生下了一块铁，听说是抱了一回铁柱之后受孕的，是一块纯青透明的铁。大王知道是异宝，便决计用来铸一把剑，想用它保国，用它杀敌，用它防身。"[35] 这与楚王夫人"抱柱感孕"的传说基本一致。晋代萧广济《孝子传》中的铸剑故事即加入了"楚王妇人抱柱生铁"的情节。南宋杨齐贤在《分类补注李太白诗》卷之四《独漉篇》的注中引《列士传》佚文："楚王夫人尝于夏纳凉而抱戟柱；心有所感，遂怀孕，产一铁。楚王命镆邪铸为双剑。"[36] 可见小说《铸剑》中铸剑材料的来源与古籍记载的楚王夫人抱柱生铁的传说基本一致。

在干将莫邪故事中，贯穿的一个重要主题就是"复仇"。春秋战国之际，楚、晋、吴、越之间关系复杂，战争频繁，吴楚之间经常发生复仇战争，干将莫邪故事中的复仇主题即源于此。作为复仇者的干将莫邪之子向楚王复仇即是在这一历史背景下产生的。汉魏以后文献记载的干将莫邪铸剑故事与楚三王暗合性的情节更加深入人心。春秋战国时期，荆楚之地拥有丰富的铜锡铁矿资源以及先进的铸剑技术。鄂地一带是中国古代最大的铜矿产区之一，文献记载和楚地近代出土的大量青铜器证明了这一点。张正明《楚史》认为周与楚长期争夺长江流域铜矿，周昭王南征时曾掠夺荆地的铜锭和铜器[37]。因此铸剑故事当是楚三王传说与当地丰富的铜矿资源融合而形成的。干将莫邪铸剑故事应是古代荆楚之地具有丰富的铜矿资源和发达的铸剑技艺的反映。

《史记·楚世家》中记载："熊渠生子三人，……乃立其长子康（庸之误）为句亶王，中子红为鄂王，少子执疵为越章王。皆在江上楚蛮之地。"[38] 根据《史记》记载，西周晚期周夷王时期，楚国熊渠先后兴兵讨伐庸、杨粤、鄂三地，并封其三子分别驻守三地，分别僭号为句亶王、鄂王、越章王。赵逵夫先生在《屈原与他的时代》中考证"熊渠所封三王的封号都与所封之地的地名有关"[39]。学界对于三王封地具体在哪儿的观点不一，但可以确定的是三王所封之地都在今湖北一带。《搜神记》谓三王墓"今在汝南北宜春县界"，即今河南省驻马店市汝南县和孝镇薛岗行政村冀桥村西北，临近湖北省，此地距三王之鄂王封地较近，当是受三王之鄂王统治的影响而形成的故事传说。

据《湖北通志》所引《荆门州志》，当阳县的楚三王墓在湮沈湖侧[40]，这里说的楚三王墓所在地，古代正在楚三王的封地内。当然墓葬不一定是真正的楚三王，也可能是楚三王以后其他楚贵族的，因与当地楚三王传说结合在一起，便传为楚三王墓。唐宋时，不少记叙地理古迹和地方民情风俗的文献如《吴地记》《太平寰宇记》《中吴纪闻》等皆记录了三王墓（或干将铸剑处）的遗址状貌。例如《太平寰宇记》卷之一四三《山南东道二·房州》篇："三王冢（一作山），其县南有大坟三所，号三王冢；县北有赵王冢，并无碑记。"以及"王冢山，在上庸县西六十里。古老相传有三王冢在此"[41]。房州即在古庸国之地，因为庸国之地曾属楚三王中的句亶王统治，故《湖北通志》所记房州也有楚三王影响下的"三王冢"传说。

综上所述，"三王冢"和"三王墓"作为干将莫邪铸剑故事传说中的经典情节，应当与"楚封三王"的重大历史事件及其深远影响有关。古代君王祭祀和墓葬形成的政治文化能够影响当时的传说和文学创作，以至于成为故事传说中的重要文化因素。除此之外，根据相关文献的记载，江苏溧阳境内的三王山应也与"三王墓"的故事有关。明代陈仁锡的《潜确居类书》在"三王山"条下称："三王山，在溧阳县。楚王与眉间尺并一客三首葬于一山，名三王山……亦名三首山。"[42]无论从地缘影响，还是传世文献记载来看，"三王墓""三王山"都有可能是楚文化区楚三王传说下形成的文化遗存。

历史在记录传说的同时也在衍生传说，由历史书写衍生出的传说也是历史的一部分。英国历史学家霍布斯鲍姆曾提出："那些表面看来或者声称是古老的'传统'，其起源的时间往往是相当晚近的，而且有时是被发明出来的。"[43]"楚三王"传说影响到"三王墓""三王冢""三天子都"等故事传说的产生和演变，"三头合葬"情节在改写中经历传承与变异，在此基础上层累地形成铸剑传说，共同构成历史小说的情节来源。

参考文献

[1][3]（宋）朱熹：《四书章句集注》，中华书局，2010年版，第294页、第343页。

[2]（清）孙希旦：《礼记集解》，商务印书馆，1934年版，第12页。

[4]马承源主编：《上海博物馆藏战国楚竹书（二）》，上海古籍出版社，2002年版，第31页。

[5][6][15][19]杨伯峻：《春秋左传注》，中华书局，2016年版，第743—744页、第945页、第1485页、第1816页。

[7][8]贾连敏：《新蔡竹简中的楚先祖名》，《华学》，中山大学出版社，2004年版，第151页。

[9]郭永秉：《楚地出土战国文献中的传说时代古帝王系统研究》，复旦大学2006年博士论文，第110—114页。

[10]宋华强：《〈离骚〉"三后"即新蔡简"三楚先"说——兼论穴熊不属于"三楚先"》，《云梦学刊》2006年第2期。

[11] 姜亮夫:《屈原赋校注》，人民文学出版社，1957年版，第14—19页。

[12]（清）王夫之:《楚辞通释》，上海人民出版社，1975年版，第4页。

[13]（清）戴震:《屈原赋注》，中华书局，1999年版，第137页。

[14] 闻一多:《离骚解诂》，上海古籍出版社，1985年版，第5页。

[16][22] 钱穆:《钱宾四先生全集·先秦诸子系年》，台北：台湾联经出版事业公司，1998年版，第455页。

[17][20][21][38]（汉）司马迁:《史记》，中华书局，2014年版，第386页、第2102页、第2117页、第3043页。

[18][24][25][26][27][28][29][30] 陈桥驿:《水经注校正》，中华书局，2013年版，第467页、第467页、第880页、第899页、第891页、第889页、第889页、第890页。

[23] 饶宗颐:《楚辞地理考》，商务印书馆，1946年版，第42页。

[31]（汉）赵晔:《吴越春秋》，齐鲁书社，2000年版，第128页。

[32] 赵逵夫:《屈氏先世与句亶王熊伯庸——兼论三闾大夫的职掌》，《先秦、秦汉史》1986年第8期。

[33][34]（宋）李昉:《太平御览》，中华书局，1960年版，第1576页、第1675页。

[35] 鲁迅:《鲁迅全集》，人民文学出版社，2005年版，第30页、第434页。

[36]（元）萧士赟:《分类补注李太白诗》，明正德十五年安正堂刊本，第3页。

[37] 张正明:《楚史》，湖北教育出版社，1995年版，第40页。

[39] 赵逵夫:《屈原与他的时代》，人民文学出版社，2002年版，第13页。

[40]（清）陈诗、（清）张承宠纂，（清）吴熊光、（清）百龄修:《（嘉庆）湖北通志》，崇文书局，2020年版，第24页。

[41]（宋）乐史著，王文楚等点校:《太平寰宇记》，中华书局，2007年版，第2785—2787页。

[42]（明）陈仁锡:《潜确居类书》，北京燕山出版社，2019年版，第1399页。

[43]［英］霍布斯鲍姆等:《传统的发明》，顾杭译，译林出版社，2004年版，第1页。

作者

孙董霞，文学博士，大连理工大学副教授，硕士生导师，主要研究方向：先秦两汉文学、文献、思想史。

赵小戈，大连理工大学硕士研究生，主要研究方向：先秦两汉文学与文献。

宋代武术发展对英雄传奇的影响*

黎昇鑫

摘要： 英雄传奇是中国古代小说中一大重要的题材类型，它以英雄人物为叙事核心来展开情节。明清所流传的英雄传奇小说《水浒传》《杨家将》《飞龙全传》等作品的内容源头可以追溯到宋代"说话"。与此同时，武术活动的兴盛对英雄传奇产生了一定的影响。宋代武术对英雄传奇的影响主要体现在三个方面：第一，宋代重要的兵器武备成为划分英雄传奇的重要标志；第二，武术活动为"说话"艺术的创作产生了灵感与素材；第三，武术书写对英雄传奇的人物塑造、情节走向以及传播推广具有一定的推动作用。武术书写不仅是英雄传奇的必有之义，而且在一定程度上还促进了英雄传奇小说的成熟与完善。

关键词： 宋代武术；英雄传奇；"说话"艺术；题材类型

英雄传奇小说是中国古代小说的一大重要分支，郑振铎最早将其与历史演义小说区分开来，并指出《水浒传》为其嚆矢。学者裴树海、张俊均沿袭这一观点，并对小说作品进行了归类，裴树海除《水浒》系列外，还将《杨家将》系列、《说岳》系列、《说唐》系列归入英雄传奇门类[1]；张俊则做出了更加细致的甄别，除裴所举作品外，他将《飞龙全传》《万花楼》等"说宋"小说列入英雄传奇门类[2]。至此，英雄传奇小说的研究范畴得以正式确定。纵观这些作品，其叙事结构均是以英雄人物为中心来展开情节，而其中英雄人物最本质且最突出的特点在于勇，具体言之，既勇力过人，更兼武艺超群，这构成了英雄群体的基本元素。论及英雄传奇小说，一般认为其可溯源至宋元话本。此说甚是，《醉翁谈录》中记载的"说话"名目《杨令公》《青面兽》《花和尚》《武行者》《拦路虎》《五郎为僧》等均与后出的《水浒传》《杨家将演义》有着吻合之处。事实上，以勇武英雄为叙事核心的杂传小说早在隋前就已经诞生，石昌渝认为《燕丹子》"表现出史传向英雄传奇小说方向演化的苗头。"[3]而唐代小说中亦有诸多有关英雄豪侠的作品，如《虬髯客传》《聂隐娘》等，但为何英雄传奇故事内容的源头迟至宋代才得以孕育而生？这当然与"说话"伎艺这

---

*【基金】本文为国家社科基金重大招标项目"全明笔记整理与研究"（项目号：17ZDA257）阶段性成果。

门通俗文艺的创作、传播以及人们的审美趣味有着密切的联系。除此之外，笔者认为，还与其同时的文化活动尤其是武术的发展有关。尽管宋代武术并非影响英雄传奇演进的直接因素，但在一定程度上它对英雄传奇小说的类型划分、素材积累以及艺术建构起到了积极的推动作用。

一、以兵器武备划分题材类型

耐得翁《都城纪胜》曾对"说话"四家的题材类型进行了划分：

> 一者小说，谓之银字儿，如烟粉、灵怪、传奇；说公案，皆是搏刀赶棒，及发迹变泰之事；说铁骑儿，谓士马金鼓之事；说经，谓演说佛书。说参请，谓宾主参禅悟道等事。讲史书，讲说前代书史文传、兴废争战之事。[4]

其中"说铁骑儿"与"讲史书"并列，证明"两者之间"是有所差别的，"讲史书"是以讲述历史演义为主的，而"说铁骑儿"则更侧重于讲军事斗争，而这当中离不开英雄、领袖的参与甚至组织。所谓铁骑，顾名思义，即配备甲胄的骑兵，划分者从战争武备的角度入手，抓住了这类"说话"的基本元素与题材特征。另外，值得一提的是，在总结公案类内容时，耐得翁用"搏刀赶棒"予以概括，"搏刀赶棒"即朴刀、杆棒，这是两种兵器，在此暗指打斗情节。无独有偶，罗烨在对"小说"名目进行归类时，亦以"朴刀""捍棒"作为类名，并将《杨令公》《青面兽》等作品归入"朴刀"类，《花和尚》《武行者》《拦路虎》《飞龙记》《五郎为僧》等作品归入"捍棒"类。从后世所传的话本《杨温拦路虎传》以及长篇小说《水浒传》《杨家将演义》《飞龙全传》中我们不难推断"朴刀""捍棒"类的作品大多应是以叙述英雄豪杰为主，并穿插以武打情节。以兵器名称来归类某种小说题材的方式实在新颖且少见，须知《太平广记》等小说类书在对任侠豪爽、骁勇异能之士的故事进行分门别类时，也不过只用"豪侠""骁勇""异人"等简单名目。此外，《梦粱录》亦记："且小说名银字儿，如烟粉、灵怪、传奇、公案朴刀杆棒"[5]，同样是以兵器来命名"说话"类型，可见这种划分标准在当时已被普遍使用并成为社会共识。这种划分手段到了明代仍被使用，宁王朱权在总结杂剧类别时，亦将"铍刀赶棒"类列为杂剧十二科的其中一种[6]。宋代"说话"门类对朴刀、杆棒的选择与当时社会对这两种兵器的接受情况有关。

宋代对兵器的管控有着严格的规定，太祖、太宗、仁宗三朝均禁止民间私藏、私造兵器：

开宝三年五月，诏："京都士庶之家，不得私蓄兵器。军士素能自备技击之器者，寄掌本军之司；俟出征，则陈牒以请。品官准法听得置随身器械。"[7]

淳化二年，申明不得私蓄兵器之禁。[8]

（庆历）八年，诏："士庶之家，所藏兵器，非法所许者，限一月送官。敢匿，听人告捕。"

（嘉祐）七年，诏江西制置贼盗司，在所有私造兵甲匠并籍姓名，若再犯者，并妻子徙淮南。[9]

尽管法令已颁，但在实际的执行过程中，统治者并不完全禁止民间藏兵习武；相反，统治者允许乡民组织习武并自备器械。《续资治通鉴长编》载："敕文自教阅时量借甲弩器械，教习披带，教罢便仰管辖官员收纳入库；其弓箭刀锯及木枪杆棒之类，即许自置，以备本乡村教习者"[10]由此可知统治者所禁止兵器范畴主要是军事兵器，如军用的甲胄、弩器等，而对介于兵器与农具之间的刀、枪、杆棒一类，其管制态度是比较包容的，允许民间习练者自制。另外，此则材料亦表明了杆棒在彼时已是武术运动中的一项重要内容。事实上杆棒不仅是民间武术的主要训练内容，而且官兵也习练杆棒："五年八月，别立定人数为额，令教习弩枪刀摽牌捍棒。"[11]在北宋曾公亮等人所著的《武经总要》中，杆棒就已经以兵器的身份赫然在列[12]。由此足知杆棒在宋代兵器史上的地位，它既能为军队使用，亦能让百姓操演，使用对象范围较广是它的重要特征。杆棒多为非军队人员使用，或用于防身，或用于卖艺，逐渐走向民俗化，不仅个人"使棒"者甚多，而且还出现了以"使棒"为主要活动而组成的民间社团"英雄社"[13]，杆棒武艺在民众中的喜好程度可想而知。再说朴刀，石昌渝在《从朴刀杆棒到子母炮——〈水浒传〉成书研究之一》一文中指出朴刀由刀身和长柄构成，闲置时可刀、柄分离，使用时只需将刀、柄进行组装即可成为作战兵器，而这种兵器与杆棒相似，也是作为农、兵两用的器械在民间广为流传[14]。这种具有杀伤力且游离于法令之外的武器对社会治安有着一定的威胁，地方政府还曾对朴刀进行了局部管控："诏：'广南民家毋得置博刀，犯者并锻人并以私有禁兵律论。'先是，岭南为盗者多持博刀，杖罪轻，不能禁，转运使以为言，故著是令。"[15]可见朴刀常被歹人使用并危害社会治安，我们从后传的宋代戏文以及改写自宋代"说话"的明代话本中亦能捕捉到这一现象。宋戏文《张协状元》中有"一柄朴刀，敢杀当巡底弓手"[16]，冯梦龙《警世通言》之《万秀娘仇报山亭儿》改自宋代"说话"名目《陶铁僧》，其中写强人剪径时称"三条好汉，三条朴刀"[17]，这足以证明歹人行凶、强人剪径大多依靠这一兵刃。当朴刀、杆棒这两种民间色彩较浓的兵器遇上另一种极有通俗性的"说话"活动时，自然容易被说话人认定为是极好的题材与种类。

关于《醉翁谈录》中所提到的"朴刀""杆棒"两类名目，以石昌渝、马明达为代表的学者均认为"朴刀"类主要是讲强盗绿林故事，而"杆棒类"主要讲的是英雄豪杰事[18]。此说有一定的道理，但要照此论断，《青面兽》《杨令公》归入"朴刀"似乎就略显牵强。《青面兽》一般认为是《水浒传》杨志故事的雏形，《杨令公》当叙北宋名将杨业事。如果《青面兽》是因属强盗绿林故事而被归入"朴刀"类，那为何不将"杆棒"类中的《花和尚》与《武行者》也归入到"朴刀"类？《杨令公》更是与强盗故事风马牛不相及，被划入"朴刀"类一直为学界所不解。笔者认为，这一问题的答案在保留石、马两位学者的观点的同时，还应有另一种解释，那就是这两类名目的归类标准除了情节内容外，还与其中人物的所持兵器有关。杨志故事无论是《大宋宣和遗事》还是《水浒传》，所载的杨志兵器都是刀，并且刀是推动这一人物发展走向的重要线索。从《杨令公》《青面兽》《拦路虎》《五郎为僧》这些名目及内容中不难看出，杨家将故事及其谱系在宋代已初具规模，且为元、明所传的杨家将故事提供了大致的结构框架与故事元素，因此我们可以从后出的作品中大致窥探前代的故事元素，元杂剧中有《老令公刀对刀》一出戏，明代的杨家将故事称杨业为"金刀杨令公"，其所持兵器为大刀一把，如果《杨令公》的人物设定也是如此的话，那将其归入"朴刀"类就能得以解释。鲁智深、武松、杨温、杨五郎在后世小说与传说中均曾使用过棍棒类的兵器，若这一元素也是从宋代"说话"中沿袭过来的，那么这几人的故事被列为"杆棒"而不是"朴刀"也就能说得通。因此，除了强盗故事与豪侠故事外，兵器名目也是宋人对"说话"内容进行分类的一大标准。"朴刀""杆棒"类故事以"勇""武"为母题，为英雄传奇小说的问世提供了宝贵的故事元素与情节框架。

二、"说话"艺术对武术素材的吸收

宋代坊市制度的崩溃一方面促进了人口的流动，另一方面由于商业管制的放松，在一定程度上还推动了商品经济的发展。在城市经济高度发展的背景下，出现了以盈利为目的的艺人群体。此外，勾栏瓦子的出现也为这些艺人提供了充足的演出空间。在这群英荟萃的市井舞台上，武术和"说话"两种文化活动各自发生了新的变化，而"说话"在不断扩大自身接受面并提升艺术性的同时，还主动从社会中汲取创作灵感，吸纳新的现实素材，这其中就包括当时具有鲜明时代特色的武术活动。

"说话"伎艺在宋代更是达到了繁盛阶段，不仅从艺人员众多，而且受众面广，上至统治阶级，下至平民百姓，对"说话"艺术充满了热情。各色艺人会被诏进宫廷为王宫贵族表演，甚至有的还会参与到宫廷的武舞编排中，说话人、杂剧表演者是能够目睹武舞表演的。此外，"说话"艺术在宫外表演时，所选的表演场地并非固定，或在瓦子勾栏，或在茶肆酒楼，甚至在街道上占据一席之地就可以进行演出，"说话"没有严格的场地要求，甚至具有一定的流动性。他们能够观察到市井中的方方面面，并以此作为创作素材，其中也包括武术活动。甚至有的"说话"艺人自己就有习武经历，据《梦粱录》记载："旧有百业皆通者，如纽元子，学象生叫声，教虫蚁，动音乐，杂手艺，唱词白话，打令商谜，弄水使拳，及善能取覆供过，传言送语。"[19] 说明当时有艺人是兼备"说话"与武术两种技能的，而这样的人在当时也绝非个例。再看宋人对武术活动的接受情况，除了前文提到的组织乡勇练武的官方指令外，民间还自发结社习武。结社习武是宋代武术发展的一大特色，其组织目的或是抵御侵犯，或是练武强身。乡里有自发组织的"弓箭社"[20]"棍子社"[21]。除农村外，城市组织武术社团之风更盛，有专门习练箭法的"射弓踏弩社"，而且该社设有门槛，必须得"武艺精熟，射放娴习，方可入此社"[22]。武术社团的种类亦多，除了专于射弩的"川弩射弓社""锦标社"外，还有从事相扑的"角抵社"、使棒的"英雄社"。除了武术组织外，个人性质的练武行为也常常出现在市井之中。民间习武活动蔚然成风，大有助于武术文化的传播与推广。据周密《武林旧事》统计，"诸色伎艺人"种类中角抵、乔相扑、女飐、使棒、打弹、射弩儿，这六种伎艺均与武术运动有关，从艺人数共74人，而仅从事"小说"伎艺的艺人就多达53人[23]，且两类伎艺的表演活动范围存在一定的时空交集，具有相互借鉴、交流的可能性。武术活动范围之广、受众之多，以及说话人自身的武术素养以及创作能力，都为武术书写进入"说话"故事提供了充分的创作条件，事实上说话人在进行具体的武写创作时，的确从现实中的武术动作中汲取了养分。

艺术真实源于生活真实，而宋代武术活动已经能在以技击为目的的实用功效之外，自觉追求武术动作的表演性与艺术性。其表演性不仅体现在军队热衷于表演大型武舞上，更表现为民间艺人对武术的表演化、套路化创造。《武林旧事》将角抵、乔相扑、女飐、使棒、打弹、射弩儿列入伎艺类就足以证明其已不是以实战技击为目的，而是以表演花法为主的武术活动。这一点也可以从当时相扑的活动过程中看出，《梦粱录》曾介绍，瓦市中的相扑活动开始前，"先以女飐数对打套子，令人观睹，然后以膂力者争交。"[24] 这与"说话"以入话、得胜头回开场的目的是一致的，都是为了在表演重点开始前吸引大量观众。连实战性较强的相扑术也需要靠表演"套子"来招徕观众，足见当时市井中的武术活动对表演性的追求。瓦市之中表演杂技的艺人亦有不少，其中各种难度动作都会被武术表演者汲取过来以丰富自己的表演形式。这些精妙绝伦的演武场面为说话人在进行武打描写时提供了最直接、最真实的创作素材。说话人结合自己的亲身经历以及周边的所见所闻，再加之丰富的想象力和非凡的创造力，便创作出了诸多既生动写实，又动人心魄的武打描写。《杨温拦路虎传》被认为是"现存宋代小说家话本中最接近原貌的一个标本"[25]，它的文本可以为我们把握宋代话本对武打场景的描写提供参考，现抄录其中几处段落如下：

1. 茶博士去不多时，只见将五条杆棒来，撇在地上。员外道："你先来拣一条。"杨官人觑一觑，把脚打一踢，踢在空里，却待脱落，打一接住。

2. 员外道："要使旗鼓。"那官人道："好，使旗鼓！"员外道："使旗来！"杨官人使了一个旗鼓。

3. 使两三合了，员外道："拽破，你那棒有节病。"那杨温道："复员外，如何有节病。"员外道："你待打不打，是节病；你两节鬼使，如何打得人？"杨温道："覆员外，员外架，你棒迟，我棒快，特地棒倒，待员外隔时，棒才落。"

4. 杨官人也做一个旗鼓，道："都头，一合使，是两合使？"都头道："只一合。"间棒起，两个不三合，不两合，只一合地使。

5. 杨三是行家，使棒的叫做腾倒，见了冷破，再使一合。那杨承局一棒，劈头便打下来，唤做大捷。李贵使一扛隔，杨官人棒待落，却不打头，入一步则半步一棒，望小腿上打着，李贵叫一声，辟然倒地。[26]

作者将使棒比武的具体过程以写实性的手法呈现出来，杨温的接棍式是融入了花法的杂技动作，而使棒前可以有一段属于个人演练的"使旗鼓"，应与相扑的"套子"相类，接近于今天的套路演练。棍棒比试也有一定的制度规定，如"一合"制或"两合"制。此外，棒法有具体的动作名称，内行也有自己的一套使棒理论。尽管我们不知道"腾倒""大捷"这些名词对应的武术动作是何种面貌，但这些写实的动作绝非作者个人杜撰，而是能够真实反映当时的武术活动情况的。对于具体的打斗场面，作者把握得也十分准确，没有一丝夸张渲染，笔法全用白描，能够具体到每个动作的细节以及这一动作所造成的对手的反应。这一点在宋前的武打描写中是绝对没有的，这是宋代民间"说话"艺人在对同时期的武术活动进行吸纳与反映后所作出的艺术性创造。后世的英雄传奇小说在进行武打描写时，基本上都是沿用这种写法，这也成为英雄传奇小说中的一大特色。《水浒传》第九回写林冲与洪教头比武：

洪教头……把棒来尽心使个旗鼓……洪教头喝一声："来，来，来！"便使棒盖将入来。林冲望后一退，洪教头赶入一步，提起棒又复一棒下来。林冲看他步已乱了，被林冲把棒从地下一跳，洪教头措手不及，就那一跳里和身一转，那棒直扫着洪教头臁骨上，撇了棒，扑地倒了。[27]

这段描写与杨温使棒一节在文字上有异曲同工之处。因此，我们有理由相信，以《水浒传》为代表的英雄传奇小说在武打描写方面，很大程度上得益于宋代"说话"的艺术创造,这是武术活动与"说话"艺术相互交融的产物。马明达在讨论鲁智深的腿法书写时指出:"我以为鲁智深形象的第一创作权,只能归之于南宋临安的那些杰出的书会才人和说话人们,归之于《花和尚》话本的无名氏作者,因为除了他们,没有哪位远在宋元以后的明代人能有这个本事,这一点仅从鲁智深腿功的微妙处理上,就可得到深刻的认识。"[28]无论是实战动作,还是花法套路,宋代武术都为说话者提供了现实素材,武术书写也成了英雄传奇小说中不可或缺的组成部分,甚至是其一大重要标志。同时,在英雄传奇小说的人物塑造、情节走向以及传播接受方面,武术书写也起到了不容小觑的作用。

三、武术书写对英雄传奇小说艺术的作用

自明以来,以《水浒传》为代表的英雄传奇小说作者从宋代"说话"中汲取养分,纷纷将武术书写纳入小说文本中,并自觉地让其成为塑造人物形象、推动情节发展以及扩大作品接受面的一大重要工具。

以武术书写塑造人物形象、刻画角色心理,将这一方法运用得最纯熟且最成功的英雄传奇小说当属《水浒传》。首先,作者按照人物身份配置不同的兵器。如石秀、刘唐等人是市井百姓出身,他们一般以朴刀为武器;张顺平日从事渔业,其使一柄五股叉;鲁智深、武松投身佛门后便以禅杖、戒刀为兵刃。而出身行伍的英雄所使的兵器也不同于一般百姓,如关胜、呼延灼、秦明,他们所使的青龙偃月刀、双鞭、狼牙棒这类军事武器既不便于在市井中使用,其造价也难以为普通百姓所接受。其次,作者擅长借助武打场面刻画人物性格及心理活动。马明达敏锐地发现了《水浒传》作者对鲁智深的武打动作的描写既真实又准确,并指出鲁智深"身躯胖大却又擅长腿法,正反映了他的武艺在力大勇猛之外,还有十分精巧的一面,这同他鲁莽豪爽之外又常常不失机智的性格是一致的"[29]。而李逵"一味地砍将来"[30]的打斗风格也正是其鲁莽性格的行为表现。林冲棒打洪教头一节,笔法精妙传神,作者为两人设计了两种使棒风格,金圣叹认为,"把火烧天势"写出洪教头"棒势亦骄愤之极",而林冲的"拨草寻蛇势"则又"敏慎之至"[31],两人所使招式与其当时的心理活动一脉相通。尽管后出的英雄传奇小说,如《杨家将演义》《说唐后传》《说唐三传》等也多赋予英雄人物非凡超群的武艺,但这种武打场面描写已逐渐流于程式化、套路化,且笔法逐渐走向夸张化、魔幻化,难以再望《水浒传》之项背。直到《荡寇志》的出现,才再次复归《水浒传》的写实性武写。作者俞万春弓马娴熟,加之其对《水浒传》的文法有一定的研究,因此在设计武打场面并借此刻画人物形象时,其描写之生动性、真实性也就更胜于其他流于浅显、流于模式化的英雄传奇小说。俞万春的武打场面讲究合乎逻辑性,且追求动作的生活真实,在第一百一十回中,作者写道:"那阵中将官,正是范成龙,将杜

兴攀胸揪住。杜兴急抽腰刀待砍，范成龙急将矛柄敲去，振落腰刀。"评点者大赞这一极具写实性的武打动作："盖矛乃长兵也，既以攀胸揪住，则相去甚近，而矛不及刺矣，故只用矛柄敲也，体会极细。"[32] 无独有偶，俞万春之友在批点陈丽卿与花荣斗箭一节时，"适固山吴恒轩来，恒轩乃杭满营八旗中娴于决拾者也。阅是卷而狂喜曰：'仲华善射哉？其布施章法，虽仅仅尺幅纸，而若大教场不啻也。'"[33]。这又是俞万春善于经营武写的一大佐证。此外，作者还对人物形象自觉地设计相应的武术招式，第七十六回写云龙"取棒来使出丹凤撩云势"，评点者于此批道："名色亦甚秀雅。"[34] 云龙年少清秀，这一动作用在其身上可谓恰到好处。《水浒传》中的英雄人物之所以能写得逼真感人，一大重要因素即在于其善于表现人的本能与社会性，即人在与社会环境接触时所作出的自然反应，其武术书写也正是按照这一规律来展开的。人在对抗外力的过程中会产生各种各样的情绪：亢奋、恐惧、恼怒等，人的英雄性不只是体现在其超出常人的绝对力量上，更多是于生活真实中所迸发出的非凡性。后代小说作者在模仿《水浒传》的武术书写时往往难以把握这一精髓，而《荡寇志》在这些模仿者中又称得上是佼佼者。追本溯源，宋代"说话"在武术书写方面的实践对英雄传奇小说的写作而言功不可没。"说话"的武术书写为英雄传奇故事提供了素材借鉴，而英雄传奇小说在吸收武术书写时又有意识地让其服务于小说人物的塑造，进而丰富人物的血肉与灵魂，从而树立起英雄传奇故事的人物典型。

推动情节走向也是武术书写的一大重要叙事功能。相较于以武打场面刻画人物，以武术书写作为线索来展开故事情节的布局方式，对英雄传奇小说的作者而言，相对容易掌握一些。小说中比武行为常常会与人物的命运轨迹发生紧密的联系。杨温在与杨员外、李贵比武中取胜，才得到贵人相助，进而发现妻子的线索；杨志校场与周谨、索超比武，由此崭露头角。在梁中书眼中，他是押送生辰纲的不二人选；杨七郎在比武过程中将潘仁美之子潘豹打死，因此得罪潘仁美，这为日后两家结仇以及杨家男儿的战死埋下祸根。此外，英雄传奇小说中还会围绕兵器展开故事情节，形成了一种"得兵""夺宝"的叙事模式。往往神兵利器的出现会对战局的变化以及人物的转变产生颠覆性的影响，如梁山人马在徐宁传授钩镰枪后，成功破解连环马，战局瞬间得以扭转；薛仁贵、岳飞分别得到了方天画戟与沥泉枪后，其个人能力顿时增强，这为后续英雄人物斩将建功故事的顺利展开奠定了基础；林冲购得宝刀一口，随后带刀误入白虎堂，从此一代禁军教头因奸臣陷害而沦为阶下囚。这些武术书写逐渐成了英雄传奇故事的必有之义，同时它还是英雄故事彰显传奇性的重要点缀。

这些与人物、情节紧密相扣的武术书写在一定程度上还有助于英雄传奇小说的传播。梁启超在《中国之武士道》中认为："中国民族之武，其最初之天性也。"[35] 他指出尚武精神一直都是中华民族血脉中所流淌的天性，对"武"的崇拜是本民族的重要信仰与精神支柱。民众对"武"的崇尚在宋代表现得极为明显，他们不仅热爱习武，而且也喜欢倾听与"武"相关的故事。从宋至元，"朴刀""杆棒"题材的说话、杂剧世代相传，这恰好可以体现民众的审美取向。到了明代，这一审美倾向仍旧深受读者群的认可。相较于男女情事，有的民众更乐于阅读英雄故事，五湖老人称："与其……览《双双》《浪史》，不若羹墙《梁山传》矣"[36]。不只民众，皇帝也喜爱看英雄故事，钱希言《桐薪》记载道：

《金统残唐记》载其（黄巢）事甚详，而中间极夸李存孝之勇，复称其冤。为此书者，全为李存孝而作也。后来词话悉俑于此。武宗南幸，夜忽传旨取《金统残唐记》善本，中官重价购之肆中，一部售五十金。[37]（该引文原书句读有误，另行改之。）

从标题来看，《金统残唐记》类似一部历史演义小说，但据具体材料反映，这部书的故事情节主要是围绕李存孝之勇来展开的，因此，它应该更接近英雄传奇体。其中定有诸多关于李存孝神勇善战的打斗故事，这必然会受到热衷于上阵杀敌的"威武大将军"朱厚照的青睐。皇帝尚且如此嗜爱，下层百姓自不待言。为了招徕读者，有的书商别出心裁地将《三国演义》《水浒传》进行合刻，是为《英雄谱》。书商熊飞在弁言中高呼道："凡称丈夫，各有须眉；谁是男子，不具血性？"[38]以英雄血性作为本书之基调。杨明琅更是在《叙英雄谱》中将英雄人物与其所持兵器联系起来，表达对英雄的呼唤："寿亭侯忠义千古，黑旋风孝勇绝伦，持此青龙偃月、朴刀大斧，何难劈开霄壤、扫荡妖氛耶？"[39]由此足以看出，兵器、武艺是英雄人物的重要标志，而英雄人物又是被大众津津乐道、传唱不衰的优秀题材。此外，我们还可以从同为叙事文学的戏曲活动来看大众对英雄传奇题材的接受情况。据统计，"元杂剧'武戏'剧目颇为丰富，存本者83种，存目者151种，合计234种，约占元杂剧总目20%，可谓彬彬称盛"[40]，其内容大多与《水浒》《说唐》《说岳》《杨家将》等英雄传奇故事有关。在明代戏曲中也出现过规模宏大的武戏场面，张岱回忆道："余蕴叔演武场搭一大台，选徽州旌阳戏子剽轻精悍、能相扑跌打者三四十人，搬演目连，凡三日三夜。四围女台百十座，戏子献技台上，如度索舞𦈫、翻桌翻梯、觔斗蜻蜓、蹬坛蹬臼、跳索跳圈、窜火窜剑之类，大非情理。"[41]这些材料纷纷说明了与武戏相关的剧目深受民众的喜爱，不然绝不会有如此多同类型题材的杂剧出现，也不会有如此庞大规模的武戏频频登上戏台，我们不难想见英雄传奇故事以及武打场面在民众心目中的受欢迎程度，对"武"的崇拜是民众偏爱这类题材的重要审美心理。

四、结　语

中国古代通俗小说本就孕育自民间市井这片沃土之中，它代表了大众的审美取向，展现了特定背景下的历史面貌与生活真实，是时代精神的重要反映。我们在探讨一个题材的发展演变过程时，不应只聚焦在文本间的比对与匹配，更要注意到来自同时期两类不同文化之间的交流互通关系，同时还需及时捕捉民众对某种文化的审美态度及其所反映的一般思想，武术与英雄传奇小说之联系即是两种文化碰撞互文的结果。唯有如此，我们才能在恢复小说文化场的过程中较为准确地指向小说发展的实际情况，并把握其演进的历史规律。

参考文献

[1] 裴树海:《明清英雄传奇综论》，武汉大学出版社，1994年版。

[2] 张俊:《清代小说史》，浙江古籍出版社，1997年版。

[3] 石昌渝:《中国小说发展史》(上卷)，山西教育出版社，2019年版，第131页。

[4] (宋)不著撰人:《都城纪胜》，《景印文渊阁四库全书》第590册，台湾商务印书馆，1986年版，第9页。

[5][19][22][24] (南宋)吴自牧、周密:《梦粱录　武林旧事》，山东友谊出版社，2001年版，第292页、第276页、第274页、第292页。

[6] (明)朱权著，姚品文点校笺评:《太和正音谱笺评》，中华书局，2010年版，第38页。

[7][8][9][15][20] (元)脱脱等:《宋史》，中华书局，1977年版，第4909页、第4910页、第4912页、第4911页、第4725页。

[10][21] (宋)李焘:《续资治通鉴长编》，中华书局，2004年版，第3106页、第2746页。

[11] (宋)赵彦卫:《云麓漫钞》，中华书局，1996年版，第218页。

[12] (宋)曾公亮等:《武经总要》，商务印书馆，2017年版，第215页。

[13][23] (宋)周密，(明)朱廷焕:《武林旧事附〈增补武林旧事〉》，中州古籍出版社，2019年版，第123页、第257—260页。

[14] 石昌渝:《从朴刀杆棒到子母炮——〈水浒传〉成书研究之一》，《文学遗产》1999年第2期，第66—67页。

[16] 钱南扬:《永乐大典戏文三种校注》，中华书局，2009年版，第41页。

[17] (明)冯梦龙:《警世通言》，中华书局，2009年版，第374页。

[18] 石昌渝:《中国小说发展史》(上卷)，山西教育出版社，2019年版，第219页；马

明达:《说剑丛稿》,中华书局,2007年版,第169页。

[25][26](明)洪楩辑,程毅中校注:《清平山堂话本校注》,中华书局,2012年版,第285页、第273—277页。

[27](明)施耐庵:《水浒传》,人民文学出版社,1997年版,第129页。

[28][29]马明达:《试论鲁智深形象的形成》,《湖北大学学报》(哲学社会科学版)2000年第2期,第32页。

[30][31](明)施耐庵,(清)金圣叹批评:《金圣叹批评本水浒传》,岳麓书社,2015年版,第460页、第107页。

[32][33][34]俞万春:《结水浒全传》,《古本小说集成》,上海古籍出版社,1994年版,第1630页、第2250页、第259页。

[35]梁启超:《梁启超全集》,北京出版社,1999年版,第1383页。

[36](明)五湖老人:《忠义水浒全传序》,转引自朱一玄、刘毓忱:《水浒传资料汇编》,南开大学出版社,2012年版,第189页。

[37](明)钱希言:《桐薪》(卷三),转引自马蹄疾:《水浒资料汇编》,中华书局,1980年版,第361页。

[38][39](明)罗贯中、施耐庵:《二刻英雄谱》,《古本小说集成》上海古籍出版社,1994年版,第2页、第8页。

[40]唐文敏:《元杂剧武戏研究》,江西师范大学2018年硕士学位论文,第13页。

[41](明)张岱:《陶庵梦忆;西湖梦寻》,上海古籍出版社,2001年版,第94页。

作者

黎昇鑫,南开大学文学院博士研究生,主要研究方向:元明清文学。

"士为知己者死"

——《史记·聂政传》与《田七郎》文本关系考论

岳 玫

摘要:《聊斋》从《史记》中受启发而创作的故事,《田七郎》具有叙述的继承性与立意的文学化双重特点。特别是《刺客列传》中"为知己者死"的《聂政传》,不仅在蒲松龄笔下以聂政为原型创作出田七郎的人物形象,还在很大程度上改写了原传记中故事的性质,即弱化人物的悲剧意味,强调大团圆式的故事结局,反映出历史传记进入小说书写的典型特点。

关键词:《聂政传》;《田七郎》;司马迁;蒲松龄;悲剧性

《刺客列传》篇末"太史公曰"写有"立意较然,不欺其志"[1],聂政的"志",是"士为知己者死"[2]之志,这种个人主动舍弃生命以报知遇之恩的义举,构成了"聂政刺韩相"故事悲剧性的主基调。其姊聂嫈也慷慨赴死,使得聂政为知己者死的献身精神广为人知,聂政故事的悲剧性和艺术感染力从而得到进一步的强化与升华。而当史书传记进入文学领域时,《聊斋志异》中的故事《田七郎》,着重笔墨写出武承休对田七郎的礼遇厚待,为武逢难之时田舍生为其排忧解难做出充足的情节铺垫。正义得以伸张、好人德配善终的结尾,充分迎合了读者喜闻乐见"大团圆"式故事结局的阅读期待,但却未能延续《史记·刺客列传》中聂政形象悲剧性的艺术感染力。本文试对上述问题作以讨论。

一、《刺客列传》中"聂政刺韩相"的故事内涵

在考查蒲松龄的创作过程之前,有必要先对《聂政传》的故事情节加以简述,以便与后文分析比较。这篇传记的内容大致可以分为以下三个部分:

其一,严仲子与韩相侠累有嫌隙,恐被诛杀而欲先下手为强,初次求于聂政门下,被其以"臣所以降志辱身居市井屠者,徒幸以养老母;老母在,政身未敢以许人也。"[3]为由

拒绝。

其二，聂母逝世后，聂政为报严仲子知遇之恩，只身刺杀侠累后自尽，为不祸及家人而自毁面容。

其三，聂政姊聂荌认领尸体，并公开赴死促使聂政的义举广为人知。

自司马迁开创纪传体的记史方式以来，历史书写便不再像传统的"春秋笔法"那样，以时间线索为轴，主要记录历史事件的大致脉络，而是通过对不同的历史阶段、社会形态、各阶层人物的生平事迹等方面的全面描述，来反映历史的发展轨迹，即所谓"叶盛曰：'六经而下，左丘明传《春秋》而千万世文章实祖于此。继丘明者司马子长，子长为《史记》而力量过之，在汉为文中之雄。'"[4]聂政的事迹在《刺客列传》中，虽没有豫让和荆轲的故事那样广为流传，但在历代文人的评述中，仍不乏对他只身刺杀韩相这一壮举的肯定，清代学者梁玉绳有言："政母在，不以身许人，孝也；直入上阶刺杀侠累，勇也；不忍累其姊，仁也；为知己而死，义也，政固有足嘉许者矣。"[5]但需要注意的是，《刺客列传》中聂政的故事一开始便缺少两个主要的线索：一是聂政携母及姊在齐国，以屠户的身份隐居于市井中的原因，是由于杀人而躲避报复仇杀，但所杀何人，为何杀人，司马迁均未点明；二是韩哀侯属臣严仲子与韩相侠累之间的嫌隙矛盾，甚至达到了危及性命的程度，但具体是什么样的矛盾，《刺客列传》中也没有明确的表述。而《战国策》中的相关记载可以作为一定程度的补充说明："韩傀相韩，严遂重于君，二人相害也。严遂举韩傀之过，韩傀叱之于朝，严遂拔剑趋之，以救解。"[6]聂政与他人的仇怨，严仲子与侠累的矛盾，这两组故事情节构成了一个叙述因果链，先为严仲子数次登门拜访，恳请聂政刺杀侠累埋下伏笔；继而严仲子政治立场的正确性也成为补充聂政刺杀行为的正义性，以及构成其历史正面人物形象的重要依据。

《史记》勾勒聂政人物形象的精妙之处主要表现在以下两个方面：第一，从故事的表现叙述来看，似乎是严仲子的种种行为在主导着故事情节的发展，从"严仲子至门前，数反，然后具酒自畅聂政母前。酒酣，严仲子奉黄金百溢，前为政母寿。"[7]开始，聂政便成为这些行为引发的一系列后果的被动承受者，可就在这层层递进的故事情节中，那个为知己者死的忠义之士的形象、聂氏姊弟令人扼腕的结局便一点一点地深入读者的内心，以死报恩的勇敢行径引发的惋惜与感慨，倒显得刺杀行动的正义与否不那么重要了，足见司马迁笔法之深厚传神。第二，从这个角度来说，《刺客列传》中的聂政，一定程度上突破了故事主人公必须是正面人物形象，行为必须符合道德规定、具备正义性的书写规则。

蒲松龄对《刺客列传》中以死报恩的献身精神表现出非常浓厚的兴趣，并在《聊斋志异》中多次提及。比如"士为知己者死"所反映出的重义轻生的精神便是《连城》《石清虚》等篇的主旨思想①。《聂政传》中的两大故事主题是蒲松龄尤为看重的,一是忠义之士将报答恩主视为自己必须完成的绝对使命,二是绝对使命与自己的亲情、家庭之间难以调和的矛盾。读者可以很明显地看到,严仲子与聂政的交往关系并不对等,即财物的赠予与以性命相抵之间的不对等,即便为知己者死之士并不看重财物,但二者在交往关系的付出上的确如此。可这种不对等的恩主与义士之间的关系,在整篇《刺客列传》中并未构成矛盾,反而是一种理应如此的情况。即使聂嫈也用自己的生命为聂政的牺牲奋力呼号,在整个《聂政传》中也不过只是一个小插曲②。

《刺客列传》中聂政与严仲子的关系,是春秋战国时代重义轻生的社会风气的典型反映,后世学者由于社会历史环境及人生观的差异,纷纷提出了不同的看法。如宋代鲍彪就认为聂政是死于政治争斗,即便为了维护政治的正义性与正确性,以牺牲生命为代价也是不可取的:"政之始终于亲,孝矣;其临财也,义矣。尝欲评其死,感其义烈,不忍下笔。独以谓人之居世,不可知人,亦不可妄为人知也。(仲子)唯知政,故得行其志。惜乎,被掮损细人耳,政不幸谬为所知,故死于是!使其受知明主与贤相,则其所成就,岂不有万万于此者乎?哀哉!"[8]这则评注映射出《聂政传》所看重的重义轻生的道德价值观念在后世所面对的不同看法,当史传人物真正进入文学创作领域以后,特别是唐以来的话本、小说等通俗文学作品中,忠义之士(侠客)的形象已经开始具备自己独立完整的人格,他们有自己遵守的处世原则,更多地趋向于江湖道义即追求自由与公平,而非一味地通过以死报恩的方式来帮助他人。在明代王世贞整理的《剑侠传》中,《僧侠》篇中描写书生韦氏与一僧人从最初的供养关系到各行其路便体现出,在通俗文学作品中,忠义之士(侠客)与其恩主之间的关系已脱离以钱财相邀,以死报知遇之恩的传记模式,两者的关系呈现出趋于人格平等的倾向:"郎君证成汝为贼也,知复如何?僧终夜与韦论刃及胡矢之事。天将晓,僧送韦路口,赠绢百疋,垂泣而别。"[9]

在明清时期的小说创作中,《聂政传》所重视的以性命为代价完成报恩行为,继而凸显忠义品质的叙述模式已不如《史记·游侠列传》中朱家、郭解等江湖义士施恩不求留名更不求回报的义举与品德吸引众读者了:"终不伐其能、歆其德,诸所尝施,唯恐见之。专趋人之急,甚己之私。"[10]这种无私到不计付出的援助与严仲子只携带钱财登门相请的行为

---

①《连城》篇中,连城与乔生跨越生死的相知相惜,即"此知希之贵,贤豪所以感结而不能自已也。"《石清虚》篇中,刑云飞好石以"至欲以身殉石,亦甚痴矣!而卒之以石与人相始终,谁谓石无情哉?古语云:'士为知己者',非过也!石尤如此,何况于人!"(参见蒲松龄:《聊斋志异》,上海古籍出版社,2010年版,第116—117页、第527—529页。)

②关于传记中恩主与义士之间理应如此的关系,钟惺认为对聂政而言,主要是不肯辜负自己的内心,详见《史怀》卷七所记:"识密议重政,自刑以绝踪,其故在此,以身报人至不有其名,只是不肯负心耳,意不专为其姊。"明刻本,第29页。

形成极其鲜明的对比,因为严仲子的屈尊登门与倾钱财相请,均带着希望聂政能够替自己刺杀韩相的条件,与《游侠列传》中施不求报的精神相比,难免有过于功利与不替他人考虑之嫌。而以朱家、郭解等为代表的传记叙述之所以到了蒲松龄的时代,能够获得广泛的认可与赞扬,其中的主要原因便是尊重、重视个体生命的人生价值观在明清时期的普遍与普及,蒲松龄、王士禛、钮琇均对明末清初名将吴六奇与文史学家查继佐二人,如何建立深厚友谊的故事有过表述,便可以很好地说明这一点①。以《聊斋志异》中《大力将军》篇为例,讲述了查继佐于清明节一野寺中偶遇情状如乞的吴六奇,不仅数倍赠予吃食、五十金,还鼓励其试投行伍。十多年后,吴六奇军功卓著已为将军,涌泉相报查氏当年之助,更在查继佐因修史一案中被牵连下狱时,尽力搭救免遭灾祸。因此蒲松龄在篇末"异氏史曰"中盛赞:"厚施而不问其名,真侠烈古丈夫哉!而将军之报,其慷慨豪爽,尤千古所仅见。如此胸襟,自不应老于沟渎。以是知两贤者之相遇,非偶然也。"[11] 同样以厚施而不计回报而闻名的郭解,在蒲松龄的《丁前溪》一文中,故事的主人公就是这样一位"游侠好义,慕郭解之为人"[12] 的义士。他与安丘杨家的友谊,与吴六奇和查继佐的故事模式有异曲同工之妙,可见明清以来对厚施而薄望的处世价值观的认同与推崇。

二、《田七郎》与《聂政传》的文本对比

通过仔细对比《聂政传》与《田七郎》两篇故事的文本内容,能够看出蒲松龄在《聊斋志异》的创作过程中,有意将《史记》的以人物事迹带动事件发展的叙述方式作为重要的参照与学习对象,特别是《田七郎》篇,甚至可以说在一定程度上模仿了《聂政传》的叙述模式,以下归纳出两篇文本在故事情节上的四个共同点:

第一,一个具有权力的人通过登门相请、赠予钱财的方式与忠义之士(刺客)建立深厚的联系。

第二,忠义之士(刺客)初次拒绝相请的理由均是出于孝道。

第三,完成尽孝之事后,忠义之士(刺客)会义无反顾地为兼具财势的人去报仇(杀人)。

第四,忠义之士(刺客)为心中之义,即知遇之恩必报而自杀,且绝不愿透露恩主的身份。

《田七郎》与《聂政传》故事叙述的共同点一方面体现出蒲松龄对司马迁《史记》写

---

① 参见王士禛:《香祖笔记》,上海古籍出版社,1982年版,第61—62页;钮琇:《觚賸》,上海古籍出版社,1986年版,第131—133页。

法的承继，但由于"厚施而薄望"的处世价值在蒲松龄时代的广泛认可，两篇文本在叙述内容和故事立意上呈现出不同的三点变化：

其一，故事发生的社会背景不同。《史记》中"聂政刺韩相"的故事，起因是严仲子与韩相侠累这些社会上层人物的政治矛盾，而在蒲松龄的笔下则搬到了他所熟悉的社会底层普通民众的生活之中，即"颠倒是非的县官，横行霸道的乡绅，以及家庭丑事倍出的大户人家中。"①聂政从事的极不起眼且受歧视的屠夫工作，到了田七郎这里也变成了可以受到一定尊重的猎户。故事中的次要人物也从聂政刺杀前的严仲子、刺杀后的聂嫈的单一，变成了对武承休妻子图谋不轨的恶仆林儿、包庇林儿的纨绔弟子某御史弟以及畏惧御史权势而不拘捕恶仆的辽阳邑宰等反面次要人物群像。而本应秉公执法、尽职尽责为百姓伸张正义的县官，也只看重如何与当地的土豪劣绅建立牢固的互惠互利关系。《田七郎》通过反写当时地方法治与民治的不公，进一步推动了田七郎刺杀报恩故事的内在逻辑与合理性。因为在聂政的时代，即春秋战国以至两汉时期，律法对杀人偿命的规定还比较粗疏，加之社会风气本就提倡重义轻生，且确有血仇者杀人不必抵命，因此聂政为严仲子完成刺杀的行为理所应当。但蒲松龄的时代是法治观念业已成熟的清代中期，通过行刺的方式来解决仇怨矛盾，基本上不会获得法律的认可与社会舆论的同情。有鉴于此，蒲松龄越是塑造出恶人横行、权势遮天的社会环境，田七郎所进行的如聂政"春秋战国刺客式"的以刺杀报恩的行为便越具备合理性。

其二，蒲松龄未采用《聂政传》中"三段式"的简单叙述结构，即：1. 相请以事老母拒绝，2. 尽孝毕以死报知遇之恩，3. 姊聂嫈推动故事至高潮继而结束，而是将人物关系错综复杂的故事情节切分为八个不同的阶段，即 1. 武承休梦中得知田七郎乃可共患难之人，遂前往寻找（梦境增加了二人相识的神秘色彩），2. 田七郎与田母拒绝武承休赠予财物作为相识的条件，又从武的面相中看出其有灾祸便决定死报武之恩惠，3. 武承休吊唁田七郎亡妻，解田七郎牢狱之灾，田对其感恩不尽，4. 田七郎劝解武承休亲君子、远小人，不久恶仆林儿欲非礼武承休之妻之事便出，5. 田七郎杀恶仆林儿，武承休背负杀人嫌疑受刑罚无果而归家，6. 田七郎扮作樵夫刺杀御史某弟后自刭而死，7. 田七郎死而复生再刺杀辽阳邑宰后卒，8. 武承休厚葬田七郎，数十年后，其子功至同知将军，又通过武承休得知其父墓。由此可见，《田七郎》的故事比《聂政传》更为丰富且更具有故事冲突，且多出了具有超自然叙述的情节，以符合《聊斋志异》的创作特点，并且在故事的高潮中（即第5—7部分）造成了一些惊险的艺术效果②。

---

① 参见白亚仁：《〈田七郎〉与〈聂政传〉关系探源》，《文史哲》1992年第4期。
② 参见白亚仁：《〈田七郎〉与〈聂政传〉关系探源》，《文史哲》1992年第4期。

其三，蒲松龄的《田七郎》对司马迁《聂政传》的价值观念的调整。比之严仲子与聂政之间简单的以财相请，继而以死报知遇之恩的关系，武承休和田七郎的关系就显得复杂得多。在故事的第 1—3 部分里，武承休通过财物、情感、权力三个方面对田七郎的步步为营的拉拢是《聂政传》中所没有的，身为猎户的田七郎在与武承休最初的往来关系中，成为被动的一方，某种程度上像是武承休志在必得的人际"猎物"。直至第二部分田母出场后，二人的关系才发生了变化。与《聂政传》相比，聂母虽然也是聂政初次拒绝严仲子委托的重要原因，但聂母在后续的整个刺杀韩相以报知遇之恩的故事中没有起到助推情节的作用。反观田母，由于个性鲜明且为其增加了人物语言，因此在《田七郎》中成为加深田七郎为母养老尽孝与为武承休（恩主）尽忠义之举之间存在的潜在矛盾的助推剂："闻之，受人知者分人忧，受人恩者急人难。富人报人以财，贫人报人以义。"[13] 田母以贫富区分报答知遇之恩的观点，一定程度上说明了底层民众对富人与贫人之间交往继而产生友谊的普遍看法。因此武承休最初带足财物拜访田家时，田母十分戒备地言道："再勿引致吾儿，大不怀好意！"[14] 这种极具警惕与鲜明贫富认知的定论与成见，反映了武承休数次接近田七郎的目的就是纯粹的为己，即在人际关系网中多一个甘愿共患难之人，与正义、道义均不相干。但蒲松龄也没有全盘否定《刺客列传》所表现出的英雄气概，而是将"士为知己者死"的精神内核仍然保留在《田七郎》的故事叙述中。为了缓和涉及生死的情节冲突，蒲松龄在创作中插入了一个关键的情节，即得知田七郎入狱后，武承休毫不犹豫地动用钱财来助其脱困，这是二人关系发生质变的转折点，用田母的话来说就是："子发肤受之武公子，非老身所得而爱惜者矣。"[15] 很明显，这是对《孝经》中"身体发肤受之父母"一句的改写，也说明了此后为武承休之事尽心尽力，成为田七郎义不容辞的责任与使命，而在《聂政传》中一直属于首要事务的为母养老尽孝，则退居于次要的位置了。

除《田七郎》之外，蒲松龄还不止一次地在《聊斋志异》中化用《聂政传》的故事内容，足见其对聂政这一人物形象的欣赏与喜爱。在《乔女》篇中，乔女心仪之人孟生的死，便与《聂政传》中政母之死一样，成为乔女可以遵从内心的情节助推剂。她通过为孟生守寡的方式维护自己对感情的坚贞不移，她视孟生之子如己出，并在其年幼时主动承担起赡养孝敬孟母的义务。她的话语都像是一种"聂政式"的宣言："妾以奇丑，为世不齿，独孟生能知我；前虽周拒之，然固已心许之矣。今身死子幼，自当有以报知己。"[16] 乔女对孟生不厌其外表而看到其内在的"知遇"甚为感恩，所以在男女之情中糅合了"士为知己者死"的精神内核中的重义重报答。而在《崔猛》篇中，同样具有着力描写与聂政献身故事类似的故事情节。崔猛最令人感动之处便是为了避免好友李申受自己牵累，主动交代并承认曾杀死为害当地的恶霸某甲的事实。而且自首的时机都与聂政如出一辙，同样在崔母逝世之后，也是一定程度的"聂政式"宣言："杀甲者，实我也。徒以有老母故，不敢泄。今大事已了，奈何以一身之罪殃他人？我将赴有司死耳。"[17]这些篇章的故事情节与立意，都充分反映出蒲松龄对《史记·刺客列传》所认同与赞扬的舍生取义的侠义精神，以及不惧生死的英雄气概有着深切的向往与浓厚的兴趣。

三、蒲松龄对《史记》的承继与改写

蒲松龄对《史记》的喜爱，不仅体现在《聊斋志异》每篇的结尾均以"异氏史曰"来对故事人物或情节进行评点的体例，并借此在一定程度上表达自己的创作立意与目的，这很明显是源出于《史记》每篇末的"太史公曰"。而对于《史记》人物形象及其精神的再塑造，蒲松龄似乎也遵循着自己的特殊理解与认识。以《史记·刺客列传》中荆轲、聂政两个人物为例，后世的文学作品中给予荆轲的关注似乎更多，但蒲松龄在《聊斋志异》中，不仅创作出直接以聂政为名的单篇小说故事，还在"异氏史曰"中不吝对聂政这一人物形象的欣赏："余读《刺客传》，独服膺于轵井深里也。"[18]而脱胎于"聂政刺韩相"故事的《田七郎》，不仅消解了聂政在以死报答知遇之恩与看重亲情血缘之间的悲剧冲突，反而以超自然的故事情节，将"士为知己者死"中伸张正义的力量发挥到了极致。

《聊斋志异》在历代以诗文为主导的正统文学眼中，是蒲松龄也自嘲的"牛鬼蛇神，长爪郎吟而成癖"[19]之类的奇闻怪谈而已。但是，"《聊斋志异》那种'野狐禅'式的连篇鬼话，在中国民间心理的广阔沃野中，却越是荒诞不经和不可思议，就越会妙趣横生和不胫而走。"[20]历史人物在通俗文学中褪去了他们在史书中原本庄重严肃的形象，形成了"把意识的根须扎进了民间土壤"[21]的文学作品中鲜活且情感丰富的人物，即"一位历史人物实际上的成败利钝就并不是显得那么重要了，因为人们在这里想要强调的是'理应如此'，而非'事实如此'"[22]，古典小说的文本中从此也有了"理所当然"的道德人格。

《聊斋志异》中除了《聂政》《田七郎》两篇是直接取材于《史记·刺客列传》中的聂政故事外，篇末的"异氏史曰"更是以对荆轲事迹的不满与批判来反衬对聂政精神的肯定与偏爱："七郎者，愤未尽雪，死犹伸之，抑何其神？使荆卿能尔，则千载无遗恨矣。"[23]而"至于荆轲，力不足以谋无道秦，遂使绝裾而去，自取灭亡。轻借樊将军之头，何日可能还也？此千古之所恨，而聂政之所以嗤者矣。"[24]《田七郎》篇对《刺客列传》中聂政故事的重建，消解了聂政聂莹姊弟为义而慷慨赴死的悲剧性，将本不具有是非倾向、动机单纯的"士为知己者死"的精神，转化为蒲松龄笔下对社会正义终得伸张的美好理想。

与聂政一心为严仲子铲除政敌，却不注重二人是否占据正确的政治立场不同，在故事效果的呈现上，《田七郎》是为了满足读者业已成熟的善恶判断标准，以及面对社会秩序失衡、法律制裁失效时，使田七郎接二连三的"士为知己者死"的刺杀行为，更多地走向了彰显替天行道、惩恶扬善的合理性之路。蒲松龄在《田七郎》的结尾,更是不遗余力地表现出善恶各有报的因果循环:"七郎弃尸原野三十余日,禽犬环守之,武取而厚葬。其子流寓于登,变姓为佟。起行伍,以功至同知将军。"[25] 田七郎充满奇幻色彩的死亡书写,以及其子光耀门楣的人生走向,都是读者喜闻乐见的"大团圆式"故事结局,充分反映出社会底层民众隐藏在诸多通俗文学作品中的反抗意识。这种理想化的书写,表达了他们对社会公平与正义的殷切期待。为了符合《聊斋志异》致力于创作各种奇异怪诞故事的意图,田七郎在斩杀某御史弟后,遭到了辽阳邑宰属下的围攻,田寡不敌众而自刎,被辽阳邑宰认出,上前查看尸体时:"尸忽崛然跃起,竟决宰首,已而复踣。衙官捕其母子,则亡去已数日矣。"[26] 这种死而复生的夸张描写,比较容易产生强烈的阅读审美冲击。田七郎之死与聂政死后暴尸韩市多日无人问津的凄凉境况不同,这种冲击的背后没有悲剧感,而更多的是凭借引人入胜的故事情节来达到"出人意料"的效果,以写出迎合读者道德审美与正义期待的"意料之中"。

四、结　语

综上所述,通过对《史记·刺客列传》"聂政刺韩相"故事与《聊斋志异·田七郎》篇文本内容、作品立意,以及对"士为知己者死"的献身精神的承继与改写等方面的细致比较可以看出:《田七郎》故事中解决善恶对立与正邪冲突的方式,是普遍存在于传统戏文小说中"善良地憧憬着矛盾的解决,并且在本身逐渐'解开扣子'的过程中,让千古的蒙冤者得以平反昭雪,也让为非作歹者得到现世报应,甚至会让昏庸的统治者至少是颜面扫地"[27] 的主要期待,与聂氏姊弟相继死于韩市街头,捍卫他们所认为的人生中有价值的东西,并引发人们无尽的嗟叹与惋惜不同,田七郎死而复生,除尽恶人,家人顺利逃脱,后代军功卓著、光宗耀祖……这一系列虽悲犹喜的故事情节虽然暗含了蒲松龄对于世道不公的批驳与揭露,但在故事结尾时仍然遵循了功成名就后"大团圆"式的欢喜结局。而《刺客列传》中既悲且义的"士为知己者死"精神内涵,在通俗小说文本争取善与正义的进程中,"用瞒和骗,造出奇妙的逃路来,而自以为正路"[28]。

参考文献

[1][2][3][7][10]（汉）司马迁:《史记》,中华书局,1959年版,第2583页、第2527页、第2522页、第2522页、第3184页。

[4]（明）凌稚隆:《史记评林》,天津古籍出版社,1998年版,第150页。

[5]（清）梁玉绳:《史记志疑》卷三十一,清乾隆刻本,第11页。

[6]（汉）刘向:《战国策》下册,上海古籍出版社,2015年版,第6页。

[8]（宋）鲍彪:《鲍氏战国策注》卷八,钦定四库全书本,第4页。

[9]（明）王世贞:《剑侠传》卷一,民国二十年刻本,第10页。

[11][12][13][14][15][16][17][18][19][23][24][25][26]（清）蒲松龄:《聊斋志异》,上海古籍出版社,2010年版,第243—244页、第55页、第149页、第149页、第149页、第416页、第366页、第269页、第1页、第151页、第269页、第151页、第151页。

[20][21][22]刘东:《悲剧的文化解析：从古代希腊到现代中国（上）》,上海人民出版社,2017年版,第19页、第18页、第14页。

[27]刘东:《浮世绘》,辽宁教育出版社,1996年版,第14页。

[28]鲁迅:《鲁迅全集》,人民文学出版社,2005年版,第253—254页。

作者

岳玫,武汉大学文学院博士研究生,主要研究方向：先秦两汉文学。

明刊文言小说《一见赏心编》插图考论*

郑子成

摘要：现存明刊《一见赏心编》有萃庆堂本和世德堂本两种，两者插图的版式、图题和艺术风格均相近。世德堂本插图继承金陵派王氏风格而更为秀美，萃庆堂本插图受到徽派版画影响并达到了当时建本小说插图的最高水平。从插图风格以及图题形式的演变来看，世德堂本刊刻时间应比萃庆堂本要早，而且是明代小说插图在版式转换过程中一个重要的过渡。两种版本的《一见赏心编》与之前一篇一图的方式不同，在选取文本上并没有固定标准，而是以相隔固定的叶数为规律。这种插图方式虽然需要更复杂的工序，但减少了插图数量，降低了成本，书坊主可以聘请更优秀的画工。明末小说刊本插图位置从书中转移到书首应受到这种插图方式的启发。

关键词：《一见赏心编》；文言小说；世德堂；萃庆堂；插图方式

《一见赏心编》是由署名为"鸠兹洛原子"的作者编选的一部文言小说选集，收录唐代至明代的小说139篇，内容大多以爱情故事为主。《一见赏心编》现存四种藏本，分别为美国哈佛大学燕京图书馆藏本，日本国立公文书馆内阁文库藏本二种以及中国国家图书馆藏本，均为明刊本，根据刊刻书坊的不同，四种藏本又可分为萃庆堂本和世德堂本两类。徐永明是较早针对《一见赏心编》展开专题研究的学者，其中《哈佛燕图稀见明刻本〈全像新镌一见赏心编〉之编纂、作者及其插图解题》一文对《一见赏心编》作者身份进行了考辨，同时对哈佛藏本的33幅插图进行了介绍[1]，使该本的插图得到学界关注。而他的《晚明小说集〈一见赏心编〉与〈艳异编〉的比较》提出《一见赏心编》有明刻本和明世德堂本两个版本系统[2]。大塚秀高[3]、陈国军[4]等学者的论著中也有论及《一见赏心编》，不过着笔不多，主要聚焦于该书的性质及文本来源。何丽娇的《〈一见赏心编〉研究》是目前研究《一见赏心编》最为全面的成果，探讨了《一见赏心编》的编纂背景、版本情况、体

---

*【基金】本文为广东省普通高校特色创新类项目"阅读史视阈下的明代版画研究"（项目号：2019WTSCX051）、广州美术学院学术提升计划"明清小说版画图题研究"（项目号：20XSB09）阶段性成果。

例、成书来源、选编特征等要素[5]。

不过，目前关于《一见赏心编》插图的研究尚不充分，徐永明对哈佛藏本插图仅有简短的评析，何丽娇则是从明末书坊合流的角度对其插图风格进行了简单的探讨，而笔者认为，《一见赏心编》的插图，尤其是国家图书馆藏的世德堂本，在古代小说插图的发展史上有着特殊的意义，值得关注，下文拟从《一见赏心编》插图的特点、插图与小说文体的关系、文言小说插图本刊刻的背景等方面展开论述。

一、《一见赏心编》概况

《一见赏心编》，全称《新镌全像一见赏心编》，有哈佛大学燕京图书馆藏本、日本国立公文书馆内阁文库藏四册本（索书号：汉 17914）及两册本（索书号：汉 9943），这三个藏本均为 14 卷本，共收小说 139 篇，不过两册本并非全本，少《瑜娘传》一篇，且个别篇目有缺叶，从目录来看，全本的卷数及篇数与其他两个藏本无异。哈佛藏本、内阁文库藏四册本有插图 33 幅，内阁文库两册本因缺叶的缘故，插图仅有 29 幅。

关于《新镌全像一见赏心编》编者"鸠兹洛原子"的真实身份，徐永明认为编者是嘉靖朝进士武进人白悦。因为白悦号洛原，而且鸠兹与武进都曾隶属丹阳，但白悦为何要署"鸠兹"而不署"武进"？徐永明的解释是："《一见赏心编》在礼法之士看来，毕竟是不名誉的书，弄不好将会引火烧身。如果署'武进洛原子编集'，则被人告发的可能性就很大。"[6] 因此，该书编集者"鸠兹洛原子"就是白悦。但是，如果"署武进会被告发"的前提成立，白悦最不该署的不是"武进"，而是"洛原子"，毕竟白悦从未尝试掩盖这一别号，还请文征明绘制《洛原草堂图》并在画卷之后写下《洛原记》①，这除了是文人雅事之外，恐怕也有宣扬别号，追述祖德之意②，仅凭"鸠兹"的地名混淆耳目岂能起到掩盖的作用？若说署名"鸠兹洛原子"不易被人告发，似乎有欠考虑。关于该书的刊刻时间，徐永明根据序言中"奈瀔落几廿年，无能分曲江半席地"之语，结合白悦的生平，认为该书应是白悦在中进士前夕编写后委托他人刊印的[7]，而白悦中进士是在嘉靖十一年（1532），也就是说，《一见赏心编》应该是在嘉靖年间刊印的③。不过，根据杜信孚《明代版刻综录》[8]，

---

① 该画现藏北京故宫博物院。

② 白氏之祖白继升于宋室南渡之时迁居武进，白继升原籍洛阳。见文征明《洛原记》"白氏自洛阳徙晋陵，数百年于兹矣。世以宦学相承，至特进康敏公与其子中丞始大显于时，而族属亦益衍大，聚指不下千数，江以南莫不有知晋陵白氏也。而凡白氏之族，亦莫不以晋陵为土著。而吾贞夫顾以洛原自命"。

③ 徐永明并没有明确指出该书刊印的时间，不过嘉靖一朝共四十五年，以常理推测，托人刻印不至于拖延数十年。

萃庆堂所刻书籍最早有明确纪年的是万历十八年（1590），刊刻年代不确定的书籍也无嘉靖年间一说，因此，《新镌全像一见赏心编》几乎不可能是嘉靖年间刊刻的。因此，编撰及主导出版者为白悦的说法难以让人信服。关于哈佛所藏《新镌全像一见赏心编》的刊刻时间，我们可以参考与哈佛藏本同属一个版本系统的内阁文库四册本，内阁文库藏本内封右侧题有"乙巳冬阳月谷旦之吉"，考虑到萃庆堂刻书的时间，"乙巳"应为万历三十三年（1605），哈佛藏本虽无内封，但刊刻时间大致应与内阁文库四册本相近。

世德堂刊《一见赏心编》（索书号：A01539）目前仅残存 24、25 两卷，藏于中国国家图书馆，卷首均有题名《新镌批点出像一见赏心编》，题名后署"鸠兹洛原子编评"及"金陵世德堂校梓"，正文分上下两栏，上栏有评点，下栏是正文。世德堂本第 24、25 卷与萃庆堂本第 13、14 卷篇目基本对应，只是第 24 卷多《任氏传》一篇。世德堂本虽仅残存两卷，但有插图 9 幅，按小说篇目对应的插图数量来看，全本的插图应该比萃庆堂本丰富。

二、世德堂、萃庆堂《一见赏心编》插图风格及刊刻时间先后

世德堂本《一见赏心编》残存 9 幅插图，所对应的小说篇目分别是《中山狼传》《蚍蜉王传》《洛京猎记》《宁菌传》[①]《袁氏传》《任氏传》《孙长史女》《墨姬传》《辛螫传》，对应的图题分别为"遇狼求救""秉烛观书""设宴议婚""二班嘲戏""孙袁配合""郑任欢娱""写诗为媒""墨姬夏侍""辛生入幕"。

世德堂本《一见赏心编》的插图采用隶书横批式图题，版式则是单面整版，这种版式在世德堂刊印的小说中比较罕见，现存世德堂刊刻的小说插图本中，包括《新刻出像官板大字西游记》《新刊出像补订参采史鉴唐书志传通俗演义》《新刊出像补订参采史鉴南北宋志传通俗题评》《新锲重订出像注释通俗演义东西晋志传题评》都是采用双面对开的版式，除《西游记》采用横批式图题外，其余各本均为题签式图题，书体都是楷书。《一见赏心编》的图题之所以采用隶书，与书坊主预设的读者群体有关，文言小说的受众相对通俗小说受众有更高的文化修养，隶书不会对他们的阅读产生困扰，同时还能与通俗小说有所区别，形成一种文化上的区隔感和优越感。

在艺术表现及风格上，《一见赏心编》的插图与世德堂刊刻的其他小说有相当密切的关系。这种相似性首先体现在构图中，以"遇狼求救"一图为例（图 1），描摹的是赵简子一行人追猎饿狼，饿狼向东郭先生求救的场面，图中是以斜向延展到画面以外的山势和飞扬的尘土区隔出追猎和求救两个场景，除了区隔场景的作用以外，山势和尘土还营造出追

---

① 据《太平广记》，应为《宁菌传》。

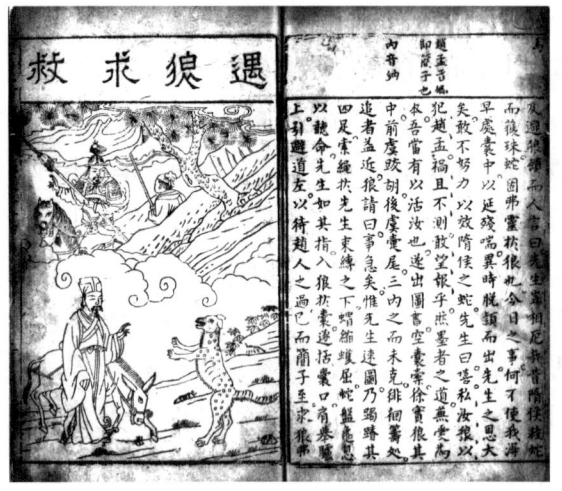

图 1

图 2

图 3

兵未至但是声势已至的氛围感,仿佛转过一个山坳就会遇见追兵。类似的构图形式,在世德堂刊刻的小说插图中很常见,以《新刊出像补订参采史鉴唐书志传通俗演义》"李世民大破薛举"一图为例(图2),可以发现,与《一见赏心编》相比,虽然版式是双面对开的版式,画面更加宏阔,但基本的构图模式是一致的,都是以斜向的山势和飞尘区隔,只是《唐书志传》一图中薛举逃跑的姿态更显狼狈,这是历史演义小说中常见的情节和场景。考虑到世德堂刊刻过至少三种历史演义小说插图本,画工在绘制《一见赏心编》的插图时模仿历史演义小说插图就显得顺理成章了。

上文所举世德堂刊刻的四种小说插图本,都是由画工王少淮绘制,因此,《一见赏心编》也有很大可能是出自王少淮或王氏一族画工之手,王少淮除了与世德堂合作以外,与大业堂、万卷楼均有合作,与不同书坊合作时王氏都保持着稳定的艺术风格,王氏的画风,可以说是万历时期"金陵派"小说版画的代表。

不过,《一见赏心编》的插图风格,在金陵派风格的基础上是有所调整的。最突出的地方体现在,《一见赏心编》的插图减少了黑白块面的对比,更多是以阳刻线条作为主要的表现手法。试以《新刊出像补订参采史鉴南北宋志传通俗题评》"匡胤华山访陈抟"一图(图3)与《一见赏心编》"孙袁配合"一图

（图4）作对比：

两幅插图涉及的情节虽然有很大差别，前者是御书卖山，后者是花前月下，但是在画面场景构设中却有很多相似之处，包括屏风、仙鹤、房檐上的树梢云气乃至两人对坐，童仆陪侍的场景安排，都可以观察到相似的模式。在具体的表现上，《南北两宋志传》插图中的廊柱、屋檐、几案、座椅、屏风、人物服饰乃至树干都大量运用了阴刻的黑色块面，形成较为强烈的黑白对比的画面效果。而在《一见赏心编》的插图中，已经见不到王氏常用的黑白对比，上述所说的细节，已全然运用阳刻线条表现，艺术风格也从豪迈粗放逐渐转向秀美精工，考虑到王少淮最具标志性的风格大多出现在万历中期，世德堂本《一见赏心编》的插图应该是王氏在万历中后期的作品。

萃庆堂在万历三十三年刊刻了《一见赏心编》，在此之前的两年，也就是万历三十一年，萃庆堂还刊刻了《新锲晋代许旌阳得道擒蛟铁树记》《锲五代萨真人得道咒枣记》《锲唐代吕纯阳得道飞剑记》，"三记"与《一见赏心编》虽然版式不同，但风格高度统一，试以《飞剑记》第十一回插图（图5）及《一见赏心编》"白锦佳会"（图6）为例加以分析，两者在画面空间营造上都显得清雅动人，哪怕是单面整版的画面都不显拥挤，在人物表现上，两者人物形象的刻画，不论是面容、发饰还是体

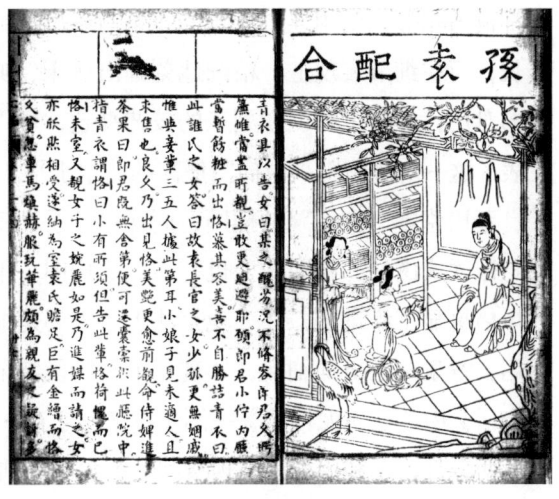

图4

图5

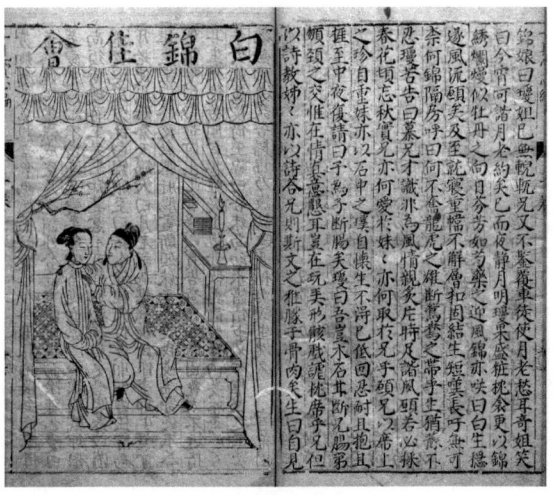

图6

态都极为相似，利用连贯流畅的线条勾画出服饰，增加了人物的美感，让人物的体态显得修长，而在细节表现上，精细地刻画出绣床、被褥繁复细致的花纹，与清雅的空间形成鲜明的对比，凸显了画工和刻工的技艺高超，可以毫不夸张地说，"三记"与《一见赏心编》代表了这一阶段建阳小说插图最高的艺术水平。

萃庆堂本"三记"的插图，同样可以看到王少淮风格的影响，比如采用双面对开的版式与楹联式图题，在图式上也有相近的构图。不过，与王氏风格的插图相比，萃庆堂插图的风格更显工稳细密，在表现手法上，主要是缩小了人物比例，进一步减少了黑色块面的运用，背景刻画更加细致，体现了下一阶段特征的萌芽。以新安黄正位万历年间所刻《剪灯余话》中《江庙泥神记》一图（图7）与《一见赏心编》"神女相赠"（图8）相比即可发现，两者都善于利用折线表现空间的纵深感，前者是利用曲折栏杆，后者利用多折的屏风。

图7

更为突出的是山石上细密精到的点皴，与"金陵派"小说版画稀少而呆板的点皴大异其趣，而繁复细密的点皴一直被认为是"徽派"版画的标志性特征之一。因此，萃庆堂的小说插图是在金陵王氏的基础上，吸收了徽派的表现手法，因而其艺术水平超越了同时期其他建阳小说插图。

如上所述，从艺术风格及特点来看，世德堂本刊刻时间应比萃庆堂本更早。再从图题形式来看，世德堂本正文因为加入了评点而采用上下分栏的版式，所以图题与插图延续了上下分栏的形式。但是，萃庆堂本的正文并未分栏，图题与插图却仍然采取上下分栏的形式，在版式上显得很突兀，应是模仿世德堂本的结果。尤为值得注意的是，在现存萃庆堂小说插图本中，除《一见赏心编》外，并没有出现过横批式图题。前述萃庆堂"三记"插图风格与《一见赏心编》相同，但"三记"只有左右两栏的楹联式图

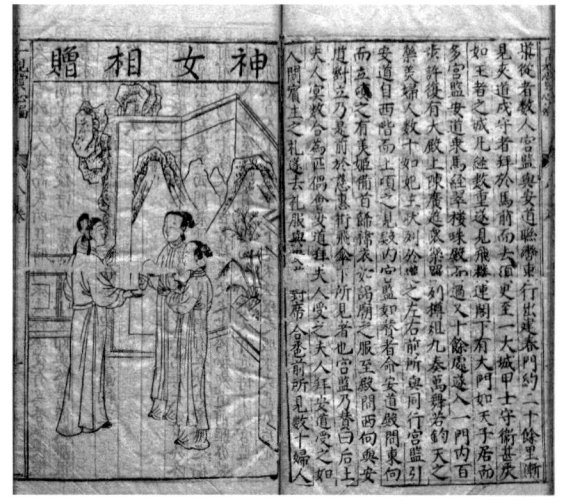

图8

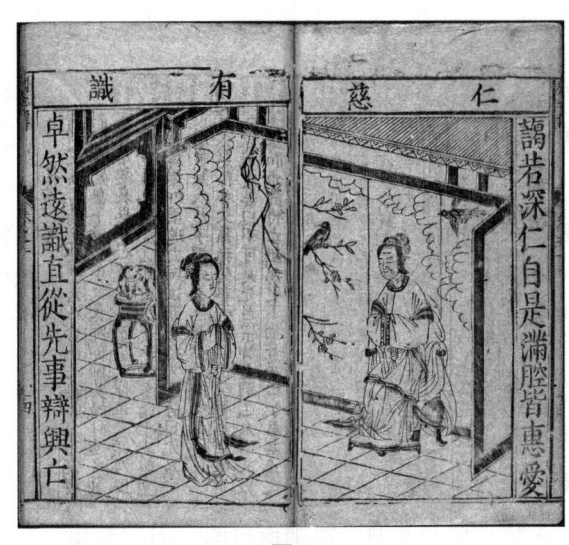

图 9

图 10

题。而双面对开的插图是有采用横批式图题的先例的，比如三台馆本《列女传》，就同时采用横批式和楹联式图题（图 9）。再者，萃庆堂在天启年间刊刻的"七种争奇"，同样是单面整版的插图（图 10），有题款式图题，但也没有横批式图题。可见，萃庆堂在刊刻小说插图本时，采用上栏图题反倒是特例。而世德堂万历二十年序刊的《新刻出像官板大字西游记》，其插图配的就是横批式图题（图 11）。因此，萃庆堂本的图题形式也是效仿世德堂本。

图 11

三、《一见赏心编》的插图规律与出版流程

世德堂本残存的两卷有小说 18 篇，但插图只有 9 幅，并非一篇一图，在出版之前，就需要书坊主统筹设计：选取哪些篇目配置插图？对研究者而言，尤其是在小说图像学成为研究热潮的当下，小说文本与图像的关系更是值得关注的问题。不过，就笔者所知，这其中并不存在"有意味的形式"，该书插图的绘制与篇目无关，而是以叶数为规律，基本上

每六叶或七叶一幅插图，九幅插图分别在第 24 卷的第二叶、第九叶、第十五叶、第二十一叶、第二十六叶、第三十一叶、第三十七叶，第 25 卷第一叶、第六叶。同时每幅插图位置基本在对应篇目题名的下一叶，该本出现的两次相隔五叶的情况，也是受到这一"规定"所限。

与世德堂本相似，萃庆堂本的插图配置也以叶数为限，只是相隔叶数更多，大多是每十叶一幅插图，不过由于相隔叶数较多，其相对位置则不如世德堂本严格，插图位于每篇题名的下一叶或隔两三叶的情况都存在。

选取文本绘制插图的标准是以叶数为规律，这种情况，如果从图像学的角度来看，未免略显遗憾，但如果从小说刊刻出版的角度来思考，则引出一个很有意思的问题：书坊主是如何协调组织编撰者、书手、刻工、画工的工作流程？在章回小说中，这个问题很好解决，除了上图下文的建本外，万历时期大多数小说刊本遵循每则或每回一图的规律，画工根据小说稿本即可绘制插图。但是两个版本的《一见赏心编》都不可能是画工根据小说稿本来绘制，而是必须在书手誊清了稿本，出了写样后，才能确定相隔的叶数确定篇目，然后画工再根据小说文本绘制插图。如果书坊主对刊刻质量有严格的要求，那写样还要经过校勘后才能送到画工手中，如此一来，书籍的出版需要更长的时间，在明代万历时期激烈的商业出版环境中，这并非有利条件。

但书坊主为何要做出这样的选择？这应该是受建阳上图下文本出版方式的影响。大多数建本小说插图本，都是上图下文的形式，虽然有图文不符的情况，但终究是少数。因此，从出版的流程来看，画工应该也需要预留了插图位置的写样本，哪怕是最简陋、最粗糙的写样，只有在这种情况下，画工才能绘制出与文本相符的插图，不过，这是就章回小说而言。

建阳刊刻的文言小说，不管是双桂堂在成化二十三年刊刻的《剪灯余话全相》，还是三台馆在万历十九年刊刻的《新镌增补全像评林古今列女传》，不管小说篇幅长短，都是一篇一图，一篇一图与一回一图的制作流程应该相同，按照常理推测，画工只要有稿本即可进行绘制，那么写样的工序在此期间可以同时进行，缩短出版时间。而世德堂本的小说篇数与插图数量相比，大致是二比一，萃庆堂本则大约是四比一，都不是一篇一图，插图数量相对原来的形式要少了许多。因此，书坊主的选择就是"以时间换空间"，以延长出版时间为代价，减少插图数量来换取更大的利润空间，而且这种改变工序流程的做法也并非独创，有上图下文本的出版经验可资借鉴，并没有很大的风险，书坊主节约下来的成本，则可以用于聘请更好的画工，提升插图的艺术水平。

四、世德堂本在明代小说插图发展史上的意义

世德堂是万历时期金陵区重要的书坊，不仅刊刻小说，还刊刻戏曲，现存尚有17种之多[9]，世德堂刊刻的戏曲也都有插图，风格与小说插图相似，虽然没有画家署款，但都是典型的王氏画风。值得注意的是，世德堂万历间刊刻的戏曲插图本，都是单面整版的版式，与小说插图本形成了明确的区分。这种做法也不仅世德堂一家书坊遵行，在明末，小说插图的版式转变为单面整版，而戏曲插图则反过来采用双面对开的版式，同时出版小说、戏曲的书坊容与堂就是其中代表。这说明，以插图版式区别小说、戏曲，并不是一时一地的做法，似乎已经成为书坊主心照不宣的"规则"。

按照这个标准来看，世德堂出版《一见赏心编》，无疑是打破了这一规则。从商业的角度去看，一成不变的版式与风格，终究无法长期赢得喜新厌旧的读者的欢心，因此，风格和版式的转换势在必行，这是明末小说插图从双面对开版式转向单面整版版式的动力。但如何把握创新与传承之间的平衡？选择哪部小说来打破行业共同遵循的规则和改变读者的阅读惯性？这是值得书坊主考虑的问题。

为什么书坊主会选择以《一见赏心编》这部小说来改变原来的规则？这和《一见赏心编》的性质有关。根据程国赋《明代书坊与小说研究》[10]附录"明代坊刻小说目录"及"明代家刻小说录"两份资料统计，明刊文言笔记小说大约有一百七十余种。而就笔者所见，明代文言笔记小说仅三十余种有插图，这其中还包括广义的文言小说，胪列如下：双桂堂刊《剪灯余话全相》，清江书堂刊《新增补相剪灯新话大全》《新增全相湖海新奇剪灯余话大全》，三台馆刊《新镌增补全像评林古今列女传》，唐对溪刊《新刻出像增补搜神记》，万卷楼刊《新锲公余胜览国色天香》，双峰堂刊《锲三台山人芸窗汇爽万锦情林》，汪云鹏刊《列仙全传》，草玄居刊《新刻仙媛纪事》《狐媚丛谈》，黄嘉育刊《刘向古列女传》，夷白堂刊《海内奇观》，蒋一葵刊《山海经释义》，周近泉刊《新镌全像评释古今清谈万选》，黄正位刊《剪灯新话》《剪灯余话》，熊龙峰刊《孔叔芳双鱼扇坠传》，世德堂刊《新镌批点出像一见赏心编》，萃庆堂刊"七种争奇"、《新镌全像一见赏心编》，三多斋刊《古今列女传演义》，心远堂刊《绿窗女史》《玉镜新谭》，聚奎楼刊《轮回醒世》《洒洒篇》《仙佛奇踪》，《宣和遗事》，《安雅堂重校古艳异编》，《小说选言》，余公仁刊《增补批点图像燕居笔记》。

换言之，仅有不到五分之一的明代文言笔记小说刊本有插图，而文言小说插图本的数量仅占明代小说插图本的十分之一左右。在"无书不图"的明代小说出版环境中，文言小说并没有像通俗章回小说一样形成强烈的图像传统与依赖，文言小说不管是文体还是地位都处于相对特殊的地位。尤其是《一见赏心编》所收多为所谓"传奇小说"，传奇小说与章

回小说相比，语体不同，篇幅不同，相对而言更为雅致，读者群体文化水平更高，而且从《剪灯》被禁的情况可以了解到，传奇小说的读者，青年生员是重要群体。这一群体对新鲜事物有更强的接受能力。青年读书，喜好的是秾丽，俊逸，绚烂，就算夸张而不着边际，大概也不以为过，而且传奇小说与笔记小说相比，重辞藻、重叙事，没有"好古""近史"的枷锁，不管是文本创作还是插图绘制，都有更广阔的空间。正因为传奇小说既没有通俗小说"无书不图"的传统，也没有笔记小说求实求真的约束，成为小说插图转型最合适的试验田，而世德堂本《一见赏心编》就是应运而生的一部小说插图本。当我们回顾世德堂本《一见赏心编》插图的情况，就可以理解为何版式和图题发生了那么大的变化，而艺术表现上的变化却相对保守，只是在延续原有风格的基础变得更加秀美，这应该也是书坊主为了照顾读者阅读习惯而做出的妥协。

五、结　语

在整个明代小说插图发展史中，到了晚明时期，除了插图的风格、版式发生了巨大的变化，插图位置也从书中转移到全书首册。这种看似不经意的改变却对实际的阅读感受会产生重要影响，除非是传播广泛的小说，否则读者在看到首册的插图时，大多数情况下是无法完全理解插图表现的情节，等读者看到相关情节时，可能已经记不清插图的画面。换言之，文本与图像的关系日趋疏离。

至于书坊主为何会做出这样的选择，从《一见赏心编》插图生产的例子中我们可以发现，如果在版面空间中将插图与文本剥离，可以简化制作流程，写样、校勘和绘图可以同时进行。这并不是书坊主单纯为了节约成本而采取的手段，在万历到明亡这一段版画光芒万丈的历史中，激烈的书业竞争迫使书坊主想方设法地提升小说刊本尤其是插图的质量，在相对固定的成本中，也只有优化流程才能获得更大的利润，才可以聘请更好的画工，以达到提升插图艺术水平的目的。总而言之，明代的小说插图就是在激烈的竞争中走向兴盛，最终在中国古代版画史留下不可或缺的印记。

参考文献

[1][6][7] 徐永明：《哈佛燕图稀见明刻本〈全像新镌一见赏心编〉之编纂、作者及其插图解题》，《中正大学中文学术年刊》，2010年第1期。

[2] 徐永明：《晚明小说集〈一见赏心编〉与〈艳异编〉的比较》，华治武主编：《汤显祖—莎士比亚文化高峰论坛暨汤显祖和晚明文化学术研讨会论文集》，浙江大学出版社，2012年版，第169—177页。

[3] [日] 大塚秀高：《明代后期文言小说刊行概况》，《书目季刊》1958年第2期。
[4] 陈国军：《明代志怪传奇小说叙录》，商务印书馆，2016年版，第327—329页。
[5] 何丽娇：《〈一见赏心编〉研究》，福建师范大学2018年硕士论文。
[8] 杜信孚：《明代版刻综录》（第五卷），广陵古籍刻印社，1983年版，第9—10页。
[9] 赵林平：《晚明坊刻戏曲研究》，扬州大学2014年博士学位论文，第101—104页。
[10] 程国赋：《明代书坊与小说研究》，中华书局，2008年版，第355—428页。

作者

郑子成，文学博士，广州美术学院艺术与人文学院讲师，主要研究方向：明清小说版画。

小说戏曲论著评介

玉垒花灯戏的语言及历史文化特征
——兼评《玉垒花灯戏研究》丛书*

张淑萍　胡　慧

摘要：《玉垒花灯戏研究》丛书是一套珍贵的历史文献集合。该丛书基于扎实的田野调查和口述材料的搜集、整理，并参考地方文献而最终形成，资料可靠，内容翔实，包括《历史资料卷》《生态卷》《剧本卷》《音乐卷》《影像卷》《论文卷》。玉垒花灯戏的唱法、剧目等吸纳了川剧、秦腔的特征，并与当地小调相融合，从而形成了一个独特的地方小戏剧种。在玉垒花灯戏中，自创剧目最有特色，多为喜剧，情节单纯，语言幽默风趣，反向反映民众的生存状态：生活艰辛而缺乏喜感，所以戏中满是喜感，即"意义（meaning）不在场才需要符号"。但正因为喜乐缺失因而弥足珍贵。民众将这种认知范式隐喻性地投射至未知世界，于是一套补偿机制应运而生：创造、启用一套戏剧庆典仪式，将最缺乏、也最珍贵的喜乐敬献给神灵，心情愉悦的神灵将反过来保佑民众。这种认知映射在中国民间文化中非常普遍。

关键词：玉垒花灯戏；自创剧目；喜感；补偿机制

一、玉垒花灯戏概说

花灯戏是由花灯歌舞发展而来的一种戏剧艺术形式，属于民间小戏的范畴，主要流行于浙江、江西、湖南、湖北、贵州、云南、广西、四川、陕西南部、甘肃文县等地。玉垒花灯戏又称为玉垒花灯，在正月十五日演出，演出时台前台后挂满花灯，又因它是在甘肃文县玉垒乡一带流行，故此得名。玉垒花灯戏的剧情比较简单，人物不多，曲调单一，唱腔高亢、明亮。玉垒花灯戏的唱法独特，既有四川小秧歌剧的特征，又有陇南民间小调婉

---

*【基金】本文为2024年度甘肃省社科规划一般项目"多民族交往交流交融视域下的陇西走廊傩文化研究"（项目号：2024YB101）阶段性成果。

转的特点，也带有秦腔高亢的味道。关于玉垒花灯戏的起源，据玉垒乡大族袁家人的口述材料及《袁氏家谱》的记载，是其祖上从四川带来的小戏，这在《文县志》中也有记载："玉垒花灯戏，是由民间歌舞耍花灯发展形成的，起源于明万历中期（1596 年前后），由四川迁居甘肃文县玉垒关的袁氏家族，将流行于四川的'花灯戏'带至甘肃文县演唱，从袁氏家族的'家谱'查考，有位叫袁应登的系明王朝敕封'千总'，他在上京应试之前，曾向玉垒坪的'三官神庙'许愿：如能考中，回来重塑金身，唱大戏祝贺。后应试果然考中，敕封千总，回乡祀祖还愿，把'三官神庙'泥像换成金身（铜像），并在庙前修建戏楼，演唱'花灯戏'灯曲和玉垒本地的民歌小调，开始形成了玉垒花灯戏。从此，玉垒花灯戏声誉大振，四乡八村的观众都云集观看，至今已有 400 多年历史。"[1]

花灯戏在明代四川的盛况，可以从四川方志中有所了解。《洪雅县志》记载：明嘉靖年间洪雅"元夕张灯放花结彩棚，聚歌儿演戏剧。"[2] 据《阆中县志》记载，嘉靖元年阆中五月十五日瘟祖会、城隍庙会等"醮天之夕，锣拔笛鼓，响遏云衢，演灯戏十日"[3]。可见，明代时四川花灯戏盛况空前。袁千总以家乡非常流行的花灯戏酬神还愿，其对故乡花灯戏的热衷，对神灵的诚心可见一斑。

二、《玉垒花灯戏研究》丛书

《玉垒花灯戏研究》是一套丛书，由 2018 年甘肃人民出版社出版的《历史资料卷》和 2021 年甘肃民族出版社出版的《生态卷》《剧本卷》《音乐卷》《影像卷》《论文卷》组成。

这套丛书立足于扎实的田野调查，并在对地方性文献、口述材料的全面收集与整理的基础上形成资料集，材料可靠，内容翔实，是一套珍贵的历史文献集。

《历史资料卷》从四个方面对玉垒花灯戏做了系统性介绍。第一部分概述玉垒花灯戏的概况、唱腔、曲牌、锣鼓点、剧本。第二部分介绍玉垒花灯戏的形成、剧目、音乐和文物。第三、四部分对玉垒花灯戏的特点、传承等做了概括性的、总体性的介绍。《生态卷》共八编，分别对玉垒坪、李家坪、余家、冉家、黄路、古场山、走马岭和前山等八个花灯戏流行村庄做了细致描述，涉及每个村落的生活环境、生存方式、生活起居、房屋建筑、宗族群体、岁时节令等。对每个村落花灯戏的历史沿革、传承与保护，本村流传的主要神话、传说、故事、笑话等做了详细的辑录，其中在余家村这一编里增加了大锣鼓草和唱山歌的介绍，在黄路村这一编里增加了传老爷唱词，在古场山村这一编里增加了车车灯曲词。

《音乐卷》全面、深入地记录了现行玉垒花灯戏的唱腔及音乐，包括玉垒坪、李家坪、余家、冉家、黄路、古场山、走马岭、前山八个篇章，以及最新排练的现代花灯戏《甜情》，共九编。其中对玉垒坪花灯戏的唱腔和音乐记录最为全面，唱腔有老生唱腔、老生帝王腔、老生唱腔《何凤裙》选段、老生唱腔《鸡阳关》选段、文小生唱腔、文小生唱腔《南桥戏水》选段、武生唱腔《香山还愿》选段、花旦唱腔《小姑贤》选段、小旦唱腔、青衣唱腔、玉垒花灯戏石、老旦唱腔、翁板唱腔、大花脸唱腔、丑角唱腔、哭板唱腔、阴板唱腔等；音乐有闹五更、闹元宵、十杆枪、下茶园、雪花飘、春花曲、劝郎曲、十二月花、参神曲、太阳当顶过、万年欢、秋千曲、看灯曲、拜堂曲、扫店曲、摸黑曲、大过板、帮腔音乐、锣鼓谱、戏锣等。相较而言，其余各村花灯戏的唱腔比较单一，但却有各自的特点。李家坪以文小生唱腔、武生唱腔、花旦唱腔、正旦唱腔、净角唱腔、丑角唱腔和哭板唱腔为主；余家村以文小生唱腔、花旦唱腔、小旦唱腔、武净唱腔和哭板唱腔为主；冉家村以文小生唱腔、武生唱腔、老旦唱腔、大花脸唱腔、丑角唱腔和哭板唱腔为主；黄路村以老生唱腔、须生唱腔、文小生唱腔、老旦唱腔、小旦唱腔、青衣唱腔、净角唱腔、哭板唱腔和阴板唱腔为主；古场山以武小生唱腔、文小生唱腔、老生唱腔、老旦唱腔、花旦唱腔、大花脸唱腔、丑角唱腔和阴板唱腔为主；走马岭村以文小生唱腔、老生唱腔、花旦唱腔、老旦唱腔和丑角唱腔为主；前山以小旦唱腔、旦角唱腔和哭腔为主。这些唱腔及音乐的记录是在充分的田野调查基础上整理而成的，资料翔实且全面，是珍贵的历史文献，不仅让读者通过村与村的比较了解每个村花灯戏传承的特点及其音乐的发展变化，也为更好地保护、传承玉垒花灯戏提供参考。

《影像卷》以摄影图片的方式对玉垒坪、李家坪、余家、冉家、黄路、古场山、走马岭和前山等八个村花灯戏的历史资料和现实状况做了影像记录。这些影像资料不仅及时，也非常珍贵，因为这些花灯戏的戏服、道具、乐器不再是普通的戏剧装备，而已经成为真正意义上的文物，如明代的九节连环钢鞭、戏箱、边鼓、点锣、武开衫、黑蟒袍，民国时期的太平班靠、年袍、蟒袍。此外，还有无法考证确切年代的古靠、古代盔、古帅盔、古将军盔、古太师盔、古状元盔等。对这些珍贵文物进行整理和数字化记录，是敬重历史、珍惜文物，并以科学的态度爱惜、保护文化，传播其负载的文化意义，在传播的基础上传承活态的花灯戏。此外，本卷附录提供了玉垒花灯戏在各地演出时的剧照，为花灯戏的继承和传承留下了宝贵的历史资料和直观素材。《论文卷》主要收录近年来发表在报刊上的有关玉垒花灯戏的论文，可分为五个类型：第一类对玉垒花灯戏的历史发展、剧目来源等加以考证；第二类是对现代玉垒花灯戏的理论性研究；第三类是玉垒花灯戏与傩戏"池哥昼"的对比研究；第四类是对玉垒花灯戏的保护、传承与发展的思考与展望；最后一类附录的是玉垒花灯戏大事记以及相关研究文章。

《剧本卷》分上、下两卷，上卷详尽记录了玉垒坪的29部口传戏剧本，主要有《高关借头》《红花谱》《三上殿》《三娃子接大哥》《尹二烧瓦》《过桃园》《双陈平》《幺蛮子拜寿》《高旺过关》《开铁弓》《青石岭》《三探亲》《双富贵》(也称《卖庙郎》)《蓝桥戏水》

《恶头镇》《松林解带》《错姻缘》《百花楼》《梁山伯与祝英台后传》《石门关》《遇龙封官》《合凤裙》《白天院》《鸡阳关》《审土地》《二堂审子》《玉乐瓶》《双赶子》《阴阳扇》。李家坪村的9部口传戏和2部改编戏的剧本，口传戏是：《白天院》《王大娘补缸》《龙凤配》《南桥戏水》《三碗半》《天官赐福》《燕娃子赶皇会》、开场戏、扫台戏，改编戏是《二虎妈看女儿》和《王子璋分粮》。

下卷记录余家、冉家、黄路、古场山、走马岭和前山等六个村的花灯戏剧本。余家村的口传戏包括《二龙山》《高官借头》《韩湘子度灵英》《开铁弓》《双富贵》和《下河东》；改编戏有《斗嘴》。冉家村的口传戏包括《打面缸》《驼子回门》《王小二开店》《幺蛮子敬寿》和《玉乐瓶》；改编戏有《除恶霸》《错姻缘》《打虎收孝》《官杀民怨》《借媳妇》《柳荫记》《飘彩》《四进士》《三借芭蕉扇》和《三世仇》。黄路村的口传戏是《白天院》《洞宾点药》《南桥戏水》《三娃子接大哥》《三碗半读书》《松林解带》《湘子度妻》《阴阳扇》《娱乐瓶》和《遇龙封官》；改编戏是《回门推磨》和《盗灵芝》。古场山村的口传戏是《卖茶》《三娃子接大哥》《驼子回门》和《娱乐瓶》。前山村的口传戏包括《拜财门》《金贵说书》《双赶子》《送财门》和《大王分山》。

三、玉垒花灯戏的语言与文化特征

玉垒花灯戏的剧目有相当一部分是对川剧、秦腔的借用或移植，也有一部分是当地人原创的作品，原创剧目的特点是篇幅短小，情节单纯，却最有特色，极为动人。对于与自己生活相距甚远的帝王将相题材，充满了想象和戏剧性，甚至想当然的成分。比如，当地乡民对于做官路径的理解非常简单、直率：一饭之恩可以获得一个高官厚禄的回报。在他们的想象中，善良是权衡一切的标准，于是推理出善良就有机会做官，或者说善良与做官成正比。这一简化了的道德标准将道德与才能划上等号：好人一定是好官。这样的推理不仅表达一种观念，更表达了一种信念，或者说是一种期望，这样的期望也符合传统文化对官员的解释，即为官者一定品德高尚，是父母官。

基本而言，"好人有好报"主题是贯穿玉垒花灯戏自创剧目的一条主线。《松林解带》就是其中的一个绝佳例子。虽然有几种版本，各个版本的语言风格相差较大，但对于为官、仕途的理解却不相上下，剧情也极为类似：明代正德皇帝微服私访，中途饥饿难耐，遇到一农妇给耕田的丈夫送饭。农妇将篮子里的饭食分给正德皇帝一些。饭后，正德皇帝给农妇赠送白玉带。由袁贵德、袁俊德口述，华杰整理的玉垒坪老版本《松林解带》的结尾是：正德皇帝手书圣旨，钦批农夫"谢文清五府巡按，杨玉兰一品诰命"[4]。由袁润明等人口述，袁福田记录的玉垒坪新版本《松林解带》的结尾是：农夫农妇拿着白玉带去县衙，领到白银 300 两,锦缎四匹作为报酬,后又得圣谕,"封谢文清为五府巡按,杨氏封为五品诰命。"[5] 黄路村《松林解带》的结尾是农妇的一餐饭为自己换来一嘎田地,为其夫谋得一个知县的职位[6]。

相较而言,袁贵德、袁俊德口述,华杰整理的《松林解带》[7]剧本比较丰满,语言也更为文雅。其中,牧童的插科打诨,谢文清的审案,使这个戏剧的情节变得复杂,而且富有喜剧色彩。牧童要求正德皇帝的随从武士赔他的羊,两人相互指责,农夫谢文清作为一位耕读之人,知书达理,也能主持公道,判武士赔牧童的羊。正德皇帝看到了谢文清的正义感、公平心和断案才能,于是赐予他五品巡按的职位。黄路村的《松林解带》虽然情节简单,农妇的一餐饭直接得到皇帝的官位回报,但其中的语言却极其生动有趣,多用谐音制造语音双关,从而产生出其不意的幽默效果,比如牧童与杨氏女的对白中用"烟"与"尖","塌"与"茶"的谐音插科打诨:

> 牧牛童儿:喊叫的是牧牛童儿!
> 杨氏女:(内)我晌午还没煮熟呀!某问牧牛童儿你来吃袋烟。
> 牧牛童儿:牧牛童儿鼻子生得尖,出世以来不吃烟。
> 杨氏女:(内)牧牛童儿你来喝杯茶?
> 牧牛童儿:牧牛童儿鼻子生得塌,出世以来不喝茶! [8]

再如,谢文清夫妇手执有正德皇帝字迹的纸和白玉带,去面见皇帝时的一段对白也富有特色:

> 杨氏女:某问奴夫,你把纸顶在头上,说我头上有纸!
> 谢文清:(顶)我头上有屎!
> 二爱卿:(作打)头上有屎去擦了!
> 谢文清:哎哟,贤妻哎,我不屎去了,把我打得不屎行了!
> 杨氏女:你把这根白玉带拿上,这哈他们就不敢打你了! [9]

有正德皇帝字迹的"纸"被谐音为"屎",神圣与世俗的落差被出其不意地加以关联,神圣与世俗的界限被消弭,从而激发观众的笑点,产生诙谐幽默的剧场效果。在《三碗半读书》中,"人之初"亦被谐音为"狗咬猪",大雅与大俗也在谐音中被消解:

> 三碗半:先生,这是人啥子?

马先生：那是人之初！
三碗半：哦！狗咬猪！
马先生：鬼子，那是人之初！
三碗半：哦哦哦！人之初！[10]

事实上，玉垒花灯戏的自编剧目大部分是喜剧，言语幽默几乎是其最大特色，造就较为强烈的喜剧效果，让乡民们从长年累月的艰辛生活中逃脱出来，开怀大笑。之所以能激发观众的笑点，也是因为玉垒花灯戏大多取材于普通百姓所熟悉的日常生活，语言为当地民众的日常白话，夹杂半文半白、以白为主的打油诗，幽默风趣，生动活泼，富有生活气息和生活情趣。剧中人的话语风格、语汇贴合角色的身份。情节在角色幽默风趣的插科打诨、嬉笑怒骂中逐步展开、推进，笑点不断，充满了喜剧色彩。如《尹二烧瓦》片段：

尹二：（上，很伤心，又气愤）人在时运又胖又白，借钱五十拿钱一百。人如倒霉又瘦又黑，房子后面过路吆喝捉贼。罢，罢罢！
……
瓦匠：（上，坐诗）瓦匠瓦匠喜气洋洋，无有文凭手艺高强。
烧制精品献给皇上，得到银子买个婆娘。[11]

尹二感慨人在走运时又胖又白，背运时又瘦又黑，把运气与身形相联接，从而把运气与能否吃饱肚子关联起来，这是对人生最朴素，也最深刻的理解。瓦匠的最高理想是"烧制精品献给皇上"，得到银子后"买个婆娘"，非常符合小手工业者的形象及其小富即足的心理。《幺蛮子拜寿》中，大姐家境贫寒，姐夫陈志恩是人穷志短；二姐家境阔绰，姐夫贾诗文满腹经纶。两姐妹夫妇去给岳母拜寿，为了消除路上舟车之劳顿，贾诗文出题，请大家对"四言八句"。每个人物对出的四言八句极其符合其社会身份与经济地位：

陈志恩：那妹夫就出题。
贾诗文：要说个四四方方，还要说个中央，还要说个来来往往，还要说个满腹的文章。一来二来嘛当大的先来。姐夫两个先来说。
陈志恩：房子四四方方，大梁架在中央，耗子来来往往，猫儿望得口水长淌。
大姐：灶儿四四方方，锅儿放在中央，勺儿来来往往，舀的稀饭蓬郎。
陈志恩：这下轮到妹夫两个说了。

贾诗文：桌儿四四方方，砚台放在中央，笔儿来来往往，写的满篇文章。

二姐：盒子四四方方，线儿放在中央，针儿来来往往，绣的描凤花芳。[12]

到了岳母家，二姐夫妇、大姐进了门，大姐夫陈志恩被妻弟幺蛮子拒之门外，嫌弃他穷酸，把他的贺礼猪肚子也扔出门外。陈志恩一边抱怨幺蛮子不念及自己从小背着他长大的恩情，一边凑到妻子身边入席，三次拿起筷子夹菜，都被幺蛮子夺下，吆喝他去厨房吃剩饭剩菜。之后的一幕场景是幺蛮子关门、陈志恩用肩膀撞门；幺蛮子突然开门一让，陈志恩的力气落空，扑倒在地，滚进大门；后来，郎舅争夺筷子，幺蛮子卡住他的脖子，羞辱其"几辈子没见过饭的尿样子"。这些舞台表演，以及陈志恩舔食猪肚子淌的油时活灵活现的动作、看见饭食时垂涎欲滴的神态以及他运用乡野俗语对自己心理状态的精准表达，淋漓尽致地刻画了一位食不果腹，为了填饱肚子而不顾及人格被羞辱，失去尊严却仍然坚持想要大吃几口的小人物形象，生动且深刻，让观众忍俊不禁的同时，也被深深打动，在捧腹大笑的同时也笑中带泪，因为多数乡民都是经历过饥馑的人。就这样，艺术人生与真实人生贯通起来。幺蛮子是个丑角，最初因为大姐夫贫穷而看不起他，百般羞辱。后来大姐夫升官，幺蛮子的态度一百八十度大转弯，赶忙上前阿谀奉承，动作滑稽，语言诙谐，将一个嫌贫爱富、趋炎附势的人物形象生动地表现了出来。

总之，玉垒花灯戏极具特色，在民间小戏中独树一帜。其自编自导剧目的喜剧性，是对当地民众精神生活的反向映射：生活太艰辛，缺乏喜感，所以戏中满是喜感，激发观众开怀大笑，正所谓"意义不在场才需要符号"。但正因为意义的缺位才使意义在场显得弥足珍贵，喜乐缺失才凸显喜乐的可贵，也就是说，缺乏欢乐故而需要欢乐，缺乏喜庆所以珍惜喜庆。推己及神，人们将这种认知范式隐喻性地投射给未知世界，于是一套补偿机制应运而生，创造、启用一套戏剧庆典仪式，将自己最缺乏、也最珍贵的欢乐敬献给神，以期得到心情愉悦的神灵的保佑。这种认知投射在中国民间文化中非常普遍。

花灯戏作为酬神的庆典仪式，从正月初二的搭台、请神开始，以正月十六的驱邪、送神收尾，持续两个礼拜，每户人家都要参与。正月十六日傍晚，化了妆的"龙官爷"带上驱邪队，打着锣鼓到全村各家各户驱邪除恶。各家各户点上香、灯、纸迎接驱邪队入户，结束后，放鞭炮送驱邪队出门，还在香炉前包数额不等的礼金，拜托"龙官爷"带走邪祟。全村驱邪仪式结束后，将残香等装在草船上，推入江河，参与者在河边洗脸洗手[13]。就这样，花灯戏酬神仪式把村内经济条件、身份地位不同的所有人纳入仪式社区，纳入神灵的护佑范围，保障社区内人畜平安、五谷丰登。事实上，娱神的过程也在娱人，在花灯戏持续半个月的全民动员、排练、表演过程中，民众的集体意识，即基本一致的情感与信仰系统得到强化，变得浓烈，在人神共享的文化盛宴中生成集体欢腾（collective effervescence）。

民众在集体欢腾中，负面情绪得到宣泄，一年中因琐事造成的邻里不睦也会在欢乐的气氛中消解，磨损的社会关系得以修复。

参考文献

[1] 文县志编纂委员会:《文县志》，甘肃人民出版社，1997年版，第885页。

[2] 中国戏曲志编辑委员会:《中国戏曲志·四川卷》，中国ISBN中心出版，1995年版，第8页。

[3] 中国戏曲志编辑委员会:《中国戏曲志·四川卷》，中国ISBN中心出版，1995年版，第8页。

[4] 张金生等:《玉垒花灯戏研究：历史资料卷》，甘肃人民出版社，2018年版，第87页。

[5][11][12] 黄顺福等:《玉垒花灯戏研究：剧本卷》（上），甘肃民族出版社，2021年版，第153页，第33—34页，第58页。

[6][8][9][10] 黄顺福等:《玉垒花灯戏研究：剧本卷》（下），甘肃民族出版社，2021年版，第627页、第623页、第628—629页、第620页。

[7] 张金生等:《玉垒花灯戏研究：历史资料卷》，甘肃人民出版社，2018年版，第65—88页。

[13] 黄顺福等:《玉垒花灯戏研究：生态卷》，甘肃民族出版社，2021年版，第37页。

作者

张淑萍，兰州城市学院外国语学院教授，主要研究方向：文化符号学、民俗文化。

胡慧，兰州城市学院外国语学院讲师，主要研究方向：民间歌谣与民俗文化。

方法、视野与功底
——评《传播学视域下的南戏走向》

姜子石

摘要：包建强《传播学视域下的南戏走向》是近年南戏研究领域的重要斩获。包先生针对南戏的民间文学、综合艺术和古典文学的三重属性，采取传播学与民俗学方法结合的方法与戏剧文学多维度展开的观照视野展开论述，同时以扎实的文献学功底对古南戏和佚失南戏进行考证与辑佚，最终能够在前人已有的研究成果上实现新的突破，堪称新世纪南戏研究的典范。

关键词：南戏；包建强；古代文学研究；传播研究；民俗学

南戏是吾国戏剧学史上最早成熟的戏剧样式之一，无论是"荆刘拜杀"还是"永乐大典戏文三种"，都在我国戏剧史上占有极其重要的地位。20世纪以来，在吴梅、王国维、姚华、郑振铎、赵景深、冯沅君等多位学术大师的共同努力下，我国南戏研究取得了长足的发展，并且成为戏曲学和整个古代文学领域的显学，形成了"南戏学"的概念。尤其是一代学术大家钱南扬先生，更是将毕生精力都奉献给了南戏研究，南京大学更是成为我国南戏研究的重镇。1959年，刘念兹先生接受张庚先生的安排，先后多次到温州、江西、潮州、福建等地着重考察了梨园戏和莆仙戏中的南戏遗存情况，撰写了《福建古典戏曲调查报告》，从传播学的角度为南戏的研究提供了新的思路。嗣后，福建、浙江、江西、安徽、广东等多地学者通过对相关地方戏的田野调查和实地搜集，整理出一大批南戏古老剧目。先贤们成果赫赫，一方面让后辈深深感受到"影响的焦虑"，另一方面也迫使当代学者为新时代的南戏研究找寻新的思路和方法。但是南戏作为一种文学样式具有天然的独特性，相比较于诗、文、小说等其他文学样式，南戏属于戏剧，是综合性艺术；相比于杂剧、传奇等其他戏剧种类，南戏属于民间文学。因而南戏所涉及的领域包括文学文本、舞台形式、音乐体制、民俗文化等多个方面，需要相当广博的知识储备。

包建强先生在十多年前的博士论文选题就选择了这条充满挑战的道路，这需要学养和功底,更需要耐心与勇气。2022年付梓的《传播学视域下的南戏走向》(下文简称《走向》)正是在包先生的博士论文的基础之上进一步修正而成,从2010年自南京大学俞为民先生门下毕业以来,包先生在十数年间对自己的论文刮垢磨光、精益求精,给学界带来一部考据精良、议论精微的力作,是近年来南戏研究领域的重要收获。《走向》一书依次分为四大部分:对南戏声腔变化与地方戏生成关系的论述(第一章),对古南戏的考证与对佚失南戏剧目的稽考(第二章、第三章),对流传南戏在地方戏传播过程中产生的流变进行总结与分析(第四章、第五章、第六章、第七章),对流传南戏的个案研究(第八章)。这些章节的分布形成一个立体化、综合性的框架,其中既有宏观层面的总结,又有微观层面的分析;既有总体的设计,又有个案的探讨。对于南戏作为民间文学和综合艺术在传播的各个方面都有涉及,创获颇多。俞为民先生在为此书专门撰写的序言中已然言之甚详。本文无力对此做出全面评价,只作为一名古典文学研究的学习者,就相关思路、方法以及涉及的相关问题谈一谈此书给自己带来的启发,以向包先生和学界的其他先生请教。

一、南戏作为民间文学——民俗学与传播学结合的研究方法

中国古典文学研究讲究"知人论世",强调基于作品文本的情况下对于历史环境中作者心态的理解与体认,然而单纯的文献学或者文艺学方法对于南戏的情况却并不适用。南戏来源于民间,虽然在一定的历史阶段曾经进入上层士大夫圈层并且经过士大夫的改造和整理,但是相比于诗文,甚至相比于类似《西厢记》《牡丹亭》这样的杂剧、传奇等其他戏剧种类,南戏的民间文学属性依旧十分明显。除了少数进入了传统士大夫的视野而被整理为传世文本,一般情况下,流传在民间的南戏以口和舞台表演等形式传播,其剧本情节、曲牌音乐、乐队结构、演出排场、服装道具、角色行当全都随着时间和地点的变化而不断地发生变化,而这些变化无一不与民间文学的集体性、口头性、变异性和传承性有关。因此,南戏的研究不仅仅属于单纯的文献学或者文艺学范畴,也涉及传播学和民俗学的相关内容。早年间,钱南扬先生曾做过谜史与梁祝传说的整理,后来独力于南戏研究而能够突出同侪,成为蜚声中外的学术巨擘,实得力于其深湛的民俗学背景。1949年后,刘念兹先生以传播学的眼光介入南戏研究,通过对莆仙戏、梨园戏等地方剧种的田野调查,打开了南戏研究的新局面。

在《走向》中,包建强先生继承了前辈学者的学术优长,采用民间学与传播学结合的研究方法,将南戏视作一个不断发展、不断进化的艺术样式,对南戏的发展阶段进行了划分,在此基础上探讨了清代中叶之后南戏渗入各类地方戏的"活态流传",其剧目、主题、剧本体制和音乐体制都发生了重大变化。而对于传播学与民俗学方法的观照,正是包先生

能够在一众前贤的研究基础上对于传统的南戏研究方法的突破和创新。笔者以为这种方法的革新主要体现在以下两个方面。

首先，为了更好地论述南戏在传播过程中的民间文学属性，包先生使用了"古南戏""流传南戏"等提法，古南戏很好理解，就是宋元明时期已经成熟的南戏；而所谓"流传南戏"，指的是南戏在历史发展中的最后一个阶段，也就是清代中叶之后流行于民间的南戏深入到地方乱弹之中，或直接演变形成新的地方戏剧种；或融合其他古老声腔形成新的地方戏剧种；或以非南戏声腔为基础而被融合形成新的地方戏剧种；或以民间歌舞、民间小调或说唱艺术为基础而受古老戏曲表演形式的影响而形成新的地方小戏[1]。要之，以花部为代表的地方戏与南戏有着深刻而微妙的关系，南戏正是借助这些地方戏而实现了"活态流传"。"流传南戏"的概念纠正了以往学者"南戏灭绝"的不妥观念，也为《走向》中传播学与民俗学方法的引入提供了抓手。包先生正是对古南戏与流传南戏的比勘、勾稽、考证、论断，对南戏流传的历史现场进行还原，同时架构出《走向》的基本框架。

其次，在《走向》中，包先生在采用比较法、归纳法、统计法等传统传播学方法的基础上，融合了民俗学方法对于流传南戏在传播过程中发生的变化做出总结和探析。比如包先生在书中重点分析了《琵琶记》《荆钗记》《白兔记》《苏秦衣锦还乡》等南戏传统剧目在流传过程中分别进入湘剧高腔、辰河高腔和川剧等地方戏的过程中产生的剧情框架、情节关目、主要人物设置和音乐因素等方面的变化，比较了同一剧目在不同地方戏中的异同，并且指出了这种差异的产生背景与各地方戏的声腔来源之关系。在具体的论述过程中，作者并没有机械地罗列各本之间的流变与不同，而是深刻探讨了这些变化背后的原因。质言之，南戏的传播、演变是现象，而南戏背后的民俗学背景才是南戏之所以能够不断"活态发展"的内在动力。通过揭橥这些传播变化背后的民俗学机制，包先生指出了很多流传南戏中颇为值得注意的现象的发生原因，极有斩获。比如南戏在流传过程中特别重视"忠孝节义、仁爱孝悌"观念的表达，一直保留着民间本色[2]；而南戏在民间的长期流传，则又呈现出地方戏相关剧目的出数与剧情的递减[3]；由于南戏本身的商品经济属性，其剧目的流传又有对经济发达地区的选择性；同时，社会节奏的加快，造成了流传南戏剧本对于程式化场次的删减和说白、科范的增加[4]。包先生以民俗学方法融入传播学，充分观照到南戏在传播过程中的民间文学特点，堪称独具只眼。这些现象的揭示，需要理性的思维，也需要敏锐的眼光，更需要常年来的坚持与辛勤。在博士毕业之后，包先生又进行了多年深入的田野调查，这些民俗学的研究方法突破了传统的单纯文献考证，让包先生的南戏研究有了立体的厚重感，在南戏研究领域，也比单纯的书斋考证更具有说服力。

二、南戏作为综合艺术——戏剧文学多维度展开的观照视野

南戏属于戏剧，是典型的综合艺术。"曲，不过是构成戏剧的许多因素之一而已。"[5]戏剧与剧本并非一事，它的含义也远远超过了单纯的文学艺术范畴。20世纪初，吴梅先生在《顾曲麈谈》《曲学通论》就系统论述了古代戏剧相关的宫调、音乐、句法章法、排场冷热等方面的内容，可谓得风气之先。而对于南戏这种长期流行于下层民间的剧种来说，其综合艺术的特点则表现得更加明显。清代中叶之后，文人剧本创作愈稀，更需要研究者跳出文人剧本中心论的传统惯性视野。自然，这也从两个维度让南戏的研究更趋复杂化。第一是从共时性角度来看，参与戏剧构成的文学、音乐、表演等艺术种类相互影响、相互渗透，正所谓"填词之设，专为登场"，虽然文学剧本是整个戏剧的根基，但是无时不受到音乐、表演、舞台体制、服装道具等其他因素的制衡。第二是从历时性角度来看，音乐、表演、舞台体制、服装道具等任何一种因素发生变化，都可能会引发文学剧本的调整和改变，正如作者自己所言，"南戏的发展史，是声腔、身段、故事情节、歌词、音乐等成分的综合体在舞台的活态发展史。"[6]致力于从综合艺术的视角进行戏曲研究，这也是吴梅、钱南扬、俞为民等诸位南大前辈学人的优良传统。包先生能够继承前人的学术接力棒，在观照视野上摒弃狭隘的文学史观的束缚，通过坚持两个"分开"，从而实现了《走向》中对南戏作为综合艺术的多维度展开。

一是声腔与剧种分开。《走向》第一章即是"南戏声腔的流变与地方戏的生成"，具有提纲挈领、总领全书的作用。自20世纪以来，声腔的演变备受关注，这触及南戏的最初起源与流传，因此这个问题一直聚讼纷纭。作者认为，声腔是一种独特的戏曲演唱风格，不仅仅包含着乐音，还与特定的语音密切关联，在清代中叶之前不具有区分剧种的特性，而随着南戏的传播，地方言俗语和民歌小调都会有所不同，语音的变化会影响到乐音的变化，即"以字行腔"，这自然就会催生出不同的声腔。"南戏发展史，实质上是南戏在传播过程中声腔不断地方化的历史。"[7]等到清代中叶地方乱弹的兴起，出现了复合型声腔，最终导致不同的声腔形成了不同的剧种[8]。也就是说，只有到了清代中叶之后，声腔的差异才参与到不同剧种的形成。这样的论证具有很强的说服力，不仅为早期南戏纷繁复杂的名称提供了合理的解释，也为《走向》接下来考证现行地方戏中流传南戏的可行性提供了扎实的学理依据。

二是剧目与剧本分开，作者严格规范了剧目和剧本两个概念的内涵和外延。与剧本单纯强调文字载体不同，剧目是包含有剧本形式、舞台表演形式和民间艺人口头传承三重含义的复杂概念，体现了戏剧综合艺术的特性[9]。作者指出，在南戏流传、演出过程中，剧本在不同的地点、不同的时期都会产生程度不一的差别，形成不同的版本，但是这些不同

的版本并不代表独立的剧目。南戏作为综合艺术，它的传播与演变是以剧目的形式进行的，流传南戏在清代中叶之后陆续进入各类地方戏的剧目自然也都包含有剧本形式、舞台表演形式和民间艺人口头传承各个组成部分。包建强先生以剧目而非剧本作为基准点展开论述，顺理成章地照顾到南戏的综合艺术特征，从而突破简单的剧本探讨，触及南戏在历史传播过程中各类要素的具体流变情况。比如在《走向》第七章"流传南戏的音乐体制"中，包先生就指出流传南戏影响到各地方戏的曲体分化成曲牌体、板腔体和曲板混合体三种类型[10]，并且论证了板腔体制正是催生各种梆子腔的重要原因[11]，就是一个典型的例子。

三、南戏作为古典文学——考据和辑佚为核心的文献学功底

中国古典文学的研究源自文本，自然应当以文本为中心。南戏这样一种长期流传于民间的戏剧固然有自己的特殊性，但是并不能推翻文本文献研究在南戏研究中的核心地位。《走向》虽然以田野调查与流变分析等传播学、民俗学方法为自己的主要研究手段，但是依旧坚持文献学本位，非常重视考证、辑佚等文献学手段，这也是从吴梅、王国维以来的南戏研究者最常用的研究思路。而南戏研究的每一次突破性的进展，也几乎都建立在文献基础之上。1920年，叶恭绰先生在伦敦小古玩店发现《永乐大典戏文三种》；1936年，冯沅君、陆侃如二先生在北京书肆偶得《南曲九宫正始》，于是乃有赵景深《宋元戏文本事》、钱南扬《宋元南戏百一录》、冯沅君《南戏拾遗》三部学术名作，推动形成20世纪30年代近代南戏研究的第一次高潮。1958年，嘉靖抄本《蔡伯皆（喈）》在广东省揭阳县被发现；1967年，成化本《白兔记》在上海市嘉定县被发现；1975年，宣德抄本《刘希必金钗记》在广东省潮安县被发现，于是乃有钱南扬《戏文概论》、孙崇涛《成化本〈白兔记〉与元传奇〈刘智远〉》、俞为民《宋元南戏考论》等多部重要著作，最终在改革开放后形成南戏研究的又一次高潮。王国维先生说，"古来新学问起，大都由于新发现"，南戏亦概莫能外[12]。但是随着时间的推移，文献的发现与整理就会愈难，愈具有偶然性。想要在前人之后有所创获，必然要有更加深厚的文献学功底，必须付出更加艰辛的努力。

首先，包先生对依旧流传在地方戏中的流行南戏的剧目进行了考证，按照南戏原有剧名，考证出现在依旧流行在地方戏中的宋元南戏剧目如《小孙屠》《王十朋荆钗记》《王月英月下留鞋》等共68种，依旧流行在地方戏中的明代南戏剧目如《太平春》《王阳明平逆记》《王昭君出塞和戎记》等共33种。分析了这些南戏分别进入了哪些地方戏，最终形成了哪些剧本，并且对这些剧本的存佚、版本等情况予以简明扼要的标注与说明，考镜源流，津逮后学，使今后欲治此学者省去无数精力。需要特别指出的是，这些剧本多是民间手抄本、艺人口授本和舞台记录本，大部分不易获得，很多原始资料都源于包先生自己平日的

访求、购买与搜集。早在读博士期间,包先生就在孔夫子旧书网上买到了一批印刷于 20 世纪五六十年代的地方传统剧本,都是当时各地方的文化主管部门整理搜集而成,很多都是内部资料,并未公开。毕业后因做国家社科基金项目,包先生更是深入民间多方探索,其中之艰辛可想而知。

其次,包先生还利用现在依旧流行的地方戏对已佚南戏进行勾稽。包先生早年曾经梳理《元刊杂剧三十种》的版本史和校勘史,表现出深厚的文献学功底。但是南戏辑佚,谈何容易。上个世纪三十年代开始,赵景深、钱南扬、冯沅君等先生就已经开始佚失南戏的辑佚工作。到钱南扬先生作《戏文概述》,共辑录南戏剧目 238 种,刘念兹作《南戏新证》,考证出南戏剧目 244 种。传世文献中的南戏剧目几乎已被穷尽。先贤们珠玉在前,无疑给后人极大的治学压力。包建强先生能够另辟蹊径,突出重围,竟补前贤之未逮,亦与其贯彻全书的民俗学视角有很大关系。通过把辑佚范围从《南九宫谱》《九宫正始》等曲谱和《永乐大典戏文》《南词叙录》等曲目中解放出来,包先生从士大夫整理过的传世文献转移到民间流传的地方戏剧本,于是从婺剧高腔、绍剧、莆仙戏等地方戏中勾稽出《林招得三负心》《包待制判断盆儿鬼》《罗待记》《秋胡戏妻》《梅妃旦》《刘锡沉香太子》等已佚南戏剧目二十种,并且利用现存的地方戏手抄本、艺人口授本和舞台记录本对其剧情关目进行考证,同时比勘现存各地方戏相关剧本的异同,表现出扎实的目录学和版本学功底,其有功于新世纪的南戏研究,更是不言自明。

四、涉及的相关问题及启示

《传播学始于下的南戏走向》结合民俗学与传播学方法,对南戏作为一种综合艺术在传播过程中涉及的剧目、主题、剧本体制、音乐体制等多个方面进行探讨,给人以启示与思考,主要有以下几点:

一是文学研究的共性与个性的关系问题。正如韦勒克和沃伦所言,"就像一个人一样,每一文学作品都具备独有的特性;但它又与其他艺术作品有相通之处如同每个人都具有与人类,与同性别、同民族、同阶级、同职业等的人群共有的性质。"[13] 任何具体的文学都是个性与共性的有机统一。一方面,研究诗文总是与研究小说、戏曲有所不同,即使同样是研究小说,《红梦楼》与《水浒传》就有很大差异,研究者必须有针对性,依据选题的具体特点来选择自己的研究方法,搭建自己的研究框架。另一方面,所有的文学作品都具有共性,不管治诗文还是治小说,都必须建立在文献文本基础之上,都必须探讨文献文本背后的文学性。从个性方面来说,南戏有着民间文学和综合艺术的双重属性;从共性方面来说,南戏依旧是基于历史文献的古典文学。包建强先生选择以民俗学方法融入传播学,全面探讨南戏在流传过程中各个要素发生的变化，并分析其背后的动力机制，同时又能够在前人的研究基础上做出更加深入的考证与更加全面的辑佚，实来源于其扎实的文献功底和谨慎的治学态度。学术发展到今天，想要有所创获愈来愈难，也就愈需要包先生那样的勤勉与耐心。

二是文学内部研究与外部研究的关系问题。文学现象有内部研究与外部研究的分别，内部研究指的是文学作品的存在形式、意象、隐喻、文体学、类型学以及文学史等方面；外部研究指的是文学与社会、文学与历史、文学与思想、文学与其它艺术之间的关系。两者不可偏废。文学研究当然要坚持文学文本的核心地位，但是研究者也要能在宏观框架下把握课题的总体走向，观照大时代、大背景对研究课题的制约与影响，这势必对研究者的学科背景和知识储备提出更高的要求。包建强先生正是能够深入探讨南戏传播过程中的民俗学、传播学机制，同时又坚持南戏文本的内部规律，并且全面分析南戏的声腔、主题、剧本体制和音乐体制的演变规律，堪称古代戏剧文学内部研究与外部研究相结合的典范。

三是文学研究的考据与论断的关系问题。清人章学诚提出"独断之学"与"考索之功"的说法，以为"天下之学术不能不具此二途"[14]。南京大学程千帆先生亦曾说过"把批评建立在考据的基础之上"、"文艺学的研究要和文献学结合起来"。任何时候，文学研究都是建立在文献资料的基础之上对文本进行分析和阐释。《走向》在流传南戏的考证、佚失南戏的辑佚的工作上表现出明显的资料性质和扎实的考证功夫，同时在南戏的传播研究以及对南戏传播背后的发生机制探讨的工作上表现出强烈的思辨性和系统性，通过对文本的比勘，考证，最终得到南戏传播过程中的一般规律。这就让《走向》的结论扎实可靠，同时也让《走向》的文献考证有了着落。

上文是笔者的一些浅见，笔者相信，随着时间的推移，包建强先生《传播学视域下的南戏走向》在南戏研究领域的贡献会被越来越多的人了解。作为古代文学研究的小小门童，只能谈一些笼统的体会，必有偏颇之处，祈望包先生与学界同仁予以指正。

参考文献

[1][2][3][4][6][7][8][9][10][11] 包建强：《传播学视域下的南戏走向》，中国社会科学出版社，2022年版，第11页、第85页、第91页、第119页、第4页、第89页、第12页、第13页、第135页、第162页。

[5] 任中敏：《戏曲、戏弄与戏象》，任中敏著，樊昕、王立增辑校《唐艺研究》，凤凰出版社，2013年版，第53页。

[12] 解玉峰：《20世纪戏曲文献之发现与南戏研究之进步》，《20世纪中国戏剧学史研究》，中华书局，2006年版，第107页。

[13]［美］勒内·韦勒克、奥斯汀·沃伦:《文学理论》(新修订版),刘象愚、邢培明、陈圣生等译,浙江人民出版社,2017年版,第7页。

[14]（清）章学诚:《文史通义》,上海古籍出版社,2015年版,第161页。

作者

姜子石,河北大学文学院博士研究生,主要研究方向：明清文学文献。

小说戏剧史档案

中国传统戏剧大事年表

刘文峰

新石器时代晚期（约 5000 年前）

青海省大通回族、土家族自治县孙家寨出土的舞蹈彩陶、青海省海南藏族自治州同德宗日地区出土的舞蹈彩陶盆，反映了戏曲孕育期表演艺术的生动形象。

同一时期，在内蒙古、甘肃等地的岩画中出现单人舞、双人舞、集体舞、室外舞、室内舞形象。

新石器时代晚期（约 4400 年前）

山西省襄汾县陶寺龙山文化遗址出土的陶鼓、鼍鼓、石磬、陶埙等乐器，反映了我国原始社会乐器的发展，鼓成为戏曲打击乐的传统核心乐器。

公元前 2070 年以前

先民创造驱逐疫鬼的原始宗教活动——傩。
夔以东夷之帝或商人高祖的身份出现，为典乐之官。

公元前 1600—前 1046 年

傩仪出现。

公元前 1100—前 771 年

河南省禹县出土的西周时期用于驱傩仪式表演的青铜面具，对后来戏曲的装扮产生深远影响。

公元前 1046—前 256 年

夔演变为木石之怪，呈现猴状鬼怪形象，为傩神原型。

驱鬼逐疫的"方相氏"出现，他们戴着"黄金四目"面具，在傩仪中扮演傩神形象或其他重要角色。面具根据夔的形象创造。

公元前 1001—前 947 年

工匠偃师携倡来见周穆王。

公元前 781—前 771 年

在周幽王的宫廷中出现了职业艺人俳优，其中一个生得矮胖叫侏儒；一个生得瘦高叫戚施，他们擅长喜剧表演。

公元前 613—前 591 年

楚国宫廷艺人优孟扮演已故宰相孙叔敖以假乱真，优孟衣冠成为戏曲扮演人物的成语。

公元前 247—前 195 年

陈平为解汉高祖刘邦在平城被匈奴的大军所围困的境遇，制作了一批形似歌女的木偶在城墙上跳舞。匈奴大军首领冒顿的妻子阏氏担心攻下城池后冒顿会宠幸这些歌女，遂劝其退军。"陈平访知阏氏妒忌，造木偶人，运机关，舞于陴间"。

汉武帝思念死去的宠妃李夫人，便命方士李少君用石人招魂，李少君死后又有李少翁用驴皮做成李夫人像放在帷幕后，点上蜡烛，以此使汉武帝看到李夫人，是为影戏之滥觞。

公元前 206—前 220 年

人形偶像替代活人殉葬，"俑"出现。

秦宫遗宝中发现了一种铜人，材质上属于假人傀儡戏中的铜偶，依靠人力操纵机关而运转。这说明假人傀儡戏在秦朝已经出现。

汉代集歌舞、武术、杂技为一体的百戏盛行，节目有《黄帝战蚩尤》《东海黄公》等。

同一时期，说唱艺术也有了长足发展。南阳等地出土的汉画像石、洛阳等地出土的陶俑等生动反映了汉代百戏的盛况。

山东莱西西汉墓出土木傀儡形象。

公元 25—220 年

傀儡戏用作宗教祭祀方面。

266—420 年

《隋书·音乐志》中记载晋臣庾亮死后，家伎制作的假面舞《文康乐》是一种傀儡戏。

420—589 年

傀儡戏可以扮演简单的故事，演出获得长足发展。"木人击鼓吹箫，作山岳，使木人跳丸掷剑，缘絙倒立，出入自在；百官行署，舂磨斗鸡，变巧百端"。

《大业拾遗记》中记载隋炀帝在曲水大宴群臣时，观看了水傀儡戏《曹瞒击蛟》《魏文兴师》《马跃檀溪》等三国剧目。

618—907 年

参军戏流行，节目有《踏摇娘》《大面》《拨头》《秦王破阵曲》《樊哙排君难》等。

《旧唐书·音乐志·兰陵王长恭》记载了假面艺术。

629 年

文成公主入藏,在松赞干布举行的盛大欢迎礼仪中,有戴着白羊皮面具的演员表演牦牛舞。

685—763 年

傀儡戏演出蓬勃发展,演出形式有悬丝傀儡、药发傀儡、水傀儡等多种形式,演出剧目也相当丰富。最早的傀儡戏是《弄郭秃》。

中唐时期,出现将老人作为戏谑笑弄的对象的"弄老人"傀儡演出。"刻木牵丝作老翁,鸡皮鹤发与真同。须臾弄罢寂无事,还似人生一梦中"。

傀儡戏演出内容丰富,嘲弄优戏、歌舞吹笙都在其演出范围内,演艺水平超诸百戏,受到社会各阶层认可,布衣平民、公卿贵族皆好之。

唐玄宗于正月望夜,上阳宫大陈影灯,设庭燎,自禁门望殿门,皆设蜡炬,连属不绝,洞照宫室,荧煌如昼。

安史之乱平定之后,唐明皇孤处冷宫,每天听说话、玩木偶,以这些民间艺术消遣度日。

765 年

新县西址修"昭明祠",当地俗称萧统为"文孝昭明圣帝",各家均以香案供昭明木偶神像,称"案菩萨"。每年正月初六乡村唱"案戏"以酬昭明。

779 年

西藏第一座佛教寺院桑耶寺建成,在落成开光庆典上,出现了戴着面具的拟兽舞,即流传至今的哑剧性跳神宗教祭仪"多吉嘎羌姆"。

821 年

官府衙署和宫廷内出现木偶戏演出,被官方重视。

850—907 年

晚唐进士王敷撰写戏剧文本《茶酒论》。

960—1127 年

北宋都城汴梁从农历七月七日至十五日演出杂剧《目连救母》。
泽州人孔三传创造说唱诸宫调，在汴梁演唱。
宋仁宗时出现能谈三国事者或探其说加缘饰作影人，影戏演出繁荣。
瓦舍勾栏为木偶艺人增加演出场所，木偶戏成为市井文化重要组成部分。

1115—1234 年

陕西蒲城有药发傀儡的表演。

1119 年

南戏在浙江永嘉（今温州）兴起，后流传到临安等地。演出剧目有《张协状元》《王魁》《赵贞女蔡二郎》等。
杂剧在河东、中原、关中等地盛行。

1130—1200 年

漳州农村秋收后演出活动包括傀儡戏的演出。

1185 年

山西高平县王报村二郎庙戏台建成。

1190—1194 年

南宋首都临安禁演南戏《赵贞女》《王魁》。

1218 年

山西临汾东亢村圣母祠戏台建成。

1271—1307 年

元杂剧在大都、平阳、真定等地盛行。

涌现出关汉卿、王实甫、马致远、白朴等杰出剧作家。

出现了《窦娥冤》《西厢记》《墙头马上》《汉宫秋》《赵氏孤儿》《柳毅传书》等一大批优秀剧作。

赛戏在邯郸地区流行，邯郸县东填池村赛戏"龙虎班"产生。

1308 年

元杂剧创作中心南移临安，涌现出郑光祖、宫天挺、秦简夫等著名作家和《倩女离魂》《范张鸡黍》《破家子弟》等驰名作品。

1324 年

山西洪洞广胜寺戏剧壁画绘制完成。

1350 年

剧作家高明在浙江四明（今宁波）创作南戏《琵琶记》。

1355 年

夏庭芝著《青楼集》。

1361—1457 年

藏族高僧汤东杰布在为雅鲁藏布江建造铁桥募捐中创造藏戏开场戏"拉姆鲁嘎"（仙

女歌舞），将佛经故事编成藏戏《智美更登》和《诺桑法王》演出。

1366 年

《朱明优戏序》记载了元代末年木偶艺术家朱明的高超的傀儡戏操纵技艺。

1388 年

弋阳腔化的军傩传入贵州，后形成安顺地戏。

1403—1424 年

弋阳腔随江西、安徽等地移民流传到云南、贵州等地。

1432 年

手抄本《刘希必金钗记》卷末题有"正字"，戏文夹杂潮州方言，共 67 出。

1502 年

青阳与南陵县境盛演目连戏。

1541 年

李开先在山东章州创作反映梁山好汉林冲故事的剧目《宝剑记》。

1545 年

纂修的《池州府志·风土篇》记载了村落的傩戏演出。

1522—1566 年

海盐腔在浙江、江苏、北京等地广泛流行。
余姚腔在江苏、安徽一带流行。
弋阳腔北到北京，南到广东，东到浙江，西到云南，在各地广泛流传。
魏良辅等吸取南北曲的优长，创造"水磨调"昆曲。
梁辰鱼创作《浣纱记》，采用"水磨调"演唱。
影戏演出深受百姓喜爱。《西湖游览志余》《咏物诗选》皆有记载。
《贵州通志》卷三记载了家庭式的逐除仪礼，是安顺地戏源头的最早记载。

1561 年

九华山一带的艺人创造出"滚调"形式，以青阳腔之名演唱，很快在安徽、江西等地广泛流行。

1567—1572 年

福建龙溪县落第秀才孙巧仁创立布袋傀儡戏。

1573—1590 年

江苏太仓籍剧作家王世贞创作揭露嘉靖奸相严嵩罪行的优秀剧作《鸣凤记》。

1573—1620 年

浙江鄞县剧作家周朝俊创作《红梅记》。
手抄本《迎神赛社礼节传簿四十曲宫调》记载了晋东南演出队戏、杂剧迎神赛社演戏活动。
《明宫史》中详细记载了明代宫中水傀儡演出情形。

1579 年

戏曲剧作家郑之珍《新编目连救母劝善戏文》整理编写完稿。

1582 年

由安徽祁门剧作家郑之珍创作的《目连劝善戏文》由高山石房刊行,在各地广为流行。

1598 年

汤显祖创作《牡丹亭》。

1600 年

3月,徽州府邑城东,举行迎春赛会,设戏台三十六座,演出各种传奇。

1605 年

3月3日,皖南道教圣地齐云山元君降凡之日,延弋阳梨园,演戏酬神。

1610 年

王骥德著《曲律》成书。

1615 年

臧懋循编辑《元人百种曲》(又名《元曲选》),开始刊刻。

1617 年

夏季,五世达赖阿旺洛桑嘉措在拉萨哲蚌寺举办雪顿节,此后成为一年一度藏戏会演的节日。

1619 年

本年，传抄的《钵中莲》传奇剧本中出现〔西秦腔二犯〕曲调。

1627 年

皖南目连艺人，在外省流动演出。

1628—1644 年

孟称舜创作《娇红记》。

1633 年

孟称舜选编的《古今名剧合选》刊行。

1636—1912 年

影戏在各地形成不同派别，如秦晋影戏、滦州影戏、山东影戏、杭州影戏、川鄂滇影戏、湘赣影戏、潮州影戏等。

1644—1671 年

李玉创作《清忠谱》。

1644—1679 年

李渔创作《意中缘》等，合称《笠翁十种曲》，并撰写《闲情偶寄》。

1656 年

贵县师公戏团体同庆堂建立，以宗教祭祀为主。

1659 年

藏戏传入四川甘孜，在巴塘丁宁寺演出传统藏戏。

1662—1722 年

青阳腔出现"滚唱"、"滚白"等形式，弋阳腔流传到各地以后演变为"高腔"，保留锣鼓伴奏、人声帮腔的演唱形式。

弋阳腔流传到北京以后称京腔。大成班、保和班、王府新班、裕庆班、余庆班、萃庆班号称京腔六大班。

1662—1735 年

据刘献廷《广阳杂记》等清初文献记载，秦腔（梆子腔）不仅在秦、晋、豫盛行，而且已经广泛流传于京津、江浙、湖广等地。

《百戏竹枝词》中的一首《独角戏》记载了扁担戏的演出形式，即缩小的杖头木偶戏或是布袋戏。

《潮州市戏剧志》记载铁枝木偶戏源于潮州的皮影戏。

海南省龙波区松柏村组织的吴四龙班为当地最早的人偶戏班社。

1667 年

年初，李渔率家班到兰州，收王姓女子为妾，起名兰姐，随乔姬学戏，演旦脚。后到张掖，在甘肃提督张勇府上做客，秋天离去。

1669 年

碣石镇水师总兵苗之秀建造新城时兴建城隍庙并修筑戏台，戏台逢神诞必演正音戏。

1671 年

清廷议准：京师内城禁止开设戏馆。

1676 年

山陕商人在安徽亳州建成山陕会馆,内有花戏楼,上有 18 出三国戏浮雕。

1688 年

洪升在北京创作完成《长生殿》。

1689 年

《长生殿》首演北京,清政府以皇后丧期为由,加以禁演,并革除洪升国子监监生资格。

1690—1710 年

五世班禅洛桑益西创作藏戏剧本《顿月顿珠》。

1699 年

孔尚任在北京创作完成《桃花扇》。

1700 年

《桃花扇》在北京由金斗班首演。

1711 年

孔尚任被贬职,返回山东曲阜老家。

1712 年

梆子戏(秦腔)传入四川绵竹。

1723—1729 年

清军驻藏部队中擅长戏曲的官兵组成戏班，应邀到藏族庄园中演出。

1724 年

4 月，雍正皇帝降旨，禁止旗人出入歌场戏园。
12 月 18 日雍正皇帝下旨，禁止外官蓄优伶。
本年，甘肃张掖山西会馆戏楼建成。

1725 年

2 月，河南巡抚田文镜发布《严禁迎神赛会以正风俗事》公告，规定"只许日间演戏祭告，不得持之以夜，亦不得过三日"。
2 月，两河总督田文镜发布《为严行禁逐罗戏以靖地方事》公告。
清廷颁布法律：凡乐人搬演杂剧戏文，不许妆扮历代帝王后妃及忠臣烈士、先圣先贤，违者杖一百。官民之家，容令妆扮者同罪。

1735 年

纪君祥《赵氏孤儿》法文译本在巴黎出版。
雍正年间，昆曲、高腔相继传入四川。

1735 年

白族戏曲吹吹腔见诸于当年成书的《赵州志》（赵州为今大理凤仪县）。

1736—1795 年

山西平阳剧作家徐昆创作《雨花台》等传奇剧本，将《意中缘》《春秋配》《梵王宫》，

《红梅阁》《麟骨床》等 24 本传奇剧目改编为梆子腔上演。

1744

晋东南商人在洛阳建成潞泽会馆，其中的戏楼规模宏伟，剧场能容纳数千观众。

1746 年

周祥钰、邹金生、徐兴华、王文禄、徐应龙、朱廷镠、蓝畹等人奉旨合编的《九宫大成南北词宫谱》成书。

1751 年

2 月，乾隆皇帝第一次南巡，扬州、苏州搭戏棚演戏迎驾。乾隆返京后征扬州、苏州昆曲艺人入京，名为"民籍学生"，出入宫廷演戏。

西藏拉萨藏戏会演雪顿节由哲蚌寺改在罗布林卡。

1754 年

承德避暑山庄德汇门内三层大戏楼建成。

广东当地戏曲艺人的组织琼花会馆在佛山兴建。

1756 年

山西乡试，徐昆等 500 举子作曲子会，清唱《长生殿·闻铃》《红梨记·窥醉》等套曲。

昆明乐王庙重修竣工，捐款的戏班有桂林班、全升班、金玉班、秀雅班、荣和班、玉林班等。

1759 年

外来戏曲艺人组织粤省外江梨园会馆在广州兴建。

湖南长沙出现专营药发傀儡的商店"六合盒号"。

1763 年

钱德苍编辑的戏曲剧本选集《缀白裘》由苏州宝仁堂陆续刊行。
云南会泽江西会馆戏台重修落成。戏台结构精巧，装饰华丽。

1771 年

方成培完成《雷锋塔》创作。

1774 年

四川金堂秦腔艺人魏长生首次进京献艺未红而返。

1776 年

乾隆四十一年修撰的陕西《临潼县志》记载了清代临潼县内的悬丝傀儡的演出。

1777 年

李绿园创作完成反映开封戏曲活动的长篇小说《歧路灯》。
浙江海盐文人朱维鱼从西安到汾阳旅游后写《河汾旅话》，记载他观看的梆子戏盛行于山陕，由汉代宫廷流传到民间的鸡鸣歌发展而来。
此时山西古戏台的题笔中出现了大量梆子戏传统剧目。
广东海丰县组建正字双喜班，这是本地人组建的最早的正字戏戏班。

1779 年

魏长生再次进京入双庆部，以《滚楼》等花旦戏，轰动京师。

1780 年

11 月 28 日,乾隆皇帝关于查禁戏曲的谕旨称:除昆腔外,石牌腔、秦腔、弋阳腔、楚腔等戏曲在江浙、两广、福建、四川、云贵广泛流行。

乾隆皇帝七十寿辰,承德避暑山庄万寿园、清音阁举行盛大戏曲演出,观看演出的除乾隆皇帝及文武百官外,还有班禅六世喇嘛及部分外国使节。

1781 年

河南新安县吕公溥创作板腔体戏曲剧本《弥勒笑》。

魏长生的徒弟陈银官在北京演出《烤火》,倾倒观众。

1783 年

苏州老郎庙建成。捐资的戏曲班社 58 个,行会组织 17 个。

1784 年

云南禄劝县令、安徽望江人檀萃到北京,所写《杂诗》中第一次记载"二黄"曲调。

1785 年

清政府下令禁演秦腔,将魏长生驱赶出北京。

河南新安县剧作家吕公溥将《梦中缘》传奇剧本改编为板腔体剧本《弥勒笑》。

本年之前,上党梆子鸣凤班在凤台(今晋城)创办。

1785—1810 年

陕西渭南剧作家李芳桂(外号李十三),创作《香莲配》《十王庙》《蝴蝶杯》等板腔体剧本,人称"十大本"。

1787 年

魏长生南下扬州,投江鹤亭的春台班,后又至苏州演出。所到之处,观者如潮,投其学艺者甚多。

1788 年

驻藏清军组成专业戏班在拉萨为秦晋商人和藏民演戏,遭到乾隆皇帝的谕责。
甘肃天水民间有《下宛城》等秦腔抄本传世(现藏甘肃省文化艺术研究所)。

1790 年

以高朗亭为首的三庆徽班在徽商江鹤亭支持下进京为乾隆皇帝八十诞辰庆寿,随后,四喜、启秀、霓翠、春台等徽班相继进京献艺。

1791 年

《镇远府志》记载傩堂戏。

1793 年

乾隆五十八年万寿盛典,在热河行宫有悬丝傀儡戏的演出。英国特使马尔戛尼在《乾隆英使觐见记》中有所描述。

1795 年

李斗《扬州画舫录》刊行,其中记载:"安庆有二簧来者"。从此以后,关于西皮二黄的来源,有湖北黄陂、黄冈说,安徽安庆说两种不同记载。

1796 年

山陕商人在河南赊旗镇(今社旗县)建成山陕会馆,其中的悬鉴楼,是我国现存规模最宏伟的戏楼，剧场可供万名观众观演。

1798 年

清政府下令禁演除昆腔、弋阳腔之外的一切花部地方戏。
禁令传到陕西，有人诬告李芳桂，官府来逮捕，他情急吐血身亡。
梆子戏科班云生班在山西祁县张庄创办。

1801 年

魏长生重返北京献艺，次年病故。

1813 年

杨复吉撰写《火戏略跋》，记载了药发傀儡的相关内容。

1818 年

《康乐星图》记载了晋东南迎神赛社演戏实例。

1819 年

1 月，清宫同乐园演出 1 至 10 本《鼎峙春秋》。
6 月，焦循著《花部农谭》，专门论述花部戏曲。
9 月，清宫同乐园演出 1 至 9 本《升平宝筏》。
12 月，清宫重华宫演出 1 至 10 本《劝善金科》。

1821—1850 年

湖北籍皮黄艺人米应先（艺名米喜子）、王洪贵、李六、余三胜相继入京搭徽班演出。
与余三胜同时在北京演出的著名皮黄艺人有安庆籍的程长庚、北京籍的张二奎，号称

"老生三杰"。

这一时期,云南省盈江县的干崖土司刀仁安在傣族说唱"转转腔"的基础上吸取汉族皮影戏创立傣剧,演出《相勐》《沐英征南》等戏。

打城表演跳出宗教仪式圈子,开始在闽南广大城乡搭台演出。

端公戏出现半职业性班社,俗称散班子。

1827 年

《安平县志》首次出现地戏记载。

1828—1838 年

贵州省黎平县侗族歌师吴文彩在侗族说唱艺术的基础上创造侗戏,并创作了《李旦凤姣》《梅良玉》等侗戏剧目。

1829 年

《汉宫秋》英文译本由伦敦东方翻译基金会出版。

1835 年

清宫同乐园演出 1 至 26 段《昭代箫韶》。

1838 年

《窦娥冤》法文译本在巴黎皇家印刷所出版。

1845 年

杨静亭《都门记略》刊行,其中记载在北京演出的戏班有三庆、春台、四喜、和春、嵩祝、新兴金钰班。著名演员有程长庚、余三胜、张二奎、王洪贵、李六等。

山东聊城山陕会馆戏楼重修。从本年到民国年间有许多戏班来此演出,留下很多舞台题记。

1849 年

赵学敏的《火戏略》由世楷堂印刷藏版,该书是揭示"药发傀儡"的第一书,主要对其制作工序、技法进行介绍。

1850 年

山西泽州 9 个戏班联名申请知府裁减"官戏"27 台。

1851 年

《安顺府志》卷十五记载了咸丰年间安顺地区盛极一时的傩戏场面。

1854 年

粤剧演员李文茂率红船子弟响应太平天国反清号召,在广州武装起义。

1855 年

清宫同乐园演出 1 至 11 段《铁旗阵》。
洋县杖头木偶戏班社"长字科"开科。

1856 年

黑龙江省五常县拉林镇仿照太原晋祠水镜台戏楼,建造一座水镜台戏楼。

1859 年

清宫同乐园演出 1 至 14 段《兴唐外史》。

1862—1874 年

洪秀全等组织的拜上帝会禁演酬神戏。

1862 年

12 月,太平天国洪秀全五十寿辰,演戏 7 天。其中除昆曲外,还有乡间杂剧。
洋县杖头木偶戏班社万字科开科。

1863 年

醇亲王府开办安庆弋腔班。
谭鑫培随父搭三庆班,先后拜程长庚、余三胜为师深造。
洋县杖头木偶戏班社于字科在洋县沙溪开科。

1864 年

万顺和梆子戏班在北京演出,主要演员有盖天红、水上飘、盖三省等。
范祖述在《杭俗遗风》中称杭州的杖头木偶戏为"木人戏",进行杂伎演出。

1867 年

上海丹桂茶园开张,由北京三庆班、四喜班等演员演出开台戏。程长庚之子鼓师程章甫专程来沪祝贺并参加演出。

1868 年

晋商渠源淦在祁县渠家庄园创办梆子戏班上、下聚利园。

1870 年

侯俊山入京搭全胜和梆子班,在庆和园上演《打金枝》。

1871—1920 年

端公戏一年四季均有演出,脚色行当突破"三小"格局,出现了须生、净角等行当,一般堂会、富户的红白喜事,均可承应做场。

1872 年

《西厢记》法文译本由瑞士日内瓦米勒出版社出版。

杨月楼、孙菊仙在上海丹桂茶园搭班演出。

1873 年

9月8—13日,山西泽州府凤台县全盛班在山东聊城山陕会馆戏楼演出《渭水河》《闹妆救青》《姑苏台》《二进宫》等。

1874 年

广东商人控告杨月楼诱拐其女,将杨告上法庭,后杨被递解回安庆原籍。该案被人称为清末"四大奇案"。

1875 年

田际云从涿州白塔村双顺和科班毕业来北京献艺。

黑龙江宁安县秀才胡文亮在县城修建庆安茶园,组建梆子戏班演出。

左宗棠任新疆巡抚,其部属刘锦棠带祁阳戏(今祁剧)班为军民演出。

1876 年

郭宝臣随其师张世喜(老元元红)进京,搭源顺和班演出。

1877 年

山西灾荒，上党梆子艺人逃荒到山东菏泽、河北永年两地演出，后扎根当地，形成山东枣梆和河北西调两个剧种。

《溆浦县志》记载宋代肉傀儡演变而成的一人班演出形式。

2月，杨恩寿作《观音桥观烟火》诗九首记载了在湖南长沙观看药发傀儡的景况。

1878 年

10月，钦差大臣高朴在新疆叶尔羌（今莎车）不顾孝圣宪皇后大殡，违禁演戏听曲被劾，乾隆皇帝下令就地正法，尸骸不准带回内地。

侯俊山首次到上海，在丹桂茶园上演《辛安驿》《花田错》等剧。

1879 年

谭鑫培首次到上海，在金桂茶园演出。

1880 年

程长庚在北京逝世，三庆班由其继子程章圃接办。

谭鑫培由武生改演老生。

1882 年

杨隆寿等在北京李铁拐斜街创办小荣椿科班，学生有程继先、杨小楼、叶春善等。

1883 年

醇亲王府开办恩庆昆弋班。

汪桂芬首次到上海，在宝善茶园演出《天水关》《八大锤》。

1884 年

谭鑫培组建同春班,自任班主,经常演出于中和园。

内蒙古喀喇沁旗第十一代王爷塔旺布日格吉派人从绥远将北路梆子演员小十二红等劫持到定远营(今巴音浩特),入王府戏班。

重镌《梨村章氏宗谱·风土篇》中首次出现傩戏一词。

1885 年

11 月,上海 30 名童伶组成戏班,到新加坡演出。

恭亲王府唱堂会戏,侯俊山与刘七演《小放牛》《海潮珠》。

1886 年

谭鑫培被选为内廷供奉,经常进清宫演出,与孙菊仙、汪桂芬成三足鼎立之势。

1887 年

京剧演员黄月山参加梆子演员侯俊山、田际云领衔的梆子瑞胜和班在天津金声茶园演出,开启"梆黄两下锅"先河。

田际云在北京组建小玉成科班,到上海演出。

1888 年

3 月 4 日,上海新丹桂戏园演出灯彩戏《善游斗牛宫》。

郭宝臣在源顺和班基础上,改组为义顺和班。

1889 年

3 月 28 日,新丹桂戏园演出新戏《红楼梦》,想九宵(田际云)饰林黛玉,万盏灯饰薛宝钗、小桂林饰史湘云、徐介玉饰袭人、杨秀云饰鸳鸯。

本年,粤剧艺人组织八和会馆在广州建成。

1890 年

1月，上海出现由女艺童组成的髦儿班在租界演出京剧，租界会审官认为髦儿班女艺人演戏"伤风败俗"，伙同租界巡捕房下令停演。

醇亲王去世，恩庆昆弋科班解散。

银川山西会馆从山西接来盖山西、小旋风、玉石娃娃等一大批演员，建立山西会馆梆子戏班。

1891 年

9月6日，广东丁贵班来上海，在三雅园演出粤剧《庆太平》《六国封相》《惜婢缘》等。

11月，潮州班来上海，在凤仪茶园演出《芦花絮》。

12月4日，上海天仙茶园演出连台本戏《铁公鸡》。主要演员有小连生（潘月樵）、三麻子等。

本年，杨月楼逝世，三庆班报散。

本年，宁波城隍庙立"勒石永禁"碑，"禁止串客、花鼓、倭袍、昆、乱、词调进庙演唱"，独尊京戏。

本年，泉州开元寺和尚超尘与圆明，组织戏班大开元，模仿提线木偶表演，能够连续演出十二场。

1892 年

11月，谭鑫培重建三庆班。

76代衍圣公孔令贻在起居日记中记载，他一年内在孔府东院、前楼、关帝庙、城隍庙看戏70余场。此时，孔府有家班名高盛班，唱昆曲和皮黄。

1894 年

10月22日，梅兰芳出生于北京。

11月7日，76代衍圣公孔令贻与母亲进京祝贺慈禧太后60寿诞，被邀请在宫中观看《长生乐》《安天会》《称心如意》《万寿无疆》等戏。

刘喜奎出生于河北省南皮县。

上海美仙茶园开业，此为上海第一家京剧女班戏园。
广西田林县壮族文人黄永贵编演《侬智高》一剧，奠定了北路壮剧基础。
冈岛太郎《西厢记》日文译本出版。

1895 年

贵州省册亨县布依族戏剧爱好者，在布依族"八音坐弹"基础上吸取壮剧艺术养料，创立布依戏。

1897 年

4 月 24 日，上海各商号集资雇戏班在天后宫演戏酬神。
12 月，三庆班再度报散，从此再无恢复。

1899 年

洋县杖头木偶戏班社海字科西乡县沙河坎普贤寺开科。

1900 年

八国联军入侵北京，前门大栅栏着火，中和园、庆乐园、同乐轩、庆和园被焚毁，3000 余梨园子弟无家可归。
甘肃敦煌莫高窟发现藏经洞，内藏经卷等文物数千卷，其中有晚唐进士王敷撰《茶酒论》，以第一人称写茶、酒、水三博士争论利弊，有学者认为此乃目前我国现存最早的剧本。

1901 年

4 月起，汪笑侬在上海天仙茶园演出新编京剧《党人碑》。
本年，14 岁的张英杰（盖叫天）在杭州天仙戏馆搭班演出。

1902 年

天津大观园梆子戏班月桂班在灵芝草率领下到海参崴（今俄罗斯符拉迪沃尔斯托克）演出。

1903 年

京剧科班喜连成在北京创立，班主牛子厚，社长叶春善。
程砚秋生于北京。
山西万荣县艺人张心海率蒲州梆子共和班到甘肃酒泉落户，并更名为全盛班，在酒泉、武威、张掖一带演出。
洋县杖头木偶戏班社天字科在城固县五堵门三台寺开科。

1904 年

8月，汪笑侬应邀在上海春仙茶园演出新戏《瓜种兰因》《桃花扇》。
10月，陈去病、汪笑侬在上海创办戏剧杂志《二十世纪大舞台》，出版两期就被清廷封禁。
梅兰芳在广和楼首次登台演出，在《长生殿·鹊桥密誓》中扮演织女。
陈独秀在《安徽俗话报》1904年第11期用"三爱"笔名发表《论戏曲》一文。
洋县杖头木偶戏班社顺字科在洋县沙溪碾子湾开科。

1905 年

谭鑫培演出的《定军山》片段被北京丰泰照相馆拍成无声电影。
喜连成科班改称富连成。
田际云排演《惠兴女士》一剧，将戏资3600元寄杭州惠兴女士创办的学校，支持办学。

1906 年

9月11日，上海丹桂茶园演出新戏《潘烈士投海》。主演演员有潘月樵、孙菊仙、冯子和、夏月润、夏月珊等。

1906—1909 年

驻藏大臣赵尔丰的随军中有秦腔戏班，经常演出《五典坡》等剧。

1907 年

天津广东会馆戏楼建成。

1908 年

6月23日，上海丹桂茶园首演改良新戏《黑籍冤魂》。主要演员夏月珊、七盏灯、小子和、潘月樵、孙菊仙、夏月润。

8月，直隶总督下令禁演蹦蹦戏（评剧前身）。

12月，田际云联合谭鑫培、叶春善、余玉琴、路玉珊、王瑶卿等人，倡议废除私寓，清政府未准。

7月，光绪皇帝去世，按惯例各地戏班停演27天。上海租界决定停演3天。

1909 年

1月22日，为春节。上海丹桂茶园聘男班名角，实行男女合演，在演出布告中称此为"开通风气，以兴市面"。

6月至7月，上海戏曲界为甘肃灾荒举办助赈义演。

7月3日，上海新舞台为筹集义务小学堂经费，演出《杜十娘怒沉百宝箱》等。

12月8日起，谭鑫培在新舞台演出《失空斩》。

成兆才、张德礼、任连会等组建庆春莲花落班，进入唐山永盛茶园演出，经过不断艺术改进，将莲花落改为平腔梆子。

1910 年

3月23日，上海新舞台演出新戏《明末遗恨》

4月，百代公司为谭鑫培灌制的唱片在上海发行。

洋县杖头木偶戏班社泰字科在洋县沙溪碾子湾开科。

1911 年

4月19日，上海新舞台演出新戏《拿破仑》。

11月3日，上海反清起义，京剧演员潘月樵、夏月珊、夏月润等参加敢死队，潘月樵在战斗中负伤住院。

12月26—29日，上海新舞台为北伐军举行联合助饷义演。

晋商连银河在包头定襄巷北口兴建升平茶园，聘请山西梆子戏班演出。

洋县杖头木偶戏班社隆字科在洋县磨子桥镇老庙开科。

1912 年

1月21日，文明新戏演员王钟声被直隶总督下令枪决。

1月22日，上海大舞台演出反映辛亥革命的京剧连台本戏《鄂州血》。

3月20日，上海新舞台演出新戏《波兰亡国惨》。

3月28日，周信芳在上海迎贵仙茶园挂头牌演出《开山府》《舌战群儒》《独木关》等剧。

4月5日，孙中山到上海新舞台观剧，并为沈缦云题词"光复沪江之举动"；为潘月樵题词"急公好义"；为夏月珊题词"热心劝导"。

4月20日，田际云等申请的废除私寓的倡议得到民国政府批准。

6月18日，正乐育化会在北京成立，谭鑫培被选举为会长，田际云为副会长。

7月1日，易俗社在西安成立。创始人为同盟会员李桐轩、孙仁玉、范紫东等。

7月13日，上海大舞台演出新戏《女英雄秋瑾》。

同日，孙中山为表彰上海新舞台，亲笔书写"警世钟"幕帐一幅派人送去。

7月24日，杨小楼首次来上海，在大舞台演出《长坂坡》《连环套》等戏。

本年冬，正乐育化会义演中梅兰芳与谭鑫培首次合作演出《桑园寄子》。

同年，集昆曲、高腔、胡琴、弹腔、灯戏为一体的三庆会在成都成立。

本年，王国维完成《宋元戏曲考》写作。

1913 年

1月1日，上海伶界联合会成立。

3月27日，由汪笑侬主持的戏剧改良练习社在天津举行开学典礼。

3月28日，周信芳将宋教仁被暗杀事件编成新戏《宋教仁遇害》在新新舞台上演。

11月4日，梅兰芳、王凤卿首次到上海，在丹桂第一台演出《朱砂痣》《彩楼配》《取成都》《玉堂春》《武家坡》等。

河北梆子女科班奎德社在北京成立。创始人为丁剑云、杨韵谱。

成兆才、任连会率领京东平腔梆子班进入天津华东、庆乐茶园演出。

1914 年

2月19日，十三旦（侯俊山）到上海，在丹桂第一台演出《花钿错》《大英杰烈》等剧。

3月19日，上海新舞台上演根据外国小说改编的连台本戏《电术奇谈》。

10月15日，梅兰芳在北京天乐园首演《孽海波澜》。

10月18日，由周恩来等率领的天津学界观剧团应杨韵谱之邀到北京观摩志德社演出的新戏《因祸得福》，并赠该社绣有"移风易俗"的锦旗一面。

1915 年

4月10日，梅兰芳在北京吉祥园首演时装新戏《宦海潮》。

5月16日，梅兰芳在北京吉祥园首演时装新戏《邓霞姑》。

8月15日，梅兰芳在北京吉祥园首演新戏《天河配》。

8月23日，谭鑫培在上海新舞台演出《空城计》《洪羊洞》《琼林宴》等。

9月6日，教育部通俗教育研究会戏曲部在北京成立。

10月21日，梅兰芳在北京吉祥园首演古装新戏《牢狱鸳鸯》。

10月31日，梅兰芳在北京吉祥园首演古装新戏《嫦娥奔月》。

本年，陕西易俗社相继排演孙仁玉的《柜中缘》《看女》，范紫东的《春闺考试》，李约祉的《庚娘传》等新戏。

本年，库尔班·阿吉在伊犁组建维吾尔族音乐戏剧团。

1916 年

1月14日，梅兰芳在北京吉祥园首演古装新戏《黛玉葬花》。

4月19日，梅兰芳在北京吉祥园首演时装新戏《一缕麻》。

5月24日，重修河南朱仙镇明皇宫，有78个戏班捐款。

10月30日，梅兰芳、姜妙香、姚玉芙在上海天蟾舞台演出《黛玉葬花》。

本年，上海髦儿班（京剧女子班）入川，在成都、重庆演出。

1917 年

4月8日，北洋政府在北京金鱼胡同那家花园举办堂会欢迎陆荣廷，强迫谭鑫培抱病演出《洪羊洞》。

5月10日，谭鑫培在北京寓所病故。

5月13日，浙江嵊县小歌班艺人首次进入上海十六铺演出。

9月，吴梅经陈独秀推荐到北京大学国文系任教，开设词曲课，戏曲教育首次进入高校课堂。

12月1日，梅兰芳在北京吉祥园首演古装新戏《天女散花》。

冬天，郝振基等人组成的昆弋同和班进入北京崇文门外的广兴茶园演出。

本年，山西潞城贾村赛社举行大赛。

1918 年

2月2日，梅兰芳在北京吉祥园首演时装新戏《童女斩蛇》。

2月，刘豁公编纂的京剧专集《戏剧大观》由上海交通图书公司出版。

5月30日，京剧演员孙菊仙、陈德霖、杨小楼、龚云甫、王瑶卿、王凤卿、刘鸿升、梅兰芳到蚌埠，为安徽省督军倪嗣冲夫妻50寿辰双庆唱堂会。剧目为《麻姑献寿》《大赐福》《彩楼配》。

10月23日，为赈济山东水灾，北京第一舞台举办义务演出，京剧、昆曲界许多著名演员参加演出。

12月24日起,昆弋荣庆社韩世昌在北京天乐园演出《痴梦》《游园惊梦》。

本年,戏剧杂志《春柳》在天津创刊。

1919 年

1月23日,尚小云在北京三庆园首演《昭君出塞》。

4月21日,梅兰芳率喜群社部分演员赴日本东京、大坂、神户等地演出。剧目有《贵妃醉酒》《春香闹学》《游园惊梦》《思凡》《琴挑》等。

夏天,成兆才率警世戏社到营口永大茶园演出,主要演员有月明珠、金开芳等,演出剧目为《花为媒》《卖油郎独占花魁》《桃花庵》等。

8月,梅兰芳首次到汉口,在合记大舞台演出《贵妃醉酒》《天女散花》《牢狱鸳鸯》《一缕麻》等。

9月,杨小楼、尚小云、荀慧生应邀在上海天蟾舞台演出。

9月,江苏南通张謇聘请欧阳予倩筹办南通伶工学社,废除旧科班不合理制度,招收70名学员,培养新型戏曲人才。

11月1日,张謇创建的南通更俗剧场落成。剧场废除旧戏园陈规陋习,建立新的管理制度。剧场上演欧阳予倩编排的五幕悲剧《玉润珠圆》,并邀请梅兰芳演出。

12月11—13日,韩世昌、侯益隆等首次到上海丹桂第一台演出,剧目有《刺虎》《游园惊梦》《佳期》《拷红》《渔家乐》《思凡》《嫁妹》等。

本年,洋县杖头木偶戏班社兴字科在西乡县沙河坎立佛寺开科。

1920 年

3月1日起,荀慧生在上海天蟾舞台主演《吴王采莲》《神仙世界》《贾元春省亲》《樊梨花》等新戏,小达子、时慧宝、盖叫天等与其合作。

3月5日,梅兰芳在北京新民大戏院首演《上元夫人》。

11月,京剧演员余叔岩到汉口,与汉剧演员余洪元为华北灾民赈灾义演。余叔岩演出《琼林宴》《打鼓骂曹》《托兆碰碑》,余洪元演出《兴汉图》《五丈原》《四进士》。

本年春节期间,嵊县小歌班10余人再次来上海,在海宁路天保里民兴戏院演出《碧玉簪》《琵琶记》《梁祝哀史》《孟丽君》等剧,因伴奏乐器仅有竹板、笃鼓,被观众称为"的笃班"。

本年,上海商务印书馆影戏部摄制梅兰芳主演的昆曲《春香闹学》和京剧《天女散花》。

本年，《永乐大典》中的《张协状元》《小孙屠》《错立身》戏文三种被叶恭绰在英国伦敦发现，购买回国。

本年，洋县杖头木偶戏班社启字科在洋县黄庄佛爷娅开科。

本年，洋县杖头木偶戏班社德字科在洋县沙溪回龙寺开科。

本年，洋县杖头木偶戏班社庆字科在洋县沙溪化龙庵开科。

本年，晋江县沿海以道士为主的戏班，经常到泉州小开元班聘请艺人参加演出，后取名小兴元班。小开元班流行于泉州、惠安、南安及晋江附廓一带。因班主为和尚，所以又称和尚班。小兴元班因班主是道士，所以称"道士戏"。新中国成立后，统称为打城戏。

1921 年

1月8日，国民政府教育部特发金色褒奖，奖励陕西易俗社改良戏剧的成绩。

2月12日起，粤剧演员苏州妹率广东镜花影女班到上海，在广舞台演出《牡丹亭》《桃花源》。

3月25日，陕西易俗社甲乙两班组成演出团到汉口演出。后在汉口山陕西会馆成立易俗社汉口分社、出版《易俗社日报》。

5月5日，上海伶界联合会为筹集伶界子弟小学和伶界养老院、伶界义冢资金，举办义演。

6月30日，天蟾舞台演出京剧连台本戏《狸猫换太子》。

刘喜奎结婚后告别舞台。

梅兰芳与杨小楼合组崇林社。

1922 年

1月19日，梅兰芳与杨小楼合作在北京第一舞台演出《霸王别姬》。

3月2日起，马连良首次到上海，在亦舞台与荀慧生合作演出《南天门》《珠帘寨》《贩马记》《打渔杀家》《汾河湾》《梅龙镇》等戏。

3月20日，梆子演员魏联升（小元元红）在哈尔滨新舞台后楼被恶霸姚锡九派的刺客刺死。

5月29日起，梅兰芳、杨小楼在天蟾舞台合作演出《霸王别姬》《长坂坡》《回荆州》等。

6小16日，嵊县小歌班王永春、马朝水、白玉梅等以"越郡班绍兴戏剧"。之名来上海演出。8月23日改称"绍兴文戏"。

10月9日起，程砚秋首次赴上海，在亦舞台演出《玉堂春》《芦花河》《弓砚缘》等传统戏和《梨花记》《龙马姻缘》等新戏。

10月25日，梅兰芳首次赴香港演出，剧目有《霸王别姬》《天女散花》《嫦娥奔月》《探母》等。

1923 年

1月31日，杨小楼在北京开明戏院首演《夜奔》。

3月10日，程砚秋在北京乐华园首演《红拂传》。

4月21日起，尚小云应邀到上海亦舞台，与马连良等合作演出《宝莲灯》《汾河湾》，与王瑶卿等合作演出《乾坤福寿镜》。

6月29日起，《申报》戏曲专栏连载《剧场应该改良之要点》文章。

9月，梅兰芳在北京真光剧院演出《西施》，首次由王少卿采用二胡伴奏。

11月21日，梅兰芳在北京开明戏院首演古装新戏《洛神》。

11月29日，梅兰芳在北京真光剧院首演新戏《廉锦枫》。

本年，昆弋学会在北京成立，刘半农主持，成员有郑振铎、余上沅、马叔平、马幼渔、孙楷第等。

1924 年

1月14日，嵊县王金水带领由施银花、赵瑞花、屠杏花等组成的女班，在上海闸北升平歌舞台演出"绍兴文戏"。

2月2日，苏州昆剧传习所"传"字辈学员出科来上海，在徐凌云宅与赓春曲社联合演出。

3月，张作霖寿辰，邀请杨小楼、余叔岩、尚小云、程砚秋等480余人到沈阳演堂会戏。

5月19日，梅兰芳为欢迎印度诗人泰戈尔访华，在北京开明戏院演出《洛神》，梁启超等陪同泰戈尔观看。

7月16—17日，鲁迅在西北大学讲学期间，两次到易俗社观看吕南仲编剧的《双锦衣》。

8月3日，鲁迅祝贺易俗社成立12周年，捐资银元50元，并题赠"古调独弹"横幅。

10月，梅兰芳第二次到日本演出。随行演员有姚玉芙、姜妙香，顾问齐如山。演出剧目有《麻姑献寿》《奇双会》《贵妃醉酒》等。

本年，梅兰芳主演的《西施》羽舞、《霸王别姬》剑舞由上海民新影片公司拍成影片。

本年，山东章丘县旧军镇孟家村孟扬轩为母亲祝寿，花费3万银元，从北京请来程砚秋、荀慧生、尚小云等120余名演员，演戏两个月。

1925年

4月18日，程砚秋在北京三庆园首演新戏《聂隐娘》。

上海"五卅"惨案发生后，保定沪案后援会邀请韩世昌和京剧演员杨菊秋、杨菊芬来保定义演一周，收入大洋5000余元，寄往上海全国学联。

7月10—8月11日，绿牡丹（黄玉麟）率团应日本帝国剧场邀请，到东京、大坂、神户等地演出。

8月29日，梅兰芳在北京开明戏院演出新戏《太真外传》。

9月17日，以金雪芳为首的绍兴文戏男班在上海小世界游乐场演出，在《申报》戏剧广告上首次打出"越剧"招牌。

12月12日，程砚秋在北京华乐园上演新戏《文姬归汉》。

12月15日起，京报《戏剧周刊》连载王培义《豫剧通论》。

本年，正字戏、白字戏、西秦戏艺人组建梨园工会，实行戏班民主管理，按劳分配收入。

1926年

4月26日，荀慧生在新明戏院首演新编《玉堂春》。

4月，以杨小楼、郑法祥为主演的衡兴班赴日本演出。

8月22日，日本歌舞伎名伶守田堪弥、村田嘉久子率团访华，在北京开明戏院演出《一条大藏卿》《二人道成寺》。梅兰芳演出《金山寺》。

10月27日，梅兰芳欢迎瑞典王储访华，在宅内演出《琴挑》、《别姬》剑舞。

11月15日起，梅兰芳来上海，在大新舞台演出。12月12日，与金少山首次合作演出《霸王别姬》。

12月4日，荀慧生在北京开明戏院上演新戏《元宵迷》。

本年，《窦娥冤》日文译本在日本东京出版。

本年，日本人波多野乾一著《支那剧及其名优》经鹿原学人编译为中文版《京剧二百年历史》出版。

1927 年

1月7日，言菊朋在北京三庆园排演《窃符救赵》。

1月9日，尚小云在北京新民戏院首演新戏《摩登伽女》。

2月6日，马连良在北京华乐园首演《青梅煮酒论英雄》。

3月9日，李万春在北京广德楼演出《古城会》。

3月，在大连的日本人组成剧人社，用日语演唱皮黄戏《鸿鸾禧》。

4月30日，程砚秋在北京华乐园首演新戏《朱痕记》。

6月2日，王国维在颐和园投湖自尽。

9月，浏阳花鼓戏艺人邓洪参加秋收起义，后随红军长征。新中国成立后曾任江西省副省长。

秋，苏州昆剧传习所的"传"字辈演员组成新乐府戏班，在上海新世界演出《十五贯》《南楼记》《双珠记》《义侠记》《白罗衫》等。

11月26日，荀慧生在北京开明戏院首演新戏《荀灌娘》。

12月4日，马连良在北京华乐园首演新戏《火牛阵》。

本年，周信芳、欧阳予倩参加田汉领导的南国社，合作演出新编京剧《武松与潘金莲》。

本年，江西奉新瑞河戏演员胡文明率领全班参加工农红军，编演了《新十字军》《新十劝郎》《新十劝嫂》等新戏。

1928 年

1月1日，天津春和大戏院建成开幕，首创预先买票、对号入座的观众看戏制度。

徐慕云著《梨园影事》在上海出版。

4月6日，梅兰芳在北平中和戏院首演新戏《凤还巢》。

6月，刘豁公主编的《戏剧月刊》在上海创刊。

8月26日，荀慧生首演新戏《钗头凤》。

9月5日，上海伶界联合会出版《梨园公报》，刊登孙中山的题词"现身说法"。

9月7日，梅兰芳在北平开明戏院首演新戏《春灯谜》。

9月，在庆祝黄洋界保卫战胜利的大会上，红四军宣传队用京剧《空城计》的唱腔演唱《毛泽东空山计》。

10月，韩世昌、马祥麟、庞世奇、侯永奎等昆弋演员组团，应日本南满铁道株式会社邀请，赴日本演出。

11月8日，田汉在《梨园公报》发表文章《新国剧运动第一声》，呼吁"建设新的国剧，使其成为民众全体的东西，而不是某一阶级的消闲品"。

12月，程砚秋首次来汉口，在民乐园大舞台演出《玉堂春》《红拂传》《鸳鸯冢》。

本年，韩世昌应邀赴日本演出《思凡》《琴挑》《刺虎》《闹学》《游园惊梦》，同行者有庞士奇、侯永奎、马祥麟等。

1929 年

3月，上海大世界首演连台本戏《西游记》，郑法祥扮演孙悟空。

10月，梅兰芳发布访美消息，李石曾等在北平举行公宴，刘天华、刘半农发表演说，支持梅兰芳访美。

11月，汉口市社会局、公安局联合举办楚剧演员训练班，半年后学员毕业，准许演出。

12月15日，汉剧名角余洪元、牡丹花、吴天保、大和尚等首次来上海，在丹桂第一台演出《兴汉图》《阎惜娇》《盗宗卷》《采花戏主》等。

本年，孙凤鸣带领评剧演员筱麻红、筱彩凤等去日本灌制唱片。

本年，安东诚文信书局出版《评戏大观》。

1930 年

卸甲肩担木偶戏艺术进入鼎盛发展时期。

江苏高邮卸甲镇成立"老郎神会"，农历九月初六演员烧香祭祖，切磋技艺，商谈演出。

1930 年

1月5日，梅兰芳一行由上海启程，乘轮船赴美国访问演出。随行人员有齐如山、王少亭、刘连荣、朱桂芳、姚玉芙、徐兰沅等。

2月16日,梅兰芳一行到达美国,进行为期半年访问演出。演出剧目有《贵妃醉酒》《春香闹学》《打渔杀家》《西施》《天女散花》《刺虎》《红线盗盒》等。

2月30日,黄金龙在上海创办的黄金大戏院开张。

8月10—20日,盖叫天在杭州博览会大礼堂演出《西游记》《武松》。

9月,齐如山《中国戏剧图谱》、刘天华记录《梅兰芳歌曲谱》出版。

10月,赣东北工农剧团在贵溪夏家祠堂戏台用赣南采茶调演唱《送郎当红军》。

本年,在内蒙古奈曼旗大青庙庙会上,有爱好戏剧的学生将蒙古叙事诗改编为蒙古戏演出。

1931 年

5月30日,马连良在北平吉祥戏院首演新戏《苏武牧羊》。

6月9—11日,杜月笙为庆祝杜氏祠堂落成,举行盛大庆典,邀请南北名伶、名票演戏3天。梅兰芳、程砚秋、尚小云、荀慧生、杨小楼、马连良、高庆奎、谭富英等均登台献艺。

9月13日,北平梨园公益会在第一舞台举办赈灾义演,梅兰芳、余叔岩合作演出《打渔杀家》。

10月1日起,昆剧新乐府班更名为仙霓社在上海荣记大世界三层演出。

本年,梅兰芳、余叔岩、齐如山等成立国剧学会,并附设国剧传习所、国剧陈列室。

汉口升文堂出版楚剧演员训练班改编的楚剧剧本66种。

1932 年

1月,金悔庐、程砚秋、徐凌霄等在北平创办《剧学月刊》。

1月14日,程砚秋赴法国、德国、意大利、瑞士、比利时、英国进行考察。

3月11日,荀慧生在北平新民戏院首演新戏《霍小玉》。

9月11日,蒋介石为表彰易俗社移风易俗、改良社会、促进戏剧艺术,奖给大洋1000元,用以刊印该社剧本。

12月12日,易俗社在北平吉祥戏院演出《三知己》,齐如山、尚小云等观看。次日,北平国剧学会理事齐如山代表梅兰芳在珠市口宴请易俗社全体演职人员。

1933 年

3月12日,《武汉日报》公布汉口市戏剧审查委员会禁演平剧、汉剧剧目共计78出。同时,解禁剧目29出。

8月,《程砚秋赴欧考察戏曲音乐报告书》由世界编译馆北平分馆出版。

10月19日,程砚秋率中华戏曲专科学校的部分学生到南京,在体育场为参加全国运动会的运动员作慰问演出,演出剧目为《聂隐娘》。

本年,唐伯弢《富连成三十年史》由京城印书局出版。

本年,川陕苏维埃政府建立省委新剧团、蓝衫剧团,演出新灯戏《母女放牛》《送郎参军》《拜新年》等。

1934 年

6月22日,梅兰芳应邀到开封为河南赈灾义务演出,并召开记者招待会,演讲《戏剧与中州之关系》。

8月28日,荀慧生新戏《勘玉钏》首演。

8月,张次溪《清代燕都梨园史料》出版。

上海百代唱片公司为山东邓洪山(鲜樱桃)灌制五音戏唱片。

马鸿逵的军队占领宁夏,为了耍社火,抢去银川光盛班的戏箱,导致该班解散。

1935 年

1月26日—4月24日,蹦蹦戏演员朱宝霞、朱紫霞、朱彩霞等在上海河北歌剧场演出《美凤楼》《金不换》《李香莲卖画》《双招亲》等,《申报》戏曲广告采用"评剧"称呼。

2月21日,梅兰芳赴苏联访问演出。随行者有张彭春、余上沅、姚玉芙、朱桂芳、刘连荣、杨盛春、徐兰沅等。

2月,宁夏从陕西、甘肃招收了一批学员和教练,在银川成立宁夏觉民初级戏剧学校(简称觉民学社),至1949年,培养出200多名秦腔演员。

5月18日,程砚秋率团到长沙民乐戏院演出《法门寺》《鸳鸯冢》等。

6月17—19日,程砚秋率剧社在开封广智院为赈灾义演三天,随行演员有侯喜瑞、王少楼等。剧目为《清风寨》《南天门》《奇双会》等。

8月15日,评剧演员白玉霜、钰灵芝、爱莲君等首次来上海,在中央大戏院演出《花为媒》《空谷兰》《桃花庵》《珍珠衫》等。

12月21日，张古愚主编的《戏剧旬刊》在上海创刊。

本年，红军中央前进剧社在四川芦山成立，社长李伯钊、政委易维钧，导演实甫、任弼璜。下属三个团，用芦山花灯调演出打倒军阀内容的新剧目。

1936年

2月26日，梅兰芳在上海首演《生死恨》。

3月9日，卓别林来上海，在梅兰芳陪同下在齐天舞台观看连台本戏《火烧红莲寺》，又在新光大戏院观看马连良的《法门寺》。

5月12日，尚小云率团到开封广智院演出，剧目为《柳绿云》《霄壤恨》《三上轿》等。

5月，山西中路梆子演员丁果仙率步云剧团百余人赴北平、天津演出，并由百代唱片公司灌制唱片，丁果仙被誉为"山西梆子须生大王"。

5月，上海百代公司、丽华公司为湘剧、花鼓戏灌制唱片30余张。

春夏之交，申曲艺人丁婉娥组建"婉社儿童申曲班"，沪剧演员丁是娥、杨飞飞等均出自该班。

8月5日，成渝川剧促进社薛艳秋、白玉琼等首次到上海，在新光大戏院演出川剧《情探》《唐王游御园》《群仙会》等。百代唱片公司首次为川剧灌制唱片。

9月5日，由白玉霜主演的影片《海棠红》在上海金城大戏院首映。

10月22日，荀慧生在北平哈尔飞大戏院首演《红娘》。

10月17日起，梅兰芳来天津，在中国大戏院、国泰戏院演出。

秋，《立言报》主办"四小名旦"评选，李世芳、毛世来、张君秋、宋德珠当选。

12月，77代衍圣公孔德成在曲阜结婚，演戏3天。在大门外搭台演山东梆子，在三堂演昆曲，在上房演京剧。京剧剧目为《天官赐福》《喜荣归》《奇双会》，由山东省立剧院赵荣琛主演。

本年，王芷章《清代伶官传》出版。

本年，王古鲁翻译日本青木正儿的《中国近世戏曲史》出版。

1937年

年初，新疆伊犁维吾尔族文化促进会艺术社在民族俱乐部首次公开演出维吾尔剧《艾里甫—赛乃姆》。

2月24日，国民党南京政府外交委员会主任委员张群招待各国驻华大使，观看梅兰芳的演出。

2月25日，北平长安大戏院开幕。

3月18日，梅兰芳率团到长沙，在长沙大戏院演出《宇宙锋》《西施》《凤还巢》《洛神》《太真外传》等。

3月，山西中路梆子唐风社赴上海浦东区同乡会演出。

5月1日，上海黄金大戏院邀请马连良的扶风社来演出，主要演员有张君秋、叶盛兰、芙蓉草等。

5月，奎德社在北平庆乐戏院首演《渔光曲》《啼笑因缘》《续再生缘》等。

6月8—17日，陕西易俗社在北平演出《山河破碎》《还我山河》《韩世忠》《韩宝英》等剧，宣传抗敌救国。

6月10日，梅花馆主创办的《半月戏剧》在上海创刊。

7月7日，封至模在《京报》发表介绍编演《山河破碎》《还我山河》的文章。当晚"七七事变"爆发，易俗社离开北平返回西安。

8月24日，开封豫声剧院首演樊粹庭创作、陈素真主演的新戏《涤耻血》。

8月，樊粹庭组建狮吼剧团，到商丘一带宣传抗日救国，并捐款给河南抗敌后援会。

8月，日军进攻上海，吴天保在汉口新市场大舞台演出新编汉剧《上海血战录》。

9月，上海伶界联合会与上海市播音公司联合，为抗日将士劝募举办演唱会。梅兰芳、周信芳等参加广播演唱。

10月7日，上海戏剧界救亡协会举行大会，周信芳当选歌剧（京剧）部主任。

10月28日，周信芳重组移风剧社，在上海卡尔登戏院演出《萧何月下追韩信》等戏。

11月4日起，周信芳在卡尔登戏院上演《明末遗恨》《徽钦二帝》《香妃恨》《董小宛》《亡蜀恨》等新戏。

12月31日，中华全国戏剧界抗敌协会在汉口大光明戏院成立。中共中央副主席周恩来到会讲话。

本年，陕甘宁边区戏剧界救亡协会、抗战文艺工作团等戏剧组织在延安成立。

本年，程砚秋来四川，先后在重庆、成都演出。

本年，马步芳派警察包围了山西蒲州梆子晋华社在西宁演出的戏园子，抓走观众100多人当壮丁，致使晋华社无法在西宁立足，远走兰州。

1938 年

3月10日起，梅兰芳剧团在大上海戏院为募集难民救济款演出。

3月16日，尚小云创办荣春社科班。

4月，欧阳予倩应马君武之邀，由上海到桂林排演桂剧《梁红玉》

4月11—17日，保卫大河南宣传周在开封人民大会场举行，陈素真、常香玉、司凤英先后主演《凌云志》《打土地》《如姬窃符》等剧。

4月23日，马连良、郝寿臣、张君秋、叶盛兰等在北平新新戏院首演《串龙珠》。

山东省立剧院在院长王泊生带领下入四川重庆演出。

7月4日，在毛泽东建议下，陕甘宁边区民众剧团在延安成立，柯仲平任团长。

7月7日，武汉戏曲界纪念"七七事变"一周年，2000多名演员参加，在12家戏院举行"七七"献金公演，同时演出洪深与龚啸岚合编的《新天河配》。

8月1日，桂林南华戏院首演欧阳予倩编导的桂剧《梁红玉》。

8月8日，姚水娟领衔的越升舞台在天香戏院演出新编越剧《花木兰》。

8月，厉彦芝率厉家班入川，在重庆演出。

8月10日，马连良率扶风社来上海，在黄金大戏院演出。推出新戏《串龙珠》《春秋笔》。

8月，国民政府军事委员会政治部第三厅举办留汉歌剧演员战时讲习班，郭沫若任主任，田汉主持讲习班工作，武汉700多名戏曲演员参加学习。

9月，留汉歌剧演员讲习班结业，周恩来到班讲话。学员按剧种分为宣传队，撤离武汉，奔赴各地宣传抗日救国。

本年，由苏联符拉迪沃斯托克（海参崴）华侨艺人组成的松竹舞台一行40多人取道西伯利亚，从伊犁入境，在伊宁落户，更名新民剧团。

本年，百代唱片公司在重庆录制川剧唱片。其中有张德成的《二子乘舟》《双金丹》，萧楷成的《刀笔误》《淫恶报》，天籁的《北海祭祖》《长生殿》《祭岳武穆》，杨友鹤的《刁窗》《别共出征》《访友》，贾培之的《出棠邑》，魏香庭、筱惠芬的《情探》等。

1939 年

1月1日，马连良、张君秋等在北平新新戏院首演《春秋笔》。

2月13日，民众剧团带《一条路》《查路条》《好男儿》《回关东》等现代戏从延安出发，到各地为群众演出。

2月13—14日，绍兴同乡会和上海难民救济协会在上海黄金大戏院举行女子越剧大会串,参加演出的主要演员有姚水娟、马樟花、袁雪芬、施银花等。

2月28—3月2日,中华全国戏剧界抗敌协会太行山区分会在长治召开。

2月,田汉在长沙开办"战时歌剧训练班",湘剧演员参加。学员结业后组成湘剧抗敌宣传队。此后,湘南、常德的戏曲艺人也组成抗敌宣传队,运用地方戏形式宣传抗日救国。

3月16日起,章遏云、杨宝森、叶盛兰、芙蓉草等在上海黄金大戏院演出《雁门关》。

5月16—6月15日,毛世来、高盛麟、裘盛戎等在上海黄金大戏院演出《辛安驿》《铁弓缘》《十三妹》等。

6月13日,晋察冀边区《抗敌报》发表社论《开展边区的戏剧运动》,号召创作"高度战斗化与大众化的戏剧"。

7月7日,中华全国戏剧界抗敌协会晋察冀边区分会成立,并发表宣言。

9月20—10月20日,宋德珠、杨宝森、袁世海在黄金大戏院演出《扈家庄》《杨排风》《平阳公主》等。

11月28日,马连良、张君秋、叶盛兰、萧长华等在北平新新戏院首演《临潼山》。

12月,上海戏剧学校正式成立。陈成荫任校长,招收学生168人。学生以正字排名。

本年,徐慕云《中国戏剧史》由世界书局出版。

1940年

3月8日,欧阳予倩邀请田汉在桂林南华戏院观看桂剧《桃花扇》。

4月29日,程砚秋在上海黄金大戏院首演《锁麟囊》。

5月11日,中华全国戏剧界抗敌协会晋西分会成立。

7月15—19日,中华全国戏剧界抗敌协会晋察冀分会召开第二次代表大会,有18个剧社参加,讨论戏剧民族形式、广泛建立群众剧团等问题。

8月6日,樊粹庭率领的狮吼旅行剧团(豫剧)到达西安演出。主要演员有陈素真、赵义庭等。

8月,天津稽古社上演由美国电影改编的京剧《侠盗罗宾汉》。

9月,白玉霜、喜采莲在北平新新戏院首演《和睦家庭》。

国民党傅作义部在绥远省临时省会陕坝建立唐声剧社,演出蒲剧和眉户剧。

大青山抗日根据地建立塞北剧团,演出山西梆子、京剧,常演的剧目有《白毛女》《血泪仇》《打渔杀家》等。

1941 年

1月14日，白玉薇在北平长安大戏院首演《红鬃烈马》。

2月，新四军攻克安徽蒙城县城，拂晓剧团演戏3天两夜庆祝大捷，演出剧目有新编京剧《刺寇》《傻小子打游击》，传统戏《空城计》等。

3月，演出化妆苏滩的国风社和正风社合并，组建国风苏剧团。

3月21—6月16日，荀慧生在黄金大戏院演出《红娘》《晴雯》《平儿》《香菱》等剧。

3月，中华全国戏剧界抗敌协会晋东南分会成立。

4月7日，程砚秋在北平长安大戏院上演《锁麟囊》。

5月20—6月30日，马连良的扶风社在上海黄金大戏院演出。

8月3日，中华全国戏剧界抗敌协会晋冀鲁豫分会成立，14个单位，200余人参加。

10月1—10日，延安举行戏剧节，鲁迅艺术学院平剧团、烽火剧团、抗战剧团、陇东剧团、少年剧团、边保剧团等参加演出。

10月，程砚秋在上海黄金大戏院首演《女儿心》。

10月起，长沙戏剧业同业公会举行捐献"剧人号飞机"公演，此活动一直延续到第二年。

11月19日，中华戏曲专科学校停办。

1942 年

2月19日，昆剧仙霓社解散。

4月，延安平剧研究院成立，院长刘芝明。

4月，滑稽艺人鲍乐乐组建笑笑剧团，编演《荒乎其唐》《瞎子借雨伞》《火烧豆腐店》等滑稽戏。

4月，四维平剧社儿童训练班在柳州成立。

4月—6月，李世芳与纪玉良合作，在上海黄金大戏院演出《金山寺》《霸王别姬》等剧。

5月1日—23日，延安文艺座谈会召开，毛泽东作重要讲话。

5月4日，日军飞机对云南保山轰炸，国粹平剧团成员曹瑞章、赵德才、周根朴以及班主杜文林的儿子遇难。

9月27日，冀鲁豫边区大众剧社社长王洪猷在反日军围剿的战斗中牺牲。

10月上旬，程砚秋在天津中国大戏院演出《文姬归汉》《春闺梦》。

10月22—27日，马连良被伪华北政府委任为"演艺使节"，率团到"新京"演出，庆祝伪满洲国"建国"十周年。

10月28日起，袁雪芬在大来剧场首演《古庙冤魂》。

本年，梅兰芳由香港回上海，蓄须明志，不为敌伪演出。

本年，艾合买提·孜亚依创作的维吾尔剧《热比亚—赛丁》由喀什维文会艺术社上演。

本年，新四军宣传部领导的淮北大众剧团，用拉魂腔演出《全家抗日》《樊大娘送子参军》《打张楼》《打濠城》等宣传抗日救国的新剧目。

1943 年

2月，延安举行盛大秧歌演出活动，由鲁迅艺术学院秧歌队演出的秧歌剧《兄妹开荒》深受观众欢迎。

3月22日，中共中央文化工作委员会开会讨论戏剧运动方针，提出抗日根据地的戏剧方针是"为战争、生产及教育服务。"

6月，马健翎创作大型秦腔现代戏《血泪仇》，由民众剧团排练演出。

9月7—15日，新疆迪化（乌鲁木齐）各戏曲团体为抗日救国举行一周义演。

9月9日，四维平剧社首演田汉编剧的《金钵记》。

10月，中共中央党校业余平剧团上演杨绍萱、齐燕铭执笔创作的平剧《逼上梁山》。

11月，袁雪芬在大来剧场演出《香妃》，与琴师周宝才合作，创新腔"尺调腔"。

11月16日起，金少山来上海，在皇后大戏院演出《打龙袍》《白良关》《双包案》《真假李逵》等。

11月，云南彝良县遭瘟疫，县长何志坚请全县端公、道士在角奎镇江西庙戏台演出七天端公戏驱瘟禳疫。

徐嘉瑞研究花灯戏的专著《云南农村戏曲史》出版。

胡尔西特创作的维吾尔剧《帕尔哈特—西琳》由喀什维文会艺术社上演。

1944 年

1月9日，毛泽东看了《逼上梁山》以后，给杨绍萱、齐燕铭写信，加以肯定和赞扬。

1月，晋察冀边区在河北阜平举行表彰战斗英雄大会，火线剧团上演崔嵬新编京剧《老英雄》《岳飞之死》，抗敌剧社演出刘流新编京剧《五人义》《史可法》等。

年初，晋绥边区七月剧社排演新戏《千古恨》，观众反应强烈，各地剧团争相排演。

春节，云南楚雄县政府邀请鹿城镇太平灯会为驻楚美国空军部队演出灯戏《补缸》《拐干妹》。

2月15—5月19日，西南第一届戏剧展览会在桂林广西艺术馆举行。首场为桂剧实验剧团演出的桂剧《木兰从军》。此后四维平剧社串演了田汉的《名优之死》等。

3月17日，戏剧资料展览在广西艺术馆开幕，展期为20天。

4月28—5月2日，中共西北局文化工作委员会召开会议，总结戏剧下乡演出经验，表彰31个获奖剧目，其中《血泪仇》《模范战壕村》《逼上梁山》《抓壮丁》《周子山》获一等奖。

5月，荀慧生与其子荀令香合作，在中国大戏院演出《十三妹》《瓦岗寨》《霓虹关》《五花洞》等。

5月，盖叫天、云燕铭、叶盛章等在上海天蟾舞台演出《取金陵》《莲花湖》等。

9月18日，晋绥边区公布"七七七"文艺奖获奖作品，眉户剧《王德锁减租》、中路梆子《张初元》、道情戏《大家办合作》等11部戏剧作品获奖。

9月28日，袁雪芬和范瑞娟成立雪声剧团在九星大戏院首演《雁南归》。

11月16日，陕甘宁边区文教群英大会授予民众剧团"特等模范"奖旗，授予马健翎"人民群众的艺术家"称号。

11月21—12月7日，太行区举行杀敌英雄、劳动模范大会，山西襄垣县秧歌剧团演出的秧歌剧《小二黑结婚》《韩玉娘》《李有才板话》获观众好评。

1945年

1月1日起，胶东文协胜利剧团为驻地军民上演马少波创作的新戏《闯王进京》。

1月，太岳区召开群英大会，边区各剧社演出《反徐州》《劝荣花》《光荣抗属》等19台戏剧。

1月，范瑞娟与袁雪芬合作在九星大戏院演出《梁祝哀史》。

2月，淮北大众剧团以策反敌伪部队起义为题材编演新戏《里应外合》。

5月，田汉率四维儿童剧团由贵州到云南，先后到昆明、曲靖演出。

8月18日，上海艺友实验剧团上演京剧《光复河山》，祝贺抗日战争胜利。

8月28—10月10日，国共重庆谈判期间，厉家班为国共两党领导人演出，蒋介石、毛泽东、周恩来出席观看。

9月，北平戏曲界在中山公园音乐堂举办抗战胜利庆祝大会演出。

10月，晋绥边区戏剧研究会编印《山西中路梆子音乐概述》一书。

11月，梅兰芳、俞振飞与"传"字辈昆剧演员合作，在美琪大戏院演出《刺虎》《断桥》《游园惊梦》等剧。

12月，晋冀鲁豫边区政府举办的秧歌有奖征文揭晓，《互助好》获特等第一奖，《魏森林家庭》《母子觉悟》获特等第二奖，《李心月故事》《叙来组是怎样巩固的》《小放牛》获特等第三奖；另有71个奖本分别获甲、乙、丙等奖。

1946 年

1月1日，延安各界在杨家岭中共中央礼堂举办团拜会，延安平剧院演出《武松》，毛泽东、朱德、刘少奇等观看演出。

5月6日，雪声剧团袁雪芬在上海名星大戏院演出《祥林嫂》，田汉、许广平前往观看。

6月11—13日，天蟾舞台举办赈灾东北义演，梅兰芳、程砚秋、马连良等参加演出《四五花洞》《红鬃烈马》。

6月29日，延安八路军总部举行晚会，欢迎国民党空军飞行员刘善本驾机起义，由延安平剧院演出《三打祝家庄》。

夏，延安平剧研究院40余人，随中共中央机关从延安迁往河北平山，更名为华北平剧研究院。

8月—9月，李世芳在天蟾舞台演出梅派剧目，并推出新戏《天国女儿》。

11月，程砚秋的秋声剧社在上海天蟾舞台演出。

12月，梅兰芳剧团在上海恢复演出。

12月25—26日，梅兰芳应国民代表大会秘书处邀请，率团赴南京为国大代表演出《御碑亭》《战长沙》《赠袍赐马》《樊江关》等剧目。

本年，小白玉霜在北平吉祥戏院演出《新玉堂春》。

1947 年

1月2日，晋绥平剧院成立，贺龙到会讲话。

1月5日，京剧"四小名旦"之一李世芳回京途中因飞机失事，在青岛郊区遇难。

1月13日，袁雪芬因病暂别舞台，雪声剧团与傅全香合作，更名东山越艺社。

2月15日，上海举办第十届戏剧节。京剧、昆剧、粤剧、淮剧、沪剧、越剧、话剧等十几个剧种参加。首场演出为梅兰芳、周信芳在天蟾舞台合作演出的《打渔杀家》。

2月25—26日，上海京剧界在中国大戏院举办义演，抚恤李世芳家属。

2月28日—3月上旬，中共中央宣传部召开戏剧工作座谈会，太行人民剧团在会议期间演出《李有才板话》《小二黑结婚》《白毛女》，获"农村剧团的旗帜"奖旗和奖金。《人民日报》（华北版）发表泽然的文章《农村剧团的旗帜——记太行人民剧团的成长》。

3月13日，上海戏剧界在宁波同乡会礼堂举行纪念活动，庆祝田汉50寿辰及从事戏剧创作30年。

6月，唐韵笙到上海，在天蟾舞台演出《铁笼山》等剧。

7月，内蒙古文工团在察哈尔盟哈巴嘎演出根据同名歌剧改编的蒙古戏《血案》。

8月18日，"越剧十姐妹"在上海黄金大戏院演出《山河恋》。

8月，晋察鲁豫边区政府文教厅第一次文教作品评奖揭晓，《李有才板话》《挖穷根》《石寸金发家》《虎孩翻身》等18件戏剧作品获奖。

10月，袁雪芬主演的越剧《祥林嫂》由启明影业公司摄制成影片。

11月，东北电影制片拍摄了中国第一部木偶片《皇帝梦》。

1948年

1月15日，太原戏剧界500余人举行戏剧节庆祝大会，并召开座谈会，讨论戏剧改革等。

1月，民众剧团排演马健翎新作《穷人恨》，配合部队新式整军，进行"诉苦"和"三查"运动。

3月11日，彭德怀在洛川看了民众剧团演出的《穷人恨》后给剧团写信，认为该剧深受观众欢迎，成为发动群众组织起来的有力武器，鼓励创作出更多新剧本。

3月，刘奎官从成都到昆明，在祥云戏院、春明戏院演出《通天犀》《拿高登》《古城会》《走麦城》等。

4月2日，国际戏剧协会中国分会在南京召开成立会议，选举余上沅等7人为临时执行委员。

4月，晋绥人民剧社、晋绥平剧院在山西兴县蔡家崖为毛泽东、周恩来、任弼时等中共中央领导演出晋剧《打金枝》《明公断》等。

9月，华北平剧研究院进驻石家庄，冀南民主剧团并入该院，李和曾为主演。

10月，常香玉在西安组建香玉剧团，自任社长。赵义庭任副社长，主要演员有马兰香、李兰菊等。

11月4日，石家庄市成立戏剧音乐工作委员会。马彦祥为主任委员，周巍峙为副主任委员。

11月28日,《人民日报》(华北版)发表专论《有计划有步骤地进行旧剧改造》。

12月5日,太岳区行政公署召开全区戏剧座谈会,审查区内流行剧目100余个。将其分为有益的、经修改后较有积极意义的、经修改后认为是无益无害的三类。

本年,洋县杖头木偶戏班社俗字科在洋县沙溪碾子湾开科。

作者

刘文峰,博士生导师,浙江音乐学院特聘研究员,主要研究方向:地方戏曲。

《金瓶梅》在北欧地区的译介与传播
——访哥本哈根大学易德波教授*

潘佳宁

摘要：2021 年 4 月 27 日，哥本哈根大学易德波教授耗时 11 年完成的丹麦文《金瓶梅词话》（十卷本）最后一卷译稿杀青，次年 10 月由丹麦泉水出版社（Forlaget Vandkunsten）出版。这是北欧地区首部《金瓶梅词话》全译本，也是继托莱特夫妇瑞典语节译本（1950）、帕塔宁芬兰语节译本（1955）、挪威语节译片段（1984）以及丹麦语节译片段（1989）之后，中国明清文学在北欧译介传播的又一力作。2023 年 11 月，易德波应邀参加复旦大学举办的"世界的《金瓶梅》译介与传播"国际研讨会。会议期间，笔者围绕扬州评话研究、20 世纪中国古典文学在北欧的传播与接受、《金瓶梅》译介史、翻译底本选择、翻译过程和原则以及如何推介中国文学走向世界等话题采访了易德波教授。现整理成文，经易德波本人改定。

关键词：《金瓶梅词话》；北欧译介史；丹麦文全译本；底本选择

中国明代"四大奇书"之一——《金瓶梅》在北欧的传播至今已走过七十余载。与《金瓶梅》进入西方世界模式相同，从 1950 年《金瓶梅》瑞典语和芬兰语译本相继问世，到 1984 年挪威语节译片段（2 章回）出版，再到 2022 年《金瓶梅词话》丹麦文全译本第十卷付印，《金瓶梅》在北欧地区依循了从"节译"到"全译"，从"转译"到"直接翻译"的译介规律。2021 年 4 月 27 日，丹麦汉学家、哥本哈根大学易德波（Vibeke Børdahl，1945—）教授耗时 11 年完成的丹麦文《金瓶梅词话》（十卷本）最后一卷译稿杀青，次年 10 月由丹麦泉水出版社（Forlaget Vandkunsten）出版，成为北欧地区首部《金瓶梅》全译本。2023 年 11 月，易德波教授应邀参加复旦大学举办的"世界的《金瓶梅》译介与传播"国际研讨会。会议期间，笔者就《金瓶梅》在北欧地区的译介现状、翻译缘起、底本选择、

---

* 【基金】本文为教育部社科基金青年项目"中国当代翻译（学）家口述史"（项目号：19YJC740053）、辽宁省社科规划基金项目"芮效卫学术年谱整理与研究"（项目号：L20BZW009）和辽宁省社科联合作课题（2023lslhzwzz-11）的阶段性成果，本文得到国家留学基金委资助。

翻译过程和原则等内容采访了易德波教授。

一、《金瓶梅》北欧传播史

潘佳宁：易德波教授您好！祝贺您完成长达 11 年的《金瓶梅词话》丹麦文全译工作，也感谢您能接受采访。首先请您简要介绍《金瓶梅》在北欧地区的译介传播情况。

易德波：很高兴在上海见面。《金瓶梅》在北欧地区的传播至今已有 70 多年。最早的译本是芬兰翻译家哈坎·托莱特（Håkan Tollet, 1904—1980）与妻子埃尔塞·托莱特（Elsie Tollet, 1914—1981）据库恩（Franz Kuhn, 1884—1961）德文节译本和米奥尔（Bernard Miall, 1876—1953）英文节译本转译的瑞典文译本 *Chin Ping Mei. Romanen om Hsimen och hans sex fruar*（《金瓶梅：西门与其六妻妾奇情史》）。全书共 49 章，764 页，1950 年分别在瑞典和芬兰出版。1955 年，芬兰翻译家乔玛·帕塔宁（Jorma Partanen, 1906—1972）依照相同德文、英文节译本以及托莱特夫妇的瑞典文节译本，将《金瓶梅》转译为芬兰语译本 *Chin Ping Mei. Hsi Menin ja hänen kuuden vaimonsa elämänkerta*，由古默鲁斯（Gummerus）出版社在芬兰出版，并于 1956 年、1966 年和 1988 年六度再版。其中，1966 年版销量达到 24000 册，这对于北欧世界来说，已经非常难得了。

1984 年，哈拉尔德·伯克曼（Harald Bøckman, 1945—）主编的 *Kina forteller*（《中国文学精选》）中收录了英格丽德·格莱德·弗雷德里克森（Ingrid Glad Fredriksen）与西塞尔·玛格丽特·汉纳斯（Sissel Margrethe Hannaas）从中文翻译的《金瓶梅》挪威文节译片段 *Den Gyldne Lotus*（第三、四回）。1989 年，我又将词话本中第三、二十九回译成丹麦文，收入《打虎英雄武松及其他中国小说》*Tigerdræberen Wu Song og andre fortællinger fra de store kinesiske romaner*（Børdahl, 1989）。该书分别在挪威奥斯陆和丹麦哥本哈根出版。2022 年，我以《全本金瓶梅词话》为底本翻译的丹麦文全译本 *Jin Ping Mei i vers og prosa* 最后一卷出版。该译本共十卷、一百回，共三千页，由泉水出版社从 2011 年至 2022 年出版。该译本是北欧地区首部，也是截至目前为止，唯一一部《金瓶梅词话》百回全译本。

二、明清小说译介与《金瓶梅》翻译缘起

潘佳宁：早在 20 世纪 70 年代初，您就译介了中国作家鲁迅、萧红、沈从文、秦兆阳等人的作品。您是从什么时候开始关注明清小说？为何最终选择翻译《金瓶梅》，而非其他同时期文学作品？

易德波：从 20 世纪 60 年代，我在哥本哈根和巴黎学习中文时期，就一直希望能向北

欧读者介绍中国小说。读书期间，我和同学刘白沙（1943—2010）合编《中国现代短篇小说集》（Børdahl & Liu, 1971），直接从中文版翻译了鲁迅、萧红、沈从文、秦兆阳等作家的短篇小说。大概到 20 世纪 80 年代初，我的研究兴趣转向明清小说，先与哥本哈根大学中国语言学教授易家罗（Søren Egerod, 1923—1995）教授合作，将沈复的《浮生六记》翻译成丹麦文 *Kapitler af et flygtigt liv*（1986），后来又在《打虎英雄武松及其他中国小说》中选译了《三国演义》《水浒传》《西游记》《金瓶梅》《儒林外史》和《红楼梦》的部分章回，向北欧读者和学生介绍明清小说。在翻译《武松打虎》过程中，我对明清小说中"说书"与"说书体"产生浓郁兴趣。此后几年里，我曾多次到扬州采访说书人，收集一手资料，并以扬州评话为题，完成博士学位论文 *The Oral Tradition of Yangzhou Storytelling*（NIAS Press, 1996）。

在此期间，瑞典著名汉学家马悦然（Göran Malmqvist, 1924—2019）和他的学生帕尔·伯格曼（Pär Bergman, 1933—2023）相继将《水浒传》《西游记》和《红楼梦》译成瑞典文。《水浒传》本应是我的首选，因为我的博士学位论文的研究对象就是王派《水浒》的口传材料，即王少堂及其门下弟子口传评话录音。但北欧的斯堪的纳维亚读者，尤其是文化水平较高的人群，当时大多掌握丹麦语、挪威语和瑞典语三种语言。既然《水浒传》已经有了瑞典文译本，再译成丹麦文对于这部分读者来说，就相当于重复翻译了。而《金瓶梅》从武松打虎切入，尽管之后花开两朵、各表一枝，但仍然和《水浒传》存在大量互文。所以我就选择了《金瓶梅词话》，好像一切冥冥中自有安排。

2004 年，我在和泉水出版社的主编索伦·默勒·克里斯丁森（Søren Møller Christensen, 1954—）闲聊中，无意间提到希望自己将来能翻译《金瓶梅》。我当时只是随口一说，没想到对方非常感兴趣，并承诺可以为我出版。其实这位编辑当时并不了解《金瓶梅》，完全是出于对我的信任，他相信我对于中国文学作品的眼光。因为我们都坚信，总有一天，丹麦读者会发现这部小说的伟大，将其视为与《堂吉诃德》《追忆似水年华》同样伟大的文学作品。在我内心深处，也始终渴望自己能"攀越这座高山"。当然我非常清楚，为此我必须付出巨大努力。后来，我成功申请到丹麦文化部的文学翻译专项资助，2010 年正式启动《金瓶梅词话》的翻译工作。实际上，丹麦和挪威大多数出版社并不热衷于翻译中国文学，因为读者数量有限，很难营利。现在回想起来，如果当初没有克里斯丁森的信任和鼓励，恐怕我翻译《金瓶梅》的梦想也就无法实现。

三、翻译底本选择与其他《金瓶梅》全译本

潘佳宁：纵观《金瓶梅》在全世界范围内的译介，大体上经历了从节译到全译，从转

译到直译（直接从中文翻译）的过程。如您刚才所述，北欧地区的译介情况也大体相似。我发现一个有趣的现象，即早期译者均选择绣像本作为翻译底本，如库恩、米奥尔、祁拔兄弟（Artur Kibat, 1878—1960 & Otto Kibat, 1880—1956）、埃杰顿（Clement Egerton，生卒年代不详）；而从 20 世纪 80 年代后出版的译本，如雷威安（André Lévy, 1925—2017）、芮效卫（David Tod Roy, 1933-2016）、阿莉西亚·雷林科（Alicia Relinque Eleta, 1960— ）还有您，几位译者不约而同地选择了词话本。除了词话本的发现时间较晚（1932）这一客观因素外，您为何选择词话本作为翻译底本，而非绣像本？

易德波： 这个问题特别好，之前很少有人跟我讨论过底本选择的问题。其实早在 1988 年，我就买到了中国香港出版的《金瓶梅词话》影印本——《全本金瓶梅》（1982/1987）。但当时根本没想到要翻译，完全是出于兴趣。对我而言，之所以选择词话本而非绣像本，首先应该跟我对扬州评话、说唱文学的热爱密不可分。词话本中保留了大量话本小说的特点，随处可见说书人常用的程式化表达，如"欲知后事如何，且听下回分解"，读词话本就像在听说书人讲故事。这是其一。此外，尽管早在 20 世纪 50 年代，北欧就已经出版了一些《金瓶梅》节译本，但翻译底本都是绣像本，而且也不是直接从中文版翻译。第三，绣像本较词话本删减了大量诗文，而这恰恰是《金瓶梅》较其他几部明清小说而言最明显的文体特征。当然我知道，即便翻译这些诗文，恐怕读者也未必会看，但我始终坚持自己的翻译初衷，即尽最大可能再现《金瓶梅》这部作品的文体特征，不会为了迎合译文读者而做删减和省译。这也是近 40 年内出版的《金瓶梅词话》译本的共同特点，像雷威安、芮效卫，他们都尽最大可能再现词话本"文备众体"的文本特征，芮效卫更是"一字不落"地将原著全部内容翻译成英文。但我对于他在每回译文后面增加的大量注释和缩进式排版的做法不认同。

潘佳宁： 您曾经在文章中表示，祁拔兄弟的德文译本、雷威安的法文译本和芮效卫的英文译本都在不同程度上对您的翻译工作产生了影响（2022）。能否请您简单评价一下几个译本？

易德波： 祁拔兄弟的德文译本是据张竹坡评本翻译，当时词话本还没有发现。该译本最大特点就是保留原文完整性，力求还原小说的原汁原味，诗词韵文都按照原文的形式和内容译出。这是祁拔兄弟德译本给我最大的启示。芮效卫的英译本是首部真正意义上的《金瓶梅词话》全译本。这部充满浓郁学术气息的英文译本对于从事中国古典文学，尤其明清小说研究的海外学者来说，是一份重要、翔实的学术研究资料。芮效卫教授对于原著细节处的执着、"一字不落"的翻译原则、文后海量的学术型注释以及长达 30 年的坚持不懈，值得所有人敬佩。我经常会在翻译过程中参考芮效卫的译本。但芮译本中的注释几乎占译文总篇幅的 50%（雷威安译本大概占 25%），而且还在译文正文中增加了许多解释性说明；

此外，芮译本为了突显原著文体变化和语言风格切换，采用大量缩进排版，这些无疑影响了小说文学性和读者的阅读体验。如果能单独出版面向大众读者的译文（可以含少量注释）以及供学术研究或课堂教学用的辞典或注释手册，效果应该会更好。三个译本中，对我启发最大，或者说我最为推崇的是雷威安的法译本。雷威安完美再现了原著的文体风格，细节也处理得非常准确、精妙。雷氏译本给我最大的启示就是译者必须轻松驾驭两种语言，巧妙再现原文丰富多元的语言层次。尽管雷威安省译了部分诗词套曲，但这绝不影响该译本的伟大。

四、翻译过程、翻译原则和译者挑战

潘佳宁：从 2009 年到 2021 年，您的《金瓶梅词话》全译工作差不多用了将近 12 年时间。而现有《金瓶梅词话》全译本的译者中，雷威安用了 7 年时间，芮效卫耗时 30 年整，速度最快的雷林科也用了整整 6 年。您在启动翻译之际已年过六旬，翻译前是否已经设定了进度安排和翻译原则？

易德波：你说的没错。动手翻译时，我已经 64 岁了。如果想先深入分析《金瓶梅》文本细节，全面掌握相关学术研究后再翻译，恐怕有生之年都无法完成。而且在前面几年里，我还围绕扬州评话研究陆续发表论文、出版专著，完成手头工作后才全身心投入《金瓶梅词话》翻译。为了按时完成任务，我从一开始就给自己设定好翻译进度和原则，时刻提醒自己，必要时需要在无限追求完美和完成翻译进度二者间做出取舍。我相信这是所有翻译大部头文学作品的译者都必须面对的问题——和时间赛跑！按照我跟出版社的约定，我需要每年完成一本（10 回），大概每天翻译 2—3 页原文。翻译中如果遇到原文理解问题，我就去查阅资料，看看前面几位译者是如何处理的。我并不是抄袭他们的译文，而是在准确理解原文的前提下，选择更为恰当的丹麦语再现原文思想。在这一点上，雷威安译本和芮效卫译本中的文后注释给了我很大帮助。

至于翻译原则，我希望呈现给丹麦读者的是一部完整、流畅、充满异域风情的中国小说，而非近似百科全书式的学术型译文。因此，我只在必要时在文后给出少量注释，大概每回 3—5 个。我将译文的目标读者定位为具备一定文化修养、喜爱阅读世界文学作品的大众读者，而非专业人士。

潘佳宁：丹麦语言学家敏娜·斯卡夫特·詹森（Minna Skafte Jensen, 1937— ）在您的新作 *Jing Ping Mei: A Wild Horse in Chinese Literature*（《金瓶梅：中国文学的一匹野马》）序言部分表示，要想用 21 世纪的丹麦文完美再现这部 17 世纪中国文学巨制，需要跨越地理、历史、文化和语言等重重屏障（Børdahl & Qi, 2022:xv）。翻译过程中，您都遇到了哪些具体挑战，比如诗词歌赋、人名地名、俗语等，您都是如何处理的？译文风格偏直译还是意译？

易德波：关于《金瓶梅》中诗歌、散曲的翻译，我和雷威安观点相同，即要优先呈现原著的文体特征，用诗的形式再现中文里的诗、词、散曲和套曲。翻译过程中，我需要时刻在节奏、字数、韵脚、格式和意境中寻找平衡。实在无法兼顾时，我会选择优先保证诗歌的形式和韵律。但考虑翻译进度，有时也难以做到尽善尽美。对于小说中出现的人名，绝大多数情况下我选择用汉语拼音。此前许多译者为了降低目标语读者的阅读和理解难度，选择直译女性和小人物的姓名，用汉语拼音音译男性人物的姓名。但在我看来，这是对女性的一种歧视，所以我决定全部用汉语拼音音译。这样做可以再现原著对于男性和女性姓名一视同仁的态度。但问题是西方读者对汉语拼音比较陌生，大量音译会影响读者的阅读体验。遗憾的是，我在翻译过程中并没有找到更好的解决办法。但我相信，随着越来越多的中国文学作品在北欧译介出版，读者会慢慢接受、熟悉包括汉语拼音在内的中国传统文化。对于在早期译本中已被西方读者接受的女性名字，如金莲 Golden Lotus（丹麦译文 Gyldne Lotus）、月娘 Moon Lady（丹麦译文 Månefrue），以及原文中包含暗讽和双关文学内涵的人物绰号，如应伯爵、吴恩典、卜志道、谢希大等，我将其收入卷末的《人物姓名表》加以说明，方便读者对照查阅。地名的翻译我选择用汉语拼音音译历史上真实存在的地名，如清河县（Qinghe distrikt）、东平府（Dongping præfektur）；而对于小说虚构的地名，我则按照字面意思直译成丹麦语，如狮子街（Løvegade）、牛皮巷（Garverstræde）。至于原文中出现的各种俗语、谚语和固定搭配，我会尽量在丹麦语中寻找与原文意思相近的表达方式。比如原著第三回出现的"当行压当行"，意指"同行是冤家"，丹麦语有个与之意思非常相近的俗语"frænde er frænde værst"，即同类相残/手足相残。这类俗语在原著中会反复出现，为此我专门制作了习语译文对照，确保各卷出现的相同俗语译法统一。此外，我还通过译文全部大写的方式，凸显词话本中的说书人风格。比如"话说"（DET FORTÆLLES）、"不在话下"（HEROM FORTÆLLER HISTORIEN IKKE VIDERE）、"但见"（HVILKET SYN），借此彰显《金瓶梅词话》的"口头文学"文体特征与说书特点。其实在翻译过程中，我并没有刻意倾向直译或意译，都是具体问题具体处理。至于翻译效果到底如何，我想还是留给译文读者去评判吧。

作者

潘佳宁，文学博士，美国圣母大学博士后，沈阳师范大学外国语学院副教授，研究方向：明清小说海外译介研究、当代翻译家口述史研究。

江南戏曲碑刻补遗

李秀伟

摘要： 戏曲碑刻是民间演剧的第一手资料。《中国戏曲文物志·戏曲碑刻卷》对江南地区戏曲碑刻的搜集不无遗漏。兹从江苏、浙江、安徽三省新修方志和近年新出碑刻集中辑出十二通此前未被学术界利用的有关戏曲之碑刻，以为《中国戏曲文物志·戏曲碑刻卷》之补遗。

关键词： 江南；戏曲碑刻

陈寅恪《王静安先生遗书序》谓王国维治考古学及上古史的治学方法为"取地下之实物与纸上之遗文互相释证"。对于戏曲研究，地上地下之实物遗存与纸上之记载也同等重要，二者亦可互相释证。明清时代社会生活的碑刻中不乏涉及戏曲者，学者或称之为"戏曲碑刻"，作为民间演剧第一手资料，久为研究者所重视。近年车文明先生主编《中国戏曲文物志·戏曲碑刻卷》[1]是这一领域集大成的资料汇编，于北方特别是山西一省的戏曲碑刻收集堪称齐备。但对于戏曲活动最为繁盛的江南地区，则主要依赖几种早出碑刻集如《江苏省明清以来碑刻资料选集》[2]及各省戏曲志，不免有所缺漏。现从江苏、浙江、安徽三省的当代新修志书和近年新出碑刻集中，检出若干通涉及戏曲之碑刻，以补《中国戏曲文物志·戏曲碑刻卷》之阙遗。

奉宪勒石永遵

特授江苏常州府阳湖县正堂加五级纪绿（当作录一引者，下同。）十次廖为急公环叩晓谕勒石事。

据政成乡二十四都六图庄首高应隆等呈禀，钱漕为国家重课，身图业户缓不趋公。地保垫完俟后取诗（疑作待）值年者，典产往垫零收。兼以差役费重，一年以来，垫欠乌有，漕粮尚未办妥。而失业者，往往而是，民灾难堪。是以通图集议，照遵邻图通例。每产议率四人，十庄共率四十七人，公呈求示演戏、勒石，永议差役仍照轮庄承办，严饬各庄花户，各自赴柜完纳。上忙限于三月三十日为末限，下忙限定于九月三十日为末期；漕米限于十二月二十日为末期；分厘起底、升合起底全完。尚（疑作倘）有顽户故违越限，洗串洗出，伊庄首协同九庄，戮（当作勠）力共攻。轻则议罚伸戏（当作神戏）一台，重禀官究治，情到，县回：事出急公，为此晓逾勒石，仰谀图业，永遵兹碑：

一议田数，恐有消长，逐年定。以田多者为首相催，不可执定所举八人，此议为庄三股，另立议据永昭。

一议粮漕，各宜遵先，不得落后。两数以外者，为土（当作上）户，开拒（当作柜）时，先行完纳。两内至五六钱者，为中户，初限完纳四钱至一钱者，中限完纳至分厘者，为下户，末限起底。情（当作请）勿临期急缓，自己股内催两不完，以致受罚。图中末等户，有力者先宜办，官家不必执定限期。如有逃亡、死绝者，各庄各股及亲分，踏实细号，分平漕粮归现及亲分理直昭。

图耆：强茂森、杜裕春、强存谊、唐祖宜

一庄：王得寿、王正芳；二庄：高应隆、高顺德、高奎成、高川大；三庄：强顺宜、朱志元；四庄：王叙昌、王富庚、王永得、杜加洪、杜廷贞、杜行发、杜行郎；五庄：王顺元、王来凤、朱五大、朱纪德、张六官；六庄：强心和、朱银郎、戴细法、方士荣；七庄：杜叙兴、杜桂芳、杜富宜、杜寿松、杜惠南、唐祖宜、唐裕隆；八庄：杜裕南、杜裕春、杜连玉、杜裕来、王正福、阵（疑作陈）玉田；九庄：强行瑞、强于英、强群贤、阵万邦、方茂隆、周裕南；十庄：吴惠南、吴纪德、吴纪章。

道光拾壹年四月日立 [3]

录文多不可解处，疑有误字。碑文中"公呈求示演戏、勒石"及"轻则议罚神戏一台"，属于禁约演剧及罚戏。王骥德《曲律》卷四"论曲亨屯"条所谓"曲之屯：赛社、醵钱、酬愿、和争……"[4]。"演戏示禁"、订立规约并勒石，属于王骥德所云"和争"一类。演戏勒石是各地普遍存在的民间惯例。海丰县道光二十八年（1848）《公会严禁蚶町碑》"兹届暮春，合在祠前演戏，勒石竖碑严禁，嗣后如再固违，一经查察，定将该蚶充公承领，搭养之人罚戏二台"[5]。山东即墨咸丰二年（1852）《公厘海规约》有"爰定清规，演戏勒石"[6]。安徽祁门渚口村道光三年（1823）《演戏公订茶叶公平交易碑》"演戏勒石，以肃耳目"[7]。山西陵川县咸丰七年（1857）《重修真泽宫记》"因合社公议，复整禁约，演戏三日，昌明社规"[8]。

勒石永遵

特授常州府阳湖县正堂加五级纯铭十次廖为环求给示急公免误事。据丰西乡四十二都一图新旧地保洪伦明、蒋才和等合同图耆蒋春元、蒋俊法、吴兆福、吴志厚、谈维成、陈志仓、洪开基等筹轮保之法，咸申疲娱之禁、以均劳逸、以杜扰累。功查粮糟两项有分，应踊跃将仰答皇宪德。奈因图里地阔户繁，以致贤愚不一，急公者固不鲜人，玩娱者亦复不少。第轮管共延拖欠陈欠不持（按疑作特）有担枷比之殃，兼且累及新保。租欠递沿，伊于胡底。在地保则累无穷而追之，吁嗟乎抱薪救火。今届更换地保之时，我等情关桑梓，共及见闻，欲除派扰之虞，先定急公之法。爰集通图，共相筹选，请田多大户之人，作为庄首，帮同地保督促各户……及花户完清外再行按户照议共罚。倘使顽梗，我等鸣鼓攻之，求县枷比成如此议无论新旧地保永无……追呼更少应酬之费，家俱允诺，通图禁从，为此祀神演剧设席之议，各庄分执。再将一议，粘呈县堂，可小补之耳。所有议规，爰书于左：

一议：每年上忙钱粮限定三月二十日完清，下忙钱粮议于九月三十日起底。所有各年糟米，议于十二月三十日扫数全完。挨日上灯时，擎串到图，协同庄首该花户一体同罚，通图罚酒戏。

二议：图内粮漕，既经呈县立案，议限分完，如逢月小廿九日为限，则无追比之事。不准另派差费区书纸墨笔砚一应在内，净钱二拾元……外图坟茔座落本图，大粮均未过户，催收以后糟粮也保垫完直至如今并无出息，只得通图公议柴薪所凭轮流樵割，以办粮糟。倘十庄公议图头差徭使费连结状一应在内洋钱二十四元者。

（以下十庄庄首姓名略）

道光十二年三月[9]

按，与上一通碑刻类似，也属于演戏设席以申禁约，而对违背禁约者则"罚酒戏"。

奉宪勒石永遵

江苏常州府阳湖县正堂加五级记录十次范为妥议急公环叩刻勒碑永遵事：据丰南乡二十七都四图耆老万文佑、莫文英、何锦藩、何德芳、图正莫曰佩等禀称：从前身等图内钱漕，各庄花户自纳者半，催纳者半。近今人心不古，风俗颓靡，致有顽户累及现保垫完。既垫之后，迭讨不还。每致公事贻误，现保受累无穷。爰集通图秉公酌议，充现年者承办一切差徭事宜。至图中大粮漕米，不论花户大小，俱宜自行完纳，毋庸现保垫完，倘有蒂欠，责归花户，与现保、庄首无涉。庶几通图有急公之念，各户无怠玩之情，十庄允治各垫。凭身等，惟恐有始者多，有终者鲜。为此呈议，叩赐给示勒碑永遵等情到县。据此，合准给示晓谕。嗣后该图粮户，每年应纳钱漕，均宜恪遵图议，赶于期前清完。如敢抗延拖欠厘勺，许现保、庄首指名禀县，以凭专提究处。该保等慎勿始勤终怠，致取咎戾，各宜凛遵毋违，特示。窃思钱漕两事，本宜各户及早自纳，何劳地保催输。盖为民者，当守民之分，尽民之心云。为动作循乎礼法之中，则守乎分；按时纳税，存乎奉上之心，则尽乎心。尽民心而尽民分，斯为善户，且为良民。图中粮户，栖身之地，耕作之田，莫非王土。居王之地，耕王之田，而钱漕抗纳，将何以对圣天子乎？朱子云："国课早完，而囊橐无余，自得至乐。"体味斯言，意深远也。由今以后，各庄花户，当思国课早完之乐，莫致顽夫坚抗之情。时而献焉，以给公上，岂不怡然而乐哉！诚如是也，足以甘食夫地之所有矣，何俱？此记。

周利谨识，公立议规，载立于左：

一议：上忙钱漕，上户开征全完，中户起限全完，下户四月二十日全完。大粮，上、中户开仓全完，下户十二月二十日全完。下忙钱漕，上户开征全完，中户起限全完，下户十月初十日全完。倘有持强违议，通图公论。

一议：所有差徭，通图公事，现保承任，照时领得出单，送与各庄首散发。通图花户，速即赴柜完纳，不得迟缓误公。至于图中无着赔累之户，访明察实，推伊亲房户或应推出别图求完，救令区书推出。

一议：各庄议明，随时择田多者为庄首。倘有甲中庄首懦弱，顽户违议，诉明各庄首、现保理明。为此数项，演戏勒碑，永远遵议。

首座：万文佑　万启明　莫启宗　莫正楚

二庄：莫叙年　莫天福　莫曰年　莫正元

三庄：诸朝贵　张景新　张云朋　诸顺宜

四庄：莫文英　蒋子良　沈德昌　顾继明

五庄：何文朝　何志兴　王顺章　沈裕生　何□□

六庄：何德方　何兆乾　何鸣高　沈于康　俞瑞章　俞洪二

七庄：万汉玉　何景富　任菊得　何细宝　何永顺　何圣勤　莫曰增

莫曰瑞

八庄：朱宗阳　朱宗发　张官佑　张教得

九庄：时士福　时兴宜　时兴郎　金玉根

十庄：唐雅南　唐继丰　沈凤兆　沈仁福　莫炳楚

道光十四年三月日给发[10]

"演戏勒碑"同上文"演戏勒石"。

府正堂严示

永禁演唱滩簧演做谣（引者按：当作淫，下同）戏及茶馆庙宇男女弹唱谣词艳曲，并士民聚赌、匪类妓娼等情，如敢违者，许各该图嗜（引者按：当作耆）董、地保分别扭解、指名禀究。

道光三十年怀北乡二都四图公立[11]

《中国戏曲志·江苏卷》谓道光三十年（1850）武进、阳湖县四乡立碑四块以禁滩簧，分别立于新桥乡、新安乡、东安乡和三河口乡，未收此碑[12]。诸碑立于同年，内容大同小异。

禁赌碑

补用同知直苏州江苏常州府阳湖县正堂加十级记录十次张为给示永禁事。据丰东乡上角乡董监生毕禄、图董生员陈懋熙……禀称，赌博一端，最为民害，仰荷示禁綦严，并蒙谕饬一礼议禁董等遵集本乡上角七图董、图耆、庄首、地保等，演戏杞（当作祀）神，大张禁约，三议，名执贴呈图议单，即赐给禁勒石永禁等情到县。据此，除批示外，合行给示永禁，为此示仰，该乡居民地保人等知悉，自示之后，尔等务各安分守法，毋许开场聚赌，有妨农业，倘敢故违，一经拿获，立即重办，并将房地入管（当作官），地保容稳（当作隐），与房主无干，究处勿经（当作轻），当试凛之切切，特示首

同治九年五月二十四日[13]

按，民间演剧多伴有赌博。为维持治安，官方势必对演戏赌博加以禁止。丁日昌《抚

吴公牍》有《访闻宜兴溧阳赛神聚赌饮禁》，内有"四方博徒，借赛神为名，演戏赌博，露棚百馀座，号称节场"[14]。光绪《富阳县志》："其宜惩者，……其次为赌博。往或因报社演剧之时，偶一为之，犹可谓逢场作戏也。"[15]民国《金坛县志》也称"演戏聚赌，亦率以其时"[16]。

嘉兴县禁止匪恶扰害碑

特调浙江嘉兴府嘉兴县正堂加三级记录六次赵为匪恶扰害，环叩给示，勒石永禁事

据永十三下三庄圩长邵安乐、朱顺龙、富恒裕、沈聿修、闻慎馀、吴行位、董寿昌、陈挹青、朱恒久、朱有顺呈称安宁，地处乡僻。每有游手棍徒纠集匪类，排枰聚赌，局骗乡愚。又复勾引外来恶丐、异地流娼，盛演唱花鼓，妇女登台。或伪设茶坊，奸徒聚窟。无非借端滋扰，潜蝇浣风，实则挟计吞渔，饱填欲壑。甚至值农桑之路径，一例卫持；遇婚丧之门庭，百端索需。奸宄以滋党，尔良懦悉受蹂躏。又况流匪有棍恶之窝藏，则窃盗甚便；棍恶引流匪为别翼，则支蔓益多。是以夜则穿窗，□犹攘窃。洞房孔亟，已亡墙下之桑。秋获有胡，忽失田中之稻。欲思觅迹，则聚散其党。倘与寻仇，则经绎不已。种种不法，深为民害，叩请示禁，等情据此，除□示外，合行出示永禁。为晓示，仰坪中乡民人等知悉，嗣后如有前项□法□类及丐□往庄归圩□事，验明者立仰指名禀县，以凭提究。以保丐头敢于容隐，并许指名。各宜凛遵毋违。特示。

嘉庆贰拾贰年叁月[17]

据《嘉兴历代碑刻集》，此碑原立于嘉兴曹庄乡政府内，于2004年被发现。文字已有磨损。原标点明显有误处，已径改。其中颇多不可解处，疑录文有误。此碑涉及嘉兴一带在嘉庆二十年（1815）前后花鼓戏流行的情况。

奉宪勒石永禁

署浙江嘉兴府秀水县正堂加四级纪录四次又记大功一次王，为出示晓禁事。

据职监王恒盛、高透云、□恒和、洪恒丰、洪义丰、洪义全、钱顺□呈称，职等均在郡城内外开张香铺。缘各铺作司逐年勒加工钱。今有薛大昌为首，又复图加。敛钱演戏，霸勒停工。票奉嘉邑主提案，讯惩枷示，谕令各作开工。随有

张廷楷等出劝各店议定,每日给发工钱柒拾伍文,不得再图加增。呈蒙嘉邑批准,并奉出示晓禁在案。第念嘉、秀香作各工司,计有三百馀人,治下居多。诚恐恃系隔属,岐视无关,复萌霸勒,叩请十体出示晓谕,勒石永禁,等情据此,合行出示晓禁。为此□,仰各香铺作司人等知悉:自示之后,尔等各宜安分守业,应给辛工悉照此次议定工价,毋得再图加增。倘敢复蹈前辙,许各店铺指名票县,以凭严究,断不姑宽。各宜凛遵毋违。特示。

道光贰拾捌年伍月日给[18]

此碑在20世纪50年代因涉及工人罢工受到重视[19],但并未作为戏曲碑刻为戏曲研究者所利用。江南地区工商业发达,各大城市和工商业城镇中,多有同乡、同业组织会馆。会馆演剧具有维系同乡或同业认同的重要功能。碑文中"敛钱演戏,霸勒停工"清楚地表明了这种功能。

勒石永禁碑

□□嘉兴府正堂加六级纪录十二次马为□□□□□俗而安闾阎事。照得嘉属民情素称淳朴。惟迩年以来,有外来游妓在于郡城内外茶馆弹□□□□□戏法,更有棍徒勾结土匪,开场演唱花鼓淫戏,聚众赌博,引诱良家子弟。一经堕其术中,挥霍□□□□□失业,甚至倾家殒命。兴言及此,实堪痛恨。当经本府访闻,札委洪经历,前诣各坊查禁。虽暂为□□□□□郡城内外租买房屋居住,在家演剧,有烟盘、酒盘之名。或出外弹演,名为堂差,肆然无忌。最为风□□□□□并行县,分别饬差,严行查禁驱逐外,合行出示照,花蒲鞋船声妓一律永禁。为此示仰阖属军□□□□□有外来游妓,在于郡城内外茶馆弹唱淫词及女戏戏法,并棍徒勾结土匪,开场演唱花鼓淫□□□□□处士庶及地保邻佑,指名禀报,所在地方官衙门严拏,从重究办。务使净绝根株,以免复生萌□□□□□包庇,一经查出,或被告发,一并严惩,不稍宽贷。各宜凛遵毋违。特示。

□□□□□□柒年肆月日给[20]

据《嘉兴历代碑刻集》整理者考证,此碑当立于咸丰七年(1857),可从光绪《嘉兴府志》卷四十二"杨炳,字子萱,江西新城人。……三店镇有演花鼓淫剧者,协营弁扑灭之,几罹祸,卒捣其穴。"杨炳在道光二十五年任嘉兴县令。可见道光、咸丰间,嘉兴一带花鼓戏演出规模之大,并屡禁不止,引发治安事件,需动用武力加以弹压。

特授温州府永嘉县正堂禁赌碑

　　特授温州府永嘉县正堂加三级纪录五次郭,为示禁勒石,赌博花会除害久远事。嗣因地方众等,切思村连云树,业本历山,农务勤俭,上完国课,下给民食。兹有不肖棍徒,哄诱良家之子,日夜开场游赌,荒种田园,匪类混入,日间开庄放赌,夜间同伴偷窃。老民目睹心伤,挽保佥呈县宪示禁勒石,永除赌博花会等情,据此除批示外,合行出示勒石谕禁。为此示仰该处居民游赌人等知悉:嗣禁勒石之后,如有不法棍徒擅行在地开场游赌花会情事,许即协保扭拿解县,以凭从重究治,断不宽情,各宜凛遵毋违,特示。

　　立此石碑为记。开列禁条示后:
　　一、禁本地屋内宫庙、宗祠、灰厂、纸槽、碓屋、山场不许诱赌。
　　一、禁本地戏市、梨园、桩众、大小花会等项不许开庄放赌。
　　一、禁方方十里不许竖立花会。

雅寮地方众等同立
同治六年十二月日给[21]

　　据《瓯海金石志》编者注,此碑置于下寮村雅修寺西侧门边墙上,于1955年被发现。从此碑也可见永嘉演剧时"开庄放赌"现象之普遍。

温州府永嘉县正堂出示严禁聚赌碑

　　钦加同知衔赏戴花翎温州府永嘉县正堂加三级纪录十二次查,为出示严禁事。据十七都叶会地方生员张麒书同投贡生张麒书,耆民张绍源、林银郎、陈福增、陈培元、董杏桃、林学卿、戴银富、郑沛兰、戴凤玉、张步南、张高郎、陈新、余培式、戴秀益,地保陈德魁等呈称:近有无赖棍徒,在地开场聚赌以及花会,设灯卖烟,诱人猜压,大为民害。又有猜马战,打九和,每逢神寿演戏,中十、十二各旋状元,拔签、掷骰等名目,无不与赌相似。若不禁止,诚恐相率效尤,佥乞示禁等情到县,据此,除批示外,合行出示严禁。为此示仰该处诸民人等知悉:尔等知花会赌博均干例禁,即别立名目作赌者,亦应按照赌博科罪。法令森严,岂容轻犯。自示之后,务须父诫其子,兄勉其弟,痛改前非,各安生业。倘敢仍蹈前辙,故违禁令,许该绅耆及地保指名禀县,以凭提案从严惩办,决不姑宽,各宜凛遵毋违。特示!

光绪贰拾陆年三月日给[22]

据《瓯海金石志》编者注,此碑嵌置在瓯海区娄桥街道上汇村陈府殿西侧墙中。由此碑也可看出温州一带神诞演戏中赌风之盛。

永远严禁

立禁约○众并众姓人等为严禁荒废山场以裕国课、以厚民生事,本村山多田少,岁计不支,向来兴养山场,以充食用。近被无耻之徒入山侵害,深可痛恨。今特演戏勒石,永远严禁。自禁之后,毋许内外诸人仍前侵犯。如有此情,一经捕获,通众公处,罚戏一台。恃顽故放者,送公理论,断不轻恕。如有徇情容隐者,一体究治。获脏(引者按:当作赃)指名报信者,罚本犯银谷给赏。倘孤儿寡妇误犯,坐责亲房。至于僧道游唱,耗谷藏匪为害不浅者,即逐出境外不容留。特此严禁,须至禁者:

一、禁侵犯坟山税山

一、禁派下毋许侵犯皂角坞税山

一、禁毁折茶棵

一、禁盗砍松杉桐柏枣杂项竹木刁(打)桠

一、禁桐柏不得上市

(以上五条违者罚戏)

一、禁采收豆麦桐柏子并多项花利

一、禁越界割草,并卖草出境

一、禁纵牛践食青苗

一、禁僧道游唱烟棵临田索谷

(以上四条违者分别究治)

乾隆十九年孟秋月日立[23]

祁门县彭龙乡环砂村禁山石碑

共立合文,演戏请示订界址。所有界内山场,为闽众已蓄养成材。自后入山烧炭采薪,如有取带松杉二木兼柁(耙)柴桩及纵火烧山,准睹见之人指名鸣众,违禁者罚戏一台。如目睹存情不报,查出与违禁人同例。倘有横顽不遵,定行鸣官惩治,仍要遵文罚戏一台。举报者赏给钱一百文。

嘉庆二年月立 [24]

以上两碑均涉及徽州地区的禁约演剧及罚戏。

参考文献

[1] 车文明主编:《中国戏曲文物志·戏曲碑刻卷》,三晋出版社,2016年版。

[2] 江苏省博物馆编:《江苏省明清以来碑刻资料选集》,生活·读书·新知三联书店,1959年版。

[3] 剑湖乡编史修志领导小组:《剑湖乡志》,1984年版,第230页。

[4] 王骥德撰,陈多、叶长海注释:《曲律》,湖南人民出版社,1983年版,第275页。

[5] 林杰祥:《潮汕戏剧文献史料汇编》,暨南大学出版社,2018年版,第24页。

[6] 转引自辛德勇:《清代城镇街头的公众文字信息》,《困学书城》,生活·读书·新知三联书店,2009年版,第288页。

[7] 陈琪:《徽州清代民间田野中戏曲碑刻文献调查与研究》,《徽学》第九卷,合肥工业大学出版社,2015年版。

[8] 张正明、科大卫:《明清山西碑刻资料选》第一辑,山西人民出版社,2005年版,第451页。

[9] 武进县东青乡编史修志领导小组:《东青乡志》,1985年版,第203页。

[10] 《横山桥镇志》,南京大学出版社,2010年版,第779页。

[11] 新闸乡修史编志领导小组:《新闸乡志》,1984年版,第244页。

[12] 《中国戏曲志·江苏卷》编辑委员会:《中国戏曲志·江苏卷》,文化艺术出版社,1992年版,第808页。

[13] 潞城乡编史修志领导小组:《潞城乡志》,1986年版,第165页。

[14] 丁日昌:《抚吴公牍》,朝华出版社,2018年版,第1121—1122页。

[15] 光绪《富阳县志》卷十五,光绪三十二年刊本。

[16] 民国《金坛县志》卷一,民国十五年本。

[17][18][20]《嘉兴历代碑刻集》，群言出版社，2007年版，第624页、第466—467页、第318页。

[19] 董巽观:《满清末叶嘉兴香铺工人的罢工斗争》，《历史研究》1955年第2期。

[21]《温州历代碑刻二集》，上海社会科学院出版社，2006年版，第197页。

[22]《瓯海金石志》，中国戏剧出版社，2011年版，第106页。

[23][24]《徽州地区林业志》，黄山书社，1991年版，第292页、第293页。

作者

李秀伟，艺术学学博士，兰州大学文学院副教授，主要研究方向：中国戏剧史。

清代陇影戏书抄本考

陇东环县文化馆整理口传清代剧目叙考（续）

赵建新

编者按：兰州大学文学院赵建新教授于20世纪80年代开始致力于甘肃陇东南皮影戏的调查研究和搜集整理。在长期的调研中，赵老师搜集到一批珍贵的清代皮影戏书抄本。一部分抄本经他整理收录在《陇影纪略》（中国社会科学出版社，2006年版）中，还有一部分抄本仍在继续整理之中。这些抄本对于研究清代甘肃皮影戏、清代甘肃戏剧，乃至中国戏剧都有重要的文献价值。但是，由于《陇影纪略》出版时间较长，研究者寻找此书已不太方便，加之赵老师还有新的补充和订正，因此，在征得赵建新老师同意后，《中国古代小说戏剧研究》从12辑开始，陆续刊登经赵老师整理修订的甘肃清代皮影戏书抄本内容简介，以沾溉学林。在此，我们对赵建新老师给予本刊的大力支持表示由衷的感谢。

作者按：20世纪50年代，为将环县道情皮影变为舞台大戏，曾有一次大规模的调查搜集。在此基础上，环县文化馆整理五十余个口传清代剧目，蜡板油印，分装十册。

《平庆图》

马占川演唱本。

剧演：北宋时期，狄青奉命到西域催贡，行至中途被鄯善国武艺高强的双阳公主虏去，被逼成亲。但成婚后狄青夜夜啼哭不止，双阳公主得知他是为了旗马，便亲自率兵到银汤国，杀败银汤国王及其女海芙蓉，盗来了旗马。狄青盗了旗马逃奔宋国，其妻双阳公主追至野狐林，狄青使用瓦星神丁决，不想致使妻子双阳得了音哑之症。哪知回到宋国诸官验示，原来是假旗假马。奸臣庞洪当殿奏本，狄青被流放云南。途中，狄青遇到双阳师兄冷玉春，才知妻子得病。他写下一封书信，求冷玉春前去让双阳发兵救自己性命。冷玉春送他一幅平庆图，说以后可能有用。海芙蓉当年被双阳公主杀败，乃上山拜师，学艺归来，要报当年之仇。她赶奔善善国，杀死了国王，幸好冷玉春治好了双阳的病，双阳公主再次杀败了海芙蓉。双阳公主看了狄青的信，命陀罗丞相掌管国事，冷玉春押送粮草，自己亲率大军攻打中华。杨宗保挂帅应战,却不能取胜,他只好召狄青回来,命他戴罪立功。狄青也不能战胜双阳,双阳公主知道旗马是假的时,原谅了狄青。狄青献出平庆图,杨宗保搬上五虎阵,捉拿双阳公主。双阳公主阵前产下二子,双方和好,二子取名狄龙、狄虎。

此剧本事未详,全本不分场,约一万字。当属民间流传的狄青、杨家将故事。秦腔、河北梆子有此剧。甘肃秦腔题名《平庆图》、陕西秦腔题名《平定图》,别名《反延安》《双阳反延安》《狄青盗宝》《双阳追夫》等等。

《天台山》

敬廷玺演唱本。

剧演:秦始皇一心想灭六国,打定主意先灭燕国。他命王翦挂帅,白歧军中运粮。燕国国王孙操亲自挂帅,领二子孙龙、孙虎上阵迎敌,父子三人均被王翦无量剑杀死。孙操之女孙百花为父兄报仇,又被王翦杀死。孙操之孙、孙龙之子孙烟上阵,王翦的无量剑暂时不起作用。白歧为暂退孙烟,哄骗他去天台山搬请三叔孙膑。孙烟从不知有三叔,便回去问祖母。原来当年祖母与朱文彦交战,被打落马下,朱文彦见她口吐双气,身怀有孕,便饶她不死,并约定生男在齐为臣,生女嫁齐为妻。祖母修书一封,让孙烟去齐国搬兵。齐王担心孙膑一去不回,无人辅佐自己,便诈称孙膑已死。恰好去天台山月兰洞探望孙膑的卜丞相归来,道破天机。齐王无法掩饰,只好命卜丞相带领孙烟前去天台山。孙膑尽知家中事,怎奈自己已入佛门,王灵官把守关门,自己更无法下山。他算准侄儿上山,便设置烟雾,增加难度,卜丞相与孙烟无法上山。幸得白哀、毛遂二真人相劝,孙烟才上山见了三叔。众人合力说服孙膑下山。孙膑命孙烟到赵国同廉颇之女廉英成亲。廉英用宝贝制服了王灵官,孙膑下山杀败王翦,并回家探母。

此剧事本《东周列国志》《锋剑春秋》。全本分五场,但前四场仅占全剧篇幅三分之一,第五场却占全剧三分之二。全剧约一万六千字。秦腔有同名剧,所演小异。

《六合图》

马占川演唱本。

剧演:武举余化龙前线杀敌,家事托于西席皮先生。余化龙继母十分不贤,百般折磨儿媳方若桃和孙子余林郎。皮先生前来劝说,竟被骂得狗血喷头。若桃几欲自尽,无奈林郎和丫鬟桂香苦苦哀求。若桃自思婆婆娘家都是读书人,想必能劝解一番,便前去寻亲。若桃的姐姐方梅嫁与周鸾,生女周凤英。周鸾升官进京,一家随从,被番兵冲散。若梅巧遇妹妹若桃，同避庙内，又与周鸾相见，同赴京城，只是找不到女儿凤英。凤英被皮先生救下，认作女儿。妖婆不见了儿媳，每天打骂林郎，又要把林郎卖掉。桂香与皮先生报信，皮先生差人买了林郎，认作儿子。凤英与林郎姐弟相称，却一见钟情。周鸾进京，徐进大人说知前方战事。周鸾说有六合图就可取胜，而六合图在女儿凤英手中，找到女儿便找到了六合图。皇上张榜寻找六合图。凤英把六合图交与林郎收藏。林郎见了榜文，便进京献宝。在京城见到了母亲和姨母一家，说了凤英下落。有了六合图，余化龙前线胜利，班师回朝，两家人团圆。周凤英、桂香同配林郎为妻，林郎被封为翰林院大学士，凤英为一品护国夫人，皮先生为贤义大夫。余化龙之母身染重病，无人照管，来求皮先生，被恶犬咬死。

此剧本事未详。全本二十场，约一万六千字。秦腔有同名戏，所演略同。

《月梅亭》

马占川演唱本。

剧演：山西太平县人王秉告老还乡。儿子王彦花上京应试，妻子韩玉莲赠金镯一对。右都御史柳真参了奸相朱敖一本，圣上恼怒，贬柳真代职还家洛阳。王彦花赶考路过洛阳，风雨交加，天色已晚，便到柳真家投宿。柳真问明来历，知是结拜义兄之子，便留公子多住几日。柳真之女柳青云与公子一见钟情，柳真做主，把女儿许配于王彦花。临别时，王彦花以金镯一只相赠。皇上召柳真进京复职。西番王造反，朱敖说柳真私通番邦，皇上恼怒，把柳真下在狱中。柳青云知道消息，女扮男装，冒王彦花之名前来京城寻父，被翰林院大学士赵德收为义子，改名赵进孝，府下读书。王彦花路经月中岭，被掳上山寨。山寨女头领见他眉清目秀，便自许终身，放他下山，王彦花以金镯一只相赠。山寨头领秦文听说妹妹放走了王彦花，一气之下把妹妹赶下山去。秦月娥女扮男装，改名秦武，前往边庭投军吃粮。王彦花投身旅店，却身无分文。适逢陈廷大将军前线征讨番兵，留下妻女在家，女儿陈巧凤终日愁闷，母亲命人买一丫鬟陪伴姑娘。店主人出主意让王彦花男扮女装，改名春花，被买进陈府中。小姐识出破绽，问明缘由，知他是宦门之子，便私许终身，瞒过了母亲，留他在府中。王秉一家遭遇大火，儿子又无消息，一家人只好上京寻找王彦花。途遭大风，冲散家人，王秉和老伴来到郑州，投奔故友李元。韩玉莲来到汴梁，女扮男装，冒充夫名王彦花，前赴科场，得中状元。她幸遇得中榜眼的柳青云，两姊妹相认，只愁找不到丈夫。元帅在秦月娥的帮助下打败了番兵，班师回朝。柳青云因要救父亲柳真，便同状元一起来拜会陈廷。陈廷想把女儿巧凤许与秦武，求二人做媒，月梅亭上安排酒宴。秦月娥拿出金镯要认丈夫，冒名王彦花的韩玉莲不知所以。话不说不明，三人相认。陈巧凤因父亲让她嫁给秦武,便来月梅亭上探个究竟,却把三个人的话全部偷听。真的王彦花前来,夫妻五人相认。战败的番兵前往秦文处搬兵,秦文反把番兵捉拿。赵德奉旨招安秦文。状元家眷接到京城,一家人团聚。忠臣良将各有封赏。韩玉莲、柳青云、秦月娥、陈巧凤四人同配王彦花。朱敖被削职为民。

此剧本事未详。全本二十八场,约一万六千字。清初李渔的"风情喜剧"之后,此类剧多见,拥"双艳"、占"四美",以博一时之笑。

《苦节图》

又名《张彦休妻》。敬廷玺演唱本。

昆山县秀才张彦,娶妻白玉楼。因父母双亡,家产荡尽,白玉楼跪求丈夫读书上进,自己沿街乞讨供给丈夫。张彦婶母钱氏与周三有私情,被玉楼无意间撞见。钱氏怕玉楼告知张彦,便恶人先告状,说玉楼行为不检点。周三夜晚暗敲玉楼房门,说白天在大街约好今晚相会。张彦一怒之下休了白玉楼。风雪交加,玉楼无处安身,暂居庙内。张彦祭祖归来,为避风雪,也到庙内,见到玉楼,既心疼又气愤,狠心走回家去。周三和拜兄江下见张彦怒冲冲走出,料想玉楼也在庙内。二人设计,把白玉楼驮在马上,与江下远走高飞。江下带玉楼行至江边,玉楼心生一计,让江下跪在江边发誓不做负心汉。白玉楼趁其不备,把江下推进江中,自己穿了江下衣服,女扮男装奔往京城。张彦在家中左思右想无法入睡,却发现了婶娘钱氏与周三的奸情。张彦恍然大悟,觉得对不起妻子。奔至庙中,玉楼已不知去向。张彦又悔又恨,决定出门寻妻。行至江边,见一老汉,便到船上借宿。老汉之女刘蕊莲,武艺高强,见到张彦,便生爱慕之心,逼张彦从下婚姻。白玉楼女扮男装冒张彦之名来到京城,驸马金彦芳之女金秀云奉太后之命飘彩招亲,恰好打中白玉楼。玉楼闯祸,便要逃走,路遇李彪穷极打妻,玉楼赠以银两。李彪见她出手阔绰,便起了歹意,抢了她的银两,脱去她的外衣。玉楼露出女身,又无出路,便到林间上吊。飞天豹马腾作乱,金彦芳奉旨征讨,路经树林,救下了玉楼,收为义女,送往京城与女儿秀云作伴。玉楼思念丈夫,终日啼哭。秀云问明原委,感慨她是贤孝之妇,将她一身苦处,画成一幅苦节图。张彦出门寻妻,刘蕊莲不放心,冒名张彦出门寻找,见金驸马与贼交战,便前去解救,收服了马腾。金驸马带刘蕊莲、马腾一同回京。张彦寻妻不见,先去科场,得中状元,前来拜会驸马,在驸马府中看到苦节图,不免大放悲声。真假三个张彦相会在驸马府中。圣旨下,白玉楼、刘蕊莲、金秀云不分大小,均为状元之妻。因大火烧身,钱氏变成瞎子,周三瘸了一条腿。两人沿街乞讨来至驸马门前,仇人相见,分外眼红,周三被收监,钱氏被砍头。

此剧本事未详。全本五场,约二万字。秦腔及诸多梆子有此剧。陕西《秦腔剧目初考》认为事本清袁棟《白玉楼》，误。清代有袁棟《白玉楼》杂剧、蒋麟征《白玉楼》传奇，均演李贺事，因天子召李贺赋《白玉楼记》，故名。

《秦琼卖儿》

敬廷玺演唱本。

剧演：程咬金等三十九个结拜弟兄，劫了杨林的生辰纲，部分兄弟上了瓦岗。祝雄老贼贪赃枉法，得来十缸金银要回故乡，路经陕西临洮谢家庄。谢家庄英雄谢映登杀死祝雄，抢了十缸金银，游走在外。出门时嘱托妻子，自己到外贸易，有山东历城姓秦之人来见，一定要好好看待。山东历城连年荒旱，老百姓难以生存。秦琼便带领母亲和妻儿前往谢家庄投奔结拜兄弟谢映登。谢映登老婆给了十两金子，谢映登之弟谢映双昧了金子，只给秦琼一两银子。秦琼羞愤难耐，秦母气死。无钱买棺，秦琼便拉了黄骠马去卖，哪知店主人说此马他早已押下了抵当店钱。无奈秦琼抱了儿子去卖，被谢映登十两银子买走。秦琼回来的路上，却又将银子丢失，万般无奈在关王庙中上吊。结拜兄弟史大奈从此经过，救他下来。史大奈出钱，安葬了伯母。史大奈到林中剪径，巧遇谢映登，便怒斥谢映登，并带他到三家店向秦琼认错。谢映登弄清情况，回家后怒斥妻子，杀了弟弟，并接秦琼一家到谢家庄安身。瓦岗弟兄为访秦琼，也来到谢家庄。杨林为祝雄报仇，前来查找谢映登满门家眷，众兄弟合力对敌，杨林败走。众英雄全上瓦岗寨。

此剧事本《说唐》，但有差异。全本二十一场，约一万六千字。甘肃靖远清嘉庆古钟有铸目。秦腔有同戏，无传本。京剧有此剧。

《千仁杰贩子（妻）》

马占川演唱本。

剧演：妖妇仁氏，改嫁千门。前房之子千仁杰出外贸易，六年无有音信，家中生活艰难，仁氏便把千仁杰之妻白玉娘三十两银子卖掉。玉娘伤心痛哭，埋怨千仁杰在外六年，一封家信也无，致使自己惨遭卖身。书生万鹏程上京赶考，路过清河镇，投宿店中。此店与千家仅一墙之隔，万鹏程听到了白玉娘的哭诉，便想救她。于是冒名千仁杰写了一封家信，并赠银三两四钱，让店主人守好义送到千家。贼寇张龙、张虎下山抢粮，百姓四散逃窜。万鹏程之妻苏玉娘同父亲苏喜逃至古庙，遇千仁杰搭救，千仁杰逞一时之勇，扬名自己是宜阳县清河镇千仁杰。张龙怀恨在心，命手下抢了宝康县仓库，然后大喊抢库者乃宜阳县清河镇千仁杰。千仁杰刚一进家门，便被捉去。万鹏程得中状元，命人去搬苏玉娘进京。千仁杰否认曾捎书回家，仁氏便怀疑媳妇与人有奸情，逼得玉娘上了吊。苏玉娘经过，救她一同进京。云阳知府解千仁杰到京，请万老爷审理。两家四人见了面，其中原委水落石出。万鹏程亲自挂帅，命千仁杰为先行，前去征讨张龙，大胜而回。

此剧本事未详。全本二十场（回），约一万二千字。秦腔及其它剧种似无此剧。综览全剧，题目似应为《千仁杰贩妻》为宜，可能是口传失误。

《贤孝图》

马占川演唱本。又名《阴阳碗》。

剧演：三城庄书生张志堂上京应试，妻子柳氏百般折磨婆婆杨氏，命杨氏山上牧羊。不料羊群被虎所伤，杨氏不敢回家，只好沿门乞讨。王花庄书生王有义也上京赴科场，继母毛氏不贤，想方设法折磨已有身孕的媳妇屈氏，命她到田里浇灌百亩禾苗。张志堂路经此处，向屈氏讨水解渴，毛氏发现，诬屈氏有奸情，立逼她上吊自杀。屈氏死后被埋在十八亩田里，劫墓贼前来劫墓，将她抛尸荒野。屈氏墓中生子，百日还阳。她咬破指头，留下血书一封，上写王有义，将儿子抛于路边。贸易回来的王北汉捡回婴儿，取名王缠。屈氏沿路乞讨，到柴云庵中，遇上张志堂之母杨氏，两人暂居庵内。张志堂之妻柳氏、王有义之母毛氏都受天公惩罚，瞎了双眼，二人沿街乞讨，也碰在一起。张志堂、王有义被封为翰林院代讲，二人奉旨到安安国教书，一去十五年才得回头。王缠上京应试，封官七省经略大人。杨氏、屈氏前去告状，王北汉又告知王缠出身。王缠解来张志堂、王有义二位大人，两家人团聚。柳氏、毛氏前来认亲。柳氏被五牛分尸，毛氏撞石而死。

此剧本事未详。全本二十三场，约一万六千字。秦腔等剧种似无此剧目。

《报福楼》

马占川演唱本。

剧演：陕西林台县五都堂谢映登去世，留下一子谢俊财，文武双全。谢映登生前与子聘定年兄鲁旭之女鲁莲珍，两家门当户对。不料谢家遭火，家财尽失。谢俊财上京应试，无有盘费，不免奔鲁府，一来告借，二来探亲。谁知鲁旭去世，其子鲁茂嫌贫爱富，将他逐出家门。谢公子羞愧上吊，被黄河湾卖菜老汉李兰洛所救。李兰洛去找姑娘鲁莲珍，鲁莲珍赠银百两，丫鬟玉春也赠五百铜钱。莲珍因哥哥逐出谢郎，每日啼哭，鲁茂便把妹妹卖与马家。姑娘女扮男装，和丫鬟玉春连夜逃至李兰洛家，和李兰洛及其女李巧莲奔长安寻找谢俊财。番王贺昌王反唐，唐将唐春凯前去征剿，兵发山海关。因为父亲被奸贼所害，王幼、王月娥兄妹反上了龙尾山。王幼下山访将,并为妹妹择婿,王月娥坐守山寨。李兰洛一行四人经过龙尾山,三个姑娘全被王月娥抢上山寨。王幼痛倒路边,被李兰洛救醒。李兰洛把女儿李巧莲许配给王幼,王幼奔山海关投军,给李兰洛令箭一支。李兰洛让王月娥保了众小姐到山海关接应,自己前去打探消息。谢俊财上京途中染病,耽误了科场,闻得山海关大乱,便前去投军,路遇王幼,也去山海关。两人一到,唐军大胜,唐元帅班师回朝。鲁茂因丢了妹妹,无法向马家交代,也去山海关投军,路遇李兰洛。鲁莲珍、王月娥、丫鬟玉春,同配谢俊财为妻。鲁茂嫌贫爱富,被罚万两黄金,修一座报福楼。

此剧本事未详。全本二十二场,约一万二千字。与秦腔《报父楼》略有相似之处。

《九件衣》

耿兆章演唱本。

剧演:地主花自芳为嫁女,让针工夏玉蝉做了九件嫁衣。管家花二命张秋香看守嫁衣,并趁秋香打瞌睡之时偷走了嫁衣,嫁祸于秋香,以报多次调戏不成之恨。花夫人命花二拿剪刀刺死了秋香,反而对也在花府为奴的秋香之兄张列说,秋香是自杀,张列不依,被赶出花府。花家嫁女,不但收有钱有势人的礼物,而且还向贫苦的佃户们摊派分额。申大成无计可想,便到表姐夏玉蝉家中告借,夏玉蝉家贫如洗,全靠刺绣度日,这时只好拿了自己出嫁时的九件嫁衣给了表弟。申大成拿到当铺去当,反被花家人捉拿,诬他盗衣杀人。县太爷被花府收买,尽管花府丫鬟作证说这九件嫁衣不是小姐的嫁衣,申大成和夏玉蝉还是被屈打成招。花自芳收回申大成所租的土地、房屋,赶出了申老汉,又抢走了申大成之妻申娘。花太太吃醋,命丫鬟放走了申娘。申娘路遇公爹,恰巧张列、崔杰带兵前来。县太爷拿夏玉蝉、申大成开刀问斩,张列等劫了法场,杀死县官,活捉花自芳,为民除害。

此剧本事未详。全本十场,约一万三千字。秦腔等梆子腔有《九件衣》,人物剧情与此剧迥异,实为同名两剧。

《葵花镜》

又名《贤孝图》。敬廷玺演唱本。

剧演:高彦珍上京赶考,得中状元,奸相梁杰逼他梁府招亲,娶了梁月英。高彦珍思念家中妻母,暗派梁才前往原郡搬请家眷,梁杰撞见,把梁才下在狱中。高彦珍之母生病,想吃肉菜,因无钱去买,媳妇孟日红割下自己左肩上一块肉,煮了给婆婆吃。婆婆吃了不够,便认为媳妇在厨下偷吃,罚她跪在大门以里、二门以外。邻居王娘前来,孟日红说明原委，婆婆不信，待看完孟日红的伤口，惊怕而死。邻居王伯赠以银两，资助孟日红上京寻夫。半路上孟日红被张飞、赵云之后张龙、赵虎拿到山寨。山寨之主原是刘备之后刘旭，和高彦珍同榜榜眼，梁杰诬他是反臣之后，削职罢官，赶出官院，刘旭这才反上了鸡冠山落草为寇。此时见了孟日红，方知是尊嫂，便派人将她护送至梁府。梁杰不愿自己女儿为小，便设计毒死了孟日红。梁月英不忍，把一葵花镜揣在孟日红身上，以防尸首腐烂。梁杰把孟日红藏在后花园枯井内，空中炸雷一响，闪上一朵葵花，开如头大。梁杰命人日夜看守葵花镜。孟日红来到阴间，阎王查看生死簿，说她阳寿未尽，命判官领她游完十八层地狱，然后还阳。雷公祖师教她十八般武艺，赐七星宝剑一把，命她前线作战。陶春凯与刘旭作战，不能取胜。孟日红来到，招安了刘旭等人，班师回京。万岁封为一品新贵妇人，又赐八名校尉，文武两班早朝天子，晚拜夫人。孟日红与高彦珍夫妻相见，命人到原郡接王伯、王娘同到京城。监狱里救出梁才，封为中军官。梁杰削职为民，赶回原郡。

此剧本事未详。全本十三场，约一万六千字。秦腔有同目，剧情人物略有差异。

《盗宗卷》

马占川演唱本。

剧演：汉高祖驾崩，刘盈登基，不幸夭亡，吕后临朝听政。高祖第五子刘长性情刚烈，武艺超群。吕后言说刘泽父子谋反，命淮王刘长前去征剿。刘泽父子来到涯营，将刘氏宗谱讲了一遍，说刘长不是吕后所生，而是香宫赵娘娘所生。刘长兵发长安，查看宗卷。吕后听说消息，命托国老臣不许出府门，又亲自涂改了宗卷。刘长信以为真，遵母命前去捉拿刘泽。刘长此去，马踏梁城，逼死梁王，连挑二十四员上将，兵卒死伤无数。为了除暴安良，田子春约请托国老臣、先帝封为不斩之身的蒯彻、栾布、李左车前去说服淮王。当年楚汉争强，汉王不能取胜，便登高大喊，若有敌项羽者，事成之后，封他为王。张耳应声扑入阵中，被项王一枪刺落马下。后先帝封张耳为常山王，尸发赵国，见一妇人迎尸啼哭，此人即张耳之妻赵美人。高祖见她生得美貌，纳入香宫，生下一子，便是刘长。吕后忌妒，夺了千岁，害死了赵娘娘。李左车、栾布、蒯彻轮番说明此事，均被淮王所囚。田子春扮作一老道前去点化刘长，刘长命田子春回长安盗来宗卷，再查一次家谱。吕后听说，命看守宗卷的张苍烧毁宗卷，派人捉拿田子春。丞相陈平暗救田子春，田子春逼迫陈平去宫中拿来宗卷。陈平设计骗来张苍，逼他拿出宗卷。张苍回府大哭，儿子却说小事一桩。原来爹爹染病之时命他看守宗卷，他见宗卷有可疑之处，就另抄了一份，吕后所烧的是假。张苍连夜将宗卷送到陈府。田子春将宗卷带给淮王。淮王查明出身，兵发长安。城内刘章夺了南军将印，太尉周勃夺了北军将印，陈平、张苍开城出迎，吕后自焚而死。

此剧事本《汉书》。全本十场，约二万字。秦腔、河南梆子、山东莱芜梆子、河北梆子、云南梆子等有此剧，又名《淮河营》《火烧宗卷》《兴汉图》《下淮河》。"宗卷"乃祖谱、家谱。

《二姐娃做梦》

敬廷玺演唱本。

十九岁的二姐娃，正在做针线活，瞌睡来了，便做了"南柯"一梦。她梦见婆家四抬大轿来娶。女婿骑着高头大马，英俊潇洒。亲戚朋友来了许多。她收拾打扮，穿戴一新，坐在轿中偷眼观看，外面热闹非凡。两人拜罢天地，陪人喝酒、入洞房。两个小姑前来淘气，女婿一声喝，吓退两个妹妹。闹洞房的人，花样多多，一直闹到三更后，二姐娃求情，说明天来的客更多，耍房的人才走了。之后详尽演唱新婚夫妻洞房花烛、巫山云雨。

此剧本事未详。一折独角小戏，约三千字。据称秦腔、河南梆子有同类剧，未见。此剧演出率很高，向来被视作"荤戏"，但其中洞房花烛、夫妻性爱确有对新婚夫妻的生理"科普"教育作用。

《红灯记》

敬廷玺演唱本。

剧演：正德年间，人遭瘟病，正德王传旨，七月十五日晚，军民人等，门口各挂红灯一盏，以消瘟疫。户部尚书赵朋生女赵兰英，许于孙计高为妻。孙家贫穷，赵朋将计高接来府中读书。一日，兰英和丫鬟李孟月花园降香，孙计高前去告借，说自己家中哥哥上京赶考，母亲年迈，侄儿年幼，嫂嫂一人生活难以为继。两人说话被兰英继母看见，便在赵朋面前搬弄是非。赵朋恼怒，听了妻子的计策，命丫鬟秋香前去书房送茶，家人赵能杀死秋香，嫁祸于计高。知县将计高问成死罪，下在大牢中。赵府仆人刘孟熊不忍，前去孙家报信，孙母气绝而死。因无钱掩埋，计高侄儿爱哥自插草标去卖身，被李孟月领进家中，姑娘赵兰英赠以银两。爱哥说自己家门前挂红莲灯一对，让婶母前去吊孝。赵兰英与李孟月女扮男装吊孝已毕，不便回府，便上京去寻找孙计成。路经青龙山，李孟月杀死贼寇。二人得快马进京，找到了已中状元的孙计成。圣上见李孟月杀敌有功，封为武英都夫人，赵兰英封为节孝夫人，命二人同审赵朋一案。知县被杀，赵朋削职为民。赵兰英、李孟月同配计高为妻。

此剧本事未详。全本十三场，约一万二千字。秦腔有同剧目，人物故事同。

《青石岭》

敬廷玺演唱本。

剧演：周成王在位，番王金子林犯边。已有身孕的正宫娘娘苏云妆与奸相之女泼迎春打赌，苏云妆若输了让出朝阳正院，若赢了取迎春首级，立纸为凭。苏云妆界牌关收了王红、青石岭收了孟喜，并在战场上生了一子，得胜回朝。泼迎春怕死，泼红使法吓坏成王，反诬是王红、孟喜二将所为。成王恼怒，要杀苏云妆。林王二次造反，成王命苏云妆带罪征兵。苏云妆身死成仙，收服金子林。周成王不见娘娘回来，求神问卜，才知苏云妆已在午山成神。她在界牌关所生一子，就是周康王。

此剧本事未详。全本十九场，约一万字。秦腔有同目剧，人物故事略同。因地域原因，陕甘民间传说、戏剧、曲艺中，周代故事不少，但其内容又不见正史及其他史料，若能将其大部分乃至全部归整研究，或可有新的学术发现。

《金碗（琬）钗》

史学杰演唱本。

剧演：祥符县都御史崔碗，其子崔护上京赶考时，大妹妹丽娘送锦履一双，二妹妹艳娘与他做兰衫一件，不料衣服里误夹了金碗钗一只。崔护路遇姑娘桃小春，借水解渴。第二年清明，崔护又到小春家中，见双门紧锁，便留诗一首"去年今日此门中，人面桃花相映红。人面不知何处去，桃花依旧笑春风。"题名崔护。小春回来一见，灵魂出窍，追上崔郎。桃父追来说女儿病重，崔护带小春灵魂回来，小春复活，两人匹配，崔护将金碗钗送于桃小春作聘礼。崔丽娘东岳庙还愿，见书生芦克成，心生爱慕，故意掉下金碗钗一只。两人行径被炼烨和尚看见，拾去金钗。芦克成醉卧路边，不省人事，炼烨剥去他的衣帽，前往崔府调戏丽娘。姑娘不从，他便卡死了丽娘，把衣帽金钗藏与姑娘身下，连夜逃出崔府，丽娘被埋，金碗钗随葬。公冶凯处理此案。玉女与九狸仙化作艳娘和丫鬟秋香，墓中拿去金碗钗，扣响芦克成房门，自许婚姻，以金碗钗作表记。婚姻期满，不告而别，芦生着急。艳娘在路上遇到芦克成，芦克成拉住她认妻，艳娘不知就里，受不过羞辱，便跳河自尽，得艄公南宫商搭救，收为义女。芦克成被诬盗墓赖婚，被打进监狱。唐主选妃，看上了桃小春，小春父女化名出逃，被公冶凯搭救，寄居在南宫商家，桃小春与崔艳娘相遇。狸仙暗助芦克成出狱，并赠白银资助他上京赶考。芦得中状元，崔护得中探花，公冶凯因崔家人命牵连而被降职，三人相见，引出桃小春及崔艳娘。但案情仍扑朔迷离。狸仙空中寄语"东华庙来东华庙，东华庙里用火烧"，公冶凯参透案情，抓获炼烨和尚。芦克成与崔艳娘，崔护与桃小春同拜花堂。

此剧事本唐崔护《题都城南庄》和孟棨《崔护觅水逢女子》。全本二十场，约二万一千字。甘肃靖远清嘉庆古钟有铸目。所演故事，为戏剧小说传统题材，宋官本杂剧、南戏、元杂剧、明清传奇、话本、拟话本均有此题材的作品。秦腔、碗碗腔有同名本。

《紫霞宫》

敬廷玺演唱本。

剧演：正德年间，山东新城县书生谷良栋上京应试，继母前房儿女吕子欢、花办办前来纠缠。良栋见是母亲亲生，便收在家中听用，自己上京赶考。范四曾赶来相送，谷良栋赠银百两，让他好好读书。花文豹因公公刘瑾之奸，便来动员清官宁济玉挂冠逃往虎奔山聚义。宁济玉因他勾自己做贼，便责他四十大板，押回原郡。路遇谷良栋、范四曾，谷良栋赠银三十两，三人结拜弟兄。范四曾回家遇夏良、夏么父女逃荒，慷慨赠银二十两。谷良栋被封刑部主事。良栋之妻郑晚霞等丈夫不回，见一和尚从门前经过，便前去卜卦。吕子欢与花办办诬二人有私情，把嫂嫂吊在梁上，反大叫嫂嫂自杀了。郑氏因二人搬弄是非，逼死了媳妇，便将二人赶出了家门。二人无处可去，便想到虎奔山投军吃粮。因没有盘缠，便前去劫墓，脱去了嫂嫂的衣服，将她抛尸荒野。吕子欢见妹妹是个拖累，便害死了花办办。郑晚霞被冷风吹醒，见自己光着身子，无法回家，便连夜奔父亲家中。郑老汉得了风寒，不能送女儿回家，郑晚霞只好一人回婆家。半路上遇见了卜卦的和尚，和尚用法将她装在竹箱内。竹林中他见到花办办的尸体，便将女尸头割去，又将郑晚霞衣服与尸体穿上，造成假相，以免有人寻找晚霞。花文豹改名云中雁，虎奔山聚义。他劫了和尚和竹箱，救下晚霞，问后方知是尊嫂。吕子欢也来投军，花文豹杀了和尚和吕子欢，安排暂住山左紫霞宫。因宁济玉曾重责他四十大板，花文豹便将两颗人头暗放在大堂之上，以难为宁济玉。宁济玉正为竹林无头女尸和堂上两颗人头犯愁，范四曾喝醉归来，拾一包裹，醉倒路边，官差见包裹内是一女子人头，便将范四曾下在狱中。夏家父女前来探监，夏良做主将女儿许配范四曾。听说皇帝驾游大同，二人前去告状。父女二人行至紫霞宫，遇上郑晚霞，晚霞说明案情，三人一同前去大同。皇上听了忠臣之言，查抄了刘瑾满门。花文豹听说刘瑾已死，便前来归顺，被封为忠顺侯。夏家父女并晚霞前来告状，圣上便命花文豹、谷良栋一同会审。案情大白，忠臣良将各有封赏，范四曾夫妇同拜花堂。

此剧本事未详。全本二十场，约二万一千字。清乾隆间陕西渭南举人李芳桂（李十三）著有碗碗腔《紫霞宫》，是此剧之祖本。秦腔、云南梆子有同名剧。传本较多。

《九连珠》

敬廷玺演唱本。

剧演：钱塘荣尚书告老还乡，不幸身亡。夫人李氏梦见双麒麟入帐，一胞生下二子。哥哥荣春霄文武双全，秉性刚烈。大比之年，兄弟俩同奔科场，路遇猛虎，春霄让弟弟林中躲避，自己去打猛虎。荣春汉在林中迷了路，便坐在石上鼓琴，希望能引来哥哥。湖广荒旱，诸玉奉旨前去散粮，此时回来，救下春汉，带往府中读书。春汉与诸玉之女诸瑞云一见钟情。贫女景秀玉，父亲早亡，母女二人卖花度日。一日，母亲出门卖花，秀玉门口张望，见到春霄在自家门楼下躲雨。秀玉之母景花婆回家，见他衣衫单薄，便领回家中。景花婆见他头顶有白虎出现，料定是大富大贵之人，便将女儿许配于他。熊广下朝回来见一门楼上景秀玉生得美貌，便强迫景花婆嫁女。荣春霄赠秀玉玉镯一只，让她母女逃跑，自己男扮女装，嫁到熊府。圣上观灯，命熊广伴驾，熊广命女儿碧莲陪伴新娘，碧莲与荣春霄成就婚姻。春霄赠她宝衫一件，碧莲赠春霄九连珠一串，含在口中不饥不渴，用绳丢在江内鱼自然上岸，是千金难买之物。荣春霄连夜逃出熊府。熊广回来知道，急忙派人追赶春霄回来与女儿成亲，不料街上抓回了荣春汉。诸玉听说，亲自来讨，各不想让，闹到皇帝面前。皇帝判熊碧莲、诸瑞云同配春汉，等公子功成名就再完婚。荣春汉同诸玉下殿，被景花母女撞见，景花婆上前认女婿，春汉才明白一切皆由自己的双胞胎哥哥起。景家母女暂居诸府。胡儿作乱，诸玉、诸克强父子奉旨讨贼，中途遇上荣春霄，带往前线一同作战。诸克强与番兵交战被俘，公主逼亲，诸克强暂时答应，伺机里应外合，杀灭番兵。熊广按粮不到，诸玉修书一封，暗送皇上，皇上恼怒，命人去熊府拿人，碧莲越墙逃走，恰好跳入诸家花园。春霄用九连珠打鱼五百余车，度过危机。云阳公主投降，诸克强带公主回到诸军。诸帅班师回朝。忠臣良将各有封赏。熊碧莲、景秀玉同配春霄，诸瑞云配春汉，云阳公主配与诸克强。

此剧本事未详。全本二十二回，约一万九千字。秦腔、陕西碗碗腔有同名剧，故事人物同。

《剪红灯》

马占川演唱本。

剧演：吴文正上京求官，得中状元。奸相韩单逼他和女儿成亲，吴文正言家有前妻拒绝，韩单怀恨在心。适逢西地番王造反，他便奏明皇上让吴文正挂帅前行。吴文正本是文官，无奈皇命在身，只好前去，让韩单运粮。哪知吴文正和大将徐凯皆被番兵拿去，公主逼婚，吴文正为救徐凯回国，只好同意。新婚拜天地，竟把老国王拜死了，驸马、公主掌国事。吴文正兄长去世，嫂嫂郑氏生子吴赖子。吴文正久不回家，郑氏便百般折磨其妻杨月真，总想拔去眼中钉。一日命儿子去磨房放火烧死弟媳，吴赖子烧死母亲，背了婶娘前去长安找夫。半路上遇见猛虎，两人冲散。杨月真流落番邦，寄居客店，剪红灯卖钱度日。吴文正身在番邦，想念家中妻子，不免暗自落泪，被公主撞见，他言说妻子会剪红灯，自己是想物不想人。公主便命人满城买红灯。杨月真剪红灯，上写一首藏头诗，暗喻"吴文正夫"。吴文正一见便知是妻子所做，便命人前去迎接妻子。吴赖子流落大街，见了婶娘，一同进宫，一家人相见，同享荣华富贵。

此剧本事未详。全本不分场，约九千字。秦腔有两种大同小异的《剪红灯》，与此剧略同。传本甚多。

《刘贵做活》

敬廷玺演唱本。

剧演：刘贵给地主沈义做长工，沈义夫妇心狠如蝎，刘贵吃不饱穿不暖睡不好还要干重活，倍受折磨。一日沈义又在叫骂，刘贵动手打了沈义。村长被沈义酒肉招待之后，便评刘贵理短。刘贵上告乡长。乡长马上召开群众大会，让沈义和村长在会上检讨。

此剧本事未详。一折小戏，约三千字。秦腔有同名剧，故事同。秦腔本是陇东皮影移植所本，因其中同一人物秦腔本称"乡约"（清代称谓），而皮影本称"乡长"（民国后称谓）。

《曲江打子》

敬廷玺演唱本。

剧演：常州刺史郑丹生一子名叫郑元和。大比之年，郑元和上京应试。哪知一到长安，便流落在烟花院，和美女李亚仙如胶似漆，他带来的万两白银全部花完，又卖了五花马和书童。老鸨见他穷了，便瞒过李亚仙将他设计赶出。郑元和走投无路，混在乞丐堆里唱莲花落为生。郑丹运粮到京，打探儿子消息，在曲江边见到了沦为乞丐的儿子。知道儿子的所作所为，郑丹气不打一处来，打死了儿子，抛尸荒野。幸亏乞丐刘平儿救他，才得一条活命。李亚仙再次见到郑元和，刺瞎一只眼睛，激励他读书上进。郑元和得中状元，赎出书童，带走李亚仙，回乡祭祖。郑丹夫妇也在坟前祭奠，悔恨打死了儿子。郑元和前来，一家人相认，郑元和、李亚仙结为婚姻。

此剧事本唐《一枝花话》、白行简传奇《李娃传》，是流传广泛久远、历代受人关注的故事。全本五场，约二万字。宋罗烨《醉翁谈录》有《李亚仙不负郑元和》，明万历《小说传奇》合刊本有《李亚仙记》，元人石君宝杂剧《李亚仙花酒曲江池》，明人薛近兖《绣襦记》传奇。近世以来，诸多剧种有此剧。秦腔似无此剧。此剧一本五场（回），但前四场仅占全本篇幅五分之一，第五场占全本篇幅五分之四，应是演唱者第五场后未能说明场次。

《扑红沟》

马占川演唱本。

剧演：黄义公年将半百，所生一女名唤翠莲。翠莲每日吃斋念佛，黄义公急她不配夫招男，便来相劝。谁知相劝不下，又想起外面尚有任务，便出门讨债去了。临行时拿一金钗给女儿，说是她生母留下给她做嫁妆的，从此，无论吃斋开斋他都不管了。爹爹走后，家里来了一个和尚。翠莲日日和他念经，念得高兴，便把金钗舍去给了和尚。继母卞氏看见，便百般折磨翠莲，让她到桑园子摘叶去。翠莲不堪忍受，上吊自尽。黄以公回来，救醒女儿。听说卞氏不贤，回家痛打卞氏，丫鬟红花也吓唬卞氏，让她去给姑娘送饭。佛家度化，黄翠莲身扑红沟，黄义公和丫鬟也扑入红沟，三人全成正果。

此剧事本《黄翠莲施钗记》。全本不分场，约一万二千字。其他剧种似无此剧，秦腔《刘全进瓜》中"李翠莲施钗上吊"情节略同。

《孙悟空大闹天宫》

耿兆章演唱本。

剧演：玉皇大帝见金光射入灵霄，不知何物下界，命千里眼、顺风耳前去打探。原来是花果山美猴王作怪。太白金星奉玉皇大帝之命前去招安，悟空不从，金星恼怒而去。悟空怕他在玉帝面前搬弄是非，便到东海龙宫借来一件宝贝，上写"如意金箍棒"，乃是大禹治水时留下的一根镇海神针。孙悟空又借来一副锁子黄金铠，一顶凤紫金冠，回到花果山。李靖带天兵天将来拿，不能取胜。太白金星二次招安，封他为弼马温。悟空嫌官小不去，自封"齐天大圣"。太白金星奏明玉帝，就封他为齐天大圣，命他前去看守蟠桃园。孙悟空偷吃了蟠桃，偷喝了王母娘娘的仙酒，偷吃了太上老君的仙丹，返回了花果山。玉帝命四大天王前去征讨，均不能取胜。杨戬放出天狗，孙悟空被缚。因他喝仙酒、吃仙丹，已炼成金刚不坏之身，刀砍不入，太上老君便把他装在炼丹炉里烧毁。哪知七七四十九天后，打开炉子，孙悟空不但不死，反而反上了灵霄殿。孙悟空揪住玉帝，大闹天宫，然后回到了花果山。

"西游"戏。全本九场,约一万字。诸多剧种有此剧。

《刘全敬(进)瓜》

敬廷玺演唱本。

剧演:唐王偶做一梦,梦见阎王差了童子,讨要西瓜。魏征便建议皇上张贴榜文,若有人奔阴曹地府与阎王进献仙瓜,回来高官得做,骏马得骑。柳林州人刘全,因妻子李翠莲吃斋念佛,把一支金钗舍与僧人,便将她打了一顿。李翠莲悬梁而死。刘全闻知皇上张榜找人入地府,自己便想前去见见妻子。他把一双儿女金童、爱姐寄居姐姐家中,前去揭榜。魏征命他躺在阴阳床上,刘全到了阴间,进献仙瓜,见到了妻子,哀求阎王让妻子还阳。阎王查看生死簿,刘全命不该绝,李翠莲也有八十阳寿。无奈李翠莲尸首已被火化,不能还魂。阎王又查生死簿,唐王御妹玉英只有十九年阳寿,命已该绝,便让李翠莲借尸还魂。刘全还阳,献瓜有功,唐王封为忠义状元。御妹玉英花园玩耍,跌地而死,醒来后满口叫刘全丈夫和儿女金童、爱姐。皇上不明,魏征问明刘全阴间之事,方知玉英已死,李翠莲借尸还魂,刘全一家团聚。

此剧事本《西游记》《李翠莲施钗记》。全本十四场,约一万字。秦腔、河南梆子、山西晋中梆子等诸多剧种有此剧,所演略有不同。

《白玉庵》

敬廷玺演唱本。

剧演:郭后与杨妃争宫,仁宗前去解劝,郭后误伤皇帝,血染龙衣。仁宗欲废郭立杨,奸贼阎文应赞同,颜辅道当殿责打阎文应。皇上恼怒,命他带罪征讨蛮王。山东历城武举薛清乾,父母双亡,因醉酒伤人,带妹妹薛玉素奔走天涯。因南蛮造反,二人便到苏州投军,路遇一女哭泣,乃是被兵冲散的水若素。薛玉素为媒,把若素许配哥哥。因行路不便,水若素暂居城内白玉庵。范自修之女范若素同母亲回家扫墓,镇江遇见邻船上京赶考的水常清,两人眉目传情,半夜水常清跳船过来,天亮时没来得及回,船便开了。范若素只好带他暗中回府。因小姐自从镇江回来,便饭量大增,一人要用两个人的饭,且吃饭时一定要关门自用。院子以为小姐病了,便出外寻医,恰遇水公子书童。书童假装医生,混进府中,激励公子前去赴考。但水公子白天不便出门,范若素便把他藏于竹箱,等晚上抬出府去。不料盗贼入门,杀死院子,盗走竹箱。贼盗路遇薛玉素,薛玉素救下了水常清。颜辅道与蛮王交战,连败数阵,阎文应暗上一本,说颜大人贪生怕死,失误军机。皇上恼怒，差御林军去颜家查找满门，姑娘颜茹素逃奔在外，遇薛清乾搭救，自许婚姻。二人同去见薛玉素，方知妹妹救下了水常清，而白玉庵中水若素正是水常清之姐姐。范若素和书童因家中人命，也逃至此处，范若素和水常清夫妻相会。薛清乾前去投军，杀败蛮夷，回来交旨。郭后染病，皇上命阎文应送药，阎文应私下毒药，被郭后识破。皇上恼怒，将阎文应满门抄斩，郭后仍为朝阳正院，其余老少英雄俱各封赏。

此剧本事未详。全本二十场，约一万三千字。清乾隆间陕西渭南举人李芳桂（又名李十三）著有碗碗腔《清素庵》，是此剧祖本。秦腔有此剧，题《四素》，所演略同。

《石敬塘拜刀》

又名《拜汉刀》。敬廷玺演唱本。

剧演：石敬塘与弟弟花园练武，误伤弟弟，爹爹恼怒，石敬塘连夜逃走。太保李仕彦打猪回来，见石敬塘空手打死老虎，便将他带回长安，娶长公主为妻，招为驸马。昏君宠爱乐女张美人，石敬塘参了一本，皇上恼怒，将石敬塘卡在圣阳，将公子和公主留在长安。董太守前来与石敬塘商议同伐昏君，石敬塘修书一封，命人知会冯丞相冯道，让他暗搬公主，此信却落在奸贼张太师之手。皇上寿筵，众臣前去拜寿，因少了南征北战的石敬塘，冯相与张太师言语不合，张太师被打。长公主上殿贺寿，并求驸马还朝，皇上命公主去朝阳正院和张美人玩耍，姑嫂两人为一拜打了起来，皇姑在侍女的帮助下，打得张美人狼狈不堪。皇上宣皇姑上殿，两个儿子石龙、石虎跟随前往。皇上暗中埋伏人众，杀了两位公子，皇姑气愤，揪打皇兄。皇上命人拿皇姑开刀，冯丞相劝皇上，若驸马发来大兵，无人能挡。皇上把长公主押在寒宫。冯道怕皇姑寻了短见，便命丫鬟玉英前去通风报信，公主写下血书一封，命玉英送于驸马。冯丞相设计，皇姑到城南观音堂还愿，刘高带兵截走，薛丹救应。石敬塘带领桑为汉、郭彦威、刘高、薛丹、董光业，发兵长安，安迎祥将城门打开。石敬塘大获全胜，南面称帝。张氏父女被押在大街千刀万剐。

此剧事本《新五代史》《旧五代史》。全本二十场，约一万三千字。秦腔有《石敬塘篡位》《火焚玄武楼》，同本异目，与此剧所演大同小异。

作者

赵建新，兰州大学文学院教授，主要研究方向：元明清文学、戏剧戏曲学。

投稿须知

《中国古代小说戏剧研究》是兰州城市学院中国古代小说戏剧研究所主办，以刊登中国古代小说、戏剧戏曲研究理论文章为主的学术集刊，现已由中国知网、南京大学中文学术集刊网收录。本刊常设"小说研究""红楼梦研究""戏曲研究""戏剧研究""说唱文学研究"等专题，其他稿件酌量刊发。来稿以6000—10000字左右为宜（必须WORD版），论述重大学术问题的论文及特别约稿可商定再论。本刊不收取任何费用，稿件一经刊用，赠送当期样刊2本，优秀稿件有稿酬。

本辑刊常年征稿，按辑出版。竭诚欢迎国内外专家、学者不吝赐稿！

一、来稿要求与注意事项

1. 本辑刊实行双盲审稿，作者信息请另附页写清楚，内容顺序：文章题目、作者姓名、性别、籍贯（具体到县或市）、单位、职称、学位、主要研究方向、基金项目及详细联系方式、通讯电话。

2. 基金项目：请在首页底部以脚注形式注明项目名称及编号。

3. 中文摘要：200字左右。

4. 中文关键词：3—5个最能体现文章主要内容的词语，中间用分号隔开。

5. 英文题目：英文题目与中文大致对应。

6. 参考文献：不得少于8个，文中参考文献不用脚注，以文字形式标注，按照顺序依次排列，放置于文后。标号用"[1][2][3]……[31][32]"形式，格式为：

作者：著作，出版社，出版年，页码。

例如：[1]（汉）司马迁：《史记》，中华书局，1959年版，第132页。

　　　[2][印]蚁垤：《罗摩衍那》，季羡林译，译林出版社，2002年版，第27—29页。

　　　[3]刘锡诚：《神话昆仑与西王母原相》，《西北民族研究》2002年第4期。

　　　[4]（明）徐渭：《南词叙录》，中国戏曲研究院编：《中国古典戏曲论著集成》（三），中国戏剧出版社，1959年版，第242页。

7. 注释：请在当页底部用脚注形式标注，注号用"①、②、③"标示。

二、特别敬告

1. 本辑刊坚决反对学术不端行为，来稿务必原创，杜绝抄袭，投稿作者文责自负，如有侵权等行为,与本刊无关。

2. 请勿一稿多投,来稿须没有以任何形式在任何媒体(包括互联网)发表过。

3. 为确保学术规范,来稿须对所有引文(含间接引文)认真核实,并注明出处。否则,均被视为不规范稿件,不予刊发。

4. 来稿3个月内未收到录用或修改通知,作者可自行处理。来稿一般不退,请作者务必自留底稿。也不奉告评审意见,敬请海涵。

5. 本辑刊已加入"中国知网"等文献数据库,若作者不同意将文章编入上述数据库,请在投稿时预先声明,本刊将做适当处理。

6. 本辑刊对已选用稿件有删减改动的权利,若作者不同意,请在投稿时声明。

投稿邮箱:gdxsxj2010@126.com

联系电话:0931—5170315

本刊地址:甘肃省兰州市安宁区街坊路11号,兰州城市学院中国古代小说戏剧研究所

邮政编码:730070

《中国古代小说戏剧研究》编辑部